Knaus
K

1

An einem kalten Apriltag des Jahres 1961 hielt ein Schienenbus der «Kreuzthaler Kreisbahn AG» auf dem Bahnhof Kreuzthal. Der Wind pfiff über den Bahnsteig, auf dem zwischen zwei Reihen schiefgewachsener Rotdorne in Augenhöhe ein schwarz umrandetes Schild angebracht war: «Kreuzthal». Unter diesem Schild, mit Bindfaden festgebunden, hing ein Stück Pappe: «Achtung! Frisch gestrichen!»

Ein junger Mann stieg aus dem Schienenbus – linke Hand am linken Griff –, er faßte den aufblähenden Staubmantel mit der rechten und guckte sich um, «leicht amüsiert»: was das für ein Nest ist, in dem er hier gelandet ist ...

«Beim Deibel auf der Rinn bin ich», dachte er und zog seinen Koffer aus dem Bus. Aber das war es ja, was er gewollt hatte: alles hinter sich lassen und ganz neu anfangen. Es mit Kindern zu tun kriegen, auf einem Dorf, das würde ihm guttun nach den Enttäuschungen seines Lebens. Je verrotteter die Schule sein würde, an die man ihn versetzte, um so besser würden sich seine kleinen Talente entfalten können.

Matthias Jänicke hieß er, und der Name hatte ihm schon viel Verdruß bereitet. «Jänicke?» fragten die Leute.

«Ohne h, aber mit ck.»

«Ja, aber wie denn nu?» wurde dann gesagt.

Es war auch schon geschehen, daß man ihn «Jähnisch» genannt hatte. Die Abkunft des Namens von «Jahn» riß vieles wieder heraus.

Das kleine freundliche Bahnhofsgebäude mit Rotdornallee hatte ein Bremer Architekt entwerfen und bauen dürfen, ein Vertreter des Jugendstils, obwohl der ortsansässige Maurermeister das genauso gut hingekriegt hätte, wie immer wieder gesagt wurde. Der

Schankraum des Bahnhofs war die Oase von Landarbeitern, die sich in den Kreuzthaler Gasthöfen nicht so gern vollaufen ließen. Hier draußen waren sie weit vom Schuß. Er war mit Stirb-und-werde-Möbeln ausgestattet worden und mit einem von Hand gemalten Heidebild an der Wand.

Der Lagerschuppen des Bahnhofsgebäudes war mit grünen Schiebetüren versehen. Hier hatte schon mal ein Sarg gestanden, die Leute erinnerten sich noch daran. Und hier war 1944 ein unrasierter Mann aufbewahrt worden, der in das Moorlager Emsthal überstellt werden sollte. Auch das wußten die Leute noch. Das war damals nicht recht gewesen, das hätte nicht sein dürfen, aber man hatte es nicht verhindern können.

Unter dem stuckverzierten Giebel des kleinen Bahnhofs war ein Spruch angebracht, von gleicher Hand entworfen wie das M und F der Klos:

Wie de Tied, so ändern sick de Lüd!

Vor dem kleinen Bahnhof stand ein Dieselölfaß, mit Schlauch und Plastiktrichter. Aus diesem Faß wurde, wenn nötig, der Schienenbus betankt, mit Handpumpe, zick-zack. Ein schwarzglänzender Ölschatten hatte sich auf dem Schotter rundherum gebildet: für Archäologen in fernen Zeiten ein sicheres Indiz dafür, daß hier einmal Menschen gewohnt hatten.

Neben der Schlachtviehrampe war ein Lkw-Anhänger abgestellt, beladen mit ineinandergeschobenen grünen Heuwendern, nagelneu, für den örtlichen Landhandel bestimmt, ein Rätsel, wieso sie nicht längst abgeholt worden waren und verkauft. Einmal in Gebrauch genommen, würden sie schnell ihr festliches Aussehen verlieren. Ein einziges Mal den Acker hoch und runter – aus ist es mit der Herrlichkeit.

Matthias ging nach vorn zum Schaffner. Der schnallte ihm das Fahrrad ab, das draußen am «Molly» hing, und dann notierte er es auf einem Schreibbrett, daß er das getan hat, das Rad abschnallen und dem Einlieferer aushändigen. Ein neues Rad war das, Marke Herkules, mit Packtaschen am Gepäckträger, die Lederschnallen noch steif. Viergangschaltung und ein Kilometerzähler, den man mit der Hand auf Null drehen konnte.

Es war auch eine junge Frau ausgestiegen, in hellem Tuchmantel, das Kleid darunter schwarz. Sie wirkte hier fremd, aber sie kannte sich aus, denn sie ging geradewegs auf ein kleines Auto zu, das neben der Viehrampe abgestellt war, einen FIAT 500, mit Püppchen am Rückspiegel. – Eine randlose Brille trug sie, und sie wirkte etwas unbeholfen wegen dieser Brille, aber doch auch lustig. Das kam wohl von ihrem kurz gekräuselten Haar. Durch den Rückspiegel betrachtete sie den jungen Mann, der zu ihr herüberguckte. Dann bleckte sie die Zähne in den Spiegel hinein, ob die noch einigermaßen in Ordnung sind, und fuhr davon.

Nun kam der Stationsvorsteher geschritten, der hatte einen schönen Schnurrbart. Er grüßte den Zugschaffner, den er jeden Tag viermal zu sehen kriegte, zweimal auf der Hintour und zweimal auf der Rücktour, und blickte gemeinsam mit ihm hinter dem jungen Mann her, der da mit seinem Mantel kämpfte; dann legte er die Weiche um. Er spuckte zwischen die Gleise und gab die Ausfahrt frei. Der Molly blies eine blaue Wolke hintenraus und gab ein quietschendes Signal von sich und legte sich in die Kurve. Biööót!
Zwischen einem Wall von Holunderbüschen, Weißdorn und Hundsrose zockelte er dahin, 40 km/h – ein Karnickel sprang hohlkreuzig-turnerisch über die Gleise.

Eine kräftige Frau trat aus dem Bahnhofsgebäude und goß einen Eimer Wasser auf die Treppe – die Hühner flatterten zur Seite – und schrubbte die Stufen. Das verursachte ein angenehm resches Geräusch. Als der junge Mann vorüberging, mit Fahrrad und Koffer, hielt sie einen Moment inne.
Wie de Tied, so ännern sick de Lüd: Hier war schon so mancher Fremde angekommen und bald wieder abgereist.

2

Matthias radelte durch eine kopfsteingepflasterte Allee von arg beschnittenen Linden in die Kleinstadt hinein, an Villen aus den dreißiger Jahren vorüber, mit Gärten, in denen der Mai sich bereits ankündigte; die Ziersträucher lagen schon auf dem Sprung, endlich wieder voll loszulegen.

Das Rad schepperte, obwohl Matthias im Rinnstein fuhr, abgefedert durch braune Knospenkapseln: links und rechts die zum Strunk beschnittenen Linden, jetzt ließen sie das erste junge Grün schlaff heraushängen.
Leider mußte Matthias es im Vorüberfahren mit ansehen, daß in dieser stillen Straße eine Katze langgestreckt hinter einer schon beschädigten, quiekenden Maus herlief. Ein Schatten lief über sein Gesicht: Was würde er unternehmen können, wenn er die Kinder nicht «in den Griff» bekäme? Wenn sie weiterredeten, anstatt aufzustehen in den Bänken, wenn er die Klasse betritt, und ihn zu grüßen? Wenn sie also nichts dergleichen täten? Von einem solchen Fall war im Seminar bei Petersen nicht die Rede gewesen. Disziplinarmaßnahmen – gab es die?

Menschen ließen sich hier nicht blicken. In dieser Straße wohnten Ärzte, wie an den Approbationsschildern zu sehen war, und die waren zu Ostern nach Oberbayern geeilt, die Skier auf das Dach ihres Mercedes geschnallt. Mit rasselnden Spikesreifen, die den Autobahnen natürlich überhaupt nicht schadeten, fuhren sie durch deutsche Lande, dem sogenannten Ferienziel entgegen.
Zu dieser Tageszeit schwebten diese Leute wahrscheinlich zünftig vermummt im Skilift den Hang hinauf und sausten ihn traumhaft wieder hinunter, Stemmbogen links, Stemmbogen rechts, um erneut hinaufzuschweben und wieder hinunterzusausen. Dem Leben lebenswerte Seiten abgewinnen! den Körper auslasten! die Lungen sich weiten lassen in frischer bayerischer Winterluft! Schau, das Lieschen hält auch schon mit!
Abends würden sie natürlich essen gehen, in die «Traube», wo

1937 ein Ufa-Film gedreht worden war, «Firnelicht», und wo es Haxen zu essen gab wie sonst nirgendwo.
Matthias würde niemals mit rasselnden Spikesreifen zum Skilaufen in den Süden fahren, das war ihm klar. Aber das, was er jetzt vor sich hatte, war auch nicht zu verachten: eine Dorfschulmeisterexistenz auf dem Lande, ein Häuschen und ein Garten?

In der Bahnhofsallee hatten die Haubitzen der Engländer gestanden, 1945, fünf Schuß hatten sie abgegeben, und dann war schon der Parlamentär um die Ecke gekommen: Friseur Hacker, ein aufrechter Sozialdemokrat, der keinen Dreck am Stecken hatte, sondern ganz im Gegenteil: fünf Wochen bei der Gestapo gesessen. Ein Händedruck war ihm von den Engländern verweigert worden. Einer der fünf Schüsse hatte die Klosterscheune in Brand gesetzt, aber die Kirche, gleich daneben, war unbeschädigt geblieben, dieses Kleinod mittelalterlichen Bauens! Die Seele war der Stadt erhalten geblieben. Hier wurde weiterhin getauft, konfirmiert und geheiratet. Und der Pfarrer guckt aus dem Fenster und sagt: «Wo bleibt bloß meine Frau?»

Die Allee mündete mit einem Knick in die Hauptstraße ein – an dieser Stelle, an der noch im vorigen Jahrhundert ein Stadttor gestanden hatte, war von den Nazis damals aus Baumstämmen eine Panzersperre gebaut worden, 1945, als Kreuzthal zur Festung erklärt worden war. Und hier war beim Einmarsch der Engländer Volkssturmmann Grotheer zu Tode gekommen. Nachdem Friseur Hacker die Stadt bereits übergeben hatte, war er noch mal hin und her gerannt – das hatte sich der Feind nicht bieten lassen können.

Matthias fuhr an dem Gymnasium vorüber, wegen der Osterferien war es geschlossen. Die leeren Fenster mit je einem Hartblattgewächs auf den Fensterbrettern: Das Lärmen im Treppenhaus und auf den Gängen ist verboten! – Schule stellte Matthias sich anders vor, er dachte an sein Landschulpraktikum, im Weserbergland, an die Schulstube, an den freundlichen alten Lehrer und an die Fliederlaube im Schulgarten, in der die großen Mädchen mit den Kleinen Fibeltexte buchstabierten – das war eine andere Art Schule gewesen als dieses steinerne Lehrinstitut. Er stellte sich die Schule,

in der er nun ein neues Leben beginnen sollte, wie die kleine Dorfschule im Weserbergland vor, ein Birnbaum auf dem Hof, die Sprunggrube von Brennesseln überwuchert ... Hier würde er «freischaffendes Lernen in offener Behaustheit» praktizieren können, wie es der alte Petersen auf dem Seminar wieder und wieder ausgedrückt hatte: «Vertrauen Sie in die Kinder hinein!»
Mit den Kindern durch die Wälder streifen, im Fluß baden und Heu aufstaken ... In einem sonnigen Klassenzimmer sitzen, den Globus zwischen den Händen drehen. Warmer Wind bauscht die Vorhänge, Blumen stehen auf dem Tisch.

Neben dem Gymnasium befand sich das Kreisschulamt, eine umfangreiche Gründerzeitvilla mit Fachwerkgiebel und einem von dorischen Säulen eingefaßten Portal.
Die Polizei saß im Parterre. Ein Steckbriefaushang und ein Plakat:

DEUTSCHLAND DREIGETEILT?
NIEMALS!

Matthias stellte sein Rad in eine Betonritze und betrat das Behördenhaus. Fünfzehn Uhr – er war angemeldet.

Um diese Zeit saß der Schulrat erwartungsvoll hinter seinem Schreibtisch und drehte die Daumen überm Bauch. Er wartete auf Matthias, den zweiten der beiden Lehramtskandidaten, die man ihm zugeteilt hatte. Der andere war gerade gegangen, ein Mensch mit roten Fingern und unentschiedenem Haarschnitt. Ganze zwei Kandidaten für den gesamten Schulaufsichtskreis! Keine Ahnung, wie das noch werden sollte, die Decke war zu knapp! Sieben Planstellen offen und keine Lehrer zu kriegen! – Er drehte sich um und nahm eine Kinderzeichnung von der Wand, den Sputnik darstellend, wie er durch den Weltraum rast, an Sternen und Monden vorüber ... eine Krakelei seiner Tochter, die inzwischen schon dem Abitur entgegenstrebte, neulich erst wieder eine Zwei in Französisch. In das Alter der Pampigkeit noch nicht eingeschwenkt. Sie hatte sich auf seinen Schoß gesetzt, ihm die Arme um den Hals geschlungen und «Papschi» gesagt. Ein warmer Sonnenstrahl fuhr in die Klüfte des Schulratgehirns, wenn er an seine Tochter dachte, es schien ihm, als ob das ein ganz besonderes Wesen sei, das

ihm der Herrgott anvertraut hatte, auf ungewöhnliche Weise kostbar.
In das Pädagogengehirn des Schulrats war der Geist der neuen Zeit bereits eingezogen. So durfte seine Tochter ihn «Egon» nennen – «Papschi», das war zwar nicht mehr zeitgemäß, hielt sich jedoch. – «Papschi ist gestorben», würde es eines Tages heißen. Und in der Zeitung würden sogar zwei Todesanzeigen stehen. Vielleicht sogar drei! Die Familie, die dankbare Lehrerschaft und die Regierung? Wer konnte es denn wissen?

Nun zog er die Uhr aus der Tasche: ob der junge Mensch, der hier nun jetzt vereidigt werden soll, wohl pünktlich ist? – Er war es!, und zwar auf die Minute: Es klopfte, und der Schulrat steckte die Uhr in die Westentasche und rief «Herein!», und als der junge Mann, der sein ganzes Leben noch vor sich hatte, eintrat, stand er sogar auf und ging dem kostbaren Lehramtsanwärter offenherzig entgegen. Hier mußte eine Lebensschaukel angestoßen werden, zu hohem und höchstem Schwung! Ein feierlicher Moment, den man sich als Pädagoge bewußtzumachen hatte, und deshalb reichte er ihm auch beide Hände.
«Seien Sie herzlich willkommen!»

Der Schulrat bot ihm einen Platz auf einem Korbstuhl der behelfsmäßigen Einrichtung an – «Wir sind die billigste Ein-Mann-Behörde der Bun'srepublik!» –, setzte sich hinter seinen Schreibtisch und fragte den Neuling über das Schreibgeschirr hinweg nach Namen und Herkunft, obwohl er dessen Lebensdaten doch vor sich liegen hatte. Es interessierte ihn, ob dieser junge Mensch wohl wußte, woher sich dessen Name leite? Ohne h, aber mit ck? Matthias reproduzierte seine Familienstory, und die nahm sich vorteilhaft aus, auch wenn darin viel von der Ostzone die Rede war.

Ostzone? In der Ostzone kannte sich der Schulrat aus, als Primaner hatte er eine Klassenfahrt auf die Insel Hiddensee gemacht: Vor Gerhart Hauptmanns Haus hatten sie ein Ständchen gebracht, aber der Dichter war nicht dagewesen.
Später hatte er drüben im Lazarett gelegen, in Thüringen, dort war

ihm von Schwester Gertrud mit gefälschten Blutwerten das Leben gerettet worden, zu Fuß dann, als die Russen kamen, allein nach Hause getippelt. «Ich hol' dich nach ...», hatte er zu ihr gesagt. Ja, er hatte sie nachholen wollen, die Krankenschwester mit dem leichten Silberblick, aber das hatte sich dann irgendwie zerschlagen.

Der Schulrat zog einen gebrauchten Schnellhefter aus dem Schreibtisch, strich den Namen des soeben pensionierten Kollegen durch und schrieb den neuen drauf: ein neuer Akt, ein neues Leben. Kollege Schmauch, den Matthias jetzt ablöse, sei lange in russischer Gefangenschaft gewesen, deshalb wohl dessen fatale Neigung zum Alkohol.
Ein guter Lehrer, aber ein Trinker, leider.

Ihm selbst sei Gefangenschaft ja glücklicherweise erspart geblieben, sagte er und dachte noch ein wenig an Schwester Gertrud, die seine Blutwerte gefälscht hatte, obwohl der Oberarzt von Tag zu Tag aufmerksamer auf die Krankenkarte geguckt hatte, das tapfere Mädel. Kopf und Kragen für ihn riskiert, nur damit er nicht wieder an die Front mußte! Und dann hatte er rechtzeitig die Kurve gekratzt, als die Amerikaner abrückten und die Russen kamen, allein, ohne sie. Einen siebten Sinn und eine achte Nase hatte er gehabt, und es hatte schließlich alles noch ein gutes Ende genommen.
Er stellte einen Tischwecker hinter Matthias auf das Bücherbord, damit er jederzeit im Bilde ist, wie lange er sich mit diesem jungen Mann hier befaßt, einem Menschen, der sich offenbar im Leben noch nicht versucht hatte, abgesehen von einem unfreiwilligen Aufenthalt in einem Gefängnis des Unrechtsstaats da drüben, über den jedoch eine ehrenrettende Bescheinigung vorlag, auch die Erste-Hilfe-Prüfung beim Roten Kreuz und das Vorhandensein eines Befähigungsausweises zum Vorführen von Filmen machten einen guten Eindruck.
«Unsere jungen Damen haben ein gestörtes Verhältnis zur Technik ...», sagte er. Es sei schon vorgekommen, daß sie den gerissenen Film mit Büroklammern zusammengesteckt hätten. In der Kreisbildstelle gäb's eine ganze Sammlung solcher Untaten.
Die Religionsfakultas, auf allerletzten Drücker noch erworben,

vervollständigte den positiven Eindruck, den man nach und nach von diesem Menschen hier gewann, ohne Gott gehe es nun einmal nicht, und wie sollte wohl der Rahmen aussehen, in dem Erziehung sich verwirkliche, wenn nicht im Christentum?
«Pädagogik ist ein schwieriges Geschäft!»

«War Ihr Herr Vater Pastor?» fragte der Schulrat und durchraschelte mit der kriegsversehrten Hand die Papiere, die er nun der Reihe nach in den Schnellhefter einordnete. Geburtsurkunde, Abitur und Examenszeugnis, Gesundheitsattest und polizeiliches Führungszeugnis, er lochte die Bescheinigungen und heftete sie ein. Ein Mann gleichen Namens sei Fähnrich in seiner Kompanie gewesen, ein guter Kamerad, Theologiestudent, natürlich sofort gefallen, wie all die jungen Studenten, idealistisch bis dort hinaus ... Obwohl Matthias mit diesem Mann nicht verwandt war, sicherten ihm Namensgleichheit mit einem prachtvollen Menschen und die Religionsfakultas eine erste Portion Wohlwollen seines Vorgesetzten, der jetzt damit begann, Kleingeld aus der Jackentasche zu sammeln, es zu sortieren und zu einem Turm zu fügen. Er mochte dabei an einen heißen Sommertag denken, an dem er in Frankreich aus dem Fenster der Dienstbaracke gesprungen war, hintenraus, weil Résistanceleute auf der Straße mit einer Maschinenpistole herumschossen. Er fragte Matthias, ob er eigentlich wisse, wieviel Theologiestudenten im letzten Krieg gefallen sind. Er meine, rein numerisch. «Blutzoll» und «zur Ader lassen», diese Worte fielen.

Ohne Zweifel hatte dieser junge Mensch eine glänzende Volksschullehrerkarriere vor sich. – «Stichnoth» hingegen, wenn einer schon Stichnoth heißt, wie der junge Kollege aus Hildesheim zum Beispiel, der jetzt auch grade anfängt, auf dem zweiten Bildungsweg herangerobbt, zunächst Schlosser, dann Polizist, und sich nun ein ruhiges Leben auf dem Lande erhofft – eben ist er zur Türe hinaus ... dann schwant einem schon nichts Gutes. Leute, die Stichnoth heißen, tun sich in der Gewerkschaft hervor, und die verweigern das Wort «Gott» in der Eidesformel. Merkwürdig, aber auch anerkennenswert, hier vor seinem Vorgesetzten das Wort «Gott» zurückzuweisen und statt dessen mit einem Vakuum vorliebzunehmen.

Menschen, die das Wort «Gott» verweigern, können es sich doch denken, daß man ihnen das ankreidet?

Na – comme ci, comme ça, das spielte ja jetzt keine Rolle. Was einzig zählte, war, daß auch mit diesem Menschen eine vakante Lehrerstelle zu besetzen war.

Matthias akzeptierte das Wort «Gott» ohne weiteres, womit er auf der Wohlwollensbriefwaage des Schulrats ein kleines Guthaben ansammelte. Um einen noch besseren Eindruck zu machen, strich er sich das Haar aus der Stirn und ließ seine rehbraunen Augen vertrauenerweckend aus den Höhlungen treten. Er zog die Beine an, die er unter dem Schreibtisch des Schulrats weit von sich gestreckt hatte, und nahm die Arme von der Lehne des Korbsessels.

Nun also die Vereidigung vornehmen.
Es wurde aufgestanden, und die beiden sprachen die Eidesformel: der eine vor, der andere nach. Leider klingelte das Telefon während der Zeremonie, aber sie ließen sich nicht beirren, sie brachten die Sache hinter sich, und dann hörte das Klingeln auf. Worauf man sich wieder setzte. Zu Mittag würde der Schulrat es seiner Frau erzählen: Denk mal, als ich heute einen jungen Mann vereidigte, klingelte das Telefon!

Ah – eben noch unterschreiben ... Der Schnellhefter wird herumgedreht, da steht's, daß man vereidigt worden ist, und was alles damit zusammenhängt: Residenzpflicht in den Ferien! Und ohne Genehmigung nicht in die Ostzone fahren! Matthias setzte seinen Namen unter das Dokument, und er dachte daran, daß er schon allerhand unterschrieben hatte in seinem Leben, Dokumente, an die er sich nicht gerne erinnerte. Der Schriftzug war immer noch der gleiche: hier unter der Vereidigungsakte und dort unter die Vergangenheit, verstaubt, aber nicht vergessen, ein Bindfaden hält die Papiere zusammen.

Der Schulrat mochte auch schon so manches unterschrieben haben, aber daran dachte der jetzt nicht. Der dachte mehr an seinen Volkswagen, daß es eigentlich nicht geht, als Schulrat einen

Volkswagen zu fahren, und noch dazu einen «Standard» von der billigsten Sorte, wie ein Tierarzt, mit Zwischengas und Handhebel zum Umschalten auf Reservetank, und er beschloß, in die nächsthöhere Klasse umzusteigen, wenn schon kein großer Wagen drin war: Der VW 1600 bot sich als Lösung an.

Nun noch ein wenig miteinander plaudern, auf den Zahn fühlen, abtasten. Pädagogik – eigentlich ja ein herrlicher Beruf. «Wie Arzt oder Pfarrer», sagte der Schulrat. Aber wenn er an die älteren Kollegen denke ... was sich da abspiele, das sei doch oft sehr bedenklich, da überwintere so mancher Kommiskopp mit einer ruhigen Kugel.

Matthias fand ebenfalls, daß Pädagogik eine herrliche Sache sei, nicht *Lehrer* sein, sondern *Pädagoge*, das sei seine Einstellung dazu, und er führte zur Verdeutlichung seiner Lebenseinstellung die Begriffe *Arzt* und *Mediziner* an, den Unterschied, und daß er natürlich Arzt sein wolle, um im Vergleich zu bleiben, und kein Mediziner, der immerfort nur Pillen verschreibt, also an den Symptomen herumdoktert, anstatt das Übel seelisch-körperlich bei der Wurzel zu packen. Dann redete er von freischaffendem Lernen in offener Behaustheit, und daß er mit den Kindern Heu staken wolle und im Flusse baden ...
«Aber nicht zu frei, lieber Kollege», sagte der Schulrat und tippte an die Wohlwollensbriefwaage, «auch Zucht ist nötig. Zuviel Freiheit schafft plumpe Vertraulichkeit. Da sofort einen Riegel vorschieben! Unbedingt.»
Abstand halten – eingerissene Mauern ließen sich so bald nicht wieder aufrichten. Pädagogik sei ein schwieriges Geschäft!
«Respekt, verstehen Sie? Respekt muß erhalten bleiben, bis zur letzten Konsequenz.» Er habe zwar seiner Tochter erlaubt, ihn Egon zu nennen, deshalb sei er aber noch lange nicht ihr Kumpel.

Matthias hätte gern noch dies und das zur Sprache gebracht, er hätte zunächst einmal gern gewußt, auf welche Weise man sich Respekt verschaffen kann, das war ihm irgendwie nicht klar. Wenn er in die Klasse tritt und keiner nimmt Notiz von ihm?, was wäre dann zu tun, beispielsweise?

Statt einer Auskunft folgte ein Exkurs über die Prügelstrafe, daß die abgeschafft sei – also keine Ohrfeigen austeilen, um Gottes willen!, kein Puffen und kein Stoßen, nicht an den Haaren ziehen oder an den Ohren: «Wenn einer querschießt – einfach nicht beachten, eine Woche lang nicht ansprechen, dann wird der so klein mit Hut ...» Aber wenn ihm dann doch mal die Hand ausrutsche, dann sei das auch kein Beinbruch hier auf dem Lande. Pädagogik sei ein schwieriges Geschäft! Aber so schwierig nun auch wieder nicht! Locker sein, natürlich, und ruhig den Hasen auch mal laufen lassen, wie er läuft ... Wenn so etwas passieren sollte, daß er mal eine Ohrfeige austeilt, die berühmte Ohrfeige zur rechten Zeit zum Beispiel!, dann ihn am besten gleich anrufen, dann gäbe es keine Weiterungen.
«So was kann man dann telefonisch irgendwie ausbalancieren ...»

Das eben noch erblühte Wohlwollen des Schulrats fiel rasch in sich zusammen, als Matthias auf die Besoldung zu sprechen kam, ob er für den Monat April nicht noch irgendwie ein Gehalt kriegen kann, es ist schließlich erst der neunundzwanzigste? Er sei nämlich absolut blank ... Ob sich das nicht deichseln läßt? Unter der Hand?

Deichseln? Was war denn das für ein Wort! und: «Unter der Hand»? Da war sie wieder, diese Geldgier, das Berechnende, Unkorrekte, das es früher so gar nicht gegeben hatte. Hier demaskierte sich Egoismus, wo ein Sich-Einsetzen für das große Ganze geboten war. Oder kam hier gar was Ostzonales zum Vorschein? Was Östliches? Damals die Flüchtlinge, die ihm den letzten Koffer gestohlen hatten, auf dem Bahnhof zu Reiferscheidt? Und nun kam ihm hier ein junger Mensch mit Gelddingen. – Schade. Und: Mein Gott! Er habe nach dem Krieg für ein Gehalt zwei Schulen leiten müssen, ob Matthias sich das vorstellen könne?, morgens 89 Schüler in Woltersen und mittags mit dem Fahrrad nach Steddorf hinüberfahren bei Wind und Wetter, und dort dann nochmals 80 Schüler verarzten! Achtzig strahlende Augenpaare! Und das mit Steckrübenscheiben auf Brot statt Wurst, und die Bauernkinder aßen Schmalzstullen! Daß zu dieser Zeit der Stock regiert hatte, behielt er für sich, an stramm gezogene Hosen mußte er denken und auch an Röcke, aus denen dann Staub aufstieg ...

Er packte die Groschen, die er da vor sich zu einem Turm aufgeschichtet hatte, ein und holte aus dem Soennecken-Rollschrank ein in schwarzes Kaliko gebundenes Heft hervor, in das er so manches Erinnernswerte eingetragen hatte aus seinem Pädagogenleben. Er blätterte es auf und blickte einen Augenblick versonnen hinein und schickte sich an, daraus vorzulesen. Aber er tat's dann doch nicht – nein, das jetzt nicht. Das würde Unverständnis hervorrufen, auch hier mußte Abstand gewahrt werden ... und er stellte das Heft wieder in den Schrank, direkt neben die ergänzbare Sammlung des Schulrechts, deren Nachträge verdammt oft kamen, schwierig einzuordnen waren und jedesmal neunundsechzig Mark kosteten.

Wenn er es recht bedenke, sei die Zeit nach dem Krieg im Grunde eigentlich die schönste Zeit gewesen, sagte er und ließ Sonnenschein über sein Gesicht gleiten. Zwar nagenden Hunger und eiskalt in der Klasse ... Aber doch auch glücklich irgendwie. Kinder seien ja oft ganz lustig. Urlaub allerdings – «Jetzt fahren die Kollegen ja alle nach Tunesien» ... –, Urlaub habe es damals nicht gegeben. Eine unselige Entwicklung. Die Ferien habe man in Balkonien oder Bad Meingarten verlebt, genug zu tun mit Haus, Hof und Vieh. Er wisse noch, wie er mal als junger Lehrer mit seiner Frau ein Wochenende per Fahrrad an die Nordsee gefahren sei!

Nein, ein Gehalt für den nahezu abgelaufenen Monat gäbe es nicht, und schon gar nicht unter der Hand! Aber wenn er ihm irgendwie aushelfen könne, ...? (er griff zu seiner Brieftasche) – Nein? Und weil das so gütig war von ihm, hier ganz schlicht zur Brieftasche zu greifen: «Du brauchst und ich gebe ...» und einen so guten Eindruck machte, der sich sicherlich unter den jungen Leuten herumsprechen würde, fand er doch zu Wohlwollen zurück, das einem Vorgesetzten ja schließlich besser zu Gesichte steht als Strenge.

Zum Schluß beglückwünschte der Schulrat den jungen Mann, er freue sich besonders darüber, daß er nach Klein-Wense komme, Kollege Schmauch sei über dreißig Jahre dort gewesen, im schönen Eischetal gelegen, zwölf Kilometer südlich von Kreuzthal.

Auf der Landkarte des Regierungsbezirks, die an der Wand hing, war der Ort leicht auszumachen. Wie neben allen Schulorten des Kreises befand sich auch neben Klein-Wense ein Zeigefinger-Fettfleck. Nette Leute wohnten in Klein-Wense, nie Schwierigkeiten gehabt mit der Gemeinde. Und daran nun auch ja nicht rühren! Keine Neuerungen einführen, alles hübsch so lassen, wie es ist, nicht als neuer Besen auskehren wollen irgendwas. Bauern sind konservativ, die werden mißtrauisch, wenn man die gewohnten Pfade verläßt. Und ja nicht vergessen, dem Pastor einen Besuch abzustatten! Und dem Bürgermeister. Erst dem Pastor, dann dem Bürgermeister. Auf so was schauten die Leute. Das sei hier eben noch so, das müsse man akzeptieren. Bauern seien erzkonservativ.

«Auf Klein-Wense können Sie sich freuen!» wurde gesagt. «Wer weiß, vielleicht sind Sie am Ende dann auch dreißig Jahre dort? Wie Kollege Schmauch?» – Klein-Wense sei ein nettes kleines Dorf mit uralten Häusern – auch landschaftsmäßig, das Eischetal, das Glumm und der Sassenholzer Wald. Aber bevor man mit den Kindern in den Wald geht, eben noch mal schnell den Wandererlaß ansehen, das empfehle er dringend, und vorher abschreiten die Tour, damit keinem Schüler durch herunterhängende Zweige ein Auge ausgestochen wird womöglich. Im Sassenholzer Wald sei übrigens vor kurzem ein prähistorischer Backofen entdeckt worden, Kollege Jagels habe davon eine Nachbildung angefertigt mit seinen Schülern, eins zu hundert, und dem Heimatmuseum übergeben. Das sich mal angucken, unbedingt. Schon allein des Kollegen wegen, der sich solche Mühe gegeben habe damit. Pädagogik im Allroundsinne, jederzeit und überall.

In Klein-Wense wohne übrigens die Tochter von von Kallroy, dem berühmten Maler – «Sie wissen doch, Ernst Werner von Kallroy, der immer diese in die Länge gezogenen Jünglinge gemalt hat ... Münchner Schule ... In jeder Kunstgeschichte drin. Von den Nazis ins KZ gesteckt? Nein, wissen Sie nicht?» Und da er gerade bei der Malerei war, wies er auf das Sputnikbild seiner Tochter – an sich untypisch für Mädchen, so etwas zu malen ...
«Sehen Sie mal, dies hat meine Tochter gemalt ...», sagte er. Es wundere ihn, mit welcher Sicherheit ein so kleines Mädchen die

Proportionen verteile auf dem Papier, nicht etwa alles links unten in die Ecke zusammengedrückt, nein, frei und harmonisch auf dem Blatt verteilt, und alles ganz korrekt wiedergegeben, Antenne und Sichtfenster und so weiter und so fort, et cetera p.p., derartig korrekt, wie er selbst es niemals schaffen würde, er selbst wisse gar nicht, wie ein Sputnik überhaupt aussieht. – Er wies mit seiner kriegsbeschädigten Hand besonders auf die Rundform des Sputniks hin. Der eine male eben gern rund, der andere eckig und der dritte mehr das, was länglich ist.
«Chacun à son goût, wie ich immer sage.»

Matthias ließ vor Bewunderung erneut die Augen aus den Höhlungen treten und sagte, er komme sich jetzt auch wie dieser Sputnik vor, der in den schwerelosen Raum geschossen wird, ins kalte Weltall, und ihm werde bange, wenn er an die Anforderungen denke, die jetzt das Leben an ihn stelle. Wenn die Kinder nun zum Beispiel nicht annähmen, was er ihnen aus vollem Herzen schenken wolle? Dann stehe man da mit seinem guten Willen ...
Und siehe da, die Prise Wohlwollen auf der Schulratswaage häufte sich zu einem kleinen Kegel. Das war ja ganz außerordentlich, was er hier heute zu hören kriegte ... Es fehlte nicht viel, und «Egon» hätte dem jungen Mann die Hand auf die Schulter gelegt.

Eben denke er – «attention!» –, ob Matthias sich nicht eine größere Aufgabe zutraue? sagte er: Ihm falle gerade ein: Ob er nicht Klein-Wense sausen lassen wolle, kurz und trocken, und gleich hier in Kreuzthal anfange! Manchmal müsse man den gordischen Knoten zerschneiden, wenigstens in einer Richtung ... Noch sei es Zeit ... Ein einziges Telefongespräch mit dem Regierungsschulrat, und die Sache sei geritzt? – Auf dem Dorf sei man eben doch oft sehr einsam, die Bauern stur und die Kinder einfältig, und keine Anregung! Hier in Kreuzthal gäb's eine richtige Buchhandlung und einen gemischten Chor, Pastoren, Ärzte, Apotheke und so weiter ... In der Hermann-Sulzberg-Schule hier gleich nebenan wär der Sportlehrer gerade gegangen, wär das nicht was? Den gesamten Sportunterricht der Schule übernehmen und dazu dann noch Musik? Stadtkinder seien doch ein ganz anderes Material? Und sich nebenbei aufs höhere Lehramt vorbereiten? Von hinten durch die kalte Küche? Studienrat werden? Peu à peu? Eine Wohnung werde sich hier schon finden, er glaube, die Hälfte der Hausmeisterwohnung stände leer, unterm Dach, zwei Mansarden. Wär das nicht was? Noch lasse sich das deichseln? – Der Hausmeister ein ganz verträglicher Mensch, mit Schwächen behaftet natürlich, mit menschlichen Schwächen.

Er griff zum Telefonhörer, trat dann aber doch erst mal ans Fenster und lud Matthias ein, sich die Schule da drüben anzusehen und zu prüfen, ob das nicht was wär?
Sie blickten beide am Außenthermometer vorbei, hinunter auf die vier eingegitterten Linden, die auf dem windverwehten Schulhof standen, an jeder ein Starenkasten, und der Schulrat wischte seine Brille mit dem Schlips sauber, damit er es besser sehen kann, was das für eine famose Schule ist. So manchen Blick riskierte er auf diesen Hof des gemischten Gymnasiums, morgens halb zehn, die große Pause, in der sich Mädel und Buben bis zum Balgen hin haschten?

Matthias schwammen die Felle weg – Sport! Das hatte ihm grade noch gefehlt! – Heu aufstaken und jauchzend in den Wald laufen, das war es, was er sich vorgestellt hatte, aber doch nicht Ristgriff mit Aushänge-Unterschwung zum Stand? Hatte er dafür das Unterstufenseminar von Petersen mitgemacht, um seine Tage im Trainingsanzug hinzubringen, mit Trillerpfeife um den Hals? In einer nach Schweiß riechenden Behelfsturnhalle? Und: Kanons singen zu lassen? «Laßt doch der Jugend, der Jugend, der Jugend ihren Lauf ...»?
Er versteifte sich, er machte es, daß von seinem Körper Ablehnung ausging. Ohne daß er ein Wort gesagt hätte, kapierte der Schulrat, daß er hier auf Granit gebissen hatte.

Dann eben nicht! Dann eben die Zukunft verspielen, sausen lassen alles, was eine Stadt zu bieten hat, und auf eine Karriere verzichten, die bis wer weiß wohin geführt hätte? Bis in die Schulaufsichtsbehörde hinein? Wer könne das denn wissen? – Er händigte dem jungen Mann ein kostenloses Exemplar des Grundgesetzes aus, mit vergoldetem Adler auf dem Umschlag, sowie die Rahmenrichtlinien für den Unterricht. Dann gab er ihm die Hand, und er vermerkte es in der Akte, daß hier ein Junglehrer, geboren 1930, ordnungsgemäß eingewiesen sei in die bis zum nächsten Jahr vertretungsweise zu besetzende Stelle an der einklassigen Schule in Klein-Wense, vertretungsweise, wodurch man ein Jahr lang den Zuschlag sparte für den «Ersten Lehrer», fünfzehn Mark pro Monat durch einen solchen Schachzug immerhin.

An der Tür dann noch: Dumm, zu dumm, daß er sich nicht für die Hermann-Sulzbach-Schule entscheiden könne – an einer größeren Schule gäb's doch ganz andere Chancen, Fachberater für Sport könne er werden, den Turnverein leiten und sich ins höhere Lehramt hineinschieben, wenn kein andrer da ist, der das tun will? Vielleicht sogar Konrektor werden und so weiter und so fort? Als Turnlehrer habe man ja auch die Kinder ganz anders in der Hand, Disziplinschwierigkeiten gäb's da keine.
Außerdem, das müsse er ihm noch eben sagen, in Klein-Wense trete er ein schweres Erbe an, der pensionierte Kollege dort, zwar ein guter Lehrer, aber zeitlebens eigentlich immer betrunken; so und so oft schärfstens gerügt ...
Na ja, «Chacun, wie ich immer sage, nach seinem Geschmack» – und damit war die Sache vom Tisch.

Anschließend gab der Schulrat dem jungen Menschen, der hier soeben die Chance seine Lebens ausgeschlagen hatte, noch einen gereimten Rat mit auf den Weg: «Zuviel zu tun ist schädlich/zu wenig tödlich!» Auf so mancher Lehrerversammlung hatte er diese Maxime schon verlauten lassen, und alle waren gut damit gefahren.

3

Dem Schulamt gegenüber befand sich ein Zeitungsladen mit heraushängender Lottofahne. Vom Wind wurden Magazinschönheiten aufgeflattert. *FLORIDA! Nackt und schön, von Sonne umschmeichelt!*

Der Lottomann kam heraus aus seinem Laden, als er den jungen Mann mit seinem Fahrrad sah, und legte gußeiserne Reklamestäbe auf die Zeitungen, und dann erklärte er ihm einigermaßen freundlich, wie man nach Klein-Wense kommt, und machte ihn auf eine Abkürzung aufmerksam, die sehr angenehm zu fahren sei. An einer alten Mühle gehe es links ab und dann immer geradeaus. Matthias folgte dem Mann in den nach Tabak und Pfefferminzpastillen riechenden Laden und kaufte sich ein Notizbuch: ein neuer Lebensabschnitt war schon ein neues Notizbuch wert.
«Wo kommen Sie her?» fragte der Lottomann, auf Barras-Geschichten hoffend oder: «Egerländer halt's zusamma ...», auf Heimat.
Wo kommt man schon her!
Matthias sagte, er wolle in Klein-Wense einen neuen Anfang machen mit seinem Leben, er habe allerhand Pech gehabt, Brücken hinter sich abgebrochen, und: Kindern das Lesen und Schreiben beibringen, was könnt' es Schöneres geben?
«Gar nicht so dumm», sagte der Mann. «Da kriegen Sie jedenfalls sofort 'ne Wohnung und später Pension.»

Der Schulrat ließ oben am Fenster die Gardine fallen, und Matthias fuhr die enge Hauptstraße hinunter in die Stadt hinein. Früher hatten hier Linden gestanden, die viereckigen Erdinseln auf dem Gehsteig waren noch vorhanden. Wegen der Lastwagen, die hier ab und zu mal durchfuhren, waren sie gefällt worden, ohne viel Trara. Es war hier zwar noch niemals ein Fußgänger zu Schaden gekommen, aber wer will der erste sein? Für das Leben eines einzigen Menschen gibt man doch tausend Bäume hin! – Es existierten noch Ansichtskarten, auf denen die Straße mit den schon von jeher alten Bäumen zu sehen war. Eine schattige Straße, vor jedem Haus eine weiße Bank, auf der alte Männer sitzen und Pfeife rauchen.

Jetzt eben klapperte ein Lieferwagen um die Kurve, er hatte altes Bauernmobiliar geladen, Schränke, Schatullen und Truhen. Strikke hielten die Sachen zusammen. Ein holländischer Lieferwagen war das, mit gelbem Nummernschild.

Eine Bäckerei, Schlachterei Tense mit einem fröhlichen Schwein auf einer Reklametafel, Friseur Hacker und das Kaufhaus Weber, in dem es offenbar alles zu kaufen gab, was Menschheit zum Leben benötigt. In den Schaufenstern saßen Osterhasen zwischen Konfirmandenpuppen und einem vollständig ausstaffierten Brautpaar. Auch auf Gartenmöbeln, die zu dieser Jahreszeit angeboten wurden, saßen Osterhasen, und zwischen grüner Papierwolle lagen bunte Eier ausgestreut, als wenn das eine gute Saat ist, die schon noch aufgehen wird.
Osterhasen aus Pappmaché mit abschraubbarem Kopf. Gelbe Küken mit Pappschnabel und Drahtbeinen. Die Schaufenster wurden gerade von zwei Lehrmädchen abgeräumt, sie holten Schulranzen aus dem Inneren des Ladens und stapelten sie gefällig ins Fenster, dann steckten sie Zuckertüten dazu in allen Farben, sehr kleine und sehr große. «Alles für den Schulanfang!» stand auf einem selbstgemalten Schild, das einer Schiefertafel nachempfunden war.

Direkt neben dem Kaufhaus war etwas zurück noch ein zweites Geschäft, das hieß auch Weber, und zwar *Ludwig* Weber. Ein altes umgebautes Bauernhaus war das. Auf den Rechnungen, die hier geschrieben wurden, war das «Ludwig» kursiv gedruckt, damit man sich das endlich mal merkt!

Die Besitzer der beiden Kaufhäuser waren verfeindete Vettern. Wilhelm Weber, auch «großer Weber» genannt oder «Weh-weh», war begünstigt durch die Lage an der Hauptstraße, was Ende des Krieges, als die Engländer einrückten und die Polen plündernd von Haus zu Haus zogen, kein Vorteil gewesen war. Bei Ludwig Weber, dem «kleinen Weber» – konnte man handeln, das wußten die Bauern, aber dessen Angebot war stark eingeschränkt: «Gurkengläser hebbt wi nich ...», hieß es, und dann mußten die Bauern eben doch zu Weh-Weh hinübergehen, wo's keine Prozente gab und wo zickig bedient wurde, weil die Verkäuferinnen es mitgekriegt hatten, daß man von nebenan kam.

Matthias dachte, daß er sich ja eigentlich auch eine Schultüte kaufen müßte, er war ja ebenfalls ein Schulanfänger. Dreißig Jahre alt und noch einmal ganz von vorn beginnen.

Am Ende der Straße stand ein behäbiges Landgasthaus. Nach dem Krieg war das die Kommandantur gewesen, es existierten noch Fotos davon: damals, als die beiden Jungen verhaftet wurden, weil sie im Wald mit Handgranaten gespielt hatten. Auf «Werwolf» hatte die Anklage gelautet, und sie waren an die Wand gestellt worden, was Wellen geschlagen hatte bis ins alliierte Hauptquartier.
Nun gab es hier Frühlingssuppe zu essen und Braten mit viel Soße.

Gleich neben dem Gasthaus stand auf einem verbogenen Wegweiser: «Sassenholz 13 km», und darunter, etwas kleiner: «Klein-Wense 9 km». Klein-Wense, das war der Ort, in den sich Matthias, vom Schicksal unbemerkt, verdrücken wollte. «In Deckung gehen», «sich abmelden», wie er es im Seminar verkündet hatte, und seine Freunde hatten es überhaupt nicht verstanden, wieso sich eine so flotte Type aufs platte Land begibt.
Aber sämtliche Professoren, die er auf der Hochschule um Rat gebeten hatte, sollte er aufs Land gehen oder in die Stadt?, waren in ihrer Verlobungszeit dort umhergeschweift, den Schmeil-Fitchen unterm Arm und die Laute auf dem Rücken: Im August, wenn die Heide blüht, alles lila! Und das hübsche Wollgras, und: Mit Porst kann man Ostereier färben!
«Das Eischetal ist landschaftlich reizvoll», hatte es geheißen, «da kommen Sie in eine wunderschöne Gegend!»
Der alte Petersen hatte gar sein Fotoalbum hervorgekramt, Einband handgewebt, von einer sauber gedrehten Wollkordel zusammengehalten – Holzperle unten dran – und zwischen den Seiten Pergamentpapier mit Spinnennetzmuster versehen.

«Mit Evchen am Wilseder Berg.»

Auch die Zimmerwirtin hatte nur Positives zu berichten gewußt: «Da unten backen die Leute ihr Brot ja noch selber! Und dieser wunderbare Heidehonig, und: Buchweizengrütze!» Die wußte, daß dort nette Leute wohnten, sogenannte Heidjer ... «Wenn die Sonne dann so untergeht und sich die Heidschnucken um den Schäfer geschart durch die Fluren tummeln» – Buchweizen sei von den Nazis nicht «bewirtschaftet» gewesen, den hatte es ohne Marken gegeben. Mit Sirup und angebratenem Speck!

Über die Heide geht mein Gedenken,
Rosemarie ...
All meine Liebe will ich dir schenken,
Rosemarie ...

Das «Grüne Buch» von Hermann Löns hatte sie ihm geschenkt, eine Ausgabe von 1916, mit getrocknetem Heidekrautbüschel darin und Rostflecken von den vergammelten Heftklammern. Und eine Radfahrerlandkarte aus dem Jahr 1910: Kreuzthal und Umgebung. Ein Hünengrab war darauf eingezeichnet und eine tausendjährige Eiche. «Moore, Wälder, von einem Flüßchen namens Eische durchflossen ...»
«Ich an Ihrer Stelle würde aufs Land gehen», hatten die Professoren gesagt: wenn sie noch einmal vor die Wahl gestellt würden – für sie käm' nur die Lüneburger Heide in Frage. Ostfriesland nicht, ehrlich gesagt – um Gottes willen –, aber die Lüneburger Heide? «Grüßen Sie mir das Eischetal!»

Die Freunde in der Mensa, die sich mit ihren Motorrollern vorwiegend an die Weser versetzen ließen, nach Holzminden, Höxter oder Hameln – von da aus hat man's in den Süden nicht so weit –, hatten ihn «Heideschulmeister Uwe Karsten» genannt. – Für die kamen nur zweizügige Mittelpunktschulen in Frage. Städte, wo man ins Kino gehen kann und tanzen, ohne jedesmal eine Weltreise antreten zu müssen.

Außer Heide, Moor und Wälder hatte die Gegend, für die sich Matthias entschieden hatte, nichts zu bieten, aber eben das war für einen Neuanfang genau das richtige. Ganz von vorn beginnen, Höhlenkinder im Heimlichen Grund – so etwas stellte Matthias sich vor, Kräuter suchen und Pilze, und morgens kommen die Kinder in die Klasse, einfache, natürliche Menschenkinder, und man setzt sich zu ihnen und sagt ihnen, wie's in der Welt zugeht.

Matthias fuhr an einer stillgelegten Sägerei entlang, mit Teich davor, auf dem Enten schwammen. Dann ging es die Landstraße bergauf, langsam, aber stetig, linker Hand von alters her der sandige «Sommerweg» für Pferd und Wagen. Kein Schild kündete davon,

daß dies die Todesstraße gewesen war, 1945. Die Bürger von Kreuzthal hatten zwar Türen und Fenster geschlossen, als die Blaugestreiften vorüberschlurften, von einem KZ ins andere, Vorhänge zu, aber gesehen hatten sie doch alles.
«Ich werde hier irgendwie zurechtkommen», dachte Matthias und legte den ersten Gang ein. Ein altes Lehrerhaus stellte er sich vor, von Wein berankt, mit großem Garten. Jeden Apfel einzeln pflücken, mit einem Tuch polieren und auf Borde legen im Keller, für den Winter, wenn draußen der Schnee klafterhoch liegt. In einem solchen Haus alt werden. Mit achtzig Jahren dann, eine bestickte Mütze auf dem Kopf, die lange Pfeife rauchen und lächelnd auf das Leben zurückblicken: Es hatte alles seinen Sinn gehabt. Eine alte Fotografie von Mörike hatte er vor Augen, wenn er darüber nachdachte. Er trat in die Pedale. Der Wind blies ihm entgegen, und es dauerte seine Zeit, bis die Anhöhe geschafft war. Hier stand dann auch ganz richtig die Mühle, von der der Lottomann gesprochen hatte. Sie machte einen verlotterten Eindruck. In ihr war schon lange kein Korn mehr gemahlen worden. Es war eine holländische Mühle. Die Schieferplatten der Haube waren zum Teil abgefallen, und ein Flügel war abgebrochen, die anderen drei ragten nur noch als zersplitterte Balken in die Luft. Wie eine Fliege, der man einen Flügel ausgerissen hat, dachte Matthias. Das Ding renovieren und dann ein Café daraus machen, für Radfahrer, die hier innehalten, am Wendepunkt ihres Lebens. «So was muß doch wieder hinzukriegen sein?»

Vom Mühlberg aus gab es eine pathetische Aussicht über das Urstromtal. Matthias lehnte sich auf den Lenker und guckte in die Ferne. Wälder und sanfte Matten waren zu einer idealen Parklandschaft zusammengewachsen, in der sich die Eische schlängelte. Pflügende Trecker als Riesenspielzeug darin herumkriechend. Die Sonne schickte zwischen zwei Wolken hindurch einen Scheinwerferstrahl auf die frisch begrünte Landschaft, zog dann aber doch die Luke wieder zu. Jetzt sprühte Wind einen feinen Regen über die Straße, und die Eichen am Weg regten sich: Laub vom vorigen Jahr.
Vielleicht hatte der Müller im Krieg von seiner Bodenluke aus die Bombardierung Bremens beobachtet: die roten Wolken, und dar-

unter, über dem Horizont, der weiße Flammenstrich. Und bestimmt hatte er die Kolonnen der Engländer gesehen, wie sie sich heranschlängelten, Jeeps, Lastwagen und Panzer, und er hatte das Fenster geschlossen und war in den Keller gestiegen. Im Mittelalter hatten die Müller den Strick für den Galgen stiften müssen.

Was fängt man mit Aussicht an? Auf diesem Aussichtspunkt fehlte eine Panoramatafel, auf der das, was es hier jetzt zu sehen gab oder auch nicht zu sehen gab, erklärt wurde, damit man es mit der Landkarte vergleichen könnte: Urstromtal oder Geestrücken und die Namen der Dörfer oder weiß der Himmel was. Eine Übersichtstafel, so wie es sie im Hochgebirge für Touristen gibt, leicht geneigt, wie das Pult auf einer Kanzel, mit zweisprachigen Erklärungen, mit Pfeilen ins Bild hinein und unter Glas.
Was nützt einem die schönste Aussicht, wenn man nicht weiß, wie das heißt, was man da sieht?

Mit den Schülern würde er einen Ausflug zu dieser Mühle machen, das war ihm klar, schon jetzt mal angucken, wo es sich rasten läßt. Mit den Großen dann ein Modell anfertigen von der Mühle, zum Aufklappen und Hineingucken, und mit den Kleinen Windräder aus Papier basteln und ihnen vorher Grimms Märchen vorlesen, vom großen und kleinen Klaus. Und Lieder singen: Es klappert die Mühle am rauschenden Bach ... Und in der Sprachlehre: Der Wind, der Wind, das himmlische Kind ... Der Wind bläst – pustet – heult – säuselt – winselt um das Haus herum.

> «Der Wind ist ein lustiger Geselle. Unsern Drachen wirft er hin und her. Erzähle, was er noch anstellt! Im Struwwelpeter steht auch eine feine Geschichte.»

Windmühlen, Wassermühlen, Bockmühlen ... Sammelmappen anlegen, und ein Segel konstruieren für das Fahrrad, dann kommt man unter Umständen ganz ohne zu treten vorwärts. Vielleicht gab es das schon?

Keine schöne Müllerstochter winkte ihn herein zu frischem Trunk. Aus einem Bretterschuppen kam ein Hund gelaufen, sprang den Drahtzaun in die Höhe und kläffte. Das war der Kontemplation nicht förderlich. Matthias nahm also das Rad auf und fuhr links den Feldweg hinunter, das war die Abkürzung, von der der Mann am Kiosk gesprochen hatte. Nach aufgerösteten Brötchen roch es, und das war sonderbar.

Das Menschengeschlecht, das hier lebte, stellte sich Matthias kraftvoll vor, blond mit blauen Augen, hinter dem Pflug einherschreitend, die Zügel um den Nacken gelegt – ein bißchen so, wie Bauern in der Nazizeit dargestellt wurden, in Fotobänden, die jetzt nicht mehr so hoch im Kurs standen: Mädchen mit Kranz um den Kopf ...

> «Die Haut der nordischen Rasse ist rosig-hell und läßt das Blut durchschimmern, so daß sie besonders belebt, dabei meist etwas kühl oder frisch aussieht.»

Es war ein eigenartiger Gedanke, daß Menschen hier schon seit Jahrhunderten lebten, in ihren Lebensgewohnheiten unverändert, traditionsbewußt. Nicht unstet wie in der weiten Welt da draußen, sondern «bodenständig» und treu.

Auch an Inzucht mußte Matthias denken, er stellte sich einen Knaben mit Wasserkopf vor, sabbernde Dorfdeppen und unmäßig stotternde Schulkinder.
Denen würde mit Geduld zu begegnen sein.

Trotz der Pfützen auf dem Sandweg, kam er flott voran, denn es ging leicht bergab. Außerdem war er durch Gebüsch und Bäume links und rechts vor dem Wind geschützt, der jetzt auffrischte. Ab und zu mußte er allerdings anhalten und die Sprühtropfen von der Stirn wischen. «Wie schön wird es hier erst im Sommer sein», dachte er und freute sich darüber, daß er sich für Klein-Wense entschieden hatte und nicht für die Nordseeinsel Neuwerk, wo es nur sechs Gänse und vierundzwanzig Schweine gab und die Post nur einmal die Woche kam ...

> Lustig ist das Zigeunerleben,
> faria, faria, ho,
> Braucht dem Kaiser kein' Zins zu geben ...

Dieses Lied fiel ihm ein, und er sang es eine Weile laut in die Gegend, bis er merkte, daß er es ja eigentlich gar nicht mochte. Er mußte an ein Sommerlager denken, Anfang des Krieges, angebrannte Haferflockensuppe, und jenseits des Flusses BDM. – «Zigeuner»? Dieses Lied besser nicht singen lassen, wenn der Schulrat kommt. Das konnte einem falsch ausgelegt werden. Auch vor Chamisso war schon gewarnt worden: das Bäumchen, das andere Blätter hat gewollt, der Jude, der die goldenen Blätter stiehlt, da sagte man statt «Jude» besser «Räuber» ...
«Was soll diese jüdische Hast?» Auch so was nicht sagen, um Gottes willen, auch davor hatte man im Seminar in letzter Minute noch gewarnt, oder womöglich: «Das geht hier ja zu wie in einer Judenschule ...» Das auch nicht, eines solchen Spruches wegen hatte schon mancher Lehrer dran glauben müssen, strafversetzt oder überhaupt aus dem Dienst geflogen.

Allmählich verlangsamte sich die Fahrt, sie kam schließlich ganz zum Stillstand. Matthias stieg ab und führte das Rad durch große gelbe Pfützen.
Linker Hand breitete sich ein Moor aus, das «Glumm» genannt wurde. Grassoden schwammen auf dem schwarzen Wasser, winzige, wie für Kinder gemachte Birken standen hier und da. Es war ganz still, nur ein kollernder, glucksender Vogel ließ sich hören. – Vielleicht ist das eine Ralle, dachte Matthias, klingt so, als ob das eine Ralle wär' ... Vielleicht würde es hier ja auch Sonnentau geben? Fliegenfressende Blumen also, streng unter Naturschutz. Eine unangenehme Vorstellung: Man wird gefragt, was das für eine Blume ist, und man weiß das dann nicht? Blumen, Vögel: Eigentlich hatte er von Natur keine Ahnung.

Matthias lehnte das Rad an einen Baum: Dies war also ein Moor. Er tastete mit dem Fuß vor. Die Grasinsel würde vielleicht tragen, aber vielleicht auch nicht. Wieso sollte er es ausprobieren, ob's trägt oder nicht, es gab ja festes Land genug hier. Eigenartig, daß man so was nicht einzäunte.
Das Glumm. Ob es hier Fische gab? Wohl kaum. Hier war alles tot: höchstens Wasserflöhe ... Oder Frösche.
Und natürlich Mücken.

Fische kannte Matthias auch nicht, aber so was würde man sich aneignen können, mit der Zeit.
Moorleichen im Museum, in Glaskästen gelagert, voll klimatisiert unter indirektem Licht, lederig verknorrt, wegen Ehebruch hingerichtete Weiber oder den Göttern geopferte Greise, auf dem Kopf ein Käppchen, einen Topf Hirse dabei.

Mit den Kindern würde man jedenfalls nicht ins Moor gehen, zur Mühle ja, aber doch nicht ins Moor; tausendmal gesagt: Geht da nicht so nah' ran, eins stürzt hinein, die anderen versuchen es zu halten und stürzen hinterher, eins nach dem anderen versinkt, ein wahrer Todesreigen, ein einziges Gegluckse ... Man faßt zu und wird auch hineingezogen, und versinkt in der ewigen Nacht ... Und nach tausend Jahren legen sie das Moor trocken und entdecken die Tragödie, den erstickten Reigen, und die kleinen Kinderkörper werden herausgeholt, einer nach dem anderen, abgebeizt, gegen Schimmelbefall eingerieben und in einem klimatisierten Rundsaal ausgestellt, wie sie sich da bei der Hand halten, indirektes Licht. Ein Mann inmitten von Kindern, lederig verknorrt, den Mund aufgerissen, und die Mädchen noch mit Schleife im Haar.
«Er gab sein Leben hin für seine Kinder», würde es heißen.

Matthias hätte jetzt eigentlich weiterfahren können, aber er blieb sitzen und malte sich die Geschichte noch ein wenig aus. Er stellte sich alles recht lebhaft vor, so daß er schließlich in der Ferne sogar eine Gestalt zu erkennen meinte, eine Art Jungfrau mit langem blonden Haar, die ihm winkte! – eine Erinnerung an eine Spukgeschichte mochte das sein, die ihm einmal seine Mutter vorgelesen hatte ...
Daß dieser Ort auch mit Gegenwart zu tun hatte, war jedenfalls an Torfsoden zu sehen, die am Weg aufgestapelt lagen.

Da sich nun nichts weiter ereignete, fuhr Matthias weiter den Weg entlang, der künstlich aufgeschüttet worden war, ein Damm also, er war mit Steinen, wie sie der Bauer vom Felde liest, befestigt. Jetzt fuhr Matthias an einem einzelnen Gehöft vorüber. Gänse kamen geschnattert, und ein angeketteter Schäferhund bellte heiser. Vor der Tür stand eine bucklige alte Frau.

«Geht's hier nach Klein-Wense?» rief er ihr zu, und die Frau zeigte es mit dem Krückstock: immer geradeaus.
Matthias hatte der Frau nicht guten Tag gesagt, das war schlimm, er hatte damit dem Quantum Freundlichkeit, das sich hier seit Jahrhunderten angesammelt haben mochte, Abbruch getan. Dieser Fehler würde in Zukunft gegen jedermann durch forcierte Höflichkeiten wettzumachen sein.

Unversehens und viel schneller als erwartet, war Matthias am Ziel. Er stand am Rand eines Gebüsches, das sich hier zum Wald verdichtete, und blickte auf ein kleines rundes Dorf hinunter. Es war Klein-Wense: Dächer hinter Bäumen, das Flüßchen Eische davor und ein Feld, das von einem Trecker aus mit Kunstdünger bestreut wurde. Von einem rotierenden Teller fächerte das Granulat, wie ein Wasserspiel über den geeggten Acker – ganz sinnvoll dieser Mechanismus und auch ästhetisch einwandfrei.
Ein über die Ackerkrume schreitender Bauer, der dasselbe mit der Hand täte, wäre natürlich eindrucksvoller gewesen.
Der Waldrand wurde als Müllabladeplatz verwendet. An sich sind Müllplätze ja ganz interessant, mit denen kann man mehr anfangen als mit Aussicht, aber wegen eines Müllplatzes war Matthias ja schließlich nicht hierhergekommen. Ein emaillierter Trichter fiel ihm auf, etwas angerostet, aber noch intakt. Den nahm er mit.

Dann gab er sich einen Ruck und fuhr dem Dorf entgegen, das jetzt seine Heimat werden sollte, an einer großen, noch kahlen Eiche vorüber und auf einem schmalen, nach Karbolineum riechenden, ausgewaschenen Steg über das Flüßchen Eische: ein schwarzes, flinkes Wasser mit langgezogenen, oszillierenden Ölflecken, auf dessen Grund sich Wasserpflanzen im Strom bogen. An dieser Eiche haben sie früher Bauern aufgehängt ... dachte Matthias, und er sah die Abbildung im Geschichtsbuch vor sich: die Plünderung eines Dorfes im Dreißigjährigen Krieg.

Auf dem Trecker, der puffend über das Feld fuhr und das weiße Granulat verstreute, stand ein Spitz, den gebogenen Schwanz in der Höhe. Eine junge Frau saß hinter dem Steuer, mit langen schwarzen Zöpfen.

4

Bevor sich Matthias nach der Schule umsah – sie würde ihm nicht weglaufen –, fuhr er erst einmal eine Runde durch das Dorf; Hundegebell, Hähnekrähen und sogar das Kollern von Truthähnen folgten ihm. In der Ferne schrillte ein Sägewerk.
Klein-Wense war ein geschichtsloses Haufendorf, ein Dorf aus Häusern voll Geschichten: norddeutsch breit lagen sie da, die Niedersachsenhäuser, eins hier, eins dort, unter hundertjährigen Eichen, hinter aufgeschossenen Birnbäumen, runden Apfelbäumen, Gebüsch und flatternder Wäsche, Bibelspruch über dem Tor, Pferdeköpfe auf dem Giebel, Milchkannen auf dem Zaun. Zwischen den würdigen Bauernhäusern stand auch Ärmlicheres: Nachkriegsbaracken und Katen. An einem Siedlerhaus war das Schild «Commerzbank» zu lesen.

Menschen ließen sich nicht blicken, aber die Bewohner des Dorfs sahen den Mann sehr wohl, der da mit Koffer auf dem Gepäckträger an ihren Zäunen entlangradelte. Sein Mantel schlug mit den Flügeln, und Hühner flohen über den Weg. Wegen seines Koffers hätte man ihn leicht für einen Vertreter von Kurzwaren halten können. Aber für einen Vertreter hielt ihn hier niemand, alle dachten: Das wird wohl der neue Lehrer sein.
Schon so mancher Lehrer war in diesem Dorf erschienen und wieder verschwunden. Das Dorf hatte noch alle überlebt, pro Generation einen: grünlodene Jäger, Musikfreunde mit Geige: «Horch, was kommt von draußen rein ...», rotgesichtige Säufer und Prügler – in der Schulchronik hatten sie sich alle verewigt, zu Kaisers Zeiten mit schräglaufender deutscher Schrift, die Sozis fad und die Nazis steil:

> Feiertag der nationalen Arbeit!
> Großer Umzug der SA, der Vereine und der Schule.
> Pflanzen der Hitlereiche!

Auf Matthias machten die Gehöfte einen vertrauten Eindruck: In der Pausenhalle des Gymnasiums hatte jahrelang das Modell eines Niedersachsenhauses gestanden, von Sextanern gebastelt, das Dach, unter dem Mensch und Tier es warm hatten, abnehmbar, damit man das Flett sehen kann, auf dem das Gesinde an Winterabenden saß und im Feuer stocherte. Das Wort «bodenständig» hatte in der Schulzeit eine Rolle gespielt: Pieter Lüng plus Agnes Miegel; von in Speck gebratenen Äpfeln war nicht die Rede gewesen.

> «Für den nordischen Kopf ist kennzeichnend das weit über den Nacken ausladende Hinterhaupt. Das Gesicht ist schmal mit ziemlich schmaler Stirn, schmaler, hochgebauter Nase und schmalem Unterkiefer mit betontem Kinn.«

«Häuser mit Strohdach», im Sommer kühl, im Winter warm, und die Feuerversicherungsprämien sind hoch ... Vielleicht würde man in einem dieser Häuser Freunde gewinnen, Menschen, die von Vergangenem erzählten – von «vor dem Krieg», als es noch kein elektrisches Licht gab, oder vom «Ersten Krieg». Wie weit reicht die Erinnerung in so einem Dorf? Vielleicht bis in jene Zeit, als noch Wölfe ums Dorf heulten? – Brot mit Pflaumenmus, dazu ein Glas Milch, gemütlich müßte es sein in diesen Häusern, besonders wenn's regnet!

Fotografieren werde ich hier nicht, dachte Matthias – die Fotografen der norddeutschen Tiefebene hatten sämtliche ländlichen Motive für Heimatkalender schon abgegrast. Zäune mit den bekannten Schneemützchen, brave Ackerpferde, einen Hund, der den Kopf durch ein Loch in der Dielentür steckt ...

> Do du dat dine
> Gott deit dat sine!

Was Matthias auffiel: eine in den Baum eingewachsene Zinkwanne, die war bestimmt in keinem Heimatkalender verewigt.

Wie würde er mit den Leuten zurechtkommen, das bewegte Matthias, er würde es mit Dickschädeln zu tun kriegen, mit unbeweglichem Knorpelvolk, und mit Schülern dementsprechend. Im Landschulpraktikum waren sie brav gewesen, aber das war wohl davon gekommen, daß ihnen der alte Lehrer im Rücken saß.

Vor den Kindern würde man auf der Hut sein müssen. Und im Konfliktfall: absondern, kaltstellen, nicht beachten. Und im übrigen mit freischaffendem Lernen operieren in offener Behaustheit.

Etwas abseits, auf einer Anhöhe, lag ein großer Hof, von alten Eichen umgeben, der war größer als alle anderen und älter, der war wohl schon immer dagewesen.
Jetzt eben wankte den Weg herab ein alter Mann, schwankte hin und her, fiel auf die Knie und griff in die Luft. Aus dem Hof kam eine Frau gelaufen, mit Schürze vor, die holte den Alten ein, der auf Knien weiterzurutschen suchte.
Matthias konnte hören, wie die Frau mit ihm zankte und daß sie weinte. Sie half ihm auf und führte ihn zurück.
Steck dich nicht dazwischen, dachte Matthias. Am besten gleich weiterfahren, hier kein Samariter sein. Dieses Geheimnis nicht lüften.

Nun kam er am Friedhof vorüber. Auf dem Kriegerdenkmal waren unter einem kleinen Adler aus Zement in goldenen Lettern für den ersten Krieg sieben und für den zweiten achtzehn Namen verzeichnet. Eine dritte Tafel war noch frei. Die Reste eines Hünengrabes waren zerschlagen worden zur Ausgestaltung dieses Monuments.
Neben dem Denkmal standen Jungen und Mädchen. Sie sahen zu, wie Männer ein Loch schaufelten. Die Jungen hatten schlaffe Säcke in der Hand: Löwenzahn suchen für die Kaninchen. Eines der Mädchen trug schiefgetretene Hausschuhe mit einem kleinen roten Wollbommel obenauf, die Bänder der Schürze auf dem Rücken gekreuzt. Im Arm hatte sie eine Katze. Sie machte einen Knicks vor dem neuen Lehrer, und die Jungen nahmen die Mütze ab.
Hier wurde kein frisches Grab ausgehoben, es waren zwei französische Beamte, die, eine Zigarette im Mund, Kriegsgefangene exhumierten, junge Franzosen, die vor fünfzehn Jahren in Klein-Wense zu Tode gekommen waren.

Vom Friedhof kamen zwei ältere Frauen geschlurft, Hüftleiden die eine, die andere einen Buckel, ganz in Schwarz, mit Harke und

Gießkanne. Es interessierte auch sie, was die Leute hier machten, sie stützten den Kopf in die Hand und sahen zu, wie die Franzosen mit dem Spaten die vermoderten Reste der Särge entzweihieben. Damals auf der Nehrung hatte es keine Särge gegeben, da hatte man die Toten im Chausseegraben abgelegt.

Ein Trecker tuckerte heran: Es war die junge Frau mit den schwarzen Zöpfen, die Matthias schon gesehen hatte. Sie hatte Dünger auf dem Feld ausgebracht, und nun wollte sie wissen, was es hier zu sehen gab, der Spitz sprang herunter und bellte die Männer an, was alle lustig fanden. – Der Motor wurde nicht abgestellt.

Die Männer entnahmen der Grube zwei Schädel und ein paar Rippen und taten das Gebein in einen Sack. Sie hielten den Kindern einen der Schädel hin, aber die erschraken nicht, sie wichen nur ein wenig zurück. Dann machten sie eine Zigarettenpause und schaufelten die Grube wieder zu. Nun endlich würde in Lille eine Überführungszeremonie stattfinden können, mit Blaskapelle, weinenden Angehörigen und mit Veteranen, Schnurrbart aufgewichst, Medaillen an der Jacke. Ein Herr von der deutschen Kriegsgräberfürsorge würde anwesend sein und vielleicht auch einer von der deutschen Botschaft. Der Mann von der Botschaft würde in fließendem Französisch sein Bedauern ausdrücken über die Nazibarbarei und die Begleichung der Unkosten für diese Umbettung in Aussicht stellen, das war ja selbstverständlich.

Die Franzosen klopften die Erde fest und stiegen ins Auto. Daß im hinteren Teil des Friedhofs noch ein weiterer Franzose lag, und zwar aus dem Ersten Weltkrieg, interessierte sie nicht, das war auf keiner Karte verzeichnet. – Womöglich gab es auf diesem Friedhof noch ein Grab von 70/71?

Die Kinder verschwanden, die alten Frauen wackelten davon, und auch Matthias trat in die Pedale. Er wurde von dem Trecker überholt, und er konnte die junge Frau von hinten sehen. Zwei alte Säcke hatte sie sich auf den durchlöcherten Stahlsitz gelegt, damit sie es bequemer hat.

Matthias fuhr mit dem Mantel wedelnd die Hauptstraße entlang. Eine behagliche alte Straße war das, von Platanen gesäumt. Das mußte ein mutwilliger Charakter gewesen sein, der diese fremdartige Allee gepflanzt hatte. «Bad Kissingen», dachte Matthias: «hier werde ich auf und ab gehen, nachdenklich, wenn die Blätter treiben ...»

Es gab in diesem Dorf keine Kirche und keinen Dorfteich, dafür eine stillgelegte Molkerei und

GUSTAV CORDES – LANDHANDEL

eine grüne Baracke mit Laderampe, auf der zwei Männer mit Sackkarre standen und hinter ihm herguckten.
Matthias grüßte, und die beiden grüßten zurück.
«... watt ick noch seggen wullt' ...», sagte der eine und hielt inne.
Mischfutter für Schweine und Palmkernmast für Bullenkälber.

Hinter der Baracke erhob sich ein hoher blankglänzender Metallturm, ein Silo, der stand wohl noch nicht lange da, und neben der Baracke wurde ein Haus gebaut. Gerüstpfähle umstanden die Grundmauern, an ihnen war zu sehen, welchen Umfang der Neubau in etwa haben sollte. Die Mischmaschine räderte, und die Maurer klatschten Mörtel auf die weißen Kalksteine, setzten sie behutsam aufeinander und nahmen den appetitlich herausquellenden Mörtel mit der Kelle ab. Es würde ein stattliches Haus werden, das war schon jetzt zu sehen, mit einem Rundbogen über den Türen und hinten hinaus wohl sogar eine Terrasse?

Neben der Baustelle lag ein Balkenhaufen, auf umgeknickten Fliederbüschen, das war das Fachwerk des Bauernhauses, das dem Neubau hatte weichen müssen. 1812 hatten durchziehende Franzosen sich Schinken und Würste aus dem Rauchfang geholt, von denen hatte wohl keiner seine letzte Ruhe auf dem Dorffriedhof gefunden.

Ein weißes Dorfgasthaus, das Fachwerk blau gestrichen. Eine Bushaltestelle davor und vier mißhandelte Linden, in rostigen Eisengestellen. – Der Hof sauber gekehrt. In der Ecke ein Holzmeiler, daneben ausrangierte Kegelkugeln, die wohl zerhackt werden sollten.

Unversehens stand Matthias am Ufer der Eische, die hier in einer Schleife um das Dorf herumfloß. Er schob sein Rad auf dem schmalen Fußweg das Flüßchen entlang, es floß durch Erlen verdüstert stumm und eilig dahin. Hier und da war ein Steg ins Wasser getrieben, zum Wäschewaschen oder für die Fischer; kleine, schwarz geteerte Bootsschuppen standen wie große Särge im Gebüsch, seitlich hingen Reusen zum Trocknen, die aus Weidenruten gebogenen Spreizreifen, wie große eingezogene Räder.

Ein Fluß ums Dorf herum? Mit so was hatte Matthias nicht gerechnet. Im Sommer würde er sich ein Faltboot anschaffen und dann flußabwärts schippern, so weit, wie's geht. Vermutlich floß die Eische in die Weser. Auf der Weser würde er sich treiben lassen, nach Bremen und darüber hinaus. Vielleicht ein Zelt kaufen, sich hineinlegen, den Kopf rausstrecken und auf einem Spirituskocher Erbswurstsuppe kochen.
An ein Foto mußte er denken, Sommer 1943, die blonde Gisela im Paddelboot, eine Hakenkreuzraute auf dem BDM-Turnhemd. Sie grüßte mit einer Flasche Himbeerlimonade herüber, und das Paddel lag quer vor ihr auf dem Boot. Matthias hatte als «kleiner Bruder» hinten sitzen dürfen. Kriegshilfsdienst in einer Munitionsfabrik: Ein Jahr später hatte eine Bombe die Baracke getroffen, und sie war sofort tot gewesen.

Ein Stück flußaufwärts, von der Eische umflossen, stand eine verwahrloste Villa mit Turm und lila Glasveranda, von Rhododendronwänden flankiert, zur Wiese aufgeschossenes Gras davor. An hohen Atelierfenstern war zu sehen, daß es sich hier um das Künstlerhaus handelte. Das dunkle Dach des Hauses war mit roten Pfannen geflickt, und in der Glasveranda fehlten einige Scheiben. Vor der Tür sah Matthias den kleinen FIAT stehen, der ihm schon am Bahnhof aufgefallen war. Kallroy – wo hatte er diesen Namen schon einmal gehört? Kein Allerweltsname, wahrhaftig nicht, und doch ein Name, den jeder Mensch zu kennen meint.

Es war inzwischen fünf Uhr geworden. Während Matthias auf seinem Fahrrad den schmalen Fußpfad am Wasser entlangbalancierte, repetierte er das Wortfeld «Zeit». Das würde er mit den Kindern üben. Kommt *Zeit*, kommt *Rat*. Wie de Tied, so ännern sik de Lüd'.
«Zu spät», diesen Aufsatz hatte er mal schreiben müssen, vor langer Zeit. Der alte Lehrer war zwischen den Bänken auf und ab gegangen und hatte gesagt: «Denkt daran, ‹zu spät›, das kann auch ganz etwas anderes bedeuten, etwas, das mit dem Wecker nichts zu tun hat.»

Zu spät – ein dummes Wort

Noch war es nicht zu spät für einen Neuanfang, hier in Klein-Wense würde ihm der neue Start glücken, das war zu erwarten. Nun auch schön vorsichtig sein, damit man sich nicht wieder alles verpatzt. Nicht zu feurig sein, immer mit der Ruhe. Die Dinge an sich herankommen lassen.

5

Das Schulhaus war ein «preußischer» Bau, von Efeu berankt, wahrscheinlich nach 1871 erbaut, von französischen Kontributionsmilliarden, wie so manches Schulgebäude im deutschen Vaterland, so mancher Bahnhof und so manches Postgebäude. Ein Hahn stand auf dem Zaunpfosten und krähte die Tonika aufwärts, einmal laut und einmal leiser. Dann plusterte er sich.
Über der Schultür stand zu lesen:

Lernet die Weisheit!

Matthias stellte das Fahrrad an den Zaun. Die Kinder, die ihm bis hierher gefolgt waren, verschwanden: Sie würden die Kunde ins Dorf tragen: «De nije Liehrer is dor.» Und die Eltern würden sagen: «Datt weet wi all lang.»
Die Tür des Schulhauses war nicht verschlossen, eine altmodische Tür war das, mit zwei kleinen Fenstern hinter schmiedeeisernem

Geranke, gut für den Postboten, der die Post dahinterklemmen konnte. Auch die Tür stammte noch aus der Kaiserzeit. Sie war mit geflügelten Engelsköpfen verziert, vom alljährlichen Ölfarbanstrich zugekleistert.

Matthias öffnete die Tür, eine Schneppklingel schlug an – das Haus war leer. Feuchter, muffiger Friedhofsgeruch zog ihm entgegen. Aber am Ende des Flurs stand eine Zimmertür offen, und von dort kam helles Sonnenlicht.
Küche, Kammer und eine sonnige Wohnstube, breit gedielt, mit Blumenfenster und Blick auf den Garten – ein ausgesessenes Sofa an der Wand, fürs Mittagsschläfchen, das hatte der Kollege stehenlassen, vielleicht von seinem Vorgänger übernommen.
In jedem Zimmer ein großer Kachelofen mit griechischem Fries oben rum – in den Wänden noch die Nägel, an denen Bilder gehangen hatten, und an der Decke hellbraune Wasserflecken: Es regnete also durch im Hause des Schulmeisters.
An die Wohnstube war ein kleines Kabinett angebaut, mit Glasveranda, auf dem Fensterbrett vertrocknete Geranien: Mäuse stoben nach allen Seiten, als Matthias den Anbau betrat. Hier hatte Kollege Schmauch vermutlich seine Unterrichtsvorbereitungen gemacht – «Warum manche Körper schwimmen, andere hingegen nicht«. In der Ecke lag ein Stoß aussortierter Bücher: «Der Bücherschatz des Lehrers, Bd. XIV–XIX» – auch die hatte der Vorgänger dagelassen, die brauchte der ja jetzt nicht mehr.
Kaffee trinken und Hefte durchsehen, Heimatkunde. Abends Bier und Schnaps. Nachts hatten ihn Bauernburschen im Straßengraben aufgelesen und nach Hause gebracht, ehemalige Schüler. Nach Moskau gelaufen und zurück und dann betrunken jeden Tag.

Matthias setzte sich auf das Sofa: auf der gepolsterten Lehne der Fettfleck von Schmauchs Kopf.
Lebensstart Nummer 1, 2, 3. Es war schon lange her, daß Matthias an einem Fenster gesessen hatte und in einen Garten geguckt. April: Der unwirsche Vater war, eine Volkssturmbinde um den Arm, durch die Gartenpforte für immer davongegangen, den Kopf hatte er geschüttelt ... Das war ebenfalls an einem Apriltag gewesen, und die Forsythien waren schon verblüht.

In der Küche hatte das Ehepaar Schmauch ein paar Utensilien zurückgelassen, eine Pfanne und ein Kochtopf standen auf dem Feuerherd, und auf einem mit Wachstuch belegten Tisch waren Geschenke aufgebaut, wie zum Geburtstag: ein halbes Brot, etwas Wurst, ein Napf voll Schmalz und ein halber Topfkuchen. Dazu ein Weckglas mit eingelegten Gurken. Auch Blumen fehlten nicht: In einer Milchflasche standen drei Narzissen: Glaube, Liebe, Hoffnung, oder «Jungvolkjungen sind hart, tapfer und treu ...» Auf dem Herd etwas Brennholz und ein paar Briketts.
«Wir wünschen Ihnen alles Gute!» stand auf einem Zettel, und daneben lagen die Hausschlüssel und ein Brief, den man ja auch später noch lesen konnte.

Eine Kammer, blau tapeziert, lag neben der Küche. Hier hatte Kollege Schmauch seine Räusche ausgeschlafen; daneben das Klo mit «Waschgelegenheit» und einer rostgefleckten Badewanne.
«Der Durchlauferhitzer ist schadhaft», war auf einem Zettel zu lesen, der mit Bindfaden um den Wasserhahn gebunden war.

Matthias ging in die Küche, räumte die Sachen vom Tisch und riß das klebrige Wachstuch herunter, eine feste Eichenplatte kam aufatmend zum Vorschein, und die Beine des Tisches waren leicht geschwungen. Dieses Möbelstück würde in die Stube zu stellen sein, vor das Sofa, ein Stuhl würde sich auch noch anfinden.

Durch eine Tür gelangte man nach draußen, in den Garten, drei Stufen hinunter, ein großer Schulmeistergarten für Gemüse, Blumen und Obst.
Der Garten war mit einem Holzzaun vom Schulhof abgetrennt, Matthias nahm den Brief an sich und ging an den grabhügelartigen Beeten entlang ganz nach hinten, wo eine sechseckige Laube stand, grün mit weißen Sprossen. Hier hatte Kollege Schmauch vermutlich das Schulverwaltungsblatt gelesen, auf der letzten Seite die Stellenanzeigen, in denen ratlose Gemeinden Lehrer suchten, «neurenovierte» Dienstwohnungen und sogar Volkswagen boten sie, wenn sie bloß einen Lehrer kriegten!

Matthias setzte sich in die von blühenden Büschen umstandene Laube und sah einer Katze zu, die einen sich ruckartig hebenden Maulwurfshaufen unter Kontrolle hielt.
Das von Büschen und Bäumen eingekuschelte Schulhaus: links die Wohnräume, vier Fenster, rechts die Klasse, auch vier Fenster, deren unterste Felder gegen das Hinausgucken allerdings weiß gestrichen waren. Und nebenan ein großes altes Bauernhaus, aus dessen Giebelfenster ein alter Mann reglos herausschaute.
Ein Hühnerhof, ein Stall und am Kirschbaum ein Nistkasten. Darunter, wie auf einem «Anschauungsbild» eine grün gestrichene Handpumpe.
In den Blumenbeeten hatten sich offenbar die Nachbarn bedient: jemand hatte Stauden ausgerissen, das Erdreich war noch frisch. Nachbarn, die sich gerächt hatten für Ungerechtigkeiten, die sie als Schüler von Herrn Schmauch erlitten haben mochten. Hühner machten sich an dem Erdreich mit wegwerfenden Gesten zu schaffen, Hühner, die hier nichts zu suchen hatten. Matthias holte eine Harke aus dem Stall, jagte sie fort und schob die Staudenlöcher zu.

In dem Brief des Vorgängers stand, daß er dreißig schwere, aber gesegnete Jahre lang Lehrer in Klein-Wense gewesen sei. Er habe das Leben kommen und gehen sehen, und er wünsche seinem jungen Nachfolger Gottes reichen Segen.
«Im Grunde sind die Leute hier ganz in Ordnung ...»
Die Akten lägen im Klassenzimmer, im Lehrerpult, und am Montag beginne die Schule um acht Uhr. Und wenn noch irgend etwas wär' ... Adresse und Telefonnummer: Lehrer Schmauch hatte sich an den Bodensee zurückgezogen, hatte sich von Schnaps und Bier auf Wein umgestellt – das zeugte von Stil.
«Ich werde ebenfalls an den Bodensee gehen, wenn es einmal soweit ist», dachte Matthias. Er würde dort, wie er es in seiner Heimat getan hatte, übers Wasser gucken und den Schwänen zusehen, wenn sie über das Wasser gleiten.

Als er da so saß und irgendwie hoffte, daß die Katze den Maulwurf nicht kriegt, hörte er im Haus die Schneppglocke anschlagen. Ein junger Mann kam durch das Haus in den Garten ge-

schritten, ein sogenannter «ungarischer Student», der ihm lächelnd eine Rundfunkzeitung verkaufen wollte. Er durfte sich setzen, und Matthias erzählte ihm, daß er eben grade angekommen sei und das Haus in Besitz genommen habe; als neuer Schulmeister wolle er in diesem Dorf einen neuen Lebensabschnitt beginnen, nach diversen Fehlstarts.
Der ungarische Student ließ durchblicken, daß er allerhand Schweres erlebt habe, also auch diverse Fehlstarts, aber wenn es ihm gelänge noch zehn Abonnements abzuschließen, dann bekomme er einen Firmenwagen gestellt, rutsche also in eine bessere Position hinein, werde eine Art Obervertreter.
Matthias hingegen ließ durchblicken, daß auch er allerhand Schweres hinter sich habe und mangels Masse – er habe komischerweise keinen Pfennig Geld in der Tasche – keine Zeitung abonnieren könne. Außerdem besitze er gar kein Radio, von einem Fernsehapparat ganz zu schweigen.
Er ging mit dem Mann, der zwar fremdländisch sprach, aber sicher kein Ungar war und schon gar kein Student, durch das leere Haus, und der ließ sich dann auch tatsächlich davon überzeugen, daß hier nichts zu holen war. – Toi-toi-toi wünschten sie einander und schieden mit Handschlag.
In der Küche schnitt Matthias ihm dann noch ein Stück Kuchen ab, und da machte der junge Mann irgendwie bitte-bitte!, ob er sich nicht überwinden kann und doch die Zeitung abonnieren? Und da konnte Matthias nicht widerstehen, er ließ sich den Wisch reichen und unterschrieb. Hier nicht zu unterschreiben, hätte Unglück heraufbeschworen, ein böses Zeichen gesetzt. Nochmaliges toi-toi-toi, und dann klickte die Schneppglocke, und die Tür fiel ins Schloß.

Matthias nahm den Koffer und die Packtaschen vom Fahrrad und ging um das Haus herum, wo an der Giebelseite als architektonische Besonderheit eine hölzerne Außentreppe unter das Dach führte. Die Treppe war schmal und ältlich, mit Verzierungen versehen nach Art von Laubsägearbeiten. Früher war das Geländer mal weiß gestrichen gewesen, weiß und grün, das war nun abgeblättert. – Die Treppe führte auf eine Plattform, von da aus kam man in eine Dachkammer: Die Tür mußte mit einem Ruck aufgestoßen werden, auf den Dielen zeigte sich ein Schrammzirkel.

Auf dem Fußboden stand ein Eimer für Leckwasser und unter dem Mansardenfenster ein Gartentisch und ein Stuhl und an der Wand ein Bettgestell mit ein paar alten Decken. Sonst war das Zimmer leer. Ein eiserner Ofen in der Ecke mit einem bemalten Schirm davor. Darüber eine Wäscheleine. Dies Zimmer war lange nicht benutzt worden, vielleicht hatten mal Flüchtlinge darin gehaust.
Die Dachkammer gefiel Matthias sofort, er öffnete das staubblinde Fenster und hakte es fest. «Das Holz unter der Treppe können Sie verbrauchen», stand in dem Brief. «Vielleicht überweisen Sie mir gelegentlich ein paar Mark dafür.»

Matthias beschloß, fürs erste in dieser Dachkammer zu wohnen. Sie war trotz ihrer Kargheit «anheimelnd». Der Wind rüttelte an den Ziegeln, das erhöhte noch das Gefühl der Geborgenheit: «Feuerschiff Elbe I», dachte Matthias. Er holte Brot, Butter und Wurst und das Glas mit den Narzissen herauf und stellte es auf den Tisch: Hier würde er sich Gedanken machen können über freischaffendes Lernen in je offener Behaustheit. Hier würde er die Ausformung der kleinen Charaktere planen, die man ihm anvertraute, und deren Entwicklung lange und gesegnete Jahre hindurch verfolgen, mit Tabellen, Kurven und Karteien ... Die Wohnung, unten, würde er später nach und nach erobern, vielleicht eine kleine Bibliothek, Blumen – ein Aquarium.
«Ich werde sehr lange hier wohnen», dachte Matthias, «bis an das Ende meiner Tage.» Und er sah sich wiederum mit einem bestickten Käppchen im Sessel sitzen und einen Kaktus in der Hand drehen.

Als er eben den Koffer auspacken wollte, hörte er gegenüber einen Trecker auf den Hof fahren. Der Motor wurde nicht abgestellt, er tuckerte weiter und weiter. Vom Vorderfenster aus konnte Matthias die junge Frau mit den schwarzen Zöpfen sehen, sie stieg vom Trecker und ging ins Haus. Der Spitz lief hinter ihr her. Nun schlug eine Tür, und ein Mann schimpfte.

Matthias machte sich an seinen Koffer. Ein bißchen Wäsche, ein Pullover, drei, vier Bücher und sein Sesam-open-you: die Lehrkartei mit den ausgearbeiteten Unterrichtseinheiten für die Landschule. Oberstufe rot, Mittelstufe gelb, Unterstufe grün. – «Die Alpen als Verkehrshindernis», «Ein Brief geht auf die Reise» und «Wer will fleißige Handwerker seh'n?» – Wochenlang hatte Matthias im Lesesaal gesessen und die Karten vollgeschrieben. Für die Landschule war er gerüstet, ihm konnte so leicht nichts passieren. Ob nun die Hanse an der Reihe wäre, die Haltung von Rindvieh oder die Einführung des Buchstaben *R* – er brauchte nur die entsprechende Karte zu ziehen und hatte alles parat: Die psychologischen und pädagogischen Vorüberlegungen, Gedanken zu Didaktik und Methode: womit man am besten anfängt und womit man aufhört, den «Einstieg» also und den «Ausblick ins Leben» natürlich, alles das war auf den Karten vermerkt.

Eine Tür neben dem Ofen führte zum Dachboden. Der ungedielte Lehmfußboden dort war bedeckt von gebrauchten Schulheften – hier hatte jemand gestöbert –, Arbeitsmappen und altertümlichen Lehrmitteln: Anschauungsbildern, einem Augenmodell aus Holz und einem Stoß kleiner Kästen mit Glasscheibe zum Reingucken.

«MAULBEERSEIDENSPINNER BOMBYX MORI»

stand auf einem der Kästchen, in dem ein Falter (weiblich) und ein Falter (männlich), die dazugehörige Raupe, verschiedene Kokons und ein Stückchen gefärbter Seide gefällig arrangiert und übersichtlich befestigt waren, aus dem Leben gegriffen also, mittlerweile jedoch von Milben zerfressen, und der Leim, mit dem sie festgeklebt waren, ausgelaufen. Zu fragen war, wieso nicht das ganze Wissen der Menschheit in solchen Anschauungskästen verfügbar war, sozusagen ein für allemal? In langen Korridoren aufgehängt, in denen man entlangschlendern könnte und alles bequem in sich aufnehmen.

Man würde diese alten Kästen in ein Museum geben können, alte Rohrstöcke und eine russische Rechenmaschine: Vielleicht standen eines Tages sogar ausgestopfte Lehrer in Glaskästen, wie Trachtenpuppen in Lebensgröße, alte Lehrer im Gehrock, dazu den Stock in der Hand, und junge Lehrer in Jeans und ohne Schlips und Kragen, mit Kollegmappe unter dem Arm?

An der Giebelseite des Dachbodens war das Uhrwerk der Schuluhr montiert: offenbar nicht funktionierend, denn es rührte sich nicht. Matthias stieß mit dem Fuß dagegen: Das müßte doch wieder in Gang zu kriegen sein? Gleich beim Bürgermeister zur Sprache bringen, morgen oder übermorgen. Aber besser nicht, denn das Ticken würde in der Nacht stören.
Was Matthias nicht ahnen konnte: Hier oben hatte sich einer seiner Vorgänger an einem Dachbalken erhängt. Das war schon lange her, eine unglückliche Liebesgeschichte, von der gelegentlich noch geraunt wurde.

Matthias nahm das Augenmodell und ein paar Bücher und Hefte mit hinüber. Es waren Schönschreibhefte, nicht sehr interessant.

> Seit vielen Tausenden von Jahren floß der Bach schon durch das stille Tal. Sein Rauschen und Rieseln war ohne Ende, ob er nun im Frühling, wenn der Schnee von den Bergen schmolz, oder ...

stand da zu lesen. Der Text war sagenhaft sauber geschrieben. Aber der Kollege hatte im Jahr 1937 mit roter Tinte «kaum befriedigend!» darunter gesetzt.

Matthias heizte ein wenig ein, weil er ausprobieren wollte, ob er das kann, einen Ofen anzünden, nahm ein paar Schulhefte dazu und Holz von der Treppe. «So werde ich das Feuer in den Kindern anfachen», dachte er und blies hinein, und außerdem sprach er laut vor sich hin, als ob er vor der Klasse stünde: «Zuerst knüllt man das Papier zusammen, sodann gibt man ein paar Holzspäne darauf, die man sich zuvor beim Tischler holt ...»
Mit dem ersten Schuljahr vielleicht einen Ofen aus Knetgummi formen, mit den Großen in einer Sprunggrube einen Vulkan?

Als das Feuer brannte, strich er sich Brote, eines neben dem anderen. Die Wurst war ausgezeichnet, und beim Brot handelte es sich um reguläres Bauernbrot, schon lange nicht mehr gewußt, wie gut Brot schmecken kann.
Vom Tisch aus überblickte Matthias den Schulhof mit Birnbaum in der Mitte und einer von Brennesseln überwucherten Sprung-

grube. Die Türen der Schülerklos standen offen. Das würde zu ändern sein, offene Türen? So etwas würde man nicht durchgehen lassen. Liederlich sah das aus.

Der glattgetrampelte Schulhof war zum Zaun hin frisch begrünt, dahinter gelbbetupfte Wiesen und ein stiller dunkler Wald. Die Seele des Deutschen kommt aus dem Walde. Vielleicht würden im Winter ja Rehe heraustreten aus dem Dickicht und vertrauensvoll herüberäugen?

Wald ... man würde mit den Kindern auf Waldwiesen Lieder singen, vielleicht Höhlen bauen, an das Urmenschliche anknüpfen und von dort aus Gesittung und Kenntnis behutsam aufrichten und einüben. «Einschleifen», wie das auch genannt wurde. Das psychogenetische Grundgesetz, oder wie hieß es? Gab es das? Zunächst auf allen vieren herumlaufen und grunzen und sich dann allmählich erheben zum aufrechten Homo sapiens und dann als Lehrer, Kraftfahrer oder Postbeamter seine Pflicht tun im Dienste der Gesellschaft.

«Dies war ein Lehrer, der mit der Natur auf du und du stand ...», würde es dann von ihm eines Tages heißen. «Er sprach mit den Tieren und mit den Blumen ...»

Matthias biß von dem Wurstbrot ab und las in einem Volksschullehrerbuch, das er auf dem Dachboden gefunden hatte. Auf einer Tabelle war zu sehen, wieviel Prozent der Lehrerschaft kriegsbeschädigt war und wieviel Prozent heimatvertrieben. Es gab da auch Auflistungen über «Störfaktoren» des Lehrerberufs. «Zu große Klassen» – «Ungenügende Ausstattung der Dienstwohnung» – «Residenzpflicht». Daß die Klos oftmals nur über den Hof zu erreichen sind und man in den Schulferien nicht so ohne weiteres verreisen darf und in die Ostzone nur mit Genehmigung.

Matthias hatte sich eine möglichst primitive Schule gewünscht, mit wenig Komfort und weit hinter dem Mond – er stellte sich vor, daß es in einem baufälligen Gebäude leichter sei, die Talente sich entfalten zu lassen. Wie aus einer japanischen Papierblume würden sie sich erheben ... Allem Anschein nach hatte er mit Klein-Wense ins Schwarze getroffen.

Auf einmal schwirrte es, und ein Sperling kam geflogen. Der Vogel flog durch die Kammer und landete auf dem Tisch und pickte von den Brotkrümeln.
Matthias öffnete das Fenster und ließ ihn hinaus. Gern hätte er es jemandem geschrieben, daß er hier wie der heilige Franz von Assisi mit den Vögeln des Himmels das Brot teilt, aber es gab niemanden, dem er das hätte schreiben können.
Er nahm ein Foto aus dem Koffer und stellte es unter die drei Narzissen. Die letzten stillen Tage mit Lilli – das eiserne Bettgestell, auf dem sie die Abende verbracht hatten, von acht bis zehn, die Kuckucksuhr an der Wand. Die glattgestrichene Bettdecke, die Messingkugeln am Bettgestell.
«Warum?» hatte sie gesagt, und: «Laß uns noch einmal von vorn anfangen ...»

Am Bahnhof hatten sie Würstchen mit Kartoffelsalat gegessen, im Stehen, die drei Mark und siebzig war er ihr schuldig geblieben, und der Zug hatte Verspätung gehabt. Diese Sache würde nicht wieder aufzugreifen sein, sonst würde es mit dem Lebensstart Nummer 3 nichts werden.

Im Koffer lagen auch Fotos von seinen Eltern, die ließ er da liegen. Von der Mutter besaß er zehn völlig identische Fotos, die hatte der Fotograf damals versehentlich abgezogen, der Packen wurde mit einem Gummiband zusammengehalten, rätselhaft, wieso sie immer noch existierten.

Sonderbarerweise kam schon wieder der Sperling geflogen, obwohl Matthias ihn doch eben erst hinausgelassen hatte. Es mußte hier irgendwo einen zweiten Eingang geben, ein Schlupfloch. Fenster auf, Vogel raus. Vielleicht war ein Dachziegel locker?

Jetzt klappte die Zaunpforte, jemand kam die Treppe herauf, Stufe für Stufe, mit schwerem Schritt, stieß ans Geländer; es wurde an die Tür geklopft, ja geschlagen, jemand warf sich dagegen. Und mit der auffliegenden Tür trat ein kleiner alter Mann ins Zimmer, unrasiert und verschrumpelt. Es war der Bauer von gegenüber, Freede hieß er, und der stellte sich mitten ins Zimmer.

«Der Gesichtsschnitt der nordischen Rasse wirkt eigentümlich kühn durch ein dreimaliges Anspringen der Linie des Gesichtsschnitts: erst in der flächig zurückgeneigten Stirn, dann in der aus hoher Nasenwurzel entspringenden graden oder nach außen gebogenen Nase, endlich in dem betonten Kinn. Die Weichteile unterstützen den Ausdruck eines klar gezeichneten Gesichts.»

Mit krächzender Stimme machte sich der Mann bekannt mit Matthias. Er wollte wissen, was sein Vater von Beruf gewesen sei, Beamter?, bei der Stadt?, im Krieg gefallen? Und dann begann er ohne weiteres mit seiner eigenen Lebensgeschichte, und er brachte sie in einem unverständlichen Platt vor, Matthias konnte nur ahnen, um was es ging. Es handelte sich um die vom vielen Erzählen episch ausgefeilte Lebensgeschichte des Bauern, in erprobten Stanzen, rhythmisch einwandfrei, nicht ohne dramatische Höhepunkte, und der Mann hatte eine helle, scharfe Stimme. – Sein Sohn wär' auch gefallen, sein einziger Sohn, 1941, und er wär nun schon seit vierzehneinhalb Jahren Witwer, und er hätt' seine Tochter so ziemlich allein großgezogen, der Sohn gefallen, auf den letzten Drücker noch, und die Tochter immer noch «leddig».
Danach verbreitete er sich über den Kollegen Schmauch, daß der nicht verkehrt gewesen sei, aber eben zuviel gluck-gluck, guten Rechenunterricht habe er gegeben, und seine Frau sei eine tüchtige Handarbeitslehrerin gewesen, alles, was recht ist. Er entwickelte seine Ansichten über Pädagogik: Streng, aber gerecht müßten Kinder behandelt werden, schlug mit der Faust auf den Tisch, ord'lich welche überziehen, sonst wird das nichts mit die Jugend. Er hielt ihm seine krummen Hände hin: frisch geborene Kälber mit Stroh abwischen und Ferkeln die Zähne rausbrechen …
Daß er in der Schule früher welche mit dem Stock auf die Finger gekriegt habe, und – auf Erbsen knien! Warum nicht? Im Dorf hätte keiner was dagegen, wenn er die Kinder tüchtig rannehme, «'ne Jackfull» habe noch keinem geschadet …
Und er jagte den Sperling fort, der schon wieder hereingekommen war, und Matthias dachte: Schade, dieses liebe Tier, jetzt ist es auf ewig verschreckt. Er hätte den Vogel dressieren können, daß er ihm auf der Schulter sitzt, und dann mit dem Tier auf der Schul-

ter durchs Dorf gehen: So einen Lehrer haben wir! Unser Lehrer steht mit den Tieren auf du und du! – Daraus würde nun nichts werden.

Matthias sah auf sein halbmondig angebissenes Wurstbrot. Es war offensichtlich, daß er den Bauern so leicht nicht loswerden würde. Der schöne Abend war futsch. Aber: «Nahberschaft» – da mußte man vorsichtig sein. Der alte Petersen hatte wieder und wieder auf gute Nachbarschaft hingewiesen und daß man sich einordnen muß ... Sonst kommen die womöglich nicht, wenn's mal brennt, stehen hinter der Gardine und amüsieren sich, wie der da mit'm Eimer hin und her rennt ... Immer schön grüßen und sich Zeit nehmen zum Schnacken, am besten vom Wetter anfangen, da kann man nichts verkehrt machen.

Ob es hier immer so weht?, fragte Matthias.
Und da bekam er zur Antwort, daß das hier eine windige Ecke sei, «mannichmoal fleegen di de Dachteegel ümmere Oahren!» – Der Nachbar nebenan, der da aus'm Fenster guckt, sei ein hinterhältigen Minschen! Aber er wolle nichts gesagt haben ... Die Stauden im Garten, ob Matthias sich wohl denken könne, wer die rausgerissen hat?
Es folgte die Beschreibung des großen Brandes 1945, als die SS jedes Haus verteidigte, da sei seine Scheune abgebrannt; wär' der Wind von achtern gekommen, wär' der ganze Hof hinüber gewesen, und der Nachbar nicht mal mitgeholfen, die Wagen rauszuziehen!
Dann hätten Engländer in der Schule gehaust .... So ging das weiter und weiter, und weil der Bauer sich nicht setzte, mußte sich Matthias das alles im Stehen anhören, und er wurde immer jünger, kam sich wie ein Kind vor, als die Mutter ihm die Haarsträhne mit einer Haarklammer festgesteckt hatte. Er fragte sich, wie lange das hier jetzt wohl noch dauern würde und ob er jeden Abend sich das anhören muß. – Da nahte die Rettung. Die schwarzhaarige Tochter kam die Holztreppe herauf, von dem Spitz begleitet, die «leddige» Tochter, ihren Vater zu holen. Sie trat ins Zimmer, Gummistiefel an und eine alte Hose. Die schwarzen Zöpfe glänzten, unten waren sie mit Gummibändern zusammengehalten. Carla hieß

sie, und sie mochte wohl so neunzehn, zwanzig sein. Vielleicht auch einundzwanzig. Den rechten Zeigefinger hatte sie mit Leukoplast umwickelt, das mußte wohl mal erneuert werden: Eine junge Frau, wie er sie in der Stadt nie gesehen ...
Der kleine Hund raste bellend im Zimmer umher, er hüpfte am Tisch hoch, wo das Wurstbrot lag, er kriegte einen Zipfel.
Das Mädchen Carla sah sich kurz im Zimmer um und sagte: «Komm, Vadder!» Und der Vater ging auch ohne weiteres mit.

Matthias trat hinaus auf die Treppe und sah den beiden nach. Der Wind zerwühlte die Baumkronen und rüttelte an den Dachziegeln. Die junge Frau schubste ihren Vater aus dem Garten hinaus. Sie wandte sich um und lächelte.

Im Ofen war noch Glut, Matthias legte Holz auf und zwei Briketts und kniete sich davor und wartete, bis das Feuer gerettet war. Dann legte er sich auf das Bett. Der kleine Tisch mit den Blumen, der Stuhl, der Koffer, der geöffnet auf dem Fußboden lag; sein Sesam-open-you. Und auf dem Fensterbrett das Augenmodell. Matthias sah ins unverputzte Dach hinein, auf die Unterseite der Ziegel, die mit Zement verstrichen waren. Zwischen zwei Ziegeln hing etwas Heu heraus, da hatte der Sperling sein Nest.
Im Winter würde man hier oben nicht wohnen können ...

Matthias zog die Decken unters Kinn. Die Kegelkugeln auf dem Hof des Gasthauses: Er stellte sich vor, wie jemand sich mühte, mit einer Axt eine solche Kugel zu spalten. Er wird es nicht schaffen, dachte er, die Axt wird abgleiten und ihm ins Bein fahren ... Und er überlegte, wie er selbst die Kugel fassen und auf dem Hauklotz halten würde, und wie die Axt immer wieder abglitte mit der klingenden Schneide und wie auf der federnden Kugel nur eine winzige Scharte zurückbleibt.

6

Um sieben Uhr kratzte es an der Tür. Matthias, der bereits wach in seinem Bett lag und dem lieben Gott in das Sonnenlicht hinein pries, daß er hier sein eigener Herr ist, eine Art Hausbesitzer sogar – mußte aufstehen, denn das Kratzen wiederholte sich. Er nahm die Bettdecke wie eine verrutschte Toga um und öffnete die Tür. Herein sprang der Spitz des Bauern Freede und rannte laut bellend umher, schnüffelte in alle Ecken hinein, sprang auf das Bett und beutelte das Laken. Dann umklammerte er das linke Bein von Matthias und machte sich muskulös daran zu schaffen.
Matthias schüttelte das Tier ab und warf ihm eine Scheibe Wurst hin. Der Spitz schnappte sie und lief zur Tür, quetschte sich durch die Spalte und sprang laut bellend die Treppe wieder hinunter.
Matthias hatte offenbar ein Ritual nachvollzogen, das man dem Hund beigebracht hatte. «Morgens früh gibt es beim Schulmeister eine Scheibe Wurst.» Er fühlte sich geschmeichelt: Daß er das herausgekriegt hatte durch bloßes Einfühlungsvermögen. Schmiegsam nachgeben den Traditionen, und das Eigene elastisch dagegensetzen. Dem Hund ein neues Kunststück einzupauken würde allerdings schwierig sein. Bis zu Hundetheater würde man es jedenfalls nicht bringen. Im übrigen: Sperling und Hund – nun war es zu Franz von Assisi nicht mehr weit.

Matthias öffnete die Fenster und zog sich, ein Lied pfeifend, an, wobei er hinausblickte auf die sonnenbeschienenen Dächer des Dorfes. Aus allen Schornsteinen stieg Rauch auf, und erste Trecker pufften die Straße entlang. Rechter Hand lehnte sich der Opa bereits wieder aus dem Giebelfenster, und auf dem Hof gegenüber wurden Milchkannen gewaschen, man konnte es hören, aber nicht sehen. Matthias blieb am Vorderfenster stehen, bis das Scheppern aufhörte: Vielleicht würde sich ja «Carla» blicken lassen ... Möglicherweise stand sie jetzt ja auch in der Küche und hielt Ausschau nach ihm, über die Fenstergardine hinweg, ob er sich blicken ließe? Der Spitz würde von ihr empfangen werden, als Bote würde er jedoch nicht taugen.

Matthias strich sich ein Brot und sah auf den Lehrergarten hinunter, der Kirschbaum, die Laube, die Grabhügelbeete.
Auf dem Schulhof der einsame Birnbaum, Tafellappenspuren am Stamm. Der Wind kräuselte den Staub. Die Schulklos, deren offene Türen klappten, und daneben die zugewachsene Sprunggrube mit der zugewachsenen Anlaufbahn. Es war lange her, daß Matthias mal drei Meter fünfzig gesprungen war. Anläßlich der Pimpfenprobe hatte er das geschafft. Hart, tapfer und treu. Damals hatte man ihn als nassen Sack bezeichnet, und die Mädchen am Zaun des Sportplatzes hatten über ihn gelacht.

Nun hinuntergehen und die Klasse inspizieren, das Wirkungsfeld, den pädagogischen Raum, in dem er die Kinder in freischaffender Tätigkeit zu sich selbst führen würde: Kinder sind im Grunde gutartig, man muß nur Geduld haben mit den kleinen Seelen.
Interessant würde es sein, auf welche Traditionen man hier stieß. Daran nicht rühren, nichts einreißen, eher darauf aufbauen; an einer Art menschlichem Hundezirkus war er nicht interessiert.
Matthias nahm das Augenmodell unter den Arm und stieg die Außentreppe hinunter.

In die Klasse zu gelangen war einfach: Man konnte sie von der Küche aus erreichen. Ein kleines Treppchen mit Geländer führte hinab in den Klassenraum. Genauso einfach, wie man hineingelangte, war es folglich, während des Unterrichts eben mal schnell in die Küche zu verschwinden. Matthias stellte sich seinen Vorgänger recht dick vor, als Glatzkopf mit halber Brille. Während der Stillarbeit in der Küche einen Schnaps trinken und in der großen Pause zwei Spiegeleier mit Brot auftupfen.

In dem großen blaßgrünen Klassenraum standen auf jeder Seite vier Viererbänke, galeerenartig hintereinander ausgerichtet. Die hinteren waren eine Nummer größer, die vorderen eine Nummer kleiner. Das Holz von Kindergenerationen blankgewetzt und in der Maserung eingedrückt. Eingelassene Tintenfässer in den Pulten, und die Sitzflächen zum Vorziehen, wenn Schönschreiben angesagt ist. Nach hinten kann man sie wegschieben, wenn mal einer rausmuß. Um Gottes willen, nicht den Finger dazwischenkriegen!

An der Wand gegenüber stand ein schwarzes Klavier mit Goethebild oben drüber, jenes Bild, auf dem der Olympier so Glotzaugen hat. Zwar Glotzaugen, aber mit Ordensstern. Vorher hatte an dieser Stelle wohl das Führerbild gehangen, auch mit Glotzaugen, aber mit EK, damals, als es noch den Tag der Wehrmacht gab.
Matthias stellte das Augenmodell auf das Klavier: Das Lid konnte man aufklappen, wie bei einer Bauchrednerpuppe.
Er schlug einen Akkord an auf dem verstimmten Klavier, und er sah seinen Vorgänger, den Herren Schmauch, am Klavier sitzen, und er hörte die Kinder singen:

Heilig Vaterland in Gefahren
Deine Söhne sich um dich scharen ...
Sieh uns all entbrannt,
Sohn bei Söhnen stehn ...

Herr Schmauch, in zwei Kriegen mitmarschiert, und außerdem noch in der SA?
«Am Sonnabend trifft sich die SA»: Wie soll man sich raushalten, wenn der Bürgermeister Breeches trägt?

Matthias drehte sich um: Vor der Schiebetafel stand das Podest mit Lehrerpult und Lehrerstuhl, aus Eiche getischlert und mit Stirb- und Werde-Schnitzwerk versehen – hier war der gleiche Künstler tätig gewesen wie auf dem Bahnhof in Kreuzthal. Der gleiche Lebensbaum war zu sehen, grün mit roten Früchten, nur schwarz übermalt.
Matthias setzte sich hinter das Pult und ließ den Blick schweifen über die Bänke, hinüber zum Klavier mit dem Auge obendrauf, das ihn ernst anblickte.
Die Frühlingssonne schien in die Klasse – ihn durchrieselten Wonnegefühle.
Eine praktische Angelegenheit, so ein Pult. Man wird gesehen und kann alles sehen. Mal einen aufrufen: «Komm nach vorn!», der kommt dann auch tatsächlich, und dann sagen: «Du kannst dich wieder setzen.»
«Gehst du mal rüber in die Küche und holst mir meine Zeitung?» Das sagen, und es geschieht. Also auch irgendwie Herr der Kinder sein bis hin zum In-den-Mantel-Helfen.

An diesem Pult, oder besser dahinter, würde er sich häuslich einrichten und dann die Schüler von oben liebevoll ansehen und sie wachsen lassen in ihrer «je eigenen Neigung und ihrem je eigenen Vermögen», wie Petersen empfohlen hatte. Unter der Hand richten sich die Zöglinge auf, und sie streben empor zum Licht. Und wenn einer ausbricht, dessen Seele vielleicht verkrüppelt ist: den dann isolieren. Dieses verwilderte Pflänzchen hinbiegen zu gradem Wuchs. Das war ja im Grund alles furchtbar einfach.

Und in diesem Pult würde man das Sesam-open-you deponieren. Und wenn die Rede auf den Nordpol kommt, dann unauffällig die Karteikarte herausfingern und rasch überfliegen, was da steht. Daß Seehunde im Nördlichen Eismeer rechtsrum von der Scholle springen und in der Antarktis linksrum, das wäre als «Bildendes» herauszustellen. Darüber würden sich die Kinder wundern, wie ja übrigens die Erwachsenen auch. Und das Wundern würde dann einen Lernprozeß vorbereiten, den es zügig zu nutzen galt.

Matthias zog die Schublade auf. Hier lagen Wochenbericht und Stoffverteilungsplan, die Versäumnisliste und das Zeugnisbuch, ganz wie Herr Schmauch es mitgeteilt hatte.
«Auf die Versäumnisliste würde ich vor Gericht keinen Eid ablegen, Herr Kollege!»
Alles recht säuberlich geführt. Daß die einklassige Schule Wense 26 Kinder zu betreuen habe, war aus den Papieren zu entnehmen, 7 in der Unterstufe, 12 in der Mittelstufe und 7 in der Oberstufe. – Das hörte sich gut an. Das würde in den Griff zu kriegen sein. An die Säuberlichkeit des Vorgängers würde man anschließen müssen, da weitermachen, auch wenn die eigene Schrift nicht gerade eine Pädagogenhandschrift ist.

Matthias legte die Beine hoch und studierte den Stoffverteilungsplan, der aus dem Jahr 1950 stammte. Teile davon schienen sogar aus der Nazizeit übernommen worden zu sein, denn ein Kapitel hieß: «Hei! Unsere Soldaten kommen!»
Das Thema für die erste Woche nach Ostern lautete:

Komm, lieber Mai, und mache …

Und darunter stand: «Feld und Wald tragen ein Festtagskleid» / «Maikäfer, flieg!» / «Einführung der Zahlen 1 bis 3».
Für die Mittelstufe wurde vorgeschlagen: «Unser Schaf wird geschoren» / «Spinnrad und Webstuhl» / «Eingekleidete Aufgaben». Ansonsten sollte des Zweiten Weltkrieges gedacht werden: «Unsere Gefangenen: Wir warten auf euch! Ein Gang zum Kriegerdenkmal.»
Diesen Stoffverteilungsplan würde man übernehmen können. Da erst mal weitermachen und dann allmählich darüber hinauswachsen, und dann einen ganz neuartigen Plan entwerfen, in dem das freischaffende Lernen in offener Behaustheit den Ton angab.

Maikäfer ... Gott, ja. Nachher mal nachsehen, ob im Sesam-open-you auch eine Ausarbeitungskarte über den Maikäfer steckte ..., diese Tiere hatten Chitinflügel, wenn man sich nicht irrte; und daß sie im Vierjahreszyklus auftauchten, wußte man auch so, dazu brauchte man die Kartei nicht, das gab die Allgemeinbildung noch her, und daß die «Müller» an irgend etwas zu erkennen waren, auch das wußte man noch aus der Kindheit.

Matthias nahm sich das Zeugnisbuch vor – es begann im Jahr 1884 – und schlug unter dem Namen «Freede» nach, ob da vielleicht eine Carla Freede aufgeführt ist. Ja, er fand den Namen, 17. Mai 1942 geboren – goldene Früchte der Liebe ... interessant, also neunzehn Jahre alt. Im Deutschen nicht so berühmt, aber im Rechnen lauter Einsen.
Neben Carla Freede war auch ein Jochen Freede verzeichnet, der Sohn des Bauern Johann Freede, 1941 gefallen.
Von Kallroy, das stand weiter vorn, Ellinor, Vater Kunstmaler, geb. 8. 10. 1925. Das war ebenfalls sehr interessant, Schrift mangelhaft. Vielleicht fanden sich auf dem Dachboden ja noch Hefte von ihnen? Aufsätze? Aber vermutlich hatte er mit denen gerade Feuer gemacht.

Unter der Zimmerdecke baumelte ein verwelkter Osterkranz an einem rostigen Haken mit bemalten Eiern dran. Einen Haken unter der Decke anbringen – was für eine hübsche Idee! Den Kranz würde man jetzt allerdings schleunigst entfernen müssen und

durch ein Pfingstgebinde aus Birkengrün ersetzen, von dem selbstgebastelte Papiertauben herunterhängen ... Der Geist hilft unserer Schwachheit auf! Im Herbst dann eine Erntekrone und zu Weihnachten den Adventskranz ... Schleunigst entfernen das Osterdings, wenn der Schulrat plötzlich in der Tür steht, unangemeldet, und sehen will, wie der junge Herr sich macht, und dann das verwelkte Dings an der Decke? Dann ist gleich alles verloren ...
Auf die Weihnachtszeit mit den Kindern freute Matthias sich schon jetzt. Das war noch eine Weile hin, davor lagen noch dreimal Ferien. Auch das nicht zu verachten.

Matthias stand auf und klappte dem Augenmodell das Augenlid herunter: Das würde man auf die Dauer nicht aushalten können, daß einen das ständig anguckt?

Er setzte sich in die Bank der Großen und guckte nach vorn, wie das aussieht, wenn vorn ein Lehrer an der Tafel agiert, den er sich jetzt im Gegensatz zu dem beleibten Schmauch als kleinen Mann mit Spitzbart vorstellte.
Matthias sah sie alle, die Vorgänger, einen nach dem anderen, den Kopfrechenspezialisten, den Blumenfreund, den Larifari-Mann und den Sadisten, der den Mädchen mit einem Stock auf die Fingerspitzen schlägt und fragt: Hat's weh getan?
Das Gleichnamigmachen der Brüche. An der Tafel sah er sie stehen, die Urzeitkollegen, die Kreide knackt kaputt, wenn man gerade zum Schreiben angesetzt hat – und an der Landkarte «Die Norddeutsche Tiefebene». In ihren Hosen tragen sie lange Unterhosen, und darunter sind sie nackt. Die Kinder zeigen mit den Fingern auf oder schreiben in ihre Hefte, die liegen schräg vor ihnen, und der Zeigefinger ist durchgedrückt: Schönschreiben, Freitag die letzte Stunde, drei Reihen a und drei Reihen b. Der Fußboden wird einmal pro Monat geölt.

Sich selbst sah Matthias am Fensterbrett lehnen. Ich werde viel am Fensterbrett lehnen, dachte er. Die Kinder kommen lassen in freischaffender Selbsttätigkeit, und dann hinaussehen aus dem Fenster, zum Wald hinüber, in dem die deutsche Seele geboren ward.
Blaubeeren sammeln, Kaninchen halten. – Mit Bienen würde er

sich nicht befassen, das stand bereits fest. Und mit Schweinehaltung auch nicht. Eine Katze, einen Hund und vielleicht ein paar Hühner ... Schade, daß Klein-Wense nicht an der Nordsee lag. Auf den Dünen hätte man sitzen können, mit den Kindern Schiffe schnitzen und hinüberdeuten zum Horizont und ihnen sagen, daß dort die weite Welt liegt. Vielleicht wäre die Lehrerstelle auf Neuwerk doch besser gewesen? – Aber nur einmal pro Woche Post?

Plötzlich stand ein Mädchen vor ihm, wie er da in der Bank saß. Es war das Mädchen vom Friedhof mit den schiefgetretenen Pantoffeln. Zöpfchen und Hahnenkamm mit Spange.
«Ich muß die Blumen gießen», sagte sie und machte einen Knicks. Matthias erfuhr, daß sie Marianne heiße, fünf Brüder hätte und in den Ferien hier die Blumen gießen müsse.

> *Die kleine Helferin*
> Mariechen, mein Schätzchen, bist du endlich hier?
> Du kannst mir jetzt bei der Arbeit nützen. Lege deine Kapuze ab! Hole deine Arbeitsschürze mit dem Latz. Du sollst putzen. Nachher klopfen wir die Matratzen. Das ist für mich allein eine zu große Strapaze.

Der Versuch, ein Gespräch anzuknüpfen, scheiterte. Daß er der neue Lehrer sei, sagte er schließlich, aber das wußte das Mädchen ja schon. Es war nicht unfreundlich, aber es schwieg.

Matthias besann sich darauf, daß man Kindern nahekommt, wenn man ihnen was zu tun gibt. Das hatte Petersen geraten. «Kannst du mir ein paar Eier besorgen?» fragte er also, und, ja das könne sie, sagte das Mädchen und verschwand augenblicklich.
Die Fensterscheiben hatte man unten weiß gestrichen, um die Kinder am Hinausgucken zu hindern – nun behinderten sie den Lehrer: Matthias hätte dem Mädchen gern nachgeguckt, wo es nun wohl hingeht, und ob es wiederkommt und tatsächlich Eier mitbringt? – Die weiße Farbe würde man abkratzen müssen. Licht hereinlassen!
Und den Lehrmittelschrank aufräumen.

Der Lehrmittelschrank war, Eichenholz imitierend, bemalt, die Tür mit einem krummen Nagel zugehalten, oben drauf lag eine Posaune.

Marianne kehrte zurück mit fünf Eiern, an denen noch Heu klebte, in der Schürzentasche hatte sie die. Matthias ging mit ihr in die Küche und legte sie auf den Tisch.
«Ich hab' noch gar nichts», sagte er.
Dann wieder rüber in die Klasse, und er öffnete den Schrank, in dem es ziemlich schlimm aussah: Eine Zigarrenkiste mit uraltem, steinhartem Knetgummi, ein alter Handschuh, eine Ballruine. An einem ausgerissenen Karton mit Reagenzgläsern stand:

> Behutsam trag es,
> zerbricht es – sag es.

Im Schrank lag auch eine Tüte mit Tintenpulver und eine Mappe mit Hunderten von Entschuldigungszetteln. «Hol doch mal den Papierkorb ...» Alles in den Papierkorb tun, aber die Entschuldigungszettel lieber nicht, das hatte vielleicht etwas mit dem Schulrecht zu tun.
«Aber Herr Kollege, so was können Sie doch nicht so einfach wegwerfen! Das sind doch Dokumente.» Entschuldigungszettel wegwerfen, das hätte vielleicht juristische Konsequenzen bis hin zur sofortigen Entfernung aus dem Dienst.

> Christa hatte gestern Bauchweh, außerdem
> mußte ich auf Arbeit.

Nicht «Judenschule» sagen und keine Entschuldigungszettel wegwerfen. Bei der Versäumnisliste nicht pingelig sein. Alles andere würde man ausbalancieren können.

Den Papierkorb entleerte er in die ausbetonierte Müllgrube: das Mädchen hielt die eiserne Klappe in die Höhe. Hierbei wurde Matthias gefragt, ob er denn keine Frau hat? Und keine Möbel? – Nein, keine Frau und keine Möbel.
Irgendwie erzählte er ihr, daß er hier in Klein-Wense ganz von vorne anfangen wolle mit seinem Leben, es sei alles ziemlich verkorkst gewesen, was er bisher so unternommen hat.

«Verstehst du?»
Ja, das verstand das Kind. Und er hätte ihm noch viel mehr erzählt, zum Beispiel von Lilli, daß man sich eine solche Frau auf dem Land nicht vorstellen kann, und daß er im Grunde froh sei, sie vom Hals zu haben, daß «Vom-Halse-Haben» aber nicht der richtige Ausdruck wär', wenn in diesem Augenblick nicht die Katze gekommen wäre. Dann hätte er ihr auch erzählt, daß Lilli auf der Universität Jura studiert, ganz regulär, und er nur beim alten Petersen das bißchen Pädagogik ... Jura und Pädagogik, so was kann ja nicht funktionieren ... An sich ganz nett gewesen, die Zeit mit Lilli ... Alles haarklein, und sie hätte gewiß alles verstanden. Aber nun mußte die Katze auf den Arm genommen werden, und das war ein schönes Bild, die Morgensonne, das Mädchen mit Schürze um und Katze auf dem Arm.
Nun bin ich nicht mehr so allein, dachte Matthias, obwohl er sich noch gar nicht einsam fühlte.

Als sie gegangen war, hätte Matthias sich gern in der Küche Spiegeleier gebraten und mit Brot aus der Pfanne aufgetupft. Aber da hätte er ja erst Feuer machen müssen.
Ob sie die Eier irgendwo geklaut hat? dachte er. Um Gottes willen, das fängt ja gut an. Und daß er die Eier gar nicht bezahlt hatte! Und dann dachte er: Auch ich bin ein ziemlicher Larifari-Mann.

Ein schwerer eichener Sammelrahmen mit Fotos der Gefallenen aus beiden Kriegen hing neben der Tür, UNSERE HELDEN stand oben drüber, von Eichenblättern umkränzt.

7

Nun zum Kaufmann fahren. Matthias plusterte mit seinem Mantel Flügel schlagend ins Dorf, Pferde und Kälber galoppierten auf der Dorfweide neben ihm her, und Kinder riefen: «De Liehrer kümmt!» von Hof zu Hof.

Es gab drei Kaufleute im Dorf: Claasen, Klapproth und eine Kriegerwitwe mit Bus.
Heiner Claasen gehörte nicht so recht zum Dorf, weil sein Großvater sich aus Schleswig-Holstein hier angekauft hatte, vor achtzig Jahren, und weil er ein anderes Platt sprach. Von Kaufleuten hieß es überdies: Die leben ja von uns! Was für Lehrer in gewisser Hinsicht ja auch galt.
Claasen lebte mehr als recht und schlecht von seinem Laden, er konnte Haare schneiden, was vereinheitlichend wirkte in diesem Dorf, und er betrieb die Landwirtschaft, die sein Großvater vor achtzig Jahren erworben hatte. Kurz vor Ausbruch des Krieges hatte sein Vater dem jüdischen Viehhändler das letzte Vieh abgekauft, bevor der nach Schweden ging: Übergroße Rinder, deren Nachkommenschaft sich noch jetzt von allen Kühen des Dorfes unterschied. Claasen sang im Männerchor im zweiten Baß, und in der Nachkriegszeit war er wegen Schnapsbrennerei ein paar Wochen «verreist» gewesen. Da er dichtgehalten hatte und im Verfahren vor dem Amtsgericht in Kreuzthal niemanden mit reingerissen, gereichte ihm das zur Ehre.

Auch Frau Claasen trug zum Lebensunterhalt bei, sie gab dienstags und freitags Handarbeitsunterricht, und wenn einer starb im Dorf, war sie es, die ihn für die letzte Reise herrichtete. «Watt mutt, mutt!» pflegte sie zu sagen.

An diesem Tag war Kaufmann Claasens Laden zugesperrt. Was Matthias nicht wissen konnte: Claasen hatte immer zu; in den Schaufenstern waren schon seit Jahren die Rollos heruntergezogen. Außer Fliegen, die auf dem Rücken lagen, gab's da nichts zu sehen. Wer hier einkaufen wollte, vielleicht einen Eimer weißer Farbe, von der ein großer Vorrat im Keller stand, mußte durch die Küche gehen, wo es dann zu ausgedehnten Unterhaltungen kam. Vielleicht leitete sich das noch aus der Tradition der Schnapsbrennerei her? Über den Hof war vermutlich auch der jüdische Viehhändler geschlichen, nachts, der dann sein Vieh daließ und alles andere auch. Ein lebenslustiger Mensch sei das gewesen, hieß es, der habe nichts anbrennen lassen.
Claasen lebte davon, daß er Haare schnitt, den Bauern Farbe ver-

kaufte, und außerdem hatte er die Landwirtschaft mit den übergroßen Kühen.
«Ich bin *Landwirt*», pflegte er zu sagen, «kein Bauer.»

Klapproth, der andere Kaufmann, war Flüchtling aus Ostpreußen. Seinen Reden, die er glasig am Wirtshaustisch von sich gab, entnahm man, daß seine Eltern Reichtümer besessen hatten. Eichen- und Buchenwälder sowie ein vier Stockwerk hohes Kaufhaus. Irgend jemand hatte das mal bestritten, einer, der die Klapproths von früher her kannte. Mißgünstig hatte der von einem «Bauchladen» gesprochen. Weil er aber gleichzeitig behauptet hatte, Vater Klapproth sei in der Partei ein großes Tier gewesen, ließ man es bei leisem Spott bewenden. Mein Gott, die Partei, wie lange wollte man das den Leuten denn noch vorwerfen? Und: großes Tier? Immerhin ... Lehrer Schmauch war ebenfalls PG gewesen, und der Bürgermeister von Kreuzthal sogar Sonderführer im Warthegau.
Du meine Güte!

Klapproth hielt seine Fliegenfänger, Bürsten, Graupen, Grieß und Zucker in einer Reichsarbeitsdienstbaracke feil, die er nach dem Krieg auf Abbruch erworben hatte, an der «Kaufhaus Klapproth» zu lesen stand. Vorn der Laden, hinten zwei Zimmer und Küche.
Als Matthias mit dem Fahrrad die schlammige Zufahrt entlanggeschoben kam, sah er, daß vor Kaufhaus Klapproth der kleine FIAT stand, der ihm schon am Bahnhof aufgefallen war.

Matthias stellte das Fahrrad vor der Baracke ab und löste die Klammern von den Hosenbeinen, eben verließ die junge Frau den Laden. Ein schwarzes Wollkleid trug sie unter einem hellen Staubmantel. Sie sah städtisch aus, mit ihrer randlosen Brille, ein offenbar gebildeter Mensch, hatte ein blasses, ernstes Gesicht. Dicht ging sie an ihm vorüber, fast hätten sie einander berührt.
Daß er einen solchen Menschen hier in Klein-Wense traf, gab ihm ein gutes Gefühl, «Trost», könnte man sagen. Nun war er nicht mehr so allein.
Die junge Frau stieg in ihr Auto und fuhr davon.

Matthias wurde von Kaufmann Klapproth als neuer Kunde herzlich begrüßt. Alle Bauern schimpften auf ihn, ein Flüchtling, der kein Platt sprach und auf ihre Kosten lebte. Aber sie kamen immer wieder zu ihm, weil er einfach alles hatte, ob sie es nun brauchten oder nicht. Strohhüte zum Beispiel, die bei der nahenden Heuernte vielleicht nützlich sein könnten. Um einen Strohhut zu kaufen, brauchten die Dörfler nicht nach Kreuzthal zu fahren, die gab es hier in allen Größen. Desgleichen Heurechen aus Holz und grün-rot gestrichene Hand-Rasenmäher.

Matthias wurde von Herrn Klapproth ganz regulär willkommen geheißen – schön laut, damit es die Frauen mitkriegten, die im hinteren Teil des Ladens standen, mit was für einem Mann er hier verhandelt –, und dann enthüllte und entschraubte er für sich und für Matthias kleine Flaschen Jägermeister und prostete ihm zu. Er sei ebenfalls aus dem Osten, sagte er, Matthias sei doch bestimmt Mitglied im Bund der Heimatvertriebenen und Entrechteten? Nein? In Westereistedt träfen sie sich einmal im Monat, ob Matthias nicht mal mitkommen wolle?
Er füllte für ihn ein Rabattmarkenheftchen aus, was ihm Gelegenheit gab, laut nach seinem Namen zu fragen. Matthias mußte den Namen buchstabieren, «ohne h und mit ck», und auch sagen, was sein Vater von Beruf gewesen ist.
«Beamter bei der Stadt?» fragte der Mann, und dann sagte er: «Und Sie sind jetzt Dorfschulmeister? – ’n ganz schönen Afstieg ...», womit er den Nagel auf den Kopf getroffen hatte.

Mal neugierig, wie schnell das Heft voll ist!, sagte er dann, und da Matthias der neue Lehrer war, zeigte er ihm eine flache Rechenmaschine aus Blech, die mit einem Stift zu bedienen war: «Addiator» hieß das Ding, obwohl man damit auch subtrahieren konnte. Beim Addieren von oben nach unten schieben, beim Subtrahieren von unten nach oben.
Matthias wollte diese fabelhafte Rechenmaschine nicht, die kannte er aus seiner Kindheit, die hatte schon damals nicht richtig funktioniert. Er wollte hier jetzt das kaufen, was ein Mensch zum Leben nötig hat, ein Brotbrett, Tassen und Teller, Messer, Gabel, Löffel. Dann ein Stück Butter, Zucker, Salz und Marmelade. Er

suchte sich sogar einen elektrischen Kochapparat aus, plus Teekessel fürs Kaffeekochen, denn ob er den Feuerherd in Gang kriegen würde, war noch sehr die Frage. Er kam sich so ein bißchen wie Robinson vor, der sich aussucht, was er auf der Insel unbedingt braucht.
Für Kaufmann Klapproth war es angenehm mit anzusehen, was Matthias alles auswählte. Er leckte sich die Lippen, in Erwartungsfreude oder wegen des Jägermeisters, den er eben getrunken hatte. Für ihn war das wie ein Test, ob er auch alles hat, was der junge Lehrer für seinen Hausstand brauchte. Und, ja, er hatte alles, und er legte es nebeneinander auf den Tisch. Zwischendurch hielt er Matthias eine Mausefalle hin und ein Päckchen Rasierklingen, und er hob auch mal die Käseglocke, um ihn darauf aufmerksam zu machen, was das für ein guter Käse ist, den er hier zu verkaufen hat.

Eier und Milch führte Herr Klapproth in seinem Kaufhaus nicht, und das aus gutem Grund.
«Holen Sie sich das doch bei Bauer Freede oder bei Fitschen nebenan ...», sagte er, und in der Tat, warum eigentlich nicht.

«Wär's das?» fragte Klapproth, und dann ging er in die Knie hinter dem Ladentisch und stützte sich auf, lag so halb auf der Theke und rechnete alles zusammen. Er konnte nicht gut rechnen, es gingen darüber wunderliche Geschichten um im Dorf. Aber er verrechnete sich nie. Er begann also zu rechnen, tippte mit dem kurzen Kopierstift die Zahlenkolonnen ab, die er auf einem schmalen, mit einer Reklame blau bedruckten Block notiert hatte, ganz so, wie er es als Kind in Ostpreußen gelernt hatte, mal von oben nach unten und mal von unten nach oben.

Während Matthias die Sachen in einen Karton tat, überlegte er, ob er den Kaufmann fragen sollte, wer die junge Frau gewesen sei, die in dem FIAT davongefahren war. Aber so vertraut war er hier noch nicht, das konnte er noch nicht riskieren.

Im obersten Regal, das sah Matthias dann noch, stand neben blau eingewickelten Zuckerhüten ein Pappkarton mit einem altmodi-

schen Blechspielzeug, irgendwann einmal unvorsichtigerweise eingekauft, nun nicht mehr abzusetzen: eine Rennstrecke aus Blech mit Bergen, Tunneln und aufgemalten Bäumen. Die ganze Sache konnte man aufziehen, und dann spielte sie mit sich selber. (Im Seminar war vor so was eindringlich gewarnt worden!)
Das Dings nahm Matthias mit, vier Mark und fünfzig betrug der dreimal herabgesetzte Preis, und auch ein kleines goldenes Netz mit Marmeln für die Kinder kaufte er, als Belohnung oder für einen Marmelspielwettbewerb.

Im Hinausgehen, aus purer guter Laune, setzte sich Matthias einen Strohhut auf den Kopf, worüber Herr Klapproth sich freute, er hielt ihm einen Spiegel hin, und hinten im Laden drehten sich die Frauen um nach dem jungen Mann mit der Haartolle. – Das war eine gute Vorbedeutung, daß dieser junge Mann so lustig ist, der wird als Lehrer gut mit Jugend können ... Obwohl – ein bißchen Strenge kann auch nicht schaden.

Matthias klemmte den Karton auf den Gepäckträger und fuhr über die Platanenallee nach Hause. Hierbei begegnete er der Kriegerwitwe, die ihre Waren in einem Lieferwagen durchs Dorf fuhr und an jeder Straßenecke hupte, sie brachte ihren Kunden alles ins Haus, Mondamin, Kaffee und Kuchenstücke auf einem Blech.
Andere Kriegerwitwen und Flüchtlingsfrauen waren es vorwiegend, die bei ihr einkauften: Das war ihre Kundschaft. Matthias ärgerte sich über die Hupe.
«Bei dieser Frau werde ich nie etwas kaufen», dachte er, konnte die sich nicht eine Glocke anschaffen? Hupt das ganze Dorf zusammen?

Matthias machte einen kleinen Umweg und fuhr am Schützenhof vorbei, er wollte sehen, ob die Kegelkugeln noch da waren. Ja, sie waren noch da. Wie Kanonenkugeln waren sie gestapelt, neben dem Hauklotz, auf dem eine Axt lag. Es waren mindestens zehn Stück. Sich selbst ins Schienbein schlagen, ein klaffender Schmiß, weil die Kugeln zurückfedern ...

In einem Koben liefen acht Schweine herum, mit einem roten Strich auf dem Rücken, die sollten hier verladen werden. Zwei Männer in Kitteln hieben mit Handstöcken auf sie ein, obwohl sie doch gar nichts getan hatten, außer daß sie unter der Mütze ihrer Ohren in die Gegend guckten.

Es war inzwischen halb eins geworden: warum nicht gleich zu Mittag essen?
Frau Schulz, die dicke Wirtin des Schützenhofes, schwarzer Dutt und schwer zu Fuß, wollte wissen, ob Matthias der neue Lehrer sei? Ja, er sei der neue Lehrer, und sein Vater wär' bei der Stadt beschäftigt gewesen und lebte nicht mehr, sei gefallen. Daß er aus dem Osten kam, war auch von Interesse.
Dann erkundigte sich Matthias, ob er hier vielleicht zu Mittag essen könnte, jeden Tag, er sei Junggeselle usw. Ja, das war zu machen, aber extra kochen täten sie nicht. Er müsse eben mitessen, was es hier so gibt. An diesem Tag gab es Hühnersuppe und kleine fette Würste in Kohl. Danach Apfelkompott, dessen Schlumen Matthias am Tellerrand aufreihte. Das war das erste reguläre Essen seit längerer Zeit, mit Mensa überhaupt nicht zu vergleichen.

Am Nebentisch saß ein Herr mit Kneifer, der war von der landwirtschaftlichen Beratungsstelle in Buxtehude. Er hielt zwei Bauern einen Vortrag über Hansa- und Grata-Kartoffeln, daß die jetzt fast nur noch angebaut würden im ganzen Kreis, man müsse sie allerdings vorkeimen in einem speziellen Raum ... Daß auf dem Friedhof Leichen ausgebuddelt worden seien, das interessierte ihn, Franzosen?, noch einigermaßen erhalten?, mit noch Haaren auf dem Schädel? Daß sie beim Herausheben gräßlich auseinandergefallen wären, sagten die Bauern, und die französischen Beamten hätten geweint ...

Matthias ließ es sich schmecken. Frau Schulz sah ihm zu, wie er den Kohl und die Würste in sich hineinschaufelte. Zu bezahlen brauchte er keinen Pfennig, das wollte die Wirtin einmal im Monat abrechnen. So hatte sie es mit Herrn Schmauch auch gehalten, der sei ja öfter mal dagewesen, allerdings abends, zu Schlummertrunk und Skat.

An der Wand hing ein Bild, das gar nicht mal so schlecht war, eine Heidelandschaft unter wolkenreichem Himmel, irgendwie modern empfunden.
Das Bild habe von Kallroy gemalt, war zu erfahren, ein hiesiger Maler. Ernst Werner von Kallroy, er habe es ihr geschenkt, kurz vor seinem Tod. Vierundvierzig wär der ja abgeholt worden und ins Emsland geschafft und nie zurückgekehrt. Warum? Das wisse sie auch nicht so genau. Da erzähle man sich allerhand.

Das war nun der richtige Augenblick, die Sache mit den Kegelkugeln zur Sprache zu bringen. Während sie von der Schenkung des Bildes berichtete, die ihr zuteil geworden war, würde sie vielleicht nicht abgeneigt sein, selbst etwas zu verschenken.
«Was machen Sie eigentlich mit den Kugeln da draußen?» fragte Matthias möglichst harmlos und: «... das wär' was für die Kinder in der Schule ...»
Er erfuhr, daß das ausrangierte Kegelkugeln seien, sie hätten sich jetzt welche aus Hartgummi angeschafft, er könnt' sich gern welche mitnehmen.

«Welche»? Was war das für eine Mengenangabe? Waren das drei oder vier? Also drei doch bestimmt, großzügig gerechnet fünf.
«De könnt' Se ruhig all' mitnähm'», sagte Frau Schulz und räumte den Tisch ab.
Matthias ärgerte sich, daß er gesagt hatte: «... für die Kinder in der Schule ...» Das war doch wohl eine juristische Festlegung! Hier hatte er als Amtsperson gesprochen – schade!

Er schob sein Fahrrad auf den Hof und nahm eine Kugel unter den Arm.
Vom Küchenfenster her fragte Frau Schulz: «Na, geht das auch? Soll ich Sie helfen?»
Es waren massive alte Eichenkugeln, das sah Matthias sofort, aus einem Stück gedreht!
Er balancierte sie nach Hause und beschloß, auch die anderen nachzuholen, und zwar sofort, keine Minute zögern! Als Matthias eben zu Hause war, kam schon ein Auto angefahren, der Sohn von Frau Schulz brachte den Rest.

Es waren acht Stück. Zusammen also neun. Alle Neune! Das war ein Fang!
Warum sollten die Kinder nicht damit spielen, was sprach dagegen? Zwei-, dreimal damit spielen lassen, und dann allmählich einkassieren die Dinger.

Vielleicht gab es in der Gegend noch andere Gasthäuser mit Kegelbahnen, die ihren Holzkugelbetrieb auf Hartgummi umstellten?

8

Am Sonntag kochte Matthias sich ein Ei auf der linken Platte seines Doppelkochers und frühstückte unter dem Foto von Lilli, das er für diesen Zweck aus dem Kasten gekramt hatte, nach alter Sitte: Marmelade, Butter und Brot strategisch in Reichweite plaziert, den Blick auf den kahlen Schulhof. Ein Maiensonntag wie in alten Zeiten: Die Radtouren mit Lilli, an der Weser, mit Selbstauslöser fotografiert, und es war alles Licht und Luft gewesen: und später dann mal wieder an die Weser fahren und sagen: Wie waren wir damals glücklich! Es war alles wunderschön gewesen, in Höxter das Geschirr «ADRIA» schon mal angesehen, für sechs Personen, und für die Eßecke nimmt man am besten Raucheiche? Alles gut und schön, bis Lillis Mutter zu bedenken gegeben hatte, daß ein Volksschullehrer sehr wenig Geld verdient, und außerdem: auf dem Lande herumsitzen? Womöglich ein ganzes langes Leben lang? Mal ganz abgesehen vom rein Gesellschaftlichen.
«Mein Mann ist Volksschullehrer von Beruf», also das ist nicht so doll, und dann noch: « ... auf dem Lande ...»? Und was sollte schließlich aus dem Jurastudium werden? Wozu sollte denn das taugen?

Der Sperling wurde hinaus- und wieder hereingelassen, und der Spitz vom Bauern Freede bekam seine Wurstscheibe. Matthias nahm die eine oder die andere seiner Kegelkugeln wägend in die

Hand, dann ließ er sie die Blechbahn den Berg hinaufklettern und durch die Tunnels hinunterrollen. Im zweiten Tunnel blieb sie stecken. Da mal ein bißchen mit der Zange korrigieren.

Nach dem Frühstück fuhr Matthias nach Sassenholz zur Kirche. Wie durch einen englischen Park ging es, von den fernen Glocken geleitet, an sanften Wiesen vorüber, über krumme Wege, entlang an krummen Zäunen. «Was sind das für schöne Zäune!» dachte Matthias. Er hatte was übrig für Zäune, und er freute sich über die urigen Eichenpfähle und über den Stacheldraht, an dem ein paar Regentropfen hingen. Zäune abzeichnen lassen, das könnte man doch auch mal machen ...
Einen heroischen Zug bekam die Landschaft durch die großen Hochspannungsmasten, die an den ausgebreiteten Armen dicke Drähte einander zuschwangen.

Die Vögel, die laut und sehr durcheinanderflöteten, kannte Matthias, auch die Namen waren ihm geläufig: Schwarzdrossel und Goldammer – aber er wußte nie, welche es waren, die da nun gerade sangen oder pfiffen oder zwitscherten. Aber es waren alles alte Bekannte. Einem Auswanderer, in die Heimat zurückgekehrt, würde das Geschmetterte sehr vertraut vorkommen. «Ja, jetzt bin ich wieder zu Hause», würde er sagen, und dann würde ihm bewußt werden, was er all die Jahr entbehrt hat.

Es war eine angenehme Fahrt, leider fuhr in einiger Entfernung Anita Fitschen, die dicke Tochter des Nachbarn voraus, deren Großvater den ganzen Tag aus dem Fenster guckte, und, so langsam Matthias auch fuhr, sie wurde immer noch langsamer.

Die Kirche in Sassenholz war auf Feldsteinen gegründet, sie hatte einen kurzen Turm, in dem die Stundenglocke, von scharrenden Geräuschen begleitet, dafür sorgte, daß man es nicht vergäße: das Leben rinnt dahin, dahin ... Die Linden mit ihrem schlaffen, eben aufgebrochenen Grün reichten bis zur Uhr hinauf. Die Zeiger waren frisch vergoldet, das Zifferblatt blau.

Das Geläut machte einen ziemlichen Lärm, junge Burschen hingen an den Stricken, ließen sich von den schwingenden Glocken hinaufziehen und schwebten wieder herab. Das waren die Chorknaben, im letzten Jahr konfirmiert und nun für ein ganzes Jahr dazu verpflichtet, am Gottesdienst teilzunehmen. Das wurde kontrolliert.

Die Dorfbewohner kamen aus jeder Richtung, gemessenen Schrittes sah man sie die Wege daherschreiten, zu zweit oder zu dritt, auf sogenannten Richtwegen, seit Jahrhunderten ausgetrampelt von Kirchgängern, ob's stürmt oder schneit.

Neben der Kirche stand das Dorfgasthaus «Zur Linde», weiß unter riesigem Walmdach, mit dem großen Stumpf einer abgesägten Linde davor, aus deren Wurzeln Triebe schossen, die ein ums andere Jahr abgeschnitten wurden, einer Bank und einer verrosteten Tanksäule. Nach hinten hinaus verfügte es, wie zu sehen war, über eine Kegelbahn.
Mancher Bauer ließ die Seinen allein in die Kirche gehen – «geht man schon vor …» – und zweigte sich selbst ab, ins Wirtshaus hinein, Kontakt mußte schließlich gehalten werden, die Schweinepreise, und «was gibt's Neues?». Andere stießen nach dem Gottesdienst dazu, die interessierten sich auch für die Schweinepreise.

Matthias lehnte sein Rad an die Kirchhofsmauer und ging hinein. Der unleidige Küster schloß die Tür hinter ihm zu: Ein einarmiger Veteran aus dem Ersten Weltkrieg. (Links und rechts der Tür Schuhkratzer mit Jahreszahl.)
Es mag draußen so warm sein, wie es will, aus Kirchen schlägt einem immer Gruftkühle entgegen.

Im Kastengestühl der Kirche hatte jeder seinen Stammplatz. Kleine schwarze Blechschilder, barocken verziert, zeigten an, wer hier saß von alters her. Matthias setzte sich weit nach hinten auf einen Platz, der zwar mit Namensschild versehen war, aber leer blieb. Vielleicht war der Mensch, der sonst hier saß, schon gestorben, oder er lebte in Hader mit Gott und Pastor? Oder mit der ganzen

Welt. Irgendeiner dieser Pechvögel, die nicht zurechtkommen mit dem Leben? Die irgendwann einmal irgend etwas falsch gemacht haben, unkorrigierbar, einer, von dem gesagt wird: «Der hat doch damals ...»

Die einfache Orgel wurde ziemlich robust traktiert – eine Art Waldkirch-Instrument –, man konnte den Kantor auf den Pedalen herumtrampeln hören, und die Gemeinde – links die Männer, rechts die Frauen – sang mit Inbrunst und viel Gefühl.
«Geh aus, mein Herz, und suche Freud, in dieser schönen Sommerzeit ...» Das war so richtig was für die Leute, obwohl von Sommer ja noch keine Rede sein konnte. Von diesem Lied sang man gern alle zwölf Strophen.

Das dreiteilige Altarbild an der Chorwand war neueren Datums, es stammte aus den zwanziger Jahren und zog den Blick sogleich auf sich, bis ins Gewölbe hinein reichte es. Das Himmlische Jerusalem war auf dem Triptychon dargestellt, mit zwölf Perlentoren und Gassen aus lauterem Gold. Die Menschen auf dem Bild waren alle etwas in die Länge gezogen, auch die Engel mit ihren überlangen Posaunen. Die Wolken über der verheißenen Stadt kamen einem bekannt vor, die ähnelten ein wenig dem Turm der blauen Pferde.
Die Landschaft um die Stadt herum war eher norddeutsch, der Maler schien sich in der Börde gut ausgekannt zu haben.

Was für ein schönes Bild!, dachte Matthias, und er fragte sich, ob Sassenholz für ihn vielleicht so etwas wie das neue Jerusalem werden könnte, zwar ohne Perlentore und goldene Gassen, aber Einkehr ermöglichend und «Heimkehr» verheißend. Daß die vier silbernen Altarleuchter wie sich ringelnde Schlangenleiber geformt waren, befremdete ein wenig, besonders an einem Tag, an dem das Zwitschern der Vögel von außen hereindrang.

Das Kruzifix auf dem Altar war merkwürdig gearbeitet. Man hatte den Eindruck, als lehne sich Jesus irgendwie gemütlich an den Kreuzesstamm, die Beine übereinandergeschlagen. Weinreben umrankten ihn. Der Maler des stilvollen Altarbildes, das war zu bemerken, hatte das alte Kruzifix mit einbezogen in sein Gemälde. Der Schatten des Kreuzes legte sich auf die himmlische Stadt. Im übrigen hatte er auf den Seitenflügeln die unbequemen Alternativen zu Zion sichtbar gemacht: den sich mit einem Pflug schindenden, düster dreinblickenden verknorrten Adam, ein bißchen wie der alte Freede sah er aus, Krähen fliegen hinter ihm her – und Eva, mit langen schwarzen Zöpfen, am Spinnrad sitzend mit Kindern, Hühnern und einem Kalb.

Die Stufen zum Chorraum aber waren wie eine Predella mit stilisierten Skeletten versehen, weiße Knochen auf schwarzem Grund, Unterwelt symbolisierend, in die alle Welt hinabfährt, unweigerlich. Während des Gottesdienstes war man gezwungen, sie zu betrachten. Die Stufenbilder hatten von Anfang an für Kontroversen gesorgt – die Nazis hatten darin eine Verunglimpfung der SS gesehen –, und der Tag war zu erwarten gewesen, an dem alles übermalt werden würde, das Triptychon mit der himmlischen Verheißung und der Weg in die Unterwelt, Stufe für Stufe, immer tiefer hinab, wo nicht der Teufel wartet mit Feuerlohe und höllischem Gelächter, sondern das modrige Nichts.
Alle Einzelheiten der künstlerischen Ausgestaltung waren ohne weiteres plausibel, aber sie gaben eine Menge zu denken, und das lenkte eben doch sehr von der Predigt ab.

Der Pastor, ein Mann mit Goldbrille, predigte über den ungläubigen Thomas. Daß Jesus die Jünger «anblies», stellte er besonders heraus. Es komme ihm merkwürdig vor, sagte er, daß es kein Gemälde gebe, auf dem das zu sehen wäre, wie Jesus die Jünger anbläst. Unzählige Male sei zum Beispiel Petrus dargestellt worden, der es dem auf dem Wasser wandelnden Heiland gleichtun will und dann ins Wasser einbricht, von Jesus durch Handreichung gerettet …
Oder – nicht ganz so oft – Maria, die Füße des Herrn, mit ihrem Haar trocknend …
Jesus habe die Jünger angeblasen wie Gott Vater den aus Lehm gekneteten Adam – und wenn nachher auf dem Heimweg ein lauer Wind die Wohlgerüche der zur Vollendung drängenden Natur ihnen entgegenblase, dann sollten sie an den Heiland denken, das

sei dann ein Zeichen ... und dann werde das Herz in uns brennen, zu Jesus hin.

Matthias hatte die Hände auf dem Schoß liegen. Von innen waren sie einigermaßen wohlgestalt, nach außen waren die Finger eher krallenartig gekrümmt, bis vor kurzem noch mit einem Verlobungsring versehen. Geben ist seliger denn nehmen. Lilli hatte sich immer über seine Hände gewundert, was für merkwürdige Hände er hat. Sonst ganz zufrieden mit ihm, die Tolle zum Beispiel, die manches herausriß, so jungenhaft?, aber die Hände! Sie selbst hatte unvorteilhaft ausgesehen an ihrem letzten Tag, eine enorm graue Gesichtsfarbe und die kleinen Narben darin – als Kind sich zu viel gekratzt. Er sah sie noch auf die heiße Bratwurst pusten, Geld schuldete er ihr dafür, das war eine Rechnung, die offenbleiben würde.

Die blonde Lilli. Vorbei, irgendwie Gott sei Dank. Aber – wer weiß, vielleicht sähe man sich eben doch noch einmal wieder? Ob sie nicht einfach mitkommen soll?, hatte sie gefragt: alles im Stich lassen? Auf dem Bett gelegen, die erleuchtete Skala des Radioapparates; hatte sie geweint?

In das Kirchenschiff war eine grob gezimmerte und wie Marmor angemalte Empore eingezogen, wie ein erster Rang im Theater. Viel Platz wurde in dieser Kirche gebraucht, weil vier Dörfer zum Sprengel gehörten – Sassenholz, Westereistedt, Ostereistedt und Klein-Wense – und weil die Bauern noch immer abergläubisch genug waren, es mit dem lieben Gott nicht verderben zu wollen, also relativ fleißig zur Kirche gingen.
Die Balustrade des Einbaus war mit düsteren Kreuzwegdarstellungen behängt, die hatten lange auf dem Dachboden gelegen, irgendwann entdeckt vom Kreismuseumswart und jubelnd hervorgezogen: Die Gesichter der struppigen Kriegsknechte waren norddeutsch, wie die Landschaft auf dem Altarbild, das war etwas Verbindendes. Zwei Welten waren das, die eine ohne die andere nicht denkbar.

Nach Schluß des Gottesdienstes blieb Matthias noch ein wenig sitzen, damit ihn die Leute in Ruhe begucken konnten. Er selbst besah sich die verknorrten Männer und die ausladenden Frauen. Der Kantor spielte dazu eine eigensinnige Version zu dem Kanon: Herr bleibe bei uns, denn es will Abend werden, immer wieder von vorne begann er und kam doch nicht zu Ende.

Die Dame mit dem FIAT war leider nicht zu sehen, dafür war Carla Freede auszumachen, die ihre Zöpfe aufgesteckt hatte. Sie stieß gegen das Gestühl und kriegte einen roten Kopf, als sie an seiner Bank vorüberdrängte. Eine bestickte Bluse trug sie, mit Jäckchen, und einen rostfarbenen Rock. Die Beine stark behaart, soviel man sehen konnte.

Der Pastor hatte mitgekriegt, daß da einer sitzenbleibt im Gestühl, obwohl jetzt eigentlich hier Schluß war. Schweinebraten mit Rotkohl wartete schon! Und da ging er eben auf dieses Menschenkind zu, das vielleicht etwas auf dem Herzen hatte, ein Fremder, soweit zu sehen war.
Matthias stand auf und nannte seinen Namen, ohne h und mit ck, er sei der neue Lehrer in Klein-Wense und so weiter, wobei er seine Herkunft einigermaßen im dunkeln ließ. Die bunten Glasscherben seiner Vergangenheit gingen niemanden etwas an.
«... unser kleines schönes Wense ...», sagte der Pastor, und: aha, aus Mitteldeutschland. Und der Vater? – Beamter sei der Vater gewesen? Und dann Volkssturm und so weiter? – Nach der Mutter erkundigte sich der Pastor nicht.
Hingegen hielt er dem Neuling einen Vortrag über Mitteldeutschland. Ein Bundesbruder aus Tübingen, sagte der Pastor, ein tüchtiger Dogmatiker, stamme zum Beispiel von der Insel Rügen. Und der Konfrater von der Klosterkirche zu Kreuzthal aus Löbau in Sachsen. Reinsten Wassers.

Matthias freute sich, daß er nicht womöglich zu sagen gezwungen war, daß er aus Löbau stammte – Norddeutschland machte sich irgendwie besser. Das assoziierte Blondheit und Segelboote. Die Mädchen tragen eine weiße Mütze mit rotem Bommel obendrauf. Ernsthafte Menschen wachsen in Norddeutschland, ein treuer, starker Menschenschlag, wie hier in der Börde, da leben ja auch handfeste Geschlechter.

Der Pastor hieß Ortlepp. Er sah Matthias direkt ins Auge mit seinem klaren Goldrandbrillenblick und packte ihn ein wenig an der Schulter, nannte ihn seinen jungen Freund. Er sah auf die Uhr und lud ihn zu einer Besichtigungstour ein. Sich erst mal umsehen, wo er hier gelandet ist, die Kreuzthaler Börde, ein schöner Landstrich mit eigenwilligen Leutchen.

Weil sich das gerade so machte, stellte der Pastor ihm eben noch schnell den Organisten vor, der schlüsselklirrend die Turmstiege herunterkam, auch ein Schulmeister, ein Kollege also, namens Klein. Der Mann, der aus Schlesien stammte, freute sich und fragte, ob er ihm die Orgel zeigen soll, und da Matthias im Augenblick keinen Wert darauf legte, lud er ihn zu nächste Woche Mittwoch ein zu Kaffee und Kuchen, und überhaupt, Rat und Tat und so weiter, jederzeit.
«Wenn Sie irgend etwas brauchen ...», sagte der Mann mit nunmehr bereits Wasser in den Augen und bekümmertem Blick, und er rühmte den Kollegen Schmauch, der die Schule in Klein-Wense immer so gut in Schuß gehalten hatte und ein so lieber Kollege gewesen sei ..., was einen erneuten Tränennachschub verursachte und das Ziehen des Taschentuchs. «Unser kleines Wense ...» Nur leider 'n bißchen zu durstig allewegen.
Die Lehrer hätten übrigens ihren Platz auf der Empore, jetzt alle schon das Weite gesucht.

Der Pastor verabschiedete den Lehrer Klein, denn der einarmige Küster schaltete bereits die Altarbeleuchtung aus.
Lehrer Klein habe es furchtbar schwer, sagte er zu Matthias, einen kranken Sohn und eine schon seit Jahren hinfällige Frau ... Ein ordentlicher Mann im übrigen, ein Lehrer alten Stils. Manche Menschen zögen das Unglück ja direkt an ... – Und dann drückte er Matthias in seinen Volkswagen und begann die Besichtigungstour, die er schon so manchem Junglehrer hatte angedeihen lassen: Zunächst ging's durch das Dorf – «Hier hat jedes Haus seine Geschichte» – und dann ganz allgemein durch die Gegend, im

Kreis und radial. Auch an der Schule fuhren sie vorüber, auf deren Hof sich Kollege Klein aufgestellt hatte und mit der Gartentür wedelte ...

In Sassenholz gab es neben stattlichen Bauernhäusern – allesamt größer und stattlicher als in Klein-Wense – runde Backöfen und ein Fronhus zu sehen, in dem, wie ein Teil der Dorfbewohner meinte, jahrhundertelang der Zehnte abgeliefert worden war, der «Fron» eben. Dr. Müllermann jedoch, der Kreismuseumswart, vertrete die Ansicht, die Bezeichnung «Fronhus» leite sich von «Frauenhaus» her, und das habe etwas mit der Gottesmutter zu tun: «Unsere liebe Frau». Das Fronhus habe wahrscheinlich zum Kloster Kreuzthal gehört, eine Dependance. Vielleicht existiere sogar noch eine unterirdische Verbindung irgendwie? Oder habe existiert? Da mal nachbohren: oder ein spezieller Richtweg durch den Wald, eine Art Trampelpfad?

Er für seine Person neige ebenfalls der Ansicht zu, daß der Ausdruck «Fronhus» von «Frauenhaus» komme, sagte der Pastor. Er sähe die kleinen niedlichen Nonnen manchmal direkt vor sich, wie sie zum Brunnen trippelten, das eine oder andere Gefäß in der Hand ...
Die Bilder, die Dr. Müllermann auf dem Dachboden der Kirche gefunden habe, die Kreuzstationen, sprächen im übrigen dafür, daß Sassenholz eine ziemliche Vergangenheit habe.
Nun, wie auch immer. Wer kenne sich da aus.

Neben dem «Fronhus» wurde ein Haus gebaut, ein Richtkranz hing an dem Dachstuhl. Vorher hatte hier ein «Offiziershaus» gestanden, mit Renaissance-Kamin und stuckverziertem Saal. Das war just abgerissen worden. Etwas schief und krumm, aber so etwas reiße man doch nicht ab! – Uralte Familie, und natürlich absolut gesoffen die Herrschaften, aber im Landesarchiv sei's nachzulesen, daß einer der Vorfahren mit Stolberg befreundet gewesen sei und der wiederum mit Goethe ... So was kann man doch nicht einfach abreißen? Nur weil's 'n bißchen zieht und ohne Klo?

Von einem Reiherhorst erzählte er sodann, den sie sich später mal ansehen könnten, und von der Wolfskuhle, an der nichts Beson-

deres zu sehen sei. Irgendeine alte Sage, weiß der liebe Himmel, was daran wahr sei. Im Becker-Schaumbach stehe nichts davon. Dort drüben übrigens – «Sehen Sie die grüne Hütte?» – wohne ein Schriftsteller, ein sonderbarer Heiliger, aber erfolgreich, Alexander Sowtschick, der schon einen Bestseller gelandet habe. Aber kein Kirchgänger und jeglichen Kontakt meidend.
«Steht er da nicht? im Gebüsch? da hinten links?» Ortlepp fuhr langsamer, aber es war nichts auszumachen.

Da der Pastor es nicht schaffte, mehr herauszuholen aus Matthias als eben dessen Namen und «Wo studiert?», das bißchen Heimatstadt und daß der Vater Beamter bei der Stadt gewesen sei, gab er von sich selbst allerhand preis, so zum Beispiel, daß seine Tochter, dieses Schlitzohr, einen Mathematiker geheiratet habe, Professor an der berühmten Stanford University, leider von einer Schuppenflechte geplagt, die neuerdings mit Eigenurin behandelt werde ... – «jeden Tag das Bett mit dem Staubsauger aussaugen!» Die lebe also in den USA. Erst Pädagogik studiert und dann einen Professor geheiratet – und prompt Zwillinge gekriegt! Zwei Mädchen! Allerliebst!

Er denke eben, wenn er noch einmal auf seine Predigt zurückkommen dürfe, Thomas, der ungläubige, sei ja auch ein Zwilling gewesen. Merkwürdig, daß man nicht wisse, wie dessen Bruder geheißen habe. Manchmal gehe ihm seine Predigt nach dem Gottesdienst noch etwas im Kopf herum, sagte er und atmete tief durch ... Dieses Anblasen zum Beispiel, das In-die-Hände-Hauchen, wenn einem kalt ist. So oft, so oft sei man gezwungen, sich selbst anzuhauchen, wenn man nicht erstarren wolle.
Merkwürdig, daß dies in die Meßordnung der alten Kirchen, soweit er wisse, nie Eingang gefunden habe, Hand auflegen oder sogar Fußwaschungen, aber nicht das Anhauchen ...

Seine beiden Söhne, im übrigen, prachtvolle Kerle, «Schränke» von Statur, die studierten Medizin in Marburg und Kiel. Der ältere sei auch ein ziemliches Schlitzohr.
Er selbst habe übrigens auch promoviert, und zwar zum Dr. phil. – im Krieg dann Theologie drangehängt, um von der Front weg-

zukommen, und das habe tatsächlich funktioniert. Dinge gäb's ... Hitler habe ihn nicht gejuckt.

Sein Steckenpferd sei Volkskunst. Er habe im Laufe der Jahre manches schöne Stück vor der Vernichtung gerettet, kürzlich erst ein ganzes Sortiment von hübsch verzierten bäuerlichen Brotschiebern. Lehrer Klein sei auf diesem Gebiet sein Konkurrent, aber der habe es mehr auf Dreschflegel abgesehen, sie hätten die Interessenssphären gegeneinander abgesteckt, er selbst sammle in erster Linie Küchengerät, alte Töpfe und dergleichen, also das, was ins Haus gehört, Kaffeekannen oder irdene Schüsseln – Martha, Martha, du hast viel Sorge und Mühe –, Kaffeeröster aus Gußeisen, diese schweren Dinger, Holzkellen und dergleichen und so fort, und Klein habe sich auf Ackergerät spezialisiert, Dreschflegel, wie gesagt, alte Rechen und solches Zeugs ... Er habe sich mit ihm geeinigt, man müsse den Dingen die Schärfe nehmen, damit nicht Unfriede sich breitmache ... Dr. Müllermann komme ab und zu und sehe sich seine Schätze an.
«Da haben Sie aber ein sehr schönes Stück aufgetan ...», habe er kürzlich angesichts eines Hanfstriegels gesagt.

Nun kam er auf seine eigenen Lehrer zu sprechen, von einem Mathematiklehrer wußte er zu erzählen, der die Jungens nur mit den Augen erzogen habe, fabelhaft! Nachts Alpträume vor dem Kerl gehabt und vor Angst geschrien, aber was gelernt. Noch heute ertappe er sich dabei, daß er sich beim Memorieren mnemotechnisch Kurvendiskussionen vor Augen halte oder ähnliches mehr, es dann aber doch lasse.

Lehrer Schmauch sei auch ein tüchtiger Lehrer gewesen, aber ein ziemlicher Saufkopp, wenn man das so sagen dürfe. Mit der Schiebkarre hätten sie den nach Hause gefahren, die jungen Leute. Und so etwas sei eine Verunreinigung der Autorität, die leicht auch auf den geistlichen Stand ausstrahle ... Im übrigen habe er ein Verhältnis gehabt mit einer Frau aus Westereistedt. Hätt' sich immerfort an der Hexenbrücke getroffen mit ihr, nachts, im Sommer, alle hätten es gewußt, nur die herzensgute Frau Schmauch nicht ... Na ja, immerzu bettlägerig, da passiert so etwas eben ...

Die andern Kollegen, mit denen es Matthias zu tun bekäme demnächst, seien auch alles ordentliche Leute. Neidholt in Westereistedt (in der Nazizeit immer vorneweg), Klatt in *Ostereis*tedt, wahnsinnig kriegsverletzt ...
Lehrer Schmauch – «unser kleines Wense ...» – sei ja nun in Pension gegangen, klugerweise an den Bodensee – «alter SPD-Mann», wie die meisten Schullehrer: entweder Nazi oder SPD, das sei die Regel gewesen. Oft beides, nacheinander.

Die Leute in Klein-Wense seien ganz in Ordnung. Treuherzige Leute, gutartig ... das einzige Dorf weit und breit, das die «Bombenschädlinge» und die Flüchtlinge nach dem Krieg, die hier mit Habchen und Pabchen angekommen seien, als Menschen behandelt hätte. Das sei nicht überall der Fall gewesen, leider, die Leute in der Börde wären der Meinung gewesen, die Flüchtlinge seien nur deshalb von zu Hause weggegangen, weil sie in Hinterpommern oder wo auch immer keine Lust zum Arbeiten gehabt hätten ...
Nicht so in Klein-Wense. Das kleine Wense, ach, ihm gehe das Herz auf, wenn er an das kleine Wense denke und an die Hausbesuche dort.

Flüchtlinge gut behandelt, und jedes Jahr Berliner Kinder aufgenommen! Schmauch habe es gut verstanden mit den Kindern. Habe die Bauern am Portepee fassen können ... Übrigens ein Sammler von Feuersteinwerkzeug. Alles sauber numeriert und in Kästen geordnet. Er habe ihn öfter durch die Feldmark gehen sehen, stets den Kopf suchend gesenkt, gebückt also, ein sonderbares Bild, so als neige er sich voll Demut vor Gott oder vor der Natur oder vor der Geschichte, und selten ein Tag, an dem er nicht einen «Abschlag» erwischt hätte oder dergleichen. Und dann in Kästen getan, alles numeriert. – Eigentlich nicht ganz in Ordnung, so was müsse ja eigentlich abgeliefert werden. Dr. Müllermann habe schon wiederholt Andeutungen gemacht ... Matthias sollte mal ein wenig die Augen offenhalten, ob die Kästen noch da seien, vielleicht läge dort in der Schule noch ein Feuersteinbeil herum, oder wie oder was, und ihm dann Bescheid sagen, und er gibt es dann Dr. Müllermann.

«Die Sammlung selbst hat er wohl mitgenommen, was?»
In Wense wohne ja auch die Tochter von Professor von Kallroy, eben jenem Maler, der die Kirche ausgemalt hat 1923. Der stehe ja in jedem Lexikon ... Das Altarbild sei auch von ihm – etwas überspannt (er selbst habe zu dem Zion-Gedanken nie eine rechte Beziehung gehabt), aber malerisch durchaus in Ordnung. Die Verbindung zu Adam und Eva, zum Sündenfall – «als Adam grub und Eva spann, wo war denn da der Edelmann» –, in Jugoslawien, da habe er gesehen, wie zwei Bäuerinnen den Pflug zogen anstelle von Pferden, 1943 – ein uriges Bild ... Man vermute übrigens, daß hinter der Altarraumausmalung noch mittelalterliche Fresken steckten ... Da sei guter Rat teuer.

Er selbst habe den alten Herrn nicht mehr kennengelernt, der habe sich in der Nazizeit das Leben schwerer als nötig gemacht ... Anstatt in Deckung zu gehen und in Ruhe abzuwarten?
Und hinter vorgehaltener Hand flüsterte er: Der habe sogar gesessen, zunächst in Celle und dann in Ostfriesland in einem Lager, nie herausgekriegt, wieso ... Kommunist? Jude? – Nein, Jude nicht, eher Kommunist. Aber das ist ja auch nicht von Bedeutung, vielleicht irgendwas dahingesagt? 1944 ins Moorlager geschafft, und im Frühjahr 45 dann gestorben, kurz vor der Befreiung. Bei Nacht und Nebel abgeholt und nie wieder erschienen. Bedrükkend, ein solcher Gedanke!
Die Tochter, eine eigenartige Frau. Ellinor von Kallroy. Eigenartig, aber freundlich, durchaus «apart» zu nennen, freundlich, wenn man es erst einmal geschafft habe, ihr Vertrauen zu gewinnen. Und, nun ja, auch vermögend, die Bilder ihres Vaters ...
«Besuchen Sie sie doch einmal.»
Leider nehme sie absolut nicht am kirchlichen Leben teil.
Und dann: «Jetzt zeige ich Ihnen etwas ganz Besonderes!»
Er stoppte mitten im Wald, klatschte die Autotüren zu, und dann standen sie vor einem Hünengrab. Dieses Hünengrab war Ende des vorigen Jahrhunderts zerstört worden , weil man die Steine für den Straßenbau benötigte und für das Kriegerdenkmal in Klein-Wense. In der Nazizeit hatte man die Findlinge, soweit noch vorhanden, mit Hilfe von schwerem Geschirr und Soldaten wiederaufgerichtet. Ringsherum Bänke aufgestellt zum Absingen von Liedgut.

«Da sitzt natürlich jetzt nie eine Menschenseele ... Aber immerhin.»
Zur Nazizeit sei das eine Thing-Einrichtung gewesen, Volkslieder singen, Hitlers Geburtstag und so weiter. Er habe schon gedacht, ob er hier im Sommer mal eine Abendandacht halte? Oder? Was meine er? Lieber nicht, was? Und außerdem fäng's bei Außensachen meist an zu regnen. Es sei übrigens gar nicht so einfach, unter freiem Himmel zu predigen.

Der Pastor stellte sich vor das Hünengrab, vor die Runde der Bänke und sang:

> Ach, Elslein, liebes Elslein mein,
> wie gern wär' ich bei dir!
> So sind zwei tiefe Wasser wohl
> zwischen dir und mir!

Er sang das voll Erinnern, und gleichzeitig machte er sich lustig über diesen Anfall von Sentimentalität, der ihn zurück in seine Jugendzeit geführt hatte, Hoher Meißner? Klappholttal? Auf alle Fälle Klampfe und Lagerfeuer.

Matthias hörte sich das ein wenig gerührt an, aber als der Pastor die zweite und dritte Strophe anschloß, war es doch ein bißchen peinlich. Vielleicht hatte es damit zu tun, daß er zwischen den Bäumen ein gebrauchtes Präservativ entdeckte.

Den Schluß der Tour bildete die kurze Besichtigung eines gut verschlossenen Schuppens, in dem der Pastor vor der Vernichtung gerettetes bäuerliches Gerät verwahrt hatte: verschiedene Spinnräder – männlichen und weiblichen Geschlechts, wie der Pfarrer scherzte –, «Bock-Räder» und «Ev'-Räder», Pferdeschuhe für die Arbeit im Moor und eine düstere Truhe mit allerhand Schnitzwerk vorne dran.
Die Truhe habe er für einen Appel und Ei bekommen, sagte der Pastor, irgendwann werde es ans Teilen gehen müssen, Lehrer Klein gucke schon immer, die Pferdeschuhe gehörten ja eigentlich in dessen Ressort ...
«Am besten, Sie halten sich da raus», sagte er, und damit war Mat-

thias entlassen. Das hing vielleicht auch damit zusammen, daß seine Frau vom Küchenfenster aus Zeichen gab, das Essen stehe auf dem Tisch! Längst! Wie froh sie wohl war, daß sie die Besichtigungstour nicht hatte mitmachen müssen.

Da Matthias nun mal in Sassenholz war, setzte er sich ins Gasthaus «Zur Linde» und trank ein Bier. Die Gaststube war gefüllt mit rauchenden, trinkenden Bauern, die sich immer noch mit Schweinepreisen befaßten. Das Bier zapfte eine junge Frau mit rötlichem Haar und tragischem Gesichtsausdruck.
Mit dem Wirt, der riesige Füße hatte, war ein Gespräch über Kegelbahnen zu führen, über neue und über alte. Lustige Vereinsnamen: «Rollendes Glück», «Favoriten», «All to hop». Seine Bahn verfüge über eine automatische Kegelaufstellung, sagte der Wirt, und er zeigte sie Matthias, der gar nicht glauben konnte, daß es so was Praktisches gibt – vielleicht dachte er, Matthias wollte einem der Kegelklubs beitreten? Auf der Rinne lagen nagelneue Hartgummikugeln, das sah er sofort.
«Was haben Sie für schöne Kugeln ...?» sagte Matthias, und schnell war herauszubringen, daß die alten ausrangierten bereits in der Holzkuhle lagen. Und Matthias konnte sie haben! Fünf Mark das Stück. Bezahlen eilt nicht ... Er käme ja jetzt sicher öfter.

Eine der Kugeln nahm Matthias gleich mit, die anderen würde er später holen ...
Als er mit der Kugel unterm Arm aufs Fahrrad stieg, kam es Matthias so vor, als ob sich im Pastorat was regte. Der Pastor hielt offenbar Ausschau, was er da auf seinem Rad verstaut, und nun schlug er sich vor die Stirn: Kegelkugeln! Daß er darauf nicht gekommen war! Brauchtum! Kegelkugeln gehörten doch zum Brauchtum! – Dieser Sonntag war im Eimer, soviel war ihm klar: «Wenn du mich nicht gedrängt hättest, Annegret, dann wär' ich noch dazwischengekommen», sagte er zu seiner Frau. «Hättest du mit dem Essen nicht noch einen Augenblick warten können? – Oder ihn einladen? Nun ist alles verdorben.»

9

Am nächsten Morgen wusch sich Matthias von Kopf bis Fuß, denn heute würde es ernst werden mit dem neuen Lebensstart. Der Spitz wurde besonders freundlich empfangen, er bekam eine reichliche Wurstration, und dann wusch er sich; beim Zähneputzen ließ er keinen Zahn aus. Ein frisches Hemd zog er sich an, und dann nahm er die Hamburg-Krawatte – auf der Straße gekauft für zwei Mark fünfzig – und knüpfte sich den Windsorknoten. Hierbei guckte er aus dem Fenster, und er hatte Glück, er sah Carla, die schwarzhaarige Bauerstochter, auf den Trecker steigen. Sie setzte sich in den Schalensitz, der mit einem alten Sack ausgepolstert war, drückte aufs Pedal, daß es blau aus dem Auspuff puffte, und fuhr los.

Hatte sie denn zu ihm hinaufgeguckt?

Die Locke, die ihm seit Kindheitstagen ständig in die Stirn fiel, feuchtete er an und kämmte sie zurück. So wirkte er seriöser.

Matthias kehrte ein paar welke Blätter zusammen, die noch vom vorigen Herbst auf dem Fußboden seiner Kammer lagen, und dann frühstückte er ausgiebig. Rührei hatte er sich gemacht, mit Speck, an einem solchen Tag ordentlich was einschieben! Das war wichtig. Zwischendurch stand er auf, holte dies noch und das, blätterte in den «Richtlinien über den Volksschulunterricht», setzte sich, stand wieder auf, nahm einen Streifen aus weißem Zeichenkarton und notierte sich den Unterrichtsverlauf, wie er das im Landschulpraktikum immer getan hatte. Für die drei Schülergruppen, die es gleichzeitig zu unterrichten galt, drei Rubriken nebeneinander, die «Lehrlinge», die «Gesellen» und die «Meister». Hier mußte differenziert werden, sonst würde man Schiffbruch erleiden. Die «Vorbesinnungen», die zu jeder ordnungsgemäßen Unterrichtsvorbereitung gehörten, ließ er erst mal fort: Die didaktische, methodische und psychologische, so wie das auch in den «Richtlinien» als selbstverständlich und für jede Stunde zwingend gefordert war. Das würde man dann später regelmäßig machen, wenn man erst mal weiß, wie der Hase läuft.

Noch einen Schluck Kaffee. Unten auf dem Hof belebte sich die Szenerie, da kamen einzelne Schüler, zu zweit und zu dritt, lugten unter den Brauen zu ihm hinauf.
Noch fünf Minuten.
Matthias unterdrückte ein Frösteln. Es half ja alles nichts, jetzt wurde es ernst mit dem Lebensstart, mit dem dritten Lebensstart, dem letzten, wie zu hoffen war. Wenn der mißlänge, dann wäre alles aus.

Im Windfang vor der Schultür, den der örtliche Malermeister links mit abfliegenden und rechts mit nach Hause kommenden Schwalben dekoriert hatte, standen drei Mütter mit je einem stark nach Seife riechenden Kind. Die Kinder hatten übergroße Schultüten im Arm und einen links und rechts überstehenden Tornister auf dem Rücken, sie waren fahl vor Angst, und den Müttern war auch nicht so ganz wohl. Zwei der Kinder hielten einander sogar umklammert, Gitte und Luers hießen sie, Nachbarskinder, die ließen einander nicht los. Wer konnte denn wissen, was hier noch alles passiert? Man hatte nicht versäumt, ihnen mit Horrorgeschichten Angst vor dem Lehrer einzujagen.
Von rechts guckte Opa Fitschen aus dem Fenster, und gegenüber stand der alte Freede am Zaun, im Garten stützte sich Anita, die korpulente Tochter des reichen Bauern Fitschen, auf die Harke. Sie hatte Lehrer Schmauchs rechte Hand sein dürfen und bewahrte noch ein Halskettchen, das er ihr zum Schulabschluß geschenkt hatte.

Matthias gab den Müttern die Hand und tätschelte die Kinder nach Lehrerart. «Ja, also denn –», sagte eine der Mütter und schob ihm ihre Tochter hin – Ursula hieß sie, und sie hatte sehr dünne Beine –, und das sollte heißen: «Die vertraue ich Ihnen nun an ...» Matthias sagte: «Ja, das hilft ja nun nicht», und er nahm die kleine Gesellschaft mit hinein.

Im Klassenzimmer standen die Schulkinder bereits in den Bänken, klein und groß, den Lehrer zu begrüßen. Die Mütter mit ihren Kleinen postierten sich an der Tür, und Matthias stellte sich vor die Klasse, und die Kinder sangen ihm das schöne Lied: «Liebster

Jesu, wir sind hier ...», dieses Lied würde er noch öfter zu hören kriegen, das war ihm ohne weiteres klar. Als sie damit fertig waren, sprach das Kind, das gerade an der Reihe war, das Frühgebet:

Wie fröhlich bin ich aufgewacht
wie hab ich geschlafen so «samps» die Nacht
Hab Dank du Vater im Himmel mein,
daß du hast wollen bei mir sein ...

Amen! sagten alle, und Matthias neigte den Kopf vor ihnen. Das Kopfneigen war die Grundlage, auf die er seine Arbeit in Klein-Wense stellen würde, und er sagte laut: «Guten Morgen.» – Einerseits demütig sein vor der schweren Aufgabe und achtungsvoll den kleinen Menschlein gegenüber, andererseits immer forsch sprechen, gradeaus blicken – das hatte Petersen geraten. Irgendwie ist man als Lehrer auch Dompteur: nicht nuscheln und keine fahrigen Bewegungen machen. Klare, unmißverständliche Anweisungen und immer alle Kinder im Blick haben, damit man sofort bemerkt, wenn sich irgendwo etwas zusammenbraut. «Wenn die Kinder was aushecken, das spürt ein erfahrener Pädagoge meistens schon lange vorher.» Forsch und aufmerksam, und darüber hinaus gütig sein, das nahm Matthias sich vor.
«Ich werde ihr Vater sein. Und auf der Hut, das werde ich auch sein.»

Nun waren die drei Abc-Schützen unterzubringen. Vorn in der ersten Reihe war eine Bank mit Blumen bekränzt – das hatten die großen Mädchen gemacht. – Matthias lud die Kleinen ein, sich dorthin zu setzen, und er plazierte die Kinder des zweiten Schuljahrs als Patenonkels und Patentanten daneben. Ob sie Gedanken lesen können?, fragte Matthias sie. Wenn er mit dem rechten Ohr wackelt, denkt er: Jetzt müßten die Kinder aufstehen ... Wenn er mit dem linken Ohr wackelt: Jetzt müßten sie sich alle melden ... Er wackelte also mit den Ohren, und das gab erst mal eine frische Atmosphäre.
Dann mußten die Mütter hinausgeleitet werden. Das war nicht leicht, zumal die Mutter der dünnen Ursula ihre sämtlichen Schulerfahrungen loswerden wollte: Sie schickte sich sogar an, auf der vordersten Bank neben ihrem Kind Platz zu nehmen, dort habe sie

als Kind gesessen, bei Lehrer Schmauch, und Matthias rechnete mit den Fingern nach, ob das überhaupt stimmen konnte. Schmauch habe ihr das Rechnen gelernt, sagte sie, und irgendwie mußte das hier nun beendet werden, und wurde es dann auch. Die Mütter wurden verabschiedet, sie nahmen die Zuckertüten erst mal wieder mit.
Gottlob rannte keines der Kleinen hinter seiner Mutter her! Dieser Fall war im Seminar nicht erörtert worden. Durch eine solche Seelenaufwallung hätte alles durcheinandergeraten können. Matthias sah, wie der Knabe Luers seine Nachbarsfreundin fest bei der Hand hielt, bloß nicht loslassen, den einzigen Halt, dann kann uns nichts passieren!

Nun bemerkte Matthias, daß sein Lehrerpult fehlte. Man hatte ihm das Pult weggenommen!, sein schönes Pult!, und das Podest dazu, und man hatte ihm statt dessen einen Schulschreibtisch hingestellt, ein Fabrikat der Firma Casala, und einen nagelneuen Drehstuhl dazu, ebenfalls von Casala. Das war eine Geste der Gemeinde, gutgemeint, aber schlimm. Matthias klemmte sich hinter den Tisch und sah die Kinder an. Das war eine schöne Bescherung! Sein schönes Pult! Also nicht mehr von oben herab, über den geschnitzten Lebensbaum hinweg aus sicherer Hut den Blick über die Kinder schweifen lassen, bis hin zum Klavier, auf dem das Lehrmittelauge ihn ernst anblickte, kein Aufschauen der Kinder mehr zu ihm, was ein für allemal die Rolle festlegte, die hier zu spielen war. Man hatte ihn entthront, ohne daß er inthronisiert worden wäre. Also nicht «Lehrer spielen», sondern tatsächlich sein.

Matthias ließ weitere Lieder singen: «Mal sehen, was ihr alles könnt ...», und während die Kinder sangen, übrigens wirklich «sangen», nicht schrien, sammelte er sich. Dem Mädchen Marianne nickte er zu: Wir sind ja schon alte Bekannte ... Die Katze hatte sie mitgebracht, die hatte sich auf der Fensterbank ein Plätzchen hergerichtet. Katze, Goldfisch, und warum nicht Hühner in der Klasse herumspazieren lassen? Auf einer Tenne unterrichten, mit einer Kuh in der Ecke, und vom Heuboden aus hängt Heu herunter?
Sein schönes Pult ... Der Schreibtisch war etwas zu niedrig, er stieß mit den Knien an. Die Schublade ließ sich öffnen, da lagen die Ak-

ten, der Lehrplan und der Wochenbericht. Da lag sogar der Stock! Matthias holte ihn heraus, um ihn im Schreibtischschrank unterzubringen. Als die Kinder den Stock sahen, gab's im Gesang ein plötzliches Decrescendo ... Das tat ihm leid, er packte den Gottseibeiuns weg und stand auf. Er wußte in diesem Augenblick, daß er sich wohl nie wieder an diesen Tisch setzen würde. Lieber ans Fenster lehnen und hinaussehen, als hinter diesem Möbelstück zu hocken.

Um die Stimmung etwas aufzulockern, veranstaltete er das Namenspiel, das Petersen für solche Fälle empfohlen hatte: Er selbst heiße Jänicke, ohne h, aber mit ck, und dann ließ er sich nacheinander die Namen sagen, und dann repetierte er, ob der Lehrer sie auch behalten kann. Oder ob er vielleicht so dumm ist und sie sofort wieder vergißt? Erst drei Namen, dann fünf und dann von vorne wiederholen und jedesmal in Ohnmacht fallen, wenn man einen vergessen hat. Und zwischendurch auch mal mit den Ohren wackeln. Das wurde also jetzt gespielt, und das machte den Kindern Spaß, die Großen sagten hö, hö!, und sogar die drei Kleinen lachten, die hatten gar nicht erwartet, daß es in der Schule auch mal was zu lachen gibt.
Dann wieder ein Lied anstimmen – zwanzig Minuten rum –, und: «Kennt jemand ein Gedicht?» Ja, Gedichte kannten die Kinder.

> Von drauß vom Walde komm ich her;
> ich muß euch sagen, es weihnachtet sehr ...

Das ja nun nicht, Weihnachten war ja schon 'ne Ecke weg, aber:

> Herr von Ribbeck auf Ribbeck im Havelland

Das ja, das konnte man gelten lassen. Elfriede, das größte Mädchen, absolut ausgereift, schon fast eine «Maschine» zu nennen – beim Schlachtfest frisches Wellfleisch essen –, wurde beauftragt, ein Verzeichnis aller Lieder und Gedichte aufzustellen, das würde er sich vorn auf den Tisch legen: diesen Schatz zyklisch wiederholen, und ab und an kommt was Neues dazu, und wenn der Schulrat visitiert, eines Tages, damit mußte man rechnen, o Gott! dann ist die erste Viertelstunde schon gelaufen, weil man ein Lied nach dem anderen singt und zwischendurch Gedichte, und der ist dann ganz verblüfft und schreibt in seinen Bericht eine positive Bemerkung, die dann irgendwann zu Buche schlägt.

Die erste Stunde ging schnell herum. Den Kleinen wurde ein Märchen erzählt, in dem der Buchstabe «i» eine Rolle spielte, die Großen schrieben einen Aufsatz über das Thema: «Wie ich damals zur Schule kam», wobei sie noch Zeit fanden, dem Lehrer zu lauschen, denn das Märchen war für sie auch interessant.

Von einem der auszog, das Gruseln zu lernen ...

«Und was sah der arme Junge? ‹Iii!›, einen Totenschädel, aber es gruselte ihn nicht.»
Die Großen hatten vor sieben oder acht Jahren am ersten Schultag «Heiner im Storchennest» erzählt bekommen, das tischte Matthias den Kleinen nicht auf, das war aus der Mode.

In der Pause gab es eine Überraschung. Ein Auto fuhr auf den Hof. Es war der Schularzt. Mit seinem dem Licht zugewandten Gesicht trat er in die Klasse: Er hatte vergessen, die Schulanfänger zu testen! Nun ja, das war ja jetzt eigentlich zu spät, die Kleinen hatten ja schon ihren Platz gefunden, aber das brauchte man wohl nicht so genau zu nehmen. Dr. Feist hieß der Schularzt. Im Herbst jeden Jahres mußte er die Schluckimpfung durchführen, und zu Ostern hatte er die Schulanfänger zu testen, zwischendurch hielt er Vortragsreihen über Haltungsschäden: «Die Büchertaschen sind auf dem Rücken zu tragen, nicht unter dem Arm.» – Mit dem jährlichen Röntgen hatte er nichts zu tun, und auch die Zahnuntersuchung machte ein anderer. Keine Ahnung, was er sonst noch trieb. Vielleicht irgendwelche Studien?

Der Arzt zog sich seinen weißen Kittel an, stellte sich einen Stuhl ans Fenster und testete die Kleinen, und das ging so vor sich: Er nahm ein Kind zwischen die Beine, fühlte ihm die Oberarme ab, drehte es um und drückte ihm dann von hinten die Schulterblätter rein. Dann mußte das Kind den Satz nachsprechen: «Ich gehe in den Wald und pflücke viele bunte Blumen ...» Dr. Feist sagte den Satz besonders schön vor, da es sich ja auch um etwas Schönes handelte, eine Art Lyrik. Er ließ goethischen Glanz auf seinem dem Lichte zugewandten Gesicht erstrahlen: «Ich gehe in den Wald und pflücke viele bunte Blumen», wer konnte da widerstehen? Alle drei vollbrachten es ohne zu stocken und in der Diktion ganz ähnlich wie der Arzt.

Dann mußten die Kinder bis vier zählen, und Dr. Feist hob Ah!-Sage-Stäbchen in die Höhe und fragte: «Wieviel Stäbchen sind das?» Er hob zwei, drei und auch mal eines und schließlich vier in die Höhe. Ja, sie beherrschten den geforderten Zahlenraum von eins bis vier auf hochdeutsch und auf platt, und das war ja mal wieder wundervoll! Der Arzt entnahm Pfefferminzpastillen einer kleinen Blechdose, eins-zwei-drei-vier! Er selbst schluckte eine, und dann durfte jedes Kind zulangen.
«Eins, zwei, drei – vier!»
Nun forderte er die Kinder auf, mal eben mit der linken Hand über den Kopf hinweg das rechte Ohr anzufassen. Ja? Ging das? Ja, es ging. Wenn die Kinder auch das vollbringen, sind sie schulreif.
Dann sollten sie auf Zetteln ein Männchen zeichnen. Hoffentlich würden es keine Kopffüßler werden! Wer noch Kopffüßler malte, stand auf niedriger Entwicklungsstufe, der mußte zurückgewiesen werden und nächstes Jahr wiederkommen. Die drei packten es, die dünne Ursula zeichnete ihrem Männlein sogar deutlich sichtbar einen Strich zwischen die Beine. Die erste Lebensprüfung war bestanden, andere würden folgen.

Obwohl die Pause längst zu Ende war – die Mädchen spielten Gummitwist und die Jungen Fußball –, redete Dr. Feist des langen und breiten auf Matthias ein. Immer schön lüften und auf Haltungsschäden achten. Er habe Lehrer Schmauch gut gekannt, all die Jahre! Ein tüchtiger Lehrer, aber natürlich mit Problemen, wie wir alle unsere Probleme haben …

Es hätte Matthias interessiert, ob der Schularzt ein vollständiges Medizinstudium zu absolvieren gehabt hatte, mit Physikum und allen Schikanen, um einen solchen Schultest veranstalten zu können? Neurologie, Physiologie und Pathologie? Leichen aufschneiden? Kinderleichen? Danach fragte er natürlich nicht.
Um etwas zu sagen, flüsterte er dem Arzt zu, die beiden Kleinen

dort, diese Angst, daß sie einander immerfort bei den Händen hielten, ob das wohl ein Zeichen seelischer Erkrankung sei? Irgendwie psychisch überlagert? – Da mußte sich Dr. Feist aber sehr wundern. Das sei doch äußerst normal, daß die das täten, er selbst ertappe sich des öfteren dabei, daß er abends im Bett nach der Hand seiner Frau taste, ohne eine Spur von Angst.
«Ist dies Ihre erste Stelle?»
Und dann fuhr er davon in seinem grauen Volkswagen, in sein schönes Büro nach Kreuzthal, um seiner Sekretärin einen rückdatierten Bericht zu diktieren, daß in Klein-Wense alle Schulanfänger den Test bestanden haben. Zahlenraum beherrscht, körperliche und sprachliche Entwicklung normal und keine Kopffüßler gezeichnet. Wunderbar.
Matthias blickte dem Wagen nach, und bei der Gelegenheit konnte er sehen, was aus seinem schönen Pult geworden war, es lag auf dem Holzplatz, kurz und klein geschlagen. Die Bauern hatten dabei wohl eine ziemliche Wut entwickelt. Der Stuhl stand daneben, noch unversehrt.

Kaum hatten alle wieder Platz genommen, da fuhr schon wieder ein Auto vor, das war der Fotograf Wacker aus Kreuzthal, der die Klasse fotografieren wollte, das sei so üblich, zu Beginn jedes Schuljahres, in Westereistedt sei er schon gewesen, und dort sei alles reibungslos verlaufen ...
Also wieder alle raus auf den Hof, vorn die Kleinen, dahinter die Großen und dahinter die ganz Großen. Und dann jeder einzeln. Ein Junge meldete sich, das darf er nicht, sich fotografieren lassen, weil das eine Mark kostet, letztes Jahr habe sein Vater mächtig geschimpft.
Dann also nicht, sagte der Fotograf, der links oben keine Zähne hatte, dann muß er sich an die Aschenkuhle stellen, zur Strafe, und zugucken. Aber nächstes Jahr soll es ihm nicht einfallen zu sagen, diesmal will ich! Dann braucht er gar nicht erst zu kommen, er merkt sich das, «mir kann man nichts vormachen!», und er guckte Matthias wütend an, der ja auch nichts dafür konnte.

Danach wurden die Kleinen nach Hause geschickt, Gitte mit Luers, ihrem Nachbarsfreund, getrost Hand in Hand, sie waren schulreif, und das war doch schon mal was!, und Ursula hüpfend. Auch Matthias hatte seinen ersten Schultest bestanden, das «i» war akzeptiert worden, das war als reife Frucht vom Baum gefallen, morgen diesen Buchstaben *schreiben*, und dann ohne große Umstände das O angehen.

Nun mußte sich Matthias den Großen zuwenden. Ein guter Rat des alten Petersen war gewesen: Von vornherein zeigen, daß man das Gesetz des Handelns nicht aus der Hand gibt, deshalb inszenierte er jetzt mit den Größeren eine Ausforschungssituation, damit jeder Schüler zunächst ein bißchen Angst kriegt, in der man ihn ein bißchen zappeln läßt. Und dann wieder loslassen, und zwar nach Möglichkeit mit einem Scherz.
«Jeden Tag müssen die Kinder wenigstens einmal herzhaft lachen.»
Matthias ließ also die Schultaschen hervorholen und schnüffelte darin herum. Die Projektmappen, was da alles drin ist und wie sie geführt sind, ob liederlich oder akurat, und er machte sich zum Schein Notizen in sein Büchlein. «Die Alpen als Verkehrshindernis», so hieß tatsächlich eines der Themen, die sein Vorgänger gestellt hatte, «der Harz als Trinkwasserspeicher» ein anderes. Gepreßte Blätter: «Linde»!, und das Kriegerdenkmal, vor Ort abgezeichnet.
Er ließ sich auch die Bücher zeigen und die Hefte, wobei schnell zu sehen war, was er da für Pappenheimer sitzen hatte, ziemlich schlimmes Geschmiere bei den Jungen und äußerst saubere Buchstabenreihen bei den Mädchen. Aber eben auch einige Mädchen schlimm und einige Jungen brav. Nachdem das erledigt war, zog Elfriede, das große schwere Mädchen, ein Poesiealbum hervor, ob er da mal was reinschreiben tut. Ja, sagte Matthias, aber das nimmt er erst mal mit, das macht er dann zu Hause.

Freu dich über jeden Dreck
Setz dir über alles weg

Und dann fragte er nach Taschentüchern, ob jedes ein Taschentuch bei sich hat, nein? Na, also ...

In der vierten Stunde holte er seinen Casala-Drehstuhl und setzte sich zu ihnen: Das waren ja schließlich jetzt «seine» Großen, und dann sprach er über die Exhumierung der toten Franzosen. Zwei-

ter Weltkrieg! Das Leid, das dieser Krieg über die Menschen gebracht hat und so weiter und so weiter ... Wenn jeder Tote nur 1 m^3 einnimmt, dann sind das bei 30 Millionen Toten 30 Millionen Raummeter, also das ist ein Würfel von einer Million Meter Kantenlänge, das sind wieviel Kilometer? 30 000 Kilometer, jawohl, also beinahe einmal um die Erde rum und das dann 30 Kilometer hoch und breit ... Irgendwas konnte nicht stimmen an der Sache, das schwante Matthias, und er brach sein Rechenbeispiel ab und ließ es auf sich beruhen ...
Alle hatten es mitgekriegt, daß die französischen Beamten nur ein paar Rippen in den Sack getan hatten, und Matthias wußte nicht, ob er dazu irgendwie Stellung nehmen sollte? Am besten ausreden lassen die Sache, nicht abstoppen irgendwie.

Mal Hand heben, wer einen Kriegstoten in der Familie hat! Das taten die Schüler, und dann wurde nicht nur von Vätern geredet, sondern auch von Opas. Die Heldentafel wurde von der Wand genommen, und jeder zeigte seine Verwandten, mal mit Mütze, mal ohne, zwei sogar mit Stahlhelm und einer von der SS. Von zweien fehlte das Foto, von denen wußte man nicht mal mehr, wie sie ausgesehen hatten.
Ein älterer Junge sagte, sein Vater sei vermißt ...
Damit war nun wenig anzufangen. Vermißt? Das klang so, als laufe der noch irgendwo im Wald herum.

Matthias verzichtete darauf, von seinem eigenen Vater zu reden, der durch die Gartenpforte davongegangen war, die Volkssturmbinde um den Arm. Die Mutter war gerade beim Friseur gewesen, und der Vater hatte nur eben den Kopf geschüttelt und kurz gewinkt. Er hatte wohl gedacht, er kann morgen früh noch einmal wiederkommen und die Zahnbürste holen. Aber er war nicht wiedergekommen, sondern irgendwo von einem Panzer überfahren und plattgewalzt.

In diesem Augenblick hielt auf der Straße ein großer Lastzug. Wo's hier nach Kreuzthal geht, schrie der Fahrer aus dem Führerhaus heraus, und Matthias schrie aus dem Fenster zurück: Rechter Hand! Rechter Hand!

Zum Schluß noch mal wieder lustig werden! Die Kinder, die zum Teil gar keine Kinder mehr waren, mit einem Scherz entlassen – er schrieb Zahlenkolonnen auf die Wandtafel, vierstellige, und fragte, wer mit ihm um die Wette rechnen will.

Das war ein Fehler. Elfriede meldete sich sofort, und er hatte mit seiner Kolonne gerade angefangen, dauernd Zehnerüberschreitungen und kaum eine Null, da war sie schon fertig! Na, das gab einen Krach! Matthias hatte Mühe, die Kurve zu kriegen. Dieser Scherz war gelungen, aber auf seine Kosten.

Glücklicherweise klopfte in diesem Augenblick der Briefträger ans Fenster. Matthias öffnete und erfuhr, daß keine Post für ihn gekommen sei.

Als die Großen dann nach Hause gingen, rief Matthias den größten von ihnen herbei, der wurde Hinni genannt, ein gutmütiger Junge, der auf dem Hof seines Vaters bereits seinen Mann stand, und ging mit ihm auf den Holzplatz. Da lagen die Trümmer des Pultes. «Trag mal den Stuhl in meine Wohnung», sagte er zu ihm. Das geschah, und er rieb den schwarz überpinselten Stuhl mit feinem Scheuersand ab, und siehe da, es traten Farben zutage: Rote Äpfel an einem grünen Lebensbaum. Er stellte ihn in seine Wohnstube, die Sonne schien ins Zimmer, und er setzte sich und sah aus dem Fenster.

Der Stuhl paßte zu dem geschwungenen Eichentisch aus der Küche. Nun konnte Matthias sich in seinen Lehnstuhl setzen, die Füße unter den Tisch strecken und die Hände über dem Bauch falten. Nun würde sich alles Weitere finden.

10

Da es sowieso regnete, machte sich Matthias auf den Weg, dem Bürgermeister den fälligen Besuch abzustatten. Den Pastor hatte er hinter sich, nun war der Dorfschulze an der Reihe. Hoffentlich ist er nicht da!, dachte Matthias, dann könnte ich sagen:

Aber was denn, ich war doch da, aber die Tür war ja verschlossen!
«An mir hat es nicht gelegen, ich habe alles versucht.»

Auf dem Hof stand ein X-beiniger Bernhardiner. Matthias ging an dem Tier vorüber, ohne es anzusehen, das hatte der alte Hinrichsen im Landschulpraktikum geraten. Niemals Hunden ins Auge gucken! Sonst beißen sie.
Eine übergroße Linde rechts von dem grünen Dielentor.
Das Tor stand offen, wie alle Türen in Klein-Wense offenstanden, mit Ausnahme zur mittäglichen Schlafenszeit, zu der sich hin und wieder Gesindel in die Häuser schlich. Aber Gesindel gab es eigentlich keines in dieser Gegend. Zwielichtige Typen wurden einem meistens schon vom Nachbardorf gemeldet, sogenannte «Globetrotter». Dann allerdings wurde alles dichtgemacht, und der Ortspolizist machte sich mit dem Fahrrad auf den Weg.

Matthias tastete sich die dunkle Diele entlang, links und rechts angekettete Kühe, die neugierig den Kopf hoben. Der Hund sah hinter ihm her.
Der Bürgermeister hieß Gerke, ein gekrümmter Mann mit ausgemergeltem Vogelkopf. Er kam gerade aus dem Schweinestall, wischte sich die Hände ab, wie ein Arzt nach einer Untersuchung. Matthias nannte seinen Namen: Jänicke, ohne h, aber mit ck, und er wurde einigermaßen freundlich begrüßt, wurde in die Stube geschoben und mußte auf dem Sofa Platz nehmen, unter einem mit Trauerflor versehenen Soldatenfoto.
Durch eine Schiebetür war die «kalte Pracht» zu bewundern, das eigentliche Wohnzimmer, das nur bei besonderen Gelegenheiten benutzt wurde: Kindtaufen oder abendlichem Reihum-«Besäuk», riesige Sessel, mit hellgrünem Samt bezogen. Die «Stube» hingegen irgendwie schief, wie eine Kombüse bei Seegang. Schief und dick eingepackt und von der Außenwelt abgesperrt durch dunkelgrüne Vorhänge und Gardinen. Auf dem Büfett stand eine Schale aus Preßkristall, und der Büfettschrank war verziert mit einem rosa Schaumgummikissen, an dem eine Schaumgummiquaste herabhing.

In der dunklen Ecke neben dem Fenster hing ein kleines Gemälde von edler Hand, offenbar ein Kallroy: zwei nackte Mädchen, die sich in einer Heidelandschaft recken, sehr ähnlich von Gestalt wie die Engel auf dem Altarbild zu Sassenholz. Warum besitze *ich* so etwas nicht?, fragte sich Matthias. Hier gehörte das doch gar nicht hin.

Während Matthias ziemlich unverwandt das Bild betrachtete, kam es zu einer systematischen Ausforschung. Das war ja auch der Zweck des Antrittsbesuches, man wollte wissen, was man voneinander zu halten hat. Er wurde gefragt, ob sein Name sich mit i in der Mitte schreibe? Jän*i*cke? oder Jän*e*cke? oder wie?

Nach den Wetter-Präliminarien kam es unverzüglich zu Punkt eins: Was war der Vater? – So so, gefallen ... Das war schon mal positiv. Daß Matthias nicht rauchte, wurde allerdings eher negativ vermerkt.

Sein älterer Bruder wär' ebenfalls im Felde geblieben, sagte der Bürgermeister, deshalb sei ihm der Hof zugefallen. «Schicksal», könne man da nur sagen. Er nahm das Soldatenfoto von der Wand, pustete Staub von dem silbernen Rahmen und hängte es wieder an den Nagel. Er selbst sei im Krieg auf einem Minensucher gefahren. Und dann nach fünfundvierzig den Hof übernommen, e-te-ze.

Die Gegend, aus der Matthias stammte, kannte er, und die Erwähnung seiner Heimatstadt löste Vertrautheit aus: Norddeutschland, wenn auch Ostzone. Wismar, Rostock, Stralsund ... Die Kneipe am Semlower Tor, links vom Hafen aus gesehen, da hatte es immer so schöne Bratkartoffeln gegeben ...

Die dunkle Seite in Matthias' Vergangenheit wurde nicht weiter berührt, das interessierte hier nicht. Irgendwie wurde das unter Kriegsgefangenschaft abgebucht. Wer hatte nicht schon alles gesessen! Beim Russen im Bergwerk ... Oder beim Ami auf den Rheinwiesen. Außerdem gab es im Ort genug Bauern, die wegen Schwarzschlachtens hatten sitzen müssen. Einer hatte sein eigenes Haus «warm abgebrochen», nicht ganz in Ordnung, aber irgendwie lustig. Die Versicherung hatte schon zahlen wollen, aber dann war's doch noch herausgekommen, die eigne Schwiegertochter

hatte sich verplappert. Anderthalb Jahre in Kreuzthal unter Verschluß.
Oder das Schnapsbrennen ... das war ja mehr ein Kavaliersdelikt gewesen. Der Bürgermeister überlegte, ob er ins Schapp greifen und eine Flasche Korn hervorholen sollte und dem jungen Mann anbieten daraus. Aber wenn der nicht rauchte, dann trank er gewiß auch nicht.

Ein Mord hatte sich in Klein-Wense auch schon ereignet, Genaueres war nie herausgekommen, schon lange her, nach dem Weltkrieg war das gewesen, ein Mädchen aus dem Rheinland, spurlos verschwunden ... Mit'm dicken Bauch zur Hebamme geflüchtet, der Bauch voll blauer Flecke, weil der Bauer mit einer Forke auf sie losgegangen war. Ein junges Ding und aus der Stadt, wie das denn so ist, springt vor dem Bauern hin und her ... war dann angeblich abgereist und nie zu Hause angekommen.

Kameradendiebstahl – das war schon was anderes. Der Kiesbauer, dem die Sandkuhle gehörte, hatte in der Nachkriegszeit dem Nachbarn Vieh von der Weide gestohlen, das war als Kameradendiebstahl aufgefaßt worden, dieser Mann war für immer geächtet, samt Kind und Kindeskind, bis ins tausendste Glied, der hätte man lieber alles verkaufen sollen und nach Amerika auswandern. Dem jungen Lehrer wurde genauestens beschrieben, wo der Hof dieses Mannes lag.

Um sich mit Matthias, dem zukünftigen Lehrer, zu verständigen, verwendete Herr Gerke das hier übliche Bürokratenplatt, das Wort «betiehungswise» fiel, von «Nahdeelen» wurde geredet und «in Betuch von düsse Pünkte». Matthias paßte sich auf seine Weise an, er rollte das R und kramte aus seinem Sprachfundus plattdeutsche Wörter hervor, die noch aus seiner Kindheit stammten. «Ick heww ...», sagte er zum Beispiel, statt «ich habe» und «dunn» statt «dann». Das machte aber keinen Eindruck. Platt brauchte ein Lehrer nicht unbedingt sprechen zu können.
Platt *durfte* er ja gar nicht sprechen, zumindest nicht in der Schule, da gab es einen Erlaß, hier und da ein plattdeutsches Gedicht vielleicht, aber nichts darüber hinaus.

Nachdem die Ausforschung beendet war, erfuhr Matthias, daß im Dorf 256 Seelen lebten, Anbauer, Neubauer, Vollhöfner, 2/3 Höfner, 5/6 Höfner, Häuslinge e-te-ze ... 450 Schweine, 57 Milchkühe und 1319 Hühner, und daß die Lehrerwohnung 35 Mark pro Monat kostet. Die sechs Morgen Land, die zu der Schulstelle gehören, seien von der Gemeinde letztes Jahr anderweitig verpachtet worden, dafür habe es einen «Afschlach» auf die Miete gegeben. Vorher habe sie 55 Mark betragen, jetzt nur noch «fiefundörtig».
Der Schuletat läge bei «achhunnert Mark». Das Geld könne ohne weiteres abgerufen werden. «Wenn's mal 'n bißchen mehr ist, schad't auch nichts.»
Schmauch habe jeden Herbst Kastanien und Eicheln sammeln lassen und an den Jäger verkauft für Extra-Anschaffungen, da wär' ganz hübsch was zusammengekommen.

«Sie sind noch nicht verheiratet?» fragte der Bürgermeister. «Wie alt? Dreißig? Und noch nicht verheiratet? Na, da findet sich bestimmt noch was.» Obwohl – hier auf'm Dorf sei das nicht so einfach. Aber, auf jeden Pott passe schließlich ein Deckel, «und umgekehrt».

Nun von Erziehung sprechen: Hart, aber gerecht!, würde er sagen. E-te-ze ... Tracht Prügel hat noch niemandem geschadet, also, wenn sich's als notwendig erweise, mal wieder Ordnung herzustellen und Respekt – von der Gemeinde her habe er dann keine Schwierigkeiten zu erwarten.

Hart, aber gerecht müsse es zugehen in der Schule, und ordentlich rechnen lernen. – Er führte die Rechenmethode vor, die zu seiner Zeit Mode gewesen war, nie wieder davon gehört: Fünfundsiebzig, das sei viermal zwanzig weniger fünf ... Lehrer Besendiek damals noch! Wenn er Schweine verkaufe, dann rechne er heute noch nach dieser Methode. Schweine kosteten jetzt eine Mark und fünfzig Lebendgewicht, mit vollem Magen. Das sei zweimal achtzig weniger zehn. «Räken!» das sei wichtig. «All datt annere is doch blot Speelkram.»

Siehe da, das Malheur mit Elfriede, die mißglückte Kopfrechenaktion, hatte schon die Runde gemacht. Diese Scharte müßte irgendwie auszuwetzen sein, das war vordringlich.
Es war klar, daß der Bürgermeister für freischaffendes Lernen nicht zu gewinnen sein würde. Matthias beschloß, sich ab sofort mit Regeldetri zu befassen und das Große Einmaleins noch mal überzulernen. Und Prozentrechnen: durch hundert mal sechs und so weiter. Gleich heute abend damit anfangen.

Daß das Schulland weggegeben war, freute Matthias, was hätte er damit anfangen sollen? Kartoffeln anbauen? Für den Stall würde sich schon noch eine Verwendung finden. Im übrigen wallte Freude in ihm auf, daß er bei «eene Mark un föftig», daß die Schweine eins fünfzig kosteten, sofort auf den Pfundpreis geschlossen hatte und nicht etwa gefragt: Was? Ein ganzes Schwein für eine Mark und fünfzig?, was ihm ähnlich gesehen hätte.
Eine solche Dummheit hätte seine Karriere zerstört. Das hätte landauf, landab die Runde gemacht.

Nun fragte Matthias, warum die Schuluhr nicht geht, das goldene Zifferblatt sei doch wundervoll, die Glocke – es wär' doch herrlich, wenn die Glocke wieder in Gang gebracht werden würde, mittags könnte sie den Bauern auf dem Felde anzeigen, wann das Essen auf dem Tisch steht. «Der Engel des Herrn» werde die Mittagsglocke genannt, alte Sitten wieder einführen, noch ist's Zeit ...
Dieses Thema schien dem Bürgermeister nicht zu behagen. Mit de Klock hätte er schon zuviel Maleschen gehabt. In den Zwanzigern gekauft das Dings und nie funktioniert.

Auch als sich Matthias nach dem alten Bauernhaus erkundigte, das da jetzt abgerissen worden war zugunsten des Landhandelneubaus, ob das nicht schade um das prachtvolle Fachwerkhaus sei? Ein Gebäude aus dem 17. Jahrhundert oder älter. Ob man einem Dorf wie Klein-Wense damit nicht die Seele aus dem Leib reiße?, fragte er, auch damit kam er schief an.
Der Bürgermeister wurde unwirsch, sprach von Landhandel, wie der sonst wohl «übere Bühne» gehen solle, und über die Gewerbesteuer, ob er schon mal daran gedacht hätte, woher das Geld für

Wegebau e-te-ze kommen sollte? Schließlich werde auch die Schule davon bezahlt. Im übrigen müsse das alte Zeug weg ...

> Ein Bürgermeister ohne Witz,
> ein Schweinespieß ohne Spitz',
> ein Ofen ohne Hitz',
> die drei sind nicht viel nütz'.

Matthias konnte nicht wissen, daß gerade ein Beschluß anstand, die Platanenallee abzuholzen, und mit seinem eigenen Bauernhaus hatte der Bürgermeister auch noch allerhand vor.

Gott sei Dank kam in diesem Moment die Bürgermeistersfrau herein, eine freundliche Landfrau mit weiß durchzogenen rötlichen Locken. Sie schloß die Schiebetür zur Kalten Pracht und stellte eine Flasche Sanddornsaft auf den Tisch, Gläser mit Italienurlaub drauf. Oder ob's ein Bier sein soll? Untersetzer. – Ein kleines blondes Mädchen brachte sie mit, Helga, die Enkeltochter, einen verfrühten Maikäfer auf dem Finger. Sie wurde an ihn rangeschoben, machte einen Knicks und sagte: «Goden Dach!»
Als Matthias dieses Kind sah, «ging ihm das Herz auf», wie er es bei sich formulierte. Er sah den alten ausgedörrten Bürgermeister und die abgearbeitete Frau und dazwischen die kleine Engelsgestalt. Die muffige Stube mit den beiden alten Bauersleuten erschien ihm durch das Kind in einem andern Licht ... Von diesem Augenblick an verstand er, was es bedeutete, Platt zu sprechen und ein Bauer in Norddeutschland zu sein. Das hatte was mit Jahrtausenden zu tun.

Petersen hatte geraten, daß man die Kinder *kommen* lassen müsse, nicht um ihre Gunst werben, sich nicht aufdrängen, nicht an sich ranziehen und nach dem Alter fragen und dann womöglich sagen: «Und so groß bist du schon?» oder etwa: «Schenkst du mir den Maikäfer, mein Kind?» So was alles nicht tun, sondern still sitzen bleiben und darauf warten, daß Kinder von selbst den Antrieb haben, sich zu nähern.
Die Bürgermeistersfrau zeigte auf den Lehrer und sagte so was wie: «Datt is de Liehrer, seih di vör ...» Und Matthias tat nichts dergleichen, grabbelte dem Kind nicht unterm Kinn und rollte nicht

die Augen, im Gegenteil, er strich sich die Haarsträhne aus der Stirn, die allerdings sofort wieder herunterfiel. – Auch auf die Gefahr hin, daß man ihn für einen Kinderfeind hielt, blieb er still und stumm. Er beobachtete das kleine Mädchen wohl, aber er sagte nichts. Und so kam es, daß das Mädchen sich irgendwann von der Oma löste und sich vor ihn hinstellte und ihn ungeniert betrachtete. Und schließlich mit dem Finger auf ihn zeigte und fragte: «Wie heit de Mann?» Worüber die Großeltern sehr lachen mußten.
Der liebe Gott, so ungefähr dachte Matthias, hat die Kinder den Erwachsenen beigesellt, damit sie was zu lachen haben. Und damit würde er es jetzt zu tun kriegen, mit dem Lachen, den Hauch verspürte er jetzt.

Die beiden Bauersleute, die enge Stube – er selbst vor diesem staatschen Geschlecht eine Art Luftikus. Was war er denn, wo kam er her? Er dachte: Ich muß alles so lassen, wie es ist. Wenn ich das schaffe, werde ich ein guter Lehrer sein.
Alles so lassen, wie es ist, und etwas dreingeben.

Es machte ihm nichts aus, daß nun eine letzte zangenartige Ausforschung begann.
Sie hätten nach dem Krieg auch Flüchtlinge bei sich wohnen gehabt, sagte die Bürgermeisterin, nette Leutchen, die lebten jetzt in Wuppertal. Bis voriges Jahr hätten sie jedes Jahr zu Weihnachten geschrieben. Kein Vergleich mit dem Gesochs aus dem Lager Westereistedt, den DPs. In den ersten Nachkriegsmonaten sei dieses Volk ja regelrecht zu Plünderzügen ausgeschwärmt. In Eistedt einer ganzen Familie die Kehle durchgeschnitten. Und auf dem Bahnhof in Kreuzthal den Bahnwärter abgemurkst …
Matthias erfuhr, daß in den letzten Kriegstagen noch acht Höfe abgebrannt seien in der Gegend, und daß die SS am schlimmsten gewesen sei. Die Engländer dagegen ja direkt harmlos.

Auch die Bauersfrau wunderte sich, daß er noch unverheiratet war.
Eine Frau hätte er sich besser gleich mitbringen sollen. Hier auf dem Lande sei das gar nicht so einfach, 'ne Frau zu kriegen. In Ge-

danken mochte sie die Reihe durchmustern, die dafür in Frage käme. Von Bauer Fitschen sprach sie und dessen Tochter Anita, und von Freede, Carla Freede ..., bei der sich allerdings jetzt grade was anzubahnen scheine.

Die kleine Helga, mit ihrem Maikäfer auf dem Finger, stand die ganze Zeit über vor Matthias und sah ihn unverwandt an. Und da passierte es, daß ihr ein Fürzchen entfuhr. Das viele Brot und der Kohl ... Die Alten lachten, und es schien so, als ob dieses Naturereignis Sympathie zwischen den Dorfleuten und dem Fremdling hergestellt hätte, die vorher wohl noch nicht vorhanden gewesen war. Das führte dazu, daß Gerke den Kleiderschrank öffnete und seine alte Marinejacke hervorholte. Er zog sie an, und sie paßte sogar, dicker war er nicht geworden. Aus dem Bauern wurde ein Matrose, ganz ohne Maskerade. Gerke faßte in die Uniformtasche und zog das Minensucherehrenzeichen heraus und hielt es sich an die Brust.

Im Schapp lag ein Brief des Kapitäns, den hielt er Matthias unter die Nase, in dem stand, daß der Krieg nun zu Ende sei, aber immer gute Kameradschaft halten.

Gerke faßte noch einmal in die Tasche, und er legte allerhand Fingerringe aus Aluminium auf den Tisch, in Zeitungspapier gewickelt, die hatte er in der Gefangenschaft gebastelt, und ein Zigarettenetui aus Blech mit einer nackten Frau drauf ziseliert, mit so was hätten sie sich beim Engländer die Zeit vertrieben ...

Inzwischen deckte die Bürgermeistersfrau den Tisch, und Matthias wurde aufgefordert, ein bißchen mitzuessen. Es gab eine Milchsuppe mit Graupen, selbstgebackenes Brot und ausgezeichnete Wurst. Eiserne Bestecke mit Holzgriff. Und die kleine Helga faßte den Löffel mit der ganzen Hand. Vor dem Krieg waren die jungen Lehrer mittags von einem Hof zum andern gereicht worden, hatten da mitessen dürfen, das gehörte zur Tradition. Das wär' ihr Schaden nicht gewesen, denn die Bauern hätten sich nichts nachsagen lassen wollen, und der Lehrer habe bei der Gelegenheit alles mitgekriegt, was so geredet wird im Dorf. Da dann auch meist eine Frau aufgegabelt irgendwie.

Im Herbst dann ja auch noch Deputat, Holz und Torf. An sich ganz auskömmlich. Die Dienstwohnung, und dann auch eines Tages Pension? Daß ein Lehrer unkündbar sei, kam der Bürgermeistersfrau ganz außerordentlich vor. – «Ich ja noch nicht», sagte Matthias, «ich bin ja erst Zett A, zur Anstellung, ich muß ja noch eine Prüfung machen und vorher noch Kurse und Revisionen ...» Erst dann würde er Beamter auf Lebenszeit.
Revisionen – Ach Gott, ja ... Gleich morgen die Klasse aufräumen und aus dem Sesam-open-you ein paar Musterstunden destillieren, für alle Fälle ...

Während sie aßen, betrachtete Matthias das Bild an der Wand. Es sei von Kallroy gemalt, von dem auch die Bilder in der Kirche stammten, sagte Frau Gerke. Die Tochter lebe in dem großen Haus am Fluß, mit ihrer Tante ganz allein, die nicht ganz richtig sei.
Irgendwie ruhelos, die junge Frau. Fahre dauernd nach Bremen oder sonstwohin ... Nachts ginge das Licht an, mal oben, mal unten, dann streiche sie durch die Zimmer. Sie lebe im übrigen ziemlich armselig, paar Ziegen und Schafe und einen großen Garten. Obwohl hier (Daumen und Zeigefinger) einiges vorhanden sei. Abgesehen von den Bildern, wovon das ganze Haus vollhänge, auch Land, und zwar direkt an der Eische, da wären schon Masse Interessenten gekommen aus der Stadt, was zu kaufen.
An den alten von Kallroy erinnerten sie sich noch, der sei oft durch die Gegend gestreift, mit breitkrempigem Hut und Staffelei, habe am Fluß gesessen und gemalt, oder auch mal im Sassenholzer Wald oder im Glumm. Masse Bilder habe der gemalt und immer gut verkauft. Und immer freundlich gewesen zu den Kindern, Bonbons in der Jackentasche e-te-ze.
«In den zwanziger Jahren hat er im Sommer Arbeiterkinder bei sich wohnen gehabt, von der Roten Hilfe, die sind dann nackt durch den Garten gelaufen, Männlein und Weiblein durcheinander.» Damit hätten die Nazis dann sofort Schluß gemacht.
Bonbons in der Jackentasche – und ab und zu welche verteilen? Keine schlechte Idee, aber lieber nicht. Was zunächst freiwillig geschieht, wird am Ende zur Pflicht?

Irgendwann, in die gemütliche Unterhaltung hinein, sagte der Bürgermeister, daß er zur Sitzung muß.
Matthias zog seinen Ausweis heraus , ob der Bürgermeister bei der Gelegenheit wohl so freundlich sei und ihn verlängere.
Ja, das könne er, sagte der Mann und öffnete die Besteckschublade im Büfettschrank, holte einen Stempel heraus, hauchte ihn an und setzte ihn in den Ausweis. – Und: Übrigens, das Wasser im Keller des Schulhauses, ob man das nicht mal auspumpen könnte, fragte Matthias. Dies vorzubringen war ein Wagestück, aber es ging «übere Bühne». – «Ja, gelegentlich», wurde gesagt.

Auf der Diele schenkte ihm die Frau noch einen halben Laib selbstgebackenes Brot, und dann standen sie auf dem Hof, die neuen Hühner angucken, ach ja: Eier! einen kleinen Korb Eier gab ihm die Frau auch noch mit. Der große Hahn stand auf einem Zaunpfahl, ein Bein hoch, Kopf schief. Der hatte alles unter Kontrolle.
Er solle sich mal die Schwarze Flaage ansehen, mitten in der Heide, und die Wolfskuhle und die Reihersiedlung, früher waren die Vögel jedes Jahr gekommen, dies Jahr leider noch nicht wieder da.
Die kleine Helga drehte dem Bernhardiner die Ohren um und setzte sich auf seinen Rücken. Matthias sollte sehen, daß sie sich das traut. Und was sie alles kann ...

Auf dem Holzhof standen die Reste einer alten Bauerntruhe zum Zerhacken.
«Jf. Lucies, 1789», war schwungvoll in das Zierbrett eingeschnitzt, was ein Genitiv war, denn das bedeutete, daß man diese Truhe vor über hundertsiebzig Jahren für die Aussteuer einer Jungfer namens Lucie angefertigt hatte. Nun morsch und brüchig, weil sie bei Kriegsende mit Schinken und Würsten und Leinenballen im Garten vergraben worden war. Unterhalb des Namens waren vier Herzen angebracht, von denen eines halb abgefallen war.

Ob er die Truhe nicht verkaufen will?, fragte Matthias, er würde sie abbeizen und dann den Kindern zeigen, was für eine Geschichte das Dorf habe, 1789! Französische Revolution!

Leider kamen genau in diesem Augenblick zwei Düsenjäger angerast, eine qualmige Schleppe hinter sich herziehend, ziemlich tief, so daß der Bauer ein paar Sekunden Zeit hatte zu überlegen, ob er die Ruine behalten soll oder nicht. Matthias sah das schöne Stück schon entschwinden, und seine Gier verwandelte sich in ärgerliche Trauer, aber als sich die Luftcowboys davongemacht hatten, sagte der Bürgermeister, der sich ja vordem dafür ausgesprochen hatte, daß altes Zeug «weg» müsse, laut und deutlich: Ja, den Koffer könne er haben, «dor speelen doch blot de Müs' in ...», aber der Koffer stamme nicht von hier, den habe seine Oma aus Osterholz geerbt.

«Besuchen Sie uns mal richtig», sagte die Bürgermeisterin, und Matthias atmete tief ein: nach aufgerösteten Brötchen roch es irgendwie.

Am nächsten Tag stand die «Kiste» vor seiner Tür. Er zog sie wie einen Sarg über den Flur ins Haus hinein und an der Gartenseite wieder hinaus und stellte sie in den Stall. Die war ihm erst mal sicher. Anita von nebenan fragte, ob sie mal eben schnell rüberkommen soll und mit anfassen? Und Carla, gegenüber, am Zaun, wunderte sich. Was er mit dem Plünnen will, fragte sie.
Ob er Feuerholz braucht?
«Hat, hat», dachte Matthias. Dieses alte Stück würde ihm niemand wieder wegnehmen. Und daß auf dem Hühnerhof ein alter Dreifuß stand, hatte er gesehen.

11

Nach dem Essen – süß-saure Linsensuppe mit geräuchertem Bauchspeck, als Kompott Reineclauden aus dem Glas – kaufte er bei Kaufmann Klapproth einen Fahrradanhänger, mit Katzenaugen hinten dran, und dann fuhr er nach Sassenholz und holte die Kegelkugeln, die dort auf ihn warteten. Zweimal mußte er fahren, beim erstenmal kriegte er sie nicht alle mit. Tag und Nacht würde er Kugeln mit dem neuen Anhänger holen, von überall her, auch wenn es noch so schepperte und schlingerte. Nun bewährte sich die leistungsfähige Gangschaltung seines Fahrrades. Er hatte keine Ahnung, wie er ohne sie zurechtgekommen wäre.

Zu Hause fand er einen kleinen beigefarbenen Brief auf der Treppe. Der Umschlag war mit braunem Seidenpapier gefüttert, und hintendrauf war in der Art eines Wappens eingeprägt: E. v. K. Auf dem Briefbogen stand links oben noch einmal, E. v. K.
Dem Brief war zu entnehmen, daß Eleonore von Kallroy sich freuen würde ... «Sie am Sonnabend nachmittag um halb fünf Uhr zum Tee bei mir zu sehen. – Mit freundlichen Grüßen, Eleonore von Kallroy» Punkt.
Die Handschrift wirkte energisch. Vielleicht mit links geschrieben? Beim Namenszug schien die Tinte ausgegangen zu sein, er verblaßte im Nichts.

Matthias trug den Brief in sein Zimmer hinauf – roch er denn nach Sandelholz? – und legte ihn auf den Tisch, direkt unter das Foto von Lilli. Er glättete mit dem Fingernagel das grob Aufgerissene des Kuverts und las ihn noch einmal.
«Sieh an», so ungefähr dachte er, «sieh an, was das Leben für mich noch bereithält. – Wenn ich nicht aufs Dorf gegangen wäre, hätte ich das jetzt nicht erlebt.»
Nicht zu um drei Uhr oder vier, sondern zu um halb fünf Uhr war er geladen. Das setzte Maßstäbe. Five o'clock tea mit kleinem Gebäck.

Als er draußen die letzten Kugeln ablud, erschien Carla im Garten gegenüber, sie legte die Arme auf den Zaun und fragte über die Straße hinweg, ob er den Brief gekriegt hat. – Mit ihr würde man niemals Tee trinken, weder um drei noch um vier, und schon gar nicht um halb fünf. Aber vielleicht einmal eine Coca-Cola? im Sommer? Beim Schützenfest?
Ja, er hatte den Brief gekriegt.
Sie stand am Zaun, und hinter ihr hingen gewaschene Milchkannen, zum Trocknen auf die abgesägten Äste des Apfelbaums gespießt. Sie trug eine Strickjacke, deren Ellbogen gestopft waren.

Solche Strickjacken hatte es beim BDM gegeben, trachtenartig, mit silbernen Knöpfen und Schnur zum Zubinden um den Kragen. Die langen Zöpfe erinnerten an Volkstum östlicher Art. Die Ukrainerinnen, wie sie mit den deutschen Soldaten getanzt hatten, im Sommer 1941. «Wir grießen deitsche Armee!» Das Hakenkreuz, aus Birkenästen gebastelt, verkehrt rum, weil sie es nicht besser wußten.

Matthias ging hinüber. Der Vorgarten war mit umgedrehten Flaschen abgesteckt, da war allerhand am Blühen: vorwiegend gelb. Forsythien und Bauernblumen von der Art, die es in Städten nicht mehr zu sehen gab. Sie hatten sich von einer Generation auf die andere vererbt. Als Ableger von Dorf zu Dorf gereicht ... Wenn die hier jetzt vertilgt würden, verschwänden sie für immer vom Erdball.

Leider kam der Spitz gesprungen und umbellte die beiden jungen Leute, die sich anschickten, ins Gespräch zu kommen, und ausgerechnet jetzt hatte der Hahn das Bedürfnis, eine seiner schmucken Hennen zu besteigen. Eine vernünftige Unterhaltung war unter diesen Umständen nicht zu führen. Nicht einmal ein Wettergespräch.

Eigentlich war Carla zum Zöpfetragen schon zu alt, das sah Matthias jetzt. Irgendwann hatte sie wohl den rechten Moment zum Abschneiden verpaßt, und nun traute sie sich nicht mehr. Nun lief sie noch immer mit den Zöpfen herum, und das sah aus wie eine Zeitverschiebung. Und wenn sie das Haar jetzt kürzen würde, dann würde das auch wie eine Zeitverschiebung aussehen. Dauerwelle? – Dazu war sie eben doch noch zu jung.

Nach Zwiebeln roch sie, angenehm.

Nachdem mehrere Trecker im Vorüberfahren das Tempo gedrosselt hatten, um zu sehen, ob es wirklich der neue Schulmeister ist, der sich da mit der flotten Carla Freede unterhält, und die Maurer vom Landhandel-Neubau aufs Gerüst kletterten, um es besser auszumachen: «... wat ick noch seggen wull ...», und auch Gardinen weggezogen wurden nebenan bei Fitschens, und die Jungen auf dem Schulhof aufhörten, Fußball zu spielen, gingen sie den von orangeroten Montbretien gesäumten Weg ins Haus hinein. Treulich geführt, von Hühnern und dem Spitz. Links neben dem Eingang eine Tafel aus Gußeisen

✠

ZUM GEDENKEN AN UNSERN SOHN
JOACHIM FREEDE
1923–1941

Matthias freute sich darauf, mit der jungen Frau «Tass' Kaff'» zu trinken. «Tass' Kaff'»? So was bliebe im Rahmen.
Der Spitz lief mit hinein und holte aus seiner Ecke einen alten Pantoffel, das war als Geschenk gedacht für den jungen Lehrer.
Carla wischte einen Küchenschemel sauber, und dann saß Matthias auf dem Schemel, die Beine unten rumgeschlungen, und kriegte aus einer Kanne ohne Deckel eine Tasse Kaffee eingeschenkt, aufgebrühtes Zeugs, ziemlich greulich, in einer Tasse ohne Untertasse, aber der Henkel war noch dran.
Abgesehen von der Geschirrspüleinrichtung aus nichtrostendem Stahl, war es eine Küche aus Urväters Zeiten, ein Feuerherd mit Messinggeländer, blank geputzt – und an der Wand Tellerborde mit bunten Tellern, ganz urig; daß eines der Hühner in der Tür stand, paßte dazu. Auf dem untersten Bord standen sogar Zinnteller.
Die junge Frau räumte das Mittagsgeschirr fort. Es war eine reguläre Nirosta-Abwäsche, an die sie sich jetzt stellte, mit Abtropfbrett, und aus dem Kran kam heißes Wasser.

Matthias beobachtete die junge Frau – ihr Hosenboden hing ein wenig, ein Höschen zeichnete sich nicht darunter ab, wahrscheinlich trug sie einen wollenen Apparat –, und sie hatte wohl Spaß daran, von ihm beobachtet zu werden. Beim Abwaschen konnte sie ihn besser ausfragen, und er fing auch sogleich bereitwillig an zu erzählen, wie schlecht es ihm ergangen war in seinem Leben, aber manchmal hätte er auch Glück gehabt. Er schwankte bei seiner Darbietung zwischen «armer Kerl» und «doller Kerl», stellte ihr also frei, ihn zu bedauern oder zu bewundern. Wenn er auf einem Stuhl gesessen hätte, statt auf einem Schemel, dann hätte er das rittlings getan, die Arme auf der Lehne.
All das, was er sonst nicht mehr erzählte, weil es ihm zum Halse heraushing, gab er jetzt kataraktisch von sich, in geübter Rheto-

rik, mit Kunstpausen ganz an der richtigen Stelle, und das imponierte der Frau, ganz wie er vermutet hatte.
Jetzt habe er jedenfalls Gück, sagte er zum Schluß, in einem Dorf wie Klein-Wense gelandet zu sein, das komme ihm direkt paradiesisch vor, Schweine, Kühe, Apfelbäume ... So was hätte er sich schon immer gewünscht.

Carla fand Klein-Wense auch sehr schön, schöner jedenfalls als Sassenholz. Aber Stadt bleibe Stadt, in der Stadt könnt' man mal ins Kino gehn oder in 'ne Wirtschaft ... Ihre Kusine sei in Bremen in Stellung, die habe ein ganz anderes Leben dort. Hier käm' ab und zu das Kino-Auto, eine Einrichtung noch aus der Nazizeit, und dann würden im Schützensaal Filme gezeigt. Das wär' aber auch so ziemlich das einzigste.
In eine Pause hinein wußte sie zu erzählen, daß sich hier ganz in der Nähe, in Westereistedt, ein Lager befunden habe, mit Ukrainern. Nach dem Krieg hätten die Engländer dort Parteigenossen eingesperrt, die wären dann nach einem Vierteljahr auf allen vieren wieder angekrochen gekommen ... Der Bauer Up de Hœcht zum Beispiel, immer so betont Heil Hitler! gesagt, bei jeder Gelegenheit – jetzt alt und klapprig, fällt immer hin –, der Sohn bei der SS ein ziemlich hohes Tier – aber läßt sich nirgends sehen ... und der alte Fitschen von gegenüber, Ortsbauernführer, immer aufgepaßt, wer die Fahne nicht raussteckt, und 45 nicht geholfen, die Wagen aus dem brennenden Stall zu ziehen.

Über Carla hinweg, durchs Fenster, konnte Matthias auf das Schulhaus sehen, oben sein Zimmer, in dem jetzt wahrscheinlich der Sperling herumflog, auf Brotkrumensuche; der Tisch mit dem Brief von E. v. K. an Lillis Foto gelehnt, das Bett in der Ecke, in dem er gern jemand zum Kuscheln gehabt hätte, knöchern oder vollschlank, ganz egal, die Bücher auf dem Fußboden. Er sah Carla neben sich liegen, wie aus Holz geschnitzt. Zwei hölzerne Puppen, von irgend jemandem hineingelegt und bis ans Kinn zugedeckt.

Eigentlich war dies die Stunde, in der er sich auf die Schule hätte vorbereiten müssen, und nun saß er hier und quatschte! Aber sich vorbereiten, das konnte man ja immer noch tun: Den Buchstaben O abschließen und auf das U zusteuern – uh, Ulli, ein Uhu, auf der Uhr – und bei den Großen mit dem Zweiten Weltkrieg weitermachen, das war schließlich nichts Weltbewegendes.

Er redete des langen und breiten von seinen Angelegenheiten. Und sein Leben gab allerhand her. Davor, danach und dazwischen. Und jetzt mit aller Kraft einen Neuanfang starten.

Sie ordnete die Teller der Größe nach, ganz so, wie sie seine Geschichtchen einordnen mochte in «interessant» oder «weniger von Belang» – und ab und zu kratzte sie sich am Rücken. Fremdartig waren ihre Bewegungen und doch vertraut. Ihre Zöpfe waren so schwarz wie Indianerzöpfe.

«Carla» – ein ungewohnter Name. So hatten früher Dienstmädchen geheißen, Carla oder Klara, zu denen sich die Primaner in die Kammer schlichen, um «erste Erfahrungen» zu sammeln.

Um Blond hatte es Millionen von Toten gegeben. Blond war eine ideologische Haarfarbe.

> ... ich hab' eine Schwäche für blonde Frau'n
> grad' so wie du eine bist ...

War schwarzes Haar schon mal das Idol eines Zeitalters gewesen? Von schwarzhaarigen Mädchen handelte kein einziger Schlager. Matthias hatte sich schon immer eine schwarzhaarige Freundin gewünscht, aber es war sein Schicksal, letzten Endes stets an Blonde zu geraten.

Davon sprach Matthias jetzt nicht, aber er warnte die Bauerstochter davor, die Zinnteller, die auf dem Bord standen, wegzugeben, an irgendwelche Holländer zum Beispiel, die hier das Land abgrasten und für fünfzig Pfennig solche Teller einramschten und dann in Holland für hundert Mark wieder verkauften.

Daß er «hundert Mark» gesagt hatte, verbaute ihm die Möglichkeit, sie irgendwann einmal für zwanzig zu erwerben. Wie oft hatte ihm das leichthin Gesagte schon alles verdorben.

Nach den Dingern habe Pastor Ortlepp sich schon oft erkundigt. Jedesmal, wenn er sie treffe, sage er: «Was machen die Teller?» Sie nahm einen herunter, wischte ihn mit der Schürze sauber und

reichte ihn Matthias. Er war wohlgeformt, und am Rand war eingraviert: Pf. 1823. Damit war nichts anzufangen.
Vielleicht bedeutete «Pf.» «Pfingsten»? War der Teller vielleicht zu Pfingsten 1823 verschenkt worden?
Ein Relikt aus dem Jahr 1823, also genau hundertsiebenunddreißig Jahre her ...
«Oh, Sie können aber gut rechnen ...», wurde gesagt, und es war klar, daß die Kunde von seinem Rechenmalheur auch in dieses Haus gedrungen war. In hundert Jahren – vielleicht im Jahre 2060 – würde es heißen: «Damals hatten wir in Klein-Wense einen Lehrer, der nicht rechnen konnte.»

Ein weiteres Rätsel gab eine bunt angemalte Blechdose auf, die auch auf dem Bord stand.
«Die ist ja hübsch», sagte Matthias und nahm sie in die Hand, und er hätte gern gewußt, was es mit diesem Gegenstand für eine Bewandtnis habe.
Carla wurde ein bißchen verlegen, ja unwirsch, sie rakte die Eisenringe auf dem Herd zur Seite und legte neues Holz auf, hell beleuchtet von den herausschlagenden Flammen. Dann stellte sie die Dose wieder an ihren Platz. Ein bißchen Damenbart hatte sie, und unter den Achseln schwarze Vliese.
Sie hätte gern gewußt, wozu er die Kegelkugeln braucht, die er dauernd heranschafft, aber das ging jetzt, wo sie das Geheimnis der Blechschachtel für sich behalten hatte, nicht mehr. Matthias wußte ja selbst nicht, wieso er die Dinger einsammelte. Sie gefielen ihm, das war alles. Im übrigen war es ihm so, als hätten in der Schachtel Marmeln gerollt.
Marmeln, Kegelkugeln oder die blanken Kugeln aus ausgelaufenen Kugellagern, die hatten es ihm angetan, nicht Bälle. Mit Bällen hatte er sich noch nie befaßt, die verloren nach einiger Zeit Luft und kriegten Beulen. Als Kind hatte er Porzellankugeln besessen, die waren sein Schatz gewesen, niemand rangelassen, aber auch niemals damit gespielt. Er hatte sie gehabt, das war es.

Neben der Tür hing ein Ständer mit runden Holzbrettchen und Holzlöffeln, darüber konnte schon eher Auskunft gegeben werden: Carla bezeichnete den Ständer als «Altertum», der habe da schon immer gehangen, und im Krieg waren die Brettchen und die Löffel sogar noch benutzt worden, die französischen Gefangenen hatten sich darüber amüsiert. Im Sommer auf dem Hof gesessen und Lieder gesungen, lustige, aber auch traurige – so viel Jahre von zu Hause weg?

Matthias äußerte sich nicht über seine Vorliebe für Kugeln. Und daß sie tatsächlich noch in einer Butze schlief, mit Tür zum Zuschieben davor und Fenster zum Stall, was in früheren Jahrhunderten mal ganz praktisch gewesen sein mochte, wie bei Hänsel und Gretel also, das erzählte sie nicht. Dr. Müllermann vom Kreismuseum hatte sich schon danach erkundigt ... Immer wieder drängte sie ihren Vater, das Ding rauszureißen, das war doch kein Zustand, ein reguläres Bett mußte her, das Gelumpe mußte verschwinden. Eine Dusche hatte sie schon durchgesetzt, aber ein neues Bett würde schwierig werden, denn in der Butze war die Mutter gestorben vor vierzehneinhalb Jahren.

Der neue Lehrer interessierte sich also für «Altertum». Das war ja sehr interessant. Das Thema gab was her.
Beim Bauern Up de Hœcht sollte er mal gucken, das ganze Haus wär' wie ein Museum, da ginge Dr. Müllermann ein und aus, die Diele voller Truhen und großer Schränke, und ein Webstuhl, auf dem im Krieg noch gewebt worden war. Dr. Müllermann und Pastor Ortlepp träfen sich dort ab und zu.
Dr. Müllermann habe immer wieder gesagt: «Das geht nicht, das geht nicht, daß Sie das alles horten hier ... Wenn's nun mal brennt? Das ist doch unverantwortlich!» Aber Up de Hœcht rückte nichts heraus, weder der Alte noch der Junge. Das hatte was mit Ahnen zu tun, die dort noch hoch im Kurse standen.
Unter dem Haus ein großer Keller aus Feldsteinen gemauert, direkt unheimlich! Mit Lehrer Schmauch waren sie mal dort gewesen, hätten sich die «Koffer» angesehen und Schränke. Schmauch hatte lange bitten müssen, in der SPD gewesen vor dem Krieg. Und Up de Hœcht in der Partei. So was ging nicht zusammen.
An den finsteren Keller erinnerte sie sich noch, rußig und voll Dreck, mit einem Schlupfloch als Zugang. Der hätte schon längst zugemauert gehört, da kann ja sonst was passieren.

Carla hatte das Abwaschen erledigt, sie wischte sich die Hände ab an einem abenteuerlichen Handtuch. Nun hätten die zwei noch etwas miteinander reden können, ob er täglich etwas Milch kriegen kann zum Beispiel, und Eier und vielleicht mal eine halbe Wurst? Aber die Plauderstunde wurde durch den kreischenden Alten beendet, der hereinstolperte und die Frage stellte, was denn das für eine Versammlung ist?

«Also dann: tschüs!» hieß es, und Matthias strebte, von dem springenden Spitz umbellt, dem nochmaligen Studium des Briefes zu, der nun schon eine Stunde auf seinem Tisch lag. Mal angukken, ob man da nicht was übersehen hat.
Matthias nahm ihn zur Hand und legte sich aufs Bett. Der Brief zeigte ihm an, daß das Leben weitergehen würde. Und als er daran roch, kam es ihn zärtlich, ja heimatlich an. Und dann sah er Ellinor mit ihrem kurzen Kraushaar und etwas pummelig ins Auto steigen. Und er sah, wie sie ihn im Rückspiegel musterte.

Zum «Tee» eingeladen zu werden, und zu um halb fünf Uhr, ließ auf bürgerlichen Zuschnitt schließen, auf Bildung und städtische Lebensart. Zu bedauern war es, daß kein Lexikon zur Hand war, im Schülerlexikon unter K würde der Name «von Kallroy» nicht verzeichnet sein. Dazu hätte man wohl den zwanzigbändigen Brockhaus gebraucht oder ein spezielles Künstlerlexikon. Schade, sonst hätte man sich ein wenig vorbereiten können auf die Teestunde.
Auch an Carla dachte er flüchtig, aber nur flüchtig. Er sah sie sich setzen auf den Fahrersitz vom Trecker und wie sie aufs Gas tritt und der Trecker sein puff-puff-puff von sich gibt.

Matthias holte die Posaune von unten aus der Schulklasse und blies ein paar Töne darauf, schob den Zug hoch und runter und sah dabei in den Spiegel. Ein bißchen wie Glenn Miller kam er sich vor, aber bis zu dem war es noch weit. Dann nahm er einen Lappen und Sidol und begann sie zu putzen. Erst mal putzen das Dings, das Spielen würde man schon noch lernen.

12

In der Nacht konnte Matthias nicht schlafen, er lag auf dem Rücken und starrte vor sich hin. Das bleiche Mondlicht an der Wand, wie Blinkzeichen an/aus: Wolken, die über den Himmel jagten und sich vor den Mond schoben. Er trat ans Fenster und sah auf den Hof hinunter, der Birnbaum warf Schatten, wie eine Monduhr an/aus – an/aus, und die Klotüren klappten, auf/zu – auf/zu ..., für die war keiner zuständig.

Obwohl ja niemand im Haus war, schlich er hinunter, leise, leise, von jedem Knacken der Treppe zusammenzuckend. Vielleicht wachte Carla drüben in ihrer Butze davon auf und dachte: Was hat der Schulmeister vor, was tapert er da herum?

Seine kleine Wohnung, gänzlich leer, die Küche leer; ein Brot, ein Stück Butter, eine halbe Wurst und die Doppelkochplatte, weiß emailliert, fünfzehnhundert Watt, sechsstufig regelbar. Eine einzelne Platte hätte eigentlich genügt für das bißchen Spiegelei.
Im blauen Zimmer die Kugeln, zur Pyramide gestapelt. Kanonenkugeln auf der Festung Ehrenbreitstein. Uneinnehmbar, unzerstörbar. Feuer an die Lunte. Münchhausen schwingt sich auf die fliegende Kugel.

In der Veranda der Bücherschatz des Lehrers auf dem Fußboden, seit 1906 nicht angetastet, der Schatz würde ungehoben bleiben.
In die Klasse ging Matthias nicht hinüber, er hatte die Klinke schon in der Hand ... – das nicht tun, das war nichts für die Dunkelheit.

Es zog ihn hinaus auf den Hof, er konnte nicht widerstehen, er mußte sich die Bürgermeistertruhe noch einmal angucken, drüben im Stall.
Wie ein Beschließer kam er sich vor, der mit den Schlüsseln in der Hand nach den Gefangenen sehen muß.

Als er die Stalltür öffnete, raschelte ein Tier hinaus, huschte wie Satanas an ihm vorüber. Herrgott, die ganze Natur geriet in Aufruhr! Was hatte er hier draußen auch zu schaffen, zu nachtschlafener Zeit?
Er zog die Tür hinter sich zu und beleuchtete den «Koffer» mit der Taschenlampe. Er leuchtete mal hierhin und mal dorthin. Kein Zweifel: Die Schäden waren minimal, eines der Herzen zur Hälfte abgefallen, der Deckel in den Angeln ausgerissen, das würde zu reparieren sein.

«Jf. Lucies, 1789»

Weiß in ihrem Hochzeitskleid, den weißen Kranz um den Kopf, so liegt sie ausgestreckt in der Kiste, hatte man ihr die Hände gefaltet?
Auch das Schloß war in Herzform gearbeitet, der Schlüssel steckte.

Der Stall war geräumig, die Fächer der Wände waren mit dünnen Knüppeln ausgeflochten, mit Lehm bestrichen, weiß gekalkt. Er könnte als Heimatstube dienen, dachte Matthias, am Ortseingang müßte ein grünes Schild: HEIMATSTUBE darauf hinweisen, mit Pfeil, Eintritt fünfzig Pfennig. Wenn die Truhe wiederhergestellt wäre, altes, selbstgewebtes Leinen kaufen oder sich schenken lassen und das dann da hineintun. Und im Schlüsselfach alte Schlüssel sammeln. Kurze dicke und lange mit treppenförmig gezacktem Bart.
Ein Bockrad auf die linke Seite stellen, und auf die rechte ein Ev'rad. Und die Truhe als Prachtstück in die Mitte dazwischen und darauf vielleicht Zinnteller in Drahthalterung, schräg. Und wenn dann Leute kämen, aus der Stadt, die wissen wollen, wie Menschheit früher einmal gelebt hat, denen das dann zeigen.
Aber die Kugeln? Was war damit anzufangen? Für Kugeln gab es hier keine Verwendung.

Matthias überlegte, ob man die Jugend des Dorfes nicht dafür gewinnen könnte, an bestimmten Tagen hier zusammenzukommen, in ländlicher Tracht, in Pumphosen die Jungen, hochgeschnürt die

Mädchen? Volkslieder singen. Volkstänze tanzen. Trotzig mit den Füßen aufstampfen und wegwerfende Gesten machen?
Vielleicht gäbe es spezielle Lieder in dieser Gegend? Die dann ausgraben, und wenn's keine gibt, sich welche ausdenken ...

> Rosemarie, Rosemarie –
> sieben Jahre mein Herz nach dir schrie ...

Am Lagerfeuer Lieder singen, Sagen erzählen und vielleicht sogar ein Theaterstück aufführen: «Die Franzosen in Klein-Wense», so in der Art irgend etwas.

Ein solches Heimatstuben-Unternehmen würde nur zu realisieren sein, wenn sich sehr viel mehr «Altertum» zusammenfände. Vielleicht ein Eichentisch, mit gedrechseltem Fuß, und das Tellerbord aus Carlas Küche und ein Webstuhl? Ohne Zweifel würde Pastor Ortlepp etwas dazu beisteuern und auch der Schulmeister in Sassenholz. Schließlich wäre das Ganze auch für den Kreismuseumswart nicht ohne Interesse, davon war auszugehen.

Im Hintergrund des Stalls stand ein übergroßes rundes Gefäß, aus Stroh geflochten; ein Getreidemaß, ein Scheffel, jetzt eine Mäusearena. Sehr schön in seiner reinen geometrischen Form, aber eben: ziemlich groß, für eine Heimatstube zu sperrig. Was wäre damit anzufangen? Was sollte man hineintun?

Matthias beschloß, eine seiner Kugeln zu holen, um zu sehen, wie sie sich ausnimmt neben dem Prachtstück von «Koffer». Kegeln interessierten ihn nicht, aber Kugeln! Für Kugeln würde er sonstwohin fahren.

Als er eben die Stalltür öffnen wollte, hörte er Stimmen: ein junger Mann und ein Mädchen. Sie hatten den Lichtschein im Stall bemerkt und wollten sehen, wer sich da wohl mitten in der Nacht zu schaffen macht.
Matthias hielt den Atem an, und die beiden da draußen taten es auch.
Schließlich sagten sie zueinander, daß das wohl nichts gewesen ist, da drin, und setzten sich hin, mit dem Rücken zum Stall, und flü-

sterten miteinander. Sie lachten leise: «Ierst fåt' ick di hierhen und denn … dorhen», sagte das Mädchen, und der Mann antwortete: «Un denn fåt' *ick* di hierhen und denn …. dorhen!»
Matthias wäre gern wieder ins Haus zurückgegangen, aber wie hätte er das anstellen sollen? Die Tür aufstoßen und da breit reinplatzen in die Turtelei?

Am anderen Ende des Stalls war noch eine Tür, das hatte er gesehen. Er tastete sich allmählich in die Richtung vor, und als er sie endlich erwischt hatte, fiel es ihm ein, mit verstellter Stimme gellend zu lachen und an die Stallwände zu schlagen mit einem Scheit und nach draußen zu rennen in die Dunkelheit und immer weiter völlig irre zu lachen!

Als er wieder im Haus saß, stellte er sich vor, wie die jungen Leute sich wohl erschrocken hatten und bleich mit der Hand nacheinander getastet. Die mußten ihn ja für den Teufel gehalten haben. Vielleicht würde das Mädchen einen Eischock davontragen und der junge Mann partielle Impotenz? Fürs ganze Leben ruiniert? Da muß dann immer einer gellend lachen, damit es zu einer Erektion kommt?
Wie schade, daß er Carla nichts von diesem Spaß erzählen konnte. Dieses Erlebnis würde ein Geheimnis bleiben, denn auch die jungen Leute würden niemanden haben, dem sie davon erzählen konnten, jedenfalls nicht in allen Einzelheiten. So etwas behielte man besser für sich.

13

Der Sonnabend kam heran, und mit ihm der Besuch im Kallroy-Haus. Die beiden letzten Unterrichtsstunden der Woche waren wie in allen Dorfschulen von alters her landauf, landab dem Zeichenunterricht vorbehalten, was jetzt offiziell «Kunsterziehung» hieß. Sonnabends in den letzten beiden Stunden war Zeichnen, damit klang die Woche aus.

Matthias veranstaltete ein Zeichendiktat, dessen Thema und Gestaltung er Werkblättern für den Zeichenunterricht entnommen hatte, Blatt sechs war noch nicht angekreuzt, das hatte sein Vorgänger also noch nicht durchgenommen: «Blütenzweige im Krug» hieß die Aufgabe, die von allen Schülern nach genauer Vorgabe zu lösen war.
Zunächst wurden die Zeichenblätter grau eingefärbt, damit ging schon mal eine halbe Stunde hin. Einen Krug mit in die Klasse zu bringen, davon war abgeraten worden in dem Merkblatt, das hätte die Phantasie zu sehr eingeengt. Deshalb formte Matthias einen bauchigen Krug in die Luft.
«Aus der Grundfläche wächst er heraus, schwingt sich dann breiter auf, rundet sich voll, zieht sich ein und wächst im Hals aus, leicht ausschwingend ...»
Als er die Form des Kruges zum drittenmal mit beiden Händen in die Luft rundete, mußte er an ganz etwas anderes denken, die Kinder ja vielleicht auch.
Sodann wurden die Pinsel eingetaucht: Die Umrisse des Kruges gelangen den Kindern auf Anhieb, dem einen dicker, dem anderen dünner, also durchaus individuell. Dann wurden sie mit ungemischter Farbe sattgrün ausgemalt. Mit entschlossenen Strichen wurden Zweige hineingestellt und mit Deckweiß Blüten draufgetupft, auf dem grauen Hintergrund sah das meisterlich aus.

Am Ende wiesen alle Schüler so ziemlich das gleiche Resultat vor, die Jüngeren etwas primitiver, die Großen schon eindrucksvoller. Matthias war sehr stolz auf sich, ein solches Ergebnis war nicht zu erwarten gewesen. Er spannte eine Leine und hängte daran sämtliche Bilder auf, wozu er Wäscheklammern benutzte. Die Rechenkünstlerin Elfriede erregte allerdings seinen Unwillen, sie hatte den Krug erwachsenenhaft abschattiert, das wirkte irgendwie abgekuckt, aber dagegen ließ sich nichts machen. Der Vater war Malermeister, der hatte die Schwalben im Windfang verbrochen, daher rührte wohl ihre Eigenwilligkeit. Also auch dieses Erzeugnis loben und ebenfalls aufhängen.
Was hatte Petersen geraten? «Beim Lob können Sie ruhig dick auftragen, beim Tadel müssen Sie sehr fein dosieren.»

Die kleine Marianne hatte sich als einzige überhaupt nicht an das «Diktat» gehalten, sie hatte ihre Katze gemalt. Auch sie wurde gelobt. Aber was der dunkle Klecks in der rechten Ecke sollte, war nicht recht einzusehen. «Das ist der Mann, der immer die Kohlen bringt», sagte sie, und das mußte man im Sinne des Freischaffens irgendwie gelten lassen. Dies Bild nahm Matthias an sich.

Der Rest des Vormittags ging hin mit «Bücherei» und «Sparen». Dann hieß es: einpacken! Und Matthias stellte sich an den Ausgang und gab jedem Kind die Hand. Elfriede bekam ein Kärtchen geschenkt, darauf stand: «Beste Kopfrechnerin Deutschlands.» Knickse und Diener: Die erste Woche war rum. Es hätte schlimmer kommen können.

Am Nachmittag bereitete Matthias sich intensiv auf den Besuch bei Ellinor von Kallroy vor. Er schrubbte seine schönste Kegelkugel sauber. Das war das richtige Geschenk für die Künstlertochter in ihrer Villa an der Eische. Eine allumfassende Kugel, wie die Erde oder das Universum, gewichtig in der Hand liegend und jedem Betrachter angenehm. Zeitlos und irgendwie – ewig. Sie war aus verschiedenfarbigen Eichenstücken zusammengesetzt, das war deutlich zu sehen.
Als die Zeit gekommen war, klemmte er sich die Kugel unter den Arm und fuhr zum Künstlerhaus. Leider lauerte ihm der Spitz auf, der hatte sich schon vorbereitet auf eine längere Tour, und er blieb direkt an Matthias dran, unablässig bellend.

Eine hundertstel Sekunde vor halb fünf langte Matthias an, und er wurde auch gleich begrüßt von der jungen Frau, die im Vorgarten stand und Blumen schnitt. Gerade hatte sie einen wichtigen Besuch verabschiedet, einen genialen Dramaturgen aus Bremen, der sich Anregungen für ein Ballett holen wollte. Eben grüßte er noch einmal aus dem aufgerollten Verdeck seiner «Ente» heraus, und dann fuhr er elegant davon.

«Na?» sagte die junge Frau, als er mit der Kugel unter dem Arm vom Rad stieg, «Sie sehen ja aus wie Hans im Glück!»
Weil der Spitz immer noch wie rasend bellte, bückte sie sich, als

ob sie einen Stein aufhebt, was das Tier zu augenblicklicher Flucht veranlaßte, mit eingezogenem Schwanz.
Dies war nun sehr lustig, und so betrat man das große Haus lachend, und dann fragte es sich: Wohin mit der Kugel? Die junge Frau legte sie mal hierhin, mal dorthin, aber sie blieb nirgends ruhig liegen. «Also in den Kohlenkasten damit», später würde sich schon noch ein Platz finden.

Einen Augenblick waren die beiden Menschen nebeneinander in einem großen Spiegel zu sehen, aber Matthias guckte nach links und die junge Frau nach rechts.

Dann saßen sie in einem Erker, der sich in den Garten vorbauchte, sie auf einem Sofa, neben sich eine Katze mit rotem Halsband, an dem ein Glöckchen hing, er in einem quietschenden Korbsessel. Die Tasse des Dramaturgen wurde zur Seite gestellt. Ein Mann, der ihr die Bude einrannte, wie sie sagte, und es wurde neu aufgedeckt, und der Tee dampfte in Schalen, dazu pingelte aus dem Grundig-Plattenspieler eine sanft verhottete Bach-Partita – die Schallplatte drehte sich gleichmütig unter dem durchsichtigen Plastikdeckel des Geräts.

Im Erker saßen sie und schlürften Tee aus Tassen, die nach einem Entwurf des Künstlers angefertigt worden waren, dreieckig die Kelche und viereckig die Untertassen. Nur noch wenige Exemplare hatten die Zeiten überlebt, im Krieg war das letzte sechsunddreißigteilige Service zugrunde gegangen, in Berlin, im Februar 1945.
Über dem Sofa hing ein Porträt Ernst Werner von Kallroys, in eben diesem Erker sitzend, studiert in Paris und Karlsruhe, umgekommen beim Torfstechen in einem KZ-Lager: ein pfiffiges Gesicht, mit Hut und Schlips unterm Pullover. Neben dem Gesicht war ein Lichtschalter zu erkennen, komisch deutlich betont. Und links neben dem Bild saß ein echter Lichtschalter, es war derselbe wie auf dem Bild, wie eine Doublette saß er da, genau neben dem gemalten.

Matthias sah sich in aller Ruhe um. Von der Halle aus ging der Blick links und rechts in Nebenzimmer mit Bildern an der Wand,

von denen, da konnte man sicher sein, weitere Zimmer abgingen, ebenfalls mit Bildern dicht an dicht.
«Dies ist ja ein kleines Schloß!» sagte Matthias. Und jetzt fiel ihm der Kamin auf, der mit einem Fresko bedeckt war: Jünglinge und Jungfrauen, sich aus Flammen entwickelnd. Ein Gemälde, das bis an die Decke reichte!

Die junge Frau hatte es sich unter dem Bild ihres Vaters bequem gemacht, nicht viel hätte gefehlt, und sie hätte die Beine unter sich genommen! Matthias verglich sie mit dem Porträt ihres Vaters, der runde Kopf mit den kurzen Locken, die randlose Sonntagsbrille auf der Nase, und auf den Ohrläppchen Flußperlen. Absolut nicht pfiffig, eher etwas ratlos. Und ganz ohne Lichtschalter, den man hätte aus- und anknipsen können. War denn der Saum ihres Rockes ausgerissen? – Das Gesicht hatte sie sich mit einer Bräunungscreme eingeschmiert, aber den Hals nicht.
Sie legte Matthias mit einem speziellen Löffel etwas Sahne auf den Tee und war mal neugierig, ob er wohl umrühren würde. Nein, er tat es nicht, das hatte er bei Lilli gelernt. Er war zwar Dorfschullehrer, aber noch lange kein Banause. Die Sahne fiel auf den Boden der Tasse und stieg dann auf wie ein Atompilz.

Beinahe hätte Matthias von den kunsterzieherischen Versuchen des Vormittags gesprochen, daß die Kinder blühende Zweige gemalt hätten in einem bauchigen Krug. Aber angesichts von so viel Kunst ließ er das lieber bleiben, damit wäre er hier nicht gut angekommen ... Wer wohl den Kunstkalender über den Flügel gehängt hatte, fragte er sich.

Ellinor von Kallroy bezeichnete Klein-Wense als Giftküche, in der Matthias nun das Pech habe, die Dorfkröten unterrichten zu müssen. Anderer Leut's Kinder erziehen! Schrecklich! Auf dem Bahnhof, vor vierzehn Tagen, habe sie gleich gesehen, wes Geistes Kind er sei. Und sie habe gedacht: «Der Arme!» Komme er sich nicht deplaziert vor in diesem Kaff? Herabgewürdigt zu einer anachronistischen Existenz?
Um ihm den Anfang etwas leichter zu machen in diesem Spinnennest, habe sie ihn hergebeten, das wär' der Anlaß für die Einla-

dung, und sie freue sich, daß er auch tatsächlich gekommen wär'. Sie selbst sei hier auch ziemlich isoliert: Seit dreiunddreißig Jahren lebe sie jetzt ununterbrochen hier, abgesehen von der RAD-Zeit, und sie könnt' ihm was erzählen! Im Dorf ließe sie sich so gut wie nie sehen. Nur eben mal zum Kaufmann – einmal pro Woche, das sei so ziemlich alles, was sie mit dem Dorf verbinde. Mit dem Dorf sei sie fertig.
«In Klein-Wense ist einer dem andern sein Deibel ... Ein Giftnest ist das.» Außerdem spuke es hier. Junge Leute hätten erst vor ein paar Tagen Ungeheuerliches erlebt, ganz in seiner Nähe übrigens, das sei ihr erzählt worden, bei Vollmond, unheimliche Geräusche und teuflisches Gelächter. Sie selbst habe ständig das Gefühl, es beobachte sie jemand von gegenüber: im Gebüsch am Fluß säße der ...

Den Pastor in Sassenholz nannte sie einen Quatschkopf mit Plattfüßen, der habe in seinem VW schon so manches Kind gezeugt, vom Bischof bereits mehrmals verwarnt ... Er habe den Tod ihres Vaters vereinnahmen wollen, am Volkstrauertag, wer sein Leben hingibt für seine Freunde, so in diesem Sinn. Er habe wohl gehört von dessen Schicksal? Wegen der paar Leutchen, die ihr Vater zeitweilig illegal verborgen hätte, wär er damals abgeholt worden und ins KZ geschafft, irgendwie denunziert.
Sie stand auf, nahm die Kugel aus dem Kohlenkasten und wog sie in der Hand, ziemlich schwer das Ding ...

Dann und wann fahre sie mal nach Sassenholz hinüber, sie müsse in der Kirche nach den Bildern ihres Vaters sehen, und da lasse sich ein Zusammentreffen mit dem ausgequatschten Idioten nicht immer vermeiden. Der solle sich lieber kümmern um die Polensache, um diesen armen Jungen, den sie aufgehängt hätten, das werde ja absolut totgeschwiegen ...
Und sie erzählte von der «Rassenschande», die der junge Pole begangen hatte, ein Bauernmädel geschwängert, deren Verlobter an der Front stand. Man hatte ihr die Haare abgeschoren und sie zusammen mit dem Polen durchs Dorf getrieben und ihn dann aufgehängt. Alle hatten zugucken müssen.
«Ja, auch das ist Klein-Wense.»

Neulich habe der Pastor sie um ein Bild ihres Vaters für den Konfirmandensaal angehauen, das habe ihr noch gefehlt.
«Die Kirche zu allerletzt!»

Auf der Wiese hinterm Haus, die bis an den Fluß heranreichte, begann ein Mann mit einer Sense das Gras zu mähen, der erste Schnitt im Jahr. Ein schöner Anblick, und bedeutsam. Schnitt für Schnitt legte der kräftige Mann das Gras um und schaffte neue Verhältnisse. Die beiden Herrschaften im Erker wichen ein wenig zurück, daß er sie nicht sieht, wie sie hier im Erker sitzen und Tee trinken, während er da draußen arbeitet. Der alte Kallroy hätte ihn gewiß gemalt, wie er da Schnitt um Schnitt hinlegt, und alles Gras vergeht wie Heu. Und der Mann schien sich dessen bewußt zu sein, daß das malerisch aussieht, mit Hut auf und Stummelpfeife, und er wußte natürlich auch, daß er beobachtet wird. – Nun dengelte er die Sense, rechts-links, rechts-links elegant aus dem Handgelenk heraus: was sein muß, muß sein.

Natürlich sprach Matthias nicht von seinen verschiedenen Lebensstarts, weder beiläufig noch ausführlich, obwohl er daran dachte in dieser außergewöhnlichen Stunde. Er fand es wunderlich, daß er hier jetzt in einem Künstlerhaus sitzt, unter einer tickenden Uhr, dem Haus eines Malers, der in jedem Kunstlexikon steht, und Tee trinkt, nach all dem, was er erlebt hatte und wo er doch im Schulhaus man grade ein Bett besaß und einen Haufen Kegelkugeln. Er widerstand der Verlockung, seine Leidensode zu singen, obwohl das zur Unterhaltung, die ins Schleppen geriet, getaugt hätte. Auf diese Geschichten würde man später zu sprechen kommen, an einem stillen Abend, vielleicht vor jenem Kamin da drüben? Wenn die Flammen sich fortsetzten in den an die Wand gemalten Jünglingen und Jungfrauen und sie belebten, wie sie da nackicht ihre Arme gen Himmel recken, dann würden sie beide sich ihre Geschichten erzählen, wechselseitig, einander ergänzend, wie eine Lebensfuge, her und hin.

Vom Baum des Lebens
fällt mir Blatt um Blatt ...

Hermann Hesse war zu zitieren, Ellinor tat es – im Krieg hatte er aus der Schweiz selbstgemalte Postkarten versandt und Gedichte hintendrauf geschrieben – ihr Vater habe auch mal so eine Postkarte bekommen, wahnsinnig gelacht über das künstlerische Erzeugnis, aber dann lange korrespondiert mit dem Dichter, den er noch aus den zwanziger Jahren kannte.
Ellinor griff hinter sich und holte die Karte, die sie schon bereitgelegt hatte, hervor und zeigte sie ihm, so wie man einen Ausweis vorlegt. Es handelte sich um die aquarellierte Federzeichnung eines alten Baums mit abgeknicktem Ast. Dem Dramaturgen aus Bremen war sie gewiß auch vorgewiesen worden.

Sie schickte sich an, andere Gedichte von Hesse aufzusagen, was Matthias ziemlich sofort stoppte. Nein, keine Gedichte aufsagen, er verzichtete ja auch darauf, mit Rilke-Kenntnissen zu glänzen. Er hatte keine Lust, sich auf einen Literaturskat einzulassen. Da hatte er sowieso die schlechteren Karten.

Mu, mu, mu
so brüllt im Stall die Kuh …

Dieses Lerngedicht hatte er bei der Einführung des Us leider vergessen, das fiel ihm ein, und das warf er sich vor in dieser Stunde. Lange war es her, daß er selbst mal was geschrieben hatte. Damals in der dunkelsten Zeit, da war ihm das eine oder andere sogar gelungen.

Da war es schon besser, man sprach ganz allgemein von «drüben», die Ostsee! Ahrenshoop. Ellinor von Kallroy war während ihrer RAD-Zeit zeitweilig in Lüssow am Borgwallsee gewesen und war von dort aus öfter mal nach Stralsund rübergerutscht und auch an die Küste gefahren zum Baden. Es wär' ja lustig gewesen, wenn man einander dort begegnet wäre, sie als Arbeitsmaid, er als schlaksiger Pennäler?
Die Welt ist ein Dorf!

Reichsarbeitsdienst: eine ziemlich elende Zeit, Kuhstall ausmisten und Flaggenappell und Flöhe! Und dick sei sie gewesen, richtig aus dem Leim gegangen von den vielen Suppen!

Ihr Vater habe sie dort mal besucht, mit der Lagermannschaftsführerin geflirtet. Er habe dann dort auch ein wenig gezeichnet, obwohl Malverbot, die Skizzen müßten noch irgendwo liegen. Sie sähe ihn noch sitzen, auf einer Parkbank, in Lüssow am Borgwallsee, die Baracke hinter sich. Von hinten habe sie sich ihm genähert und ihm die Augen zugehalten.
Kurz danach sei er dann ja verhaftet worden ... wegen der Leutchen, die sich für ein paar Tage in seinem Haus verkrochen hatten ... fehlte nicht viel, und sie würden ihm hier jetzt ein Denkmal errichten. Obwohl – sie wundere sich –, die Leutchen selbst, die hier Unterschlupf gefunden hatten, hätten sich eigentlich auch mal melden können. So wie der Franzose es tat, der damals in der Landwirtschaft geholfen habe, der schreibe ab und zu. Die Franzosen ja überhaupt.
Sie sei in ihren Vater verliebt gewesen, hätt' ihn als Kind am liebsten geheiratet ...

Eigentlich sei die Zeit in Lüssow doch ganz schön gewesen, im Sommer im See gebadet und dann immer die Raketen von Peenemünde, donnernd in die blaue Luft aufgestiegen.

Als der Mann draußen das gemähte Gras zusammengeharkt hatte und davongegangen war, nicht ohne vorher mit Blick auf die Herrschaften im Erker noch kurz an der Mütze geruppt zu haben, holte Ellinor ein Kästchen aus der Tischschublade. Darin lagen Spielkarten, und mit denen wurde nun eine Streitpatience aufgelegt. Likör wurde eingeschenkt, aus der Flasche, die noch vom Besuch des Dramaturgen her auf dem Tisch stand.
Die Patience ging der Künstlertochter verdammt schnell von der Hand, die Armreifen klirrten dabei. Und Matthias geriet ins Hintertreffen, wie beim Wettrechnen mit der Schülerin Elfriede, was sich jedoch günstig auf die Laune der jungen Frau auswirkte.

Der Teesud wurde aufgegossen, nach alter friesischer Sitte, das Modern Jazz Quartet wieder und wieder aufgelegt, diese Jazzfuge da, und dann und wann wurden holländische Butterkekse ins Schälchen nachgeschüttet, von denen man dann eines nach dem anderen in den Mund schob. Auch das Schälchen war von Künst-

lerhand gestaltet. Es war fünfeckig und paßte zu den sechseckigen Tellern mit den dreieckigen Tassen.
Auf dem Kaminsims waren allerhand Krüge der Größe nach aufgereiht, mit und ohne blühende Zweige darin, alle verschieden, aber doch irgendwie gleich. Auch alles echte Kallroys. Ihr Vater hatte sich mit Keramik beschäftigt, als er nicht mehr malen durfte. Im Keller stünde noch alles voll, sagte die Künstlertochter. Mit eigener Hand hatte er den Brennofen gebaut und gearbeitet, bis keine Kohlen mehr zu kriegen waren.
Und dann wurde Likör nachgeschenkt und eine neue Patience aufgelegt, und Matthias verlor ein Spiel nach dem anderen.

Als sie sich eben über dem Spiel ereiferten, ging durchs Nebenzimmer eine alte krumme Frau. Sie blieb in der Schiebetür stehen und starrte herüber. Matthias hatte sich schon erhoben, da sagte Ellinor: «Ach Gott, das ist meine Tante», stand auf und schob die alte Frau ziemlich nachdrücklich hinaus. Man hörte sie laut redend und schließlich auch schimpfend über den Flur und die Treppe hinaufgehen, und oben bumste es. Die alte Frau jammerte.

Endlich kam Ellinor zurück, ordnete ihr Haar und setzte sich wieder. Das sei die Schwester ihres Vaters. Kurz vor seiner Verhaftung habe ihr der Vater das Haus überschrieben, aus irgendwelchen finanziellen Überlegungen heraus, und die lebe hier nun noch immer, sei absolut durcheinander, müsse unter Verschluß gehalten werden und bilde sich ein, nichtsdestotrotz, daß ihr das alles gehört.
Das Schlimme sei, sie könne kein einziges Bild verkaufen, weil alles auf ihre Tante überschrieben worden sei! Und es wär' kein Pfennig da, das Haus zu renovieren!

Matthias machte Andeutungen, daß er die Ostseeskizzen gern mal sehen möchte, vielleicht sei seine Heimatstadt ja dabei, die er seit zehn Jahren nicht mehr gesehen hat, aber darauf wurde nicht reagiert – die Sache hier war beendet: «Besuchen Sie mich mal wieder ...»
Vielleicht hätte er doch ein paar Strophen seiner Leidensode singen sollen?

Der Spitz erwartete ihn vor dem Haus, schniefend gab er ihm das Geleit, und Carla wartete am Fenster, saß am Fenster und guckte auf die Straße. Sah sie denn auf die Armbanduhr? Kurz nach sieben – eine merkwürdige Zeit.

Zu Hause hatte Matthias noch lange mit dem starken Tee und den Butterkeksen zu kämpfen. Unruhig strich er durch das leere Haus. Die kahlen Wände und nackten Glühbirnen unter der Decke: der Unterschied zum Kallroy-Haus war gar zu groß. Aber – er hatte keine alte Tante, die er unter Verschluß halten mußte, er brauchte nicht mit Rechtsanwälten zu verhandeln, damit er was zu beißen hat. Er blies ein paar Töne auf der Posaune, und als er sich die Hose auszog, seufzte er dankbar auf.

Früher oder später würde er hier einen Kallroy hängen haben, oder mehrere, vielleicht ein kleines Gemälde, von der Sorte, die beim Bürgermeister hing? Einstweilen nahm er mit dem Katzenbild von Marianne vorlieb. Das heftete er über sein Bett.

14

Nun sah man Matthias mit seinem Fahrradanhänger des öfteren in der Gegend umherfahren, die Katzenaugen sauber geputzt, im Dorf und durch den Sassenholzer Wald.
Er besuchte die Eltern seiner Schulkinder: Es gab mißtrauische Menschen und ablehnende, aber die meisten waren freundlich zu ihm, die wußten die Ehre zu schätzen.

Einen Vater traf er auf der Diele. Der machte sich an einer Seilervorrichtung zu schaffen, knüpfte Bindfäden aneinander und drehte sie mit einer Kurbel konzentrisch zusammen. Jedes Stück Bindfaden wurde aufgehoben in diesem Haus, Hanf, Flachs oder Kokos, ganz egal und, wenn es an der Zeit war, zu Stricken gedreht, durch Links- und Rechtsdrall untrennbar miteinander vereinigt.

Während der Mann in zahnlosem Platt vor sich hinredete, ließ Matthias seine Blicke schweifen, nein, er fand nichts, was einen Handel gelohnt hätte. Er konnte ja nicht wissen, daß es auf diesem Hof noch einen Dreschflegel gab, einen Zwiehänder aus erstklassigem Buchenholz mit hirschledernen Schlaufen und eingebrannter Hofmarke, den man vor dem Lehrer in Sassenholz bisher erfolgreich hatte verbergen können.
Neben der Dielentür standen zwei Kälber in einer engen vergitterten Buchte, dicht aneinandergedrängt, die wurden dort gemästet. Traurig sahen sie Matthias an – für einen Schlachter hielten sie ihn wohl nicht.

Die Elternbesuche hielten ihn eine Zeitlang auf Trapp. Flüchtlinge, die ihm von der «Hamit» erzählten und am nächsten Tag ihrem Kind Blechkuchen für ihn mitgaben, eine wahnsinnig schwangere Frau mit vier kleinen Kindern und einem Saufkopp als Mann.
Ein Arbeiter, der müde vom Fahrrad stieg, nahm ihn gleich mit ins Haus, der wurde von seiner Frau mit Schimpfworten empfangen, das ging eine Weile, bis sie mitkriegte, daß da auch der Lehrer mit in die Stube trat.
Einen alten baltischen Baron mit Samtkäppchen, am Schreibtisch über die Buchführung von Gustav Cordes, Landhandel, gebückt, davon lebte er. Am Fenster ein schwarzer Papagei, der keinen Mucks von sich gab. Seine kleine Nichte erschrak, als der Lehrer eintrat, die machte sich sofort dünne. Ein nettes, unscheinbares Kind, zwölf Jahre alt – hier wirkte es ganz anders als in der Schule, und Matthias nahm sich vor, aufmerksamer zu ihm zu sein.
Vielleicht war der alte Herr in seiner Heimat über seine Ländereien geritten, und die Tagelöhner hatten die Mütze gezogen? Vielleicht aber hatte er dort auch nur von Buchführung gelebt. Haus und Hof in Zoppot verspielt?
Daß der neue Lehrer Hausbesuche macht, das hätte er nicht gedacht, sagte der Baron. Der Pastor habe sich noch niemals sehen lassen. Und dann zeigte er ein Bild seiner Heimatstadt, Wehlow in Ostpreußen, aus dem Rahmen genommen, zusammengerollt und bis hierher getragen. Und als er von ihr erzählte, von der Kirche und von den Stadttoren, sprach er extrem ostpreußisch. Das gab sich dann allerdings schnell.

Meistens traf er bei seinen Besuchen nur die Omas an. Er ging durchs leere Haus, um dann irgendwo auf eine Oma zu stoßen, in der Küche meistens. Einmal auch im Bett, matt die Hand aufhebend. Da mußte dann zum Rückzug geblasen werden.
Ein alter Mann, ein Greis, im Keller damit beschäftigt, die Honigzentrifuge zu reinigen, zeigte ihm das Bild seines Sohnes, der im Ersten Weltkrieg gefallen war. Der erzählte endlos von Bienen und wie man den Honig schleudert ... Da mußte dann auch schnell retiriert werden.

Einmal überraschte er eine Bauersfrau am Ausguß in der Küche, wie sie, die Röcke aufgerafft, sich in das Becken erleichterte. Da fing er dann einfach an zu reden, er kommt grade vorbei, und wie gut ihr Junge lernen kann und so weiter, während sie noch die Röcke ordnete, mit rotem Kopf.

Meistens bekam er was angeboten, Bier oder Kaffee. Und immer sah er sich verstohlen um, ob er nicht irgendein «Altertum» entdecken kann: Gelegentlich hatte er Glück, eine hübsche alte Kaffeekanne aus Steingut mit Holzdeckel, eine handgeschnitzte Puppe aus alter Zeit, oder auch mal einen Zinnlöffel. Einen goldgerahmten stockfleckigen Stich vom Heiland, wie der die Kinder segnet, wies er zurück.
Die Bauersfrau, die er in der Küche erwischt hatte, zeigte ihm einen Kasten mit den schönsten Stickereiproben, aus dem Handarbeitsunterricht, Muster, damit man weiß, wie man Tischdecken ausstickt und Monogramme, noch von ihrer Großmutter. Das gab sie her, und es war klar, daß sie damit sein Schweigen erkaufte. Der Kasten war übrigens auch sehr schön, eine Einlegearbeit, recht dekorativ.

Er besuchte auch das Katzenmädchen Marianne. Die Familie hauste in einem ausrangierten Backhaus, früher war das der Mittelpunkt des Dorfes gewesen, die Frauen hatten in Wäschekörben Brotlaiber gebracht und zu Festtagen Bleche mit Kuchen. Als Matthias in das Häuschen trat, bot sich ihm ein tagebuchreifes Bild: Das Mädchen saß am Küchentisch bei Schmalzbrot und Zucker und las ihren kleinen Brüdern aus dem Gesangbuch vor.

«Wisst du de Eier betåhlen?» fragte sie, und er dachte: «Das ganze Backhaus ins Museum stellen, so wie man es mit Negerhütten in Bremen tut, und die Kleine engagieren, die den Brüdern was aus dem Gesangbuch vorliest, jede Woche Donnerstag. So etwas kriegte doch niemand in der Welt zu sehen!

Er holte Brikett vom «Landhandel» und Holz aus dem Wald. «De Liehrer kümmt!» wurde nicht mehr gerufen, wenn man ihn sichtete, ganz im Gegenteil. Nur der große Junge Hinni, der ihm mal auf einem Trecker entgegengefahren kam, obwohl er doch erst dreizehn war, machte einen Bogen um ihn. Dem wurde ein wenig mit dem Finger gedroht.

Für den Lehrergarten spendierte Hinnis Vater kurz darauf eine Fuhre Mist, die sein Sohn sogar untergrub – obwohl schon etwas spät im Jahr –, weshalb er dann das nächste Mal mit seinem Trecker keinen so großen Bogen mehr um den Lehrer zu machen brauchte.

Der Hausbau des Landhandelsbesitzers, dessen Heuwender noch immer auf dem Bahnhof in Kreuzthal standen, ging flott vonstatten. Das alte Bauernhaus hatte der Landhändler geopfert, das Haus der Väter, um endlich besser ins Geschäft zu kommen, die Trümmer lagen noch immer im Gebüsch, und fünf Platanen der Allee waren gefällt worden. Der Obstgarten aber, hinterm Haus, wurde nicht angetastet, da sollte später der Erweiterungsbau entstehen. Jetzt eben war man dabei, einen zweiten blank-metallenen Siloturm zu errichten, für Hühnerfutter oder Dünger.

Matthias guckte ein Weilchen zu, und dann besichtigte er den Rohbau, und er fragte die Arbeiter in dieser zugigen Tropfsteinhöhle, die grade Schieferplatten in der Halle verlegten, ob sie ihm vier Backsteine geben, die braucht er für sein Bücherbord, er legt zwei Bretter über die Steine, und fertig ist die Laube.

Das weiß er nicht, sagte der eine, ob er das darf .... Aber der andere erlaubte es ohne weiteres. Es stellte sich heraus, daß beide aus dem Osten stammten.

Ob er auch ein *Kamerad* sei?, wurde Matthias gefragt. Damit war gemeint, ob er Soldat gewesen sei. Als er verneinte, machte das weiter nichts aus, er stammte jedenfalls von drüben, wie sie. Man merkte es irgendwie, daß in den drei Männern das gleiche Heimatblut rollte. Sie gaben ihm die Steine und fragten, ob er noch mehr will.

Auch durch den Glumm fuhr er, die Moorbauern dort besonders herzlich grüßend. Sie verkauften ihm weißen Torf und einen Beutel Buchweizen. Kaufmann Klapproth in Klein-Wense führte keinen Buchweizen, weil den niemand aß im ganzen Landkreis, und Torf führte er schon gar nicht.

Die Höfe im Moor waren etwas kleiner als im Dorf, die Häuser genauso wie richtige Bauernhäuser gebaut, vorn die Diele mit dem Vieh und hinten die Menschen, aber alles etwas gedrungener und die Dächer nicht so gewaltig. Hier hatte früher große Not geherrscht, Schwindsucht und Hunger. Für Neusiedler im Moor hatte gegolten: «Dem ersten Tod, dem zweiten Not, dem dritten Brot.»
Der vorsintflutliche Pflug, der an einer Scheune hing, würde dort hängenbleiben müssen, daran war nicht zu rühren – sonst nähme man den Leuten ihre Seele irgendwie.

Auch in Kreuzthal wurde Matthias gesichtet, wenn er sich bei Friseur Hacker die Haare schneiden ließ zum Beispiel, dort las er den Lesezirkel, von vorn bis hinten, man war ja schon ganz dumm, man wußte gar nicht mehr Bescheid in der Welt, und in der Buchhandlung besorgte er sich eine Posaunenschule. Mit seinem Fahrradanhänger wurde er zum vertrauten Bild der Börde, so wie der «Plünnenkerl», der auf seinem alten Tempo-Auto verrostetes Akkergerät einsammelte und ausgekochte Knochen in Säcken, und der «Eieraufkäufer», der auf seinem Vorderradgepäckträger Hunderte von Eiern in aufeinandergelegten Pappen balancierte, ohne daß je eines hinuntergefallen wäre.

Bei einer seiner Dorftouren traf Matthias auf die Nachbarskinder Luers und Gitte, die Löwenzahn für ihre Kaninchen suchten. Sie faßten einander zwar bei der Hand, als sie den Lehrer kommen sahen, aber als er sie einlud, in den Anhänger zu steigen zu einer Spazierfahrt, stiegen sie getrost ein. Mit ihren Löwenzahnbeuteln und Kaninchenfuttermessern ließen sie sich's gefallen, durch die Gegend kutschiert zu werden. Er fuhr mit ihnen die Eische entlang, beschrieb Achten auf dem Sportplatz und zeigte ihnen die Kiesgrube, in der man Wüste Sahara würde spielen können, wenn einem danach ist. Der Kiesbauer guckte zwar scheel aus dem Gebüsch, was der Kerl da den Sand aufwühlt mit seinem Rad ... Aber er konnte nichts machen, Vieh hatte er gestohlen von der Weide, vor fünfzehn Jahren, und ausgestoßen war er seither. In alter Zeit hätte man ihn im Moor versenkt, mit einem Napf Hirsebrei als Wegzehrung.

Auch beim Schmied hielt Matthias an, der gerade einem Pferd neue Eisen verpaßte, das dampfte und stank. Das muß dem Pferd doch weh tun, dachte Matthias, aber das war offensichtlich nicht der Fall, denn es hob geduldig die Beine. Hinterher wurden ihm noch mit Schuhwichse die Hufe geputzt, alles sauber und schön. Dies war für die Kleinen nicht sehr interessant, das hatten sie schon tausendmal gesehen, und leider wurde auch aus dem Innern der Schmiede gerufen: «Hebbt Se nix do dohn?», womit Matthias gemeint war.

Zum Schluß der Lustpartie strampelte Matthias im ersten Gang die Anhöhe zum Bauern Up de Hœcht hinauf, von wo es das gab, was die Einheimischen einen «herrlichen Ausblick» nannten. Den beiden Kleinen machte es Spaß, in dem Lehrertaxi die Wege entlangzurumpeln, aber als er dann die Anhöhe hinaufastete, stehend auf den Pedalen, klammerten sie sich denn doch fester aneinander.

Diesmal blieb dort alles ruhig. Kein Greis torkelte ihnen entgegen. Die Leute hielten sich entweder verborgen oder waren allesamt auf dem Feld, und den alten Mann mochten sie eingesperrt haben, vielleicht in den alten Keller? Wer konnte das wissen? Damit er nicht wieder wegläuft oder das Haus ansteckt oder was. Klavierspiel war zu hören, leise und fein.
«Bin ich das?» fragte sich Matthias.
In der Hofeinfahrt stand Dr. Müllermann, der Kreismuseumswart, ein ausgelaugter Mann in kognakfarbenem Rollkragenhemd und kleiner «Detlef»-Handtasche um den Daumen. Er hantierte mit einem Zollstock. Die Höhe der Zaunpfähle maß er ab, ob sie

noch altes Bördemaß haben ... Er mochte glauben, daß Matthias etwas für seine Sammlung suchte, denn natürlich hatte man ihm Bericht erstattet über den neuen «Altertums»-Konkurrenten. Als er die kleine Fuhre sah, die beiden winzigen Kinder in dem Anhänger, denen man ja «das Vaterunser durch die Rippen blasen kann», fühlte er sich jedoch besänftigt: «Gut Holz!» sagte er zu Matthias, und dann mußten die beiden Kleinen viel Geduld aufbringen, weil der Lehrer ein langes Gesprächsgemurmel anfing mit dem Herrn aus der Stadt, dessen weißer DKW ein wenig abseits unter Holunderbüschen geparkt war. Es war das einzige weiße Auto der Gegend, und damit, obwohl nur ein Zweitakter, hart an der Grenze zum Extravaganten.

Matthias nannte seinen Namen, ganz comme il faut: «ohne h, aber mit ck ...», und Dr. Müllermann, der mit Bindenamen Ohfe hieß, erklärte seinem «jungen Freund» den Unterschied zwischen Zoll und Zentimeter, Preußisch-Zoll und Sächsisch-Zoll und wie das alles hieß, alte Maße, die bei Zimmerleuten und Schlossern noch letzte Heimstatt genössen, 1 Zoll gleich 2,3 Zentimeter oder 3 Zentimeter, je nachdem, was man jedesmal exakt umrechnen muß, sonst kommt man zu völlig verkehrten Schlüssen. Plötzlich aber hielt er inne und lächelte süßlich über Matthias hin. Umrechnen, das wär' wohl nicht seine Stärke, was ...?
«Es gibt da auch Tabellen», sagte Dr. Müllermann-Ohfe, der in Breslau so manches Semester Kunstgeschichte studiert hatte, in Schlesien also, wo es früher noch ganz andere Maße gab, eine andere Meile zum Beispiel, die dann allerdings durch die preußische ersetzt wurde, bevor sie im Meter aufging ... In Breslau studiert bei Wiegandt und Redlich und dann hier oben gelandet, im Norden, wo jegliches Museumsgut bereits im Dreißigjährigen Krieg von den Schweden vertilgt worden war. Letzte Reste waren der Hof des Bauern Up de Hœcht, das Fronhus in Sassenholz und die Kirche dort mit dem bäuerlichen Kreuzweg und dem Fresko von von Kallroy. Und das Kloster Kreuzthal natürlich, das hatte internationalen Ruf durch keinen geringeren als Napoleon, der dort vor hundertfünfzig Jahren mal einen Vertrag hatte diktieren lassen.

Von Kallroy, um auf diesen Mann zu sprechen zu kommen – ein bißchen schwächlich im ganzen und epigonal, Masereel, Kirchner, so diese Richtung ... Und dann die zweimal geknickte Vita: ein Marxist, obwohl schlauerweise kein eingeschriebener Kommunist, und bei den Nazis dann im KZ umgekommen. Letzteres mache ersteres wieder wett, es bleibe aber ein «Deffizitt», weswegen ja auch keine Ausstellung seiner Werke zustande komme, weder in Bremen noch sonstwo. Das Kreismuseum besaß von ihm ein Triptychon in Taschenformat, wie ein kleiner Reisealtar – ein bißchen in der Manier von Beckmann. Im übrigen rücke dessen Tochter nichts heraus, die halte den Deckel auf dem Topf.
Müllermann kam auch auf die verworrenen Besitzverhältnisse im Hause Kallroy zu sprechen und stellte laut und deutlich die rhetorische Frage, wieso es zu der Testamentsänderung gekommen sei, eine dunkle Angelegenheit. So eitel Honig sei es wohl nicht gewesen zwischen Vater und Tochter. Und er drehte dabei die Hand in der Luft: Nichts genaues wisse man nicht.

Dr. Müllermann-Ohfe hatte eine zänkische Frau, die begleitete ihn manchmal und verdarb dann vieles von dem, was er sauber eingefädelt hatte, durch mokantes Dazwischenreden. So war es auch bei den Kallroys gewesen. Kurz bevor er eine sehr schöne Ansicht vom Fronhus habe erwerben können, habe sie zu der Tochter spitze Bemerkungen gemacht über die roten Neigungen ihres Vaters, und da sei der Kuchen natürlich sofort zusammengefallen ...
Diesmal war er allein nach Klein-Wense gekommen, letzte Messungen anstellen, bevor die Leute sich einen Metallzaun setzten, und während er sprach, überlegte er, ob er sich bei Mutter Schulz noch ein Bier genehmigen sollte und den jungen Herrn dazu bitten, damit er ihn bei der Gelegenheit etwas näher kennenlernt, man kann nie wissen? – Aber besser nicht, das konnte man immer noch tun, und außerdem war es auch schon spät, die Frau wartete gewiß schon, die mußte er noch zur Heißmangel fahren.

Für ihr geduldiges Ausharren sollten die Kinder entschädigt werden durch rasante Schußfahrt den Hang hinunter. «Festhalten!» rief Matthias, und ab gings mit Karacho. Der Kreismuseumswart sah es denn auch kommen. Auf halbem Weg schmiß es Matthias

um!, und die Kinder, so sehr sie sich auch anklammerten, fielen heraus. Der Junge fing sofort an zu heulen, er hatte sich ein sogenanntes Loch in den Kopf gefallen, also eine Schramme davongetragen, die sogar etwas blutete. Matthias pustete drauf, wie das Mütter tun, setzte die beiden wieder in den Kasten und schob das Rad behutsam ins Dorf zurück.
Dort begegnete ihm Charly, der Dorfpolizist von Sassenholz, sein Fahrrad führend und seinen Hund. Der hatte das natürlich gesehen, was Matthias an Unverantwortlichem sich hier soeben geleistet hatte, und nun stoppte er ihn – Beamte unter sich – und begann ein Kennenlerngespräch. Daß er hier einen so jungen Lehrer begrüßen darf, sagte der Polizist, das freut ihn, aber das muß er denn nun doch sagen, daß der Transport von Menschen in einem Fahrradanhänger absolut unzulässig sei. Wie leicht kann die Halterung sich lösen! – Sonst ist ja alles in Ordnung und absolut vorschriftsmäßig, aber das um Gottes willen nie wieder tun, Kinder in einem Fahrradanhänger transportieren. Er hätte neulich einen Bauern gestellt mit einem lebenden Schwein auf einer Schubkarre! Matthias könne sich ja gar nicht vorstellen, was er hier so alles erlebt. Im übrigen kenne er seine Pappenheimer.

«Wie konnten Sie auch so etwas tun, Herr Kollege», würde es heißen, wenn die Sache in Lehrerkreisen ruchbar würde, «sie haben das Vertrauen der Kinder gröblich getäuscht.»
Mit dem Schulrat brauchte indessen nicht telefoniert zu werden: Als Matthias die beiden Kinder zu Hause ablieferte, lachten sie schon wieder, sie hatten vierzöllige Sahnestangen geschenkt bekommen, einen Groschen das Stück.

Auch dem Fräulein von Kallroy begegnete er im Dorf bei einer seiner Erkundungstouren. Sie fuhr in ihrem FIAT eine Weile hinter ihm her, bis sie ihn endlich überholen konnte. Er winkte ihr zu – wohl ein wenig zu vertraulich, denn sie reagierte nicht. Wollte sie sich nicht kompromittieren?

15

Die Arbeitsgemeinschaft für Junglehrer fand wie immer an einem Mittwoch statt; diesmal war der Lehramtsanwärter Frohriep in Poggenreich an der Reihe.
«Erscheinen ist Pflicht. Fahrtkosten werden erstattet.»
Der Rektor des Schulzentrums Poggenreich – ein kleiner strammer Daumen mit Kopf – stand im Eingang des «ersten Nachkriegsschulneubaus des Kreises Kreuzthal» und rieb sich die Hände: Etatplanung, Schülerstatistik und Inventarlisten – alles in Ordnung, nun mal sehen, ob sonst auch alles klappt! Der junge Kollege, ob es richtig war, daß man in ihn die Leistung hineinglaubt? – Die Kinder jetzt noch nicht reinholen vom Hof, die sich noch etwas austoben lassen, die Motorik abreagieren, dann sitzen sie nachher desto stiller und aufmerksamer da.

Die Schule war in einem offenen Winkel gebaut, so, als ob Pädagogik ihre Arme ausbreitet: Der Eingang befand sich durchaus mütterlich in der Mitte, mit Türmchen und Uhr oben drüber. Auf diesen Punkt führte der mit Hartriegelsträuchern eingefaßte Schulweg zu, diesen Weg mußte ein jeder nehmen, der in die Schule wollte. Und der Rektor stand genau an der richtigen Stelle.

Ursprünglich hatte das Winkelsystem, in dem die Schule gebaut war, auf der Rückseite seine spiegelbildliche Entsprechung finden sollen: von oben aus gesehen ein großes X; vorne rein, ordentlich bilden und hinten fix und fertig wieder raus. Marmorplastiken waren auf dem Modell des Architekten zu sehen gewesen, vor der Eingangsallee «Jugend» und hinter der Schule, von wo aus zwei Berberitzenstreifen auf den Ausgang zuliefen, «Weg ins Leben», der Oberkreisdirekor hatte das Geld dafür zugesagt, und der Michelangelo des Landkreises hatte schon mit dem Modellieren angefangen, was voreilig gewesen war. Leider war der Traum des Doppelbaus nicht zu verwirklichen gewesen. Der großzügige Entwurf wurde gekappt, denn auch die Schule der Nachbargemeinde sollte eine neue Schule bekommen, und da mußte das

Geld eben geteilt werden, was zur Folge hatte, daß beide Schulen nun halbfertig dastanden, wahrscheinlich für alle Zeit. Und nun war keine Rede mehr davon, weder von dem rückwärtigen Trakt noch den beiden wegweisenden Plastiken. Vielleicht später einmal!, war dem Künstler gesagt worden, später, wenn Geld da ist.

Die Eingangshalle des Schulzentrums Poggenreich diente zu Beginn und Ende von Ferien dazu, die Kinder zu versammeln und sie zu Fleiß und Ordnung zu ermahnen, und an Regentagen konnte sich die Jugend hier um gläserne Vitrinen herum austoben. In den Vitrinen waren seit nunmehr viereinhalb Jahren Jägerstühle ausgestellt, aus Streichhölzern gefertigt. Der Werklehrer war inzwischen nach Einbeck an die Hochschule berufen worden, der gab jetzt Werkblätter heraus über die Verwendung von Streichhölzern im Unterricht. Vielleicht würde ein neuer Werklehrer, der freilich noch nicht in Sicht war, eines Tages fünfundzwanzig Kon-Tiki-Flöße für diese Vitrinen, die an sich ziemlich im Wege standen, anfertigen lassen.

Im übrigen konnte der aufsichtführende Lehrer von der Halle aus, wie in einem Gefängnis, beide Gebäudeflügel gleichzeitig überblikken, und es war immer wieder von Reiz, nach dem Pausenklingeln alle Türen gleichzeitig sich öffnen zu sehen, aus denen dann brüllend Jugend stürzte. Die Schüler hätten ja eigentlich nachdenklich schreiten sollen, das soeben Aufgenommene nachklingen lassend, damit es die Seele anreichert und das Gehirn ertüchtigt zu großem Vollbringen, aber so war es nun einmal, Jugend brüllt: Dafür muß man Verständnis haben.

Der kleine muskulöse Rektor stand also im Scheitelpunkt der Schule und sah die Hartriegelallee hinunter auf den Außenvorplatz der Schule, die Stelle, auf der die Plastik «Jugend» hätte stehen sollen, der als Parkplatz diente: Das Gesträuch auch mal wieder schneiden lassen.
Nun gesellte sich der Junglehrer Frohriep zu ihm, der Unglücksmensch, der heute «hingerichtet» werden sollte, Harry Frohriep, ein rötlicher Typ mit Adamsapfel – unehelicher Sohn einer Heb-

amme und nun im zweiten Jahr seiner Ausbildung. Er hatte soeben seinen Klassenraum noch ein letztes Mal inspiziert, ob das Goethe-Bild über der Tafel auch gerade hängt, Tafellappen und so weiter, ob alles ebenso in Ordnung ist wie sein Haar, das er am Tag zuvor hatte beschneiden lassen.

Inzwischen trafen von allen Seiten die Junglehrer des Kreises ein, auf Fahrrädern, Motorrädern und in alten Autos. Kollege Färsel sogar in einem hellblauen Mercedes, dessen Klappern hinten links sich nicht abstellen ließ, obwohl der Wagen wieder und wieder in der Werkstatt stand. Vor einigen Monaten hatte er in seiner Vorführstunde die Flüsse an der Wandkarte «Mitteleuropa physikalisch» mit dem Zeigestock entgegen der Fließrichtung abgefahren, das hing ihm noch an.

Junglehrer Frohriep wurde hinuntergeschickt auf den Parkplatz, er soll seinen Kameraden sagen, daß sie sich auf der *linken* Seite sammeln sollen, nicht rechts, wie sie sich gerade anschicken, es zu tun, die rechte Seite muß frei bleiben für den Schulrat.
Zur Unterstützung Frohrieps, der offenbar nicht recht durchdrang mit den Ordnungsanweisungen, verließ der Rektor seinen Wartepunkt und eilte den Ankömmlingen entgegen. Er klatschte in die Hände und rief: «Lihinks! links! Ja?»
«Sie sind doch auch der Meinung, daß das besser aussieht, ja?»

«Sind wir alle fröhlich? Ja?» fragte er sodann die brummelnden Junglehrer, und dann bat er nochmals mit Nachdruck darum, daß sämtliche Fahrzeuge also *links*, und zwar *ordentlich* aufgestellt würden, ordentlich nebeneinander. Er mochte dabei an seine Krad-Einheit denken, die er zu Beginn des Polenfeldzugs befehligt hatte: Damals hatten die Motorräder auch immer so schön nebeneinander gestanden, das Vorderrad mit dem Nummernschild leicht eingeknickt, der Fahrer in Kleppermantel und Stahlhelm stramm daneben.
Eine vergleichbare Ordnung ließ sich hier nicht herstellen, die «fahrbaren Untersätze» der Lehrer waren denn doch zu verschieden. Außerdem neigten die Junglehrer in peripheren Fragen gern zu Widersätzlichkeit, wie zahm sie auch sonst sein mochten. Der

Rektor eilte also in seinen strategischen Auffangwinkel zurück. Er rieb sich die Hände, so wie er es immer tat: Nach ihm die Sintflut! Er hatte sein Möglichstes getan! Das grölende Lachen, das dort unten aufwallte, mochte sich wohl nicht auf ihn beziehen.

Nun kam ein größeres Mädchen gelaufen, knickste und meldete, daß sich die großen Jungen schon wieder in der Sprunggrube aufhalten, was sie laut Schulordnung nicht sollten. Der Sportplatz und der Schulhof befanden sich hinter dem Schulgebäude, sie konnten vom Eingangsbereich aus nicht eingesehen werden. Nur mit Hilfe eines Straßeneinmündungsspiegels hätte sich das deichseln lassen. Ein Mangel, der immer wieder zu organisatorischen Mißhelligkeiten führte. – Hier nun mußte unverzüglich eingeschritten werden! Der Rektor faßte sich an den Kopf: Wenn das eine Viertelstunde später passiert wäre! Unter den Augen des Schulrats! Nicht auszudenken! Widerlich! Und er konnte hier doch nicht fort! Er mußte hier doch jetzt stehenbleiben und die Honneurs machen und achtgeben, daß das Junglehrervolk nicht über die Rabatten fuhr mit ihren Vehikeln, was sie nicht taten, was ihnen aber zuzutrauen war. – Doch ruhig Blut! Ein älterer Kollege verteilte an die Schüler bereits Maulschellen von der frischesten Sorte.

Das war die Situation, als Matthias mit seinem Fahrrad auf den Parkplatz fuhr, kräftig mit dem Staubmantel wolkend. Vor der Gruppe seiner Kollegen machte er halt. Die jungen Leute standen mehr oder weniger im Kreis und wippten auf den Zehenspitzen. Er würde sich nun dazustellen müssen und auch wippen, die Hände auf dem Rücken.

Während er noch die Hosenklammern abnahm, trat ein junger Mann auf ihn zu, das war Stichnoth, der am selben Tag wie er beim Schulrat vereidigt worden war, und zwar unter Vermeidung des Wortes «Gott». Er bog Matthias die rechte Jackentaschenklappe aus der Jackentasche heraus, von so was sei er kein Freund, eigenartig, nicht? halb eingeklappte Jackentaschenklappen könne er nicht leiden, nächste Stufe: Hosenstall offen, nicht wahr? Also lieber gleich die Jackentaschenklappe ordentlich über die Jackentasche legen. Oder es ihm gleichtun: Er habe halbe Streichhölzer

in die Nähte geschoben, die hielten die Klappen steif. Alte Zahnstocher täten's natürlich auch.
Das verknäuelt sonst so.
In dreißig Jahren würde es heißen: Weißt du noch, Willem, wie du mir damals die Jackentaschenklappe aus der Jackentasche herausgeholt hast?

Ein Teil der jungen Lehrer – offizielle Bezeichnung «Lehrer Zett-A» – führte das großeWort: «Woas, du hast das E noch nicht eingeführt?» Zum Teil verhielten sie sich aber auch still, vielleicht aus Angst vor unberechenbaren Katastrophen, die sie heute treffen konnten, vielleicht fiele das Protokollschreiben diesmal auf sie, oder die böse Nachricht, daß sie die nächste Vorführstunde zu geben hätten, in vier Wochen.
«Was willst du denn mit dem Fahrradanhänger?» wurde Matthias gefragt.

Nun traf in einem Volkswagen mit Dachgepäckträger der Kollege van Dechterong ein, ein massiger Mann ostfriesischer Abstammung, kurz vor der Pensionierung stehend. Das war der AG-Leiter, dem die jungen Leute zur Ausbildung anvertraut worden waren. Der Rektor winkte ihn an einen bevorzugten Platz, rechts! nicht links zum Gesocks! Aber Vorsicht, nicht unter die Linde! Die Lindenblüten versauen den ganzen Lack! Das kriegt man ja nie wieder ab!
Der Rektor verließ seinen Empfangsposten, um ihn zu begrüßen: Man kannte sich aus ewigen Zeiten, vom Seminar her und von einer verregneten Radtour über die Rhön, just zu der Zeit, als die Inflation auf ihrem Höhepunkt war ..., und man hielt zusammen. Nächste Woche war Ausschußsitzung des Lehrervereins, da noch mal eben schnell Fühlung nehmen. Die Bus-Mißstände, waren die hintergründig auflistbar?

Sie schüttelten einander die Hand, und van Dechterong, der etwas auf Gerhart Hauptmann machte, schloß seinen Wagen ab und ging hinüber zu dem «Jungvolk», wie er sagte, und begrüßte all die frischen Gesichter, Menschen, die das Leben noch vor sich hatten ... Er reichte ihnen die warme Hand und setzte unter seinen

schlohweißen Haaren die freundlichsten blauen Augen auf. Er kannte die kleine Horde als seine Pappenheimer, er würde sie schon noch über die Klippen zum zweiten Examen lotsen, bis jetzt war ihm das noch immer geglückt.
So mancher Junglehrer war durch seine Hände gegangen. Rektor war er dabei nicht geworden, das lag wohl daran, daß er sich im Lehrerverein zu sehr engagierte, also Bus-Mißstände zur Sprache brachte und Besoldungsmeckereien – so was hatte die Schulbehörde nicht gern.
Er rief die beiden Neuen heran, den rötlichen Stichnoth und Matthias, der sich wohl mal die Haare kämmen müßte. Ob sie auch die schöne Natur sähen, wie sie aus allen Bäumen hervorsprießt? Und er bot ihnen Rat und Tat an, er wär' immer für sie da, das sagte er und faßte sie am Oberarm, links einen und rechts einen, ohne sie so bald wieder loszulassen. Gott, er erinnere sich noch an seinen Anfang. Fünnefundvierzig Jahre her! Er habe sein Lebtag immer ein fröhliches Lied auf den Lippen gehabt, wenn er vor die Klasse trat. Und das mache er noch heute so, jeden Morgen, obwohl er kurz vor seiner Pensionierung stehe ...
Und er reckte sich und setzte ein versonnenes Lächeln auf, das seine Wirkung auf Kinder nicht verfehlen mochte: «Fröhlich! Verstehen Sie! Man muß fröhlich sein. Von innen heraus.» Von Lehrern muß etwas Strahlendes ausgehen, koste es, was es wolle, Jugend strahlt dann zurück. Nicht muffig sein. Niemals.

Nun kam der Schulrat vorgefahren, «Egon», wie er von den Lehrern genannt wurde. Er beschrieb mit seinem Volkswagen einen Bogen und stoppte in deutlichem Abstand vor dem Jungvolk auf der rechten Seite direkt vor der seitab gelegenen, unter Holunderbüschen dahinschlummernden alten Dorfschule, die man aus Pietätsgründen einstweilen noch stehengelassen hatte, Sportgeräte waren in ihr verstaut. Irgendwann würde man sie abreißen und ein solides Gerätehaus errichten müssen, das lag auf der Hand.
Der Schulrat stieg aus und besah sich das alte windschiefe Gebäude. Du meine Güte, was waren das für Zeiten gewesen!
Er ließ seinen versonnenen Blick auf dem bemoosten Dach ruhen, und er wußte natürlich, daß die Junglehrer da drüben es sahen:

Dieser Mann guckt sich die alte Schule an, weil er ein Herz hat für alte Zeiten, und sie machten es, daß sie auch ein wenig versonnen aussahen.
Und weil das so war, ließ sich der Schulrat nur ungern von Rektor und AG-Leiter stören, die nun auf ihn zueilten, um ihn von ganzem Herzen in ihrer Runde willkommen zu heißen.

Mit klarem, vorwärts gewandtem Blick, von den beiden erprobten Kollegen links und rechts geleitet, schritt er auf die im Kreise stehenden und auf den Zehen wippenden jungen Lehrer zu, die er allesamt irgendwann einmal in die Finger kriegen würde und dann kneten und zurechtbiegen, und begrüßte sie einzeln mit Namen, immerhin zwölf Herren und drei Damen. Der neu eingestellte Lehrer Stichnoth – wenn einer schon Stichnoth heißt! – machte den Fehler, ihm freimütig die Hand entgegenzustrecken, zunächst Schlosser, dann Polizist, auf dem zweiten Bildungsweg herangerobbt, irgendwie merkt man das eben doch ...
«Ladies first!» sagte der Schulrat und verweigerte ihm die Patschhand. Das stämmige Fräulein Wehrschild wurde kavaliert, und die «damte» zurück, sodann Fräulein Rosemiehl, heute arg verschnupft, und auch die kleine Jungmichel, die bereits kurz vor der Prüfung stand, offenbar neuerdings schwanger?
Matthias wurde ein wenig nebenbei behandelt. Er hatte bei der Vereidigung Gehaltsfragen angeschnitten, konnte also den Rachen nicht voll genug kriegen. Der würde im Auge zu behalten sein.

Dem heute zu visitierenden jungen Lehrer Frohriep gab der Schulrat als letztem die Hand, das tat er deshalb, weil er sich nichts vergeben wollte bei der Beurteilung der Stunde, die dieser Mensch jetzt würde halten müssen.
Der Unglücksrabe wurde in die Mitte genommen, und dann gings die Hartriegelallee entlang auf die Schule zu, Schulrat, Rektor und AG-Leiter vornean, Junglehrergesochs hinterher.
«Na? Sind wir alle fröhlich? Sind wir gut gelaunt?»
Zwei über den Rasen latschende Schüler wurden angehalten: «Wißt ihr eigentlich, daß das die Steuergelder eurer Eltern sind?»

In der Halle schwenkten Schulrat und Rektor nach links ab. Sie wollten noch mal eben kurz Fühlung nehmen, die Sache aufmischen und ventilieren, ein paar Vorabinformationen über den Kandidaten konnten nicht schaden. Wes Geistes Kind und so weiter. «Was? Jung verheiratet?» – Ja, die junge Frau tat als Apothekenhelferin das ihre. Der Schulrat wunderte sich, daß im letzten Jahr *siebzehn* Schüler dieser Schule an die Sonderschule überwiesen worden waren. Sei das Material denn hier so schlecht? Oder mangle es vielleicht an der rechten Lehrmethode?
Dann wurde das Malheur mit den Pinkelbecken für Jungen aufgewärmt, daß sie allesamt zu hoch angebracht worden waren ... und wie's der Frau Gemahlin geht? Schilddrüse wieder in Ordnung? Seine Frau laufe im Augenblick als Femme fatale durch die Gegend, sagte der Schulrat: mit Hosenrock und die Haare kurz. Maggisuppen könne er sich auch alleine kochen.

Der Lärm auf dem Korridor nahm zu.
«Na denn also», sagte der Rektor: «Es hilft ja nichts ...», und sie begaben sich in den zweiten Stock, in dem nun ein junger Mensch sein Glück probieren würde. Der Schulrat seufzte, es würde wieder mal eine Vorführstunde zu erwarten sein, die mit der Schulwirklichkeit nichts zu tun hatte; aber wenn man ihm bloß Schulwirklichkeit vorführte, dann wäre das eben auch nicht zu billigen.

> Geh aus, mein Herz, und suche Freud
> in dieser lieben Sommerzeit ...

Frohriep hatte das Glück, daß er seine Stunde mit einem Choral begann, denn der Schulrat war kein Freund von Landsknechtsliedern. Und als dann noch ein gänzlich unbekanntes Schulgebet folgte, stand er krachend auf, und die Junglehrer taten das alle natürlich ebenfalls, sie falteten gar die Hände, obwohl das Gebet in seiner Kürze bereits heruntergerasselt war.
Dann durften sich die Kinder alle mal kurz umdrehen, was da für fremde Menschen sitzen, du lieber Himmel, fünfzehn Lehrer ... Lieber gleich jetzt umdrehen, das war die Devise, als nachher während der Stunde fortwährend. Diesen Ratschlag hatte Frohriep einer pädagogischen Handreichung entnommen, die ihm vom Schulrat empfohlen worden war.

Abhaken die Sache, noch hat der Mensch die Sache im Griff, dachte der Schulrat, und transportierte sein Kleingeld von der linken in die rechte Jackentasche.

Dann wurde ein Glöckchen gerührt, und zwei Knaben stellten einen Stuhl auf einen Tisch und führten ein Mädchen herbei: Das war das Geburtstagskind des Tages. Eigentlich gab es an diesem Tag zwei von der Sorte, dem zweiten hatte man gut zugeredet, daß die Herausstellung nachgeholt wird, demnächst. Das muß sie einsehen, daß man hier nicht hundert Stühle auf die Tische stellen kann.

Sodann wurde eine Kerze angezündet, und der Klassensprecher mit roter Schärpe trat vor den Geburtstagsthron und überreichte dem Mädchen einen Korb mit Geschenken: Radiergummis und Bonbons. Ein jeder hatte dazu gebracht werden können, ein Geschenk mitzubringen: Das war ein Ritus, der allerdings irgendwann einmal kritischer Gegenstand eines Elternabends werden würde, ob das denn nötig sei? Zwanzig Pfennig sind schließlich auch Geld?

Schulrat, AG-Leiter und Rektor saßen wie die Junglehrer nebeneinander auf schmalen Kinderstühlen und brummten in sich hinein. Gegen Sitte und Brauchtum war nichts einzuwenden, in «Schule heute» war zwar zur Abschaffung der Nikolausfeiern im Klassenzimmer geraten worden, aber Geburtstagszeremonien wurden dort dringlich empfohlen. Jeder Mensch komme schließlich nur einmal auf die Welt ... Alles gut und schön, aber in solcher Breite? Da ging ja fast die Hälfte der Stunde flöten? War das am Ende eiskaltes Kalkül?

Jedenfalls läßt sich auf diese Weise die Vorführstunde auch rumkriegen, dachte der Schulrat und machte ein Fragezeichen in sein Notizbuch. Der Rektor quälte sich auf seine Weise: Um Gottes willen, was macht der da, was macht der da?, dachte er und knetete die Hände. Er saß auf dem Sprung, wenn das Mädchen heruntergestürzt wäre vom Tisch, dann hätte er es aufgefangen.

Auch der AG-Leiter, Herr van Dechterong, kratzte sich am Kopf: Von dem, was da jetzt ablief, war in den langen Vorabbespre-

chungen, die hin und her geführt worden waren, ob man dies oder das machen kann oder lieber läßt, nicht die Rede gewesen. Froh konnten die drei Herren sein, daß man sie in die Gratulationscour nicht einbezogen hatte. Von Rechts wegen hätte man dem Kinde ja eigentlich auch gratulieren müssen, nun hatte man sich abseits gestellt, pädagogisch kaum zu verantworten ... Menschenherzen sind empfindsam.
Ein Wunschlied wurde gesungen, ein Gedicht aufgesagt, Musik gemacht mit Blockflöten, Tamburin und metallenen Xylophonen; sodann traten sämtliche Mitschüler vor und drückten dem Geburtstagskind die Hand, einer nach dem andern, der Klassensprecher führte es an seinen Platz zurück, der mit einer Blumengirlande geschmückt war, die Zeremonie war beendet.

Es kehrte Ruhe ein, wenn man von dem Lärm, den ein Bagger unter dem Fenster machte, absah. Der Arbeiter hatte ausgerechnet heute den Auftrag, die Baugruben der beiden nicht mehr entstehenden Schultrakte zuzuschieben: Lange hatte man gezögert, das zu tun, jetzt wurde es höchste Zeit, sonst würde die Grassaat nicht mehr aufzubringen sein.

Frohriep stellte sich an die Tafel und ließ seinen Blick freudig über die Schülerschar schweifen, bis hin zu den gewichtigen drei Herrn, die sich mit ihren großen Hinterteilen auf den unbequemen Kinderstühlen herumdrückten. Seine Kameraden nickten ihm aufmunternd zu: Wird schon schiefgehen! Was glaubst du, was uns schon alles passiert ist!
Dann summte er einen feinen Ton in die Gegend. «Nun will der Lenz uns grüßen – von Mittag weht es lau ...», wurde gesungen, ins Weltliche überleitend, von dem die Stunde handeln sollte. Die Kinder sangen einigermaßen zart, wenn man von der letzten Zeile des Liedes absieht, die sie ein wenig zu stark betonten:

> Hei-ja! Nun hat uns Kinden
> ein End' all Wintersleid!

Dies notierte sich der Schulrat, strich es jedoch wieder durch, so kleinlich wollte er nun auch nicht sein, statt dessen dachte er an seine Wandervogelzeit, in der er den Wimpel getragen hatte.

Aber: «Kinden», war diese Wortprägung ausreichend erarbeitet worden? Konnte man das im Raume stehenlassen?
Zwölf Minuten rum …

Nun öffnete Frohriep die Tafel und gab den Blick auf ein mit Veilchen und anderen Blumen koloriertes Gedicht frei. «Er ist's» – dieses Mörike-Gedicht sollte in der Stunde behandelt werden.

> Frühling läßt sein blaues Band
> Wieder flattern durch die Lüfte …

Das Öffnen der Tafel wirkte wie eine schöne Überraschung auf die Kinder, zumal Frohriep es mimisch etwas hinausgezögert hatte: Ob er die Tafel jetzt öffnen soll oder nicht? Ja? Soll er sie öffnen? Ja, nun man los!, dachte der Schulrat, der kannte den Trick: Die Spannung «anstauen», so stand's in der pädagogischen Handreichung, die er den jungen Lehrern wieder und wieder anempfahl.

Die mit Farbkreide gemalten Blumen machten sich gut. Frohriep hatte seine junge Frau dazu angestellt, die von ihrem Apotheker dafür beurlaubt worden war.
Leider hatte er vergessen, den für die Raumpflegerinnen bestimmten Satz schräg oben drüber wegzulöschen:

> Bitte stehenlassen!

Statt dessen fehlte die Überschrift des Gedichts. Das wurde nun korrigiert, und nun konnte es richtig losgehen.

Frohriep legte den Kopf schief und forderte die Schüler mit einer einladenden Bewegung auf, das in tadelloser Normschrift geschriebene Gedicht zunächst einmal still zu lesen. Ja, er tat dabei mit, er stellte sich ein wenig seitlich und las es ebenfalls durch, obwohl er es doch in- und auswendig kannte. Stumm und in sich gekehrt ließ er eine gewisse Zeit verstreichen, die ausreichen mochte, daß alle Schüler den Text einigermaßen kapierten, einschließlich des nicht unproblematischen Wortes «ahnungsvoll». Es herrschte absolute Stille im Raum, und sogar der Bagger draußen hielt den Atem an. Vielleicht nahm der Arbeiter gerade einen Schluck aus der Pulle.

… Veilchen träumen schon,
Wollen balde kommen.
– Horch, von fern ein leiser Harfenton …

Auch die Gäste nahmen das Gedicht auf. Mancher mochte an seine Schulzeit denken: Lyrik – das war problematisch gewesen. Endlose quälende Interpretationsverrenkungen, allen noch deutlich in Erinnerung.

Der Schulrat überlegte, ob sich Uhland nicht besser geeignet hätte für eine solche Stunde? «Frühlingsglaube»: Die linden Lüfte sind erwacht … *Nun muß sich alles, alles wenden* – politisch ausdeutbar? Die Wiedervereinigung? Die Selbstzerfleischung und Nestbeschmutzung der Deutschen untereinander? – Frankfurter Paulskirche, damals, ja leider schiefgegangen, und dann 70/71 die Gewaltsamkeiten auf dem Rücken der Franzosen, die zu hassen es ja aber auch genügend Grund gegeben hatte …
Van Dechterong hingegen tastete in seinem Hosensack nach dem Taschentuch und berührte seine Lustwurzel, der dachte an ganz was anderes. Erstaunlich – mochte er denken –, erstaunlich ist es, daß mir selbst jetzt noch, kurz vor der Pensionierung, die Manneskraft erhalten geblieben ist. Vor ihm saß junge weibliche Schönheit füllenhaft mit frechem Pferdeschwanz. Da war es ja nur ganz natürlich, daß er sich ablenken ließ. Bis in das siebente Lebensjahrzehnt ward ihm Erregbarkeit geschenkt, und das war nicht zu erwarten gewesen. Er hatte immer gedacht, mit fünfzig wäre Feierabend in dieser Hinsicht.
Siebzehn Minuten rum.

Matthias fragte sich, wann ihn wohl das Los treffen würde? O Gott, sich vor allen Leuten zu produzieren, davor hatte er schon jetzt einen Bammel.

Frühling, ja du bist's!
Dich hab ich vernommen!

Ob irgend etwas unklar sei an den Dichterworten?, fragte Frohriep, sei möglicherweise etwas nicht zu lesen oder vom Sinn her nicht zu verstehen? An sich ja alles glasklar? Nein? Daß er die Schüler danach fragen müsse, ob sie alles verstanden haben, auch das hatte in «Schule heute» gestanden. Und dem war selbstverständlich Rechnung zu tragen.

Dann machte er es sich am Fenster bequem, unter dem die Baugrubenarbeiter den Motor des Baggers wieder in Gang zu kriegen suchten, und begann flüsternd von Mörike zu erzählen, daß der im Frühling 1828 oft aus dem Fenster geguckt habe: Der Frühling müsse doch bald kommen!, habe er gedacht, tagaus, tagein. Ach, wie habe er ihn ersehnt! Nach grüner Farb' mein Herz verlangt – damals seien die Menschen noch viel mehr auf den Frühling aus gewesen, auf das Ende des harten, kalten Winters, auf die Blumen, auf die Gräser, auf die Vögel! Auf den Lenz, wie man den Frühling auch nennen könnte ... Nun will der Lenz uns grüßen, sie hätten das Lied ja eben so frisch von der Leber weg gesungen ... Den ganzen Februar hatte der Dichter nun schon gewartet, immer wieder aus dem Fenster geguckt und geschnuppert. Aber der Frühling sei und sei nicht gekommen ...
Jeden Morgen sei er hinausgewandert vor das alte bullerige Stadttor und habe Ausschau gehalten: Frühling, wo bist du?, habe er bang gefragt, und dann sei er traurig wieder nach Hause zurückgekehrt und habe einen Kloben Holz nachgelegt in seinen Ofen: Der dumme, dumme Frühling! Warum ließ er denn so lange auf sich warten? Manchmal habe ihn auf seinen Spaziergängen der garstige Winter sogar noch verhöhnt, indem er ihm nasse Schneeflocken ins Gesicht warf! Oder den Hut dahintrullern lassen. Aber er habe nicht lockergelassen, mochte ihn der Wind verhöhnen und necken, mochte seine Hose mit Kot sich beschmutzen ...

Am 9. März des Jahres 1828 (Frohriep guckte zur Uhr, als er das sagte), einem lauen Tag, sei ihm die Brust einfach zu enge geworden, wie einem Küken im Ei sei ihm zumute gewesen, kurz vorm Ausschlüpfen. Unruhige Frühlingssehnsucht habe ihn wieder einmal vors Tor gelockt. Was scherte ihn die feuchte Straße! Der Straßenkot! Die Pfützen!
Und da habe sein Auge die weißen und grauen Wolken mit einem ganz anderen Blick gesehen, sich jagend, hei! sich schiebend und drängend! Stürmisch habe der Wind sie vor sich hergejagt.

«Mörike hätte am liebsten mitblasen mögen!» sagte Frohriep, und auf den Gesichtern der Zuhörer, Kindern wie Erwachsenen, spiegelte sich sein lebhafter Vortrag wider.
«Kot?» schrieb der Schulrat in sein Heft.
Zweiundzwanzig Minuten rum.

Und da sei es auf einmal geschehen! Plötzlich habe Mörike laut aufgejauchzt, denn die Sonne sei durch den zerrissenen Schleier gedrungen, zwischen den zerteilten Wolken sei das Blau sichtbar geworden ...
Und in diesem Augenblick sei ihm eben das Gedicht eingefallen, das hier jetzt mit Schulkreide an der Tafel geschrieben stehe, und er deklamierte es für alle, im Ton fragender Gewißheit:

«Frühling läßt sein blaues Band
Wieder flattern durch die Lüfte ...»

Er deutete auf die einzelnen Wörter, der Reihe nach, in einer gewissen Entfernung, weil der «Lesefinger» in «Schule heute» bereits angeprangert worden war. Dann aber stieß er durch persönlichsten Vortrag in glücklichste pädagogische Bereiche vor, er mimte irgendwie den Menschenfreund, also den guten Lehrer.

«Veilchen träumen schon», lispelte er,
«wollen balde kommen. –»

Und bei dem Wort «kommen» stieg er eine Quarte fragend in die Höhe.
Dann machte er eine kleine Pause, legte die Hand hinters Ohr und ließ die Augen rollen. Und es hauchte kaum hörbar aus ihm heraus:

«Horch!
von fern ein leiser Harfenton ...»

Und endlich donnerte er es heraus:

«Frühling, ja, du bist's!
Dich hab ich vernommen!»

Diese beiden Schlußzeilen trug Frohriep, sich plötzlich aufreckend und beide Arme plus Zeigestock ausbreitend, wahrhaft mit Donnerstimme vor, und der Eindruck, den das machte, war erheblich,

besonders bei den Junglehrern, die vielleicht noch nie etwas von Mörike gehört hatten.
Dies war das Zentrum der Stunde, nun mochte draußen vorm Fenster der Bagger seine Dieselwolken ausblasen, Fahrschüler über den Flur trappeln, der Schulrat seine Mappe mit all den vielen Zetteln vom Schoß rutschen lassen – nun konnte nichts mehr verfrieren.
Dreißig Minuten rum.

Der Rest der Stunde rieselte denn auch ziemlich dahin. Was mit «Harfenton» gemeint sei, fragte er.
«Sprich im ganzen Satz!»
Und warum der Dichter wohl das Wort «bald» in «balde» umgeändert habe, eigentlich ja ziemlich gewagt …
Die süßen, wohlbekannten Düfte wurden nur eben gestreift, weil sich Unruhe bemerkbar machte bei diesen Worten, Unruhe, die der Stimmung abträglich war.

Die Frage, ob sich dieses Gedicht auch in ein Wintergedicht übersetzen ließe – «Winter läßt sein graues Band wieder pfeifen durch die Lüfte …» –, wurde nur eben gestreift, das wurde sofort fallengelassen, hier hob nämlich van Dechterong die Hand: um Gottes willen! An sich nicht dumm, aber sehr, sehr gewagt!
Was sie meinten, ob man das Gedicht wohl in verchiedene Abteilungen einteilen könne?, in Szenen, fragte Frohriep sodann, gerade rechtzeitig, um den Unterricht, der ein wenig ins Stocken geraten war, wieder flottzukriegen. Ja, da gab es einen Fingerwald! Ganz ohne schnippen und ohne «ich! ich! ich!», und Frohriep malte die Akteinteilung mit Spannungsbogen an die Außentafel.
Vierzig Minuten rum.
Sodann durften einzelne Schüler das Gedicht laut vorlesen – wobei die Mädchen eigene Wege gingen, die Jungen hingegen ihren Lehrer kopierten, bis hin zum unmäßigen Herausschreien der beiden Schlußzeilen.

Das Jahr 1828 wurde an der Geschichtsleiste aufgezeigt – aha, vierzehn Jahre nach Napoleon … Dann wurde das Gedicht in spezielle Hefte geschrieben, wobei Frohriep, wie es gefordert war, von

Kind zu Kind ging und ihm über die Schulter guckte. Hausaufgabe zum nächstenmal: alles sauber abschreiben und mal sehen, ob es dann schon einer auswendig kann ...
«Alles einpacken und still nach Hause gehen ...»
Halt! Eben noch Lied und Gebet, und *dann* still nach Hause gehen.
Drei Minuten überzogen ...

Gott sei Dank, die Kuh war vom Eis, alles erhob und reckte sich. Nun kam der interessantere Teil des Vormittags: das sogenannte «Schlachtefest». Die Fenster wurden geöffnet, ein jeder machte es sich bequem, Schlips lockern, Jacke aufknöpfen – vom Beinehochlegen war man nicht weit entfernt.
Wenn die jungen Lehrer *vor* der Stunde ihren Kollegen auch aufmunternd angeguckt hatten – was meinst du, was *uns* schon alles passiert ist ... –, jetzt sahen sie zur Seite.
Einmütiges Schweigen. Es war offensichtlich, an dieser Darbietung gab es nicht viel zu bekritteln, aber, wie das so ist, gerade dieser Umstand rief kritische Geister wach. Wenn die Sache danebengegangen wäre, hätte etwas Aufrichtendes gesagt werden müssen. Aber Lob? Wen interessierte Lob? Lob war schal und brachte nichts ein.

Also: Stuhl auf Tisch und Kind oben drauf? Was er sich dabei gedacht hat? Ob das geht? In Ostereistedt sei mal ein Kind bei so einer Gelegenheit runtergefallen, beide Beine gebrochen und dann schief wieder zusammengewachsen ... und: eine brennende Kerze? ob er mal daran gedacht hat? Wie leicht kann da das Haupthaar eines Kindes in Brand geraten? Wie in der nahen Blechschneiderei Jakobsen der Frau, die einer Maschine zu nahe gekommen sei und absolut skalpiert? Oder was ist, wenn sich am Nachmittag ein Junge, durch diese Schulstunde angeregt, mit einer Kerze auf den Heuboden schleicht? Wie oft sind nach solchen Gedichten schon ganze Dörfer abgebrannt?
Und: Ob es angängig ist, Farbkreide in einem Gedicht didaktisch einzusetzen? In einem Gedicht? Didaktisch? Werde die Aussage dadurch nicht vorgeprägt?
Und: Mörike – wann geboren, wann gestorben? Wo, bitteschön,

sei das erwähnt worden? Ob er es riskieren könne, daß die Kinder mit dieser Frage allein gelassen werden?
Und: Ob dieser Dichter nun für alle Zeiten im Deutschunterricht abgehakt sei? Oder komme da noch was?
Auch war es sehr die Frage, ob er durch seinen mimisch-gestischen Vortrag nicht alles totgemacht habe? die Kinder majorisiert? – Beim Nachsprechen sei es aufgefallen, daß alle Kinder wie kleine Frohrieps gesprochen hätten …
Und: Anfang Mai noch ein Frühlingsgedicht? Ob das angängig sei?

Als schwerwiegender Fehler wurde ihm angekreidet: Er habe die Kinder vor dem Abschreiben des Gedichts nicht zu korrekter Schreibhaltung ermahnt! – Da der Kollege, der dies vorbrachte, jedoch eine knallrote Weste trug, erledigte sich der Vorwurf von selbst. Durch diese Weste hatte er sich ins Abseits gestellt. Außerdem war es noch gut in Erinnerung, daß er in seiner Vorführstunde – Einführung in die Sexualkunde – verschiedene Penisformen mit Blaupapier hatte abpausen lassen.

Schließlich landete die Diskussion bei der Schärpe des Klassensprechers. Ob das reihum gehe, oder ob das Kind das ganze Jahr über mit dem Ding herumlaufe? Womöglich noch mit'm Orden dran?
Der Schulrat erinnerte sich an seine Frankreichzeit, an die Bürgermeister dort, die als Zeichen ihrer Würde ebenfalls eine Schärpe trugen, bei Amtshandlungen freilich nur, und dem Rektor fiel der Polenfeldzug ein, bei dem er mal von einem sogenannten «Kettenhund» gestoppt worden war, den Beiwagen voll Schnaps?
Van Dechterong dachte an ganz was anderes, an etwas, das er vor sich selbst nicht recht wahrhaben wollte, aber was doch da war, was sich beim Anblick des kleinen frechen Pferdeschwanzes wieder einmal meldete …

Er beteiligte sich kaum an der Debatte, die Sache war gelaufen … in der Endphase der Stunde, als nichts mehr passieren konnte, hatte er damit begonnen, seine Pension auszurechnen – die Jahre der Militärzeit zählten mit, auch die Gefangenschaft. Er beschränkte sich auf ein gelegentliches: «Meinen Sie?» Und als es dann doch zu heftig wurde, fischte er den Unterrichtsentwurf, an dem er ja nicht unwesentlich beteiligt war, aus seiner Aktentasche heraus. Und nun sprang er dem doch sehr bedrängten Frohriep zur Seite. Kritisieren wär' gut, sagte er, aber kritikastern, das lehne er ab. Kritik müsse etwas Aufbauendes haben. Eine so schöne Stunde, wie die soeben gesehene, bekomme man selten serviert ... die habe ein gewissenhaftes Analüsüren verdient. Ein großer Mann habe mal gesagt: «Sprache ist das Haus des Seins ...», er wisse leider im Augenblick nicht mehr, welcher große Mann das gewesen sei, aber das sollten sie sich merken ... «Sprache ist das Haus des Seins ...»

Er hatte seine Examensstunde vor fünfunddreißig Jahren mit dem Thema: «Die sinnreiche Rückgabe von Diktatheften» bestritten, und da war ihm auch einer der Herren von der Prüfungskommission beigesprungen, der hatte gesagt, daß es eine so schöne Stunde selten zu sehen gäbe.
Die Frage war, ob er heute noch einmal nach seinen Spargeln sehen sollte.

Der Schulrat nahm die Gelegenheit wahr und blätterte die vor ihm aufgebauten Diktathefte der Schüler durch, das brauchte er für seinen Bericht. Daß auf dem Schrank zwei Kartons quer übereinander lagen, wurde moniert, da mal nachhaken. Kartons auf einem Schrank?, das ging irgendwie nicht.
Und: Was für ein Anschluß an diese Stunde war vorgesehen? Wie sollte es weitergehen? Ein entsprechender Hinweis fehlte in der Vorbereitung. Waren Wörter mit V in Aussicht genommen, «Veilchen», «Vergißmeinnicht», «Vase», «Vers» ... oder sollte die korrekte Verwendung des Apostrophs behandelt werden? Wie um alles in der Welt sollte es weitergehen? Herrgott noch mal?
Ein Junge hatte während der Stunde den Klassenraum geräuschlos verlassen, das war positiv zu vermerken, nicht dieses derbe: Darf ich mal raus? Steht auf, geht still hinaus und kehrt ebenso still zurück. Hier zeichnete sich eine neue Generation von Menschenkindern ab, dies war Pädagogik in ihrer idealsten Form.

Als alles ausgestanden war, versammelte sich die Gesellschaft noch ein wenig in der Halle. Unter dem Wappenfries ostpreußischer Landkreise, der die Pausenhalle zierte, standen sie und lauschten dem Rektor, der die Wappen erklärte. Eigentlich ja selbstverständlich, daß man das Gedenken an den Osten wachhält. Aber wer unterzieht sich heute noch der Mühe?
Er war wegen dieser Wappen zum Fachberater für Ostkunde eingesetzt worden, was ihm jährlich zwei schöne Dienstreisen nach Köln einbrachte, für die es Tagegelder gab, von denen er seiner Frau nichts erzählte.

Der Schulrat nickte ihm zu. Ja, immer wachhalten die Sache, wie die Franzosen es getan hatten mit Elsaß-Lothringen.
Dann wurde Fräulein Rosemiehl beiseite genommen, sie hatte im März bei der Visitation einige Klopse gebraten, das hing ihr noch an. Das Wort «Detektiv» hatte sie falsch an die Tafel geschrieben. Wie sollte man das nun aus den Hirnen der Kinder wieder herausbringen? Die waren doch auf ewig ruiniert? Sie hatte doch hoffentlich inzwischen die richtige Schreibweise abgeleitet und eingeschliffen?
Heute wurde ihr zu verstehen gegeben, daß es eigentlich nicht geht, als Junglehrerin hier in Hosen zu erscheinen.
Sie machte eine Blasenentzündung geltend, die man ihr wegen der roten Nase auch glaubte, aber das zog nicht so recht. Hier ging es mehr ums Prinzip. Schließlich gab es ja auch wollene Schlüpfer.
«Aber chacun, wie ich immer sage, nach seinem Geschmack.»

Der unglückliche Kollege, der die nächste Vorführstunde zu halten hatte, in acht Wochen, wisperte bereits mit Herrn van Dechterong, ob er nicht einen Tip hätte? Gedichtbehandlung schied ja jetzt aus? – Religion? keine schlechte Idee ... Das Pfingstfest böte sich an?
«Von Pfingsten lassen Sie die Finger», sagte van Dechterong, da gibt's keine Belegstelle bei den Evangelisten, «nehmen Sie lieber irgendein Gleichnis.»

«Na? haben Sie Ihr Geld nun bekommen?» Das war das einzige, was der Schulrat zu Matthias sagte, nachdem er ihn eine Weile ge-

schnitten hatte. Und es war klar, daß er für allezeit als geldgierig abgestempelt war, bis hin zum Ruhestand.
Stichnoth, zweiter Bildungsweg, Schlosser, Polizist und in Hildesheim studiert, statt in Göttingen, war ebenfalls geschnitten worden, wegen des anbiederischen Händedrucks, den er dem Schulrat geboten hatte, anstatt zu warten, bis er an der Reihe ist ... Daß er das Wort «Gott» in der Eidesformel verweigert hatte, konnte nicht vergessen werden. Aber jetzt durfte er die Tasche zum Wagen tragen, die werde auch immer schwerer. Und als er dann noch Kreidestaub auf dem Jackenärmel des Schulrats entdeckte und um Erlaubnis bat, sie wegklopfen zu dürfen, war der Faux pas ausgelöscht für einige Zeit.

Noch ehe sich der Pulk der Junglehrer aufgelöst hatte, die unternehmungslustigeren gingen ins Gasthaus, um einen zu heben, radelte Matthias davon. Hier war seines Bleibens nicht länger, zumal das Gasthaus, wie er sofort gesehen hatte, über keine Kegelbahn verfügte.
Er bog in den Richtweg ein, der durch den Sassenholzer Wald entlang der Eische nach Klein-Wense führte, und lange noch sah man ihn mit seinem Staubmantel dahinwolken. Ein Eckschrank beim Anbauern Wessel mußte besichtigt werden. Angebot machen und dann warten, das war die Devise, nach der Matthias hier handelte. Irgendwann würde Wessel weich werden. Die Ecke in seinem Wohnzimmer lechzte danach. Oben drauf vielleicht einen irdenen Krug?

«Wenn die wüßten», dachte er, «daß ich bei Ellinor von Kallroy Tee getrunken habe ...»
Morgen den ganzen Schultag «freies Gestalten» praktizieren! Das stand für ihn fest. Die «offene Behaustheit» hatte er für sein Teil bereits verwirklicht.

16

Pfingsten, das liebliche Fest, war gekommen. In der Klasse hing ein Blütenkranz unter der Decke. Und auf der Landstraße fuhren Campingwagen in südliche Richtung. Der Harz oder gar Bayern waren das Ziel. Für manche sogar Italien. Schließlich war man noch nie in Venedig gewesen … Oder Ravenna, das Grabmal des Theoderich? Der Deckstein sieben Tonnen schwer? Matthias sah vom Zaun aus zu, wie die Wagen dahinschwankten. Er zählte sogar mit, wie viele es wohl sein mochten, die es ins Abenteuer trieb, ließ es dann aber sein. Irgendwie abzulehnen war das, was sich hier ereignete. An Flucht erinnerte das. Damals waren die überladenen Pferdewagen in umgekehrter Richtung herbeigeschwankt, und auch der große Todesmarsch der blau-weiß Gestreiften war hier vorübergeschlurft.
Matthias verspürte kein Fernweh. Wie hätte er die schönsten Tage des Jahres auch in der Ferne verbringen sollen? Nun, wo er Hausbesitzer war, Hausbesitzer mit Garten?

Ein kalter Wind trieb ihn ins Haus. Er ging von einem Zimmer ins andere, seine Schritte hallten in den leeren Räumen, aber am Fenster, in seinem Stirb- und Werdestuhl, saß es sich ganz behaglich, den frisch erworbenen Eckschrank hatte er dabei im Blick. Eben noch in die Küche gehen und sich einen Kakao machen. Ein Schmalzbrot dazu, und dann in den Garten hinaussehen, der in voller Blüte steht, in den Obstbäumen freilich hängen noch die Meisenringe vom vorigen Jahr.

Bei Bauer Freede gegenüber hielten fremde Autos, ein sogenannter «Besäuk» hatte sich eingestellt, aus Frankreich, ein ehemaliger Kriegsgefangener, mit Frau und mit Kindern, die sich Ferkel auf den Arm legen ließen, um damit, vom Spitz umsprungen, fotografiert zu werden. «Pfingsten 1961 in Klein-Wense» würde hinten auf die Fotos geschrieben werden, natürlich auf französisch. Unglaublich, wie Carla in den letzten achtzehn Jahren gewachsen war! Damals noch ein Krabbelkind …

«Schade, daß Opa das nicht mehr miterlebt hat, wie hätte der sich gefreut ...»
Wie der Bulle damals ausbrach und durchs Dorf raste, das erzählten sie sich, und wie sich bei Kriegsende einer der Franzosen ins Tor gestellt hatte und zu den Engländern gesagt: Good people! this are very good people! Der hatte damit das Ärgste verhindert. Und Charles, der lustige Charles, der unverwüstliche Kamerad, an den wurde jetzt auch gedacht: in den letzten Kriegstagen noch an Grippe gestorben!
Nebenan bei Fitschen war es damals nicht so gut abgegangen. Ortsbauernführer, und als der junge Pole aufgehängt werden sollte, den Zug durchs Dorf angeführt. Zwei Jahre Westereistedt hatte das gekostet. Die Fitschens ließen sich nicht sehen, obwohl auch sie wußten, daß hier ein alter Bekannter gekommen war, der Opa am Fenster hatte das längst ins Haus hinunter gemeldet.

Man besichtigte die neue Scheune, den Kartoffelvorkeimer modernster Machart, und auch der neue Trecker wurde vorgeführt mit seinen zehn Gängen! So was kannte man in Frankreich wohl gar nicht?
Bevor man hineinging zu Schweinebraten und Rotkohl, zeigte man den Gästen auch den Lehrer, wie der da mutterseelenallein in der Küche hantiert. Immer noch nicht verheiratet, obwohl schon dreißig Jahre alt. Muß sich sein Frühstück selber machen, der arme Kerl!

Matthias nahm das Fahrrad, um beim Kaufmann für die Festtage noch etwas einzukaufen. Gerade als er um die Ecke bog, kam ein Brautzug heranmarschiert, angeführt von einem Saxophon und einer Trommel. Die Braut war schwanger, und der Bräutigam hatte ein Gipsbein, er war beim Heustaken vom Dachboden auf die Diele gerutscht, kurz vor der Hochzeit, und hatte dabei das Bein gebrochen. Pastor Ortlepp schritt hinter dem Saxophon einher, mit bösem Gesicht, dem war es peinlich, daß Matthias ihn sah, Saxophon und Trommel und die Braut schwanger? Mußte hier über die Dorfstraße latschen in vollem Ornat, und der junge Schnösel steht an der Straße und grinst? Na ja, Volksschullehrer ... Er selbst hatte schließlich eine Tochter in Amerika und zwei Söhne auf der

Universität, die es einmal weiter bringen würden als dieser kleine Schulmeister hier auf seinem Fahrrad.

Pfingsten 1961 in Klein-Wense. Matthias sah die Autos, die die Landstraße hinunterfuhren. Sogar eine Kutsche kam vorüber, mit Pfingstgrün geschmückt, eine lustige Gesellschaft darin: Den Männern flogen die Hüte weg, und den Frauen bauschte es die Röcke.

Wem Gott will rechte Gunst erweisen...

Da faßte Matthias rasch einen Entschluß. Warum hier versauern, wieso nicht ebenfalls ausfliegen, wie alle Kollegen, die sich schon am Tag zuvor auf den Weg gemacht hatten, um an der Nordsee zu zelten oder auf der Rhön Flugzeugmodelle steigen zu lassen, von der Frau, die im Grase lagert, bewundert.
Warum nicht an den Ort zurückkehren, in dem man sich vorbereitet hatte auf das Landleben? Durchaus studiert mit heißem Bemühen? In die Mensa gehen, ob da Bekannte aufzutreiben waren, und ins Leinetal mit Lilli?
An sich hatte man ja Residenzpflicht als Beamter, aber das galt wohl nur für die großen Ferien. Und Beamter war er ja noch nicht, er war ja im Stande der Hoffnung, bis zur lebenslänglichen Anstellung hatte es noch gute Weile, dazwischen lagen noch Visitationen jeder Art, und dann die zweite Prüfung.

Also: abhauen, und zwar sofort. Matthias fuhr, vom Rückenwind leicht angeschoben, durch den Glumm nach Kreuzthal und stieg dort in den Schienenbus: Acht Wochen war es her, daß er nach Norden aufgebrochen war, nun noch einmal zurückkehren an die Ursprünge und den Abstand auskosten, zwischen kümmerlichem Studentendasein und nun schon wohlbestallter Lehrerexistenz, wenn auch nur «z. A.» und «Dorf». Aber immerhin mit Haus und Garten!
Warum nicht Lilli überraschen? Hatte er nicht ihr Bild auf dem Tisch stehen? Sie würde einen roten Kopf kriegen, einen blauroten, wenn er da plötzlich aufkreuzte, und denken: Ich wußte es, ich habe recht behalten.

«Ich schulde dir noch drei Mark fünfzig!» würde er sagen, und sie würde sein Gedächtnis bewundern und den alten Spazierweg mit ihm gehen, an den Schrebergärten entlang und den Tennisplätzen. In der «Krone» ein Deutsches Beefsteak essen und dann ins «Studio», nach alter Sitte, wenn's was Ordentliches gab, «Orphée» vielleicht oder die «Feuerzangenbowle». Sie würde baff sein, ganz ohne Zweifel, wenn er da plötzlich aufkreuzte: nun ein gemachter Mann mit eigener Wohnung, ja: Haus! mit Garten! und Laube! Ein ganz anderer Mensch geworden, vorher ein lahmer Durchhänger mit Vergangenheiten, nun elastisch und dem Leben zugewandt.

Der D-Zug war voll, er flog an Dörfern vorüber, in denen Maibäume aufgerichtet waren, die bunten Bänder schlangen sich um den Pfahl, durch Wälder, deren schwarze Baumkronen hier und da mit frischem Grün durchsetzt waren. Nun schlängelte sich der Zug schon durch wellige Berge, Burgruinen oben drauf, auf denen die verschiedenartigsten Studentenfahnen flatterten.

Der Zug flog auch an der Ortschaft Hahnewischen vorüber, in dem es ein Altersheim der Inneren Mission gab: Dort saß eine alte Frau, von der er zehn Fotos im Koffer hatte, am Radio und hörte klingende Weisen. Vielleicht auf der Rückfahrt dort eingucken? Sie war schließlich nicht irgendwer? Nein, nicht nachgeben! Der Schmerz saß zu tief.

Matthias saß in einem vollbesetzten Abteil neben einer jungen Frau. Sie hatte ihren kleinen Jungen dabei, der sich damit beschäftigte, «Telefonieren» zu spielen, nein, der Papa ist nicht zu Hause, und die Mama auch nicht ... Das ganze Abteil amüsierte sich darüber, wie der Junge da ganz zünftig einen Löffel als Hörer benutzte, Mimik und Aussprache täuschend echt! Und Matthias mußte es sich anhören, ganz nebenher, daß diese Frau sich von ihrem Mann trennen will. Sie hatte in Flensburg einen Friseur-Aufbaukurs besucht und fuhr nun zurück und hatte sich vorgenommen, ihr Leben zu ändern. Den Jungen gibt sie erst mal zu ihrer Mutter. Ihr weißer Kragen war etwas schmuddelig, sie war schon lange unterwegs.

Woher er kommt?, wollte sie wissen. Aus Klein-Wense? «Wo liegt denn das?» – Auf der Landkarte war es nicht zu finden.
Ob das richtig ist, sich zu trennen? Abends nach Haus kommen, und niemand ist da?

Am späten Nachmittag war er am Ziel. Der Weg vom Bahnhof in die Stadt hinein war ganz der alte, zwei Reihen Linden, früher mal ein Reitweg, nun Parkplatz und die Professorenhäuser links und rechts, jetzt Arbeitsamt oder SPD-Büro, heute natürlich geschlossen.
Seine alte Wirtin öffnete ihm, das Geräusch des Riegels war ganz das alte, und der Wohnungsdunst, der altvertraute! Sie hatte das Zimmer noch nicht wieder vermietet, wenn auch die Möbel umgestellt, dort konnte er also unterkommen, und er mußte erzählen vom Sassenholzer Wald und daß er sich tatsächlich schon mal Buchweizengrütze gekocht hat, in der Kriegszeit nicht bewirtschaftet, die braucht länger, als man denkt, bis sie gar ist (und schmeckt nach nichts). Mit kalter Milch und einem Klacks Butter eine Delikatesse?
Wie's Fräulein Lilli geht, wurde er gefragt, das war doch immer so nett gewesen ...

Die Hochschule war menschenleer, das hätte man sich ja denken können, Pfingsten? Kein Professor in Sicht. In der Sporthalle wurde Volleyball gespielt, das war zu hören, und nun kam der Hausmeister mit seinem Hund und fragte: Was er hier zu suchen hat?
«Ja, kennen Sie mich denn nicht mehr?»

In den engen Fachwerkstraßen waren ein paar alte Herren zu sehen, Schmisse auf der Backe wie einen Ausweis der Gesinnung, mit Gemahlin, die auch einmal jung gewesen war, mit Petticoat-Töchtern und Söhnen: «Hier hab' ich früher mal gewohnt, Kinder, Gott ist das lange her!» Ein bißchen juvenis dum sumus im Gesicht und doch der neuen Zeit bejahend zugewandt.

Ja, es war lange her, daß er diese Stadt verlassen hatte, ganze sechs Wochen. In den Schaufenstern lagen noch dieselben Auslagen wie damals, was hätte sich auch daran ändern sollen?

Er hatte sich geändert, das hatte auch die Wirtin bemerkt. War er denn älter und reifer geworden?

Nun galt es, Lilli zu besuchen – Matthias kaufte einen Maiglöckchenstrauß, kämmte sich das Haar aus der Stirn und steuerte die Kantstraße an. An so manchem Abend war er hier entlanggeschlendert, um sieben Uhr hin und streng um zehn Uhr dreißig wieder weg.
«Du mußt immer dran denken, Kind, daß ein Dorfschulmeister nicht viel Geld verdient!» hatte ihre Mutter gesagt, und Lilli hatte öfter als nötig zu ihm vom Studium gesprochen, Jura, daß das gar nicht so einfach ist, und man muß sich jedes Wort genau überlegen. Später kann man dann in die Industrie gehen und viel Geld verdienen ...
Und nun stand er vor dem Haus, und eine wahnsinnige Überraschungsfreude durchfuhr ihn. «Vielleicht sollten wir es doch noch einmal miteinander versuchen», hatte sie gesagt, auf dem Bahnhof, bei Bockwurst und Kartoffelsalat, wofür er ihr das Geld noch schuldete, und das war schließlich ein Zeichen gewesen, jenseits von Klausuren und Referendariat.
Und nun stand er da, und gleich würde er in der von einer Palme verdunkelten Wohnstube sitzen, mit den Ledersesseln und der Böcklinschen Toteninsel an der Wand. Die Standuhr hatte jede Stunde die Westminstermelodie von sich gegeben, das würde sie also heute wieder tun. Und vielleicht wäre die Mutter ja jetzt etwas freundlicher gestimmt und nicht so inquisitorisch und spitz.

Bevor er noch den Klingelknopf drückte, ein Messingknopf in einer Messingschale, sah er es schon: Ach, das Auto war nicht da, das Hoftor stand offen. Lilli war ausgeflogen mit ihrer Führerscheinmutter, ins Rheinland vermutlich, zu ihrer Kusine, mit der sie 1945 das Bett geteilt hatte. Sie würde sich dort zu Hasso niederkauern, zum Hühnerhundmischling, und fotografiert werden, und man würde ins Album schreiben: Lilli mit Hasso, Pfingsten 1961.

Obwohl er doch wußte, daß hier nichts zu machen war, klingelte Matthias trotzdem, aber es rührte sich eben nichts, nebenan wurde die Türgardine bewegt, das war aber auch alles, und Matthias ging traurig in die Stadt zurück.

Im Café Wenzel aß er ein Baiser mit Schlagsahne. So etwas war in Klein-Wense nicht zu haben, ein Café, in dem sich Doktoranden mit ihren Mädchen treffen. Nicht einmal in Kreuzthal gab es das: ein Caféhaus schon, aber keine Doktoranden. Alle Leute, die hier saßen, guckte er an, ob er sie kennt und ob sie ihn vielleicht kennen, vergeblich – es war eine andere Zeit eingezogen, seit er weggegangen war, hatte sich alles gewandelt. In einem der goldgerahmten Wandspiegel konnte er sich ungestört betrachten: eigentlich gar nicht so unflott ...

Am Sonntag ging Matthias zur Kirche. Der jubelnde Heilskosmos des Altars war über und über vergoldet – in der düsteren Halle war nichts davon zu erkennen.

> Schmückt das Fest mit Maien
> laßt uns Blumen streuen,
> zündet Opfer an ...

Als er da so saß in der kalten Bank und die sonore Predigt eines Theologieprofessors über sich ergehen ließ, der, wie zu hören war, bereits in Portland an einem Kongreß teilgenommen hatte, wozu auch seine Frau eingeladen worden war ..., dachte er an Lilli mit ihrem Sopran, wie sie sich beim Singen immer so übertrieben gewiegt hatte und den Mund aufgerissen, mal nach links und mal nach rechts, und die Stirn gekraust zu schmerzlichstem Ausdruck und – «das mußt du doch verstehen» – mit dem Chor zur Singefreizeit nach Rinteln gefahren. Immer dann war sie zur Singefreizeit gefahren, wenn er sich was Besonderes ausgedacht hatte, eine Radtour an die Weser oder mal ins Theater, von Kino ganz zu schweigen.
Jetzt sang der Chor von der düsteren Empore aus in die düstere Kirche hinunter.

> Der Heilige Geist vom Himmel kam
> mit Brausen das ganz Haus einnahm,
> darin die Jünger saßen:
> Gott wollt' sie nicht verlassen.

Auf dem Marktplatz hatten sich die alten Herren inzwischen zum Stiftungsfest versammelt, die warteten auf ihr Bier, das die Kellner aus dem Ratskeller auf Tabletts herbeitrugen. Die alten Damen warteten auf Kaffee, und das junge Blut eilte von Tisch zu Tisch und begrüßte anderes junges Blut, junge Leute mit bunter Mütze, ganz fesch, so mancher steuerte schon auf seine Promotion zu, und andere hatten einen frischen Schmiß auf der Backe, genau an der richtigen Stelle. Gespaltene Lippen, so etwas gab es nicht mehr, heutzutage war man geschickt bandagiert, da gab es dann später beim Rasieren keine Schwierigkeiten.
Dort hinten links, war das nicht Professor Avenarius mit seiner jungen Frau, jener Kunsthistoriker, von dem gerade ein so bedeutendes Buch über byzantinische Mosaiken herausgekommen war? Zum drittenmal geschieden? Jahrelang geschaßt wegen irgendwelcher Nazisachen und nun endlich wieder mit einem Lehrstuhl bedacht, wo sollte man denn auch die ganzen Professoren herkriegen?
Nun fingen die Herrschaften an zu singen, Im schwarzen Walfisch zu Ascalon, da trank ein Mann drei Tag, und dann brachen sie auf; in der Aula der Alma mater war alles zur Festveranstaltung bereit.

Matthias schlenderte durch die Altstadt, die jetzt im Mittagsschlaf lag. Er ging an einer Sparkasse entlang, einem Fahrradgeschäft, einer chemischen Reinigung und einer Tierhandlung, mit Wellensittichen im Fenster, für die es kein Pfingstfest gab. Ein gluckerndes Aquarium und weiße Kaninchen in einer mit Sägemehl ausgestreuten Kiste.
In einem Käfig waren zwei Erdhörnchen eingesperrt, eines lag am Boden – tot. Ja, hatte man es denn zu füttern vergessen? Das andere hüpfte hinauf, hinunter, von einer Stange zur anderen, setzte sich dann neben den toten Kumpel. Gab es denn so etwas wie Trauer unter den Tieren?

In seinem Garten an der Marienbrücke sah er Petersen sitzen, unter einem Apfelbaum, den alten Mann, dessen Ratschläge damals verlacht worden waren: Jetzt erwiesen sie sich als goldrichtig, keine Ahnung, wie man ohne sie hätte bestehen können.
Die Sache mit dem freischaffenden Lernen in je eigner Behaustheit

– nicht so recht zu kapieren, wie auch so manches andere nicht. Was Pädagogik eigentlich war, wußte doch niemand so recht. Die Jugend fürs Leben rüsten? Sie zu sich selbst führen? Gott im Himmel ... Wie man einen Zaun anstreicht, das kann man lernen, aber Gesittung? Nehmen Sie die Hand aus der Tasche, wenn ich mit Ihnen rede? Von der Gesittung bis zur Verklemmung war es nicht sehr weit, und vom Freischaffen bis zum Fenstereinschlagen auch nicht. Als Wasser um die Steine herumgurgeln – kann man so was lernen?

Da saß er, der alte Petersen, mit Wärmflasche auf dem Bauch. Hineingehen und guten Tag sagen? Der Themenzettel, der ihm bei der Prüfung über den Tisch geschoben wurde, war genau der richtige gewesen.

Beim Trödler in der Judengasse war wenig Reizvolles zu sehen: alte Kleider und Hüte und aufeinandergestellte Stühle der verschiedensten Machart. Da war das Antiquitätengeschäft hinter der Universitätskirche schon interessanter. Vorn im Fenster lagen bunte Teller, dahinter stand ein blankgewienerter Sekretär und dahinter, ganz im Dunkeln, Truhen mit Schnitzerei. Am interessantesten waren die Preise. Ein Worpsweder Stuhl nach Art des Stirb-und-werde-Stuhls, der nun Matthias gehörte, war neben den Truhen aufgestellt. So sehr sich Matthias auch anstrengte, er konnte den Preis nicht lesen. Vorn ja, die bunten Teller, die kosteten so um 200 Mark.

Eben wollte Matthias davongehen, da klickte die automatische Beleuchtung an, und nun sah er, daß der Lehnstuhl «nach Altländer Art» sage und schreibe 1250 Mark bringen sollte.

Matthias hüpfte nicht gerade, als er davonging, aber er beschleunigte doch den Schritt. Gibt es ein Zwerchfell-Lachen? Seine Bauchmuskeln wellten vor Freude, als er in sein Quartier strebte. Seiner Wirtin erzählte er davon, daß er einen Stuhl besitzt, in Klein-Wense, der sich quasi angefunden hat bei ihm, und der, wenn ihn nicht alles täusche, über 1000 Mark wert sei! Kaum konnte er den nächsten Tag erwarten, und den frühesten Zug nahm er, um nach Klein-Wense zurückzukehren, wo er nun zu Haus war, und sich seinen Stuhl anzugucken, der sage und schreibe 1000 Mark wert war, mindestens. Nun nicht nachlassen! Nun von Dorf zu Dorf fahren und alles zusammenkaufen, was da so unbeachtet auf den Dielen steht!

17

Nach Pfingsten begann für alle Pastoren im Lande wie jedes Jahr die endlose Trinitatis-Zeit und für die Lehrer der Schulalltag, von manchem als «Trott» empfunden, mit: «Hefte raus!» und «Ruhe da hinten!» oder sogar: «Halt's Maul!»
Von All-Tag keine Rede. Wer das gewollt hätte, die Hirne der Kinder öffnen und das Universum herauslassen, der hätte in eine Wohnhöhle mit ihnen ziehen müssen, mit Heu und Stroh und mit Kühen und Pferden, in einen großen «Stall von Bethlehem», und «raunen von alten Tagen».

Matthias ließ es langsam angehen. Zehn Minuten vor der Zeit die Klasse aufschließen und die Kinder in der Klasse erwarten, wie sie allmählich eintrudeln zu zweit und zu dritt. Dann erst mal einen Spruch loslassen, damit man mitkriegt, wie sie gestimmt sind, ob sie vielleicht schlechte Laune haben oder zu Jux aufgelegt. Und die Kinder kriegen mit, wie's dem Lehrer geht, ob *der* vielleicht zu Jux aufgelegt ist.
«Guten Tag, Herr Lehrer.»
«Guten Tag, mein Kind. Hast du neue Schuhe an?»
Die Mädchen mit Schürze, die Jungen in Schnürstiefeln. Knicks, Diener.
Sie spielten sich aufeinander ein in diesen ersten Minuten, und dann ging das Palavern unmerklich in Unterricht über. Ganz allmählich wurde das angegangen, was man sich für den Tag vorgenommen hatte, das Angenehme und das Nützliche. Mit Rechtschreiben befaßt sich schließlich niemand gern.

Der Unterricht trieb wie ein Floß den Strom hinab.
Das einzige Problem war der Lehrplan. Matthias hatte einen Wi-

derwillen davor, in der «Naturlehre» beispielsweise die Luftpumpe einzuführen, wie es der Plan vorschrieb, weil ihn Luftpumpen nicht interessierten. Oder in «Geschichte»: Wie kann man vom Rußlandfeldzug reden, wenn draußen der Birnbaum blüht? Er rutschte die Schulbücher entlang, was grade dran war, peilte er zwar an, aber dann versuchte er doch, sich lieber hinter das zu klemmen, was die Kinder bewegte.

Deshalb auch jeden Tag derselbe Spruch, dies: «Was gibt es Neues?», und mit dem, was er dabei erfuhr, paßte er sich den Gesetzen des Tages an. Er ließ notfalls seine Vorbereitung sausen und stellte sich auf die Kinder ein.
Als den Bauersfrauen im Gasthof von fülligen Damen Sommerkleider in Übergrößen vorgeführt worden waren, veranstaltete er am nächsten Tag eine Modenschau, die Kinder durften sich wie Damen anziehen, auf dem «Laufsteg» stellten sie sich überraschend geschickt an.
Und als Hinrich von den neuen Kuhställen erzählte, in denen die Kühe frei herumlaufen, dachte er an seine Lagerzeit, an den einzigen schönen Sommer, als sie das auch gedurft hatten, frei im Lager umherlaufen innerhalb der Mauern.

In den Pausen ließ Matthias sich seinen Stuhl vor die Tür stellen, dann guckte er in die Sonne. Die Jungen bekamen einen Fußball, liefen also in der Ferne hinter dem Ball her, und die Mädchen spielten Gummitwist in seiner Nähe, was ein wenig an Kulturfilme von Negertänzen in einem Kraal erinnerte, dies rhythmische Trampsen und Hüpfen: Das war Afrika. «Afrika wartet», in dem Buch war so was abgebildet. Die Frauen beim Hirsestampfen vor den Rundhütten, kleine Kinder im Tragetuch auf dem Rücken.
Hinni wollte das auch mal: Seilspringen, und alle zählten mit, wie oft er das kann. Bei «Tausend!» hörte er auf, wofür er einen Ausweis kriegte als bester Seilspringer von Klein-Wense.
Elfriede war die beste Kopfrechnerin von Klein-Wense, und Hinrich der beste Seilspringer, das stand nun zu Buche. Der beste Lehrer des Landkreises zu sein, diesen Ehrgeiz hatte Matthias nicht – aber ein bißchen schon.

Auch das Marmelspiel war angenehm zu beobachten. Matthias legte einen besonderen Marmel-Spielplatz an, die Erde festgeklopft und mit dem Schulbesen glattgefegt. Von seinem Stuhl aus beobachtete er die Jungen bei diesem Sport, und er nahm Anteil daran. Wenn einer sich ungeschickt anstellte und alles verpatzte, erbitterte ihn das.
Das Ende vom Lied war, daß ein kleiner blonder Junge Sieger im Marmelspielen wurde, und der kriegte es ebenfalls in seinem Ausweis schriftlich.

Thomas Rosenbrook
Klein-Wense
Hausnummer 27
Kreis Kreuzthal
Land Niedersachsen
Bundesrepublik Deutschland
Europa
Erde
Milchstraße
bester Marmelspieler

Das Paßbild durfte er selbst zeichnen.

Ebenfalls in der Pause fand der Zwei-Finger-Pfeif-Wettbewerb statt. Ein Bauer mit Sense, der gerade vorüberging, dachte, er wär' gemeint. Nein, er wär' nicht gemeint, sagte Matthias, sie hätten nur herauskriegen wollen, wer am besten pfeifen kann. Elfriede war es, die es am längsten und durchdringendsten vollbrachte. Das hätte man gar nicht gedacht, ein Mädchen! Die hatte nun schon zwei Eintragungen im Ausweis. Ein pfeifendes Mädchen, das gut kopfrechnen kann, ebenfalls in der Milchstraße zu Hause.

Pfeifwettbewerb und Flötwettbewerb.
Das Flöten war etwas ganz anderes. Ein Flötwettbewerb kann nicht stattfinden, wenn Fratzen geschnitten werden. Wenn einer lachen muß, ist es nichts mit dem Flöten. Bestes Flötekind wurde ein sensibler Junge, der zum Flöten gleichzeitig brummen konnte, der also Zweistimmiges von sich gab.
Der Flötwettbewerb gab Anstoß, ein allgemeines Fratzenschnei-

den zu veranstalten. Matthias fotografierte das, und zu Hause stellte er dann fest, daß Grimassen Auskunft geben über verborgene seelische Eigenschaften: Der Kobold, die Hexe und der Blödmann. Er klebte die Fotos auf Karteikarten und schrieb Meditationen darunter.

«Das wäre doch etwas für die Examensarbeit», dachte er. «Das Grimassenschneiden als Zugang zum Unbewußten ...» Alles ganz schön und gut, aber im Schulaufsichtskreis Kreuzthal war so etwas wohl nicht durchzusetzen.

Die Kleinen drängten sich gern an den Lehrer, sie mußten sich immer noch täglich vergewissern, daß von ihm keine Gefahr ausgeht. Sie drehten seinen Stuhl hin und her, und an guten Tagen konnten sie ihm auch mal in den Haaren wühlen oder den Strohhut nach vorn stoßen. Wie der Bär sich von Schneeweißchen und Rosenrot tyrannisieren ließ, so auch Matthias – jedenfalls in Maßen und natürlich nur von den Kleinen. Als sich die dünne Ursula eines Tages auf seinen Schoß setzte, mußte er das nach schicklicher Pause unterbinden, wie gern er das auch ertrug. Das fettige Kinderhaar roch angenehm. Er ließ sie langsam hinuntergleiten, langsam, damit sie keinen Schock kriegt. In einer Wohnhöhle wäre so was gegangen, aber nicht hier draußen, wo Bauersfrauen vorübergehen und das sehen.

Die Kinder erzählten ihm alles mögliche, also das, was die Eltern vielleicht nicht gerade gern hatten, daß es der Lehrer erfährt. Sie hatten es wohl noch nie erlebt, daß ein Erwachsener ihnen zuhörte, und das machte ihnen Spaß.

Daß Papa wieder mal besåpen nach Hause gekommen wär', erzählten sie, und daß Oma nun schon seit drei Wochen im Bett liegt, obwohl «Mama sagt: die stellt sich bloß an».

Von einer *vergrällten* Kuh wurde berichtet und von einem Hund, der drei Tage unterm Heu gelegen hat. Sie hätten ihn immer bellen hören, wußten aber nicht, wo sie ihn suchen sollten.

Das vertrauliche «Du» tat Matthias wohl, und die plattdeutsch getönten Geschichten, hochdeutsch vorgebracht, heimelten ihn an. Platt zu sprechen war in den Schulen des Landes untersagt: Bis zum Schulzaun platt, innerhalb der Schule hochdeutsch reden, so

sah es das Gesetz vor. «Ammel» statt «Eimer» sagen und «Arwten» statt «Erbsen», das konnte nicht geduldet werden. Diese Trennung zwischen hoch und nieder ging noch auf Martin Luther zurück, wenn der sich nicht für das Hochdeutsche entschieden hätte, dann hätte man ohne weiteres «Ammel» und «Arwten» sagen können, jederzeit.
Morgens früh, wenn die Kinder zu zweit oder zu dritt zur Schule gingen, an den Händen gefaßt, manchmal auch nicht, redeten sie Platt, beim Öffnen der Schulpforte schalteten sie um.

Manchmal brachten die Kinder dem Lehrer was mit, Blumen oder eine Eidechse oder den kleinen Bruder. Dem kleinen Bruder mochten sie Gott weiß was über den Lehrer erzählt haben, der muckste sich nicht, im übrigen hatte er eine hübsche Mütze auf, eine gute Gelegenheit, über Hüte zu sprechen, «Zylinderhut», was das ist. Die verschiedensten Kopfbedeckungen wurden an die Tafel gezeichnet, Zylinderhüte und Helme, mit Spitze und ohne, und lustige Frauenhüte. Die Eidechse wurde in das leere Aquarium gesetzt, wo sie alsbald verendete.

Matthias trug stets einen Satz Fragekarten bei sich. Die hielt er in der Pause den Umstehenden unter die Nase: «Wie heißt die Hauptstadt von Frankreich?» «An welchem Fluß liegt Bremen?» – So mancher ging dann fort, der wollte in der Pause seine Ruhe haben. Matthias hatte auch englische Vokabelkarten bei sich. Daß «green» «grün» bedeutet. Es machte den Kindern Spaß, daß sie in der Schule nicht nur Hochdeutsch, sondern auch ein bißchen Englisch lernten, das war etwas Besonderes. Und die Eltern erzählten es rum, daß der Lehrer zwar nicht rechnen kann, aber «die Kinder Englisch lernt» – und das machte die Runde im Landkreis.
Der Schulrat, der es nicht duldete, daß einer vorprescht, rief eines Tages an, ob Matthias das auch verantworten kann, so früh mit Englisch zu beginnen, und daß er ja wohl mächtig viel Zeit hat? Und was soll die weiterführende Schule sagen, wenn die Kinder schon alles können?
Also: erst mal so weitermachen, aber um Gottes willen behutsam, und Ende des Jahres einen Bericht darüber schreiben.
«Chacun, wie ich immer sage, nach seinem Geschmack.»

Wenn er da so saß, die Kleinen um sich herum, dachte er: Das hier ist meine Pädagogik: die Kinder laufen lassen und ihnen zuhören. Ihm kam es so vor, als ob sie alle schon fertige Menschen seien, an denen nichts mehr zu erziehen ist. Der zukünftige Bürgermeister stand vor ihm und die zukünftige Gastwirtin. Das Gute ermutigen und, wenn sie böse sind, sagen: Das würd' ich lassen. Und im übrigen: «Die Zöglinge die Folgen ihres Tuns spüren lassen», wie gesagt worden war, kurz und trocken. War das nicht Rousseau?
Wenn die Kleinen ihm also zu nahe auf den Pelz rücken: dann in die Hände klatschen, dann ist die Pause eben zu Ende. Das Folgerichtige dieser Aktion kriegten die mit.
Luers und seine Freundin Gitte hielten noch immer zusammen, weiter als drei Schritt entfernten sie sich nie voneinander: Man kann ja nicht wissen! Luers hatte an der linken Hand eine Warze, und Matthias dachte immer: Die müßte man ihm mal ausbrennen, und er sah eine Drahtschlinge sich um die Warze legen, Strom wird eingeschaltet, und das Ding verdorrt.

Manchmal kam Besuch, Herr Schröder, ein Vertreter, der wußte, wann große Pause ist. Er war höherer HJ-Führer gewesen und hatte deshalb Vertreter werden müssen. Er zitterte leicht mit dem Kopf, und das kam ihm sehr zugute bei seinen Geschäften. Das war mitleiderregend. Kreide wurde geordert und manchmal auch etwas Größeres, wenn der Etat noch unangetastet war: eine neue Landkarte etwa: «Deutschland physikalisch» (obwohl «politisch» interessanter war: Ostpreußen, daß das unter polnischer Verwaltung steht).
Oder eine Diareihe zum Verkehrsunterricht, mit Pauschbogen zum Ausfüllen. Und Rechenspiele aus Plastik für die Kleinen.
Jedes Jahr eine Landkarte anschaffen, dann sind wir in zehn Jahren komplett.
Schmauch hatte ein anatomisches Modell vom menschlichen Körper gekauft. Aus dem geschlechtslosen Pappmachékörper konnte man sämtliche Organe herausnehmen, aber man kriegte sie nicht wieder rein, obwohl sie ordnungsgemäß numeriert waren. Der Dickdarm lag auf dem Tisch, die Galle daneben – da mußte dann Tesafilm helfen und nie wieder benutzen das Dings.

«Sind Sie Rechenonkel oder Deutschmann?» fragte der Vertreter. Er habe da eine Rechtschreibkartei für die Stillarbeit, ob er ihm die mal zeigen darf? Oder ein Handbuch über sämtliche Olympiaden? Er selbst sei gut im Kugelstoßen gewesen, das HJL in Silber. Gepäckmarsch nach Nürnberg, Hitler gesehen.
Matthias kaufte einen Zeigestock aus Glasfieber, mit Öse zum Aufhängen am Kartenständer. Das ließe sich vom Etat her verantworten. Und einen neuen Schwamm für die Tafel, der war auch mal wieder fällig.
Eine Stoppuhr wünschte er sich, mit der hätte man messen können, wer am längsten die Luft anhalten kann, und es dann in den Ausweis eintragen: der beste Luftanhalter von Klein-Wense. Aber wo eine Stoppuhr ist, da ist es bis zu Bandmaß und Trillerpfeife nicht mehr weit, dachte er, und von diesen Dingen war er kein Freund. Matthias hatte nie ein Sportabzeichen errungen, knapp daß er schwimmen konnte, grade man eben die Pimpfenprobe bestanden.
Als Pausenglocke benutzte er die Triangel, wenn's regnete, brauchte er nicht damit zu pingeln. Bei gutem Wetter auch mal fünf Minuten überziehen. – Elfriede guckte dann auf die Uhr. Schrieb die sich das auf, daß er öfter mal alle fünfe gerade sein läßt?

Ab und zu kamen Bundeswehrkolonnen vorüber oder die Holländer. Die Bundeswehr fuhr etwas langsamer, als die flotten Holländer es taten. Die Kinder liefen dann an den Zaun und zählten die Fahrzeuge und winkten. Und die Soldaten, die den Lehrer da auf seinem Stuhl sitzen sahen, dachten, na, der hat vielleicht ein Leben ...

Gegen zehn Uhr kam der Briefträger. Der brachte meist nur die Zeitung. Wenn er Matthias da so gemütlich in der Sonne sitzen sah, war der auch der Meinung, daß Matthias «ein Leben» habe, sagte dann: «So gut möchte ich es auch mal haben.»
Matthias antwortete dann: «Ja, Sie hätten man auch Lehrer werden sollen!» Diese Antwort hatte er einem Gespräch der Junglehrer entnommen, daß man so sprechen soll, wenn einem einer dumm kommt, und das funktionierte. Das deckelte den Briefträger, der im übrigen ein freundlicher Kriegsveteran war. Wenn

der Unterricht schon wieder begonnen hatte, fuhr er schon mal mit seinem Rad vors Fenster und reichte das bißchen Post in die Klasse hinein. Von Lilli kam leider nichts, aber vielleicht war das ganz gut. Ihr später mal erzählen, daß man sie besuchen wollte, extra auf die Bahn gesetzt zu Pfingsten, man hätte ja auch was anderes unternehmen können, nach Hindelang fahren oder an den Rhein …

Eine Ansichtspostkarte aus Hahnewischen wurde ihm ausgehändigt. «Heim der Inneren Mission» stand unter dem Bild, und mit Kugelschreiber ein Pfeil auf ein Fenster: «Hier wohne ich.»

«Ich bin schließlich noch immer Deine Mutter …», stand da zu lesen.

Einmal wurd's beim Fußballspiel ruhig, und als er nachsah, in den offenstehenden Klos, ob was vor sich geht?, roch es dort nach Zigaretten: Das war Hinrich, der seinem Vater schon eine gute Stütze war, mit zwei Freunden, die da rauchten. Für Matthias war diese Situation neu, für die Jungen offenbar nicht, Karten spielen, Vogelnester ausnehmen oder rauchen, dafür gab's welche mit dem Stock, seit alters her. Als sie den Lehrer sahen, setzten sie sich also seufzend in Marsch, gingen in die Klasse und warteten. Hier wurde ein Ritus angedeutet, von dem Matthias nichts wußte. Die älteren Mädchen erschienen draußen am Fenster, und dann nahm er eben den Stock, in Gottes Namen, und zog jedem drei Schläge über das, was im Schulrecht «das Gesäß» genannt wurde. Das erste und das letzte Mal war das, und zwar, weil das hier Usus war. Der kleine Luers sah seine Freundin Gitte bedeutsam an: also doch. Aber wir rauchen ja nicht.

Alle fanden es in Ordnung, was geschehen war, die Triangel ward gerührt, und die Unterrichtsfuge begann wieder in Tätigkeit zu treten.

«Wenn ich das unterlassen hätte, hätt's Schwierigkeiten gegeben», sprach Matthias vor sich hin, als er am Nachmittag seinen Spaziergang machte, und am Abend noch einmal, beim Essen eines Leberwurstbrotes.

Den Schulrat am besten nicht behelligen mit so was.

Sich den Gepflogenheiten anschmiegen und ganz vorsichtig gegensteuern, damit lag Matthias richtig. In dieser Richtung war das freischaffende Lernen zu suchen, in je offener Behaustheit, von dem Petersen so oft gesprochen hatte.

Manchmal geschah Ungewöhnliches: Ein Bulle, der sich losgerissen hatte, lief durchs Dorf, ein Bauer wurde auf seinem Feld vom Blitz getroffen.
Als es tatsächlich passierte, daß ein Segelflugzeug in einem Gemüsegarten landete, rannten alle Kinder natürlich sofort da hin, obwohl Matthias «Halt! halt!» schrie, und er rannte hinterher.
Der Segelflieger rappelte sich auf und sagte zu den Kindern: «... und morgen einen Aufsatz darüber schreiben, was?»
An das Segelflugzeug im Gemüsegarten würden sich die Kinder ihr Leben lang auch so erinnern. Eher darüber einen Aufsatz schreiben, daß der Mann gesagt hatte: «...und morgen einen Aufsatz darüber schreiben ...» – So was lehnte Matthias ab.
Als der Vater fortging, durch die Gartenpforte, leicht mit dem Kopf schüttelnd, mit einer Volkssturmarmbinde am Jackett, und daß man gedacht hatte, der kommt heute abend wieder, und daß das dann nicht der Fall gewesen war.
Und als damals 1944 die Stadt bombardiert wurde und die Häuser brannten, als auf dem Tisch in der Veranda ein Bombensplitter lag, war am nächsten Tag ja auch kein Aufsatz geschrieben worden.

Einmal kam Ellinor auf den Hof gefahren mit ihrem FIAT 500. In einem Pappkarton hatte sie einen toten Igel, von einem Auto breitgefahren, eine ziemlich blutige Angelegenheit. Das wär' doch sicher interessant, den mal zu sezieren mit den Kindern?, fragte sie. Was alles in so einem kleinen Körper sitzt an weichem Organischem unter der stacheligen Haut?
Über dem Eingeweidebrei, von sämtlichen Kindern bedrängt, lud sie Matthias ein, doch recht bald mal wiederzukommen, Streitpatiencen zu spielen? Und als sie fort war, wurde dem Igel ein Ehrenbegräbnis zuteil, neben der Eidechse, mit Kreuz und allen Schikanen, ein Tierfriedhof wurde angelegt. Ob es in Buxtehude wohl ein Hase-und-Igel-Museum gab? Im Geschichtenbuch trug der Igel Holzschuhe und der Hase ein Monokel.

Ein andermal kam ein wütender Bauer in Gummistiefeln auf den Hof gestürmt. Es wären Kinder über seine Wiese gelaufen, ob er ihnen denn gar nicht sagt, daß man nicht über die Wiese laufen darf? Wie soll er das denn mähen? Das Gras richtet sich doch nie wieder auf?

Matthias hatte von Landwirtschaft keine blasse Ahnung, von «Heumahd» hörte er jetzt zum erstenmal. Davon hatten sie im Seminar nichts vernommen.

Matthias machte ein wütendes Gesicht und stellte sich neben den Bauern und schimpfte auf die Kinder. Und beim Nachhausegehen schärfte er ihnen ein: «Ihr dürft nicht über die Wiese gehen, habt ihr das kapiert? – Ich hätte euch eigentlich für klüger gehalten ...»

Und am Abend ging er hin zu dem Bauern und entschuldigte sich für die Kinder und sagte, er hätte ihnen ins Gewissen geredet und so weiter. Und dabei entdeckte er einen alten Schrank auf der Diele, schwarz und schief, und den kaufte er dem Bauern ab für fünfundsiebzig Mark. Als er ihn zu Hause aufstellte, sah er, daß der Schrank wohl seine zweihundert Jahre auf dem Nacken hatte. Schön geschwungen und aus edlem Holz. Fünfundsiebzig Mark? – In Gedanken setzte er eine Null dahinter und eine Eins davor, und er sah ihn schon in einem Schaufenster stehen, von einer Lampe angestrahlt.

Die Kinder lernten was bei ihm, und er selbst lernte auch allerhand, daß man nicht über eine Wiese laufen darf, lernte er, und daß man eine Eidechse nicht in einen Glashafen setzt, in dem sich feuchte Erde befindet. Wenn man so was tut, dann gehen diese Tiere eben ein. Aber wann und wo würde er eine solche Erfahrung je anwenden können?, fragte er sich.

In der Klasse war er manchmal Petersen, wenn ihm das freischaffende Lernen in den Sinn kam, manchmal auch Lehrer Hinrichsen im Weserbergland, bei dem er das Landschulpraktikum gemacht hatte: die älteren Mädchen in die Laube schicken mit den Kleinen und das Einmaleins üben.

Hinrichsen war jeden Abend ins Gasthaus gegangen. Das mußte ja nicht sein.

18

Gern saß Matthias in der Laube, von blühenden Sträuchern und Stauden umgeben, mit Blick auf die Schule: «Bin ich denn ein Hausbesitzer?» dachte er. Ein bißchen wie der Igel im Geschichtenbuch kam er sich vor, wenn auch ohne Pfeife und Holzschuh. Durch das Fenster konnte er den alten Schrank in seiner Stube stehen sehen mit der geschwungenen Bekrönung. Es würden Borde einzuziehen sein für Kleinteile. Das gußeiserne Waffeleisen mit eingegossenem Rezept hing einstweilen in der Küche neben dem Herd, hier stand auch der Dreifuß vom Bürgermeister, für die Hühner nahm der jetzt einen anderen Topf.
Auf dem Tisch lag der «Nachsommer» von Adalbert Stifter, in dem er nicht weiterkam, und sein Lebensnotizbuch, in das er seine Erlebnisse eintragen wollte, was er aber immer wieder vergaß. Manchmal zeichnete er etwas, das efeuberankte Schulhaus oder den Giebel des Nachbarhauses, aus dem Fenster der Opa guckend, was der Lehrer da macht, in der Laube …
Längere Zeit hatte er zu tun mit den Poesiealben der Mädchen, die ihm zunächst einzeln, dann im Pack hingeschoben wurden. Mit Bleistift war vermerkt, wer sich wo eintragen sollte: Opa, Oma, Papa, Mama … Dann kam der Pastor an die Reihe, und zuletzt der Lehrer.

> Dem kleinen Veilchen gleich,
> das im Verborgenen blüht,
> sei immer fromm und gut,
> auch wenn Dich niemand sieht.

Matthias schrieb immer dasselbe ins Buch:

> Mir fällt kein Vers ein und kein Spruch,
> ich wünsch' Dir Glück, das ist genug.

Manchmal auch:

> Des Lebens ungemischte Freude
> ward' keinem Irdischen zuteil.

Matthias las in der Laube seine Zeitung, hier putzte er seine Posaune. Hier draußen bereitete er sich auch vor, das heißt, er hatte ein Papier vor sich liegen und guckte sich fest. Zwischendurch betrachtete er das Barometer, das hier hing, ob es fällt oder steigt. Sich vorbereiten, das war nicht seine Sache, er nahm die Dinge, wie sie kamen.

Die Luftpumpe, die Alpen als Verkehrshindernis, Konrad von Masowien ... Mochten es hundert Themen sein, die der Plan vorschrieb, oder zweihundert – «Herr Kollege, haben Sie schon: ‹Der Harz als Wasserspeicher› behandelt?» –, nie würde man diesen Lernkanon erfüllen können.
Meeresstille und glückliche Fahrt. Der Brockhaus des Vaters hatte siebzehn Bände gehabt.

> Die Providence-Inseln, auch Udschilong, nur 1 qkm große, fast unbewohnbare Inselgruppe, zu den Marshallinseln gehörig, unter 161° östl. Länge und 9°30' nördl. Breite.

Warum über den «Kreislauf des Wassers» sprechen und nicht über die Providence-Inseln?

Er guckte sich fest, aber dann gab er sich einen Ruck und schrieb auf, was ihm gerade in den Sinn kam, das, was Spaß bringen könnte, ihm und den Kindern, und was es gleichzeitig wert war, weitergegeben zu werden, die sogenannten Kulturtechniken und Traditionen und: «Der Blick in die Zukunft», was für jede Stunde laut Erlaß gefordert war.
«Gesittung» natürlich auch, das nicht vergessen. «Heb das Papier da mal auf!» Und dem Lehrer die Tür aufhalten.
Das verstand sich ja von selbst.
Aus den ihn bewegenden Themen destillierte er Spezialstunden, an denen er immer wieder herumfeilte. Wer konnte denn wissen, wozu man die mal gebrauchen könnte? Vorführstunden, Examensstunden, oder wenn eine Visitation angesagt war?
«Zäune», das war so ein Thema, das ihn interessierte. Er fotografierte sie, und er zeichnete sie, er hatte schon eine ganze Mappe voll. Der Kiesbauer, der anderen das Vieh von der Weide gestohlen hatte und dafür wie ein Ausgestoßener lebte, hatte sich auf

seinem Hof selbst eingesperrt mit Stacheldraht an Betonpfeilern.
– Elektrozäune, tick-tick-tick, das war wieder was anderes.
Daß man das «Einfrieden» nennt, wenn man sich mit einem Zaun umgibt.
«Der Zaun als gesellschaftliches Phänomen», so könnte man die Stunde nennen, oder volkstümlicher: «Der Nachbar baut einen Zaun.» Oder: «Warum wir keine Flaschen über den Zaun werfen dürfen ...»

Matthias saß in der Laube, wenn's irgend ging, und las in den pädagogischen Büchern, die Schmauch ihm hinterlassen hatte: daß Belobigungen lediglich auf Pflichterfüllung folgen dürfen, keinen «Orden des Fleißes» verleihen, keine Ehrenkarten, goldene und silberne Ehrenpunkte ausgeben, wie die Philantropen es getan hatten, um Gottes willen!
Eigentlich hätte er Elfriede keinen Rechenausweis geben und Hinni nicht als Weltmeister im Seilspringen bezeichnen dürfen.
Die drei Schläge aufs Gesäß? Natürlich auch verkehrt. Hier war eine Rücknahme nicht möglich. Seine diversen Lebensfehlstarts nahm ihm ja auch keiner weg. Die Schläge hatte er einstekken müssen – Schicksal, unter dieser Rubrik war das zu verbuchen.
Lob und Tadel austeilen, Schicksal spielen. Ein bißchen lieber Gott.

An einem schönen Nachmittag entdeckte Matthias im XIV. Band des Bücherschatzes aus dem Jahre 1928, 4. Teil, 1. Abteilung, die Behandlung des Gedichts «Er ist's», ganz so, wie sie in Poggenreich vom Kollegen Frohriep dargeboten worden war. Das amüsierte ihn denn nun doch. Hoffentlich käme ihm niemand drauf, das war ja quasi ein Betrug?

Außer der Rundfunkzeitung und amtlicher Post kriegte er ab und zu auch mal einen Brief. Daß sie immer noch seine Mutter ist, diese Mitteilung kam von Zeit zu Zeit aus Hahnewischen, und ein Kamerad aus Wuppertal schickte Ansichtskarten aus seinem Urlaub. Eines Tages schrieb der Kamerad aus finsteren Tagen, daß er jetzt bei der Sparkasse beschäftigt sei und schon seit vier Jahren verheiratet und zwei Kinder hat und mit seinem Wohnwagen und Vorzelt jeden Sommer an die Nordsee fährt. Ob er nicht mal vorbeikommen darf, wenn er an die Nordsee fährt? Von alten Zeiten reden?

Wenn Matthias in der Laube saß, setzte er sich den Strohhut auf, den er bei Klapproth gekauft hatte. Eigentlich hätte er gern ein mit Perlen besticktes Käppchen getragen, aber das wäre wohl doch zu weit gegangen. Da hätte dann nur noch die lange Pfeife gefehlt! Außerdem fürchtete er, daß ihm die Haare ausgehen, wenn er so ein Ding trägt. Bequeme Schuhe hatte er an und eine Allzweckjoppe in Art einer Windjacke, mit je drei Taschen links und rechts. Morgens früh in der Schule trug er natürlich Schlips und Kragen, das wäre anders nicht gegangen. Sonst hätten die Bauern gesagt: Das ist kein richtiger Lehrer. Der Lehrer, den sie sich leisteten, sollte möglichst fein angezogen sein, also städtisch, Schlips und Kragen, und einmal pro Woche durchs Dorf gehen, ob die Höfe gefegt sind.
Und natürlich verheiratet, aber damit konnte Matthias nicht dienen.

Er saß in der Laube, und das sah so aus, als ob er arbeitete. Meistens saß er bloß so da und beobachtete die scheuen Hühner, die von nebenan geflogen kamen. Eines war weniger scheu, das kam schon mal in seine Nähe, und seit er es mit Kuchen gefüttert hatte, kam es noch näher und kuschelte sich schließlich neben ihn auf den Boden. Auf den Arm nehmen ließ es sich nicht und auch nicht streicheln. Einmal gelang es Matthias, mit dem Daumen seinen glatten Rücken zu berühren, das war schon sehr viel. Kaum anzunehmen, daß das Huhn das gemerkt hatte. Es handelte sich bei den Hühnern um «Italiener», mit braunem Gefieder: fein gemustert, jede Feder der andern ähnlich und doch wieder jede ganz anders. Immer dachte Matthias, man müßte so eine Feder mal abzeichnen, aber wieso denn eigentlich? Er hatte sie doch täglich vor Augen. Wenn diese Tiere eines Tages ausstürben, dann allerdings, dann müßte man sie schnell noch abzeichnen oder wenigstens fotografieren.

Auch die Katze des Nachbarn leistete ihm manchmal Gesellschaft, legte sich neben ihn auf die Bank und schnurrte. Manchmal hatte sie vor den Hühnern Angst, zuweilen zuckten aber auch die Hühner zusammen, wenn sie die Katze sahen.
Vor dem großen Hahn hatten alle Angst, einschließlich Matthias. Der flatterte auf den Zaunpfahl und krähte seinen Akkord in die Gegend. Ein unheimlicher Geselle. Einmal rutschte er beim Um-die-Ecke-Wetzen aus! Das tat seiner Würde Abbruch, danach wurde er noch unausstehlicher.

Matthias genierte sich keineswegs, daß Hinrich seine Erdbeeren mit Pferdemist düngte, während er da so saß und in die Gegend guckte. Vielleicht hing der Junge ja seinen Bauernberuf an den Nagel eines Tages und würde auch Lehrer werden. Dann könnte er auch in der Laube sitzen und lesen.
Nach der Arbeit rief er Hinni zu sich an den Tisch, von der Raucheraffäre und der anschließenden »Abstrafung» war nicht die Rede. Das war schon in Ordnung so. Matthias hatte nicht stark zugeschlagen, nur eben so stark, wie es erwartet wurde, auf daß das Gesetz erfüllet ward.
Der Junge war immer etwas bedrückt, aber das war er wohl aus anderen Gründen, das hatte wahrscheinlich mit seinem norddeutschen Temperament zu tun.

Meistens setzte sich noch Marianne dazu, mit Schürze um und einem kleinen Bruder an der Hand. Morgens in der Schule sagte sie keinen Ton, aber hier plapperte sie ohne Unterlaß, hier kommentierte sie ungefragt ihr Leben und das des Lehrers. Gab auch Lebensweisheiten von sich, die gar nicht ohne waren.
Ob unter ihren Brüdern auch Zwillinge wären?, fragte Matthias.
«Der Lothar sieht verdammt aus wie'n Zwilling», sagte sie da.
Man konnte sie gut anstellen: «Hol mir doch eben mal die Sonnenbrille aus der Kammer ...» , das tat sie ohne weiteres, sie wußte, wo die lag, sie wußte, wo alles lag. In der großen Pause brühte sie ihm auch schon mal eine Tasse Kaffee auf. – Auch Marianne hatte ein «Pösi»-Album, das war ein kleines zerknülltes Oktavheft.
«Laß das mal hier», sagte Matthias, «ich schreib' dir später was rein.»

Einmal kamen holländische Soldaten in seinen Garten gesprungen, mit abgerissenen Zweigen am Stahlhelm. Sie bauten ein Maschinengewehr auf, schmissen sich hinter die Hecke und schossen mit Platzpatronen. Matthias brachte ihnen Kaffee, aber daß er sich neben sie hinter die Hecke hockte und auch zum Feind hinüberspähte, war ihnen nicht recht.
Ob hier in der Nähe Mädchen wohnten, wollten die Soldaten wissen, duckten sich vor den Tieffliegern, die jetzt angebraust kamen. Nach einer Weile erschien ein Offizier und erklärte sie für tot. Für sie war der Krieg zu Ende. Schade, daß man im Manöver nicht ein bißchen plündern kann ... Hühner aufs Bajonett spießen und Mädchen ins Heu zerren? – Sie packten ein und ließen ungenießbare Leberwurst in Büchsen zurück.
Richtiger Krieg hatte hier auch schon stattgefunden: Zuletzt hatte hier SS gelegen, hinter der Hecke, mit Panzerfäusten. Das war noch gar nicht so lang her.

Einmal näherte sich ein Herr mit Aktentasche. Kam ums Haus herum und klopfte an die Gartenpforte. Das war der Leiter der Raiffeisenkasse in Sassenholz. «Schönen Hut haben Sie auf!» sagte er und setzte sich ungebeten neben Matthias auf die Bank. Er schlug ihm vor, ein Konto bei der Raiffeisenbank zu eröffnen.

Einer für alle – alle für einen!

Ein Konto bei dieser Kasse zu haben brächte manchen Vorteil! Das Hühnerfutter kriege er zum Beispiel billiger. Oder mal einen Sack Kopfdünger. Das Konto könne er ohne weiteres überziehen, bis zu zwei Monatsgehälter, da sage keiner was. Die andern Lehrer überzögen ja auch gern. Man brauche es ja nicht gleich so weit zu treiben wie der Lehrer in Krangersen, der habe sich schließlich aufgehängt, weil er nicht mehr aus noch ein wußte. Aber der sei ja auch irgendwie erpreßt worden, wegen einer Schulmädchensache, das wär' ein ganz anderer Fall. Und dann aus schierer Angst alkoholsüchtig, was bekanntlich ins Geld geht. Im Keller habe man Hunderte von Schnapsflaschen gefunden. Sie hätten vier Wochen gebraucht, um Ordnung in die Papiere zu bringen. Und die Ehefrau aus allen Wolken gefallen.

Wenn er mal Geld nötig hat, dann steht ihm die Kasse zur Seite – Fräulein von Kallroy zum Beispiel, das ganze Dach müßte erneuert werden, und kein Pfennig auf dem Konto? Die sei neulich bei ihm gewesen. Das Haus voll Bilder, aber keinen Pfennig auf der Bank. Der habe er einen zweckgebundenen Kredit anbieten können, den sie allerdings nicht angenommen habe.

Von Schmauch könnte er ihm auch lustige Sachen erzählen. Der hatte ja Aktien gehabt! Kein Mensch hatte das geahnt! Heimlich, still und leise. Und ein Tag nach der Pensionierung in den Süden abgedampft.

Weil der Kassenmensch das alles so leichthin ausplauderte, wollte Matthias schon auf dessen Dienste verzichten, er unterschrieb dann aber doch, wer konnte denn wissen, ob er nicht tatsächlich einmal sein Konto überziehen müßte? Sechshundert Mark im Monat, das war nicht gerade üppig.
Sehr praktisch war die Sache mit dem Sparvertrag, zu dem die Regierung die Hälfte zuzahlte. Na, da buchte man doch gleich zwei Stück. Ach was, drei! Rief den Kassenleiter noch mal zurück, als er bereits gegangen war, und fragte, ob er das richtig verstanden hat, daß die Regierung die Hälfte zuzahlt, und ob er nicht noch einen buchen kann?
«Geht nicht!» rief der Beamte und winkte mit der Aktentasche. «Nur drei sind statthaft!»

Wenn er allein dasaß, kam auch Carla mal ums Haus, «darf man stören», und brachte ihm die Milch und manchmal auch eine halbe Wurst, weiche Mettwurst mit Kümmel drin. Wenn sie kam, nahm Matthias die Füße vom Tisch und den Hut ab. Ein Buch hingegen nahm er in die Hand, Finger zwischen die Seiten, daß er hier liest, sollte das bedeuten, so ist das ja nicht, daß er nichts zu tun hat.
Einmal setzte er *ihr* den Hut auf. Sie wurde zwar nicht gerade rot, aber daß sie Gummistiefel anhatte, ärgerte sie denn doch. Matthias stellte sich vor, daß löcherige Strümpfe zum Vorschein kämen, wenn sie die Stiefel auszöge, eine heiße Geschichte stellte er sich vor.

Sie nahm den Hut nicht ab, sondern stand auf und spiegelte sich in den Fensterscheiben der Schule, schob den Hut in den Nacken und in die Stirn, so wie sie es im Kino gesehen haben mochte: im Nacken – so sah es am besten aus.
«Daß Sie mir bloß die Zöpfe nicht abschneiden», sagte er.
«Warum nicht?» fragte sie, und darauf konnte er so recht nicht antworten.
Als sie gegangen war, nahm Matthias den Hut wieder an sich und roch daran.
«Ellinor is'n Aas», hatte sie gesagt, «wissen Sie das eigentlich?»

Einmal zeigte Carla ihm eine Ansichtskarte von Lehrer Schmauch, «Deutsche Lande, der Bodensee». Lesen durfte Matthias die Karte nicht.
Warum bin ich nicht an den Bodensee gegangen?, fragte er sich. Aber das wäre schwierig gewesen, die machten da unten ein anderes Examen. Und außerdem: katholisch? Waren die nicht katholisch da unten?
Er nahm sein Notizbuch vom Tisch und schrieb hinein: «Bodensee?»

19

Eines Abends kam Bauer Fitschen mit Frau und Anita, der Tochter, von nebenan zu ihm in den Garten, sie wollten ihm ihren «Besäuk» machen. «Stör'n wir Ihnen hier noch ...»
Jetzt hätte Matthias seine Stoppuhr brauchen können. Mann, Frau und Tochter, alle massig, alle wortkarg. Sie blieben endlos, und Matthias saß in tausend Ängsten, er konnte diesen Leuten ja absolut nichts anbieten! Gastfreundschaft? Ein Brot mit Marmelade oder einen Schluck Milch? Er hatte ja noch nicht einmal einen Stuhl für sie!
Solange es ging, blieb er daher mit ihnen in der Laube sitzen, obwohl es gerade jetzt mal wieder penetrant nach gerösteten Brötchen roch. «Das ist die Abdeckerei in Eistedt», sagte Fitschen, «die lassen da ab und zu mal Dampf ab ...»

Er blickte hinüber in den Nachbarsgarten, auf das Vogelscheuchenkreuz im Kirschbaum, das würde dort wohl noch zwanzig Jahre hängen ... Der Blick der Nachbarsleute hingegen schweifte über die Beete des Schulgartens: Das war ja ein ziemliches Durcheinander, und die Wege überhaupt nicht geharkt? Das hatte Frau Schmauch aber besser im Griff gehabt ... Da könnte Anita doch ein bißchen für Ordnung sorgen? Jede Woche ein paar Stunden? Der Blick des Vaters ruhte wohlwollend auf ihr, und die Mutter stand schon mal auf und riß ein Büschel Franzosenkraut aus, das unter dem Rittersporn stand.
Dem Opa im Aussichtsfenster wurde zugewunken, er soll das lassen, da rausgucken!
O ja, sagte Anita, das würde ihr wohl Spaß machen. Ein paar aufgekratzte Pickel hatte sie im Gesicht, und das Haar, obzwar gekräuselt, stand ihr nach beiden Seiten ab, Gartenarbeit hat ihr schon immer Spaß gemacht. – Die Stimme des Mädchens kam Matthias bekannt vor – «ierst fåt ick di hierhenn, un dann fåt ick di dorhen ...», und er hütete sich zu lachen.

Nun mal eben in die Klasse hinübergehen. Matthias schloß ihnen das Schulhaus auf: Die schweren Bauersleute schoben hinein, mit schwerem Schritt, bloß keine Bewegung zuviel ...
Die korpulente Tochter wartete, bis ihre Eltern im Klassenzimmer standen, und drängte sich an Matthias vorbei durch die Tür. Sie hatte sich parfümiert, Matthias blähte die Nasenflügel.
Sie suchte ihren Platz auf der Bank, wo sie acht Jahre lang gesessen hatte, und versuchte vergeblich, sich hineinzuzwängen. Und dann erzählte sie, daß Schmauch sich mal während der Schulzeit mit einem Versicherungsvertreter in die Küche gesetzt hätte und da einen gehoben und die Schüler mit Stillarbeit beschäftigt, und da sei plötzlich der Schulrat aufgetaucht. «Habt ihr denn keinen Lehrer?»
Ja, überhaupt: Schmauch, ein netter Mensch, aber eben sehr dem Schnapse zugetan. Aber man soll nicht schlecht über andere Menschen reden, sagte Fitschen. Was wird nicht alles erzählt! Von seinem Vater zum Beispiel, immer allen geholfen, als Ortsbauernführer, auch nicht immer so einfach, Freedes Frau zum Beispiel, immer mit den Franzosen zu Gange, und das war doch stramm verboten! immer wieder zu ihr gesagt: «Laß das, laß das ...» Aber nein!

Auf den Bundesjugendspielen hatte Schmauch einen Tisch mit Buddeln arrangiert, für die Lehrer zur Erfrischung und damit sie sich stärken können, wenn sie die Punkte ausrechnen, das wußte Fitschen zu erzählen, und die Sache von der Volltrunkenheit, daß die Schüler ihn aus dem Straßengraben aufgesammelt hätten.

Auch der Bauer hatte seine Kindheit in dieser Schule abgesessen, aber davon wollte er jetzt nichts wissen. Er blieb vor dem Bilderrahmen mit den «Helden» stehen und tippte auf sein Bild, bei der bespannten Artillerie war er gewesen, weil er sich mit Pferden auskannte. EK II und Kriegsverdienstkreuz. Er wollte Matthias wohl zeigen, daß er auch nicht so ohne wär'. Mütze hingehalten, wenn die Pferde ins frische Stroh äppelten!

Außerdem gab Fitschen Erklärungen ab über die anderen Kameraden, die da abgebildet waren, mal mit Stahlhelm, mal ohne, nach links blickend oder nach rechts. Einer in Zivil, das war ein Flüchtling gewesen, 1946 hierhergekommen und vor zwei Jahren hier gestorben; der gehörte ja jetzt auch dazu, der war ja auch Soldat gewesen.

Von zwei der Kriegsteilnehmer gab es überhaupt kein Bild, von denen kündeten nur zwei weiße Felder.

Jochen Freede, der Bruder von Carla, war ganz offensichtlich blond gewesen, blonder ging's nicht. Das war sonderbar, sie schwarz und der Bruder blond? Kam das aus heiterem Himmel? Wer konnte wissen, wo sich das hergemendelt hatte.

Ja, die Nazizeit. Da würde 'ne Menge erzählt, sagte der Bauer, man müsse auch nicht alles glauben, was darüber erzählt wird ...

Es half nichts, es mußte die Wohnung vorgezeigt werden, obwohl er sich noch nicht richtig installiert hatte, wie Matthias immer wieder sagte.

Aber schließlich zeigte er ihnen dann doch «sein Reich», die leere Schulwohnung, matt erhellt von Glühbirnen, die unter der Decke hingen. Ein Glück nur, daß er die Kegelkugeln in die leere Schlafkammer geschichtet hatte.

Der Stirb-und-werde-Stuhl am Fenster kam den Leuten bekannt

vor. Sie sahen es wohl, daß er aus der Klasse stammte, aber sie sagten nichts.
Als Matthias seinen Besuch von einem leeren Zimmer ins andere führte, wurde ihm bewußt, wie dürftig alles war. Die Tapete eingerissen, die Fußbodenbretter mit Farbe beschmiert. Wasserflecken an der Decke.
«Ja, aber Sonne den ganzen Tag», sagte Matthias, der trotz allem stolz war auf seine drei Zimmer plus Dachkammer, auch wenn im Keller Wasser stand.

Es wunderte die Leute, daß er hier so kümmerlich lebt. War denn die Wohnung vor seinem Dienstantritt nicht renoviert worden? Das wär doch Usus? Vielleicht hatte der Bürgermeister gedacht: Der haut ja doch gleich wieder ab? Hatte gar drauf spekuliert?

Der Bürgermeister wär' auch so ein Kapitel, der sei durch Intrigen an den Posten gekommen, der ließ nur Feldwege pflastern, an denen die Äcker seiner Freunde liegen, und all so was, alles andere könne verrotten.
Im Krieg wegen irgendeiner dunklen Sache vier Monate im Knast, und nach dem Krieg dann eine Entschädigung, wegen «politisch». Das Enkelkind, Helga, sei übrigens unehelich, das habe die Schwiegertochter mit in die Ehe gebracht.
Auch über Bauer Freede wurden Andeutungen gemacht, die liefen aber in eine andere Richtung. Die Frau nicht zum Arzt geschickt, aus Geiz, obwohl die dauernd gehustet hat. Und dann natürlich Blut gespuckt und dot. Wenn der die Carla nicht hätte, säh's schlecht aus, ein nettes, ord'liches Mädchen, ein Rätsel, warum die noch immer keinen Mann hatte.

Daß die Wohnung so leer war, erstaunte die Leute. Sowenig Möbel? Bloß einen alten Stuhl und einen morschen Tisch? Und ein paar Bücher auf dem Fußboden? Der Schrank, das wär' ja ein gewaltiger Koffer, sie hätten auch so einen Apparat gehabt – neulich den Holländern mitgegeben ... Der Eckschrank allerdings ja ganz hübsch ... Aber sonst nix weiter? Nicht mal ein Sessel oder ein Sofa? Das mußte geändert werden, darin war sich die Familie Fitschen einig. Die Bauersfrau wurde gesprächig, und der Mann nickte: Sie hatten eine Tante Hulda, die gerade gestorben war, in Ostereistedt, da stand doch noch das ganze Wohnzimmer. War nicht sogar der Trödler schon bestellt?

«Das wird was Rechtes sein», dachte Matthias, womöglich ein riesiges Schlafzimmer und ein Wohnzimmer mit Vertiko und vielleicht eine «Flurgarderobe», mit Spiegel, verrosteten Kleiderhaken, Handschuhfach – alles in einem ...
Aber am nächsten Tag fuhr er dann doch nach Ostereistedt, zusammen mit dem Bauern, der Frau und Anita (deren Mitgift sich würde sehen lassen können). – Es stellte sich heraus, daß das Wohnzimmer von Tante Hulda, die ihren Mann im sechsundvierzigsten Jahre seines Alters vor Witebsk verloren hatte, 1910 in Bremen gekauft worden war, eine äußerst zierliche Stadtsache in Rüster, eine grün bezogene Bank mit Spiegel oben drüber und Umbau links und rechts: kleinen, mit spektralfarbenem Kristallschliff verglasten Schränkchen, einer Standuhr, einem ovalrunden Tisch und Bücherschrank, alles mit farbigen Intarsien verziert, drei Sesselchen, alle dunkelgrün bezogen mit hellgrünen Blümchen drauf. Auch ein Teppich war vorhanden, passend zu den Möbeln, er lag zusammengerollt auf dem Flur.

Weil Anita sah, daß Matthias sich für die Sachen zu begeistern begann, zeigte sie auf einmal Lust, die Sachen selbst zu behalten, aber von den Eltern wurde sie gefragt, was sie mit dem Mist will? Den ollen Plünnenkram? Und mit Blick auf Matthias: «Sie kriegt ja alles neu ...»
«Wenigstens das Glasschapp ....», sagte Anita und öffnete die Türen der Vitrine links und rechts.

Schon am nächsten Tag holte Bauer Fitschen die Sachen mit dem Trecker, und es stellte sich heraus, daß die Möbel in das Wohnzimmer paßten, als hätten sie schon immer dort gestanden. Daß Anita alles feucht abwischte, wurde sofort verhindert.

Dann fragte es sich, was die ganze Chose kostet. Am Ende, nach langem Hin und Her, wobei verkehrt rum gehandelt wurde, also der Bauer immer weniger haben wollte und Matthias nach und nach immer mehr bot, bezahlte er hundertfünfzig Mark. – Matthias stellte den Tisch mal hierhin und mal dorthin, die Bank mit dem Kristallschliffumbau an die Wand, die Standuhr in die Ecke. Wie hatte er es hier bloß ausgehalten, so ohne alles. Nun noch Bilder an die Wand. Und Gardinen vor die Fenster.

Bald darauf mußten die Sachen wieder ausgeräumt werden, denn Malermeister Henning rückte an, mit zwei Gesellen und einem Lehrling, die machten alles neu und schön. Die Fußböden wurden abgezogen und frisch gemalt, und die Wände tapeziert mit Tapeten, die der Bürgermeister ausgesucht hatte – es hätte schlimmer kommen können. Im Badezimmer wurde ein tadelloser Umlauferhitzer montiert, bei dem dann allerdings sämtliche Sicherungen durchknallten, wenn man nur eine einzige Lampe zusätzlich anknipste. Alles wunderbar: Die Küche erhielt sogar einen Ölsockel, einen sogenannten «Paneel», wegen der Spritzer beim Kartoffelpufferbacken, sonst kann man ja in vierzehn Tagen alles wieder neu streichen. Die Malermannschaft packte mit an, als es galt, die wiederhergestellte Truhe von Jgf. Lucie zum Schrank in die Veranda zu schaffen. Und da sie nun grade mal so schön beim Malen waren, tauchten sie ihren Pinsel in schwarze Farbe und wollten das Altertum gleich überstreichen. Das konnte in letzter Minute verhindert werden.

Danach wurde der Keller leergepumpt und abgedichtet, und auch die Dachkammer wurde renoviert. Platten unter die Dachpfannen genagelt. Nun war der Sperling für immer ausgesperrt, kein freier Zugang mehr für ihn zum Frühstückstisch, morgens, wenn der Spitz sich einstellte, oder zwischendurch mal eben Guten Tag! sagen. Im Garten oder auf dem Hof hielt Matthias Ausschau nach dem kleinen Vogel, aber der gab sich nicht zu erkennen.
Auch die Fenster wurden abgedichtet. Alles sah da oben sehr verändert aus, ein bißchen wie im Krankenhaus – aber Matthias blieb trotzdem dort wohnen, er zog nicht nach unten. Da oben konnte er seine Zugbrücke einziehen.

Auch an der Abseite hatten sich die Handwerker zu schaffen gemacht. Die Unordnung dort hatten sie moniert, das war ja ein regulärer Dreckstall! Schulhefte einer ganzen Generation, kreuz und quer und durcheinander und mit Vogeldreck obendrauf. Na ja, hatte man es nicht gesagt? War der neue Lehrer nicht aus dem Osten gekommen? – Die Männer warfen alles aus dem Fenster, so daß sämtliche Nachbargärten schließlich mit Papier übersät waren. Und dann wurde mit Brettern ein Fußboden über die Lehmfüllung gelegt, ein hübsches kleines Séparée entstand auf diese Weise. Die Giebeluhr konnte nicht in Gang gesetzt werden, die blieb still und stumm. Vielleicht ganz gut, das Ticken hätte wohl doch gestört. So war denn das klobige Uhrwerk der einzige Wandschmuck in diesem Raum.

Matthias hatte nun ein weiteres Zimmer für sich. Er nannte es sein «Wolkenzimmer»: Von hier aus beobachtete er die Sonnenuntergänge, das dauerte oft eine ganze Stunde, Wolken mit glühend roten Rändern, Formen und Farben ineinander übergehend, und darunter als Saum der von den schwarzen Baumwipfeln des Waldes angeknabberte Horizont. Das hatte er in seinem Leben zwar, wie jeder Mensch, schon oft gesehen, aber noch nie beobachtet. Hier wurde es ihm zum unentbehrlichen Spektakel. Und wenn er vor der Wolkensymphonie saß, blickte er sich um, ob da nicht noch einer ist, zu dem er sagen kann: Sieh mal den Himmel des Jüngsten Gerichts!
Und weil keiner da war, dem er sich mitteilen konnte, versuchte er, die Himmelserscheinung zu beschreiben, erster Akt, zweiter Akt, dritter Akt, in sein Notizbuch notierte er die Himmelsveränderungen, und er fragte sich nicht: Warum tu ich das?

Vor diesem Fenster spielte sich jeden Abend der Weltuntergang ab. Der Sonnenaufgang hingegen wurde ihm von der Straßenseite her beschert, der war nicht so interessant, das war ein ganz anderes Licht, das hatte etwas mit dem Geschepper der Milchkannen zu tun, morgens um sechs. Hundebellen und Hähnekrähen. Immer nahm er sich vor, einmal einen Morgen von Anfang an mitzuerleben, sich an die Eische zu setzen und von dort aus über die Wiesen schauen – aber daraus wurde nichts. Die Bauern hätten gedacht: Der Kerl hat die ganze Nacht durchgefeiert. Außerdem hatte er keinen Wecker.

Als der Pastor von den Möbeln hörte, daß der neue Lehrer von Klein-Wense sie gekauft hätte für 150 Mark!, machte er nur wegwerfende Gesten. Er kannte die Stube wohl, er hatte so manches Mal auf einem der dunkelgrünen Sesselchen gesessen und sich von der alten Frau was vorheulen lassen. Erst Wochen später dämmerte es ihm, daß er da wohl doch einen Fehler gemacht hatte, sich diese Möbel nicht zu sichern, und er ergrimmte gegen Matthias.

20

Schon am nächsten Vormittag machte sich Anita daran, den Garten in Ordnung zu bringen. Es wurde umgegraben, dann wurden Bohnen gelegt, Erbsen, Zwiebeln gesteckt. Wenn Matthias ans Fenster trat, in der Schönschreibstunde – rauf – runter -rauf, i-Tüddel drauf! – und hinausblickte, stand Anita über den Beeten, mal von vorn zu sehen, auch von der Seite, mit Kopftuch und oft auch sehr von hinten und grub und hackte und harkte.
Ab und zu hielt sie inne, und dann erschien ihr Kopf über den weißgestrichenen Fensterscheiben, was Matthias da macht, wollte sie gern wissen. Hefte vorzeigen lassen zum Beispiel oder mit den Kleinen rumalbern.
Wenn ihr Gesicht auftauchte, schüttelte Matthias leicht den Kopf, daß das nicht geht, daß sie hier dauernd reinguckt, und dann verzog sie sich. Sie wußte schließlich, was sich schickt.

Als Dank für ihre Arbeit ging Matthias dem Bauern zur Hand, wenn der Eingaben ans Versorgungsamt machen wollte, wegen seiner Kriegsverletzungen. Jegliche Schriftstücke setzte er ihm auf und schrieb sie auch fein leserlich ab. Der Bauer stand dann daneben, dick und schwer, und atmete zischend durch die verstopfte Nase. Aus dem Fenster sah Matthias dann auf den Hof des Bauern Freede, wo Carla Mist auf den Miststreuer lud.

Die Annäherung an die Familie gipfelte in einer Einladung. Sonnabend, acht Uhr, und Matthias band sich seinen guten Schlips um.

Fitschen empfing ihn auf der Diele seines alten Niedersachsenhauses. Die Stallungen, eine Buchte neben der anderen, für Pferde und für das Rindvieh. Altersschwarze Ständer aus Eiche, an denen Namensschilder für besondere Kühe und Pferde angenagelt waren.
«Das Holz, das ist nun schon dreihundert Jahre alt, da ist kein Bock und kein Wurm nich drin ... – Komisch, wenn *eine* Neonröhre kaputtgeht, gehn gleich alle kaputt.»
Hier hing auch für jeden Vorfahren eine handgeschnitzte Eichentafel. Bis ins 17. Jahrhundert zurück ging die Ahnenreihe, und das war eine herrschaftliche Sache, daran war nicht zu tippen.
Fitschen hatte grade noch nach einer Sau geguckt, die würde wohl bald ferkeln, das konnte jeden Augenblick losgehen, einstweilen würde Anita ihn ablösen ...

Die gute Stube war freigegeben worden für diesen Abend, alles Licht an!, mit Büfett und gewaltigen Sesseln. Durch die sehr kleinen Fenster war der äußerste Rand des Strohdachs zu sehen, im Winter dann Eiszapfen, oder – klick-klick-klick – Regentropfen. Über dem Sofa hingen die Fotos zweier junger Soldaten, von einer Pflanze umrankt, an der Lamettafäden baumelten, und über der Tür ein größeres Foto vom alten Fitschen, 1947 gestorben, einem Mann mit Hitlerbärtchen.

Es kamen andere Bauern, nach und nach, krumm und sehnig, nach Schuhcreme riechend. Die korpulenten Frauen waren ordnungsgemäß mit Waschbrettfrisur versehen und Bernsteinkette, Bauersleute waren das, bei denen die Fitschens auch regelmäßig eingeladen wurden, Jahr für Jahr, das ging reihum. Bis zu zwanzig Einladungen ergingen jedes Jahr, jeder gegen jeden. Sich ausschließen wär' nicht gegangen.

Fitschen tat sich etwas darauf zugute, daß der Lehrer bei ihm in der guten Stube saß, was das Dorf wohl dazu sagte, daß bei ihm der Schullehrer zu Besuch ist? Er legte dem jungen Mann die Hand auf die Schulter: Wenn einer von denen was will, kriegt er's mit mir zu tun.
Seine Bauernkollegen musterten den neuen Lehrer ungeniert.

«Aus'm Osten oder watt?»
Der Bauer Up de Hœcht konnte nicht kommen, schade, der hatte einen Splitter im Kopf, und der wanderte mal wieder, mal tat ihm der Fuß weh, mal die Hand. Schade – eigentlich ein netter Mensch. Der hätte den neuen Schullehrer gern kennengelernt, hatte extra noch gesagt: wie schade ..., aber was nicht ist, kann ja noch werden. Er war bei der Waffen-SS gewesen, aber ein ordentlicher Mensch. Deutsches Kreuz in Gold. Wegen seiner Tapferkeit an der Front war er allseits geachtet, die Kameraden hatten davon erzählt.

Die Leute nahmen Platz in den gewaltigen Sesseln und tranken Bier und Schnaps, die Frauen Wein, Fitschen hatte einen Regimentskameraden in der Pfalz, der schickte jedes Jahr Wein zum Vorzugspreis. Flaschen ohne Etikett.
«Soldat gewesen, oder watt?» wurde Matthias gefragt.

Bier und vor jedem Schluck einen «Klaren», klar wie Gottes Wort. Klare aus der «Schluckbuddel».
«Trink nur, wo man durchgucken kann, sagt mein Vater immer ...»
«Komisch, man verstukt sich den Magen nie an'n eiskalten Schnaps ...»

Mit Wettergesprächen ging's weiter. Ein Bauer meinte, meist regne es freitags oder sonnabends, « ... ich weiß auch nicht ...».
Ein anderer vertrat die Ansicht, im Winter kämen meist die gleichen Grade wie im Sommer, nur im Minus. Bevor der was sagte, machte er erst mal 'ne Weile den Mund auf.

Sie unterhielten sich über die neue Kartoffelsorte «Tasso» und darüber, welchen Finger man beim Holzhacken noch am ehesten verschmerzen könnte.
Die neuen Metallsilos von Landhändler Cordes, schon von Kreuzthal aus zu sehen, bei gutem Wetter.

Das Thema Zäune gab auch was her, das war ein gutes Bauerngespräch. Da war von «Pœhl» die Rede, was «Pfähle» bedeutete,

Matthias brauchte eine Weile, bis er dahinterkam. Die Wirtschaftswege würden immer schmaler, weil da männigeiner jedes Jahr 'n paar Zentimeter von abpflügt.
Zwischendurch kam Anita aus dem Schweinestall und sagte: «... is noch nich so wiet!»

Als dann die Rede aufs Schnapsbrennen kam, wurden die Bauern lebhaft! Sie erklärten es Matthias haargenau, so als ob der vorgehabt hätte, eine Destille aufzumachen.

> Erst Zuckerrüben durchdrehen, aufkochen, Hefe reintun, durchrühren, vier bis fünf Tage gären lassen. Wenn sich's ausgeschäumt hat: Deckel drauf, Deckel mit Loch, Stange rein, Kupferschlange durch ... Der erste achtzig Prozent, der letzte zwanzig Prozent, das dann zusammenschütten, Essenz rein, aufstoßen und abschmecken. Handvoll Wacholderbeeren reinschmeißen ...

Dieses Gespräch erwärmte die Runde, es wurde vom Schwarzschlachten gesprochen, in der Nacht, alles abgedunkelt, damit keiner was sieht ...
Wegen Schwarzbrennen in'n Knast wandern, das war nicht ehrenrührig gewesen. Kameradendiebstahl – das war schon was anderes. Der Kiesbauer, dem die Sandkuhle gehörte, der dem Nachbarn Vieh von der Weide gestohlen hatte, also dieser Mann war für immer geächtet, samt Kind und Kindeskind, bis ins tausendste Glied, der hätte man lieber alles verkaufen sollen und nach Amerika auswandern.
Der Kiesbauer wurde niemals eingeladen, und seine Frau kaufte im Nachbarort ein.
Spukgeschichten. Und natürlich kam auch der Mord zur Sprache, vor vierzig Jahren, die Sache mit dem Rheinlandmädchen. Der Bauer, der damit zu tun gehabt hatte, lebte immer noch. Von der Sache wußte jeder, aber man hatte ihn nicht fassen können.
Daß neulich mitten in der Nacht einer gelacht hat, markerschütternd, wurde erwähnt, das sei «grugelig» gewesen. Freitags keine Wäsche aufhängen! Und so weiter.
«Iss noch nich so wiet!» rief Anita ins Zimmer.

Gegen zehn Uhr gab es endlich was zu essen, Matthias dachte schon, er hätte sich geirrt, und «acht Uhr» bedeute womöglich: *nach* dem Essen ... Schlachterwurst wurde aufgetischt, unter der voll aufgedrehten Deckenlampe, Aufschnitt, kalter Braten; eigene Wurst anzubieten, das hätte sich nicht gehört – die Gäste mochten insgeheim zählen, wie viele Sorten hier aufgetischt wurden, was man also selbst das nächste Mal würde drangeben müssen. Käse nicht, Käse wurde nicht gegessen in Klein-Wense.
«Braunschweiger oder watt?»

Matthias wurde gefragt, was der Vater war, aber das wußten sie schon. Sonst ließen sie ihn in Ruhe. Jaenicke ohne h, aber mit ck.
«Studiert oder watt?»
Matthias versuchte Platt zu sprechen, und die Bauern Hochdeutsch. «Ick heww», sagte er statt «ich habe», und «dunn» statt «dann».

Schmauch wär' ein guter Lehrer gewesen, herzensgut, und seine Frau hatte jedes Jahr ein Berliner Kind genommen; obwohl das alles Bettnässer waren, hatte sie jedes Jahr wieder eins genommen, damit die mal rauskommen aus der Steinwüste.
Die Ära Schmauch sei im Grunde genommen ein Segen für Klein-Wense gewesen. Im Kopfrechnen ein As. «Rechnen ist das A und O!» – Nur die Sache mit der Hexenbrücke. Er habe sich in der Dämmerung immer mit einer jungen Frau aus Eistedt an der Hexenbrücke getroffen – «Wo heit' se noch?» –, im Gebüsch dort. Hatten gedacht, keiner sieht sie, aber das ganze Dorf hatte es gewußt.

Was die Bildung der Kinder anging, war man der Ansicht: Kinder dürfen nicht zuviel lernen – «De wat us to klog» –, sonst übernehmen sie den Hof nicht, wenn's soweit ist.
Dumme Bauern – kluge Bauern wurden bezeichnet, mit Namen und voller Adresse. Und faule Bauern. Von einem Bauern wurde gesagt, dem tue es wohl unter der Achsel weh (der *wolle* nicht arbeiten). Daß ein Bauer in Westereistedt aus Geiz Altöl in seinen Mähdrescher gefüllt habe, wurde erörtert und belacht: alles in Dutt!
«Iss noch nich so wiet!»

Zu fleißig zu sein wär' auch nicht gut, der Ausbauer in Wense-Ausbau zum Beispiel, also nee, der arbeite ja nur im Laufschritt und bis Mitternacht! Am besten sei: Immer eben weg und: «Man muß sich jeden Tag was vornehmen. Das andere tut man sowieso.» Das war die vorherrschende Meinung.
Heuernte, Kornernte ... Schwerste Arbeit machten die Runkelrüben. Schwerste Ernte. Einzeln mit der Hand hochstaken. Dazu Regen in die Ärmel. Rinnsale bis auf'n Bauch. Laufende Nase. Kalte Füße.
Die Runde wetteiferte, den Lehrer irgendwie zu belehren. Daß mal ein Dachs im Wald einen Weg unterwühlt hat, erzählten sie; und die Reiherkolonie wurde beschrieben, in der jetzt allerdings die Krähen horsteten.

Großes Thema: Bauer Freede, der nie auf «Besäuk» komme, und seine Tochter auch nicht, der wär'n Mittelding zwischen dumm und klug, der harke die Maulwurfshaufen in der Weide nicht breit, weil auf der Krümmung der Maulwurfshaufen ja auch Gras wächst, und das wär' denn ja mehr Oberfläche ...
«Wenn der seine Tochter nicht hätte!» Ein tadelloses Mädchen. Beanstandet wurde lediglich, daß sie die nasse Wäsche im Garten nicht der Größe nach aufhängt.
Freede, auch so'n Kapitel ... Als die Engländer kamen, immer rübergezeigt, als ob da was zu holen wär' ... Und der Vater dann auch tatsächlich nach Westereistedt gekommen, zwei Jahre!

Flüchtlinge wurden aufgezählt, gute und schlechte, komische Leute dabei, der baltische Baron mit einem Papagei hier angekommen – der Vogel habe das Schweinefüttern nachahmen können und den Todesschrei der Schweine beim Schlachten.
«Dat gipps ja woll nich!»
Im Winter hatte er seine Schuhe bei Taschenlampenbeleuchtung geputzt, so sparsam war der. Aber – 'n Papagei, das müsse man ihm lassen.

Flüchtlinge: Manch einer war mit Pferd und Wagen gekommen, mancher gleich weitergezogen. In Wäschehäusern hatten sie gehaust – besondere Lieder bei den Beerdigungen gesungen und ge-

heult und geschrien am Grab –, so was kannte man hier nicht bis dato.
«Der Niedersachse schweigt am Sarg.»
Daß es acht Jahre dauert, bis eine Leiche verwest ist, und Kindergräber sind am schlechtesten gepflegt. Je kürzer gelebt, desto kürzer der Schmerz.
Daß ein Grabstein nicht größer als Null Komma neun Kubikmeter sein soll, heimischer Stein. Hasen- und Rehfraß durch PVC-Ummantelung verhindern.

Matthias sehnte sich intensiv nach Hause, gern wäre er jetzt durch seine Stuben geschritten, von einem Zimmer ins andere, die Sesselchen mal hierhin rücken und mal da. Und oben in der Dachkammer ein Loch in die Gipsverkleidung schneiden für den Sperling, daß er rein kann und wieder raus, der liebe Hausgenosse.

Zwischendurch erhob sich Fitschen, um draußen nach dem Rechten zu sehen: Es war noch immer nicht so weit. Die Bauern, die da um den Tisch herumsaßen, fanden es ganz in Ordnung, daß dauernd einer aufstand und nach dem Rechten sieht. Die kannten das.

Die Franzosenaktion ..., daß die nur 'ne Rippe rausgeholt hätten aus der Kuhle und die Köppe ...
«Wenn sie all unsere Leute aus Rußland holen wollten, hätten sie viel zu tun, watt?»
Von Kallroy habe immer noch keinen Grabstein, eigentlich doll ... Man sähe ihn noch durch den Wald gehen, seinen Farbkasten dabei und sogar ein Fläschchen Wasser für die Farben. An sich ein harmloser Mensch, aber ein bißchen überkandidelt. Immer nackte Kinder auf der Wiese rumspringen lassen, und eine rote Fahne gehißt!
Ob Fitschen auch ein Bild von ihm besitze?, fragte Matthias. Ja, aber das hänge in der Schlafkammer – und es wurde nicht weiter darauf eingegangen.

Schlag Mitternacht – Matthias hatte schon mehrmals Ansätze gemacht, sich zu entfernen – gab's Kaffee und Kuchen. Drei Sahnetorten wurden aufgetragen und noch Blechkuchen dazu: Bloß

nicht mit 'ner vierten Torte anfangen, dann muß der nächste Bauer auch vier Torten auftischen, immer hübsch im Rahmen bleiben. Zigarren anzünden.
«Nichtraucher oder watt?» wurde Matthias gefragt.
Schwarzer Kaffee und Büchsenmilch.
Likör.
«Junggeselle oder watt? Jänicke ohne h? – und hinten?»
Vom Kaffee wurden die Frauen mobil, bis dahin hatten sie sich zurückgehalten. Sie streiften ihre Armreifen in die Höhe und hielten sich an der Bernsteinkette fest.
«In Oyten sind sie schon beim Einmalzwei!» sagten sie, und sie wollten wissen, was Matthias von der neuen Lesemethode hält.
Matthias fiel es ein, sich die Hände der Frauen reichen zu lassen, um die Handlinien zu besichtigen, er deutete sie nach Wahrsagerart ins Glückselige, was allgemeines Wohlgefallen hervorrief. Als er dann aber den Bauern Säcke voll Geld prophezeite, lachte alles, da hatte er den Bogen überspannt.

Das Kallroy-Bild kriegte Matthias nicht zu sehen, aber eine silberne Trachtennadel zum Zusammenhalten des Halstuches wurde ihm geschenkt, die hatte Frau Fitschen in der Schrankschublade liegen gehabt.
Und als es dann merklich später wurde, sagte einer der Bauern: «Hewt ji gor keen Kordeluhr?»
Um zwei Uhr war endlich Entlassung. Das war eine schwere Arbeit gewesen, sechs Stunden – sitzen und zuhören und nur die Hälfte verstehen. Und nun noch herumstehen. «Na, denn ...», wurde schließlich gesagt, und man ging auseinander.
Obwohl Matthias ja noch da war, freuten sich die Fitschens schon auf seinen nächsten Besuch.
«Kommen Sie bald mal wieder!»
Auch die andern Bauern luden ihn ein, ob er deshalb gleich dem Gesangverein beitreten müßte, der Freiwilligen Feuerwehr und dem Posaunenchor, das würde noch zu untersuchen sein. Da Abstand halten, das war ja uferlos.

In die Abschiedszeremonie hinein kam Anita gelaufen, so schnell die Beine ihren schweren Körper zu tragen vermochten: «Geiht los! Geiht los!» Das Ferkeln war in Gang gekommen. Da machte Matthias, daß er wegkam! Nur eben warf er einen Blick auf die Sache, die blutig schleimigen Würstchen, die aus der Sau hervorflutschten. Wie gut, daß er denen nicht auch noch das Lesen und Schreiben würde beibringen müssen.

21

Die Bodenkammern waren zwar renoviert worden, aber die Tapeten, die der Bürgermeister – oder seine Frau – ausgesucht hatte, waren denn doch nicht zu ertragen, deshalb fuhr Matthias zu Kaufmann Claasen, weiße Farbe holen.
Matthias ging um das Haus herum und klopfte an die Tür im Hof, und da sie nicht geöffnet wurde, trat er ohne weiteres ein.
«Ah, welch hoher Besuch!» sagte Heiner Claasen, der in der Küche saß und sich damit beschäftigte, einen neuen Zinken für seinen Holzrechen zu schnitzen.
Weiße Farbe war noch vorhanden, davon stand im Keller Faß neben Faß, damit hätte man das ganze Dorf weiß anstreichen können, aber erst mußte sich Matthias hinsetzen und sich eine neue Version der Dorfgeschichten anhören, die Version von Heiner Claasen.
Ausführlich wurde von Klapproth, dem Konkurrenten, gesprochen, also davon, daß der nicht rechnen kann, aber auch davon, daß der ganz schön hart sei. Beispiele für die Geschäftshärte wurden nicht abgegeben, aber die leeren Schaufenster von Heiner Claasens Laden hatten wohl damit zu tun.

Die Sache mit dem jungen Polen, den die Nazis «aufgehangen» hatten wegen Rassenschande, den Strick falsch umgelegt, also nicht das Genick gebrochen beim Wegstoßen des Hockers, sondern den Mann stranguliert, was eine Viertelstunde dauerte. Obwohl er es selbst nicht gesehen, machte er es vor, legte den Kopf schief, streckte die Zunge raus und gab Röchellaute von sich. Er sei ja damals bei der Organisation Todt in Frankreich gewesen.

Der habe da rumgezappelt, der arme Junge, bloß wegen dem bißchen Stiftsetzen. Er habe aber wohl nichts groß gemerkt davon, denn die Schlinge unterbreche beim Strangulieren die Luftzufuhr zum Gehirn, und die Folge sei Bewußtlosigkeit. Aber das arme Mädchen! Das sei dann nach Ravensbrück gekommen, wegen Blutschande, und nicht zurückgekehrt.

Wenn man es so bedenke, er habe schon so manches «beläwt», sagte er und schaute eine Weile in sich hinein, in Polen zunächst und dann in Frankreich.
«Beläwt», sagte er, und das heißt auf hochdeutsch: «belebt» und bedeutet «erlebt». Etwas beleben, während man sich daran erinnert – den Ausdruck merkte sich Matthias.
Mit dem Viehhändler sei's losgegangen, das Malheuer, 1938, Viehhändler Glücksmann, dem er sein Vieh abgekauft habe, diese übergroßen Rinder, überall liefen ja noch Abkömmlinge davon herum, abends war er an die Tür gekommen und hatte geflüstert, hatte es sehr eilig, und alles in bar.
«Der ist dann ja nach Schweden gegangen, hätt' auch mal schreiben können.»

Dann kam das Gespräch auf einzelne Bauern. Fitschen, den kenne er doch? Na, er wolle sich da nicht weiter zu äußern, Vater Ortsbauernführer. Der wär' ein großer Nazi gewesen, und im Dorf in Uniform rumgelaufen ... aber vielleicht ganz gut so, daß der so gegen die Juden gehetzt habe, sonst hätte Glücksmann den Absprung gar nicht geschafft, die Kurve nicht gekriegt.
«Der hat dem das direkt noch zu danken ...»
Glücksmann sei übrigens kein typischer Jude gewesen, also kein Watschelgang und keine krumme Nase, ein flotter Typ, mit schwarzem Kraushaar und Menni-Bärtchen auf der Oberlippe, und den Hut immer auf einem Ohr. Der habe gut mit den Bauern gekonnt, vor allem mit den Bäuerinnen!
Neulich wären drei Schüler dagewesen, aus Kreuzthal, wegen einer Gedenkecke für die Opfer des Naziregimes im Hermann-Sulzberg-Gymnasium. Aber Glücksmann lebe ja noch, jedenfalls aller Wahrscheinlichkeit nach, für den wäre eine Gedenkecke wohl nicht angebracht.

Um die Zeit zu nutzen, ließ Matthias sich von Claasen noch die Haare schneiden, das ging ebenfalls in der Küche vor sich, wurde mit einer Handmaschine vorgenommen und kostete eine Mark. Danach zog Matthias mit der Farbe ab, bekam auch noch eine Quaste und eine Leiter geliehen, und dann strich er seine beiden Dachkammern weiß an. Das Uhrwerk im Wolkenzimmer schwarz.

Nach getaner Arbeit legte er sich aufs Bett. Er fragte sich, wo er denn nun für den Sperling ein Einschlupfloch anlegen sollte, an welcher Stelle?
Er hatte sich ein kleines Kofferradio gekauft, eine «Transita» von Nordmende, blau, mit UKW. Und: Das hatte er gern: auf dem Bett liegen, Zwieback mit Butter essen und Musik hören mit herausgezogener Antenne. Vielleicht zwanzig Sender konnte er empfangen, und jeder dieser Sender sendete von morgens bis abends. Bin *ich* damit gemeint? dachte er.
Einmal nahm er das Radio mit in das Wolkenzimmer. Aber keine Musik hielt stand vor dem Himmelsschaupiel.

Hatte er genug gehört, schaltete er ab, und dann nahm er sich die Posaune vor, auf der er nun schon ein paar klare, saubere Töne blasen konnte. «Der Mond ist aufgegangen», das kriegte er einigermaßen hin. Morgens hatte er kein Bedürfnis, auf dem Instrument zu blasen, aber abends, wenn es dunkel wurde.

Vorm Schlafengehen machte er gern seinen Rundgang durch das Dorf – die Eule, die in der Eiche von Bauer Freede wohnte, strich ab, wenn er die Treppe hinunterstieg. «Entschuldigung!» rief er dann. Meistens ging er die Platanenallee entlang, am Neubau der Landhandelsvilla vorüber, in die nun schon Fenster eingesetzt worden waren. Roter MILO-Mais für Hühner: Davon wird das Eigelb dunkel, und NATA vertilgt Quecken.
Die Balken des alten Bauernhauses verrotteten im Gebüsch.

> Wo Gott zum Haus nicht gibt sein Gunst
> so arbeit' jedermann umsunst

Ins Gasthaus ging er nicht, er ließ sich nicht so gern von Halbbetrunkenen anquatschen. «So ein Leben möcht' ich auch mal ha-

ben ...», so etwas war quälend. Daß er ein herrliches Leben hatte, das wußte er, das brauchte ihm niemand zu sagen.
Man konnte das Kartenspielen draußen hören.

Die Geräusche der Nacht: Vieh klirrt im Stall mit den Ketten, und der Posaunenchor übt. Ein einsames Flugzeug hoch oben, die blinkenden Lichter: Hamburg–Amsterdam und von dort aus weiter nach New York. Der elektrische Umformer und das Brummen im Kalthaus und vom Hof des Bauern Up de Hœcht Klavierspiel ... leise ... da übte einer Stunde um Stunde, obwohl er einen Splitter im Kopf hat.
Das war schon ein Bild: das Dorf im Dunkeln, nur das eine Fenster erleuchtet hinter den schwarzen Scherenschnittbäumen.

Heugebläse machen einen widerlichen Lärm, am Tag fand sich Matthias damit ab, so ist das nun mal, wenn man auf dem Lande wohnt, auch das Schweinegeschrei vorm Füttern war in Ordnung – aber nachts! Der Bauer in Klein-Wense-Ausbau, in der Nazizeit ausgesiedelt aus dem Dorf – mit Kornährenmuster über der Scheunentür und einer Kassette, die unter der Schwelle eingemauert worden war, mit Heilssprüchen aus der «Edda» –, war Heugebläsespezialist, der machte das ausschließlich abends. Der arbeitete ja auch sonntags und sogar zu Pfingsten. Der mußte wohl noch Kredite abzahlen, deshalb tat er das.

Einmal wanderte Matthias zur Schwarzen Flaage, der feuchten Stelle in der Heide, früher mal ein See gewesen. Das war unheimlich. Hier hatte man den Polen aufgehängt, und alle hatten zusehen müssen, das Mädchen mit geschorenem Haar unter dem Galgen. «Ganz schön hart», wie Kaufmann Claasen es ausdrückte.

Die Wolfskuhle, eine Sage wohl nur. Daß es hier einmal Wölfe gegeben habe, wurde behauptet, keine Spuren mehr, nur noch eine Erinnerung. Und die Reiherkolonie. Später würde es heißen: «Hier haben früher einmal Reiher gehorstet, Jahr für Jahr», so wurde ja jetzt schon gesagt. Noch saßen die großen Nester in den Baumkronen. Störche kamen schon lange nicht mehr. Auch das nur noch Erinnerung.

Einmal sah er in der Dunkelheit einen Mann vor sich hergehen. Matthias dachte schon, das sei eine Art Nachtwächter, denn er blieb bei jedem Haus stehen und faßte die Pforte an, ob sie geschlossen ist. – Matthias konnte beobachten, daß der Mann sich unter ein Fenster stellte und horchte. Der wollte es wohl mitkriegen, ob sich die Bauersleute schwer atmend unter dem Federbett vergnügten.

Plötzlich ging an einem Haus das Außenlicht an, ein Hund bellte, die Tür wurde aufgeschlossen – der Lauscher lief fort, und Matthias lief auch fort, in entgegengesetzter Richtung. Nicht auszudenken, wenn man ihn gesehen hätte! Keiner hätte ihm geglaubt, daß er nur den Lauscher belauschte. Schlecht rechnen können, die Wohnung zum Dreckstall verkommen lassen und nachts an den Fenstern lauschen ... Das wäre dann das Ende des dritten Lebensstarts gewesen.

Matthias blieb eine Weile im Gebüsch sitzen, dann ging er die Eische entlang nach Haus. Vor dem Haus des Bürgermeisters standen drei Fahrräder. Da saßen die Ältesten zusammen und besprachen, wo's langgehen soll mit der Menschheit, und wie's ausgeht. Vielleicht auch nur, welcher Weg als nächstes gepflastert werden soll. Still! Keiner darf das vor der Zeit erfahren, sonst ist alles verdorben.

Vielleicht war ja auch ein neuer Zaun um den Friedhof fällig? Betonpfeiler halten ewig?

Im Kallroy-Haus war noch Licht. Jetzt wurde es ausgeknipst, und nun ging's oben links an.

Als er sich wieder der Schule näherte, dachte Matthias: Was der Schulmeister da oben jetzt wohl macht? Und er sah den jungen Mann in seiner Dachkammer mit dem Sesam-open-you hantieren. – Und er dachte: Ich bin jetzt eine Frau und werde zu ihm hinaufgehen.

22

An Sonntagen machte er Besuche in den Nachbardörfern, die älteren Kollegen kennenlernen, ein gutes Klima herstellen, wer konnte wissen, wozu man diese Leute noch mal brauchte?
Bei Lehrer Klein, dem Kantor von Sassenholz, hielt er sich nicht lange auf. Der Mann hatte die Rederitis, aus Hirschberg war er, und allerhand Ungerechtigkeiten waren ihm widerfahren. Klein begrüßte ihn eine Idee zu freundlich, er legte die Heimatkundehefte, die er gerade korrigierte, zur Seite und stellte sich ans Bücherregal, um Matthias einen Fotoband von Schlesien zu zeigen – er sammle nämlich Sagen und Fotos aus der alten Heimat, vielleicht würde er das eines Tages in Form einer Broschüre der Öffentlichkeit vorlegen, mit Federzeichnungen von Giacomo Perlucci, das Gesamtdeutsche Ministerium bezuschusse so was, er habe schon halbwegs eine Zusage. Bei «Schlesien» horchten die auf. Hier in Sassenholz wohne übrigens ein Schriftsteller namens Alexander Sowtschick, ein Schrank von einem Menschen, mit dem habe er gesprochen, und der hätte ihm Mut gemacht. «*Ich* hab' auch klein angefangen», habe der gesagt.
Hätte nicht viel gefehlt, daß der Kollege sich die Lesebrille aufsetzte, um aus seiner Sagensammlung was zum besten zu geben. Er konnte gestoppt werden durch diverse Hinweise auf eigene Heimat, mit denen Matthias gegenhielt.

Das Gespräch litt darunter, daß der einzige Sohn des Schulmeisters, ein bleiches, dünnes, geistig behindertes Kind, ins Zimmer drängte. Es quäste herum, als ob es sich langweilt, und quetschte undeutlich Wörter hervor. Schließlich wand es sich auf dem Boden, wand sich und spielte an seinem Geschlechtsteil.
Draußen der blühende Garten, und hier drinnen, in dieser niedrigen dunklen Stube, eine solche Niederlage der Natur!
Matthias gelang es, sich für einige Minuten verständnisvoll zu zeigen und in bescheidenem Maße auch auf das arme Kind einzugehen, obwohl in seiner Ausbildung von solcher Art Menschenleben nicht die Rede gewesen war. Für Sekunden schien es so, als mer-

ke das Kind auf, aber dann fiel es doch wieder in seine eigene Welt zurück.
Ein Glück, daß die Frau nicht zu Hause war, sie war in die Rhön zur Kur gefahren – schwach auf der Brust –, so konnte sich Matthias rasch davonmachen, und es schien so, als sei das dem Kollegen auch ganz recht, denn sonst hätte er als gastfreundlicher Schlesier selber Kaffee machen müssen, und von Kuchen war ohnehin keine Rede.
Aber: Vielleicht eben noch schnell die Sammlung ansehen?
Welche Sammlung?
Das bäuerliche Arbeitsgerät?
Das Kind wurde in einen Verschlag gesperrt, und dann gingen sie hinüber in den Keller der Schule. Hier hingen zweiundzwanzig Dreschflegel, säuberlich nebeneinander, und auf einem Tisch standen Holzschuhe für Pferde, daß sie im Moor nicht einsinken, zu Doppelpaaren nebeneinander.
Hübsch waren die aufgereihten Mangelbretter und Plättknüppel, zum Teil mit Schnitzwerk verziert. Mit diesen Geräten war die nasse Wäsche ausgequetscht worden; die Knüppel hatten wohl außerdem noch dazu getaugt, wenn es nötig war für Ordnung zu sorgen, nachts Einbrecher zu verscheuchen oder Leute, die am Fenster horchen.

Etwas seitab lagen auf einem Tisch kolorierte Scherenschnitte unter Glas, aus dem Offiziershaus, das kürzlich unverantwortlicherweise abgerissen worden war – mit dem Eigentümer würde man nie wieder ein Wort wechseln ... –, in dem ein sonderbarer Adliger gewohnt hatte, aus dem Harz stammend, ein Rittmeister, dem Alkohol ergeben. Ein zwar einfaches Haus, aber gut in den Proportionen und innen mit Stuck versehen, das war nun für immer dahin. Neben dem Fronhus und der Kirche war das Offiziershaus eine Attraktion der ganzen Gegend gewesen, Dr. Müllermann war von Pontius zu Pilatus gelaufen, um den Abriß zu verhindern – alles vergeblich. Sogar an den Bundespräsidenten hatte er geschrieben! Das einzige Offiziershaus weit und breit, mit Stuck und Marmorkamin, war abgebrochen worden. Und nun stand da ein schmuckloses Einfamilienhaus mit Jägerzaun und Riffelglastür, dessen Dach im übrigen falsch konstruiert war: Es regnete rein.

Aber Klein hatte aufgepaßt! Bevor noch die Spitzhacke an das Gebäude gelegt wurde, hatte er so manches gerettet: die Scherenschnitte zum Beispiel, die unbeachtet in einer Ecke lagen, und einen Satz Pferdeschellen zum Vierspännigfahren. In der letzten Nacht noch einmal hingegangen, mit einer Taschenlampe, und eine Schabracke unter allerhand Gemülle hervorgezogen, hübsch bestickt, aber leider arg von Motten zerfressen.
Ob er das Neueste wisse?, fragte Kollege Klein. – Dr. Müllermann läg in Scheidung!
«Wahrscheinlich hat er 'ne andere.»
Daß sich die Menschen nicht vertragen können! So was sei doch ein Versagen ersten Ranges! Nie! würde er sich von seiner Frau scheiden lassen, obwohl sie dauernd krank sei – allein schon des Jungen wegen! Den im Stich lassen? – Obwohl's einen hart ankommt ab und zu.

Von Sassenholz aus fuhr Matthias nach Westereistedt, wo im Krieg Kriegsgefangene in einem Barackenlager untergebracht waren, nach dem Krieg dann DPs, eine Art Räubernest, aus dem Überfälle auf die Bauern verübt wurden, obwohl die Menschen dort damals gute amerikanische Rationen bekommen hatten. Und schließlich ehemalige Nazis, die man aus bestimmten Gründen nicht frei herumlaufen lassen wollte. Die Frauen hatten am Zaun gestanden und ihren Männern zugewinkt. Mancher bis zum Skelett abgemagert, weil der englische Lagerkommandant sadistisch veranlagt war. Den Frauen beim Besuch die Taschen ausgeschüttet und draufrumgetrampelt auf dem Butterbrot.

Der Besuch bei Lehrer Neidholt in Westereistedt war nur von kurzer Dauer. Obwohl es Sonntag war, schor der seinen Rasen, und das tat er, um seinen Nachbarn, den Kirchenvorsteher, zu ärgern.
«Jänicke?» – «Ohne h, aber mit ck.»
Weil hier nun jetzt ein junger Kollege kam und seinen Besuch machen wollte – man selbst hatte ja auch mal angefangen –, stellte er den Motor ab und zeigte auf einen weißen Strich im Rasen, der seinen Garten von dem des Kirchenvorstehers abgrenzte. Mit einem Gartenschlauch hatte er ihn hergestellt: den Gartenschlauch ausgelegt, gerade gezogen und dann Unkraut-Ex daran entlang-

gestreut. Das mache er dreimal im Jahr, das schaffe klare Verhältnisse!
Im Hintergrund hockte die Gattin des Schulmeisters an einem Staudenbeet und schnitt in Feinarbeit überhängende Grashalme mit einer Blechschere ab. Sie hockte da auf x-beinige Weise, und das Gesäß zeichnete sich wie ein großes W unter dem Rock ab. Es gehörte zur Gattung des Spitzpopos, kam also für Matthias nicht in Frage. Der bevorzugte eher die liegende Drei.

Neidholt hatte eine Begabung für praktische Dinge, in Naturlehre war er ein As. Zu Anfang seiner Lehrerzeit hatte er mit den großen Jungen ein ganzes Jahr lang Verkehrsampeln gebastelt, die dann auch leidlich funktionierten. Danach hatte sich sein pädagogischer Eifer abgekühlt, weil sich der Schulrat die Ampeln kaum mal angesehen hatte. Der Bericht darüber war ihm kommentarlos zurückgeschickt worden. Ob er um den Dorfteich herum den Verkehr regeln wolle – solche Redensarten hatte der Mann abgelassen, das mußte man sich mal vorstellen!
Dann eben nicht! Seither arbeite er stur nach Vorschrift, kein Handschlag! Aus und vorbei.

Neidholt deutete an, daß es mit der Offizierslaufbahn des Schulrats nicht mit rechten Dingen zugegangen sei, den ganzen Krieg über in Frankreich gesessen und sich rechtzeitig aus dem Staub gemacht. Im Rheinwiesenlager Remagen habe er ihn jedenfalls nicht gesehen. Vier, fünf Jahre unterrichtet und dann sofort Schulrat? Wie könne das denn angehen? Der hatte doch gar keine Ahnung!
Er selbst habe sich in Remagen auf allen vieren zum Arzt geschleppt, so schwach vor Hunger sei er gewesen, und die Kameraden von der Waffen-SS? Abgeteilt in einem Sonderpferch, immer in der Runde marschieren und Lieder singen, von morgens bis abends, die armen Kerle. Keine Hand habe sich gerührt, denen zu helfen …

Er warf einen Stein in die Gegend und pfiff seinen Kindern, die mit Heuharken und Körben herbeigelaufen kamen, um das Werk ihres Vaters zu vollenden. Er fragte Matthias nach seinem Jahrgang,

und als er «1930» hörte, stellte er den Motormäher wieder an und verabschiedete ihn, er muß das hier eben noch zu Ende machen, dann hat er bis zum nächsten Sonntag Ruhe. 1930, das war eine andere Kategorie von Mensch, diese Leute hatten nicht zur großen Armee gehört, die hatten zu Haus gesessen am Radio und Schlager gehört. Mit dem Jahrgang 1930 und aufwärts gab es keine Verständigungsmöglichkeit.
Er solle sich mal das Lager angucken, was da jetzt für Leute wohnten. Pack aus dem Osten, schlicht und einfach.
«Immer geradeaus und dann links.»
Gelegentlich könnten sie ja auch mal ein Bier zusammen trinken.

Im Hufendorf Haufe erging es Matthias besser. Das Schulhaus lag auf einer Anhöhe. Von Kiefern war es umstanden, das erinnerte an Hiddensee: die Radtour mit dem Vater, kurz vorm Krieg, dauernd Gegenwind ... Eine altertümliche Badehose hatte sein Vater angehabt, und dann die stark behaarten blassen Beine. Am Strand hatte er aus der nicht gerade zünftigen Aktentasche belegte Brote geholt, deren fettfleckiges Pergamentpapier schon einmal benutzt worden war. Das war nach dem Vespern glattgestrichen und wieder zusammengefaltet worden.

Das Lehrerhaus in Haufe stand neben der Schule, es war ein richtiges kleines Bauernhaus, mit Strohdach und grüner Dielentür. In alter Zeit hatten die Dorfkinder in diesem Haus noch Schreiben, Rechnen und Lesen gelernt. Eines Tages war eine neue Schule gebaut worden, Anno 1896, die Wände voll Salpeter und der Keller konstant unter Wasser, und in nicht allzu ferner Zeit würde man sie schließen und eine moderne daneben errichten, dort, wo jetzt noch Kiefern standen, mit Gruppenräumen und fließend Wasser in jeder Klasse, Lehrerzimmer, Lehrmittelraum und einem parkähnlichen Innenhof, in dem es den Landkindern möglich sein würde, mit der Natur Kontakt aufzunehmen. Moderne Zeiten und steigende Kinderzahlen legten einen Neubau nahe.

Die Tür stand offen. Auf der Tenne saß der alte Rennenfranz, Jahrgang 90, vor einer Staffelei und malte mit Wasserfarben ein Blumenstück. Er nickte Matthias freundlich zu und wischte sich die Finger ab: Klein-Wense? Da hat doch der alte Kallroy gewohnt, steht in jedem Lexikon, ein bißchen so ein Abklatsch von Vogeler, dächt er ...

Die Frau des Kollegen trug einen Tisch vor die Dielentür, sie stellte Kaffeegeschirr hin. Und dann klappte Rennenfranz den Farbkasten zu, und sie setzten sich vor die offene Tür und schauten ins Land, das vor ihnen ausgebreitet lag, in verschiedenen Grüntönen gestreift, auch Gelb, und dazwischen ein Stück Wald. Die Wolken gehörten zu der Landschaft, sich auftürmende weiße Quellgebirge mit ein paar dunkleren Graustreifen darunter. In der Ferne waren Dörfer zu sehen, die Kirche von Sassenholz und die blinkenden Metallsilos von Klein-Wense. Ganz in der Ferne war sogar die alte Mühle zu erkennen mit dem einen fehlenden Flügel.

Obwohl Rennenfranz schon über Siebzig war, unterrichtete er freiwillig noch weiter, weil es keine Lehrer gab, die hierher nach Haufe gehen wollten, und weil er Spaß am Unterrichten hatte, wie er sagte. Er sei viermal vereidigt worden in seinem Leben, auf den Kaiser, auf Ebert, Hitler und jetzt auf die Verfassung. Vor dem Ersten Weltkrieg hatte er eine Präparandenanstalt besucht, und er unterrichtete noch immer nach Methoden, die man ihm damals eingebleut hatte. Die modifizierten Formalstufen praktizierte er in seinem Unterricht, das gab er unumwunden zu, und er lachte darüber. Die verschiedensten Schulräte hatten versucht, ihn davon abzubringen, dicke und dünne, mit und ohne Parteiabzeichen, wohlwollend oder barsch – er hatte sie noch alle überlebt: Vorbereitung, Darbietung, Verknüpfung, Zusammenfassung und Anwendung: Die Formalstufen saßen ihm in Fleisch und Blut. Und es war doch eigentlich auch nachzuvollziehen, für jeden normalen Menschen, daß ein Unterricht, der auf diesen Prinzipien aufgebaut ist, funktioniert.

Was war daran falsch? Niemand hatte es ihm je gesagt. Das Schematische war es, was Anstoß erregt hatte. Als ob es in der Welt nicht überall ein Schema gebe! Die Eisenbahn zum Beispiel, wie sollte die wohl ohne Fahrplan auskommen. Und die ganze Natur gehorche festen Gesetzen.

«Haben Sie sich schon mal eine Schneeflocke unterm Vergrößerungsglas angesehen?»

Vor 1914 Lehrer geworden, und nun saß er hier und malte ... Seit Kollege Schmauch nicht mehr da sei, sei es ziemlich einsam geworden hier, sagte er. Kollege Klein in Sassenholz sei nicht so sehr sein Fall, komme dauernd an und frage, ob es im Dorf noch Dreschflegel gibt ...

Frau Rennenfranz war eine fröhliche Natur. Es war seine zweite Frau, die erste war beim Bombenangriff auf Osnabrück umgekommen. Sie sagte «Opa» zu ihm und wischte ihm die Buttercreme von der Backe.

Matthias erzählte zunächst, daß er schon bei Lehrer Klein in Sassenholz gewesen war und beim Kollegen Neidholt in Westereistedt, der einen etwas sonderbaren Eindruck auf ihn gemacht habe ...

«Ah – Neidholt? Wissen Sie, daß das ein unglaublich tapferer Soldat war? Drei Jahre Rußland. Das erzählen alle, hat Verwundete geborgen aus dem Niemandsland und so was alles, aber man darf ihn nicht darauf ansprechen ...»

Dann durfte Matthias seine ganze Lebensgeschichte erzählen, und daß sein Vater städtischer Beamter gewesen sei und in den letzten Kriegstagen noch gefallen.

«Und Ihre Mutter?»

Ja, das war so eine Sache. Mit der Mutter habe er eben kaum noch Kontakt. – Das gäbe es, daß sich Kinder und Eltern nicht verstehen, meinte der Kollege. Er selbst mochte da auch so seine Probleme haben.

Matthias hätte nun eigentlich gehen müssen. Der Kaffee war ausgetrunken, aber das Gespräch floß dahin, mit Prall und Gleithang, wie die schwarze Eische, die zu ihren Füßen in den verschiedenen Grünstreifen ihre Schleifen zog. Das hatte Matthias lange nicht erlebt, mit älteren Menschen zusammenzusitzen und mit ihnen ganz einig zu sein. Er spürte, daß er das, was ihn von seiner Kindheit trennte, noch immer nicht verwunden hatte.

Frau Rennenfranz schnitt ihm einen Blumenstrauß. Das war das Zeichen zum Aufbruch. Der alte Kollege führte ihm indessen seine Bilder vor, die großen und die kleinen Formate, aber das ging

gnädig ab, denn als die Lehrersfrau mit dem Strauß hereinkam, sorgte sie dafür, daß die Besichtigung abgeschlossen wurde.
«Opa, das kannst du ihm alles ein andermal zeigen!»
Sie drückte Matthias den Blumenstrauß in die Hand und ein Glas selbst eingemachtes Johannisbeergelee, zu gleichen Teilen Zucker und Frucht.
Als er sich schon auf das Rad geschwungen hatte, drückte ihm der alte Rennenfranz noch ein Blumenbildchen von sich in die Hand. «Weiße Taubnessel, auch Bienensaug» stand daneben und «Lamium album.»

Nach Hause fahren?
Matthias radelte ein bißchen durch die Gegend, Blumenstrauß unterm Arm und Marmelade in der Hand, Bild in der Rocktasche. Um nach Hause zu fahren, war es noch zu früh. Irgendwann kam er an einem Kaffeegarten vorüber, ohne Kegelbahn, wie er sofort bemerkte.
Die Tische waren direkt am Ufer der Eische aufgebaut. Matthias setzte sich und bestellte ein Alsterwasser, auf das er dann eine Dreiviertelstunde warten mußte, weil der Kaffeegarten mit Ausflüglern aus Bremen gefüllt war, die alle Natur genießen wollten, Frühling! Wenn die Natur erwacht, und alles Leben beginnt von neuem. Das gibt es in der Stadt ja gar nicht mehr.
Matthias wartete, aber er langweilte sich nicht. Gedanken und Bilder kamen und gingen, das war wie der Fluß der Eische, wie das Wasser dahinfloß. An einem Fluß hat man keine Langeweile, dachte er.

Als der Gastwirt endlich das Alsterwasser brachte, sah Matthias am Eingang Carla stehen. Sie stand dort schon eine ganze Weile, und sie sah ziemlich deutlich in seine Richtung.
Aus einem verwickelten Gefühl heraus winkte er sie nicht heran. Am Zaun stehen, in der Laube sitzen – gut, mit ihr in der Küche Tass' Kaff' trinken – auch gut. Aber hier im Kaffeegarten vor aller Leuts Augen zusammen am Tisch sitzen, das ging irgendwie nicht, das bedeutete etwas. So etwas hatte Konsequenzen …
So nahm er denn sein Notizbuch vor und kritzelte darin herum.

Später sah er, daß er klug gehandelt hatte, denn aus der Herrentoilette kam ein stämmiger junger Mann heraus, die Hand am Hosenschlitz, auf den hatte Carla offensichtlich gewartet.

Gegen Abend fragte er den Wirt, ob er ihm nicht ein Boot borgt, er ist der Schulmeister von Klein-Wense ... Es wär' doch hübsch, wenn er nicht nach Hause radelt, sondern rudert ...
Das sei ein ziemliches Ende, sagte der Gastwirt, aber machen ließe sich das. Für zwei Mark wurde ihm das Boot «Verena» losgemacht. Matthias legte sein Fahrrad hinein, nahm die Stange auf und stakte munter die Eische hinauf, leider durchaus entgegen der Fließrichtung.
Nach kurzer Zeit merkte er, daß das Staken schwerer war, als er gedacht hatte, Wassertropfen rannen die Stange herunter, so daß seine Hände naß wurden, und er kam nur langsam voran; die Eische hatte eine zügige Strömung. Nicht angenehm war es auch, daß er wegen der hohen Uferböschung fast gar nichts zu sehen kriegte, obwohl er in dem Kahn stand. Ein paar Kühe folgten ihm neugierig, und Enten suchten das Weite. Manchmal teilte sich der Flußlauf, dann wußte er nicht, soll ich nun links oder rechtsrum fahren? Gegen den Strom, das war die Devise.
Er bereute es bald, sich diesen Umstand gemacht zu haben, anstatt mit dem Fahrrad über die Asphaltstraßen dahinzusegeln. Es wurde dunkler, und er begann zu schimpfen, und ein bißchen Angst hatte er auch.

Gleichmäßig stakte er dahin und dachte: Das müßte ein schönes Bild sein, der dunkle Schatten eines regelmäßig dahinstakenden Mannes in einem schwarzen Kahn vor grauem Abendhimmel?
Irgendwo hatte er so ein Bild schon mal gesehen. Oder war es ein Mann mit Sense gewesen?
Hier stehenbleiben, wie der Ritter zwischen den Felsen.

Schließlich schaffte er es, er näherte sich Klein-Wense. Das Kallroy-Haus war erleuchtet, und Stimmen waren zu hören.
Matthias machte das Boot fest, stieg aus und sah zu dem Haus hinüber. Die Fenster standen offen: kein Zweifel, dort wurde ge-

feiert. Jemand spielte auf einem Saxophon die altbekannte Swingmelodie: «You are my lucky star ...», auf dem Klavier wurde das begleitet.
Er dachte an einen Lampionabend zu Hause, lange vor dem Krieg. Besuch hatte im Garten gesessen, eine warme Sommernacht, und seine Mutter hatte mit dem Nachbarn im Gebüsch gestanden.

23

An einem Mittwoch spielten die Kinder Völkerball, wie jeden Mittwoch in der letzten Stunde und auch sonst. Matthias ließ sich einen Stuhl an die Trennlinie stellen, um beobachten zu können, ob auch alles mit rechten Dingen zugeht. Luers und Gitte, die beiden Kleinen, standen links und rechts von ihm und meldeten ihm ungefragt, wenn einer abgeworfen oder übergetreten war. Die wurden dann für tot erklärt, weshalb der Völkerball mancherorts auch Mordball genannt wurde. Zum Mitspielen waren sie noch zu klein, aber Verstöße gegen die Regeln melden, das konnten sie.
«Hei hett œverpett't», so hieß das auf Platt, und: «Hei is dot!»
Ein einziges Mal hatte Matthias mitgespielt, aus einer Laune heraus, so alt war er ja noch nicht, Völkerball, das kannte er noch, das erinnerte ihn an die Schulzeit, besser als Boxen war das gewesen, humaner. Und dabei hatte er dann einen Ball in die Magengrube gekriegt, der war nicht von schlechten Eltern gewesen. Nach Luft schnappend war er auf den Stuhl gefallen.

Das Einteilen der Mannschaften konnte Matthias anstellen, wie er wollte, es fanden sich doch immer alle Flaschen zusammen, von den Sportstypen geschickt ausmanövriert. Im Sporthandbuch stand, man sollte das Einteilen beim Rauslaufen aus der Schule besorgen, sich an die Tür stellen und: links/rechts, links/rechts – aber das System beim Auseinandersortieren kapierten die Sportstypen sofort, wie oft er es auch änderte, die kriegten das immer hin, daß

sie zur richtigen Partei kamen. «Wählen» hatte keinen Sinn, das führte zu demselben Ergebnis, und das dauerte endlos.
Es war ja leider so, daß die hellen Köpfe auch im Sport gut waren. Schwach im Rechtschreiben hieß noch lange nicht: gut im Sport. Schließlich ließ Matthias vom Dorfschneider zwei Fahnen nähen, eine gelbe Sonnenblumenfahne und eine rote Apfelfahne. Und dann teilte er die Kinder einigermaßen gerecht in zwei Parteien, ein für allemal, und von da an ging's.

An diesem Mittwoch saß er auf dem Stuhl, die Sonne im Rücken, den Strohhut auf dem Kopf, und rief «Ab!», wenn die Schüler «Ab!» riefen. Aber plötzlich liefen die Kinder zur Pforte, da stand der FIAT 500. Ellinor drehte die Scheibe herunter und fragte, ob er nicht Lust hat mitzukommen, nach Angertorf. Es wär' doch so schönes Wetter, und wenn er mitkäm', dann könnte sie ihm mal das Künstlerdorf zeigen, sie kennt dort jedes Kind ...
Es müsse aber schnell gehen, lange warten könne sie hier jetzt nicht.

«Also Kinder, Schluß!» wurde gerufen. Fünf Minuten früher nach Hause gehen ist immer noch besser als Sport, obwohl man zu Hause sofort angestellt wird, dies noch zu tun und das noch zu tun.
Die Kinder rasten davon, und Matthias schloß die Schule ab und setzte sich zu Ellinor ins Auto. Auf eine Ehrenrunde durch das Dorf wurde verzichtet, man mußte es ja nicht gleich allen auf die Nase binden, daß der Lehrer mit der Künstlertochter zusammen über Land fährt. Das war auch gar nicht nötig, denn die Kinder erzählten es sowieso herum. – Braute sich da was zusammen?
Bei Kaufmann Klapproth, der jetzt eine Tanksäule vor seinem Laden stehen hatte, wurde noch mal eben vollgetankt, und dann ging's über die Eische hinweg fort. Klapproth sah ihnen nach, den tropfenden Schlauch in der Hand. Achtundzwanzig Pfennig kostete der Liter, daran war nicht viel zu verdienen, aber immerhin: Kleinvieh macht auch Mist.

Während sie aus dem Dorf hinausfuhren – Hunde folgten ihnen kläffend –, hörte Matthias die letzten Neuigkeiten links und rechts von Klein-Wense. Daß der alte Bauer Up de Hœcht ins Krankenhaus gekommen wär', nun wären die jungen Leute wohl bald erlöst. Der Sohn bei der Waffen-SS, vom ersten bis zum letzten Tag an der Front. Kopfschuß – dauernd Schmerzen. Und die Frau im Kirchenvorstand.

Ob er sich schon mit Carla Freede angefreundet habe?, wollte Ellinor wissen, ein nettes Kind, nein? Nicht? 'n bißchen dumm ... Die Freedes hätten ja viel Glück gehabt in der Nazizeit, als Nachbarn von Fitschen? Der alte Fitschen 'n ziemlicher Nazi, aber unterm Strich ein guter Kerl. Der war mal abends ans Haus gekommen und hatte gewarnt: Sie sollten nicht so laut sprechen, wenn einer am Fenster lauscht, kann er jedes Wort verstehen ...

Sie überquerten die Eische mehrmals, auf dem Geestrücken eine Reihe Pappeln – schwarzbunte Kühe gleichmäßig verteilt und über den ganzen Himmel Kumuluswolken, nach unten platt, nach oben immer weiter aufquellend. Irgendwie grandios. Die Gegend, durch die sie fuhren, blieb sich ziemlich gleich, Birken, schnurgrade Stichgräben, und in jedem Dorf ein Kriegerdenkmal, mit Bank davor, Sparkasse und Fahrradgeschäft. Dies war früher einmal alles Moor gewesen, die Chaussee alle paar Jahre erneuert, weil sie immerfort wegsackte.
Ellinor fuhr flott, das Zelluloidpüppchen am Rückspiegel pendelte hin und her. «Hat sie denn Wurschtfinger?» dachte Matthias, und leider hatte er sein Portemonnaie vergessen, das nagte an ihm.

Unterwegs machten sie vor einem Künstlerhaus halt. Man sah es an einer Sonnenuhr unter Weinranken, daß es ein Künstlerhaus war, und an der Verwahrlosung, die über dem Grundstück lag. Um das Haus herum ein verunkrauteter Garten. Ein Pfau marschierte auf und ab, und Zwerghühner liefen herum, mit komischen Federbüscheln an den Beinen. Ellinor ging hinein, sie trug einen grauen Hosenrock, das sah Matthias jetzt, und er mußte sehr lange warten. Er stieg schließlich aus und sah den Stichgraben entlang, in der Ferne ein stillgelegtes Windrad, und immer noch quollen die Kumulusse.

Endlich kam Ellinor mit der Künstlerin heraus. Es handelte sich um eine robuste Frau mit Kraftarmband, die sich mit Glasschmelzen befaßte. Sie beherrsche das Glasfärben jetzt absolut, sagte sie zu Matthias, könne dem Glas im Fluß jede Farbe geben, die sie wünsche, für Kirchenfenster wär' das geeignet. Leider bestellten die Pastoren ihre Kirchenfenster im Ausland statt bei ihr, obwohl sie als einzige Glasschmelzerin Deutschlands es verstehe, sämtliche Farbtöne zu erzeugen.
Aus einem Abfallhaufen suchte sie farbige Scherben heraus und schenkte sie Matthias. Und Matthias dachte, wenn ich jemals eine Kirche baue, werde ich bei dieser Frau die Fenster bestellen.
Ellinor holte eine Mappe mit Bildern aus dem Gepäckraum. Eindringliches Geflüster bei der Übergabe. Ja, sie legt das sicher fort, sagte die Glaskünstlerin, darauf kann sie sich verlassen, sie hat schon eine Idee.

Nun ging es weiter, und Ellinor erzählte, daß die Frau sehr herrisch sei, schon den dritten Gehilfen weggegrault, und die hielten natürlich nicht dicht und machten selber Glasschmelzereien auf, da wär's kein Wunder, daß sie keine Aufträge kriegt. Sie wär' so gar nicht ein bißchen verbindlich. So wär's eben auch mit den Kirchenleuten, sie stoße alle vor den Kopf. Wenn die Pastoren blaue Fenster haben wollten, sage sie: Ach, was! rote! Eine grantige Frau, aber treu und verläßlich.

In Angertorf gab es ein reguläres Café, da saßen sie dann unter einem Kallroy-Bild. Nackte, grüngefärbte Jünglinge an einem Boot. Das wär' eigentlich nur eine Leihgabe gewesen, sagte Ellinor, aber das wisse heute kein Mensch mehr, darüber gäb es keinerlei Unterlagen. Ihr Vater wär' in diesen Dingen ein richtiger Idiot gewesen ... Überall Bilder hingeschenkt, und sie könnt' jetzt sehen, wo sie bleibt.
Es wär so unsagbar gemein, sagte sie, daß der neue Wirt keinerlei Anstalten machte, das Bild zu bezahlen. Und: Er tue so, als kenne er sie überhaupt nicht ... Der habe ja auch die alten Kallroy-Stühle zerhacken lassen, mit den geschnitzten Stirb-und-werde-Blumen drauf, die hier früher standen, und statt dessen dünne Plastikdinger angeschafft. Jetzt ärgere er sich darüber, denn die alten

Stühle hätten einen beachtlichen Wert gehabt, fünfhundert Mark pro Stück, aber sperrig, und das hatte auch wohl den Ausschlag gegeben, sie abzuschaffen, mordsschwer und sperrig.

Ellinor ließ sich die Glasscherben zeigen, drei paßten zusammen, die vierte war übrig, die konnte weggeschmissen werden. Ob er ihr die Scherben mal mitgibt?, fragte Ellinor. Sie kann die kleben, das ist so ein schönes Blau, es wäre schade, wenn die verrotteten. Matthias hatte eigentlich auch vorgehabt, sie zu kleben, er hätte es auch schade gefunden, wenn die verrotteten, und er hatte auch schon überlegt, daß er sie aufhängen würde vor sein Fenster, morgens, wenn das Licht dann da so reinfällt ... Aber weil er hier eingeladen war zu einer Autopartie und überdies sein Portemonnaie vergessen hatte, mußte er sich von ihnen trennen. Er gab sie also hin, und dann wurde er auch tatsächlich zum Kaffee eingeladen.

Es kamen zwei junge braungebrannte Jünglinge herbei, offensichtlich bestellt, in karierten Freizeithemden, oben quer zu schließen. Sie blieben ziemlich ewig sitzen, und Matthias – «Ach, Sie sind Volksschullehrer?» – verstand absolut nicht, worum es ging bei dem Gespräch. Von *Angelegenheiten* war die Rede. Das Wort «Vernissage» fiel, und Matthias nahm sich vor, bei nächster Gelegenheit einmal allein nach Angendorf zu fahren.

Die Jünglinge wurden dann noch ganz nett. Sie erzählten von ihrem Lehrer, einem aus der Frontgeneration, nicht gerade Stalingrad, aber nur einen Arm. Zack! Aufstehen natürlich und welche runtergehauen, aber sonst durch und durch okay. Der sei mit ihnen in den Wald gegangen, Pfeil- und Bogenschießen und Höhlen bauen, zwei Parteien, mit roten Lebenswollfäden am Arm, wenn die abgerissen waren, war man tot ... Überhaupt, Sport in jeder Form, nicht dies öde Ballspielen, der habe sich die Jungen angesehen und planmäßig an ihnen gefördert, was zu fördern war, der eine mußte laufen, der andere werfen – je nachdem. Der hatte die Körper modelliert. Kugelstoßen im Gymnasium!
Er hätte sich so sehnlichst eine weiße Turnhose gewünscht, sagte der eine, aber bei *den* Eltern doch nicht ...

Umarmungen beim Abschied – Matthias natürlich nicht. Ellinor holte etwas in Papier Gewickeltes aus dem Auto und übergab es den Jungen, «schön vorsichtig sein», es wurde allerhand geflüstert, und: ja, sie wollten vorsichtig sein, okay.
An verschiedensten Künstlerateliers fuhren sie vorüber, im Garten einer Gestaltungsschule saßen junge Weberinnen, die machten gerade Pause und alberten da rum.
Von Rilke wurde gesprochen, von Kallroy hatte ihn anscheinend noch gekannt, mal Tee getrunken mit dem vor dessen Rußlandreise. Es schien so, als wäre Ellinor mit dem Dichter irgendwie verwandt, so benahm sie sich jedenfalls. Daß Matthias den «Panther» auswendig wußte, war nicht weiter von Interesse, den konnte Ellinor auch. Wer konnte den nicht auswendig hersagen!

Danach wollte ihm Ellinor einen Kunstmaler vorstellen, der in seinem Garten eine kleine Dampfeisenbahn installiert hatte. Der wär' als Künstler grad' im Kommen, noch könnte man Blätter von ihm einigermaßen preiswert kaufen ... Leider war der Mann nicht da, und die Eisenbahn ließ sich zwischen den Zaunlatten hindurch auch nicht erspähen. Schade, es wär' doch wunderschön gewesen, das Dings hier durchs Gebüsch rattern zu sehen. Da war nun einmal nichts zu machen.

In einem kleinen Antiquitätengeschäft sagte Ellinor noch kurz guten Tag! Der Händler hatte alte Zinnsoldaten, Reiter mit Fähnchen, vollplastisch, das Stück zu einer Mark fünfzig.
«*Wieviel* kosten die?» fragte Matthias, der als Kind auch solche Figuren gehabt hatte.
«Eine Mark und fünfzig!!» schrie der Mann.
«Alle zusammen?» fragte er, und deshalb sagte der Mann denn auch: «Schön, daß Sie schon gehen.» Aber sie gingen nicht, denn Ellinor hatte hier noch etwas zu erledigen, weshalb Matthias diskret auf die Straße zu gehen hatte, ins Schaufenster gucken: In einer Ecke lag eine Kegelkugel, die sollte fünfzig Mark kosten!

Auf der Rückfahrt erfuhr Matthias, daß der Mann eine krebskranke Frau habe, deshalb sei er so unwirsch, das müßt man auch verstehen, und tagaus, tagein Touristen! Daß die beiden Jünglinge erheblich schwul seien, sagte Ellinor, nette Jungens, für die sie eine ältere Schwester sei. Und was den Antiquitätenhändler angehe, der habe ihr schon viel geholfen, ein Mensch, auf den man sich verlassen kann.

Auf dem Nachhauseweg wurde noch bei einem Trödler haltgemacht: eine Scheune mit Gerümpel. Der Mann saß vor dem Tor. Er trug eine Melone und rauchte Zigarre. Ellinor kramte aus dem Kofferraum eine alte Handtasche heraus, für die erhielt sie zwanzig Mark. «Schlangenleder ist das», sagte sie. – Der Trödler antwortete: «Ich weiß.» Er holte aus der Jackentasche ein Lorgnon und musterte sie. Daß Ellinor knapp bei Kasse war, wußte er, sie kam öfter mal vorbei.

In Klein-Wense wurde Matthias vor der Tür des Kallroy-Hauses verabschiedet. Wir müssen bald mal wieder Karten spielen, sagte Ellinor, und dann war Matthias gezwungen, zu Fuß nach Hause zu gehen. Er machte einen Umweg, es war nicht gerade nötig, daß man ihn sah.

In der Schule konnte er dann den Nachsitzer befreien, der immer noch in der Klasse saß. Total vergessen den Jungen. Eine böse Miene machen, damit er denkt, das hat seine Ordnung?
Und dann ging er schnellstens zu seinen Kugeln und zählte sie: Es waren zweiunddreißig Stück, also eintausendsechshundert Mark!, vorausgesetzt allerdings, man würde sie verkaufen können. Also, gleich morgen losfahren und weitere Kugeln besorgen, retten, was zu retten ist!
Und dann nahm er seine Posaune und blies einen schönen Choral, in B-Dur, das ging ganz gut.

> Von Gott will ich nicht lassen,
> denn er läßt nicht von mir ...

Ohne Kreuze das Dings, also problemlos in jeder Beziehung.

24

Am nächsten Sonntag, als Matthias aus der Kirche kam, im Fahrradanhänger einen etwas angesengten, raffiniert gedrechselten Altländer Stuhl, den er sich vom Müllplatz geholt hatte, und nichtsahnend auf den Hof der Schule einbog, stand ein Caravan vor dem Schulhaus! Kamerad Bentwitsch hatte ernst gemacht mit seiner Ankündigung und war auf dem Weg nach Cuxhaven ausgeschert, um seiner Frau und seinen beiden Kindern einen alten Kameraden vorzustellen, mit dem er – ja, war es nicht gar ein ganzes Jahr? – zusammen in einer Zelle gesessen hatte, zwar nicht grade bei Wasser und Brot, aber ganz schön belemmert …
Bentwitsch wartete schon eine ganze Stunde auf Matthias, er ging auf und ab, er begriff es nicht, wo sein Kamerad steckte. Illegal geraucht und jede Schnitte Brot geteilt?
In die Fenster hatte er hineingeguckt, vorn und hinten, ob nicht doch jemand zu Hause ist, aber da war niemand, und schließlich hatte ihm Carla vom Zaun aus die Auskunft gegeben, daß Matthias «in de Karken is!».

So war die Situation, als Matthias um die Ecke kam: Er sah das Auto stehen, und es sah so aus, als ob das Gefährt eine Panne hätte, ein Mann geht da auf und ab, und die Frau sitzt in der geöffneten Tür? Leute stehen um sie herum? Vielleicht handelte es sich gar um einen Unfall?
Schon bald dämmerte es ihm, daß das sein Kamerad Theo aus Wuppertal sein könnte, der ihm seinen Besuch ja schon in Aussicht gestellt hatte, Sparkassenbeamter und begeisterter Nordsee-Urlauber.
Matthias begriff, daß sich hier etwas anbahnte und daß sein schöner Sonntag baden gehen würde. Er winkte den Leuten zu, gegen die im Grunde nichts einzuwenden war, und fuhr mit Schwung in den Hof, um erst mal den Stuhl abzuladen. Er stellte ihn in den Stall zu anderen Einzelstücken, die alle ihre Geschichte hatten. Schränke, die Truhen, eine Kirchenbank und das Scheffelmaß.
Dann ging er durch das Haus hindurch nach vorn und ließ die

Schneppglocke schneppen und begrüßte seinen Kameraden, mit dem er – ja, sag mal, war es tatsächlich ein ganzes Jahr? – in *einem* Raum hatte leben müssen, jede Kippe geteilt!
Der Kamerad hatte noch immer das leere Grinsen im Gesicht und das etwas Ratlose, was Matthias schon damals geärgert hatte. Stand in der Zelle am Pinkelkübel und fragte sich: Soll ich oder soll ich nicht? Wie hätte sich das auch in der Zwischenzeit ändern sollen? – Das Haar hatte er jetzt allerdings quer über den kahler gewordenen Schädel gelegt.

Die Frau – Waltraud mit Namen – saß in der Tür des Wagens und rauchte, sie war für eine Sparkassenbeamtenfrau unerwartet fesch, einen breiten Gürtel trug sie um die Taille. Sie war zornesrot: Offenbar hatte sie ihrem Mann gerade heftige Vorwürfe gemacht: Zuerst die endlose Fahrt, in aller Herrgottsfrühe aufgestanden, und nun das endlose Warten in dem Kaff hier. Weiß der Himmel, wann sie jetzt in Cuxhaven ankämen, zu Mittag schafften sie es jedenfalls nicht mehr, denn dies hier dauerte gewiß eine Ewigkeit.
Der Mann ging um Fassung ringend auf und ab, die Frau rauchte, und die Kinder machten auf Hühner Jagd – so was kannten sie nicht: Hühner? –, und es waren die Hühner von Bauer Fitschen nebenan, der Matthias die schönen Möbel besorgt hatte und den Teppich, der, weiß Gott, mehr wert war als die Möbel: schwarz und grün ... Gewiß legten sie nun ich weiß nicht wieviel Eier weniger.
Es war eine Begrüßungszeremonie fällig, und sie wurde russisch vorgenommen, wenn auch ohne Männerküsse, also: links/rechts, links/rechts dem andern über die Schulter gucken.

Auch Marianne mit ihrer Katze im Arm stand am Zaun, den kleinsten Bruder an der Hand, und guckte zu, wie die beiden Männer sich da umarmen, und: ein Auto, in dem man wohnen kann? Das war doch mal was Schönes. «As 'ne Schneck», sagte Freede zu seiner Tochter; seit dem Krieg hatte er das Dorf nicht mehr verlassen, nicht ein einziges Mal.

Kamerad Bentwitsch nahm Matthias beim Arm und deutete auf die kleine Marianne: «Inzucht, nicht?» Ob alle Schüler in seiner Schule solche Deppen wären?

«Das is wohl 'n hartes Brot hier?»
Und halblaut fragte er, ob Matthias hier denn auch was zum Pimpern habe, in diesem Kaff, die Schwarze da am Zaun mit den Zöpfen, die wär' doch ganz appetitlich, ob die sich pimpern lasse?
In diesem Kaff möchte er nicht mal tot überm Zaun liegen.

Ob er die Wohnung *möbliert* gemietet hätte?, wurde Matthias gefragt, als er die Familie durch das Haus führte. Diese Menschen konnten nicht glauben, daß Matthias sich in derartig altmodischen Möbeln wohlfühlte. Bei ihnen zu Haus, in Wuppertal, werde so was auf die Straße gestellt! Dieses Umbausofa zum Beispiel. Und eine Standuhr mit Blümchen?
Matthias guckte auf die Armbanduhr: Halb Zwölf war es, und es war ungewiß, wie lange diese Leute bleiben würden – du meine Güte, da war guter Rat teuer. Der Sonntag schwebte ab.
Die Tür vom Eckschrank «hänge» ja, darauf wurde Matthias aufmerksam gemacht, die hänge windschief in den Angeln. Matthias öffnete die Tür und zeigte, daß dieser Eckschrank voll schöner Sachen war, die allerdings Geschmacksache waren, alte Puppen, ein handgeschnitztes Pferd, irdenes Geschirr und ein ramponierter Glaskrug, der möglicherweise den Plünderungszug der Franzosen anno 1812 miterlebt hatte.

Nachdem die gängigsten Erinnerungen ausgetauscht worden waren, Ereignisse, die sich allesamt irgendwie ganz anders zugetragen hatten oder sogar überhaupt nicht, immer so halb rübergedolmetscht zu der Frau, die sich mit den Umbauschränkchen am Sofa beschäftigte, die kleinen Türen öffnete und schloß, auf – zu, auf – zu, weil die Spektralfarben des Prismenschliffs so hübsch über die Zimmerdecke huschten ... Warum da gar nichts drin ist?, wollte sie wissen, und sie mochte an Cocktailgläser denken, wie sie jetzt in Mode waren.
Der Kamerad stellte die Frage, ob sie kapiert, daß dies hier leibhaftig Matthias ist, von dem so oft die Rede war, all die komischen Geschichten, die im Grunde ja aber furchtbar traurig waren. Zusammengehalten wie Pech und Schwefel! Jede Kippe geteilt! Was das bedeutet, daß man einen Menschen kennt, auf den man sich hundertprozentig verlassen kann!

Er drängte sich an Matthias heran und lief hinter ihm her, in die Veranda und ins Klo, wo der ja eigentlich was anderes vorhatte, und in die Küche: Daß kein Saft vorhanden war, wußte Matthias, auch ohne daß er danach suchte, aber er mußte das seinem Kameraden demonstrieren, er öffnete also die Tür zur Speisekammer exhibitionistisch und zeigte auf die leeren Regale. Und da kam's, der Kamerad deklamierte ein Gedicht in die Gegend, zwischen Klo und Flur, direkt unter der Ehrentafel des ZweitenWeltkrieges:

Das bunte Licht, das in die Kirche fällt
ist bunt für den nur, der's für Buntes hält ...

Ob er sich noch an dieses Gedicht erinnere? Ja, Matthias erinnerte sich, und es gab da noch was anderes, das er noch nicht vergessen hatte.

Zwei Stuben, Küche, Klo – die Schlafkammer wurde nicht geöffnet, da lagen die Kegelkugeln, das würde dem Kameraden aus Wuppertal schwer zu erklären sein, eine Sammlung von Kegelkugeln? Wozu denn das?

Eine große Sache war die Besichtigung des Klassenraums! Der Geruch schon allein, das Fußbodenöl, oder handelte es sich dabei um Lysol gegen ansteckende Krankheiten? An den Geruch erinnerte man sich ja noch von vor dem Krieg. War denn hier die Zeit stehengeblieben? Von der Küche aus direkt in die Klasse gelangen? Das war patent! «Datt is ja praktüsch», sagte Frau Bentwitsch, da könne man ja zwischendurch immer mal rauswitschen und 'ne Tasse Kaffee trinken ... Und dann wollte sie wissen, ob der Pfingstkranz das ganze Jahr über an der Decke hängt oder ob der auch mal ausgetauscht wird? Weshalb nicht mal ein lustiges Mobile aus Papierflugzeugen und Vögeln? Das wippt denn so, wenn man Tür und Fenster öffnet.
Der Sammelrahmen «Unsere Helden» wurde eingehend betrachtet: Was die für komische Mützen aufhaben, diese Kerle, und der da, der sieht ja eigentlich ganz vernünftig aus. Es war der Bruder von Carla, sehr blond!, das fiel Matthias erst jetzt auf. Der Bruder blond und die Schwester schwarz? Wo sich das wohl hergemendelt hatte!

Die Kinder knallten auf dem Klavier herum und machten sich an der Wandtafel zu schaffen, malten und spielten Schule, und zwischendurch setzte sich der Kamerad in eine Bank und erzählte Einzelheiten aus seiner eigenen Schulzeit, die er als grauenhaft bezeichnete. Die Lehrer waren allesamt Sadisten gewesen oder Idioten oder beides gleichzeitig. Er wisse noch, wie's Prügel gegeben habe, mit einem echten Rohrstock! – Das setzte Matthias in Verlegenheit, er konnte seinem Kameraden doch nichts von dem freischaffenden Lernen erzählen, das er hier praktiziere? (Die Sache mit dem Mobile merkte er sich, die war gar nicht so dumm.)
Auch fühlte er sich schuldig, daß dem Kameraden in der Schulzeit so viel Schlimmes widerfahren war.

Theo Bentwitsch hatte sein Abitur auf der Abendschule nachmachen müssen, nebenher arbeiten! Manchmal nicht aus noch ein gewußt. Er erzähle es seinen Kindern ab und zu, wie arm er gewesen sei zu dieser Zeit, manchmal habe er nur eine einzige Vivil-Pastille gehabt zum Abendbrot, und er zeigte es mit zwei Fingern, wie unglaublich klein so eine Pastille ist. Drüben hätten sie es dagegen ja direkt feudal gehabt.
Er ging durch die Bankreihen und öffnete den Lehrmittelschrank. Das sei hier ja wie Anno dunnemals! Feuersteinkeile, ein Kasten mit Mäuseskeletten, getrocknete Pflanzen ... Das anatomische Menschenmodell hatte es ihm angetan, er öffnete es, und die sorgsam eingeschichteten, mit kleinen Nummern versehenen Eingeweide fielen auf den Boden. Das war ja ganz verflixt! – Und dann schob er die Kinder zur Seite und schrieb seinen Namen in deutscher Schrift sauberst an die Tafel, so was könne heute keiner mehr.
Seine Frau stellte sich vor die russische Rechenmaschine und verschob ein paar Kugeln von links nach rechts und lächelte und sagte: «Und das halten Sie aus?»

Auch die Dachkammer wurde inspiziert, die Kinder kletterten mit hinauf, Junge und Mädchen. Während Matthias dem Ehepaar die grandiose Aussicht zeigte, durch die staubigen Fenster hindurch, auf den Schulhof – die Klotür stand natürlich wieder mal offen – und auf den Wald, aus dem, wenn man Glück hat-

te, sich vielleicht Rehe herauswagen würden, und auf der andern Seite der Hof von Bauer Freede, auf dem eben gerade Carla mit ihren langen Zöpfen zum Stall hinübergeht ... benutzten die Kinder sein Bett als Trampolin und pusteten in seine Posaune, und dann kam auch noch der Spitz von gegenüber und bellte da herum.
Irgendwie machte die Kargheit des Raums aber doch Eindruck auf die Gesellschaft. Die Kinder verschwanden in dem Wolkenzimmer, von dem der Kamerad und seine Frau nicht begreifen konnten, daß er es nur zum Betrachten der Sonnenuntergänge benutzte ... Sie stand an seinem Tisch und blätterte im Sesam-open-you; daneben das Foto von Lilli, die mochte sie für seine Freundin halten. Die Kinder schlugen mit einem Stein gegen die Schuluhrglocke, daß es durchs Dorf schallte und die Bauern dachten: Was ist denn nun schon wieder los?

Die Gäste setzten sich schließlich auf das Bett, und Matthias ging vor ihnen auf und ab und zählte es auf, wie schön es hier sei und vorteilhaft, fünfunddreißig Mark Miete für das ganze Haus, plus Garten, «das ganze Haus!». Eier und Milch sagenhaft billig, und mittags um ein Uhr schließt er alles ab, und sein Job ist getan. Einzig und allein vorm Schulrat habe er Bammel, der jederzeit vor der Tür stehen kann, unangemeldet, zur Visitation! Im Grunde ja keine ruhige Minute.
Matthias sagte, daß er eigentlich kaum noch denkt an damals ..., und Kamerad Bentwitsch sagte: Genau! Er auch nicht! Er denkt auch kaum noch daran. Obwohl er zu den Kindern manchmal sagt: daß trocken Brot wie Kuchen schmeckt ... Er wisse noch genau, wie Matthias einmal von der Vernehmung einen Kanten Brot mitgebracht habe.
«Weißt du das noch, Matthias?»
Ihm selbst sei es nie passiert, daß ihm jemand bei der Vernehmung ein Stück Brot geschenkt habe. Und er wisse es noch genau, wie Matthias von der Vernehmung kam, spät in der Nacht, und bringt einen Kanten Brot mit und gibt ihm die Hälfte, ohne Wenn und Aber.
«Im Grunde genommen haben wir ja viel Glück gehabt, das steht fest. Als ob jemand die Hand über uns gehalten hat.» Aber son-

derbar – «Unsere Helden» –, daß ihre Leidenszeit hier im Westen so gar nichts gelte ...
«Die hätten doch Propaganda machen können mit uns!» Vielleicht eine Sonderbriefmarke herausgeben, oder die Sache irgendwie dokumentieren?
Gut, daß Matthias nicht wieder nach drüben zurückgegangen sei. Seinetwegen könnten sie sich die Zone doch an den Hut stecken!

Hier wachte die Ehefrau auf. Sie stammte aus Thüringen, und auch sie erzählte mit «hinne» und «haußen», halb thüringisch, halb wuppertalsch, von «drüben», daß sie damals ahnungslos zur Schule gegangen sei, das mache ihr noch immer schwer zu schaffen, «nacherts» habe sie Stachelbeeren gepflückt in dem warmen Sommer und sei an die See gefahren zu den Großeltern, und das arme Muschelchen hinter Gittern!
Weil sie auch jetzt noch ab und zu daran denken müsse, sehe sie ihm vieles nach!
«Waren Sie auch mal im Karzer?»

> Das bunte Licht, das in die Kirche fällt
> ist bunt für den nur, der's für Buntes hält.

Das wurde immer und immer wieder rezitiert, wie's weitergeht war dem Kameraden entfallen, leider, und Matthias konnte sich auch nicht mehr daran erinnern.

Dann mußte die Entscheidung gefällt werden, was nun werden soll. Die Zeit war vorgerückt, halb eins? Matthias mußte sich jetzt irgendwie freikaufen – das war die einzige Möglichkeit, mit der Sache weiterzukommen. Er machte den Vorschlag, ins Gasthaus zu gehen und dort zu essen, «ich lad euch ein» ... essen mußte er ja sowieso.

Matthias langte sich das Portemonnaie und setzte den Strohhut auf, und dann ging's im Konvoi zu Mudding Schulz. Ob er so ins Dorf gehen will, wurde Matthias gefragt, mit diesem Hut? Eigentlich ganz originell, schnell ein Foto machen davon, aber doch etwas sonderbar. «Was sagen die Bauern dazu?»
Beim Gang durchs Dorf wurden Urteile abgegeben, die Plata-

nenallee ja wunderbar, die Commerzbank ulkig. Warum die Straßen nicht gepflastert sind, und 'ne ordentliche Tankstelle müßte auch mal her ...
Im Gasthaus gab es frischen Spargel mit wunderbaren Kartoffeln, ausgelassener Butter und Schinken von der seltensten Sorte. Dazu ein Bier nach dem andern und den einen oder anderen Schnaps, das gehört nun mal dazu. Die Wirtin erfuhr es, daß Matthias mit Kamerad Bentwitsch jahrelang zusammengelebt hätte, zwangsweise, und sie wurde gefragt, ob man ihnen das ansieht? Daß sie jahrelang derart hinter Gittern gesessen hätten?
Sie trug noch immer Trauer, das fiel Matthias jetzt auf, über den Tod ihres Mannes hatte sie noch nie ein Wort verloren.

Solche Spargel, wie sie hier aufgetischt wurden, hatten die Bentwitschs noch nie gegessen, das provozierte Erinnerungen an Kindheit und Vorkrieg, und das Gespräch landete dann prompt wieder bei «damals», was andere Erinnerungen nach sich zog, und Matthias klopfte das Blut in den Schläfen, der wollte nicht anderer Leut's Erinnerungen hören, er hatte seine eigenen, und die konnte er jetzt nicht brauchen.

Zum Nachtisch gab es eingemachte Reineclauden, auch ein Geschmack, der dem Kameraden Bentwitsch von weither kam. Bei der Großmutter hatte es Reineclauden gegeben, und der süße Saft war durch den Seitenschliff der Kristallteller auf die Tischdecke getropft. – Nachdem Matthias alles bezahlt hatte, muschelte Bentwitsch hinter der Theke mit der Wirtin herum, was dazu führte, daß er sich zwei Pfund des heroischen Klein-Wense-Schinkens unter den Arm klemmte.

Es schloß sich ein Spaziergang an, zuerst durchs Dorf, unter den Platanen dahin, an dem Neubau vorüber des LANDHANDEL CORDES, die Türen mit halbrunden Bogen, und die Trümmer des alten Hauses daneben, von letztem Flieder bestanden.
Auch das Kallroy-Haus wurde vorgeführt, in dem rote Arbeiterkinder sich erholt hatten, vielleicht sogar aus Wuppertal? Und die Bilder gar nicht so schlecht, nicht jedermanns Geschmack, aber von der Fachwelt durchaus anerkannt.

Rote Arbeiterkinder durchgefüttert und im KZ geendet, keiner wisse genau, warum? Angeschwärzt, denunziert – so was gibt es ja.
Im Vorübergehen wurde Ellinor gesichtet: «Wir haben Glück! Das ist seine Tochter.» Matthias winkte ihr zu, wie sie da aus ihrem Auto was herausholt oder hineintut, sie winkte nicht zurück, was sich daraus erklärte, daß sie nur von hinten zu sehen gewesen war.

Und dann gingen sie die Eische entlang und ins Moor, die Kinder unentwegt in die Gegend schreiend, der Kamerad mit dem Schinken unterm Arm und seine Frau mit ihren Pfennigabsätzen. Über die Heide gingen die Fremdlinge auf Zehenspitzen wegen der Kreuzottern, die hier doch vermutlich hausten, und im Moor schwankte der Weg, und Matthias erzählte unheimliche Geschichten, die an die Kinder gerichtet waren, von Leichen, die man beim Torfstechen gefunden hat, und von ganzen Hirschen und Bären und von einem einsamen Mädchen, das er hier manchmal sieht …

Ihm machte es Spaß, sie in Angst zu versetzen. Er hatte in seinem Leben auch schon viel Angst gehabt. Mal 'n bißchen zittern, so was konnte nie schaden. Moorleichen – ewig bedauerlich, daß er im Lehrmittelschrank nicht wenigstens eine verdorrte Hand liegen hatte …
Wann die Heide blüht, wurde gefragt. «Auf der Heide blüht ein kleines Blümelein …», und nach Absingen dieses Marschliedes, wobei Hitlerjugend nachgeahmt wurde, mit der man an sich nichts am Hut gehabt hatte, beschlossen die Bentwitschs, im August/September wiederzukommen, wenn's soweit wär'. Das hatte man immer schon mal gewollt, die blühende Heide sehen, das muß ja ein unglaublicher Anblick sein! Vielleicht hatte Kallroy ja auch mal blühende Heide gemalt? Und vielleicht könne man so ein Bild günstig erwerben?
«Vielleicht kommen ja auch die Reiher wieder, die hier früher gehorstet haben …», sagte Matthias.
Als sich dann aber in der Ferne ein ausgewachsener Damhirsch zeigte, kehrten sie doch lieber um. Diese Tiere sind oft unberechenbar und «nehmen» einen «an», wenn man mit so was gar nicht rechnet – man muß schließlich an die Kinder denken.

An der Eische stand eine Bank, auf der nahm die ganze Gesellschaft Platz, und schade, daß sie den Kuchen im Auto liegengelassen hatten, den hätte man hier jetzt schön konsumieren können. Kamerad Bentwitsch unternahm es, im Trab zurückzulaufen, den Schinken, den er noch immer unter dem Arm trug, zu verstauen, und Kaffee und Kuchen zu holen. So saß Matthias denn mit der Wuppertalerin aus Thüringen, deren breiter Gürtel ihr den Podex irgendwie zusammenfaßte und auskragen ließ, auf der Bank, und es war wunderbar, daß die beiden Kinder dabei waren. Denen konnte man zurufen, daß sie sich vorsehen sollen, nicht zu nahe rangehen an das dunkle Wasser, was da gurgelt und strudelt, das ist gefährlicher, als es aussieht, aber Steine reinschmeißen, das geht ohne weiteres. Nur aufpassen, daß man keinen Fisch trifft. Und darauf achten, daß keine Ente unter der Brücke hervorkommt, mit ihren Kleinen womöglich, wenn die einen Stein an das Bein kriegen, lahmen sie dann ihr ganzes Leben lang, ein schrecklicher Anblick. So wie das Bullenkalb vom Kiesbauern, auf der Weide, das Bein gebrochen, und keiner hat sich drum gekümmert. Da muß man dann jedesmal in die andere Richtung gucken, wenn man da vorbeigeht.
Matthias übte mit den Kindern Humpeln, wer's am besten kann, ein Bein steif machen ...
Und da kam Theo auch schon herbeigelaufen, wischte sich den Schweiß. Den Korb stellte er auf die Bank, und der wurde dann geplündert, großartiger Topfkuchen und Kaffee aus der Thermoskanne. Es stellte sich Vertraulichkeit ein zwischen den Erwachsenen, und das kleine Mädchen begann zudringlich zu werden, dem Onkel Lehrer am Haar zu zupfen und so weiter.

Ewig schade, daß er nicht gleich den Campingwagen hierhergefahren hat, sagte Kamerad Bentwitsch, dann hätten sie's sich auf den Liegestühlen bequem machen können, oder sei das Aufstellen von Liegestühlen hier verboten? Solle er noch mal schnell loslaufen?
Bentwitsch setzte eine kecke Miene auf. Wie wär's, sagte er, wenn sie sich hier im Dorf einen festen Stellplatz für den Campingwagen besorgten, dann könnten sie jedes Wochenende herkommen? Ob es im Wald auch Pilze gibt, und wenn die Bauern schlachten, kriegt man da was ab? Wellfleisch oder Wurstbrühe?

Eier und Butter und Bienenhonig! Auf dem Land könne man das doch gewiß billiger und besser kriegen als in der Stadt? Das wär' für die Kinder doch das Rechte?
«Und Omi können wir dann ja auch mal mitnehmen ...»

Als sie da so saßen und den Kaffeerest in die Gegend kippten, kam Carla mit dem Trecker angefahren. Sie wurde angehalten, ob sie auch ein Stück Kuchen will? Und ob hier jemand einen Kahn besorgen kann, mit dem man mal ein bißchen auf dem Fluß herumschippern kann?

Ja, das konnte Carla, sie hatte ja selbst einen, und bald saß die ganze Gesellschaft in dem Kahn, und Carla stakte mit ebenmäßigen Bewegungen flußabwärts. Zuerst stakte Carla, dann Kamerad Bentwitsch, der denn so tat, als ob er die Balance verliert und so halb auf Carla drauffällt, dann wieder Carla. Nebenbei gab sie Erklärungen ab, die auch für Matthias ganz interessant waren. Wem *diese* Weide zugehört und *jene*, und wem der Wald da drüben zugehört, und daß das Land hier fünfzig Pfennig den Quadratmeter kostet.
Theo Bentwitsch druckste ein bißchen herum, und dann fragte er sich selbst, wieso er hier eigentlich kein Grundstück kauft, hier in Wense, als Stellplatz für den Caravan? Möglicherweise direkt am Fluß, und dann morgens früh gleich in die kühlen Fluten springen?
«Darüber würde sich doch auch Omi freuen ...»

Matthias begann sich auszusöhnen mit diesem verhunzten Tag, er fand es nun ganz hübsch, so dahinzugleiten, die beiden Kinder auf dem Schoß, denen er mit freundlicher Stimme angst machte und sie wohl auch ein bißchen an den Rand drängte, ob er sie mal ins Wasser stoßen soll ...? Und während er den Kindern schlimme Geschichten erzählte, von Wasserleichen, die bleich unter der Oberfläche liegen, und keiner weiß, wer das ist, und um Mitternacht kommen sie herausgestiegen ..., betrachtete er die stramme Frau seines Freundes, die Knie zusammengepreßt, der Oberkörper ziemlich schmal, ja klein gegenüber den unteren Bereichen, und Carla, wie sie da im Kahn steht und die Stange heraufzieht und wieder einsteckt, ein bißchen zu mager vielleicht, asketisch? Die gewaltigen Zöpfe zusammengesteckt, die schwarzen Vliese aus den Achselhöhlen sprießend? Und daß er so einen schönen «View» hier gar nicht erwartet hatte, die vorüberziehenden Wiesen, ein Pferd, das mitgaloppiert ....

Als sie an der Kallroy-Villa vorüberfuhren, knallten dort die Türen, und eine Frauenstimme hörte man schimpfen.
Carla stoppte den Kahn und sagte, daß das eigentlich nicht nötig gewesen sei, daß Kallroy ins KZ gekommen wär'. Mit den französischen Kriegsgefangenen hätt' er's gehabt und einmal wohl auch Leute unterkriechen lassen ein paar Tage, und da habe eben irgend jemand im Dorf den Mund nicht gehalten ... Man wisse bis heute nicht genau, wer da geplaudert hat ...
Das Haus jetzt ziemlich verfallen, die Tochter kümmere sich um nichts. Vor dem Krieg sei es bunt bemalt gewesen, kreuz und quer, mit Dreiecken und Kreisen, das habe dann entfernt werden müssen, zur Nazizeit, weil es nicht in die Gegend paßte. Viel böses Blut. Sei ja auch 'n bißchen doll gewesen.

Zum Abendbrot holte Matthias sein letztes Stück Landbrot hervor und die Butter aus dem Schrank, und dann wurde Carla rübergeholt, damit man die Sache mit dem Grundstück noch mal durchsprechen kann. Sie brachte den Hund mit, und dann saßen sie in der Dachkammer, wo es ja viel gemütlicher war als in der großen Wohnung unten mit den so sonderbar steifen Möbeln.
Auch Bier stand auf dem Tisch und Likör, und die Kinder wurden in den Wagen gepackt, wo sie sofort in tiefsten Schlaf fielen. Nach Cuxhaven konnte man ja morgen auch noch fahren, in aller Frühe, der Stellplatz dort sei ihnen sicher, vor zwei Monaten schon gebucht.
Und dann wurde gebechert, Bentwitsch erzählte, was Matthias für ein Held gewesen sei ...

> Der and're aber in der Ecke dort,
> der sieht die Nacht und wünscht sich fort.

So ging das Gedicht weiter, das fiel ihm jetzt ein, und daß Matthias ihm mal einen halben Kanten Brot geschenkt habe, in der dü-

stersten Zeit, was ihm vorher und hinterher nie wieder passiert sei ... Brot! Das muß man sich mal vorstellen!
Und er fragte auch diesmal nicht danach, was der Preis gewesen war für das Brot, aber Matthias dachte natürlich daran, der hatte das nicht vergessen.

Es wurde schummrig, und die Gemüter vernebelten sich. Zunächst saßen sie nebeneinander auf dem Bett, dann lagen sie, und in vorgerückter Stunde gab Matthias der Gesellschaft sogar ein Ständchen auf der Posaune: Der Mond ist aufgegangen, und «Dreams», diesen Schlager, der auf der Posaune wirklich fabelhaft klingt.
Ob sie denn gar keinen Freund hat, wurde Carla gefragt, ja, sie hat einen, aber der ist in Oldenburg Eleve auf dem Gestüt, kommt nur ab und zu her, manchmal fährt sie auch hin.

Dann sorgte das Kofferradio für Gemütlichkeit. Die Sendung «Zeit zum Tanzen und Träumen» war geeignet zur Untermalung der Zusammenkunft. Es kam zu kleineren Übergriffen, und als sie sich trennten, kriegte Matthias zunächst von Waltraud einen Kuß – er packte sie bei ihrem Kraftgürtel –, von so 'nem Sonntag könne man zwei machen, sagte sie, und dann, als die andern sich schon die Treppe hinuntertasteten, auch von Carla, und zwar einen zögernden, an den er sich sein Lebtag erinnern würde. Als er sich schon abwenden wollte, sah er sich lianenhaft umgriffen, und das war es, was er eigentlich hatte vermeiden wollen.

25

Der Lehrerverein. Matthias hatte außer Hitlerjugend noch niemals einem Verein angehört, doch nun wurde es ernst: Er war schon mehrmals darauf aufmerksam gemacht worden, daß er dem Ortslehrerverein beitreten müsse. Man könne sich die verschiedenen Verbesserungen, in der Besoldung zum Beispiel, nicht wie gebratene Tauben in den Schoß fallen lassen, man müsse doch zur Innung halten, mitgefangen, mitgehangen!

In keiner Schulmeisterwohnung des Schulaufsichtskreises Kreuzthal hatte eine SPD-Fahne die zwölf Jahre überdauert, weder unter einem Bett noch auf einem Dachboden, und eigentlich waren alle diese Herren in der Partei gewesen, weil sie mußten, wie sie sagten, weil sonst die Stelle hopps gegangen wäre, und wie hätte man dann die Familie ernähren sollen?
Jetzt aber wieder SPD, geschlossen, schon um den Pastor zu ärgern.

Schließlich folgte er der Einladung – sie wurde so dringlich ausgesprochen, daß er fürchten mußte, es werde Schwierigkeiten geben, wenn er da nicht hingeht –, er wollte sich die Sache wenigstens mal ansehen. Freiwillige Feuerwehr, Gesangverein, Posaunenchor – gleichviel, nun fuhr er nach Sassenholz hinüber, und dort im Hinterzimmer des Gasthofes saßen sie schon, mit Zigarre und ohne, die Alkoholiker mit Bier, die blassen Vegetarier mit Most.
Ein Buntglasfenster, das einen Sämann zeigte, der über den Acker schreitet und Korn aussät, verlieh dem Hinterzimmer, «Clubraum» genannt, seine besondere Note.

Kollege Stichnoth, der sich bei der Vereidigung den Hinweis auf den lieben Gott verbeten hatte, war bereits Mitglied des Vereins, er war sogar Schriftführer, saß also neben dem Vorsitzenden.
Van Dechterong eröffnete die Sitzung, er begrüßte den jungen Kollegen aus Klein-Wense, der es nun auch geschafft hatte, zu ihnen zu stoßen. Allerhand Schlimmes erlebt, wovon wir nun nicht weiter reden wollen. Nicht auszudenken, wenn der Verein eines Tages keinen Nachwuchs mehr bekäme!
Dann forderte er die Runde zur Totenehrung auf. Es war der Kollege Hilferding gestorben, der wegen unmäßiger Züchtigungen von der Schulbehörde bereits mehrmals verwarnt worden war. Die Bauern hatten ihre Kinder aus seiner Schule nehmen wollen, sich dann aber doch nicht getraut. Wer konnte denn wissen, ob man sie das nicht entgelten ließe, Lehrer halten letzten Endes doch alle zusammen, das kennt man ja. Also: Zigarren ablegen, Hände vorm Geschlechtsteil falten – Augen schließen und bis zwanzig zählen.

An diesem Tag war die Runde ansonsten froh gestimmt, denn es gab etwas zu feiern: Die Besoldungsnovelle hatte alle Hürden genommen, sie war nun also «durch». Das bedeutete, daß sich das Gehalt der Lehrer nahezu verdoppeln würde! Endlich hatte der Staat es kapiert, daß er keine Lehrer kriegt, wenn er seine Beamten nicht menschenwürdig bezahlt. Kollege Rennenfranz in Haufe würde sich einen neuen Tuschkasten kaufen können und Neidholt eine Skiausrüstung für die ganze Familie. In Lappland hatte er auf Skiern die Kameraden aus dem Feuer geholt, in weißem Tarnanzug. Aber wie viele er auch gerettet hatte – an den einen, den er liegenließ, mußte er immerfort denken.
Matthias dachte an die «Bremer Rolle», die er sich nun würde leisten können, mit halbrunden Glasscheiben drin und noch vollständigen Beschlägen, außerdem den kleinen zarten Spiegeltisch aus Mahagoni, der beim Trödler stand, zwar alles andere als bäuerlich, aber billig! billig!

Rennenfranz hatte ein paar seiner handgemalten Aquarelle mitgebracht, auf den Fensterbänken hatte er sie ausgestellt, eines neben dem anderen. Meistens Blumenstücke, aber auch die schwarze Eische, die in verschiedenfarbigen Grünstreifen der Felder ihre Schleifen zog. Die Bilder waren mit «25 M» ausgezeichnet, und Rennenfranz hegte die wahnsinnige Hoffnung, daß vielleicht einer der Kollegen seiner Ehefrau eins schenken würde, zum Geburtstag vielleicht oder zum Hochzeitstag?

Nach Kaffee und Kuchen, Bier und Schnaps hielt ein hagerer Lehrer aus Middelum einen Vortrag über Aufsatzerziehung, den er noch aus seiner Seminarzeit im Schubfach liegen hatte. «Wie zünde ich eine Kerze an?» hieß der Aufsatz, den er hier nun methodisch auseinanderfächern wollte.
Obwohl man ihn wiederholt darauf aufmerksam machte, er könne ruhig im Sitzen sprechen, hielt er seinen Vortrag im Stehen, die Brille in der Hand, deren Stengel er gelegentlich in den Mund steckte, was den Anschein erweckte, als denke er intensiv nach. So viel Anstand besäße er noch, daß er steht, wenn er seinen Kollegen einen Vortrag hält, auf den er sich wochenlang vorbereitet hat. Das hätte auch was mit Selbstachtung zu tun.

Zu Beginn streifte er die Geschichte des Aufsatzunterrichts, daß er sich aus dem Schönschreiben entwickelt hat, sagte er. Deshalb halte er dafür, daß für Aufsätze besondere Hefte unabdingbar sind, vielleicht grün eingeschlagen, das Rot müsse der Hohen Schule der Nachschriften vorbehalten bleiben, und Blau gelte für Kladden jeder Art.
Nach diesem Prinzip müßten sich natürlich auch die Korrekturen richten, also: grüne Hefte – *grüne* Tinte, rote Hefte – *rote* Tinte, blaue Hefte – *blaue* Tinte und so weiter und so fort ...

Der Kreis der Lehrer hörte ihm aufmerksam zu, ja, Ordnung muß sein, da stimmten sie ihm zu. Die Frage war, ob es nicht auch verschiedenfarbige Löschblätter gäb'? Da mal nachhaken irgendwie.

So, nun aber geschwind zum Aufsatz selber kommen. Die folgenden Gattungen von Aufsätzen müsse man unterscheiden: Nacherzählung, Besinnungsaufsatz, Erörterung, Erlebnisaufsatz, Bericht und so weiter und so fort ... Eines gelte jedoch für alle: Am Anfang jeder schriftlichen Äußerung stehe das Sprechen, Schüler, die im mündlichen Ausdruck mangelhaft sind, würden auch nicht imstande sein, einen Gedanken oder ein Erlebnis oder wie auch immer, was auch immer schriftlich niederzulegen oder abzufassen oder auszudrücken. Deshalb müsse zunächst der mündliche Ausdruck geschult werden, und das laufe am besten folgendermaßen ab: Um das Sprechen zu provozieren, müsse es zu einer intensiven Sachbegegnung kommen. Wenn das Thema also laute: «Wie zünde ich eine Kerze an?», dann stelle er zu Beginn der Aufsatzstunde einen Leuchter auf das Pult, aus Zinn oder aus Holz oder Porzellan oder was auch immer, und nachdem er also den Leuchter deutlich sichtbar aufs Pult gestellt hätte, vergewissere er sich, daß alle Kinder wissen, was das ist, ein Leuchter, weil es nämlich nicht so selbstverständlich ist, daß alle wissen, was ein Leuchter ist, ein bis zwei Prozent aller Kinder wären zweifelsohne in jeder Klasse zu finden, die keine Ahnung haben davon, was das ist, ein Leuchter, die drehten das elektrische Licht an, fertig ist die Laube ... So gäbe es in Middelum – zehn Kilometer von der Nordsee entfernt – Kinder, die noch nie das Meer gesehen haben!

Dem konnte zugestimmt werden, die Lehrer stießen einander an: Ja ja! O Gott! Der Mann hat recht!

Also zuerst und vor allem die Sachbegegnung: Den Leuchter stelle er für alle und jeden gut sichtbar auf den Tisch, und die Kerze habe er in einem Beutel stecken oder in einer Tasche oder einem Rucksack, aber besser Beutel, und dann lasse er raten, was er in dem Beutel oder der Tasche, je nachdem, stecken hat, was er nun wohl herausholt aus dem Beutel? – Kunstpause einlegen und den Schülern Zeit geben zum Nachdenken ... Wenn sie dann «Lebkuchen» oder «Schlüssel» sagen oder ähnliches mehr, dann lasse er das zunächst auf sich beruhen, halte ihnen den Beutel hin – zu diesem Zweck leihe er sich gern die Einkaufstasche seiner Frau, die von Segeltuch gemacht sei, oder er schnurre beim Kaufmann einen kleinen Zwiebelsack; vor Papiertüten warne er, weil da was Irreführendes draufsteht – und lasse die Kinder sodann ertasten, haptisch erleben also, was er in dem Sack zu stecken abgepackt hat.
Wenn sie fehlgehen in ihrem Vermuten, vielleicht «Gurke» sagen oder «Kleiderbügel», dann genüge ein kurzer bedeutsamer Blick auf den noch leeren Leuchter, um sie zur richtigen Antwort zu bringen. Das wär immer ein kitzliger Augenblick! Doch immer mit der Ruhe! Schließlich rufe eben doch einer, und zwar mit leuchtenden Augen: «Kerze!»
Allgemeines Nicken der Lehrer! Auch dem war zuzustimmen, man selbst hatte dergleichen schon erlebt.
Dann die Kerze rausbringen aus dem Zwiebelsack oder der Einkaufstasche oder was auch immer und fragend über den Leuchter halten. «Reinstecken! Reinstecken!» riefen die Kinder dann meistens schon nach kurzer Zeit. Reinstecken, ja, das dürfe sodann ein älterer Schüler männlichen Geschlechts besorgen, was die meistens auch sehr gerne täten.
Das Anzünden der Kerze – das Zentrum des Einleitungshauptteils –, besorge er lieber selbst. Zunächst darauf achten, daß kein Papier in der Nähe liegt, das eventuell in Brand geraten könnte, dann den Docht auf neunzig Grad zur Seite biegen, damit die Flamme, die man entweder per Zündholz oder Feuerzeug erregt, den Docht im nötigen Winkel rasch erreiche. Der Spannungsbo-

gen der Darbietung dürfe nicht dadurch unterbrochen werden, daß die Flamme womöglich erlischt. Das wär' dann eine Katastrophe, weil dann die Aufmerksamkeit in sich zusammenfalle wie ein nasser Sack. Und er warne eindringlich davor, die Kinder das Zündholz selber anstreichen zu lassen; wenn am nächsten Tag eine Scheune abbrennt oder ein Heuschober oder wie oder was, dann gebe das unangenehme Weiterungen.

Während der Kollege aus Middelum also die Sachbegegnung vom Stapel ließ und dazu das Vorsprechen des Lehrers und das Nachsprechen der Kinder darbot, gestenreich und in schulmeisterlicher Langsamkeit: « ... ich ho-le die Ker-ze aus dem Sack ... dann stecke ich die Ker-ze in den Leuch-ter, danach bringe ich das Zündholz an die Reibefläche ....», wozu er Kulleraugen machte.
Während er das also demonstrierte und dabei die lieben Kollegen, schlachtenerprobt und trinkfest, mit seinen Schülern verwechselte, rückte der Uhrzeiger unbarmherzig weiter und weiter, auf den Armbanduhren und Taschenuhren der Lehrer war das zu verfolgen und auch an der Wanduhr, deren Pendel hurtig hin- und herschwang, und es war klar, daß der Kollege, wie gut er sich auch vorbereitet haben mochte, nicht zu Potte kommen würde mit seiner Aufsatzstunde, das wurde allen Beteiligten klar, und die Sorge verbreitete sich, daß dieser Mann da vorne, obwohl gestandener Lehrer, Hauptlehrer gar, überziehen werde?

Als der Wirt die Schiebetür auseinanderzog und fragend den Vorsitzenden ansah, wann er das Essen bringen soll, riefen denn auch die allesamt miteinander befreundeten Lehrer dem Manne laut zu: «Noch fünf Minuten!»

Der Rest der Zeit ging damit hin, daß der Kollege darauf hinwies, daß auf das Be-obachten das Nach-sprechen und sodann das Nach-erzählen folgte und schließlich und endlich das Nachschreiben, wobei auf die rechte Schreibhaltung zu achten sei ... Die älteren Jahrgänge in der Klasse könnten, das erwähne er nur nebenbei, unter Berücksichtigung der Höhenkonzentration statt ausschließlich von der Kerze auch vom Licht als solchem schreiben, vom Licht, das die Finsternis durchdringt, wozu einen Tag vorher im Religionsunterricht gehandelt werden könne oder müsse. Moses 1,3 oder Johannes 1,5.

Dann öffnete sich auch schon die Schiebetür des Clubzimmers, und die traurig dreinblickende Schwiegertochter des Gastwirts, gefolgt von zwei drallen Mägden, kam herein, die das Essen brachten, von den Lehrern speichelrunterschluckend beobachtet, auf den Hintern gehauen hätte man sie gern, aber das war hier nicht angängig, obwohl's denen vielleicht gefallen hätte, wer konnte das wissen?
In dem nun allgemein entstehenden Wirrwarr trug der an seinem Thema so tragisch gescheiterte Mann aus Middelum lauthals noch eine Bitte vor. Die Kollegen glaubten ja gar nicht, wie viele teure Bücher er habe kaufen müssen, um diesen Vortrag halten zu können, und diese erheblichen Kosten bestimmten ihn, hier nun die Frage aufs Tapet zu bringen, ob der Lehrerverein der Börde Kreuzthal sich nicht daran beteiligen wolle?

In diesem Augenblick rief einer der Kollegen laut: «Dornkaat? Finger hoch! – Malteser? Finger hoch! ...»
Es war das vom Lehrerverein ausgesetzte Honorar des Lehrers aus Middelum, das jetzt nach alter Sitte allgemein versoffen werden sollte.

Dann stand auch schon das Essen auf dem Tisch, ein herrlicher Schweinebraten, fett und kroß, zerfallene Kartoffeln, dreierlei Gemüse, Gurkensalat in Essigmilch und eine Terrine Bratensoße, dazu wurde nach Bier gerufen und nach Schnaps, und ein fröhliches Schmausen begann. Lachen wallte auf, das – wenn der Witz gut war – in Krächzen und Raucherhusten überging. Herrlich, daß man mal unter sich war, ohne Schulrat und ohne Weiblichkeit. Obwohl «Egon» bei den Ortslehrervereinstagungen nichts zu suchen hatte, herrschte kein Zweifel, daß er alles erfahren würde, was hier so in die Gegend geschrien wurde.

Nach der Zitronencreme wurde gerülpst, mehr oder minder diskret, und die Kartoffelkrümel wurden von der Bedienung mit der hohlen Hand vom Tisch gefegt. Weitere Dornkaats wurden geor-

dert, Zigarren, Pfeifen und Zigaretten wurden in Gang gesetzt, jetzt käme der gemütliche Teil des Abends.
Und dann erschien auch schon der in Sassenholz ansässige Schriftsteller, den man hatte verlocken können, sich hier über das kommerzielle Schreiben zu verbreiten. Das Buntglasfenster mit dem Sämann wurde per Knopfdruck von hinten erleuchtet, und dann konnte es losgehen.
Der junge Autor, Alexander Sowtschick mit Namen, ein «Dichter von einigem Rang ...», wie es van Dechterong formulierte, dem ein gütiger Gott die begnadete Feder in die Hand gedrückt habe, kriegte es schnell mit, daß in dieser Gesellschaft aus Gründen der fortgeschrittenen Alkoholisierung nicht viel auszurichten war, und er bat daher um einen Doppelten und sodann um noch einen Doppelten, da man bekanntlich auf einem Bein nicht stehen könne. Da lachten die Lehrer und tranken auch einen Doppelten und noch einen Doppelten: Der Mann ist ja in Ordnung! Das hätte man ja nicht gedacht, daß der Mann in Ordnung ist!
Die Zigarrenschwaden lagerten über der Gesellschaft, die rotglänzend dem bald nur noch lallenden Autor da vorne – «zuhörte» kann man nicht sagen: zudämmerte.

Gegen Mitternacht wurde aufgebrochen, die Lehrer steckten sich sämtliche Streichhölzer und Zahnstocher aus den Ständern und auch die herumliegenden Zuckerstücke in die Tasche.
Beim Hinausgehen in die Dunkelheit – «Licht an!» – hatte der Schriftsteller die Frage zu beantworten, ob man mit dem Schreiben flott Money-money macht? Und ob es da nicht so Freiexemplare gibt, die er verteilen kann? Und ob er alles mit der Hand schreibt?
Dem Kollegen aus Middelum wurden noch ein paar freundliche Worte zuteil: Ob man nicht statt des Zwiebelsackes auch eine Blechbüchse nehmen könne, in der man dann die Kerze lustig klötern läßt? Und Rennenfranz wurde gefragt, ob eines seiner Enkelkinder seine beachtliche Malbegabung geerbt habe, und dann fuhren die Herren davon in ihrem «Heizöl-Ferrari», dem Bauernmercedes oder DKW – «drei gleich sechs» – oder auch VW mit Arschbackenfenster oder gar Moped.
Es war zu hoffen, daß der Dorfpolizist Charly nicht Wind von die-

ser Tagung erhalten hatte, dann würde er sich auf die Lauer gelegt haben, um die Trunkenbolde zu erwischen. Obwohl ebenfalls in der SPD, machte er gern auf Lehrer Jagd. Unliebsame Erinnerungen an die Schulzeit mochten ihn dazu treiben.

In den nächsten Wochen würde allüberall im ganzen Kreis über das Anzünden einer Kerze gehandelt werden, soviel stand fest, wann kriegte man schon mal eine Gratisvorbereitung geboten? Und in zwanzig Jahren, wer konnte das denn wissen?, würde vielleicht in einem ganz anderen Gremium dieselbe Stunde demonstriert.

Lehrer Klein aus Sassenholz stoppte Matthias. Ob er wisse, daß der Pastor was gegen ihn hat? Könne er sich das erklären? Wäre er ihm krumm gekommen? Was könne das sein? Solle er sich mal erkundigen?
Gelegentlich komme er mal rum, in einer anderen Angelegenheit, dann könne man sich in Ruhe darüber unterhalten.

Der Junglehrer Stichnoth klopfte Matthias beim Hinausgehen die Schuppen vom Jackenkragen. Der war mit sich zufrieden.
Van Dechterong würde in einem Jahr pensioniert werden, vielleicht ergäbe sich dann eine Chance, die erste Sprosse auf der Leiter nach oben zu erklimmen ...

26

Kurz vor den großen Ferien meldete sich Kollege Frohriep bei Matthias – Frühling, ja du bist's –, die Jahres-Wanderfahrt stehe vor der Tür, ob sie sich nicht zusammenschließen wollten? Bus mieten und nach Hamburg fahren? Er hatte schon alles vorbereitet, Matthias brauchte bloß ja zu sagen.
Dieses Abenteuer würde man hinter sich bringen müssen.
Sollte man die Schülerfahnen mitnehmen? Lieber nicht. Man konnte nicht wissen, wie der Kollege darauf reagierte. Auch den

Strohhut zu Hause lassen, der würde als «affig» vermerkt werden. Aber eine Packung Hansaplast einstecken.

Das Wetter war gut. Leider traf Matthias mit seinen stillen, einfachen Kindern – die Kleinen hatte er gottlob zu Hause gelassen – auf einen tobenden Haufen, der im Bus schon die besten Plätze besetzt hielt. Frohriep, der die Ruhe weg hatte, saß auf dem Mikrophonplatz, und Matthias mußte die ganze Fahrt über die Windrose seines schuppigen Haarwirbels betrachten. Immer wieder war er gezwungen, durch die Reihen zu gehen, weil die Kinder von den Plätzen aufsprangen und herumschrien. Mehrmals hielt der Busfahrer an. Er fährt nicht weiter, wenn das nicht aufhört.

Beiß nicht gleich in jeden Apfel
er könnte sauer sein ...

Daß er das Radio lauter stellte, um den Lärm zu übertönen, war nicht zu ändern. Da machte es sich bezahlt, daß Matthias nach dem Frühstück eine Portion Gelonida geschluckt hatte. Das Ohropax hatte er leider auf dem Tisch liegenlassen.

In Hamburg angekommen, wurden zunächst einmal die Schüler schärfstens vergattert. Immer in Sichtweite bleiben, niemals auf den Fahrdamm treten, nicht schubsen und keine Faxereien. Dann veranstaltete Frohriep eine Indianerpirsch durch den Großstadtdschungel, wenn auch ohne Federschmuck. Er ging vorneweg, und Matthias mußte hinten aufpassen, daß keiner zurückbleibt und abhanden kommt. Er beorderte Elfriede neben sich, die ausweislich so tüchtige Pfeiferin. Die konnte korrigierend eingreifen, wenn eins sich zu weit entfernte.
Schon mal versuchsweise einen Pfiff loslassen ... Frohriep vorne drehte sich um, was das nun wieder soll? Begütigend wurde ihm zugewinkt: Es hat alles seine Ordnung.

Frohriep machte die Kinder aufmerksam, was Hamburg für eine schöne Stadt ist: Straßenbahnen! Ob sie schon mal eine Straßenbahn gesehen hätten? Ob sie das Stromabnehmerrädchen erkennen können? Wie sie das wohl machen, daß das nicht abgeht, wenn die Bahn über eine Weiche fährt? Da! Funken!

Nein, eine Straßenbahn hatten sie noch nie gesehen, sie waren überhaupt noch in keiner großen Stadt gewesen, Bremen kannten sie nur vom Hörensagen, von Hamburg ganz zu schweigen.

Laut sprach Frohriep, so laut, daß die Passanten es merken mußten: Hier geht ein verantwortungsvoller Lehrer, der überdies ein Kinderfreund ist, mit seinen Schülern spazieren, und er versäumt es nicht, Erklärungen von sich zu geben, von denen auch sie noch was lernen können.
Hamburg – eine schöne Stadt? Gott ja, so genau hatten sie noch gar nicht hingesehen. Eigentlich hatte der Mann ja recht. Wenn man auch schwer arbeiten mußte, den ganzen Tag, um alles in Ordnung zu halten.

Station Nummer eins: Der Paternoster im Chilehaus. Die beiden Lehrer packten die Kinder und schoben die Widerstrebenden in die zuckelnden Kabinen hinein, überließen sie ihrem Schicksal und rissen sie auf der anderen Seite wieder heraus. Sie sollten mal aufpassen, oben auf dem Dachboden! Ob die Kabinen da umkippen oder wie das funktioniert. Seriöse Geschäftsleute bahnten sich ohne eine Miene zu verziehen einen Weg durch das Gewese. Sie hatten schließlich was anderes zu tun, 25 000 Tonnen Kali nach Schweden schaffen oder Lampen ordern in Polen. Da waren Gewinnspannen von 50% drin, aber man mußte sich eben beeilen, und deshalb mußten sie sich Platz schaffen, zum Donnerwetter noch mal. Elastisch sprangen sie in den Lift und elastisch wieder heraus. Daß auf dem Dachboden nichts passiert, hatten sie selbst auch schon mal erkundet.

Als alle das Abenteuer bestanden hatten, mußte durchgezählt werden, und dann wurde Station Nummer zwei angegangen, das war die Rolltreppe bei Karstadt. Frohriep schob unten die Kinder auf die hinaufgleitenden Stufen, und Matthias beförderte sie oben mit Schwung auf die hinabgleitenden, das ging ganz flott. Es gefiel Frohriep, wie tatkräftig Matthias zu Werke ging. Das hatte er gleich gedacht, daß der Kollege aus Klein-Wense durch und durch patent ist.
Nachdem sie auf den Geschmack gekommen waren, wollten die

Kinder nicht mehr davon lassen. Immer und immer wieder glitt die Dorfjugend von einer Abteilung zur andern, hinauf und hinunter, schließlich mit hallo! Zwischendurch in die Spiegel Fratzen schneiden – davon ließ sich sogar mancher Erwachsene anregen. Schließlich war man ja auch mal Kind gewesen.

Nun Detektiv spielen. «Also du, du, du und du, ihr vier forscht aus, wo es Armbanduhren zu kaufen gibt, ihr schreibt das Stockwerk auf einen Zettel, und kommt sofort wieder zurück! ... Und ihr vier kundschaftet Fußbälle aus, wo es die zu kaufen gibt. Und immer gleich wieder zurückkommen und Bericht erstatten!»
Wenn sie sich irgendwas ausdenken, fünften Stock sagen, und das ist dann im dritten, das merkt er schon, sagte Frohriep, so doof ist der Lehrer nicht!

Die Sache war unterhaltsam und für die beiden Pädagogen nicht weiter anstrengend: Die Kundschafter erwarten, ihnen den Zettel abnehmen, sie belobigen und die nächsten in Marsch setzen. Alles wunderbar, doch am Ende fehlten vier Mann. Da war guter Rat teuer. Um Gottes willen! Die Aufsichtspflicht! Also durchs ganze Kaufhaus rasen, der eine von unten nach oben und der andere von oben nach unten, durch alle Abteilungen, überall nachfragen: Haben Sie hier nicht Kinder gesehen?
Die anderen unterdessen im Windfang belassen und schärfstens vermahnen, daß sie sich nicht von der Stelle rühren, die Dame mit den Lippenstiften ist so freundlich und hält ein Auge auf sie.
In der Spielzeugabteilung befanden sich die Abhandengekommenen nicht, bei den Haushaltsgeräten auch nicht. Am Ende tat Matthias sie im Erfrischungsraum auf, wo einer der Frohriep-Jünglinge den anderen Cocas ausgab und mit einem Zwanzigmarkschein bezahlte. Also schärfste Zurechtweisungen loslassen, die Geschäfte des Spendierjungen beenden und sie nach unten schaffen. Ohrfeigen hauen ging nicht, weil es Kinder aus Poggenreich waren, außerdem gab es hier keinen verschwiegenen Winkel, wo man das hätte abmachen können. Alle Welt setzte sich bereits zurecht, wie der Lehrer wohl mit den Kindern fertig wird.
«Ich denke, Herr Frohriep wird noch mit euch sprechen wollen.»

Unten war neue Aufregung zu bestehen. Da saßen die Kinder auf den Messingstangen in den Drehtüren und fuhren Karussell! – Kaum war hier Ordnung geschaffen, meldeten sich einige Mädchen tänzelnd zum «Austreten». An sich ja ganz vernünftig, das Unumgängliche in so einem großen Haus zu vermelden, statt auf der Straße. Aber nun finde mal einer bei Karstadt das Klo! Am Ende ward es gefunden, und es wurde ein Pendeldienst eingerichtet, damit sich auch die andern alle erleichtern konnten. Jeder hat schließlich das gleiche Recht.
Wer seine Geschäfte hinter sich hatte, vergnügte sich inzwischen mit dem Fahrstuhl, den immerfort kommen lassen, und wenn die Tür aufgeht, ihn wieder auf die Reise schicken. So etwas hatten sie auch noch nie gesehen. Schnell war zu kapieren, wie man das macht.

Ein großes Wundern gab es über den Knaben Rosenbrook, der hatte sich nämlich still verhalten und war gar nicht erst losgelaufen. Wo's Babywäsche gibt oder Bettvorleger, das hatte er den Informationswegweisern entnommen, gleich neben dem Eingang, und hatte das da einfach abgeschrieben. – Frohriep fiel aus allen Wolken, und Matthias wies darauf hin, daß dieser Junge aus Klein-Wense stammt! Wie ein kleiner Gauß. Wie Gauß! Matthias Rosenbrook wurde zum Gauß von Klein-Wense erklärt, und Matthias trug ihm das in den Ausweis ein. Marmelspielweltmeister von Klein-Wense und Schlaumeier erster Sorte.

Sodann wurde zum Hauptbahnhof marschiert, das war Frohrieps Hauptanliegen, denn er war ein Eisenbahn-Enthusiast.
«Der Hauptbahnhof von Hamburg ist in jeder Kunstgeschichte abgebildet!» sagte er.
Die einfahrenden und ausfahrenden Züge von der Bühne aus zu betrachten, die schweren Dampfloks, eine vorwärts, die andere rückwärts, und die stinkenden Dieselloks, und dazwischen flink und elektrisch die kleinen S-Bahnen, das alles wurde den Kindern gezeigt, und sie wurden gefragt, ob sie das sähen?
Daß auch ein Güterzug durch den Bahnhof fuhr, wurde mit Befremden wahrgenommen, wenn da nun Reisende elegant und weltläufig auf dem Bahnsteig stehen, weil sie nach München reisen, im

D-Zug erster Klasse, und da kommt dann so ein Güterzug, was die dann wohl denken!
Was «S-Bahn» bedeutet, wurde geklärt: Zack! gehen die Türen zu, wer da seine Finger zwischenkriegt, der weiß Bescheid!

Interessant war es, auf der Bühne des Hamburger Hauptbahnhofes zu stehen, und gewaltig, imponierend und fernweherzeugend. Frohriep bedauerte, daß es für Miniatureisenbahnen weder Elektrische noch S-Bahnen zu kaufen gab. Er habe schon so und so oft an die Firma Märklin geschrieben, ohne Erfolg! Wie dumm, daß diese Firma sich selbst das Wasser abgräbt! Er würde Matthias demnächst den Katalog zeigen, da könne er sich selbst davon überzeugen, daß die Weltfirma Märklin keine Straßenbahnen führt.

Die beiden Kollegen hatten auch hier nur wenig Gelegenheit aufzuatmen. Ständig kamen Kinder an und fragten: «Dröff ick mi wat köpen?» – Am besten sofort «Ja!» sagen, sonst kommen sie nach fünf Minuten wieder. Im stillen bewunderte Matthias den Bauern Schnackenberg, der seinem Sohn die Teilnahme an dieser Tour verboten hatte: «Eine Bruse kann hei ok to Hus trinken.» Der Mann hatte Durchblick.

Während sie da also standen und den Ansturm der Kinder abwehrten, belehrte Frohriep die Kinder und vor allem Matthias über die Herstellungstypen der verschiedenen Lokomotiven. Wieviel Achsen die haben und wie man sie bezeichnet, und ob es die jeweiligen Typen bei Märklin oder bei Fleischmann zu kaufen gibt.
Ein Zug aus der Ostzone fuhr zischend und prustend ein, Stralsund! Gleich mal runterlaufen und mit dem Lokomotivführer sprechen. – Der Mann nahm unbeweglich zur Kenntnis, daß Matthias ebenfalls von drüben stamme, und als Matthias fragte, wie's da so geht?, regulierte er seine Hebel, ob die auch alle richtig eingestellt sind, und blieb die Antwort schuldig. Spuckte er nicht sogar aus?

Nachdem sich alle Kinder mit Salzstangen und Mars eingedeckt hatten, mußte der schwierige Weg zum Hafen gemeistert werden, von Ampel zu Ampel, Sprung auf, marsch-marsch! Frohriep an der Spitze, Matthias am Schluß, die Signalpfeiferin zur Seite, damit er nicht brüllen muß, wenn einer aus der Reihe tanzt. Er brauchte sie nur anzustoßen, dann pfiff sie. Immer auf der Wacht. Frohriep, vorn, übernahm es, unaufmerksame Kinder, also Träumer, lautstark in die Wirklichkeit zurückzurufen.

Vornehme Herren, die gerade aus der Börse kamen, wehrten die Kinder mit der Aktentasche ab, wie mit einem Schutzschild. «Müßt ihr nicht in die Schule? Was lauft ihr hier herum?»
Zwischendurch das Interesse der Kinder wachhalten, eben mal alle stehenbleiben. «Ob wir wohl noch Kriegsspuren an den Häusern erkennen können? Kinder? Was meint ihr?» Ja, allerhand Gesprenkeltes war auszumachen, und die Nikolaikirche noch immer ganz in dutt.
Übrigens waren an den Fenstern auch die noch rostigen Halterungen zu erkennen, in denen ohne Zweifel Hakenkreuzfahnen gesteckt hatten.

Nun weiter im Text. Eben noch mal durchzählen, dann weiter, erst mal noch mal halt! So, nun weiter ...

Die Michaeliskirche war Gott sei Dank geöffnet. Einmal drinnen rum und einmal draußen rum um das Wahrzeichen von Hamburg. «Kinder, dies ist das Wahrzeichen von Hamburg!» Wenn die Seeleute aus Ostindien kommen und den Michel sehen, dann geht ihnen das ganz schön an die Wäsche.

«Und seht mal da drüben: Das ist das Hafenkrankenhaus! Da liegen die Leute mit den Schlangenbissen!» Daß es auch äußerst giftige Käfer gibt, wurde gesagt, und Elephantiasis, da haben dann die Leute so dicke Beine. «... und Vogelspinnen.» Irgendwie eingeschleppt mit Bananenstauden, von der Schulfunksendung «Hür mal 'n bêten tau!» noch in Erinnerung, große, kluge Augen, die sie auf ihr Opfer heften. Auch eingeschleppt wie die Wollhandkrabbe, und zwar aus Madagaskar, und seitdem gibt's kaum noch Fische in der Elbe. Man darf der Natur eben nicht auf der Nase herumtanzen.

Schnell an der Reeperbahn vorbei, die Aufmerksamkeit auf den steinernen Bismarck lenken – die Augen links! –, damit sie nichts mitkriegen von den Stätten des Lasters und der Sünde. «Der ist von Lederer! Der hat Deutschland geeint!»

Ein Geschäft für Tropenkleidung und Schiffsbedarf. Tropenhelme im Schaufenster und Matrosenmützen. Blanke Schiffsglocken mit Lederschlaufe am Klöppel.

Wo hängt der größte Bilderbogen?
Beim Kaufmann, Kinder, ungelogen ...

Bei einem Trödler wäre Matthias gern stehengeblieben, da lagen Orden und WHW-Abzeichen im Fenster, Tanzmasken hingen an der Wand, und auf einem runden Tisch sternförmig angeordnet: alte Pistolen, doch Frohriep drängte weiter, der Zeitplan mußte eingehalten werden, die Fütterung der Seelöwen wurde sonst verpaßt, bei Hagenbeck, und schließlich wollte auch noch die Hafenrundfahrt hinter sich gebracht werden.

Ein Polizist kam des Weges.
«Kinder, das ist ein Hamburger Hafenpolizist!»
Der Beamte wurde angehalten, ob die Kinder ihm mal ein paar Fragen stellen dürfen über Schmuggler und blinde Passagiere?
Nein, das durften sie nicht. Der Mann ging wortlos durch sie hindurch, na ja, der beschattete vielleicht gerade jemanden?

Am Hafen kam ihnen ein Mann mit Ohrring entgegen, der hatte eine tätowierte Schlange auf der Brust. Alle Kinder blieben stehen und sahen ihm nach. Daß er eine Flasche in der Hand trug und daraus einen tiefen Zug nahm, machte keinen besonderen Eindruck, das kannten die Kinder von ihren Vätern.

«O Kinder, seht mal! Was ist das da wohl?» fragte Frohriep. – Da antworteten die Kinder: «Ein UNIMOG!»
Aber nein, Frohriep hatte die Elbe gemeint, die da vor ihnen lag, silbern im Gegenlicht.
Ein Junge namens Grootje erwachte beim Anblick der Schiffe, die hier vorüberglitten, sein Onkel fahre zur See, sagte er, und er war

damit ausgezeichnet vor allen. Er gehörte in Frohrieps Klasse, was bedeutsam war. Er weiß auch nicht, woher das kommt, sagte Frohriep, er hat besonders primare Kinder.

Der Großvater eines Mädchens war im Krieg mit einem U-Boot untergegangen, aber das wußte das Mädchen gar nicht. Das war in Vergessenheit geraten.

Eben den Elbtunnel angucken? Von Kaiser Wilhelm eingeweiht? Nein, das lassen wir lieber, da ist eigentlich nichts Besonderes zu sehen, zwei lange Röhren, die in der Ferne immer kleiner werden.

Die Blechuhr an der Anlegestelle der Hafenrundfahrt zeigte an, daß man noch eine halbe Stunde Zeit hatte. Das Hervorholen des Proviants wurde untersagt. Salzstangen essen meinetwegen und Mars, aber nicht die Butterbrote! «Die essen wir dann bei Hagenbeck! Da könnt ihr euch dann auch was kaufen. Da habt ihr Zeit genug.»
«Dauert das noch lange?»
Die Sonne schien, und die Kinder wurden etwas ruhiger, mit dem Rücken zur Elbe spielten sie: Ich seh' ich seh', was du nicht siehst ...

Die beiden Kollegen hatten es sich auf einer Bank bequem gemacht. Matthias verspürte die wohlige Wirkung der Gelonidas, und Frohriep erklärte ihm, wie die Schiffe heißen, die hier vorübergleiten.
«Oh, jetzt kommt aber ein großer Pott.» Kam der nicht sogar aus der Sowjetunion? Kein Zweifel: Hammer und Sichel waren deutlich erkennbar. Daß das erlaubt war? Matrosen an der Reeling. Daß die nicht einfach über Bord sprangen? Ein neues Leben beginnen? In Hamburg gibt's doch Arbeit genug?

Frohriep sagte es jeweils an, woher die Schiffe kamen: «Norwegen», «Finnland.» Aber das war gar nicht Finnland, sondern Schweden ... Die Kinder aus Klein-Wense wunderten sich, daß der Lehrer nicht weiß, daß blau und gelb Schweden ist.
Dann gab es eine kleine Sensation – Matthias wurde angestoßen –, da kam doch tatsächlich nicht etwa Hans Albers oder Ilse Werner

um die Ecke, sondern kein anderer als der berühmte Botschafter Grewe, genannt «Bubi», in Gesellschaft eines Negers!
«Seht mal, Kinder, das ist der deutsche Botschafter Grewe! Der hat an der Hallsteindoktrin mitgearbeitet!» – War der nicht sogar Professor?
Hallsteindoktrin! Alleinvertretungsanspruch! Einwandfrei!

Die Kinder interessierten sich nicht so sehr für den Diplomaten mit den abstehenden Ohren, sie glotzten den schwarzhäutigen Herrn an seiner Seite an. Sie hatten noch nie einen Schwarzen gesehen. Und schon gar keinen mit einer Aktentasche und goldenen Manschettenknöpfen. Das war ja ein rechter Glückstag! – «Vielleicht kriegen wir ja noch einen Chinesen zu sehen ...» – Und daß der Diplomat ganz in der Nähe eine Weile stehenblieb und mit dem dunklen Herrn redete, war ja direkt wunderbar. Redete der nicht sogar Englisch? How do you do? Die Kinder waren kaum davon abzuhalten, ihn zu fragen: How do you do?
Wahrscheinlich erklärte er ihm, wieso hier ein Schiff der sowjetischen Handelsmarine in den Hafen einfährt und was das mit der Hallsteindoktrin zu tun hat. Mal aufpassen in den nächsten Tagen, ob was in der Zeitung steht. Stehen hier ganz zwanglos im Hafen herum und sprechen über den Alleinvertretungsanspruch. – Wollten die am Ende auch eine Hafenrundfahrt machen? Nein, sie schritten davon. Schade, sonst hätte man sie die ganze Tour über betrachten können.
«Hallsteindoktrin, Kinder, darüber sprechen wir dann morgen noch ausführlich.»

Die Hafenrundfahrt ging problemlos über die Runde, ganz ohne Möwenbombardement und Magenopferungen. Frohriep redete mit dem Barkassenführer, ob die Kinder mal den Motor sehen dürfen, und der hob die Haube auf, und dann gings weiter. Attraktiv waren die Pfeifkünste von Elfriede. Sobald sie einen Matrosen sah, auf einem Schiff, pfiff sie. Und die pfiffen dann zurück.
«Ich glaube, das lassen wir lieber bleiben ...»

«So, Kinder! Jetzt geht's zu Hagenbeck!» Eben noch mal alle durchzählen, und dann: los! Die Horde lief die Treppen zur U-

Bahn hinauf, Kollege Frohriep ordnungsgemäß vorn und Matthias hinten: und dauernd zählen, ob auch noch alle beisammen sind. Und oben, da fehlte tatsächlich ein Mädchen, als schon alle eingestiegen waren. Alles wieder raus!! Das Mädchen hatte sich, um einen Scherz zu machen, hinter eine Litfaßsäule gestellt.
«Du meldest dich morgen früh.»

Zwölf Uhr und dreißig Minuten: planmäßiges Eintreffen bei Hagenbeck.
«Also Kinder, nun setzt euch mal alle hin, hier könnt ihr euch was kaufen und euer Brot essen.»
Die Kinder holten Brause in Literflaschen aus dem Rucksack und Pakete mit Kartoffelchips. Sie setzten die Buddeln ganz so an, wie der Mann mit der tätowierten Schlange auf der Brust es getan hatte.
Andere Busse kamen mit anderen Schülerpulks und Lehrern vorn und hinten. Nun hätte man die Klassenfahnen «Sonne» und «Apfel» doch ganz gut brauchen können.

Dann zeigte Herr Frohriep ihnen, wo's losgeht mit dem Rundgang, bei Nummer eins. Das war irgendwie logisch, und dann wurde gesagt, sie brauchten nur die Nummern entlangzugehen, von «1» an bis zum Schluß. «Also eins ... und dann?» – «Zwei!» – «Gut. Und dann?» – «Drei!» und so fort, bis zum Ausgang, und dort werden sie dann um 15 Uhr wieder abgeholt. Punkt 15 Uhr.
«Verstanden?»
«Ja!»
«Wo fangt ihr an?»
«Bei Nummer eins!»
«Wo werdet ihr wieder abgeholt?»
«Am Ausgang!»
«... und wann?»
«Um 15 Uhr!»

Dann sagte Frohriep zu Matthias: So, das hätten wir, jetzt gehn wir erst mal ordentlich essen. Und dann setzten sie sich in ein Restaurant und aßen ein Schnitzel mit Zitrone und Salatblatt und tranken Bier. Aufsichtspflicht? «Die übernimmt Hagenbeck.»

Matthias war das nicht ganz geheuer, aber Frohriep wußte es genau: Nirgends sind die Kinder sicherer als im Tierpark, alles eingezäunt und unter Verschluß. Dafür sorgt die Direktion schon aus Selbsterhaltungstrieb. Außerdem kommt zweimal pro Woche die Gewerbeaufsicht.
Die beiden machten es sich also bequem, sie legten die Füße auf den Blumenkübel und erzählten sich was, von fern das Geschrei der Papageien. Dabei beobachteten sie ein Flugzeug nach dem anderen, alle stiegen rechts auf und zogen dann nach links langsam über den Himmel. Frohriep bedauerte es, daß man so etwas nicht über der elektrischen Eisenbahn installieren kann.

Matthias konnte seine verschiedenen Lebensstarts nicht so recht loswerden, Frohriep behielt das Heft in der Hand mit seinen Elektrische-Eisenbahn-Geschichten. Er legte jeden Pfennig in Schienen und Weichen an. Seinem Sohn, obwohl erst drei Jahre alt, hatte er bereits einen Einstiegsatz geschenkt, allerdings mit Uhrwerkantrieb.
Fünf Züge könne man gleichzeitig unter Kontrolle halten, sagte er, darüber hinaus gehe alles koppheister. Er hatte von seinem gefallenen Bruder einst eine 0-Eisenbahn geerbt, mit Speisewagen und allem Drum und Dran. Aber die brauchte zuviel Platz, die hatte er weggeschenkt, er war umgestiegen auf Spur H0, und die hatte er auf dem Dachboden untergebracht, auf einem Brett fest montiert, zum Hochklappen über der Treppe. Seine Kollegen lud er immer wieder zur Besichtigung ein, aber niemand hatte der Einladung folgen mögen. Im Grunde seines Herzens träumte er von einem Eisenbahnerklub, von Freunden also, die sich sonntags treffen, sich neue Modelle zeigen und schließlich unter Ausschluß der Ehefrauen, die sich inzwischen in der Küche was erzählen, die Kelle heben. Wenn alle zusammenstünden und jeder, sagen wir mal, drei Züge mit je sechs Wagen und ein gewisses Kontingent an Schienen einbrächte, dann könnte man eine Anlage aufstellen, die ihresgleichen suche.

Nachdem sie lange genug herumgesessen hatten, rafften sie sich auf und machten denn doch noch einen schlendernden Rundgang, wenn man schon mal bezahlt hat!

«Mal sehen, wo wir die Kinder treffen – die stehen bestimmt bei den Affen!»
Sie bummelten von Nummer zu Nummer – «Pinguine!» – und freuten sich, daß die Kinder dies alles zu sehen kriegten. Elen-Antilopen, Bären und Flamingos. Eine Kreuzung zwischen Pferd und Zebra war irgendwo abgestellt, so was sah man auch nicht alle Tage.
«Sehen Sie mal da oben, den Korb für die Giraffe.»
Frohriep erklärte Matthias alles, auch das, was es auf dem Wirtschaftsgang zu sehen gab, den man eigentlich nicht betreten sollte. Eine Schubkarre mit Fäkalien stand da und eine Gießkanne, weiß der Himmel, wozu die gebraucht wurde.

Von Nummer zu Nummer gingen sie, zuerst langsam, dann doch schneller und schneller, denn: Kein einziges Kind der Börde Kreuzthal war zu sehen! Ein Tierwärter wurde angehalten und gefragt, ob er nicht die Kinder gesehen hat.
«Kinder?» fragte der und zeigte auf die bunten Horden fremder Kinderpulks.
Vielleicht auf dem Spielplatz? Los, hinrasen, von Schaukel zu Schaukel, Rundlauf, Wippe, Rutschbahn – nichts! Nun wischte sich Frohriep denn doch die Stirn. Um Gottes willen!

Am Ausgang, da standen sie dann und erwarteten die Lehrer. Sie hatten sich kein einziges Tier angeguckt, keine Giraffe, kein Nashorn, nicht einmal den mit seinem Geschlechtsteil spielenden Mandrill – sie waren vom Eingang durch den ganzen Park sofort zum Ausgang gestürmt und hatten dort auf die Lehrer gewartet. Bloß nicht zu spät kommen, war die Devise gewesen, sonst fährt der Bus ohne uns ab …

Ein Tierparkbeamter kam geschritten, der wollte nicht etwa das Durchrasen beanstanden, der fragte, ob die Herrn Lehrer das verantworten könnten, daß die Kinder aufs Geharkte trampeln? Da stehe doch ganz klar und deutlich: «Zugang verboten!»
Andere Lehrer kamen mit ihren Kindern angerudelt, erquickt vom Wissenserwerb. Beim Schulaufsichtskreis Kreuzthal war einiges schiefgelaufen.

Der Bus war bereits da, mit laufendem Motor stand er auf dem Parkplatz. Der Fahrer hatte auch seine Ängste, ob er sich zurechtfindet in der Stadt, der hatte diese Tour noch nie gemacht.

Nun mußte noch die Heimfahrt der tobenden, schreienden Bagage durchgestanden werden. Man hatte insofern noch Glück, als auf der Autobahn bei Sittensen ein Lastzug umgekippt war und Tausende von Schachteln verstreut. Wie gut, daß das kein Schweinetransport gewesen war! Der Bus fuhr achtungsvoll vorüber, und alle Kinder standen an den Fenstern.

27

An einem Sonntag im Juni machte Matthias doch noch einen regulären Antrittsbesuch beim Pastor in Sassenholz, zum Kaffee paßte es, und der wurde im Garten eingenommen.
Am Morgen fuhr Matthias zunächst noch zur Kirche. Die Predigt handelte von dem kleinsten Tüttel des Gesetzes, den man nicht weglassen darf, und Pfarrer Ortlepp brachte eine Menge Beispiele von geschriebenen und ungeschriebenen Gesetzen, von Anstand und von Sitte. Wenn man daran erst mal zu rütteln beginnt, stürzt alles ein. Das Wort «Tüttel» schallte immer wieder durch die Kirche und klang sehr norddeutsch.
Wer erinnere sich nicht an dieses häßliche Bild, vor einigen Jahren um die Welt gegangen, von den Oxford-Studenten, wie sie nicht einmal die Hände aus den Taschen nahmen, als Bundespräsident Heuss, dieser gebildete, feinsinnige Demokrat, ihnen einen Besuch abstattete. Wer Autoritäten nicht achtet, nicht mehr weiß, wo oben und unten ist, der verletzt die Spielregeln, deren Einhaltung Demokratie überhaupt erst möglich macht. Wieviel mehr im Raum der Kirche, dem Vorhofe Gottes? Wer in einem Gotteshaus, zum Beispiel, in der Kirchenbank sitzend die Beine übereinanderschlägt, der beweist schon damit, daß für ihn das Bethaus eine Jahrmarktsbude ist.

Matthias aß in der «Linde» zu Mittag, wobei er die traurige Schwiegertochter mit den rötlichen Germanenhaaren nicht aus den Augen ließ, wie sie die Biergläser auf die fest montierte Säuberungsbürste im Waschbecken stieß, versonnen, halb abwesend-kummervoll? Ein deutsches Beefsteak aß er, mit Salzgurke und Bratkartoffeln, und er hielt die junge Frau dabei unter Kontrolle. Dann setzte er sich an die Eische, mit aufgeknöpftem Rock und Strohhut in Reichweite.
Wie es auf dem Grunde des Flüßchens wohl aussieht, dachte er: «Alte Eimer und jedweder Hausrat von alters her», sagte er laut.

Punkt drei Uhr schellte er an der Tür des Pastorats.
«Ah, unser junger Freund ...»
Zuerst einmal wurde er in die Studierstube geschoben, die superlange Blockflöte der Tochter in einem Spezialständer, Noten vom Bärenreiter-Verlag auf dem Klavier, und in der Ecke ein brauner Kachelofen mit vernickeltem Schieber in Augenhöhe, für Äpfel?
Auf dem kolossalen Schreibtisch des Pastors standen schräg gestellt Fotos von sogenannten Angehörigen, daneben ein Fläschchen mit Gallensteinen, die ihm vor Jahren entfernt worden waren. Auf einem Seitentisch lagen Bibel und Gesangbuch, und an der Wand hing ein Kruzifix, mit verschiedenfarbigen Strohblumen dekoriert.
Im Bücherschrank Wiechert, Hesse und Tolstoi: Unterstes Bord schrägstehende Aktenordner, Kirchenakten und wohl auch Privates. Vielleicht Schriftstücke, die sich mit Alimentenregelungen befaßten?

Der Pfarrer saß in seinem Lieblingssessel im schwarzen Anzug, die goldne Uhr an einem Kettchen in der Kavalierstasche. Matthias ihm gegenüber, gegen das Fensterlicht guckend, und davor hatte er die Silhouette des geistlichen Herrn. Wenn er die Augen schloß, sah er das helle Fenster und das dunkle Fensterkreuz, und davor den geistlichen Klumpen.
Daß seine Tochter, dieses Schlitzohr, einen Mathematiker geheiratet habe, hörte er ihn sagen, Professor an der Stanford University, diese alte Geschichte, leider von einer Schuppenflechte geplagt,

die neuerdings mit Eigenurin behandelt werde ..., – «jeden Tag das Bett mit dem Staubsauger aussaugen!» –, die lebe also in den USA. Erst Pädagogik studiert und dann einen Professor geheiratet – und prompt Zwillinge gekriegt! Zwei Mädchen! Allerliebst! Und seine beiden Söhne prachtvolle Kerle, «Schränke» von Statur, die studierten Medizin in Marburg und Kiel. Der Ältere sei auch ein ziemliches Schlitzohr. Daß der soeben durch das Physikum gefallen war, behielt er für sich.

Matthias dachte an die warnenden Worte des Kollegen Klein und an dessen Frage, ob der Pfarrer eventuell etwas gegen ihn habe? Ob er ihm auf die Füße getreten sei? Aber offensichtlich war das nicht der Fall, obwohl jetzt beide an die Kegelkugeln dachten, die ja eigentlich ins Revier des Seelsorgers gehörten. Die gemäßigte Stimmung rührt daher, daß Ortlepp Matthias an diesem Tag, wie an jedem Sonntagmorgen, in der Kirche gesehen hatte.

Von bäuerlichem Hausrat war nicht die Rede in dieser Stunde, es herrschte brummelnde Gemütlichkeit vor, in der auch ein wenig gelacht wurde, denn Matthias berichtete von dem Spitz, der noch immer Tag für Tag seine Wurstscheibe holte. Auch der Pfarrer hatte Hundeerlebnisse auf Lager, er habe mal einen ganzen Nachmittag mit einem jungen Hund gespielt, im Vikariat an der Weser. Der Pfarrer dort noch ganz alte Schule, orthodox, o Gott! Gesetzestreue ganz schön und gut – aber man kann's auch übertreiben. Als er in aller Unschuld zu einer Radtour mit seiner damaligen Freundin, seiner jetzigen Frau hatte aufbrechen wollen, sei er ins Studierzimmer des alten Herrn geholt worden und streng vermahnt!

Dann sprach er vom Krieg. Ortsbauernführer Fitschen hatte die Pflicht gehabt, in die Häuser zu gehen und es den Frauen mitzuteilen, daß ihr Sohn gefallen ist oder der Mann. Der habe ihn dann eines Tages gefragt: «Wollen Sie das nicht machen, Herr Pastor?» Und dann habe er das auf sich genommen. Schrecklich, wenn ihn die betreffende Bauersfrau dann so herzlich begrüßte auf der Diele oder im Garten, sich freut, daß er mal wieder zu ihr kommt und nach dem Rechten schaut, und dann mußte er ihr sagen: Liebe Frau, seien Sie mal ganz stark, Ihr Sohn ist gefallen ...

Er sprach auch von dem jüdischen Viehhändler, ein großer, finsterer Mann, schwarzes Haar, kräftig ..., daß der noch grade eben sein Vieh habe verkaufen können, an Claasen in Klein-Wense, und daß er dann noch hatte entwischen können, im letzten Augenblick, nach Schweden. Dem Vieh sähe man heute noch die besondere Rasse an, das seien ungewöhnlich große Kühe, daß sich das so lange hält?

Nachdem der Pastor mehrere Male die Uhr herausgeholt hatte und mit der Turmuhr verglichen, ob es tatsächlich schon so spät ist, kam die Frau herein und bat zum Kaffee, ziemlich gequält, mit der Mittagsruhe war es mal wieder Essig gewesen, gab Matthias mit schiefem Mund die Hand, die vielen Menschen, immer und immer so viel zu tun, und sie möchte sich auch mal an'n gedeckten Tisch setzen ...

Der Kaffeetisch stand auf der Wiese unter einem großen Kirschbaum, ein bißchen wackelig, man mußte etwas mit den Knien gegenhalten. Fetter Käsekuchen wurde gereicht und Apfeltorte mit Schlagsahne, Wespen drum herum. Es war eine alte neunzigjährige Tante dabei, Tante Hedda, ein bißchen Silberputzen und Wäschelegen, das konnte sie noch, und ein Hilfsmädchen aus der Gegend von Sheffield, Denny, auf englische Weise häßlich, aber auf ihre Art phantasieanregend, sowie Frau Wannenfeld, eine Freundin der Pastorsfrau, plus Kinder: Junge und Mädchen, die still am Tisch saßen mit krummem Rücken. Es war also eine volle Runde, und sie sollte noch voller werden, der ortsansässige Schriftsteller war geladen, Alexander Sowtschick, wie schon häufiger, aber bisher noch nie gekommen. Diesmal hatte er fest zugesagt, Frau Wannenfeld hatte extra seinetwegen ein Buch von ihm und ihren Fotoapparat mitgebracht! Noch war er nicht da, diese Künstler nahmen es ja nie so genau, aber er würde schon noch kommen. Allerdings ewig konnte man ja auch nicht warten. Also: schon mal anfangen.
Die alte neunzigjährige Tante legte Matthias ein Stück Kuchen nach dem andern auf, leider vorwiegend Käsekuchen, den er nicht mochte, die Rosinen darin machten die Sache noch schlimmer. Hielt den Deckel der Kaffeekanne fest beim Eingießen (der Wein-

rebenknauf war schon einmal abgebrochen), und Matthias hielt ihr die Tasse auf der Untertasse entgegen, wie es in sämtlichen Benimm-dich-Büchern der ganzen Welt gefordert wird, den kleinen Finger ließ er freilich eingerollt.

Der Pastor saß an der Schmalseite des Tisches, er trank keinen Kaffee, sondern Tee mit Sahne, Kaffee könne er nicht vertragen, sagte er. Auch Extrakuchen bekam er. Hatte er denn Diabetes? Der Sonnenschirm, der die Runde in angenehmem Schatten hielt, war eine Neuanschaffung, der Fuß mit Wasser gefüllt, eine französische Erfindung, das gluckerte darin, und die ganze Chose fiel natürlich um beim leisesten Windhauch. Da waren die guten alten ehrlichen Betonfüße deutscher Produktion doch sicherer gewesen. – Die Pastorin hatte sich neben den Schirm gesetzt, damit sie schnell zugreifen kann, wenn Holland in Not ist.

Dann wurden Gesangbücher ausgeteilt, und Matthias war fein heraus, daß er singen konnte, und er tat es laut und deutlich.

In dir ist Freude
in allem Leide ...

Das englische Mädchen gab jeweils bekannt, ob es das Lied auch auf englisch gibt, was ja wirklich hochinteressant war, sie hieß Denny, wie gesagt. Englische Kriegsgefangene wurden von Frau Wallenberg erwähnt, die hier mal irgendwo gesichtet worden waren, an sich sei das hier eine Domäne der Franzosen gewesen, von denen sogar einige an Grippe starben ..., äußerst bedauerlich, wenn einer in Gefangenschaft ist, dann denkt man doch, er hat alles hinter sich? Und Matthias erzählte, daß er ein Buch gelesen habe – «Eira und der Gefangene» –, von einem deutschen Kriegsgefangenen in Irland, der sich mit einer jungen Bäuerin dort befaßt habe, was natürlich streng verboten war, und er erzählte ferner, daß die Engländer seine Heimatstadt schwerstens mit Bomben belegt hatten, obwohl keinerlei Industrie, jedenfalls nicht in dem Waisenhaus, Hartestraße 6, in dem dann fünfzehn Kinder zerfetzt wurden.
Die Kreuzthaler Börde hatte nur beim Zusammenbruch Engländer zu sehen gekriegt, einmarschierenderweise, im großen und

ganzen anständige Leute, wenn man von der Erschießung der beiden Jungen in Kreuzthal einmal absah, was man von den Schweden im 17. Jahrhundert nicht gerade hatte sagen können, deren Raub- und Plünderspuren bis heute noch nicht vernarbt seien.

Die Schweden, sagte die Frau Pastor, die immer wieder gezwungen war, zum Kindertisch hinüberzugehen – Frau Wannenfeld tat nicht dergleichen –, ob da auch alles in Ordnung ist, ein wundervolles Volk, die Schären und das alles, das Land solle ja wundervoll sein, Smörebröd, die Wälder und die schönen Holzhäuser, jedes mit einem eigenen Bootssteg davor! Sie möchte so gern mal nach Schweden, aber sie komme ja nicht raus, jeden Tag hundert Leute zu Tisch, und dauernd klingelt das Telefon ...
Norwegen hingegen, wild und zerklüftet, mit all den Fjorden, die ja so maßlos tief und kalt sein sollen, das verlocke sie nicht so sehr, immer ein Wasserfall neben dem andern?
«Die Norweger sollen ja auch so schlechte Zähne haben ...»
Schnell rüberlaufen zu den Kindern, und das Stuhlwackeln verhindern, das bohrt sich so in den Rasen ein, und außerdem sieht man es schon kommen, wie es den ganzen Tisch umschmeißt. Daß sich Denny hinsichtlich der Kinder so überhaupt nicht rührte? Da fragte man sich denn doch: Wofür hatte man sie eigentlich? Deutsch wollte sie lernen, aber das funktionierte auch igendwie nicht. Wenn was zu sagen war, suchte die gesamte Familie regelmäßig ihre Englischbrocken zusammen.

Der Pastor wußte, daß deutsche Soldaten in Skandinavien eine Bahnlinie gebaut hatten, hoch im Norden, die die Norweger jetzt fleißig benutzten, die wär denen nach 45 ganz schön in den Schoß gefallen. Und die Finnen, ausgeschert aus dem Krieg, als es den Berg runterging, obwohl Deutschland ihnen so geholfen hatte, im Ersten Weltkrieg schon, gegen die Russen, und im Zweiten noch mal. Die deutsche Wehrmacht hatte ihnen dann ja, 1944, leider auch Vieh weggetrieben und Häuser angezündet. Also auch mit denen Essig jetzt.
Ein kleines, tapferes Volk. Die Sprache allerdings absolut unverständlich, und die Mädchen nicht hübsch, schlechter Teint und

kleinwüchsig, im Gegensatz zu den langbeinigen blonden Schwedinnen, die ja berühmt seien für ihre Schönheit.

Der Pastor ging an die Pforte und guckte die Straße hinunter, ob der Schriftsteller nicht kommt, den er wegen des jungen Lehrers extra gebeten hatte, daß die sich mal kennenlernen, und dann die Bälle so zuwerfen, also Gespräche führen und sich gegenseitig anregen in jeder Beziehung, vielleicht auch mal ein Gläschen trinken, warum nicht?
Nein, Alexander Sowtschick war nicht in Sicht, und der Pastor setzte sich wieder an den Tisch. Eben noch mal schnell eine Tablette schlucken, aus der hohlen Hand, ein Glas Wasser ist natürlich wieder nicht hingestellt worden, aber man kann sich freilich auch mit Tee behelfen, das ist wahr.

Dann langte er unter den Tisch und brachte seine Laute hervor, die er dort deponiert hatte.
«Ach ja, Ottfried», sagte seine Frau, «spiel uns mal was vor.» Und die anderen Gäste sagten auch alle: «O ja! Schön!»
Der Pfarrer strich schon mal probeweise die Saiten entlang, ob sie auch wohlgestimmt sind, und begann dann die Lieder seiner Jugendzeit zu memorieren: «Wer jetzig Zeiten leben will, muß han ein tapfers Herze ...» So manche Nacht im Heuschober verbracht, bei Gewitter und Platzregen, und über Landstraßen marschiert unter glühender Sonne, die Eifel hinauf – hinunter, mit dampfenden Socken ... Maria Laach, von einem Mönch einen Schluck köstlichen Wassers aus dem Brunnen gereicht bekommen ...
«Kein schöner Land in dieser Zeit ...»

Die Pastorenfrau stellte sich hinter seinen Stuhl, und das muß von der Straße aus ein schönes Bild gewesen sein, der weiß gedeckte Tisch mit der gemütlichen Kaffeekanne und dem geblümten Geschirr, der Pastor mit seiner Laute – waren seine Augen gar feucht geworden? – und die Runde der Lauschenden, denen all die schönen, mit voller Stimme vorgetragenen Lieder ebenfalls Erinnerungen weckten an Heuschober und an Brunnen, mit Ausnahme des englischen Hilfsmädchens, das jetzt leider mit den Kindern zu flüstern begann, je lauter der Pastor sang, desto vernehmlicher. Sie zeigte ihnen, wie man die Hand zum Fernrohr krümmen kann und durchgucken und sehen, wie der Wind dem Pastor das Haar verwirft, was Frau Wannenfeld sich gerade zu fotografieren anschickte. Sie hatte schon so manches Bild von ihm gemacht.

Matthias hatte den Sonnenschirm fest im Griff, damit die Pastorsfrau weiter hinter ihrem Gatten stehen und die zweite Stimme singen konnte. Nicht auszudenken, wenn der Schirm umgekippt wäre und mit den Stangen in den Kuchen gepiekt.
«Kommt ihr Gspielen, wir wolln uns kühlen ...»
Der «Sommernachtstraum» in Bad Hersfeld, dort hatte sie den Menschen kennengelernt, dem sie nun schon über dreißig Jahre ein guter Kamerad war, durch alle Stürme und Fährnisse des Lebens hindurch. Manchmal gar nicht so einfach. Wenn er dann nachts ihre Hand griff und ihr die Katastrophen beichtete, hervorgerufen durch fleischlische Anfechtung?
Matthias hielt den Schirm mit der einen und den Strohhut mit der anderen Hand, er wollte mal sehen, ob das englische Mädchen das Händefernglas nicht auch ein wenig auf ihn richtete?

Nun wurden die Stirnen gerunzelt, Unmut machte sich breit, denn von der Pforte her scholl fröhlicher Gruß. Die Pastorenfrau sackte zusammen, und der Pfarrer stellte seine Laute weg. Um Himmels willen, auch das noch! Am Zaun standen zwei Männer, die, sobald man sie erblickt hatte, auch schon durch die Pforte hereinkamen. Es waren Ferdinand und August, zwei Dorforiginale, die nicht ganz richtig im Kopf waren. Von der Inneren Mission bei Bauern in Pension gegeben, wo sie dann ab und zu ein wenig zupackten.
Die beiden Männer, Ferdinand klein und dick mit Glatze und August hager mit schwarzem Haar, wurden notgedrungen an den Tisch gebeten. Die Pastorenfrau rannte in die Küche, weil Denny sich nicht rührte, Tassen und Teller zu holen, und dann schaufelten sie auch schon Käsekuchen in sich hinein.

Zum Dank sangen sie der Runde nun ihrerseits etwas vor, das heißt, Ferdinand sang so lala-lala, und August spielte Mundharmonika dazu: Großer Gott, wir loben dich! Ja, das konnten die, und das war dann ganz originell, aber nicht für den Pastor und seine Frau, weil sich das nämlich jeden Sonntag um dieselbe Zeit ereignete, dieses Originelle, und weil sie ja jetzt eigentlich selber singen wollten. Frau Wannenfeld machte auch von diesen Gästen schnell ein paar Bilder, und dann drückte man ihnen auch schon eine Mark in die Hand und schob sie hinaus.

Die Pastorenfrau atmete auf. Aber nun mußten die abgegessenen Teller weggeräumt werden, und das blieb wieder an ihr hängen. Beim Hinausgeleiten der beiden Sangesbrüder guckte der Pastor noch einmal kurz die Straße hinunter, ob der Literat nicht kommt, nicht zu auffällig guckte er, damit die Gäste nicht denken, er legt großen Wert auf die Anwesenheit dieses Mannes. Aber immerhin. Kaum hatte er sich wieder gesetzt, leicht mit dem Kopfe schüttelnd und eben noch mal zur Pforte sehend, da war ihm so, als klingelte das Telefon, und er sagte zu seiner Frau – beim drittenmal: «Anneliese – was ist denn?» Und die dann wetz-wetz-wetz hineingestolpert ins Haus! Es war der Schriftsteller, der sich tausendmal entschuldigte und herzlich grüßen ließ. Sein Verleger sei überraschend gekommen, mit dem wolle er den neuen Roman durchgehen.
Es war zwar höchst unwahrscheinlich, daß der Verleger an einem heißen Sonntag im Juni sich von München nach Sassenholz bemühen würde, aber der Anruf gereichte dem Kreis zur Bedeutsamkeit, und der Form war Genüge getan.
«Der Mann wird uns ja wohl nicht ins Gesicht lügen ...?»
Um das nicht tun zu müssen, hatte er ja das Telefon benutzt.

Wo war man stehengeblieben? Ach ja, der Krieg ... Frau Wannenfeld wollte von Denny wissen, ob in London immer noch viel kaputt ist und ob ihr Vater auch Soldat gewesen sei?
Nein, sagte das englische Mädchen, der sei bei der Feuerwehr gewesen, und in ihrem Ort sei keine Bombe gefallen, soviel sie wisse. Sie hätten übrigens keinen Keller gehabt, die schwangere Mutter immer unter der Treppe gesessen bei Alarm, mit ihrem dicken Bauch.
Frau Wannenfeld hatte eine englische Kusine in Sheffield; vor dem Krieg, immer geschrieben, dann nie wieder was von ihr gehört.

«Sheffield? Gab's da nicht so schöne Taschenmesser?» warf der Pastor ein.

«Ist in England der Haß noch groß?» fragte die Pastorin. Sie meine, die Bomben und die Sache mit den Juden? Trügen die Briten uns das noch nach?
Davon wußte Denny nichts zu sagen, sie mußte sich der Wespen erwehren, die besonders sie umschwärmten, und nun ging sie mit den Kindern zur Schaukel, die an einem Ast des Kirschbaums befestigt war, und der Pastor fragte sich, ob er nicht mit hinübergehen sollte und dem Mädchen zur Seite stehen?
Ihr Gesäß hatte sich in ihrem Rock ausgeformt, vom langen Sitzen, das war etwas peinlich für alle, weil jeder sich fragte, sehen die anderen das auch?

Der Pastor holte seine Laute wieder hervor,
«Festhalten! Festhalten!» rief er den Kindern zu. «Herrgott noch mal, die brechen sich doch alle Knochen!»
Laute wieder wegstellen, eigenartig, daß man selbst auf dem Lande nicht eine einzige Minute Ruhe hat.
Nun hatte man ja jeglichen Faden verloren.
Ein besonderes Kapitel war Ernst Werner von Kallroy, das wurde jetzt angeschnitten, der Maler in seiner Villa am Fluß, die jetzt nach und nach verfällt, und die Tochter sitzt ganz schön auf dem trocknen, weil die Entschädigung noch nicht durch ist und weil die Tante den Daumen auf dem Geldbeutel hält.
Der arme Mann ... zu Weihnachten 1944 abgeholt, dauernd immer so unvorsichtig geredet, und wohl irgendwelche Leute aufgenommen? Illegale?

Hier räusperte sich Matthias und fragte ganz direkt: Ob man denn wisse, wer ihn denunziert hat?
Da wurd's still, und der Pastor sagte, man solle über niemanden schlecht reden, aber der Kreis der Verdächtigen sei klein, sehr klein, beim Doppelkopf wär's passiert, soviel er wisse ... Es gäbe aber auch noch eine ganz andere Theorie. Wer kennt die Herzen der Menschen? Wer schaut in sie hinein?

Im übrigen habe Ellinor von Kallroy was mit den französischen Kriegsgefangenen gehabt. Ein hübscher Bursche dabei, der hätte sich immer getroffen mit ihr, mitten im Dorf! Wo doch jeder jeden kennt und alle alles wissen! Wie kann man sich denn mitten im Dorf treffen? Wenn man so was vorhat, geht man doch besser in den Wald oder zur Hexenbrücke? – Der Franzose sei dann ja auch zugrunde gegangen irgendwie. Hübsche Blechbüchsen verfertigt, soviel wisse man noch, bunt bemalt.

Ruhelos sei sie, fahre dauernd nach Bremen und sonstwohin und habe ständig Besuch, aus Dortmund, von überallher, Leute, die aber wohl eher der Bilder wegen kämen.
Diese Bilder wären im übrigen Geschmackssache, sagte der Pastor, zum mindesten könnte man geteilter Meinung sein. Die *Theologie* stimme nicht ganz, das sei seine Ansicht, der pantheistische Einschlag störe ihn. Keinen Grashalm anknicken, weil womöglich im Gras und in den Bäumen der liebe Gott wohnt? «Also, ich bitte Sie ...»
In der Kirche von Kreuzthal habe man kurzen Prozeß mit den Fresken des Herrn von Kallroy gemacht, schon 1938, bei Nacht und Nebel alles übertüncht.
Das wär' dann später noch so peinlich gewesen: Der englische Stadtkommandant, ein gebildeter Mensch, habe sich erkundigt, gleich nach dem Einmarsch, ob von Kallroy, dem Maler, nicht irgendwelche Bilder in Kreuzthal existierten? Hätte man dem dann sagen sollen: Wir haben alles übergekalkt?

«Ein ordentlicher Mann, der englische Kommandant», sagte der Pastor, um das englische Mädchen zu beruhigen. Obwohl die Sache mit den beiden Jungen, die er als Werwölfe habe aburteilen lassen, nicht in Ordnung gewesen war. Blutjung! – Was die Ausmalung der Kirche angehe, hier in Sassenholz, da seien die Tage auch gezählt! Aus dem feuchten Gestein blühe bereits der Salpeter heraus ...

Die goldenen Zeiger auf der Kirchturmuhr wanderten von Viertelstunde zu Viertelstunde und bing! ging's und bam!, und die Gesellschaft saß von der Kirchhofsmauer flankiert im unebenen Pastorengarten, die Tische mit den Knien vorm Wackeln bewahren, und saß und saß, obwohl es kühl wurde und immer kühler und die Pastorenfrau schon wieder in die Küche strebte, denn das Abendbrot wollte ja auch irgendwann gerichtet sein. In diesem Garten hatten die Pastoren und ihre Freunde schon vor hundert Jahren Kaffee und Kuchen zu sich genommen.

Matthias überlegte, ob er den Leuten nicht ein wenig aus der Hand lesen sollte? Bei Fitschen hatte das gute Wirkung gezeitigt. Aber lieber nicht, so etwas kann man auch mißverstehen. Er verabschiedete sich von der Runde.

Als er Denny die Hand gab, setzte Matthias sein gewinnendstes Lächeln auf. Er sah extrem jungenhaft aus an diesem Nachmittag. Ob sie sich nicht mal treffen könnten?, fragte er sie, und in seiner Vorstellung wechselte blitzschnell eine Bildfolge, eine Ebereschenallee sah er sich entlangradeln mit ihr, im Wald mit Rotkäppchenkorb beieinandersitzen und Wurstbrote essen und hartgekochte Eier. Einen Apfel nimmt sie und läßt ihn abbeißen. Auch sein Zimmer sah er, aber das Bett war leer.

«Hat kein' Zweck», sagte die junge Engländerin, deren Vater jetzt gewiß in einem englischen Pub saß und ein Bier ohne Blume trank. Daß Matthias schon dreißig war, hatte sie mitgekriegt, da nützte auch die jungenhafte Haarsträhne nichts, und der Strohhut, der ihm so keck im Nacken saß, riß dieses Manko nicht heraus.

Der Pastor brachte ihn an die Pforte. Ob er wisse, daß Carla Freede verlobt sei?, sagte er väterlich. Nach Osterdieck, ein junger Bauer dort? Wisse er das? Ja? – Und dann zog er ihn an seine Brust und brummelte was, daß er noch was auf dem Herzen habe, ein Hühnchen zu rupfen sei zuviel gesagt, aber das habe Zeit, bei Gelegenheit ...

Matthias fuhr nach Haus, und er dankte dem lieben Gott, daß es zu keiner Verabredung gekommen war mit dem Mädchen. Ein von Slang entstellter Mund und alttätsche Schuhe?

Aber dann stand er doch mitten in seinem leeren Zimmer. Ein Sonntagabend auf dem Lande. Gott, was war da zu machen?

Er legte sich aufs Bett und stellte sich die Frage: Noch fünfunddreißig Jahre auf dem Lande leben? In Klein-Wense? Im Frühjahr

über den Maikäfer sprechen, Unterrichtsfilm E 65, Frühling läßt sein blaues Band wieder flattern durch die Lüfte? Aufsätze schreiben lassen über das Anzünden einer Kerze?
Wie Rennenfranz auf der Diele sitzen und Blumenstücke malen?

Er nahm seine Posaune und blies sich ein trauriges Stückchen. In den Spiegel guckte er dabei, und das machte sich eigentlich ganz gut.
Dann setzte er sich in sein Wolkenzimmer. Die große Himmelsvorstellung hatte gerade begonnen. Der glühende Ball war verschwunden, und der Horizont färbte sich zart orange.
«Das sind Jüngstes-Gericht-Wolken», sagte er zu sich, und er dachte an die Stockschläge, die er den drei Jungen verpaßt hatte. Im Namen des Vaters, des Sohnes und des Heiligen Geistes.

Er saß genau unter dem Balken, an dem damals der junge Lehrer den Strick festgemacht hatte, aber das wußte er ja nicht. Hier seine Dachkammer mit Tisch, Bett und Stuhl, da unten die Wohnung, der Garten mit Laube und siebenundzwanzig Kinder jeden Tag.

Als die Himmelsvorstellung fast beendet war, wurde die Tür aufgeschrammt. Es war Carla.
«Darf man stören?» sagte sie. «Ah, Schummerstündchen!»
Kalten Braten hatte sie mitgebracht und eine Flasche Bier. Sie fand den Abendhimmel auch ganz schön, und als Wolken und Röte in sich zusammengesunken waren, aßen sie den Braten. Sie erzählte von ihrem Freund, dem landwirtschaftlichen Eleven, daß der immer keinen Urlaub kriegt. Und dann fielen sie hintenüber aufs Bett, und es gab ein knöchernes Gerangel. Etwas Kindliches ging von ihr aus, aber Erfahrungen hatte sie auch schon gesammelt, das war zu merken.
«Is eig'tlich nich in Ordnung, nich?» sagte sie beim Abschied.

28

Der zweite Besuch im Kallroy-Haus stand unter einem ungünstigen Stern. Es ging damit los, daß ihm die Tante die Tür öffnete, ganz in Schwarz, mit nassen, hängenden Haaren.
«Was wollen Sie?» fragte sie: «Hier ist nix.»
Matthias hatte damit zu tun, ihr klarzumachen, daß er kein ungarischer Student sei, der Zeitungen verkauft oder wie oder was, sondern daß er ihre Nichte besuchen will, weil er nämlich eingeladen worden ist. Hätte nicht viel gefehlt, und er hätte seinen Ausweis gezeigt.
Da knallte auch schon die Tür der Halle auf und Ellinor erschien, ziemlich wütend, drängte die Tante zur Seite: « ... ist schon in Ordnung, Tante, geh man nach oben, da steht dein Tee ...»
Die Tante machte keine Anstalten, sie kratzte sich am Rücken und ward an sich selbst irre: Ein junger Mann steht in der Tür und will eingelassen werden? Und obwohl sie Matthias schon einmal gesehen hatte, schien sie möglicherweise zu denken: Ist denn mein Bruder zurückgekehrt? Ernst Werner? Nach so langer Zeit? Und vielleicht dachte sie: Leben denn die Eltern noch? Und sie guckte die Straße hinunter, ob sie vielleicht am Zaun stehen und ihr freundlich zunicken – endlich seid ihr wieder da ...
Ellinor schob die alte Frau zur Seite, nahm sie unter den Arm und ging mit ihr nach oben und schalt sie aus, daß sie zur Tür gegangen war, seit wann das denn die neueste Sitte ist, sie kümmert sich doch sonst um nichts?

«Das geht nun schon seit fünfzehn Jahren so», sagte sie zu Matthias, der seine Schuhe abstrich, seufzte ein bißchen und nahm ihn mit nach vorn in die von Sonnenlicht schräg beleuchtete Halle.
Die Bilder, die hier hingen, wirkten durch das helle Licht wie «aufgetan». Links und rechts in die Nebenzimmer, deren Türen offenstanden, drang auch Sonne, es war ein Gefühl, als sei die alte Zeit zurückgekommen, es roch nach frischen Ölfarben und nach Firnis, und beinahe hätte man meinen können, es spielte jemand Geige, irgendwo in dem großen Haus.

Aber in diesen Räumen war schon lange nicht mehr gemalt worden, und Geige hatte hier noch niemals einer gespielt.

Im Erker traf Matthias auf einen jüngeren Mann, ziemlich klein von Wuchs, aber «drahtig», gutgelaunt, mit offenem Kragen.
«Das ist Herr Säckel aus Karlsruhe», sagte Ellinor und, auf Matthias weisend, den sie als einen guten Freund bezeichnete: «Dies ist unser Schulmeister.»
Die beiden Männer grinsten ein wenig und schüttelten einander die Hand, und dann nahmen sie auf den quietschenden Korbmöbeln Platz, direkt gegenüber dem Porträt des Ernst Werner von Kallroy, der sie mit Hut auf dem Kopf und mit Schlips unterm Pullover ernst ansah. Im KZ umgekommen, was eigentlich nicht hätte sein müssen. Einen gemalten Lichtschalter direkt neben dem Kopf, und ein richtiger Lichtschalter daneben an der Wand.
Einen Stock höher legte sich in diesem Augenblick die Tante auf den Fußboden, das Ohr am Parkett, die wollte hören, was sich hier unten tut.

Tee wurde eingeschenkt, Kluntje und Sahne, Plätzchen herumgereicht, Jacques Loussier aufgelegt, und Herr Säckel, der Alfons mit Vornamen hieß, sagte lachend: «Sie sind also ein richtiger Dorfschulmeister?» Und Sonnenblumen gingen in seinem Gehirn auf, wie Regenschirme, die man aufspannt, von Bienen umschwirrt. Ob das nicht absolut infantil ist, sich in eine heile Welt zurückzuziehen, aufs Dorf? Während draußen Menschen im Weltall herumfliegen, in einer kleinen Schule Dorfkinder zu unterrichten, in einer Zwergschule, wie zu Anno dunnemals Zeiten?
Er wisse noch, in der Nachkriegszeit, in Thüringen, in dem Kaff, in dem sie als Flüchtlinge gelebt hätten, daß der Lehrer dort ständig besoffen war, ein dicker Kerl mit rotem Kopf, und die Kinder reihenweise verprügelt. Auch er sei maulschelliert worden, diverse Male. – Wollte er denn nun Matthias dafür verantwortlich machen.

Alfons Säckel führte in Karlsruhe eine Künstlerexistenz, er fristete sein Leben mit Aushilfsstunden in der Volkshochschule, wo er Krankenschwestern beibrachte, wie man aus Wellpappe Bildwer-

ke herstellen kann, die verschieden aussehen, je nachdem, von wo aus man sie betrachtet.
Sie machten sich ja keine Vorstellungen davon, wie begeistert die Krankenschwestern sind, daß er sie nicht immer bloß Linolschnitte fabrizieren läßt, wie das bei den regulären Dozenten der Volkshochschule gang und gäbe sei, sondern sich an das taktile Vermögen dieser Menschen wende: Wellpappe! Neulich erst sei der Volkshochschuldirektor zu ihm gekommen, an sich ein Dünnmann der Sonderklasse, der hätte gesagt: Es ist toll, was Sie aus den Damen herausholen!

Ellinor hatte ein Glänzen in den Augen, als sie das so hörte, und sie strich links und rechts über ihre Unterarme, sie war stolz darauf, daß ihr Gast sich um Krankenschwestern bemühte, Menschenkinder, die Tag für Tag unsagbares Leid zu sehen kriegen, und daß er ihnen Freude schenkt und ihnen etwas beibringt, was der Kultur zugute kommt.

Solcherart in Feuer geraten, erklärte der Künstler Matthias haarklein, wie eine Zwergschule funktioniert, daß alle Jahrgänge in einen einzigen düsteren Raum gepfercht sind und dann umschichtig an die Reihe kommen, mal die Großen, mal die Kleinen, und dann auch mal alle gleichzeitig. Er nahm einen Zettel und zeichnete das, was man Matthias im Seminar als das Prinzip der «Äußeren Differenzierung» beigebracht hatte und was er täglich praktizierte, genauestens auf und schob ihm das Blatt hin, damit er sich das zu Hause noch mal angucken kann.
Die kleine Schule habe auch ihre Vorzüge, sagte Säckel.

Er hätte als kleiner Dotz immer zugehört, wenn die Großen dran waren, Bauernkrieg, Robert Koch und so weiter. Das hätte ihn mehr interessiert als «Frühblüher im Mistbeet» oder dergleichen. Dann beschrieb er wieder und wieder die charakterlichen Mängel seines damaligen Lehrers und machte die speziellen Züchtigungsmethoden vor: das Zwirbeln der Haare zum Beispiel oder mit dem Knie in die Nierengegend des Schülers stoßen, und er schilderte in Art einer Anekdote, wie ihm mal bitter Unrecht geschehen sei, das könne er bis heute nicht verwinden.

«Vermutlich kommt man wahrscheinlich in einer Dorfschule ohne Handgreiflichkeiten gar nicht über die Runden ...»
Er selbst ertappe sich dabei, daß er den Damen in seinem Kursus auch gern mal eine reinhauen möchte: so dämlich stellten die sich an.

Auch Ellinor wußte das eine oder andere zum Thema Dorfschule beizutragen, vier Jahre lang hatte sie in Klein-Wense die Schulbank gedrückt. Ihre Erinnerungen waren jedoch angenehmerer Art, an das Völkerballspielen erinnerte sie sich und an Frau Schmauchs Handarbeitsunterricht, bei dem zur Belohnung Haselnüsse verteilt worden waren. In der Gartenlaube hätten sie gesessen, mit Fliedersekt und Pflaumen.
Fliedersekt?, das war eine Kanne Wasser, in die man am Tag zuvor Dolden des violetten Flieders gehängt hatte. Weißen Flieder hineinzuhängen habe keinen Sinn, weil der nicht über das richtige Aroma verfügt.

Auch von der Nazizeit wurde geredet.
In der Schule sei damals von den Nazis noch nicht viel zu spüren gewesen, Schmauch als alter SPDler hätte nicht die richtige Antenne zu so was gehabt. Hitlerbild natürlich und in der Fibel: Heil Hitler, Heini! Aber sonst nichts Bemerkenswertes.
In Kreuzthal, auf der Oberschule, sei es dann gleich ziemlich unangenehm gewesen, vor allem wegen ihres Vaters, dem man die Ausstellung in Dortmund übelgenommen habe. Ein Rollkommando hatte seine Fresken in der Klosterkirche übertüncht! Vor einiger Zeit habe sie den Pfarrer, unter dem das veranstaltet worden war, getroffen, da habe der gesagt: Das war nicht recht, das war nicht recht ... Es gebe Bestrebungen, die Fresken wieder hervorzuholen, und das zu einem Zeitpunkt, wo sie in Klein-Wense sich anschickten, Hand anzulegen an das große Altarbild!

Alfons Säckel war *natürlich* in der Hitlerjugend gewesen, wie er es ausdrückte, Fähnleinführer, was denn sonst, und mit dem Bannführer auf dem Motorrad in die Stadt gefahren und sich mit Mädchen getroffen.
Matthias legte sein Mitbringsel auf den Tisch, eine Kinderzeich-

nung, mit Sorgfalt ausgewählt. Auf dem Blatt war ein Fisch zu sehen, der einen kleineren Fisch verschluckt, der seinerseits einen Fisch verschluckt hat. Die Wasserlinie teilte das Blatt in zwei Hälften: unten der dicke Fisch mit dem Fisch mit dem Fisch inmitten von Schlingpflanzen, und oben ein Fischer, die Angel in der Hand: Schon scheint der Fisch danach schnappen zu wollen ...

Ellinor sah das Bild kurz an, sagte «süß!» und wollte es zur Seite legen, aber Alfons Säckel geriet absolut in Begeisterung, das Blatt sei ja so harmonisch ausgefüllt, kein leerer Raum, der Fisch genau an die richtige Stelle gesetzt in genau der richtigen Größe, in absoluter Harmonie! Und der Fischer da oben, als Vertikale gegen Kahn und Fisch gesetzt, die Angel als Bindeglied zur «Unterwelt», wie man sagen könne ...
Und die Tendenz! Die Aussage!
Er möchte den Jungen, der das Blatt gemalt hat, wohl gerne mal kennenlernen, sagte er, und immer begeisterter gebärdete er sich, er rannte sogar umher und schien zu meinen, daß Matthias den Wert des Blattes nicht recht erfaßt hätte. Er werde dieses Thema: «Fisch verschlingt Fisch» sofort, wenn er wieder in Karlsruhe ist, den Damen in seinem Volkshochschulkursus stellen, mal sehen, was dabei herauskommt, vielleicht auch mal Xaver Anfas zeigen, seinem Professor, der da unten ja ziemlich Furore mache, der habe eine Vorliebe für solche naiven Sachen, obwohl er selbst absolut abstrakt male. Vielleicht ließe sich ein solcher Fisch ja auch aus Blech formen, einen in den andern stecken, und wenn man's schüttelt, scheppert es?

Und dann kehrte er zu seinem Tee zurück, der schon kalt geworden war, von Ellinor empfangen, die das Blatt nun mit andern Augen verwundert betrachtete und auch etwas anerkennend auf Matthias ruhen ließ.

Matthias verschwieg dem Fachmann aus Karlsruhe, daß das Bild nicht von einem Jungen, sondern von einem Mädchen gemalt worden war, und zwar im Rahmen eines Zeichendiktats des Werkhausbundverlages Teil 3, römisch II, Blatt fünf.
Die Katze schien etwas zu spüren von dem Wind, der sich hier ge-

dreht hatte, sie sprang zu ihm auf den Stuhl und schnurrte. Solche Tiere merken es, wenn man Kummer hat, dachte Matthias, und fuhr ihr mit dem Finger unter dem roten Halsband entlang.

«Das ist ein gutes Zeichen!» sagte Säckel. «Wenn Tiere sich zu einem Menschen gesellen, freiwillig, dann ist das ein gutes Zeichen.» Er nickte Matthias aufmunternd zu. Er habe in seinem Atelier zeitweilig eine Ratte gehabt, ein kluges und schönes Tier. Die habe er dann freilich abschaffen müssen, nachdem sie die Arbeiten der Volkshochschüler benagt hatte.

Ellinor sagte, daß die Katze gerade eine Wurmkur hinter sich hat, Dinger so groß wie Engerlinge, aber ganz platt. Und dann kam sie auf ihren Kummer zu sprechen: Neben dem Kamin, über dem sich die in die Länge gezogenen Jünglinge und Mädchen reckten und durch ihr Aufrecken die Flammen der brennenden Holzscheite ins Fleischliche überführten, regne es durch! Sie habe keine Ahnung, was sie da machen soll! Das Freskentriptychon werde wahrscheinlich ein für allemal zerstört …
Na, das sei doch ganz einfach, sagte Säckel: einen Dachdecker bestellen! – Wenn er selbst zum Beispiel Zahnschmerzen hat, dann geht er zum Arzt, und zwar sofort! Und er sah Matthias an, ob der auch immer gleich zum Arzt geht, wenn er Zahnschmerzen hat. – Er nahm das Telefonbuch, das auf dem Fensterbrett lag, und schlug nach, ob ein Dachdecker in der Nähe ist.
Der Dachdecker, sagte Ellinor, koste gewiß ein Vermögen. Soviel sie sähe, müsse das ganze Dach neu gedeckt werden … Die Handwerker nähmen es doch von den Lebendigen und den Toten … «Wenn sie überhaupt kommen!»

Säckel stand auf und begutachtete die Fresken, und er fand sie noch unbeschädigt. Das Wasser tröpfle mehr seitlich die Wand herunter, wie man sehe, übrigens ganz reizvoll, er denke sich eine Zinkrinne, in der man das Regenwasser an den Fresken vorbeileite, willentlich, aber nicht symmetrisch von der Mitte aus gesehen, sondern so, wie das Wasser eben kommt, mal weiter links, mal weiter rechts, und dann wie in Ofenrohren durch den ganzen Raum bis nach draußen leiten oder *ge*leiten, wie man es auch ausdrücken könne ... Vielleicht kleine unterschlägige Wasserräder einbauen, die sich bei starkem Fluß drehen? Und er nahm ein Stück Papier und machte eine Zeichnung, wie er sich das denkt mit dem unterschlägigen Wasserrad, erbat auch einen Zollstock und schrieb die Maße auf das Papier.

Er denke übrigens: Vielleicht sollte man mal auf den Dachboden steigen und nachsehen, vielleicht ließe sich der Schaden ja durch einen einfachen Handgriff beseitigen?
Die drei setzten sich in Bewegung, stiegen die Treppe hinauf, von Ellinor nachdrücklich zum Schweigen verdonnert, wegen der Tante, die sonst unweigerlich erscheine, und dann müßten sie ihr das alles erklären! O Gott!, das hätte ihr gerade noch gefehlt!
Auf dem Dachboden, das sah man dann, hatte schon jemand Wannen und Eimer verteilt, vielleicht war es die Tante gewesen? Das sah ganz lustig aus, mal links, mal rechts, mal in Gruppen standen die Gefäße, so wie die unerbittliche Natur es forderte, und Säckel schlug denn auch sogleich vor, die Eimer und Wannen allesamt weiß zu streichen, dann zu fotografieren und in Karlsruhe Xaver Anfas zu zeigen. Leider habe sich der Kontakt zu dem Mann gelockert, irgend jemand müsse dem was hinterbracht haben, etwas leicht Dahingesagtes. Gott sei Dank habe er noch seinen Volkshochschulkurs, wenn er den nicht hätte, sehe es trübe aus, denn Bilder, wie er sie male, kaufe natürlich kein Mensch!

Unter einer Dachschräge, zu der die Natur noch nicht vorgedrungen war, standen Kisten und Schachteln mit Bildern und Manuskripten, seit Kriegsende nicht berührt, und große weiße Pappen mit Entwürfen für Fresken, sogenannten «Kartons», das waren die Muster für die Ausmalung des Chores der Sassenholzer Kirche. Es war gut, daß sie noch vorhanden waren, denn wenn die jetzt womöglich übergestrichen würden wegen des Salpeters, oder aus was für Gründen auch immer, dann wisse man doch wenigstens, wie sie einmal ausgesehen haben.
Eine der Kallroy-Mappen, es war eine rote, wurde schnell wieder hingestellt zu den andern. Das war weniger von Interesse, was darin aufbewahrt wurde. Wer kennt des Menschen Herz?

Während Säckel verschiedene Schachteln öffnete und hineinsah, legte sich Ellinor auf den Fußboden und horchte, was die Tante unten macht, und die horchte jetzt wahrscheinlich auch.

Hinter dem Nachlaßberg lag die ehemalige Räucherkammer, war es hier gewesen, daß sich Menschen verborgen gehalten hatten, kein Licht machen und kein Geräusch?
Weshalb war hier noch keine Erinnerungstafel angebracht worden?, das war die Frage. – Aber das hatte wohl keinen Zweck, die sah hier ja kein Mensch.

Auf der andern Seite des Dachbodens gab es einen Zugang zu dem Turm, den der Architekt der Villa aus optischen Gründen verpaßt hatte. Der Ausblick war beeindruckend. Matthias schob sich an dem Kunstmaler vorbei und sagte: Wie sonderbar, daß es in der Landschaft so viele verschiedene Grüntöne gibt, das hätte er gar nicht gedacht, daß es in einer Landschaft so viele Grüntöne gibt ... Man müsse eben nur seine Augen offenhalten.
Das freute Säckel, daß Matthias verschiedene Grüntöne wahrnahm, und auch Ellinor drängt sich in den runden Raum und wunderte sich auch darüber, Volksschullehrer hin oder her: Was alles in einem Menschen schlummert, und wie leicht tut man ihm Unrecht!

Nun wurde erörtert, ob man den Turm nicht zum Wohnen herrichten kann, und Säckel bedauerte es, daß er in Karlsruhe lebt und dort sein Brot verdient, aber vielleicht könne er hier ja eine Matratze deponieren und einen kleinen Tisch und einen Stuhl, und wenn er dann nach Klein-Wense kommt, hier oben wohnen? Und schon maß er den kleinen Raum aus und zeichnete die Maße auf das Papier, damit er weiß, wie groß der ist.
Er stellte es sich bedeutsam vor, daß er dort oben wohnt, und nachts dann das Licht seiner Leselampe über dem Dorf: Dort wacht einer, der sich ein Gewissen macht.

Mit dem kurzfristigen Reparieren des Dachs war es nichts. Sie gingen wieder hinunter in die Halle, und auch die Tante entspannte sich. Ellinor ließ die Herren vorausgehen. Sie selbst schnappte

sich eine Mappe mit Entwürfen und folgte ihnen auf leisen Sohlen.
Es schloß sich eine allgemeine Besichtigung der Gemälde an, die in diesem Hause hingen. Die Herren gingen von Bild zu Bild, von Wand zu Wand, auch in die Nebenzimmer, wo ebenfalls Eimer und Kummen in Bereitschaft standen, wenn's mal wieder gießt, und betrachteten die zum Teil kostbar, zum Teil auch originell gerahmten Bilder mit schief gelegtem Kopf. Dieses hier zum Beispiel, das könne man doch gewiß verkaufen? Das mache bestimmt die halbe Dachdeckerrechnung aus ... Oder das dort drüben?

Ein Triptychon hing in einem der hinteren Zimmer: Die Jünger von Emmaus darstellend, wie sie mit dem Herrn am Tisch sitzen. Auf dem lichten Rahmen stand unten in spezieller, damals wohl moderner Schrift geschrieben: «Herr bleibe bei uns, denn es will Abend werden.» Und: «Wense, 1933.»
Das Triptychon war für eine Kirche im Emsland bestimmt gewesen, aber die Gemeinde dort hatte es dann doch nicht abgenommen, weil etwas Mehrdeutiges darin hatte ausgemacht werden können.

Matthias betrachtete eine Mappe voll Pastellarbeiten, sich reckende Menschen, unter denen sich, häufiger wiederkehrend, ein kleines Mädchen befand, in dem unschwer Ellinor zu erkennen war. Kühe auf der Weide mit dem sonderbarerweise nackichten Mädchen, das einen Stecken in der Hand trägt, über einen Zaun gelehnt mit Blumenkranz um den Kopf, die Zöpfe hängen herunter, auf der Treppe sitzend mit Wolle um die beiden Arme, und die Mutter daneben, ebenfalls unbekleidet, wie sie die Wolle zum Knäuel aufwickelt. Es war zu sehen, wie Kallroy seiner Tochter allmählich gerecht geworden war. Von Bild zu Bild hatte er sich darum bemüht.
Matthias bedauerte es ein bißchen, daß Ellinor nicht mehr das kleine Mädchen von damals war, er forschte in ihren Zügen, ob noch etwas vorhanden sei, das die Sprache von damals spräche? Ihre etwas füllige Figur ließ Nachdenklichkeit aufkommen.

Im Korridor stand ein Graphikschrank. Die schmalen Schubladen wurden aufgezogen und Bild für Bild herausgenommen, betrachtet und oben drauf gelegt: Dies hier später noch einmal ansehen und jenes ... Matthias erwärmte sich für ein Skizzenbuch, auf dem stand «Pommern 1943», das ihm allerdings aus der Hand genommen wurde und weggelegt, das hatte hier nichts zu suchen, gut, daß man es bei dieser Gelegenheit wiedergefunden hatte.

Sie habe leider so gar keine Ahnung, wieviel wert das alles sei, sagte Ellinor. Keine Ahnung, wieviel man zum Beispiel für dieses Aquarell verlangen könnte, und hielt ein Blatt den Gästen hin. Immer mehr Bilder wurden emporgehalten, und immer wieder wurde gefragt, wieviel das wohl wert sei. Einmal sagte jemand: «Fünfhundert Mark?» Es kam nicht heraus, ob das viel zuviel oder viel zuwenig war.

Jedenfalls versprach Säckel, er wolle sich erkundigen. Eine Studie der Dorfstraße, mit Omnibus und Gänsen, die über den Weg laufen, legte er beiseite. Dies könnte er in Karlsruhe mal einem Händler zeigen ... dazu müßte er sie allerdings mitnehmen ...
Ellinor schob es sacht wieder in den Schrank. Es war klar, daß sie keines der Blätter je aus der Hand geben würde, nicht ein einziges. Und schon gar nicht dieses: Sie wußte, was es mit dem Omnibus auf sich hatte. Das war 1931 gewesen. Sie hatten die Mutter erwartet damals, und es war dann doch nicht so schön geworden, wie sie gedacht hatten. Es war alles anders geworden, und eines Tages war die Mutter weggefahren und nicht wiedergekommen.

Als sie sich eben wieder gesetzt hatten, in den Erker, mit Blick auf Ernst Werner von Kallroy neben seinem Lichtschalter, fuhr ein Auto vor. Ellinor ging hinaus und brachte drei Herren herein, in dunklen Anzügen, als ob das eine Kommission wär, so sah das aus, das waren die Dramaturgen aus Bremen, trotz Schlips und Kragen absolut locker.
Sie hatten es sich in den Kopf gesetzt, zum 20. Juli ein Tanztheater zu inszenieren, und zwar nach Bildern des ermordeten Künstlers, ungeachtet dessen, daß Ernst Werner von Kallroy mit dem

20. Juli überhaupt nichts zu tun gehabt hatte, der hatte eher der Roten Kapelle nahegestanden ...
Alle möglichen Bilder wurden noch einmal angesehen, und Kommentare waren zu hören, die denen von Säckel und Matthias ähnlich waren, und Ellinor, das wurde klar, hörte sie nicht zum erstenmal. Die Herren fotografierten alles, was sie vor die Flinte kriegten – der Künstlertochter war das eigentlich nicht recht.

Ernst Werner von Kallroy – ein Künstler aus dem Weichbild Bremens, den kein Mensch kennt ... und noch dazu im KZ umgekommen? Der mußte doch endlich mal herausgestellt werden! Vielleicht bei der Gelegenheit mal anständig anprangern, daß in Sassenholz die Fresken womöglich zugestrichen werden sollen. Um Gottes willen, wer denkt denn an so was?
Die Herren verlangten Kaffee, für Teegeplürre seien sie nicht zu haben, und sie steuerten auf den Erker zu, wo Matthias, der Dorfschulmeister, und der Volkshochschulkunstmaler Alfons Säckel die Ereignisse verfolgten.

Matthias wollte sich schon entfernen, aber da geriet er plötzlich in den Mittelpunkt, Ellinor erzählte den Herren nämlich, daß er «eingesessen» habe, drüben, ich weiß nicht wieviel Jahre, und da durfte er dann alles erzählen, von vorn bis hinten, was sonst kein Mensch hören wollte. Und das tat er auch, schlicht, tonlos, vom Zellenfenster erzählte er, durch das er die Uhr hatte sehen können, von den Klopfzeichen vom obersten Stockwerk bis in den Keller hinunter. Er erzählte alles bis auf das «Eigentliche». Das kam nicht über seine Lippen.

Na, das wär' doch wunderbar – sagt einer der Herren, genauso einfach und schlicht, wie er das da eben erzählt habe, genauso könne er das doch mal auf der Bühne tun, auf der Studiobühne im Kleinen Saal, die ganze Bühne schwarz, nur von oben ein scharfer Lichtstrahl, der trotz der Schärfe sanft und milde sei, das Publikum sähe er gar nicht, da brauche er keine Angst zu haben.
Möglicherweise erwogen sie schon, daraus ein Lichtballett mit Gitterdekorationen zu inszenieren: Zuerst kauert der Gefangene

in einer Ecke, dann erhebt er sich allmählich, wächst zu zitternder Größe und reckt sich gegen die Gitter?

Einer der Herren sagte, er könne gar nicht verstehen, daß Matthias da drüben so übel mitgespielt worden sei, er persönlich fahre alle naslang nach Ostberlin rüber, da seien die Leute aufgeschlossener als man denkt, man dürfe sie natürlich nicht reizen. Auf Einladung des Kulturbundes sei er sogar schon in Minsk gewesen.
«Wegen was hat man Sie denn eigentlich eingesperrt?»

Mit Ostreisen konnten die andern beiden Herren aus Bremen nicht aufwarten, sie hielten sich merklich zurück, einer von ihnen war auch gar kein Dramaturg, sondern ein Mensch fürs Technische, und der andere war nur mal mitgekommen, der interessierte sich eigentlich nur für die Bilder. Er war es, der die Fotos gemacht hatte, er würde sie dem «Weser-Kurier» anbieten, mitsamt einer Reportage, vielleicht auch einem Kunsthändler zeigen, aber der würde die Hände dann über dem Kopf zusammenschlagen und sagen: Was? Gegenständlich? Bei mir geht nur Abstraktes.

Schließlich wurde gesagt, also man könne den Bremern durchaus einen Abend mit Knastgeschichten anbieten, absolut improvisiert. Die Bühne ganz in Schwarz, nur von oben einen Lichtstrahl, und im Foyer könne man ein paar Bilder von Kallroy ausstellen, fünf, sechs Stück, im Kleinen Haus wär' ja leider nicht soviel Platz.
Die Sache mit dem Lichtballett werde man sich noch mal durch den Kopf gehen lassen. Das deichselten sie irgendwie. Vielleicht im nächsten Jahr?
Gläser wurden gefüllt, es wurde angestoßen – es ging schon auf sechs Uhr zu, und da kam noch ein Besucher – das Wort vom Taubenschlag machte die Runde –, ein älterer Herr mit Glasauge. Er wollte zu Fräulein von Kallroy, womit nicht Ellinor, sondern die Tante gemeint war. Man stellte ihm einen Stuhl neben die Tür und hieß ihn warten und, das war merkwürdig, nach einer Viertelstunde kam die Tante von oben, frisch frisiert und ordentlich angezogen, und holte ihren Besucher ab. Sie mochte schon den ganzen Tag auf ihn gewartet haben.

Ellinor steckte den Kopf in den Kamin, um zu horchen, was die da oben zu verhandeln haben, aber leider war die Abzugsklappe geschlossen, so konnte sie nichts mitkriegen.
Wo war man stehengeblieben? – Daß man ja eigentlich am Nachmittag noch nicht soviel trinken soll, aber warum nicht? Auch wenn man dann unnatürlich lebhaft wird.

Alfons Säckel begleitete Matthias nach Haus, die Schule wollte er sehen. Matthias schwang sich auf sein Fahrrad. Ob er Linkshänder sei, fragte ihn Säckel, weil er nämlich falsch rum aufs Rad steigt? Und er zeigte es ihm, wie jeder normaler Mensch aufs Rad steigt, andersrum, also mit dem rechten Bein zuerst.
Vielleicht auch eine Folge der schlimmen Jahre? Nach so vielen Jahren weiß man natürlich nicht mehr so genau, wo's langgeht.
Und dann saßen sie in der Dachkammer und tranken ein Bier. Und gegenüber ging Carla enttäuscht ins Haus, die hatte eigentlich zu Matthias hinaufhuschen wollen: Wie sein Freund aus Wuppertal das gemeint habe mit dem Campingwagen-Grundstück, das interessierte sie, oder vielmehr ihren Vater, darüber hätte sie gern Genaueres gehört.

Matthias sei ja ein ganz ein Schlauer, sagte Säckel und sah Matthias von der Seite an, das sei ihm jetzt absolut klar, ein sehr Schlauer sogar! Aufs Land gehen, Wohnung, Garten und festes Gehalt. Er selbst schlafe im Atelier unterm Tisch, auf einer Matratze, die er am Tag zusammenrollt! Und wenn sie ihn in der Volkshochschule abmeierten, dann habe er keine Ahnung, was er machen soll.
Mit Mädchen sähe es hier aber wohl schlecht aus, was? Er mache das immer folgendermaßen: Wenn er einen neuen Kurs bekäme, dann gucke er sich erst mal die Frauen an, und dann picke er sich die beste raus.
Ob er Ellinor pimpere?, wurde Matthias nicht gefragt, obwohl die Frage im Raume stand. «Trinkt sie?» Dies Mollige an ihr sei an sich ja ganz reizvoll.
Auch über die drei Dramaturgen sprachen sie, von denen zwei gar keine Dramaturgen waren: Der eine mit seinen riesigen Füßen! O Gott!
Und der Lange mit dem Bart? Ein typischer Dünnbrettbohrer.

«Je progressiver sie aussehen, desto spießiger sind sie.»
«Wissen Sie», sagte Säckel, «was das Schönste war bei der Kallroy? Haben Sie die Holzkugel gesehen? – Eigentlich fremd dort, so klar und einfach ...» Das hätte er ihr eigentlich gar nicht zugetraut, daß sie sich so was Schönes hinstellt.

Ob er ihm nicht ein Mobile machen kann, für seine Klasse, fragte ihn Matthias schließlich, vielleicht Möwen oder Segelschiffe, die wippen dann so schön, wenn einer das Fenster öffnet?
Mobile? Verrückt geworden? Mit so was Schwachsinnigem befasse er sich nicht, sagte Säckel. Und dann stand er auf und eilte zurück ins Künstlerhaus, vielleicht waren die Dramaturgen ja noch da, eine schöne Gelegenheit, mal wieder tüchtig zu bechern.

29

Auch Matthias Jänicke – Besoldungsnummer 01/578399-77/B – bekam nun mehr Geld. Obwohl er nur Beamter auf Probe war, verdoppelten sich seine Bezüge, dank eines einsichtigen Gesetzgebers: Wie kann man auf mehr Lehrer hoffen, wenn man sie so schlecht bezahlt? – Zwei Bewerber auf fünfzehn offene Stellen?
Die bessere Besoldung würde erst mal keine Besserung bringen, es würde Jahre dauern, bis es sich herumgesprochen hat, daß diese Leute da, die in Dörfern sitzen und mit Schwamm und Kreide Bildung vermitteln, womöglich noch ein Schwein im Stall und, beim Deibel auf der Rinn, jetzt ordentliches Geld bekommen. Dazu «Beihülfen» im Krankheitsfall und ja auch Pension, die sich dementsprechend bemessen würde!
Medizin studieren war die Devise, oder Jura, im ersten Fall den weißen, im zweiten Fall den schwarzen Kittel anziehen und klotzig verdienen. Der Schulrat rang weiterhin die Hände, sein neuester Trick war, Hausfrauen zu mobilisieren, die vor dem Krieg mal ein Seminar besucht hatten: diese Leutchen schnell irgendwie kursusmäßig überschulen hinsichtlich der neuen Zeit, in der man sich befindet, und einfädeln in den Schuldienst, damit sich die Bil-

dungskatastrophe nicht auch im Schulaufsichtskreis Kreuzthal ereignet. Alles schon schlimm genug!

Matthias kaufte sich eine neue Jacke, und in Bremen, im Rudolf-Alexander-Schröder-Antiquariat, Bücher: vorwiegend Reise- und Expeditionsschilderungen aus dem vorigen Jahrhundert, «Mit Blitzlicht und Büchse» und Stanley: «Im dunklen Afrika», «In Nacht und Eis» von Fridtjof Nansen und «Unter Menschenfressern in Australien». Mit dieser Art Lektüre verbrachte er seine freie Zeit.

Mit Kegelkugeln war er jetzt ausreichend versorgt, Überschuß war entstanden, weil ihm auch aus ferner gelegenen Dörfern die Dinger ins Haus getragen wurden. Jetzt fuhr er öfter mal zum Trödler nach Haßberg, bei dem Ellinor ihre Handtasche verscheuert hatte: zum Zeitvertreib und sowieso. Der Mann saß vor seiner Scheune, die Melone auf dem Kopf. Mürrisch begrüßte er seine Kunden, so auch Matthias aus Klein-Wense: Es war sein Schicksal, von aller Welt beschissen zu werden, und deshalb war er allen Menschen gegenüber, auch denen, die sich katzbuckelnd ihm näherten, mürrisch eingestellt. Keine Ahnung hatte er von dem, was er da in seiner Scheune liegen hatte: wilhelminische Büfetts bezeichnete er als Barock mit Übergang zur Gotik, und der Ankauf einer Arztpraxis hatte sich als absoluter Fehlschlag erwiesen: Wer wollte denn Stechbecken und Untersuchungsliegen kaufen, mit Wachstuch bezogene? Sogenannte Kackstühle sind unverkäuflich, wenn sie nicht nagelneu sind. Und der Schrank mit den Patientenakten stand nun schon seit Jahren in der Diele, obwohl sich hin und wieder Interessenten fanden, die gern nachlesen wollten, was die Nachbarin für Geschwulste im Unterleib gehabt hatte. Aus der vollständig erhaltenen Patientenkartei war's zu entnehmen.

Unfreundlich war der Mann, sagte kaum guten Tag, aber Matthias machte sich nichts daraus. Der stellte sein Rad mit dem Anhänger an einen Baum, er hatte hier noch immer was gefunden, das zu schade gewesen war stehenzulassen. Manchmal kamen Damen gefahren, aus Bremen, im Mercedes oder in der Isabella – das waren reiche Damen, die hier schnökern kamen, zu zweit oder gar zu dritt. Auch sie hatten keine Ahnung, aber da es ihnen schon gelungen war, Brauchbares für einen Pappenstiel zu ergattern, stellten sie sich immer öfter ein.

Matthias ging gern ruhig und bedächtig vor. Nichts überstürzen! Nicht gierig erscheinen! Und keine zusätzliche Unordnung anrichten: Das bringt den Mann nur unnötig auf ...
Er schlenderte erst einmal um die Scheune herum, da lag meist altes Eisen in den Brennesseln, also Bauernzeug, Eggen und Pflüge und dergleichen, sogenannte Heuwender, und Küchenherde mit nur drei Beinen. Auch mal ein alter Trecker, auf dem die Kinder der Nachbarschaft herumturnten.

Erst wenn er das Umfeld inspiziert hatte und ganz sicher war, daß hier nichts Geschnitztes verrottete, machte er einen Rundgang durch die Scheune: Erst mal flüchtig gucken, erst mal die Sachen auf sich wirken lassen, man hatte es ja absolut nicht eilig ... Die Stühle da hinten konnten außer acht gelassen werden, aber der Schrank? War der nicht originell? Ein gewaltiges Ding, gekrönt von einer stilisierten Früchteschale, verdammt in Richtung Empire? – Und der Spiegel da drüben, zwar duff und abgeplatzt, groß und ausladend, mit vergoldetem Rahmen, in dem Trompeten und Blumen zu erkennen waren – würde man den überhaupt stellen beziehungsweise hängen können? Würde man ihn hängen *wollen*? – Einhundertundfünfzig Mark? Also geschenkt?
Ein goldener Spiegel in einem Schulmeisterhaus, so was würde sich nicht verknusen lassen. Erst mal überlegen, erst mal alles andere ansehen und auch mal auf der Rückseite gucken? Vielleicht eine Schloßsache?, eine irgendwie höfische Angelegenheit?, die man den Leuten vielleicht zurückerstatten könnte? Wußten vielleicht gar nicht, daß ihr alter Spiegel hier gelandet war?

Auf der Diele standen auch sogenannte Koffer, aufeinandergestapelt, also Truhen, wie sie auf jedem Hof zu finden waren. In Hinsicht auf Truhen hatte Matthias sich mittlerweile Zurückhaltung auferlegt. Er besaß jetzt fünf von den Dingern; abgesehen von Jf. Lucies Wäschetruhe aus dem Jahr 1789 war ihm keine ans Herz gewachsen, schließlich war das seine erste größere Erwerbung gewesen. Im Stall standen die anderen, und sie nahmen ihm Platz weg.

Matthias war eher auf Kleinzeug aus. Tabakkästen zum Beispiel hatten es ihm angetan; obwohl er selbst gar nicht rauchte. Er mochte sie gern ansehen und in der Hand halten, von «Kontor» hatten die was an sich. Ein schönes Stück, innen mit Stanniol ausgeschlagen, mit einer eingelegten Windrose obendrauf, bekam er für fünf Mark. Der Knauf war aus Bein, und der winzige Schlüssel allein war ja schon sehenswert. Dieser Kasten würde niemanden vom Hocker reißen, aber: «Was ist das für ein niedlicher Schlüssel?», damit konnte man rechnen.
Weil diese Tabakkästen sich gut ausnahmen in der Schulmeisterwohnung, wurde auch weiterhin nach solchen Kästen Ausschau gehalten, und mit der Zeit fanden sich die sonderbarsten Exemplare ein, Wurzelholz, Buchsbaum und Esche ... Beim Vater auf dem Rauchtisch hatte auch ein solcher Kasten gestanden, in der Nachkriegszeit hatte seine Mutter ihn irgendwie weggeworfen, aus einer Laune heraus, oder verschenkt. Jedenfalls war er eines Tages nicht mehr dagewesen, und das hatte geschmerzt.
Jetzt hatte zwar nicht der gleiche wiederbesorgt werden können, aber ein ähnlicher, und mit der Zeit wurde der andere, aus dem der Vater sich die Pfeife gestopft hatte, darüber vergessen.

Eines Tages hatte Matthias besonderes Glück. Das Gymnasium in Stadtlittum hatte sich seiner Lehrmittel entledigt, ein neues Gebäude war gebaut worden, neues Mobiliar hatte hergemußt – des Urväterhausrates hatte man sich entledigt, der Schamott war weggeschmissen worden, und die physikalische Abteilung war beim Trödler in Haßberg gelandet. Es handelte sich um die verschiedensten Instrumente aus Messing, blank geputzt, schwer in der Hand liegend – keine Ahnung, wozu sie dienten, Sextanten waren das vielleicht oder optisches Gerät zum Bestimmen des Sirius, massiv Messing, sorgsam gefertigt, und überall was zum Schrauben, Stellen und Durchgucken dran.
Also, Matthias hatte keine Ahnung, was er damit anfangen sollte, aber hier liegenlassen konnte er die Sachen auch nicht. Er legte die Instrumente auf einen Tisch in der Nähe des Ausgangs, scharf auf-

passend, ob nicht jemand käme und ihm das wegnimmt, und durchwühlte alle toten Winkel und düsteren Ecken der Scheune, um mehr und mehr zu entdecken von diesen Köstlichkeiten unter dem allgemeinen Schurmurr – es war erstaunlich, was da alles zusammenkam, und der Trödler, der das Zeug wohl schon längere Zeit bei sich herumliegen hatte, verkaufte es ihm für fünfundsiebzig Mark. Ließ sogar noch fünf Mark ab, als Matthias die Brieftasche zückte.
Matthias konnte es nicht glauben! Dieses wunderbare Barometer, eine lange Quecksilbersäule, auf Nußbaum geheftet, mit den verschiedenartigsten, zum Teil englischen! Beschriftungen links und rechts, kursiv und steil, je nachdem, und das Teleskop zum Ausziehen, vorn und hinten mit einer Glaslinse versehen, die allerdings nötig mal geputzt werden mußte, die herrlichsten Zirkel mit Meßscheiben dran, zum Ritzen und zum Zeichnen, je nachdem? Alles in Originalkästen aus poliertem Holz, mit Stützen versehen, damit die Gerätschaften Halt fänden ...

Matthias kaufte noch Wolldecken dazu, aus den Restbeständen eines pleite gegangenen Geschäfts, und er bettete die Sachen behutsam in seinen Anhänger. Er würde das Rad, wenn's not täte, schieben! Kilometer um Kilometer, nur diese Sachen heil nach Hause kriegen!

Zu guter Letzt, als schon alles verstaut war und alles bar bezahlt, ohne Wenn und Aber, langte sich der Trödler eines der Geräte und guckte durch und drehte daran herum. – Um Gottes willen, vorsichtig! – Eigentlich fast zu schade zum Weggeben, mochte der Mann jetzt denken.
Und dann kam, wie's so geht, ein Herr gefahren mit seiner Frau, die ihm von einem «Paravang» was vorgeschwärmt hatte, mit Reihern bemalt – «Hoffentlich ist er noch da!» – Und dieser Herr blieb vor dem Trödler stehen, der immer noch an dem Instrument herumspielte und drehte und tat und machte, der sah sich das Ding auch an und sagte zum Trödler lauter als nötig: «Dafür gebe ich Ihnen zweihundert Mark!»
Ein längerer Aufenthalt stand an, alles wurde wieder ausgepackt, schon aus Triumphgründen, und jedesmal war zu hören, daß das

Zeug nahezu «unbezahlbar» sei. Und der Trödler kriegte einen roten Kopf!

Das gab böses Blut. Matthias konnte daraufhin eine Zeitlang nicht mehr nach Haßberg fahren. Obwohl alles mit rechten Dingen zugegangen war: Diese Freundschaft hatte einen Riß bekommen.

30

Am letzten Schultag trafen sich, wie jedes Jahr, alle Junglehrer am Lagerfeuer. «Ferienreif» war man, wie immer wieder gesagt wurde. Es gab verschiedene Gemeinschaftsunternehmungen im Schulaufsichtskreis Kreuzthal, von den Lehrervereinstagungen mal ganz abgesehen, einmal im Jahr gab es zum Beispiel ein Lehrerfest, das war hart an der Grenze zum Schwof, und dann die jährliche Fußwanderung unter der Leitung des Kreismuseumswarts Müllermann-Ohfe, von Westereistedt nach Mahlstedt, urgeschichtliche Steingräber ansehen, und von dort mit einem Motorboot retour. Oder durch den Sassenholzer Wald unter der sachkundigen Führung des Diplom-Ornithologen Kossewitz, morgens um fünf Uhr Antreten, langes Marschieren durch Feld, Wald und Moor, wahnsinnig anstrengend.
Alles wunderbar, aber am schönsten war das Sommerfest der Junglehrer einen Tag vor Beginn der großen Ferien, wenn hierzu auch nicht alles geladen war, was geladen sein wollte. Junge Leute waren gefragt, und auch von denen nur, was «paßte». Kollege Stichnoth «paßte» nicht, der hatte was Queres an sich.

Kollege Färsel war in diesem Jahr Gastgeber des Ferienfestes, ein schwarzhaariger Hüne mit Silberblick, von dem nach Statur und Person anzunehmen war, daß er eines Tages Schulrat werden würde. Sein hellblauer Mercedes stand bereits fertig bepackt in der Garage. Morgen, in aller Frühe, würde es abgehen, nach Norden. Horridoh! Seine Kinder waren noch nicht im Bett, die liefen im Pyjama herum, von den eintreffenden Lehrern wurden sie in die Höhe

gehoben und wieder hingestellt. Möglichst lange aufbleiben, lautete die Parole, dann sind sie morgen auf der Reise schön müde. Färsel wollte in diesem Jahr nach Norwegen, sonst immer Dänemark – er wurde schon als Feriendäne bezeichnet. Er hatte von Dänemark die Nase voll, «Adgang forbud« ..., der wollte jetzt Norwegen abgrasen, in eiskalten Wasserfällen baden und auf den Fjordbergen herumkraxeln. Und seine Frau wollte das auch. Letztes Jahr hatten ihr die freundlichen Dänen die Wäsche von der Leine gerissen und mit Teer Hakenkreuze draufgeschmiert.
Also: Auf nach Norwegen in das Land, das sich 1940 nicht kampflos hatte besetzen lassen, sondern tapfer gewehrt.
Danach vielleicht Schweden? Nein, Schweden nicht, da war ja Linksverkehr.

Ein anderer Kollege fuhr nach Holland, obwohl es dort unappetitliche Fleischerläden gibt. Österreich und Jugoslawien waren im Gespräch. Aber auch Harz und Schwarzwald. Bleibe im Lande und nähre dich redlich.

Kollege Rheinfahrt, weißblond und rosig, hatte in diesem Jahr etwas Besonderes vor. Er war letztes Jahr in Griechenland gewesen. Die Akropolis habe ihn enttäuscht, sagte er, außerdem hatte er die Sprache nicht verstehen können und die Schrift nicht lesen.
Dieses Jahr wollte er mit seiner Frau nach New York fliegen! Zu Onkel und Tante, die er seit 1938 nicht mehr gesehen hatte. Kein Lehrer im ganzen Schulaufsichtskreis war je in New York gewesen, auch der Schulrat nicht, niemand war über den großen Teich gereist, abgesehen von einem ehemaligen Afrikakämpfer in Molkendorf, der 1944 zwangsweise hinübergeschafft worden war, und so war Rheinfahrt denn nun der Mittelpunkt des Abends. Man riet ihm, überm Atlantik nicht etwa auszusteigen, zum Blumenpflücken oder wie oder was, sonst fräßen ihn womöglich noch die Haifische! – Er zeigte seinen Paß herum, mit dreifarbigem US-Visum-Stempel. Ob er vorbestraft sei, hatte man ihn auf dem Konsulat gefragt, und ob er Kommunist ist. Um unterwegs etwas zu lesen zu haben, hatte er sich die «Spiegel»-Ausgaben der letzten drei Monate aufgespart und ein Tagebuch vorbereitet, für all seine Erlebnisse, vielleicht widerfährt einem ja ein Abenteuer nach

dem andern? Auf dem Transatlantikflug «Spiegel» lesen und Tagebuch schreiben, dann würde ihm die Zeit nicht lang werden.
«Und was machst du auf der Rückreise?»

Kollege Rheinfahrt plante insgeheim, dem Amerikabesuch, wenn er denn erfolgreich verliefe, eine Reise in die Sowjetunion folgen zu lassen, den Horizont zu erweitern, einen Neckermann-Katalog würde er mitnehmen, damit die Kommunisten mal sehen, wie gut es uns hier geht. Krieg verloren und unglaublich billige Hosen kaufen können! Für neunzig Mark einen vollständigen Anzug, mit Weste!
Erst Amerika, dann Sowjetunion, und überall Dias machen, wann käme man da mal wieder hin! Und die Dias dann im Unterricht auswerten, das würde die Kinder bestimmt interessieren.

Ein anderer Kollege hatte sich auf die heimische Natur verlegt. Der kannte alle Pflanzen der Kreuzthaler Börde, die deutschen und die lateinischen Bezeichnungen. Der verreiste grundsätzlich nicht, der besaß Gummistiefel und stieg im Moor herum. Er wahrte Abstand zu seinem Kollegen Schulte aus Bötersen, der es mit der Jägerei hatte. Das war ein grober Patron – nicht jedermanns Sache. «Na, du Schweinehund?» sagte der zu jedem, aber das nahm ihm keiner übel, das war nicht bös' gemeint. Seit er einmal sein Taschentuch auf eine Hornisse geworfen hatte und das Insekt aus dem Fenster geschüttelt, wußte man: Bei diesem Grobian handelt es sich um einen weichen Kern, der in einer rauhen Schale steckt. Seine Frau hatte es allerdings nicht einfach mit ihm.

Als Neuling wurde Matthias intensiv beraten: Was man alles umsonst kriegt, wurde ihm aufgezählt, an Pelikan schreiben, daß man neue Schulfüller einführen will, dann kriegt man einen umsonst, und sich jede Menge Schulbücher als «Prüfungsstücke» kommen lassen: Fibeln, Schülerlexika, Bildbände.
«Hast du schon einen Atlas?»

Auch für die Beweibung wurden ihm Ratschläge zuteil: Bloß keine Bauerntochter nehmen, dann muß man dauernd im Garten arbeiten, und keine Pastorentochter, die sind anspruchsvoll.

Im Nachbarort der Kollege Widmack, ein Laktovegetarier und Antialkoholiker, der «von Weinsuppe besoffen wird», wie gesagt wurde, hatte eine Bauerstochter geheiratet, die, seit sie Lehrerfrau war, keinen Handschlag mehr tat in Garten und Küche. Sie verzog nie das Gesicht, um keine Falten zu kriegen. Sah aus wie eine Tote. «Die ist total neben der Kappe», wurde gesagt. Im Wohnzimmer hatte er seinen angekohlten Wehrpaß unter Glas hängen. Im Grunde ein anständiger Kerl, im Sportverein eine große Nummer, aber eben dauernd Garten umgraben, während sich seine Frau darauf konzentrierte, keine Miene zu verziehen.

Das Lagerfeuer wurde angefacht, in einem Drahtkorb flackerte es vor sich hin, jeder holte sich einen Stuhl, ob Liegestuhl, Schreibtischsessel oder aus dem Eßzimmer, ganz egal, und streckte die Beine aus. Bald schlugen die Flammen in die Höhe, und mancher Bauer in der Gegend mochte denken: Es brennt.

Zur Entlastung des Gastgebers hatte jeder Kollege etwas mitgebracht, Thunfisch in Dosen, Jagdwurst und vor allem Schüsseln voll Kartoffelsalat mit Ei drin und Heringssalat, auch mit Ei drin. Man walkte ums Haus herum und durch die Wohnung, um mal nach dem Rechten zu sehen beim Kollegen Färsel: Ein Kreidestrich in der Garagenzufahrt war sehenswert, den zeigte man im geheimen, Färsel hatte ihn angebracht, damit er weiß, wann er den Motor ausstellen kann beim Nachhausekommen, Benzin sparen, obwohl der Liter nur achtundzwanzig Pfennig kostet. Wenn man jeden Tag den Wagen ausrollen läßt, kann man in Norwegen zig Kilometer umsonst fahren.
Sein Vorgänger war auch sehr sparsam gewesen, der hatte sogar den Komposthaufen mitgenommen, als er ins Land Hadeln versetzt wurde. Ein alter Kommiskopp: achtes Schuljahr = acht Schläge, siebtes Schuljahr = sieben Schläge, und die Sitzenbleiber dasselbe im Quadrat?

Überhaupt die alten Lehrer, das war ein ergiebiges Gesprächsthema, und der Schulrat. «Egon.» Es kursierte ein Rundbuch, darin hatten die Lehrer nach ihrer zweiten Prüfung eingetragen, was ihnen alles passiert war, bevor sie «lebenslänglich» kriegten. Unbe-

dingt lesenswert, sobald man sich selbst zur Prüfung meldete; gruselig zu lesen. Für Ferien-Lagerfeuer-Abende nicht die rechte Lektüre.
Lustiges stand nicht in dem Buch, so fehlte die Geschichte von dem Kollegen, der eine Stunde über Dürer hielt und dazu Gemälde von Rembrandt zeigte. Wenn sich einer zur Prüfung meldete mit Sport, Musik und Zeichnen, dann wußten die Prüfer gleich, wo's langging. Das wurde dann auch bald untersagt, «richtiger» Unterricht sollte schon dabei sein.

Zuerst sämtliche Lehrer durchhecheln, dann Autogespräche. Außer Färsel war lediglich eine Gruppe Segler motorisiert. Diese Leute brauchten Autos, um ihre Kähne zu transportieren. Wohnwagen hatten sie noch außerdem, für die Familie. Die Frauen wurden mit den Kindern im Wohnwagen an Land zurückgelassen – Frauen an Bord, das bringt Unglück. Die wuschen auf dem Campingplatz die Wäsche und steckten die Köpfe zusammen. Die Kinder der Seglerkameradschaft würden noch in zwanzig Jahren von den wunderbaren Ferien sprechen, die sie auf den Campingplätzen von ganz Norddeutschland gemacht hatten.

Die andern Kollegen dieser Runde waren noch nicht motorisiert, wenn man von Mopeds absieht, und von Stichnoth, der jedoch, wie schon gesagt, zum Ferienfest nicht geladen wurde, aber ein jeder strebte nach einem fahrbaren Untersatz.
Der Scheiß-Ford mit seinen drei Gängen kam nicht in Frage; Ford und Opel seien Vertreterwagen. Der Ford-Taunus – so sonderbare Scheinwerfer? Und Goliaths sähen nach Gebrauchtwagen aus. Und von VW wurde gesagt, daß er zuerst die Augenbrauen hochgezogen habe, dann eine geschwollene Oberlippe gekriegt. Der «Standard» laufe ja jetzt aus, eigentlich schade, ein robustes Arbeitstier: Der Kuharschastronom in Westereistedt habe zum VW-Händler gesagt: Den letzten Standard krieg' ich. – VW sei das rechte Einstiegsauto. Zwischengas, gar nicht so kompliziert, wie man denkt. Davon nicht abschrecken lassen.

Im Grunde hatte sich Färsel mit seinem Mercedes das richtige Gefährt angeschafft, das wurde allgemein anerkannt, aber ein biß-

chen über dem Stande! Als Volksschullehrer Mercedes fahren? Wenn auch gebraucht? Wo selbst der Schulrat noch immer VW fuhr? Außerdem klapperte es hinten links, ohne daß es bisher gelungen wäre, das abzustellen.
Wenn die Bauern Mercedes fuhren, dann hatte das einen ganz anderen Grund, die tankten zollfreies Heizöl: «Heizöl-Ferraris» wurden die ja auch genannt.

Das Auto, die Eremitenklause des Denkers ... Wenn man sich mal ungestört unterhalten will, setzt man sich ins Auto und fährt mit Tempo siebzig über die Landstraßen dahin. Auch gegen schlechte Laune helfe das Autofahren. – Vor der Ortseinfahrt das Gas wegnehmen, das sei unsportlich. In Kurven leicht beschleunigen.
Große Diskussion, ob man den Fahrtrichtungsweiser auch zum Signalgeben benutzen darf: dem Hintermann anzeigen, daß überholt werden kann, zum Beispiel? Nein, ein Fahrtrichtungsweiser ist ein Fahrtrichtungsweiser, sonst nichts. An irgend etwas muß der Mensch sich schließlich halten.
Was soll man tun, wenn jemand ganz schnell ins Krankenhaus fahren soll, und keiner läßt einen überholen? Der verblutet da auf den Polstern, und niemand macht Platz? – Taschentuch an einen Stock binden und damit aus dem Fenster winken. ... Aber das kennen die dann nicht, und fahren extra nicht rechts ran.

Färsel berichtete davon, daß die Dänen noch ganz alte Autos haben: Exemplare von 1936! Richtige Klapperkisten, da gingen die Türen noch nach vorne auf und mit Winker! Ganzen Krieg über in der Scheune gestanden. Vorsintflutlich, wie das ganze Land, aber urgemütlich. Nette Leute, aber manchmal mit Vorsicht zu genießen. Deshalb fuhren die Färsels ja jetzt auch nach Norwegen, das geschehe den Dänen ganz recht!

Es wurde wieder und wieder fotografiert, der gefräßige Heinerich mit zwei Wurststullen, in jeder Hand eine, und Klaussi, der im Liegestuhl lag, eine Katze wie eine Gitarre auf dem Schoß. Teig wurde nach Pfadfinderart um Stöcke gewickelt und über das Feuer gehalten, und schließlich holten die Segler ein Schifferklavier, und dann wurde gesungen.

Wenn das Schifferklavier an Bord ertönt,
dann sind die Matrosen so still,
weil ein jeder nach seiner Heimat sich sehnt,
die er gern einmal wiedersehen will …

Matthias hatte ungute Erinnerungen an dieses Lied, an ein Zeltlager und an angebrannte Erbsensuppe. Die andern mochten auch an ein Zeltlager denken, aber für die war das ein angenehmes Erinnern, morgens mit freiem Oberkörper unter der Pumpe waschen, das war herrlich gewesen, und nachts den andern das Zelt einreißen!

Der Amerikafahrer, Kollege Rheinfahrt, dachte bei diesem Lied wohl an New York und an die weite, gefahrvolle Reise, und er fragte sich, ob er auch nichts vergessen hat, Lebensversicherung, Gepäckversicherung, und: Was macht man, wenn die Frau krank wird? … Er sah das Flugzeug abstürzen, es stellt sich auf die Schnauze und rast vom Himmel herab. Er würde die Hand seiner Frau nehmen und vielleicht laut auflachen? Weil das Leben so kurios ist? Vielleicht auch nicht lachen. Vielleicht ist das dann ja alles ganz anders. Eh' man 6000 Meter runter ist, vergehen gewiß fünf Minuten? In solcher Lage geht einem manches durch den Kopf.

Jeder Bauer hatte Verwandte in Amerika, in mehreren Schüben ausgewandert, die sprachen immer noch Platt da drüben, und mancher war schon mal wieder hiergewesen, um die Großeltern noch einmal zu sehen. Manch einer hatte auch im Bombenflugzeug gesessen 1944 und mit Jabos Jagd gemacht auf pflügende Bauern, aber nach dem Krieg Pakete geschickt. Und jetzt auf Wacht in Berlin.

Die Bauern – auch so ein Thema. «Köst datt watt?» Typische Frage im Gemeinderat. Die würden am liebsten eierlegende Wollmilchsäue züchten.
Im Weltkrieg hatten sie billige Kriegsgefangene als Arbeitskräfte gehabt, dann kamen die Nazis mit dem Reichsarbeitsdienst, die legten ihnen die Wiesen trocken, und dann wieder Franzosen und Belgier als Sklaven, und nach 45 die Flüchtlinge, auch als Sklaven.

Wo wohl die Teppiche lagen und die silbernen Löffel, die ihnen von den ausgehungerten Städtern angeschleppt worden waren, so recht hatte die noch niemand gesehen.

Das Lagerfeuer wurde geschürt, daß die Funken flogen, und in angeheitertem Zustand ging man in die Turnhalle hinüber: das nagelneue Trampolin ausprobieren, so was kannte man nicht. Lustig, wie die Haare und die Schlipse in der Luft stehenblieben! Der Amerikafahrer beteiligte sich nicht an diesem Sport. Das hätte noch gefehlt! Einen Tag vor der Reise sich das Bein brechen!
Auch der Fernsehapparat, der in der Wohnung stand, war interessant, leider keine Sendung mehr, dreiundzwanzig Uhr, da war längst Feierabend.

Die drei Junglehrerinnen wisperten miteinander, die schwangere Helga Jungmichel – ihre hohe Stunde stand nun nahe bevor – erzählte von ihrer Prüfung, wie gemein der Regierungsschulrat gewesen sei, aber «Egon» ganz menschlich. Wie's ihr geht und ob sie sich nicht zwischendurch ein wenig hinlegen will? Sie hatte über Paris unterrichtet, mit Stadtplänen und Diareihen. Dazu ein Bild von Monet an die Pinnwand gehängt und zum Schluß «Sur le pont d'Avignon» singen lassen ... Dieses Lied habe mit Paris nichts zu tun, hatte der Regierungsschulrat hinterher moniert, das wär' ja so, als ob ein Hamburger jodelt! Aber er hatte trotzdem mitgeklatscht beim Singen. (Das habe ihr unheimlich Auftrieb gegeben.) Sie sei ein tapferes kleines Frauchen, hatte er schließlich gemeint. Im übrigen hatte sie eine schiefe Gebärmutter gehabt, die hatte der Gynäkologe geradezubiegen versucht, und dabei habe sich der Eierstock entzündet. Der Arzt hätte in ihr herumgefuhrwerkt, daß es nur so gekracht hätte ... Aber nun sei alles in Ordnung. Da! Das Kind strampelte mit den Beinen.
Bald schon kam ihr Mann und holte sie ab. Ingenieur war er von Beruf, er trank zwar ein Bier mit, da ließ er sich nicht lumpen, aber er setzte sich doch ein wenig seitab, so daß es ein jeder sah: Dieser Mann hat mit Volksschullehrern nichts zu tun, er gehört in eine andere Kategorie. Im übrigen fuhr er einen BMW, was nachdenklich registriert wurde von den Lehrern.

Es wurde lustig, und die Gesänge wurden lauter und ungenauer. An der Art, wie Färsel seine Frau rief – «Fri – e – rike!» –, konnte man hören, daß er schon allerhand Bier und Weinbrand getrunken hatte, Bier mit *Weinbrand*, das war seine Vorliebe, von Korn bekam er Kopfschmerzen.

War einst ein kleines Segelschiffchen,
das war noch nie, nie, nie, noch nie zur See ...

Die Seglerkameradschaft gab den Ton an, und es war gut, daß sie es tat, was hätte man ohne Stimmung angefangen an einem solchen Abend?
«Der Krug geht so lange zum Munde, bis man bricht.»
In unangenehmer Erinnerung waren noch die dreihundert Dias, die sie im letzten Jahr vorgeführt hatten, Segelboot nach links geneigt, Segelboot nach rechts geneigt. Sie hatten insgeheim vor, Färsel in Norwegen einen Besuch abzustatten, immer wieder fragten sie ihn, wo denn nun genau die Ferienwohnung sei, so daß der schon mißtrauisch wurde.

Die Segler? Das waren gute Kerle. Es waren überhaupt alles gute Kerle, die jungen Kollegen, freundlich und gutartig, ein ganz anderer Schlag als die Dorfschullehrer vor dem Krieg, wenn auch etwas derb. Ein dickes Fell war nötig, um Kurs zu halten in dem Beruf. Man brauchte es ja nicht gerade so zu treiben wie Schulte, der Jäger, der jeden als «Schweinehund» bezeichnete und bei jeder Gelegenheit.
Er hatte einen Kasten Bier mitgebracht, in den die Gesellschaft zunächst ein Kreuz hineintrank und dann den Rest.

Im Laufe des Abends wurde Matthias intensiv ausgefragt: Klein-Wense? Der Kunstmaler, wie heißt er noch ... Einer von der Seglerkameradschaft wußte, daß Kallroy in einem Moorlager-KZ die SS-Baracken ausgemalt habe, mit nackten Mädchen, dem sei's da gutgegangen, wie Gott in Frankreich. Aber am Schluß dann aus Versehen erschossen, kurz nach der Kapitulation, von einem besoffenen Ami. Tragisch irgendwie!

Das, was es an Ferien gibt, müßte die Schulzeit sein, da war man sich einig.

Was nützt des Menschen edler Geist,
wenn er im Bette sitzt und schwitzt.

«Schule ist, wenn Idioten Verordnungen erlassen, die Idioten ausführen und damit Idioten erziehen für eine idiotische Gesellschaft, die sich dies gefallen läßt.»
Das war die vorherrschende Meinung in dieser Stunde.

31

Nach Österreich, Holland, Norwegen fuhren die Kollegen.
Und nach Amerika.
Warum nicht an den Bodensee fahren, so wie Herr Schmauch es getan hatte? Matthias kaufte eine Fahrkarte und packte seine Sachen. «Im Sattel durch Indochina», dieses Buch steckte er ein. Seine Ferien am Bodensee verbringen, das hatte Stil, in der äußersten Ecke des Landes alles in Ruhe überdenken. Wo komme ich her? Wo stehe ich? Wo will ich hin?

Seele des Menschen
wie gleichst du dem Wasser,
Schicksal des Menschen,
wie gleichst du dem Wind?

Ein D-Zug in Leichtbauweise trug ihn durch die Lande. – Zweiter Klasse reiste er, weil es die dritte Klasse nicht mehr gab. Nie erlebt man es, daß ein hübsches Mädchen fragt: «Ist hier noch was frei?» Immer sind es Männer, die sich ins Abteil schieben, oder alte Frauen mit Krampfadern, denen man die Koffer ins Netz heben muß. Und setzt du dich zu einem Mädchen hinein, dann steigt sie an der nächsten Station aus.

E pericoloso sporgersi!

Und so war es auch diesmal. Ältere Herren und ältere Damen. – Matthias gegenüber saß ein älterer Mann. Er wär' das erstemal in seinem Leben auf Urlaub gewesen, sagte er, Borkum!, und der Wettergott sei ihm gnädig gewesen! Im Krieg, Polen, Frankreich, Jugoslawien ..., aber nach dem Krieg immer nur gearbeitet. Er krempelte den Ärmel auf, um eine Narbe vorzuzeigen, die ihm der Krieg beigebracht hatte, ein «Denkzettel», wie er es ausdrückte. Sodann folgte eine ausführliche Aufzählung der Alkoholika, die er überall genossen: Slibowitz zum Beispiel in Jugoslawien, und ehrlichen Wodka in Rußland.

In den Städten, durch die der Zug fuhr, Menschen wie du und ich, Richtkränze auf Neubauten und stilles Glück in kleinen Gärten. Vorüber an Dörfern mit kleiner Kirche und winziger Schule: Die Kinder hüten auf den Wiesen am Fluß Gänse, und der Lehrer ist hinausgeflogen, dem Zauber fremder Länder sich ergeben, Kraft tanken für den Schulalltag.

Dann links Berge, oben drauf eine Ruine mit Fahne, auf der rechten Seite Felder, und oben drüber ein Regenbogen. Siehe da, die Hütte Gottes bei den Menschen. Die Alten hätten sich auf die Knie geworfen, hier aber, in diesem Zug, schauten alle gerade in die andere Richtung, als der Regenbogen erschien, mal kräftiger, mal schwächer leuchtend. Nur ein Kind auf dem Gang nahm das atmosphärische Ereignis wahr, es drehte sich um nach seiner Mutter, doch die Mutter schlief.
Nun erschien neben dem Zug ein weißes Auto, das mitzuhalten versuchte mit dem Zug – *jetzt* hatte es der Wald verschluckt.
«Sollte es das gewesen sein?» dachte Matthias.

Im Speisewagen gab es Deutsches Beefsteak zu essen mit Kartoffeln und Blaukraut. Der Wettergottmann kam Matthias hinterhergetappert. Weil sie im selben Abteil saßen, dachte er, sie gehörten irgendwie zusammen. Dem erzählte Matthias von seinen verschiedenen Lebensstarts, und daß er eine hübsche kleine Schule hat, auf dem Lande, als Herrscher aller Reußen.
Das Regenbogenkind kam herbei, stellte sich vor ihn hin und sah ihn an. Matthias zwinkerte mit den Augen, das war das Äußerste,

was er wagte: Ein fremdes Kind, konnte man dem so ohne weiteres zuzwinkern?

In Ulm fuhr eine junge Frau auf dem Bahnsteig mit einem Erfrischungskarren hin und her: «Wahrme Wührstchen – Schok'lad – Apfelsaft ...!» rief sie. Sie schob den Karren von Fenster zu Fenster. Das waren noch alte Ufa-Zeiten, als sich die Leute aus dem Fenster lehnten und eine Zeitung kauften. «Sieben Jahre Pech.»
Aussteigen, einen Zug überspringen und das Ulmer Münster ansehen? Nein, weiter, weiter. Man kann sich ja denken, wie es aussieht.

In Lindau regnete es. Bei Sonnenschein war Matthias losgefahren, um sich siebzehn Stunden später in Lindau vollregnen zu lassen. Strohhut auf, und mit dem Koffer in der Hand suchte er sich ein Hotel. Dort badete er sich ausgiebig, ein neues Leben beginnen? Alles abstreifen.
Am nächsten Morgen stellte er fest, daß das Zimmer fünfzehn Mark kosten sollte pro Tag, da ging er zur Fremdenverkehrszentrale. Ihm wurde ein Zimmer bei einem Malermeister vermittelt, für zweifünfzig den Tag. Ein übergroßes Bett mit Nachttischlampe, und unter dem Fenster Tisch und Stuhl. Vom Fenster aus die Aussicht auf eine Mauer.
Die Wirtin stellte ihm eine Terrine Kartoffelsuppe hin und sagte: «Das Wetter wird sicher bald wieder besser werden, das geht in Lindau schnell.» Aber eben manchmal auch: Wenn's schon mal regnet, dann regnet es ... Matthias erzählte ihr, an den Türrahmen gelehnt, daß er an den Bodensee gereist ist, weil er mal auf andere Gedanken kommen will.
«Sind Sie verheiratet?»
Den Malermeister kriegte er nicht zu sehen, der lud unten seine Leitern auf.

Lindau am Bodensee: Viermal am Tag das Schiff ausfahren sehen und wie es wieder hereinkommt, mit Ausflüglern, aber auch mit Männern, die eine Thermosflasche in der Jackentasche stecken haben und ein altes Fahrrad führen.

Im Hafenbecken schwammen Schwäne, denen machte der Regen nichts aus.
«Die sind noch aus der Vorkriegszeit», dachte Matthias. «Diese Schwäne waren schon immer da.» Wie damals die Schwäne, zu Hause, in den Wallanlagen, die er mit Zwieback fütterte, an der Hand seiner Mutter, sie waren dann so angeschwommen, mit zwei, drei Paddelschlägen ihrer Füße, und die Mutter: Beug dich nicht so weit vor!

Am Ufer waren Arbeiter dabei, die Promenade zu verbreitern, ein Kompressor trieb die Gesteinsbohrer an. Überall regt sich Bildung und Streben. Wenn die Promenade eines Tages fertig wäre, würde das hier großartig sein, dann würden es die Touristen hier schön haben – auf und ab gehen unter Trauerweiden? Sich auf die Bank setzen und übers Wasser gucken?
Im Caféhaus war es nicht auszuhalten wegen des Lärms. Matthias setzte sich ins Ratscafé am Markt und rührte in der Kaffeetasse: Leute angucken, und die Leute guckten ihn an.

Das Museum mit alten Münzen und Siegeln unter Glas wurde gerade renoviert, und die Kirchen waren abgeschlossen.
In den Straßen umherlaufen und jubelnde Schaufensterpuppen ansehen, in Freizeitkleidung, die man nicht kaufen würde, um nicht wie eine Schaufensterpuppe auszusehen.

Im Antiquariat: «Friedemann Bach» von Brachvogel und «Besonnte Vergangenheit» von Schleich.
Matthias kaufte für vier Mark den «Idiot» von Dostojewski.
«Garmisch 1936» stand vorn drin. Er schrieb: «Lindau 1961» dahinter. Das war ein Unterschied ...
Auf dem schweren Eichentisch in der Mitte des Hinterzimmers lagen Folianten voll handkolorierter Heilkräuter. Majoran zum Beispiel und Kümmel. Wozu die Kräuter jeweils gut sind, Majoran kommt in die Leberwurst und Kümmel in die Sülze. Dort lag auch eine Bibel aus dem 17. Jahrhundert. Bei einer Haushaltsauflösung auf den Karren geworfen: «Die nehmen Sie man auch gleich mit!»
«Fräulein Härtel, würden Sie bitte mal die Stiche von Mecklenburg und Pommern bringen?»

Das war Heimat, wie er sie nicht gekannt hatte: Eine Kutsche fährt durchs Kniepertor, Spaziergänger im Zylinderhut und Frack zeigen einander mit dem Spazierstock, daß da eine Kutsche durch das Tor fährt.
Das Fräulein Härtel trug einen rostfarbenen Rock mit Blumenborte am Saum. Sie hielt Abstand von Matthias: «Mit dem ist was nicht in Ordnung», dachte sie. Und Matthias dachte: «Du bist ganz schön dumm! Du hättest bei mir den Himmel auf Erden.»

Antiquitätengeschäfte gab es nicht in der Stadt, in denen er Preise hätte vergleichen können. Eine kleine Apothekerwaage kaufte er, zum Zusammenklappen und in die Tasche stecken, winzige Gewichte. Beim Trödler in Haßberg hatte er eine ganz ähnliche Waage gesehen. Die sofort kaufen, wenn man wieder zu Hause ist, und dann weitere kaufen, bis man zwanzig Stück davon hat.

Er setzte den Strohhut auf und fuhr nach Meersburg. Annette von Droste-Hülshoff. Eine Ansichtskarte an Lilli schreiben: «Ich sitze hier vor dem Häuschen Droste-Hülshoffs ...», ohne Absender, und an das Fräulein Härtel dachte er dabei, die er vielleicht in zehn Jahren mal wieder trifft und der er es dann vielleicht erzählen wird, wie wohlhabend er durch Fleiß und Tüchtigkeit geworden ist, wie weit er es gebracht hat. Und die bereut es dann, daß sie gedacht hat: Mit dem ist was nicht in Ordnung.
Auf der Ansichtskarte, die er an Lilli schrieb, war nicht das Haus der Dichterin abgebildet, sondern ein Boxer-Hund, dem man eine Schiebermütze aufgesetzt hat und eine Sonnenbrille.
Vergiß mein nicht, die Postleitzahl.

In Meersburg auf einer Bank sitzen und zwei Stunden auf die Rückfahrt warten vor einem Lokal, das geschlossen hat, neben einem Bekanntmachungskasten der Gemeindeverwaltung mit eingeschlagener Scheibe.
Zurückfahren nach Lindau, zusammen mit Männern, die eine Arbeitermütze tragen und eine Thermosflasche in der Jackentasche.
Am Heck stand ein Mädchen mit Kranz um den Kopf. Holte aus

der Tasche Erdnüsse und warf die Schalen über Bord. Was die Sache interessant machte: Sie weinte dabei, nicht gerade lauthals, von schluchzen keine Rede, aber doch «flennen», so könnte man's nennen, sie flennte, die Tränen flossen ohne Unterlaß.

Auf dem Bett liegen in einem Zimmer, das mal einem Jüngling gehörte, der das Uniformschiffchen schief auf dem Kopf sitzen hatte und dann in Charkow fiel. Maler hatte er werden wollen und das Geschäft seines Vaters übernehmen.

> Vielleicht kehren wir nächtens
> immer wieder das Stück zurück,
> das wir in der fremden Sonne
> mühsam gewonnen haben?

Einen Kanister voll Sonnenblumenöl hatte er mitgebracht bei seinem letzten Urlaub.

Hierbleiben?, fragte sich Matthias. In Lindau als Kellner arbeiten oder als Taxifahrer? Klein-Wense sausen lassen? Wer drei Starts hinter sich hat, kann auch einen vierten riskieren? Warum war er damals nicht gleich nach Süddeutschland gegangen, das war die Frage.

«Bald gibt's besseres Wetter.»

Was soll man mit Sonnenschein anfangen, wenn man niemanden hat, zu dem man sagen kann: «Schön warm heut, nicht?» Im Café sitzen, ohne sagen zu können: «Sieh mal den da, was der für einen verrückten Hut aufhat …»

Im Bett liegen und die Augen an den Tapetenblumen hinaufgleiten lassen und hinunter, immer wieder und wieder. – Hier kam niemand die Treppe heraufgeschlichen, mit einem Teller voll kaltem Braten, Salzgurke dazu. Und niemand, mit dem man die Beine einschlingen konnte, und der Kopf liegt auf der Schulter?

Wenn die Straßenarbeiter Pause machten, ging Matthias die Promenade auf und ab, er setzte sich auf eine Bank und sah über den See hinüber. Kinder in einem großen Ruderboot, sie kriegten die Riemen durcheinander. Sollte er es ihnen denn beibringen, wie man's macht?

Matthias drehte seine Runden in der Stadt, saß im Café, ging zum Fräulein Härtel, die gerade nicht da war, schlenderte das Ufer entlang, und da gab es keinen freundlichen Menschen, der gesagt hätte: Was laufen Sie hier immer so allein herum? Kommen Sie doch zu mir herauf! Sehen Sie sich mal meine Briefmarken an!
Er lief umher, und dann legte er sich aufs Bett und las in seinem Reisebuch: «Im Sattel durch Indochina».

Kino. Nach dem Vorfilm schiebt sich der Vorhang zur Breitwand noch ein bißchen weiter auf.
Matthias hatte zu wählen zwischen «Liane», dem Mädchen aus dem Urwald, «Die Halbstarken» und «Vier Frauen im Sumpf».

> Ordinäre Prügeleien unter Frauen sind der
> Hauptzweck dieses knallbunten Machwerks.

Weil der katholische Filmdienst abriet von den «Vier Frauen im Sumpf», sah er sich den Film an. Er war knallbunt und ordinär. Das Mädchen, neben das er sich setzte, stand nach der Wochenschau auf und setzte sich woanders hin: «Mit dem Mann ist was nicht in Ordnung», dachte sie.

Meersburg, Bregenz. Er fuhr über die Grenze nach Österreich und mit der Seilbahn auf den Pfänder hinauf. Er war der einzige Fahrgast.
Auf dem Gipfel schrieb er wieder eine Postkarte an Lilli, daß er jetzt in Österreich ist und auf dem Pfänder steht, einem Berg, der über tausend Meter hoch ist. Auf der Postkarte war das Panorama der Berge abgebildet, und über jedem Gipfel ein Pfeil mit dem Namen des Berges und wie hoch der ist.
Er stand an der Brüstung des Aussichtsplatzes und sah sich die weißen Berge an, ein Gipfel hinter dem andern und einer neben dem andern, und er fuhr sofort wieder hinunter.
Das war noch so komisch: Er hatte keine Rückfahrkarte gelöst und gab oben einen Hundertmarkschein hin, worauf er fünfundneunzig Mark in Fünf-Mark-Stücken eingewechselt kriegte, das zog die Tasche mächtig runter. Das war etwas, was man in Klein-Wense würde wieder und wieder erzählen können. Und die Sache

mit dem Kompressor auf der Promenade. Es war lustig, ein Pechvogel zu sein.
«Es ist herrlich hier!» schrieb er an Lilli, die jetzt wer weiß wo mit wer weiß wem war.

Am Sonntag wollte er in die Kirche gehen, was sollte er sonst tun? Aber die Türen waren abgeschlossen, er war ein paar Minuten zu spät dran. Drinnen hörte er die Leute singen, und er stand draußen.
«Das ist die verlorene Heimat», dachte er.
Auf der Promenade hatten sie ein Karussell aufgebaut, hölzerne Pferde und hölzerne Schweine mit Steigbügeln. Niemand wollte in dem Ding fahren.
«Vielleicht ist am Nachmittag mehr los», dachte Matthias. Und tatsächlich, am Nachmittag klärte sich das Wetter auf, eine Blaskapelle kam herbeimarschiert, Hüte mit wippenden Federn hatten die Musiker auf dem Kopf, und sie bliesen Märsche, und das Karussell tingelte dagegen an.
Matthias mietete ein Ruderboot, fuhr nach links und nach rechts, auch Kreise ließen sich fahren, und am besten ist es, man läßt das bleiben. Aus der Stadt schallten Trompeten, und Matthias saß im Ruderboot und wußte nicht, warum.

> Ei, warum? Ei, darum!
> Ei, warum? Ei, darum!
> Ei, nur weg'n dem Tschingderassa, Bumderassassa,
> Bum!

Blasmusik? Wenn schon, dann Posaune.
Matthias ließ sich in der Schießbude ein Gewehr geben und schoß auf weiße Blechenten, die in endloser Folge an ihm vorüberzogen. Manchmal traf er, manchmal traf er nicht.
Hier sah er dann auch das Fräulein Härtel. Der Büchsenspanner spannte ihm die Flinte, und in dem Augenblick sah er, daß sie ihm zuguckte. Er schoß und traf natürlich nicht. Und als er aufschaute, war sie nicht mehr da.
Er setzte sich auf eine Bank. «Wie gut, daß ich meine neue Jacke anhatte», dachte er.

Drüben das Schweizer Ufer, es lag hinter Wolken. Hier auf dieser Seite hatten einmal Menschen gestanden, und das war noch gar nicht so lange her, und hatten hinübergeschaut, und das Ufer war zu sehen gewesen, aber es war unerreichbar gewesen für sie. Im Hinterzimmer des Friseurs, auf ein geheimes Klopfzeichen, trifft man einen Ortskundigen, der weiß, wie man hinüberkommt.
Aber drüben wird man dann abgewiesen.
Matthias mußte an den Viehhändler in Klein-Wense denken, vielleicht hatte der auch hier gestanden?

In Österreich war er nun gewesen. Weshalb nicht auch noch in die Schweiz fahren?
«Wo warst du in den Ferien?» – «In Österreich und in der Schweiz.»
Er fuhr mit dem Schiff hinüber und dann mit dem Zug nach St. Gallen. Dort schrieb er noch eine Postkarte an Lilli, ging am Kloster entlang, sah einen Mönch und fuhr wieder zurück.

Am Fenster seines Zimmers saß er, und er sah auf eine alte Mauer. Er zog sich den Stuhl ans Fenster und las. Und zwischendurch guckte er sich die Mauer an, an der ein paar grüne Ranken hin- und herpendelten. Und als er sein Buch durchhatte, fuhr er nach Haus.

32

Sommer in Klein-Wense, das sah nun ganz anders aus, die breiten Häuser unter Bäumen verborgen, die Dielentür offen, ein schwarzes, gähnendes Loch. Der Hofhund hat sich ins Haus zurückgezogen, wenn jemand vorbeikommen sollte, würde er herausschießen, und die Gänse würden aufhören mit Federpflege und schreiend vorwärtsstürmen gegen den, der da vorüberkommt, Bauer mit Sense oder junges Mädchen auf'm Fahrrad. Die Tür zum Schweinestall steht offen, die rosa Hausgenossen liegen auf der Eichelwiese, Hühner spazieren dazwischen.

Matthias schrieb an die Wandtafel: Wir sind im Wald! Er setzte seinen Strohhut auf, nahm seine Kinder und machte einen sogenannten Ausflug, einfach mal losgehen, und zwar nicht durchs Dorf, sondern ums Dorf herum, damit es keine Aufregung gibt unter den Tieren, und damit keine Bauersfrau ihn stoppt und sagt: «Na? In'n Wald gehen?»
Also um das Dorf herum, die kühle Eische entlang, im Gänsemarsch, die Sonnenblumen- und die Rosenfahne vorneweg, und an der Hand links und rechts die Kleinen, die zwar genau wissen, wo's langgeht, aber es könnte ja sein, daß der Lehrer es nicht weiß. Die überzählige Ursula hielt sich an der Jackenschlippe fest.
«Guckt mal, der Pflaumenbaum, wie voll der sitzt», sagte Matthias. Aber es war kein Pflaumenbaum, sondern eine Zwetschge. Kopfrechnen kann der Lehrer nicht und den Unterschied zwischen Zwetschge und Pflaume kennt er nicht, aber sonst ist er ganz in Ordnung.
Die Dörfler, die den Zug von weitem sahen, erinnerten sich an Kinderzeiten, in denen sie mit ihrem Lehrer ganz denselben Weg gegangen waren, auch einen Umweg um's Dorf herum, damit die Bauersfrauen nicht fragen: Na? In'n Wald gehen?

Ellinor von Kallroy, die Tochter des weltbekannten Malers, stand im Fenster und putzte die Scheiben. Sie winkte herüber, aber Matthias guckte gerade woanders hin, er mußte die Kinder davon abhalten, daß sie sich gegenseitig ins Wasser stoßen; 1911 war hier ein kleines Mädchen ertrunken, man hatte es erst nach Tagen gefunden. Der Lehrer, der nicht aufgepaßt hatte, mußte versetzt werden, weil ihm die Fenster eingeschmissen wurden. Rachefrauen hatten die Fäuste gegen ihn erhoben!
Der alte Kallroy – er hätte noch leben können und seiner Tochter zusehen, wie sie da die Fenster putzt, wenn er nicht ins Moorlager gekommen wär'. Siebzig Jahre? Das ist doch noch kein Alter.

Nun war der Wald erreicht, der Sassenholzer Wald, in dem ein Bauer eine Woche nach Kriegsschluß noch auf eine Mine gefahren war und in Stücke gerissen wurde.
Im Wald ließ Matthias die Kinder los, schüttelte die sich anklammernden schweißigen Händchen ab wie klebriges Papier und lö-

ste auch den Affengriff des Mädchens Ursula von seinen Jakkenschlippen. Im Wald gab es Bremsen, und da brauchte er seine Hände, um sie zu verscheuchen, wie Pferde das mit dem Schweif tun.

Den Wandererlaß hatte Matthias nicht durchgelesen vorher, und die Strecke war er auch nicht abgefahren, es würde sich schon kein Kind die Augen ausstechen an herunterhängenden Zweigen. Außerdem ging's immer streng geradeaus: Die Schneise war wohl einen Kilometer lang. Leider verlockte die Kinder die Stille des Waldes zu Geschrei. Zuerst ging Matthias noch dagegen an, durch Belehrung, wie schön es ist, so still und stumm durch den Wald zu wandern, durch Berufen und durch eignes Beispiel. Alles zwecklos. Leukoplast hätte man mitnehmen müssen, um die Münder zu schließen. Es würden also keine Rehe zu sehen sein, aber die Kinder würden schon wissen, wie diese Tiere aussehen.

Die Ameisen, die ihrem Haufen zustrebten, ließen sich nicht stören von dem Lärm. Aber sosehr Matthias auch den Ameisenhaufen anstierte, was das für ein Wunder Gottes ist, da blieb kein Kind stehen, um auch zu stieren und Gottes rätselhafter Schöpfung nachzusinnen. Die Kinder waren längst auf und davon, weit auseinandergezogen liefen sie vorweg. Hinterherschreien hatte keinen Zweck. Um sie wieder einzusammeln, bog Matthias stillschweigend in einen einsamen Weg ein und machte sich's gemütlich. Er ließ die Kinder ruhig weiterlaufen. Daß er verschwunden war, sprach, rief, schrie sich nach vorn durch, und irgendwann drehten alle Mann um, und die ganze Meute kam zum Lehrer zurück und ließ sich belehren, was das für eine Dummheit ist: so weit vorauszulaufen? Als Matthias sich dann erhob und weiterging, liefen sie wieder los, schreiend, weit voraus, mit Knüppeln auf die Bäume einhauend. Also das Manöver wiederholen: In einen Weg einbiegen und es sich dort gemütlich machen. Und wieder dauerte es eine Weile, bis die Kinder das mitkriegten, es blieb ihnen nichts anderes übrig, sie mußten umkehren und den Lehrer suchen, der auf einem Baumstumpf saß und sie ernst ansah. Die Kinder in ihren dicken Hosen, wollenen Strümpfen und Schnürstiefeln waren ganz außer Atem, als sie den Lehrer da sitzen sahen, der ganz friedlich an einem Holz schnitzte; das sollte eine Art Boot werden, das er dann zu Wasser lassen kann.

Große Diskussion. Daß das «gemeint» sei, sagten die Schüler, und Matthias sagte, sie müßten doch einsehen, daß das nicht geht, so weit vorauszulaufen und zu schreien, was soll der Förster denken? Und ob sie sich denn gar nicht vorstellen können, was er für Schwierigkeiten kriegt, wenn sich einer das Auge aussticht? Aufsichtspflicht? Daß er ihretwegen in Deubels Küche kommt? Nachdem genug geredet worden war, konnte weitergelaufen werden.

Die drei Kleinen waren die ganze Zeit bei ihm geblieben, sie sahen ihm zu, wie er da an seinem Boot schnitzt. Das dünne Mädchen Ursula legte ihre schwitzigen Hände von hinten um seinen Hals. Sie waren absolut der Meinung des Lehrers.
Und Marianne berichtete haarklein, wer alles der Meinung sei, daß der Lehrer «gemeint» ist, und sie zählte die Namen derjenigen her, die am wildesten fortgerannt waren.

Angenehm war es, daß man sich durch das Hin und Her den Umweg zum Hünengrab ersparte. Das kannten sowieso schon alle.

Nun war der See erreicht. Die Kinder liefen um den See herum, peitschten das Wasser mit ihren Stöcken und schrien. Die Stille der Natur übte keine wohltätige Wirkung aus auf sie.
Was sollen wir machen?, fragten sie sich, Gott, ist das langweilig ... Keine Schule, das war noch das einzig Gute.

Matthias löste sich behutsam von dem Mädchen Ursula, behutsam, damit sie keinen Lebensschock kriegt und womöglich später unverheiratet bleibt, und dann ließ er sein Boot zu Wasser, auf dem ein Käfer deponiert wurde.
Matthias zeigte ihr einen runden, dunkelgrünen Moosplaggen, hob ihn sachte ab vom Boden und legte ihn in eine Mulde. Die andern sahen zu: dies war ein Bett für Zwerge. Mit Stöckchen wurde ein Zaun gebaut und mit Borke ein Haus. Nach und nach kamen auch andere Kinder herbei, die sich müde getobt hatten, und bauten auch Zwergenhäuser.
Die Großen hatten inzwischen Spielkarten aus der Tasche gezogen und spielten, zwischen Waldgräsern gelagert, Sechsundsechzig. Ab und zu lachten sie laut, und das klang ziemlich roh.

Andere wateten im See herum, es war eine Art Dreckloch, von Karpfen bewohnt, die der Förster hineingesetzt hatte. Mit Frühstücksbrot ließen sie sich anlocken.
Marianne durfte die Tintenfässer im See waschen, die man zu diesen Zweck mitgenommen hatte.
Matthias holte ein Säckchen mit Marmeln aus der Tasche und kerbte mit der Hand eine Bahn in den Abhang und ließ die Kugeln hinunterrollen. Damit lockte er die noch untätigen Kinder an, und nun waren sie alle beschäftigt. Die einen richteten Haus und Hof für Zwerge, die andern bauten eine Kugelbahn, und die Großen lagen im Gras und spielten Karten, oder was machten sie eigentlich da drüben? Daß sie sich mit einem Frosch beschäftigten, sah Matthias nicht, Marianne berichtete ihm davon, von Hinni hätte er das nicht erwartet.
Nun stieg einer auf eine Eiche, immer höher hinauf; er würde hinunterfallen können. Aber Matthias war das egal. Das wird er schon nicht, er wird sich schon in acht nehmen, daß er sich kein Bein bricht. Die Vernachlässigung der Aufsichtspflicht würde man ihm schon nicht ankreiden, und zu einem Auflauf würde es nicht kommen, mit Fenster einschlagen und Racheweibern, der Hoferbe für immer zum Krüppel geworden? Vom Baum fallen, das war etwas anderes als ertrinken.
Beruhigend war es, daß Marianne immer wieder hin- und herpendelte und Bericht erstattete. So hätte Matthias im letzten Augenblick vielleicht doch noch einschreiten können mit Machtworten oder mit der Drohung, nie wieder mit der Klasse in den Wald zu gehen.

Am Rande des Sees stand eine Hütte, sie war von den französischen Gefangenen gebaut worden, die Schonungen anlegten, die inzwischen schon zu Wäldern aufgewachsen waren, in denen man bereits wieder Holz einschlug. Eine Hütte für Werkzeug und zum Unterstellen bei Regen. So manches Stelldichein mochte hier stattgefunden haben, zwischen Freund und Feind.

Zwergenhäuser bauen, Murmeln kullern lassen, Karten spielen – das waren beschauliche Stunden, und keiner schrie oder tobte mehr, und nun hätte der Förster ruhig kommen können und fragen: «Was machen Sie hier eigentlich?» Matthias hatte sich in den Schatten eines Baumes gelegt, und er hütete sich, die Kinder anzusprechen, er wollte seine Ruhe haben, und dazu war es nötig, daß die Kinder beschäftigt waren. Ab und zu kam eins und zeigte einen lädierten Käfer, da sagte er dann lediglich: Schön! oder: Den bringen wir morgen zum Tierarzt. Kurz sein, damit sie nicht alle ankommen und dauernd Käfer zeigen, keine Ahnung, was das für Gesellen sind. Eigentlich ja schade.

In der Ferne ließ sich der Schienenbus vernehmen: Bióöt! Weit genug entfernt, da brauchte kein Kind zurückgerissen zu werden. Und unter dem Himmel kreisten große Vögel, die sich wunderten: was das hier für ein Gewese ist.

Mit der Zeit kamen dann eben doch einzelne Kinder zu Matthias und setzten sich an seine Seite. Die Kleinen setzten sich so halb auf ihn drauf, die Zwergenhäuser waren fertig, die Kugelbahnen auch – die Sache ging ihrem natürlichen Abschluß entgegen.
Marianne erstattete letzte Berichte, und eben in diesem Augenblick kam ein Fahrrad angescheppert. Es war Ellinor von Kallroy, die sich an ihre Kindheit erinnert hatte und mal sehen wollte, was Matthias anfängt mit den Schülern im Wald. Daß sie da so trübsinnig am Boden hockten, wunderte sie. Kein bißchen Stimmung? Ob sie denn gar nicht «Wechselt, wechselt das Bäumelein!» kennen? Los!, mal alle schnell aufstellen, wie geht das man noch? Oder «Räuber und Gendarm?» Die einen müssen die andern fangen? «Gott, sind die lahm ...»
Auch Matthias war nicht in Stimmung zu bringen. Ob er denn gar kein bißchen Schwung hat?, fragte sie ihn, und sie zeigte ihm Zittergräser, wie schön zart die sind, und sie zittern tatsächlich! Ob er den Kindern nicht mal zeigen will, wie schön zart diese Gräser sind? Und daß die richtig zittern! – Dann entdeckte sie die Zwergenhäuser, und sie fand sie süß, und sie hätte gar nicht gedacht, daß den Kindern so was Hübsches einfällt!
Sie wurde ruhiger und lächelte versonnen vor sich hin. Dachte sie an die Franzosen, die hier gearbeitet hatten. Ihr Vater hatte gesagt: «Mach das nicht zu auffällig, muß das nun jeder sehn?» Der Vater, den man durch die Fluren schreiten sah, den Malkasten unter

dem Arm und ein Fläschchen mit Wasser zum Lösen der Farben. Immer so lustig und verständnisvoll und dann im Massengrab gelandet.
Ellinor zeigte dem jungen Schulmeister immer noch Gräser und wie schön sie zittern ... Schließlich sagte sie: «Na denn ...» Matthias begleitete sie zu ihrem Fahrrad und faßte über sie hinweg und klingelte an ihrer Klingel, weswegen sie denn auch fest sein Handgelenk packte und es zur Seite tat, von wegen der heiligen Stille des Waldes, und dann fuhr sie ab.
«Mollig ist sie», dachte Matthias, angenehm mollig. Aber: weshalb Hosenrock?

Auf dem Nachhauseweg beschäftigte Matthias die Kinder damit, daß er sie Steine suchen ließ, einzelne, besonders schöne Steine; und immer wenn sie einen noch schöneren sähen, sollten sie den anderen wegwerfen. Auf dem Pult würden dann nachher die siebenundzwanzig auserwählten Steine liegen, mal sehen, welcher der allerschönste ist. – Das hatte er im Seminar bei Petersen gelernt, immerfort beschäftigen die Kinder, sonst kommen sie auf dumme Gedanken. Wer so handelt als Lehrer, hat auf dem Nachhauseweg keine Scherereien. Der Bindfaden, den Matthias mitgenommen hatte, für alle Fälle, ward den beiden kleinen Mädchen Gitte und Ursula ans Handgelenk gebunden, und Luers durfte sie in Art eines Gespanns vor sich her lenken. Daß er mit einem Zweig auf sie eindrosch, mußte natürlich sofort unterbunden werden. Die Großen, die zuvor weit vorausgelaufen waren, ließen sich nun Zeit, als Matthias schon längst in der Schule war und sich am Wasserhahn vollaufen ließ, kamen sie endlich auch angeschlichen.
Nie wieder so einen Ausflug machen, dachte Matthias, aber der Tag war herumgegangen.

Leider fand sich auf der Tafel unter seinem Hinweis: «Wir gehen in den Wald» eine energische Notiz: «Dieser Unterrichtsgang hätte angemeldet werden müssen! Egon Bocke, Schulrat.» So wäre man also auf diese Weise um eine Visitation herumgekommen.

Am Abend, als Matthias in seinem Wolkenzimmer saß und das Verdämmern der Sonne beobachtete, das Notizbuch in der Hand:

wenn ihm was einfällt zu dem Naturschauspiel, daß er es dann beschreibt, kam Carla, sie brachte ihm eine Schüssel rote Grütze mit Vanillesoße und erzählte, daß jemand angerufen hat, eine Frau, aber keinen Namen genannt.
«Junge Stimme? Alte Stimme? – Was hat sie gesagt?»
Nichts weiter.
War Lilli denn wieder aufgewacht? Oder handelte es sich um jemand von sonstwoher?

Carla hatte den ganzen Tag auf dem Feld gearbeitet. Sie trug einen blau gestreiften Rock und dazu eine weiße Leinenbluse, und sie grinste und kriegte es nicht hin, daß aus dem Grinsen ein Lächeln wurde, und Matthias in seiner Bude mußte warten, bis es dunkler wurde. Und dann wühlten sie auf dem Bett herum und schnauften. Etwas beeinträchtigt wurde dieses Tun dadurch, daß Carla, als es auf den Höhepunkt zusteuerte, zwanghaft das linke Auge zukniff. Matthias erzählte ihr zwischendurch, daß er um eine Visitation herumgekommen sei und wie unglaublich bescheuert es gewesen war, daß Ellinor da im Wald erschien, und Carla konnte gar nicht genug kriegen, immer wieder mußte er beschreiben, wie die da ankam auf ihrem Fahrrad und Stimmung verbreiten wollte. «Bäumchen, Bäumchen, wechsel dich!» und so weiter.
Aber dann gerieten die beiden auch schon wieder aneinander, mit Auge zukneifen und allem Drum und Dran, und es wurde noch sehr schön, da spielten sie dann «Dritten abschlagen» zu zweit.
«Eig'tlich nich richtig, watt?» sagte Carla zum Schluß, als sie sich aufrichtete. Nun, das war so lang wie breit.

33

Ein langweiliger, heißer Sonntag.
Der Sonnenscheinwerfer war voll auf das Morgenfenster gerichtet. Matthias griff nach seinem Buch, Nansen: «In Schnee und Eis». Aber dann kam der Spitz und störte ihn auf. Matthias gab ihm den Wurstobolus und sagte zu ihm, daß das nicht so angenehm ist, auf

dem Lande, sonntags, wenn man ganz allein ist. Der Hund bewegte die schwarze Nasenspitze, der verstand das. Aber als es zu lange dauerte, bellte er einmal kurz und lief dann doch davon: Er hatte schließlich noch was anderes zu tun.

Matthias stieg in die Pantoffel und trat an das Morgenfenster. Bei Freedes gegenüber sah er ein Auto halten: Carla wurde abgeholt von ihrem Eleven. Der alte Vater, unrasiert und die Haare zu Berge, hatte die Hände vor dem Bauch gefaltet und drehte die Daumen umeinander: Was mach' ich bloß, wenn das Mädchen aus dem Haus geht?

Carla stieg in das Auto und sah zu Matthias hinüber. Nichts zu machen heute ... Schützenfest in Ossenstedt, das ist nun mal so, da muß man eben hinfahren. Da ist absolut nichts zu machen ... Aber morgen ist sie wieder da.
«Wie der sie wohl bürstet ...», dachte Matthias. Er stellte sich das Gewaltsame eines Eleven-Aktes vor, gewaltsam und langweilig. «So beweisend, als ob er etwas beweisen will ... So als ob er ihr Bescheid sagen will, daß es so ist und nicht anders.»

Durch das andere Fenster sah er Anita Fitschen Blumen pflücken, die sie ihm gesät und gepflegt hatte und nun gleich als große Überraschung vor seine Tür legen würde: Was das wohl für eine Freude ist, wenn er einen so schönen Blumenstrauß aus seinem eignen Garten vorfindet, den sie für ihn gepflückt hat, Stiel für Stiel.
Ein an sich ganz nettes Mädchen, mit freundlichem Gesicht, aber mit einer unförmigen Kehrseite, die man immer würde berücksichtigen müssen, wenn man sich mit ihr einließe, eine groteske Sache, nicht für Menschen wie Matthias geschaffen, und überdies höchstwahrscheinlich mit Geruch behaftet. Als Matthias sie da Blumen pflücken sah, sehnte er sich nach Kreuzthal ins Freibad, genauer gesagt in das «Café Freibad» ..., wo er aus sicherer Entfernung junge Leute beobachten konnte, die hintereinander her rennen, schmalhüftig, und ins Wasser hechten ...

Der Eleve würde wahrscheinlich auf ganz andere Gedanken kommen im Hinblick auf die Kehrseite dieses überreifen Geschöpfes.

Der würde vielleicht an einen saftigen Apfel denken, in den man beißen kann, und der Saft läuft einem aus den Mundwinkeln ... Eigentlich natürlicher, so ein Fettwuchs, dachte Matthias, als Schmalhüftigkeit. Man muß schließlich etwas zuzusetzen haben in Zeiten äußerster Not.
Bei den alten Germanen werden sie alle so ausgesehen haben, gewaltige Brüste, die dann im Alterungsprozeß zu hängen beginnen, sich in die Länge ziehen, von Gebären zu Gebären immer länger und länger.

Bei Carla war alles anders. Carla paßte wie angegossen in den Schalensitz ihres Treckers. Da stand nichts über. Infolge ihrer Magerkeit trat es auch nicht ein, daß sie aufkreischte im Augenblick extremer Begattungsbelastungen. Das war dann mehr so: «Oh-oh-ah-ah! Ach ...!» Da wurde nicht gekreischt, schon eher gestöhnt, ein Ach und Weh wie in höchster Not, immer kurz vorm Abschrammen, und das linke Auge zugekniffen.

Matthias zitterte davor, daß Anita jetzt vielleicht auf die Idee käme, sich zu ihm hinaufzuschleichen, ob's ihm gutgeht, und ob er immer all die Blumen kriegt, die sie für ihn pflückt? Stengel für Stengel? Der Schweißgeruch, der von ihr ausging, hatte mit der Fettleibigkeit zu tun. Carla war niemals schwitzig, die roch höchstens mal nach Zwiebeln, auch das passend zum Mageren ihrer Konstitution.
Und das schwere schwarze Haar, die sogenannten «Flechten», wo sah man schon mal solche Flechten? Matthias konnte sich nicht erinnern an ein solches Indianerhaar, das hatte er noch nie zuvor gesehen, geschweige denn in der Hand gehalten und durch die Finger gleiten lassen ...

Anitas Blondheit war an sich ganz hübsch ..., aber das Haar stand ab nach allen Seiten, eine Folge billigen Haarwaschmittels: Wie soll man mit einem Menschen still und kontemplativ beieinanderliegen, dem die Haare abstehen? Mit Carla konnte er das, Hand in Hand, sie den Kopf auf seiner Schulter, da gingen die Viertelstunden hin, tick-tack, ohne daß sich groß etwas ereignete, ein stilles gemeinsames Atmen und Träumen oder auch mal Ein-

nicken ... und dann desto lebhafter sich wieder aufraffend, und dann: «Oh-oh-ah-ah! Ach ...!», wie immer kurz vorm Abschrammen.
Mit Anita würde so etwas anders verlaufen, sie würde ihn in ihre Körpermasse einschließen wie fleischfressendes Fleisch. Wie die Zinkwanne in den schorfigen Baum eingewachsen war, so würde man in dieses Menschenkind eingepackt werden, ausgesogen und die nackten Rippen ausgeschieden, klick-klack.

Als Matthias beim Rasieren in den Spiegel guckte, pfiff er vor sich hin, und er war von Herzen froh, daß Carla nicht an ihm klebte, sondern anderweitig versorgt war.
Und keinerlei Anwandlungen! Bei Carla war Nüchternheit Trumpf; Lilli – wie war es oft störend gewesen, daß sie ständig hatte wissen wollen: «Liebst du mich? – Sag, daß du mich liebst ...» Nach dem Essen zum Beispiel, im Garten, wenn man grade an nichts Besonderes denkt ...

Matthias deckte in der Veranda den Tisch und machte sich sein Frühstück. Auf dem Fußboden die Ameisenstraßen und an der Wand noch immer der «Bücherschatz des Lehrers», um zwei Bände ergänzt. Hier war für billiges Geld irgendwann Vollständigkeit zu erzielen.
Anita war endlich fortgegangen, der Blumenstrauß konnte also hereingeholt werden, die Tür kurz öffnen, Blumen reinholen und sofort wieder abschließen. Und dann setzte er sich ans Fenster und klopfte das Ei auf, Milchkaffee, Orangenmarmelade.
Er sah hinaus in den Garten, über die Beete, ordentlich in Reih und Glied, zur Laube hinüber, die gelegentlich mal wieder geschrubbt werden müßte, die welken Blätter darin und ewig Hühnerdreck auf dem Tisch. Dann ließ er den Blick gleiten über das ostfriesische Tellerbord, wohlgefällig, diese spottbillige Neuerwerbung, vollgestellt mit blauen Tellern, und dazwischen Zinnlöffel, einer neben dem andern, und auf der Truhe verschiedene naiv bemalte Hut- oder Haubenschachteln, auch eine neben der anderen. Dann sah er hinüber in seinen «Salon», zwei Stufen hoch, zu den blanken Möbeln, in eine ganz andere Welt. Die Wände immer noch kahl, aber in der Vitrine doch schon alte Weinglä-

ser, unterschiedlich geschliffen, und ein Ascher von der Sorte, wie sie zu Hause einen gehabt hatten. Der Sofaumbau war bestückt mit Ziertassen jeder Art, mit Landschaften drauf und ganzen Städten plus Windmühlen im Hintergrund.
«Heute werde ich nicht in die Kirche gehen», dachte er. Das war ja das Gute, daß man als regelmäßiger Kirchgänger – besser ist besser – auch mal fehlen konnte, ohne daß das auffiel, die Kollegen ließen sich nur selten sehen, und der Bürgermeister fehlte auch häufiger. – Matthias trank den Kaffee aus und ordnete seine Reisebücher neu ein, Herzog Friedrich von Mecklenburg, eines neben das andere, mit stockfleckigen Karten, alle billig erworben.

Von seinem Salon aus konnte er auf die Landstraße sehen: Einigermaßen interessant das Umtreiben der Kühe, wie sie sich hochgeschwindig über die Straße drängen. Läutende Euter. Bing-bang. Die Leitkuh an den Trecker gebunden, vorneweg, und hinten zwei kleine Jungen mit Gerten.

Nach dem Frühstück nahm er seine Posaune, aber er legte sie wieder fort. Keine Lust. Posaune blasen – er kam nicht recht voran mit dieser Kunst, das war es, Noten hätte er sich besorgen müssen oder in den Posaunenchor eintreten? Da waren schon Vorstöße gemacht worden. Bloß nicht so oft aus dem Fenster blasen, sonst kommen sie und holen dich.

Wie die Bauern an Feiertagen noch mal eben durch den Stall gehen, ob auch alles in Ordnung ist, so ging er in die Klasse hinüber, mit den Augen des Schulrats. Das Gerümpel auf dem Schrank wegnehmen und einen neuen Sommerkranz unter die Decke hängen ... Er wischte die Tafel und schrieb einen Text für die Kleinen an. Verzierte ihn mit Blumen. Dann setzte er sich in eine Bank und guckte in die Gegend. Es war erst zehn Uhr? Dieser Tag würde sich in die Länge ziehen. Schade, daß Marianne nicht kam mit ihrer Katze, und vielleicht hätte er doch das Wort an Anita richten sollen? Daß Ellinor ihn fest am Handgelenk gepackt hatte, als er nach der Klingel griff, war bedenkenswert, aber es hatte wohl nichts zu bedeuten.

Von der Klasse aus ging er hinüber in seinen Schuppen und betrachtete sein dort gelagertes «Altertum», also das, was sich da angesammelt hatte. Ein zylindrischer Eckschrank aus Mahagoni mit elfenbeinernen Knöpfen an Schubladen und Türen war die letzte Erwerbung, Biedermeier ganz offensichtlich, für ein Dorf ungewöhnlich, nicht mehr unterzubringen in der Wohnung. Zwei auseinandergenommene alte Bauernschränke in der Ecke und ein Katzenstein mit der Jahreszahl «1669». Eine Schatulle mit Aufsatz. Neun kleine Schubladen oben, drei große unten. Alles fein gearbeitet mit eingelegtem Muster.

Danach holte er sein Fahrrad hervor und fuhr erst mal los. Cordes' Landhandel mit Gegensprechanlage an der Zauntür, und im Garten ein Swimmingpool, blau angestrichen, eine Hollywoodschaukel daneben, die jeden Abend hereingeholt werden mußte, zusammengeklappt und in die Garage gestellt, sonst geht sie kaputt. In den beiden Metallsilotürmen spiegelte sich der Besitz des Händlers, wenn auch konisch verzerrt. Die Heuwender standen immer noch auf dem Bahnhofsvorplatz von Kreuzthal, sechs Stück, ineinander verkeilt, schon lange nicht mehr nagelneu.

Matthias setzte sich an die Eische und sah den Enten zu beim Gründeln. Aber das hielt ihn nicht lange, es kamen Fremde vorüber, die nicht guten Tag! sagten, und denen mußte er Platz machen.
«Müssen Sie sich denn ausgerechnet auf diesen schmalen Weg setzen?» sagte ein älterer Herr, dessen Frau trotz der Hitze einen Hut trug. Offensichtlich handelte es sich um irgendwelche Großeltern mit ihren zwei Enkelkindern. Sie mit Hut und er mit Knirps.
«Ganz schön dumm, diese Leute», dachte Matthias. «Ich hätte ihnen sagen können, daß dort drüben das Kallroy-Haus liegt, das Atelier eines großer Künstlers.» Das würden sie nun nicht erfahren, sie würden daran vorbeibiestern und nichts mitnehmen für Bildung und Streben.
Zu Ellinor gehen, was die heute macht? Streitpatience spielen und eine Partie Federball? Vielleicht langweilte sie sich ja genauso wie er? – Lieber nicht, bloß nicht aufdringlich erscheinen.
«Ach, wissen Sie, ich habe den Sonntag gern für mich allein.» Die «Praline» liegt auf dem Tisch, die Fliegenklatsche daneben.

Matthias fuhr nach Sassenholz, einen weiten Bogen machte er um die Kirche, wo gerade geläutet wurde, der Gottesdienst war beendet.
«Na, wo waren Sie denn heute?» würde der Pastor fragen, wenn er ihm begegnete, also Kopf einziehen und schnell weiter. Womöglich in den Pfarrgarten gelotst werden und da mal wieder Lieder zur Laute singen? Käsekuchen? An die kleine Engländerin würde nicht heranzukommen sein, dafür sorgte der Alte.

Am Grundstück des Schriftstellers Sowtschick fuhr er vorüber, dem «Thomas Mann des Landkreises», wie er von den Lehrern genannt wurde. Matthias lugte durchs Gebüsch. Niemand zu sehen. Das grüne, barackenartige Haus mit Antenne auf dem Dach. Flüchtlinge hatten es sich gebaut und dann verkauft an den Dichter.
Schwer vorzustellen, was dort jetzt vor sich ging. Vermutlich machte der Mann jetzt Urlaub in Südfrankreich. Traf sich dort mit Freunden, von denen dann Gruppenfotos gemacht wurden, später in der Biographie abgebildet: Der Autor in Nizza, dritter von links. – Matthias konnte nicht wissen, daß Sowtschick am Fenster saß und auch überlegte, wie er diesen Tag sinnvoll ausfüllen könnte. Bog sich aber hinter die Gardine, als er den Radfahrer dort auf der Straße bemerkte, der überdeutlich herüberguckte und jetzt ein Notizbuch hervorholte und was aufschrieb. Ein Mensch mit Fahrrad und Anhänger ... Das hätte ihm noch gefehlt. Lieber zur Frau in die Küche gehen, was sie da mal wieder Schönes kocht.

Alles aufschreiben – das wäre auch noch eine Möglichkeit, dachte Matthias. Vielleicht ist das die Rettung. Aber womit fängt man an? Und: Was gibt es denn hier aufzuschreiben?
Er setzte sich auf die Querstange seines Rades und notierte nicht etwa, daß er jetzt dort drüben ein grünes Holzhaus mit weißgestrichenem Fenster sieht, oder: daß das eine gute Idee wär, alles aufzuschreiben, was man sieht, warum nicht?, sondern er hielt ein Bild fest, woran er sich schon den ganzen Vormittag erinnerte: «Ein Hafenbecken, kleine Wellen schwappen an die bemooste Kaimauer.» Eine Art Gedicht hätte das werden können. Aber an wen hätte er es richten sollen?

Also essen gehen in die «Linde». Die traurige Schwiegertochter war nicht anwesend. Den Bierschaum strich eine andere Frauensperson ab. Als sie ihm das Bier brachte, sagte er: «O wie schön, eine so freundliche und hübsche Bedienung?» Oder so was. Und die sagte kurz: «Nächste Woche ist Andrea wieder da.»
Hier hatte es sich also herumgesprochen, trotz aller Vorsicht, daß ihm das traurige Geschöpf hinter der Theke angenehm aufgefallen war.
In der «Linde» aß Matthias ein fettes Kotelett mit Pilzen und Sauerrahmsoße.
Die alten Leute, die ihm an der Eische begegnet waren, saßen mit ihren Enkelkindern am Fenster und schauten hinaus. Die aßen auch Kotelett mit Pilzen und Sauerrahmsoße. Sie hatten die Kirche besichtigen wollen, aber die war bereits abgeschlossen gewesen. Zuerst Gottesdienst, da mag man nicht stören, dann verrammelt, da mag man dann auch nicht stören.

Nun fuhr Matthias nach Kreuzthal. Die bekannte Strecke entlang, die schmale Brücke über die Eische, durchs Moor und an der Mühle vorüber. Am Moor stand ein Mann, der Wasserflöhe für sein Aquarium fischte. Dem konnte er einen Augenblick zusehen. Einen Kescher hatte er sich aus einem Damenstrumpf gemacht. Die Wasserflöhe stülpte er in ein Weckglas, da wirbelten und zuckten sie umeinander. Die Sonne schien schräg hinein in das Moor, über dem Mücken tanzten und Libellen standen. Ob er viele Fische in seinem Aquarium hat? fragte Matthias den Mann, und der sagte ja, er fährt immer zum Treffen der Aquarienfreunde in Bremen, da kann man tauschen und neue Züchtungen sehen.
Ob er auch Goldfische besitzt? fragte Matthias, und er erfuhr, daß Goldfische in Aquarien gar nicht so leicht zu halten sind. Und während sie miteinander sprachen, sah er nicht, daß die gespenstische Frau in ihrem weißem Kleid über den Damm im Moor dahinging oder «schwebte», und der Mann mit dem Kescher guckte auch grade woanders hin.

In Kreuzthal war alles zu. Matthias setzte sich ins Freibadcafé und bestellte sich drei Kugeln Eis mit Schokoladenraspel obendraufgestreut und Sahne. Vom Schwimmbecken her kam Chlorgeruch

und Geschrei. Matthias beobachtete die schmal gebaute Jugend, die ins Wasser hechtete. Landbevölkerung war nicht darunter, das waren Schüler der Hermann-Sulzberg-Schule mit ihren Freundinnen, vielleicht auch ein paar junge Lehrer. Auf alle Fälle Jugend, zu der er nicht gehörte, obwohl er erst dreißig war.
«Einen Motorroller müßte ich mir anschaffen», dachte er, «oder mindestens ein Moped, das würde einen ganz anderen Eindruck machen.» Mopeds – da gab es schon ganz komfortable Dinger, nicht mehr die kümmerlichen Lehrlingsapparate, die natürlich nicht in Frage kamen.
Als er gerade gehen wollte, bugsierte ein Herr eine junge Dame durch die Tür. Es war Dr. Müllermann-Ohfe, der Museumsbeamte. Das war dem nicht recht, daß Matthias ihn hier sah. Einen weißen Hemdrollkragenpullover trug er und hellbraune Schuhe mit weißem Einsatz, und die Dame war ziemlich hübsch.
«Schau an», dachte Matthias.

Er fuhr zur Klosterkirche, grade frisch renoviert, innen absolut weiß und kahl. Alles, was irgendwie überflüssig war im Sinne moderner Theologie, das also, was harmlose Seelen hier aufgestellt hatten in vergangenen Jahrhunderten, aus Verschönerungsbedürfnis oder Aberglaube, wozu der Missionsmohr gehörte, der mit dem Kopf nickte, wenn man einen Groschen hineinsteckte, all das hatte man entfernt und – damit das nicht wiederauftaucht, irgendwann kaputtgeschlagen. Die alten Fenster, vom Grafen Handsfeld zur 500-Jahr-Feier gestiftet, herausgenommen und durch neue ersetzt, abstrakte, aus denen irgendwelche Heilsbotschaften schwer abzulesen waren.
Einzig der uralte Taufstein war stehengeblieben, und der war mit einem Deckel versehen, in den ein kleines Becken eingearbeitet war: Dann brauchte es nicht so viel Wasser.
Der Altarraum war auch absolut weiß gestrichen, dahinter mußten die Fresken von Kallroy stecken, ob das die Leute noch wußten?

Als Matthias hinaufsah zur Orgel, die man mit einem modernen Prospekt versehen hatte, weil das alte von allerlei Engeln verziert war, betrat das alte Ehepaar das Gotteshaus, die Leute, die er an

der Eische getroffen hatte, mit ihren Enkelkindern. Sie fragten Matthias, ob er Ernst Werner von Kallroy kenne?, den großen weltbekannten Maler? Und was aus ihm geworden sei? Der Herr sagte, er habe in den Zwanzigern mal Ferien gemacht in dem Haus, als Kind, von der Arbeiterjugend aus. Da habe es immer Dickmilch gegeben, abends, im heißen Sommer ... und dann nackt in der Eische gebadet und auf dem Heuboden geschlafen ...
Hier konnte Matthias nun Auskunft geben und auch davon sprechen, daß der Herr von Kallroy im Moorlager zugrunde gegangen sei unter mißlichen Umständen ...
So ... wurde gesagt, ach ... schade ... So ein ordentlicher Mann ... Im KZ? – Ein ordentlicher Mann und tüchtiger Künstler, aber manchmal jähzornig. Mit einer Gerte auf die nackten Kinder eingeschlagen, weil sie Krach machten, mittags, während seiner heiligen Siesta, und zu seiner Tochter auch nicht immer nett gewesen, und die Frau ins Grab getrieben durch ewiges Genörgel.
«Aber die Bilder – alles, was recht ist ...»
Die Fresken allerdings, derentwegen sie nach Kreuzthal gekommen waren, lagen unter weißer Tünche.

Matthias fühlte sich erwärmt davon, daß er hier zu etwas nütze gewesen war. Er fuhr also beschwingt nach Hause und legte sich in die Badewanne, in die er kaltes Wasser eingelassen hatte, und er blieb liegen, bis alles zur Ruhe gekommen war in seinem Gehirn.

Am Abend saß er dann wieder in seiner Dachkammer. Er nahm ein Blatt Papier und versuchte, «Schriftsteller zu werden». Die Sachen mit den kleinen Wellen im Hafenbecken, die an die bemooste Kaimauer schlagen. Er schrieb das auf, und dann ließ er es bleiben und kniffte statt dessen das Papier und ließ eine Kugel hinunterrollen. Ein zweites Blatt wurde geknifft, und nun rollte die Kugel sogar in die Kurve. Mit UHU klebte er das zusammen.
Er setzte sich im Schneidersitz auf den Boden und konstruierte Kurven für die Kugeln, und ab und zu nahm er die Stoppuhr und prüfte, wie lange die Kugeln liefen, die er oben auf die oberste Schiene legte.
Er baute eine reguläre Kugelbahn, möglichst flach legte er sie an,

damit die Kugeln nicht so schnell herunterlaufen. «Ist das was Symbolisches?» dachte er. Ihn ärgerte es, daß die Kugeln immerfort hinunterrollten und nie den Weg zurück nahmen. Er stellte die Blechlandschaft, die er bei Klapproth gekauft hatte, daneben. Der Blechzug kroch in der Tat den Berg hinauf, aber nur solange das Uhrwerk es gestattete.

34

Im August, als bereits Mähdrescher über die Felder krochen und kleine Mädchen Gänse über die Stoppelfelder trieben, kriegte Matthias Besuch. Alfons Säckel stand plötzlich in der Klasse, sein Damenfahrrad hatte er an den Birnbaum gelehnt, auf dem Gepäckträger klemmte eine Papprolle. Ach, ist er kaputt, sagte er, von Kreuzthal mit dem Fahrrad hierherzustrampeln! Er muß sich erst mal waschen. Er schloß das Fahrrad ab, was ganz ungewöhnlich war, denn niemand in Klein-Wense schloß je sein Fahrrad ab, und ging hinein.

Matthias ließ die Kinder gerade Insekten sammeln – lernet die Weisheit –, jedes lief mit einem Weckglas über die Schulwiese, und wenn es einen Käfer oder eine Fliege gefangen hatte, kam es zurück und verglich das Tierchen mit denen, die bereits auf der Fensterbank in zugestopften Reagenzgläsern standen. War es schon vorhanden, wurde es freigelassen, dann mußte weitergesucht werden.
«Nur sechsbeinige, Kinder, nur sechsbeinige!»
Matthias hatte gesagt: «Wetten, daß wir in einer Stunde über zwanzig verschiedene Insekten finden?»
Das war bezweifelt worden, und nun standen schon dreißig Gläser auf den Fensterbänken und immer noch kamen die Kinder gelaufen.

Säckel kam erfrischt und mit zum Sturm gekämmten Haaren aus dem Badezimmer, und dann beteiligte er sich an der Suche, und da er ein lustiger Kerl war, gab es sofort was zu lachen. Daß er auf den Händen über den Schulhof lief, mußte allerdings sofort abgestellt werden, das hatte mit Insekten nichts zu tun.

Der Lehrer mache sich nicht zum Kasper.

Er war kleinwüchsig und hatte ein lustiges Gesicht, und daß er beim Insektensammeln half, gefiel den Kindern.

Als genügend Tierchen beisammen waren, stellte es sich heraus, daß niemand wußte, wie die Dinger eigentlich heißen. Ein Buch war nicht vorhanden. Also bekam jeder eines zugeteilt, mußte es abzeichnen und benennen: «Grünflügler» wurde unter die Zeichnung geschrieben und «Langbeiner», «Goldfliege» und «Panzerkäfer». Also: die Phantasie wurde angeregt.
Das hätte auch dem Schulrat gefallen, dachte Matthias, und er ärgerte sich ein wenig, daß er hier seine Munition verschoß.

Säckel bewunderte das Phantasieanregende dieser Arbeit. Wunderbar! Das hatte er gar nicht gedacht, daß ein Unterricht auf dem Lande so ulkig ist! Keines dieser trockenen «Bestimmungen» von der Sorte, mit denen er in der Schule geelendet worden war! «Was blüht denn da?» oder «Was fliegt denn da?» Großartig! Die Natur praktisch neu benennen und sich zu eigen machen ... Ob das überhaupt gestattet ist, fragte er: Die Vorschriften für den Unterricht seien doch bestimmt sehr starr?
Er ging an die Tafel und malte Menschenkäfer, also Insekten mit Menschenköpfen und mit Rucksack auf dem Rücken und Schuhen an den Füßen. – Alles nicht so ganz in Matthias' Sinn. «Der gräbt mir das Wasser ab», dachte er. Aber: warum eigentlich nicht, laß ihn nur machen, wenn die Kinder Spaß dran haben? Außerdem geht die Zeit rum.

Als die beiden dann in der Stube saßen, waren sie ganz vertraut miteinander. Matthias stellte Milch auf den Tisch, Brot und Wurst – den städtischen Besucher ins Wirtshaus zu führen, dazu hatte er wenig Lust, da hätte er ihn am Ende einladen müssen?
Säckel nahm den Brotlaib in die eine und die Wurst in die andere Hand und behauptete: So ein Brot und so eine Wurst gäbe es in

der Stadt überhaupt nicht mehr, und diese Milch! Er bezeichnete Matthias als absoluten Schlaumeier, sich aufs Dorf zu verkriechen! Mit Kindern zu tun zu haben, das sei ja eine angenehme Art, sein Geld zu verdienen ... Kinder sind immer lustig, und den ganzen Nachmittag hat man frei? Und jeden Ersten frisches Geld auf der Kasse? Und eines Tages noch Pension? Und die Ferien! – Bekomme ein Stadtlehrer eigentlich mehr Geld als ein Lehrer auf dem Dorf? Die Leute in der Stadt müßten doch ganz anders ran, dächt' er?
Da Matthias interessanten Besuch hatte, machte sich Anita im Garten zu schaffen. Wie denn die Maschine heißt, die da im Garten rumwühlt, wollte Säckel wissen, ganz flott, was? Die möchte er mal richtig durchziehen. Dieser Arsch? Also, das sei doch ein wahrhaftiger Prachtarsch!

Ja, Matthias' Dorfexistenz imponierte ihm.
Da müsse er sich in Karlsruhe ganz anders quälen, heutzutage kaufe doch kein Mensch mehr Bilder! Und: auf einer Matratze schlafen, unterm Tisch ... Wenn er seinen Job an der Volkshochschule nicht hätte, könnte er einpacken! Verkaufen tät er kaum etwas. Die verwöhnten Zahnarztgattinnen, die sich hin und wieder zu ihm verirrten, ließen sich alles zeigen, und dann heiße es: Ach nein, ich muß erst mal meinen Mann fragen ... Die wollten im Grunde genommen nur gepimpert werden. Und er ließ ein paar Erlebnisse vom Stapel, über die Matthias sich nur wundern konnte.
Säckel mochte überlegen, ob es sich nicht machen ließe, noch umzusatteln? Ebenfalls Dorfschullehrer werden? In der Heide? Aber dann zählte er sich seine Jahre her und dachte an die vielen schönen Kneipen in Karlsruhe, und wie herrlich man da im Sommer draußen sitzen kann, und ins Elsaß ist es auch nur ein Sprung, und all die Gattinnen, denen die Lebensfreude von den roten Wangen lacht.

Er sah sich im «Salon» um, als ob er das alles begutachten müsse, für eine Auktion oder was ... Die blanken Möbel von Tante Hulda bezeichnete er als Sperrmüll. – Kein Bild an der Wand? Das allerdings war lobenswert. Lieber keines als ein schlechtes ... Wenn er wieder zu Hause wär', würde er ein paar Lithos zusammensuchen

und ihm schicken, Probedrucke, die im Grunde ja viel wertvoller sind als die fertigen, abgesegneten. Obwohl: so gänzlich ohne Bilder gefalle ihm das hier eigentlich auch ganz gut.
Von Maler Kallroy hielt er nicht viel, sosehr er damals auch die Bilder gelobt hatte, damals, als sie bei Ellinor Tee tranken. In einem unbewachten Augenblick hatte er sich die rote Mappe angesehen, die auf dem Korridor stand, und er hatte darin Nazibilder gefunden, SA-Männer, die der Sonne entgegenmarschieren und dabei mit ihren Stiefeln Gesindel zertreten. Die SA-Männer hätten eine gewisse Ähnlichkeit gehabt mit den Feuerjünglingen am Kamin. Nur eben mit Mütze auf und mit Schulterriemen, und die Backenmuskeln gespannt.
«Der Alte hat tatsächlich versucht, sich bei den Nazis anzubiedern! Nicht zu fassen! Zuerst bei den Kommunisten, dann bei den Nazis!»

Matthias zögerte einen Augenblick, ob er seinen Gast ins Wolkenzimmer hinaufführen sollte. Er tat es nicht, er wollte sich nicht loben lassen, und beschimpfen schon gar nicht. Auch die Tür zum blauen Zimmer blieb verschlossen. Die Kugeln wären ihnen entgegengekullert, so viele hatte er dort bereits gehortet.
Auf dem Korridor die Ehrentafel: Donnerwetter ... Ob er das Ding nicht mal eben kurz übern Stuhl hauen könnte?
«Was ist das denn hier für ein Gestank?» sagte er, und dann stiegen sie in den Keller hinab, unerträglich, und ein Gehusche in der Ecke, ein Loch: Ratten?

Dann fuhren sie ein wenig in der Gegend umher. Die blanken Silos des Landhandels wurden gelobt, als Kontrast in der langweiligen Landschaft, als moderne Explosion in norddeutscher Trostlosigkeit ... Im Glumm besichtigten sie den Baum, an dem man den Polen aufgehängt hatte. Und zum Hünengrab wurde gefahren, von den Nazis zur Thingstätte umgestaltet, zehntausend Jahre alt und steht hier einfach im Wald herum?
Zum Hünengrab falle ihm nichts ein, sagte Säckel, wieviel er auch vorher geredet hatte. Technisch war es ihm klar, absolut, wie man so ein Hünengrab baut, im Grunde ganz einfach – also auf Baumstämmen herbeirollen die Brocken, aber warum? Wozu der Auf-

wand? – Wieso eigentlich nicht umgestalten das Dings, den Polen exhumieren und hier beisetzen?

Dann badeten sie in dem See. Säckel zog sich nackend aus, Matthias behielt die Unterhose an. Mit schwengelndem Glied sich zu zeigen, das war nicht seine Sache. Wozu sollte das taugen?
Bis zum Kopf standen sie im Wasser, und Säckel hielt eine Vorlesung über seine Auffassung von Kunst: den Holzstoß da drüben mit roter Farbe übergießen zum Beispiel. Mitten im Wald ein knallroter Holzstoß? Und das dann signieren und «Waldbrand» nennen. Oder «Natur römisch III». Und die von den Franzosen gebaute Arbeiterhütte mit Goldblech beschlagen. Oder Treckerspuren mit Gips ausgießen und an die Wand lehnen ...
Die Zwergenhäuser waren noch vorhanden, und das führte dann dazu, daß Matthias' Gemüt zugesprochen wurde, so was gäb's unter Lehrern wohl ganz selten. Wenn er an seine Lehrer denke!, und so weiter. Zu seiner Zeit sei noch kräftig geprügelt worden.
Und da fand Matthias es nun doch schade, daß er Säckel nicht ins Wolkenzimmer gelassen hatte.

Mit der Zeit wurde es offensichtlich, daß Säckel sich zwar freute, mit Matthias zusammenzusein, aber in Wirklichkeit wollte er bloß die Zeit herumbringen. Es stellte sich heraus, daß er zum Kaffee zu Ellinor eingeladen war, und es war deutlich, daß er Matthias nicht dabeihaben wollte. Die Papprolle enthielt Probedrucke, mit denen der Künstler zeigen konnte, daß er auch was kann, obwohl er natürlich einer ganz anderen Generation angehört als Kallroy, den man wohl als alten Sack bezeichnen mußte. Die Ungestümheiten seiner Generation waren bis nach Klein-Wense wohl noch nicht vorgedrungen.
Sie trennten sich also, und Matthias fuhr traurig nach Hause.

Es passierte ihm auf dem Rückweg, daß er zwischen zwei Häusern einen Mann ein Huhn schlachten sah, der hatte das jammernde Tier auf den Hauklotz gepreßt und holte gerade aus mit dem Beil – schnell weiter, nur weiter, nie wieder Huhn essen. Aber dann natürlich irgendwann doch.
Was für eine Mühsal, sich einen Hühnerbraten zu verschaffen,

dachte er, vom Schlachten mal ganz abgesehen: Das Rupfen erschien ihm aufwendig, dann das Ausnehmen, und dann das Zubereiten? Und dann ist es am Ende womöglich zäh?
Was für eine Mühsal das Leben überhaupt!

Da saß er nun in seinem Zimmer. Er warf sich aufs Bett und erwartete den Abend, weiter konnte er nichts tun. Er dachte an Säckel, der von «Ellinor» gesprochen hatte, für ihn war die Dame immer noch das Fräulein von Kallroy, und so würde es bleiben, auch wenn er schon mal über sie hinweg zur Fahrradklingel gegriffen hatte.
Er fummelte ein wenig an der Kugelbahn herum, fabrizierte ein paar Kurven und Spiralen und eine Wippe. Unten stand Marianne vorm Fenster. Die wollte er jetzt nicht sehen. Aber es störte ihn, daß sie da unten stand und auf ihn wartete und hochguckte, und deshalb warf er sich aufs Bett und las in einem Kriminalroman. Aber auch hierbei gab es keinen Trost, das Mädchen da unten lenkte ihn ab. Er konnte sie doch nicht einfach so stehenlassen. Also hinunterspringen, aber – sie war inzwischen fortgegangen.

Als es dämmerte, raffte er sich auf und ging noch einmal los, die Eische entlang, und dort setzte er sich unter einen Busch und sah hinüber zum Kallroy-Haus. Band sich sein Taschentuch um den Hals wegen der Mücken: Im Erker war Licht, wurden dort Patiencen gelegt? Plus Pingelmusik von Jacques Loussier? – Oder wurde über ihn gesprochen? Was er für ein Blindgänger ist? – Badet in 'ner Unterhose? Und spielt ja wohl Posaune? Vermutlich beugte man sich auch über die Probedrucke, Kunstbetrachtung regt ja an.
Im ersten Stock über dem Erkerzimmer brannte kein Licht, da lehnte sich die Tante aus dem offenen Fenster, mit offenem Mund, und lauschte, was da unten vor sich geht.
Nun ging das Licht aus, und eine Kerze wurde angezündet: Man wollte es offensichtlich gemütlich haben. Die Terrassentür öffnete sich, und die Herrschaften setzten sich in den Sommerabend. Säckel hatte die Laute des Alten von der Wand genommen und streifte ein paar Akkorde auf dem verstimmten Ding. Ellinor nahm ihm das Instrument aus der Hand, aber auch sie brachte

nichts Vernünftiges zustande. Wie schade, dachte Matthias, daß ich nicht Laute spielen kann, dann würde ich dort jetzt sitzen und alte englische Madrigale greifen ... Oder die Posaune ansetzen, und zart und warm zugleich: «My funny Valentine ...» Wie denen das wohl gefallen würde!

Er konnte keine Madrigale greifen, und seine Posaune hatte er nicht dabei. Er konnte ja im Grunde überhaupt nichts, nur lieb sein, das hatte er drauf, und «My funny Valentine» blasen, das auch.

«Schulmeister! Geh nach Hause!!» wurde jetzt da drüben gerufen. Säckel hatte die Hände zum Trichter an den Mund gelegt, und deutlich war zu hören, daß Ellinor darüber lachte.
Sie hatten ihn zwar nicht gesehen, aber sie hatten gespürt, daß er dort sitzt und herüberstarrt.

35

Über den sieben Bergen, bei den sieben Zwergen war dann auch mal eine junge Kollegin zu besuchen, Elfriede Wehrschild in Hamersiek, Bauerntochter aus dem Norderdeich. Wenn man selber niemanden besucht, braucht man sich nicht zu wundern, wenn keiner kommt.
Matthias entschied sich an einem Regentag für dieses Unternehmen, und er dachte: Wie wird sich das Fräulein Wehrschild freuen über mein Kommen! Wir werden in ihrer gemütlichen Wohnstube sitzen und ein Täßchen Kaffee trinken, eine Kerze steht auf dem runden Tisch, und leise Musik kommt aus dem Radio. Und wenn's hinhaut, dann wird man das zur Gewohnheit werden lassen, wenn einen was drückt, eben mal schnell rüberrutschen nach Hamersiek und über alles reden miteinander. Wer weiß, vielleicht würde es später heißen: Erinnerst du dich noch an den verregneten Sonntag damals?

Über das Brücklein fuhr er, den Regenschirm über sich, am Müllhaufen vorbei flußaufwärts, durch den Glumm, in dem die unglücklichen Kinder seiner Vorstellung noch immer versanken mit ihrem Lehrer, tiefer und tiefer, Kinder, die in fünfhundert Jahren geledert wieder hervorgeholt werden würden – die letzten Atemblasen als kleine Glaskugeln am Mund –, in einer weiten Museumsrotunde ausgestellt, von Strahlern geheimnisvoll angestrahlt. Postkarten zu zehn Pfennig sind an der Kasse erhältlich.
Das Geistermädchen mit den langen blonden Haaren, das ihm hier erschienen war, sah Matthias nicht, das wanderte vermutlich Tag und Nacht, ruhelos von einem Moor zum anderen.
Einem Bauern auf dem Feld rief er «Guten Tag!» zu, und sein Anhänger hobbelte über den Sandweg. Der Bauer antwortete nicht, der sah ihm nach und schlug sich einen Sack um die Schultern, gegen den Regen. – War das der alte Freede?, dachte Matthias im Weiterfahren. Steht hier im Regen und sammelt Steine von seinem Acker? Über den grauen Himmel zog ein Schwarm Krähen, vom Wind hin und her geworfen.

Matthias fuhr an einem im Stich gelassenen Hausrohbau vorüber. Der Erbauer hatte es schlau anfangen wollen. Einfach anfangen mit Bauen, in die Hände spucken und anpacken die Sache, mal sehen, was dann passiert: Der weite Blick aus dem Wohnzimmerfenster über das Eischetal hinweg, eine Kostbarkeit! – Aber dann war das Börde-Bauamt in Kreuzthal ihm draufgekommen, daß er überhaupt keinen Plan eingereicht hat und nichts genehmigt und gar nichts, und da hatte die Sache dann aufgegeben werden müssen. Matthias besah sich die Ruine, Küche, Klo und Wohnzimmer waren auszumachen, eine Kette hing an der Wand und klimperte im Wind. In den Ecken, im hineingewehten Laub, lag Hingeschissenes mit Abwischpapier obendrauf. Vielleicht würde man die Sache ja wieder in Gang kriegen können? Für einen Pappenstiel erwerben das Ganze, und die Verordnungen haben sich geändert, Paragraph sowieso. «Wie schön», wird gesagt, «daß Sie die Ruine zu neuem Leben erwecken wollen?»

Dann radelte er an der abgesoffenen Kieskuhle vorüber, mit einem ehemals blauen, rostigen Förderband darin, und dann war er auch schon in Hamersiek, und er wunderte sich, daß er nicht schon längst einmal hierhergefahren war, der Kollegin einen kollegialen Besuch abstatten.

Hamersiek war ein kleines Nest, die Schule lag am Dorfausgang, wie ein Försterhaus in ein Birkenwäldchen hineingebaut, mit nachgeäfftem Fachwerk versehen, vom Architekten niedersächsischer Bauernkultur nachempfunden. In den Klassenfenstern hing Strohgebasteltes, wohl noch von Ostern her, oder gar noch aus der Weihnachtszeit? Der graue Volkswagen der Kollegin stand vor der Tür, ein Schaffell lag auf dem Sitz. – Das Auto vor der Tür? Also mußte sie dasein. Aber die Haustür wurde nicht geöffnet, auch nicht nach mehrmaligem Klingeln und Klopfen. Matthias spannte den Regenschirm auf und überquerte den Schulhof, einen trostlosen, windigen Koksschlackenplatz mit angerostetem Klettergerät in Form eines Elefanten. Auch die Gartenpforte war verschlossen. Ein unbebauter Garten mit Queckenbüscheln und ausgeschossenen Stauden, abgeknickten Dahlien hier und da.

Matthias stellte sich auf die Zehenspitzen, den Regenschirm über sich, und sah durchs Fenster in die dunkle Küche hinein. Er wollte gerade gehen, da kam sie angestiefelt. Sie hatte sich Bewegung verschaffen wollen, war im Birkenwäldchen umhergelaufen, ums Kriegerdenkmal herum, für jeden Gefallenen einen Wacholder, und dann am Fluß entlang.
Matthias wurde in die kahle Küche gebeten, der blanke Resopaltisch in der Mitte, die Handtücher am Haken, eins neben dem anderen. Und der Wasserhahn in der Ecke absolut blank geputzt. Zwei Kessel auf dem kalten Herd.
Erst die Schuhe abputzen und dann hinsetzen. Die Sitzfläche des Küchenstuhls wurde abgewischt, und dann konnte er es sich bequem machen.

Elfriede Wehrschild war Bauerstochter. Bei ihren Eltern im Norderdeich hatte sie schon so manchen Stall ausgemistet, und nun Lehrerin geworden, oder doch auf dem besten Wege dahin. Dann nämlich, wenn die Visitationen positiv ausfallen und die schriftliche Arbeit und die mündliche Prüfung.

Sie sagte, daß sie sich über den Besuch freut, und schön, daß er mal gekommen ist, das wär' ja auch langsam Zeit geworden, daß er sich mal sehen läßt, entnahm dem Poggenpohl-Küchenschrank eine Untertasse mit fünf Keksen, tat noch einen dazu und stellte sie auf den blanken Tisch. Kaffee habe sie schon getrunken, sagte sie. Und dann saßen sie einander gegenüber und sahen zur Seite. Es war kalt, der Zugwind vom Fenster her war deutlich zu spüren. Aber jetzt extra den Herd anheizen, das lohnte sich nicht. Matthias behielt also die Jacke an, er wurde auch nicht aufgefordert, sie abzulegen. Zwischen ihnen hing der Fliegenfänger herab, aus der grünen Papphülse herausgedreht.

Die Kollegin hatte glattes, herunterhängendes Haar, das wohl ziemlich selten gewaschen wurde, ein breites Gesicht mit spitzer Nase, deren Löcher rot ausgezupft waren.
«Wehrschild?» dachte Matthias. «Wenn einem Amazonen solcher Gestalt begegnen, dann würde man mit ihnen nicht so gerne was zu tun kriegen.»
Sie saß da, ziemlich breitgesäßig, Ellbogen auf dem Tisch. Wenn sie wenigstens «Gisela» geheißen hätte ... Jetzt eben hatte sie vorgehabt, Hefte zu korrigieren, das wollte sie jetzt eigentlich tun, das sprach sie zwar nicht aus, aber es war offensichtlich, daß sie das jetzt lieber getan hätte, als Konversation zu machen mit einem Kollegen, der offenbar aus purer Langeweile nach Hamersiek gekommen war. Die Hefte lagen auf dem Küchenschrank, ordentlich auf Kante. Halt! Ein Löschblatt guckt heraus, es lugte aberwitzig hervor, obwohl es tausendmal geheißen hat: Ein ordentlicher Kerl hat auch ein ordentliches Löschblatt; das Dings eben noch herausziehen, glattstreichen und wieder ins Heft legen – Äch, da hat der Kerl doch tatsächlich seinen Füller dran abgewischt, wie sieht das denn aus! – Nun den Stapel aufstoßen und wieder hinlegen, auf Kante. So!

Da das hier nun doch wohl noch etwas dauern würde – Matthias aß eines der mit glasierter Marmelade betupften Kekschen –, holte sie aus ihrem Zimmer ein Blatt Papier. Die Zeit ausnutzen ... Sie legte ihre kleine fette Hand darauf – die Fingernägel mit den Kalkflecken aufgebogen – und fuhr mit dem Kuli drum herum.

Dann nahm sie ein zweites Blatt Papier und umzeichnete darauf ebenfalls die Hand, jeden Finger einzeln, den kleinen etwas abgespreizt, den Daumen auch. So ging das Blatt um Blatt, nur unterbrochen wurde diese Tätigkeit von der Katze, die aufs Fensterbrett gesprungen kam und miaute. Elfriede Wehrschild öffnete das Fenster nach außen und schob die Katze damit weg. Und Matthias sah ihr dabei zu.

Fünfundzwanzig Blatt mit je einem Handumriß mußte sie herstellen, für die Religionsstunde am Montag, daran sollte erörtert werden, daß dies eine Hand ist, in die man erstens etwas hineinlegen kann und auch soll, ein Goldstück vielleicht oder ein Stückchen Brot, eine Menschenhand, mittels derer man auch etwas austeilen kann. Aus der *nehmenden* wird dann eine *gebende* Hand, eine gabenbittende Hand. In hochgehaltenem Zustand kann die Hand warnen oder abwehren oder locken und, hingehalten, zum Gruß dargeboten sein. Die Kinder könnten ihre kleinen Hände auf die große legen und einzeichnen, das könnte «Vertrauen» bedeuten.
Und dann würden größere Hände an die Tafel gemalt werden, eine rechte und eine linke: die Gotteshände, jeden Finger für eines der zehn Gebote ...
Der Drohfinger, die Schwurfinger, alles hat seine Bedeutung.
Und zwischendurch, zur Auflockerung, die Kinder «knobeln» lassen: Schere, Stein, Papier ... Aber lieber nicht knobeln lassen, in Religion wäre das vielleicht doch nicht das richtige?
Matthias unterließ es, sie nach ihren Handlinien zu fragen, das war ja wohl auch irgendwie heidnisch. Außerdem hätte er ihre Hand dann in seine Hand nehmen müssen, und das hätte womöglich zu Mißverständnissen geführt.

Zu so was hatte Matthias keine Lust, er saß dabei und sah sich seine eigenen zur Faust geballten Hände an, die er auf der Tischplatte deponiert hatte, und Elfriede Wehrschild guckte ihn aus ihren kleinen blauen Augen von der Seite an, was er denn nun eigentlich von ihr will? Kommt hier reingeschneit?, und sie sortierte die Blätter und numerierte sie, und dann stand sie auf. Was sie plötzlich für eine großartige Idee hat!, ging nach nebenan, Tür auf, Tür zu, und legte die «Betenden Hände» von Dürer vor ihn hin: Eine Postkarte in Vierfarbdruck, auf der Rückseite mit Hitlerbriefmarke, und wer weiß, wer wem die Karte einst zugedacht hatte.

Matthias hörte zu, was die Kollegin da zu sagen hatte, «lauschen» wäre zuviel gesagt, er nahm's zur Kenntnis. Da er hier aufgekreuzt war, ohne eingeladen worden zu sein, mußte er hier nun sitzen bleiben und alles über sich ergehen lassen. Er hätte sich jetzt vielleicht dazu äußern sollen, zu all den Händen oder zu der Dürerpostkarte speziell, die er selbst vor vielen Jahren, nebst Alpenveilchen und Volksglobus, zur Konfirmation geschenkt bekommen hatte. Aber er schwieg, er dachte an die arme Katze, die jetzt draußen umherstrich, und an die eine gewaltige Ohrfeige, die er mal bezogen hatte vom Nachbarn. Wofür? Wofür? Ja, wofür. Das hatte mit seiner Mutter zu tun gehabt. Die beiden im Garten beobachtet und mit Kastanien beworfen. «Tückisch» sei er, das war ausgerufen worden, tückisch und hinterhältig. Und: Ob er sich nicht schämt, hier mit Kastanien zu werfen?
Gern wär' er ein bißchen über die lieben Kollegen hergezogen, was die für Grabben haben, oder über Egon, den Schulrat: wahrscheinlich doch wohl einen Stich in der Birne? Dessen Eigenheiten erörtern, wie eine Visitation abläuft zum Beispiel, Kenntnisse vervollständigen, die zum Überleben dienlich sein könnten, also Betriebsspionage betreiben. Aber das griff hier nicht, vielleicht traute sie dem Braten nicht. Wahrscheinlich hielten Frömmigkeit und das germanische Mißtrauen ihrer Vorväter sie davon ab, über Kollegen Abfälligkeiten zu äußern, «über sie zu lästern», wie man es auch formulieren könnte.

Ein jeder kehre vor seiner Tür
er findet genügend Schmutz dafür …

Und über den Schulrat schon gar nicht. Sie dachte, daß sie hier vielleicht ausgehorcht werden soll und daß man sie hernach verpetzt. Hier wurde von Händen geredet und von nichts anderem, von sauberen und von schmutzigen, und von Händen, die zu «Halt!» von Polizisten emporgehalten werden, bis hierher und nicht weiter: «Halt!» Oder von andersartigen Menschen zu ab-

wegigem Gruß erhoben, «Heil!», von verbiesterter Menschheit in der hinter uns liegenden Zeit.
Dann memorierte sie – es war wohl tatsächlich ein Memorieren –, was alles der Mensch sich ausgedacht hat, um die Fertigkeiten der Finger zu ergänzen – trotz aller Geschicklichkeit, so unvollkommen unser Körper! – Werkzeuge also: die Kneifzange, wenn einer Nägel rausziehen will aus der Wand, man kriegt ja noch nicht mal eine Reißzwecke aus der Tapete gepolkt ... oder das Tablett als ein Gerät zum Vergrößern der Handfläche: Kaffee auftragen: Tassen, Teller, Löffel, Kekse mit Marmeladenstips obenauf.

Matthias dachte ans Klavierspielen: Triller, was das für eine sonderbare Erfindung ist.
Was macht der Mensch, wenn er keine Hände hat?, dachte er auch. Wer putzt ihm die Nase? Und er überlegte, ob er diese Sache hier vielleicht ausbauen könnte zu einer Visitationsstunde? Aber besser nicht tun so was, sonst kommt der Schulrat von Hamersiek nach Klein-Wense und denkt: Was ist denn dies? Das kennst du doch?

Nun zog die Kollegin die Feuchtigkeit hoch, die sich in ihrer Nase angesammelt hatte, nahm ein zerknülltes Tempotaschentuch und wischte die wunden Nasenlöcher. Dann wurde die Küchenlampe angeknipst, eine nackte Glühbirne in einem grünen Glasperlenvolant, das Licht stach ihm hell von oben in die Augen, und mit einem Lappen wurde ein Fleck vom Herd weggewischt, und dann auch gleich der leere Plätzchenteller, den ebenfalls abwischen und in den Küchenschrank zurückstellen. Eben mal entschuldigen, sie muß aufs Klo, und man hörte das von nebenan, dies Reißen des Klopapiers an der Blechhalterung ..., und das alles war nicht sehr erbaulich.
«Ich meine, wenn man das weiß, daß so was zu hören ist, dann macht man das doch behutsamer?» dachte Matthias. – In seiner Wohnung waren die Wände so dick, daß nichts nach außen drang. Da hätte man sonstwas machen können auf dem Klo.

Auf dem Schulhof wurde dann ein Abschiedsgestehe von zwanzig Minuten veranstaltet, bei dem sich auch nichts weiter ereignete.

Während Matthias davon redete, was er für einen Spaß daran hat, Lehrer zu sei, aber daß er auch immer wieder was falsch macht, zum Beispiel, was soll man tun, wenn man Jungen beim Rauchen erwischt?, begrüßte Elfriede Wehrschild die Katze, die herangeschnürt kam, mit tierfreundlichen Gesten und nahm sie mit hinein. Sie reichte Matthias die schlaffe Hand und schloß die Haustür zu, ritsch-ratsch, dreimal umdrehen den Schlüssel, daß der Kerl nicht womöglich noch mal zurückkommt, strich sich ein Schmalzbrot und zog sich in die Stube zurück. Knipste das Licht im Aquarium an – endlich allein! – und legte sich auf das ungemachte Bett. Hoffentlich hat der Nachbar nicht gesehen, daß hier männlicher Besuch eingelassen wurde. Mehrmals hat er schon an der Tür gerüttelt, nachts, wenn es über ihn kommt. Und sie sich dann nicht gerührt und ins Aquarium geguckt.

Matthias spannte den Regenschirm auf und stieg aufs Rad, klingelte noch einmal herzhaft und trat in die Pedale, der Anhänger rumpelte. Und während er durch den schrägen Regen fuhr, sagte er Reime vor sich hin. Hände – Wände – sende – Ende.
Und dann sagte er laut: Ich hab' mich aufgesatzt und hab' mich aufgeschnatzt, und er bemerkte nicht, daß im Glumm jemand im Gebüsch stand und ihm nachsah.

Zu Haus briet er sich in seiner gemütlichen Küche eine fette Bratwurst, und während er sie verspeiste, betrachtete er seine Salonmöbel. Um Gottes willen!, dachte er, hoffentlich kommt sie nicht auf die Idee, den Besuch zu erwidern. Ging auf die Toilette, zog die Spülung und rannte raus, horchte vom Salon aus, ob man das hört. Na ja, ein bißchen schon, das war nicht zu leugnen.

Die Hände-Sache trug er in seine Sesam-open-you-Kartei ein, für alle Fälle, in dreißig Jahren Dorfschulmeisterzeit könnte es schon sein, daß man dergleichen braucht. Aber er würde diese Angelegenheit jetzt nicht übernehmen, und vor allem nicht so!, das hatte er nicht nötig, das war eine «Unterrichtseinheit», die nicht in sein System paßte, das würde er außerdem viel besser machen, souveräner: die Hand, die aus dem Grabe erwächst, zum Beispiel, oder eine Kalbshaxe vom Schlachter besorgen und mit der Hand des Menschen vergleichen ... für Visitationsstunden lagen schon drei Meisterpartituren in seiner Schublade, für alle Fälle. Das mußte erst mal reichen. Der Schulrat würde jederzeit kommen können, er war gerüstet! Er würde nach vorgefertigtem System verfahren, wenn's ernst wird.

Matthias nahm sich seine Visitationsstunden vor und fummelte ein wenig daran herum: hier noch was wegstreichen, dort etwas hinzusetzen, Eleganzen, Härten, Witze einbauen.

«Kontrolle der Hausaufgaben» nicht vergessen, das war ihm als eine Spezialität des Schulmannes bereits verraten worden, auf so was ritt der herum. Und: «Standort des Lehrers» eintragen in die Vorbereitung, mit Rot: Ob man am Fenster steht, wenn Gedichte repetiert werden, oder sich neben der Tafel aufhält, wenn jemand dran rechnet, um ihm notfalls beispringen zu können, oder im Rücken der Kinder stehen, wenn vorne Dias gezeigt werden vom Hamburger Hafen, Standorteinnahme aus triftigem Grunde also. «Wenn die Kinder nach vorne gucken sollen, steht man am besten in ihrem Rücken.»

In der Nacht kam Carla heraufgeschlichen, mit regennasser Stirn, sie wollte Matthias von ihrem Landwirtschaftsfreund erzählen, daß er ohne «ihr» ins Kino gefahren sei. – Bis jetzt hatte noch niemand etwas von den nächtlichen Besuchen gemerkt. Irgendwann würde man draufkommen, damit war zu rechnen.

Matthias hörte sich alles an und zeigte ihr dann seine schöne Kugelbahn, die er bereits um einige Schleifen erweitert hatte. Sie ließ die Kugeln herunterrollen, aber dann fragte sie: «Laufen die auch mal wieder rauf?» – Eben nicht. Das war ja das Problem.

Kalten Braten hatte sie diesmal nicht mitgebracht. Sie legte sich ohne weiteres aufs Bett, und er legte sich zu ihr, beim Radioanstellen mußte er über sie rübergreifen, das ergab den Übergang, und sie wärmte sich an ihm, und er rieb sich an ihrem knochigen Leib, verknotete sich mit den Beinen in ihren Beinen und ließ seine Hände ihren jeweils eigenen Instinkten folgen. Und dann wurde auch schon das linke Auge zugekniffen.

Die ganze Zeit mußte er an einen Reißbrettstift denken, den er vergeblich mit den Fingernägeln aus dem Holz zu polken sucht. Hinein geht's, aber nicht wieder heraus.

36

Es war schon dunkel, als es ans Fenster klopfte. Freedes Hund bellte, und Bauer Fitschen nebenan machte Licht auf dem Hof. Matthias saß in seinem Altländerstuhl und zog die Blechlandschaft auf, um den Blechzug den Blechberg hinauffahren zu lassen, damit er von oben durch den Tunnel hinunterrollen könnte. Und die Seilbahn oben drüber, immer hin und her. Oft würde man den Apparat nicht mehr in Gang setzen können, es knackte schon, wenn man ihn aufzog.

Den Nachmittag hatte er damit zugebracht, eine Marionette zu schnitzen, ein Dings mit langen Gliedern, Fridolin. Er stellte sich vor, was die Kinder für einen Spaß hätten, wenn er ihnen etwas vorspielte mit dieser Figur. Ihm lief die Spucke im Mund zusammen, wenn er daran dachte: Der dünne Fridolin und Bommel, ein Kerl, der nur aus einem Kopf besteht. Eine Bühne wäre schnell zu improvisieren aus fahnenartigem Gerät, mit roter und grüner Taschenlampenbeleuchtung. Fridolin und Bommel, sonderbare Gespräche führend über irgendwelche alltäglichen Vorkommnisse, der eine pfiffig und der andere dumpf ... So dachte er sich das, als er da auf dem Schulmeisterstuhl saß, den Lebensbaum mit den roten Früchten im Rücken, als kräftig ans Fenster geklopft wurde.

Matthias erschrak, er bekam Gänsehaut am ganzen Körper, solches Klopfen hatte er schon einmal erlebt, drei Männer hatten vor der Tür gestanden, und er hatte ihnen folgen müssen. – Das war nun nicht der Fall, vor dem Fenster stand, fahl beleuchtet, Kollege Klein aus Sassenholz, und der redete, man konnte es sehen, den kahlen Kopf entblößt, redete wütend, und als Matthias endlich das Fenster aufgeklinkt hatte, fragte der Mann: «Sagen Sie mal, wollen Sie mir das Wasser abgraben? Sind Sie deshalb in Wense

eingerückt?» Er könne dafür sorgen, daß er hier sehr schnell wieder verschwindet, daran lasse sich absolut schnell drehen! Er habe einen feinen Draht nach ganz oben!
Matthias stand im Fenster, so halb über dem Kollegen, so als wollte er eine Parade abnehmen, und unter ihm der wütende Lehrer Klein als Rumpelstilzchen auf dem von Anita frisch geharkten Beet.

Matthias wies dem späten Gast den Weg ums Haus herum zur Haustür und ließ den Kollegen, der in Schlesien mit Apfelkartoffeln aufgewachsen war, einigermaßen freundlich ein, und der kam mit Volldampf und wütend, blieb noch mit der Jacke an einem Nagel hängen, kam herein, mit den Fahrradklammern an der Hose, rannte durch die Wohnung bis in die Küche und wieder zurück, die kranke Frau und den geschädigten Sohn als fremden Geruch hinter sich herziehend.
«Damit kommen Sie nicht durch!» schimpfte er, da sei das letzte Wort noch nicht gesprochen!
Standen noch weitere Menschen vor der Tür, im Dunkeln, unter den Apfelbäumen? Menschen, die sich diesen Auftritt nicht entgehen lassen wollten? Der Opa nebenan saß gewiß am Fenster und verfolgte das Geschehen.

Matthias folgte dem Mann, und allmählich wurde er ruhiger. Die Gesetze der Gastfreundschaft traten in Kraft, eine Flasche Schnaps wurde auf den Tisch gestellt, Gläser, und ein Stuhl herangerückt.
Ja. Er habe das sofort bemerkt, am ersten Tag schon, sagte Klein, daß Matthias mit dem Pastor gemeinsame Sache machen wolle, gegen ihn.
«Was is'n diss?» schob die Marionette zur Seite, trat noch so halb auf die Blechlandschaft drauf.
Gegen ihn gerichtet sei es, die Bauern abzufischen, all das abzukassieren, was er in seiner Sammlung, die nun bereits auf einhundertdreiunddreißig Positionen sich belaufe, gebrauchen könne. Den Rahm abzuschöpfen!
Letzten Endes sammle er das bäuerliche Haushaltsgerät, um es vor der Vernichtung zu retten, und nicht aus irgendeiner Marotte her-

aus! Die schmissen doch alles fort oder ins Feuer oder ins Moor! Der Pastor sei ihm anfänglich auch in die Quere gekommen, aber mit dem habe ein Abkommen getroffen werden können, der kümmere sich mehr um bäuerliche Wohnkultur, Petroleumlampen und so weiter, und sein Revier sei eben bäuerliches Gerät – und nun er, Matthias, quer durch die Landschaft? Also ebenfalls Haspeln und Kohleplätteisen, wildere also in seinem Revier? Und womöglich auch in den Revieren des Pastors?
Sein Lebtag habe er Unglück gehabt, immer eines nach dem anderen, und nun das!, rief er und fletschte die Zähne.
Müllermann-Ohfe sei auch schon irritiert!
Etwas Hinterhältiges gehe von Matthias aus, das müsse er ganz offen sagen.

Matthias riß sich zusammen und sagte: Was? Er solle sich mal umsehen, ob hier irgendwas Plätteisenähnliches herumsteht. Spinnräder, Haspeln und spezielle Mistgabeln interessierten ihn nicht, das heißt, sie interessierten ihn schon, aber eher aus Neugier heraus! Und er öffnete die Zimmertür nach nebenan und ließ den Kollegen in sein Jugendstilzimmer hineinschauen, damit er sich überzeugen kann, keine Handmühle zum Zerkleinern von Getreide, kein Hanfstriegel, nichts dergleichen! Und in den Keller hinunter führte er den immer noch Erregten, aus dem ihnen übelster Gestank entgegenschlug. Die Kammer mit den Kegelkugeln öffnete er nicht.

Nein, das mußte Kollege Klein einsehen, in diesem Haus befand sich kein bäuerliches Gerät, keine Pflugschar mit Holzrädern, keine geflochtene Peitsche mit geflochtenem Stil. Im übrigen auch keinerlei Petroleumlampen ...
Klein wurde ruhiger, sah sich das Sofa mit Umbau an und die grünen Sesselchen und fragte, wo er denn die Plünnen herhabe, diese wunderlichen Möbel. Ob das noch von drüben stamme, von seinen Großeltern oder wie? Das sei ja vorsintflutlich! Er habe ein ganz ähnliches Schränkchen mal zerhackt, Matthias könnte sich gar nicht vorstellen, wie gut das brennt! Der Leim und der Lack.
Er trank den Schnaps; so was sei doch absoluter Schrott. Hand-

werklich gut gemacht, aber abgeschmackt irgendwie. Er öffnete die Tür der Standuhr, in der das Pendel gleichmütig schlug. Handwerklich ausgezeichnet gearbeitet, das müsse er zugestehen, aber irgendwie kitschig, oder?

Matthias zog den Koffer der Witwe Hulda Schröder aus Ostereistedt hervor und öffnete ihn. Er wollte seinem Besucher vorführen, aus welchem Geist heraus diese Möbel angeschafft und bewohnt worden waren, eine andere Zeit eben, aber doch auch vertraut noch? – Er griff sich ein Fotoalbum, das zuoberst im Koffer lag, und das blätterte er nun auf, und er sah zum erstenmal in das Privatleben einer erloschenen Familie hinein, im Hintergrund die Möbel des Salons, die nun in seiner Wohnung standen, Sofa mit Umbau, Standuhr, Schreibtisch ... Lehrer Klein griff ebenfalls in den Koffer hinein; der holte ein Schächtelchen heraus, eine Ostmedaille lag darin, der sogenannte «Gefrierfleischorden», und ein Verwundetenabzeichen, von der Sorte, wie Hitler eines getragen hatte, und dann blätterte er Feldpostbriefe auf, mit einer Ansichtspostkarte aus Paris beginnend und mit einem zurückgeschickten Brief endend: «Der Empfänger ist gefallen für Großdeutschland ...»
Ganz unten lag ein kleines Porträt, Aquarell, weiß gerahmt, einen jungen Mann darstellend, das packten sie beide zugleich an. Matthias legte es auf den Tisch, das würde sich gut machen über dem Schreibtisch.

Nein, auch bei dem Kofferinhalt handelte es sich nicht um Hausgerät, das war zu erkennen, auch nicht um bäuerliche Wohnkultur. Dies war ein papiernes Denkmal städtischer Lebensart, Bremischer Bürgerkultur!
Aber, halt mal!, sagte Matthias, da falle ihm was ein ... Er nahm die Stallschlüssel vom Brett und die Taschenlampe und bedeutete dem Mann, mal ganz still zu sein. Er solle mal mitkommen, nach drüben, in den Stall. Und dann gingen sie quasi auf Zehenspitzen nach drüben, und Matthias zeigte seinem Kollegen das aus Stroh geflochtene Getreidemaß, das dort, wahrscheinlich seit Vorkriegszeiten, in der Ecke stand.

Lehrer Klein war baff! Die Truhen daneben interessierten ihn nicht, die gab's alle Tage, aber hinter so einem Scheffelmaß war er schon lange her, im Freilichtmuseum Quakenbrück hatte er so was mal gesehen, aber nicht so schön wie dieses Exemplar!, ob ihm das jetzt in den Schoß fiele? Einzig und allein in Quakenbrück befände sich seines Wissens ein solches Getreidemaß, sagte er, säuberlich geflochten, geeicht und viele Generationen lang in Gebrauch; und eine solche Rarität stand hier herum, ungleich besser in Schuß als das Exemplar in Quakenbrück, und das war doch sehr merkwürdig.
«Sind das nicht sogar Herzen?» fragte er und strich mit der Hand fachmännisch über das Äußere des Maßes, und in der Tat, jemand hatte Verzierungen hineingeflochten in die Rundung, die gut und gern als Herzen durchgehen konnten.

«Leider fehlt der Deckel», sagte Matthias und fuhr die sauber geflochtenen Strohringe mit dem Finger entlang.
«Deckel? Wieso? Diese Maße hatten nie einen Deckel», sagte Klein, und dann lauschte er verliebt und lüstern dem freundlichen Gerede von Matthias, der das Dings loswerden wollte, weil es ihm im Weg stand.
Und dann kam es auch sogleich zu einem Tauschgespräch, das, obwohl darin auch mancherlei von Grimms Märchen die Rede war, Ähnlichkeit mit den Verhandlungen von Viehhändlern hatte.

Matthias wußte genau, was er wollte. Klein könne das Maß sofort mitnehmen, wenn er ihm dafür die Scherenschnitte gebe, die kleinen Silhouetten, er wisse schon, die bei ihm herumlägen, aus dem Offiziershaus die Dinger, angeknackst und halb verschimmelt.
Darauf ging Klein sofort ein: Die Silhouetten in den schäbigen abgeblätterten Silberrahmen konnte er entbehren. Er hatte sie schon mal wegschmeißen wollen, die paßten sowieso nicht in seine Kollektion, und dem Pastor gönnte er sie nicht. Irgendwelche Feudalsachen aufzubewahren, das lag ihm nicht.
Die Sache war abgemacht. Noch mal eben durch die Wohnung gucken. «Schöne Tellerborde haben Sie da ...», sagte er und nahm einzelne der blauen Teller heraus, und er mochte überlegen, ob er

seine Sammlung nicht doch falsch aufgebaut hatte ... Im Weggehen meinte er noch leutselig, Matthias müsse aber mal was unternehmen, im Keller, der Gestank, das seien Ratten!

Schon am nächsten Tag war Matthias die Strohtonne los, und statt dessen hingen in seinem Wohnzimmer, genau an der richtigen Stelle, die Silhouetten, schwarz auf hellblauem Papier, in abgeblätterten silbernen Rahmen. Er rückte seinen Stuhl so hin, daß er sie sehen konnte, und hustete vor Freude, und auch das Kind Marianne, um seine Meinung befragt, fand sie sehr schön. Ihr gefiel besonders der kleine Hund, der dem kleinsten Sohn des Grafen beigegeben war.
Die Scherenschnitte waren schäbiger, als er sie in Erinnerung hatte, aber doch anrührend: ein Mann mit aufgestelltem Kragen und Brille, eine hochbusige Frau, aus deren Haarknoten sich eine Locke gelöst hatte, ein Knabe und weitere Kinder, eins immer kleiner als das andere.
«Bin ich das?» dachte er. Ein Steckenpferd fiel ihm ein, als hätte er das einmal gehabt, mit kleinem Rad hinten dran, und Mädchenkleider getragen als Kind. Die Frau bringt auf dem Tablett eine Tasse Schokolade, und der Hausherr steht am Pult.
Was war es? Wie?
War das die Vorfamilie, hundert Jahre zuvor? Und würde es jemals eine «Nachfamilie» geben, sogenannte Nachfahren?
Vielleicht, dachte er, kommt Ellinor ja mal zu Besuch, dann muß sie auf der Polsterbank sitzen unter den Silhouetten und eine Tasse Schokolade trinken.
Zu diesem Zweck mußte allerdings noch reguläres Geschirr besorgt werden, das fehlte in seinem Hausstand. Schokolade konnte nicht aus derben Bauerntassen getrunken werden, Steingut auf blank poliertem runden Tisch, in dessen Platte Rankenwerk eingelegt ist? Nein. Zierliches Geschirr gehörte auf den Tisch, und für die Sofavitrine müßte eine Porzellanfigur beschafft werden, ein Knabe vielleicht, der eine übergroße Weintraube stemmt.

Am nächsten Tag fuhr er zum Trödler. Vielleicht hatte der ja irgendein brauchbares Geschirr?
Der Mann saß wie eh und je vor seiner Scheune, die Melone auf

dem Kopf, der hatte ihm inzwischen verziehen. Zu oft war er schon hereingelegt worden, so was stumpft ab. Ob er mal wieder hineingehen darf?, fragte Matthias, und sich alles ansehen? – Ja, das durfte er.
In den ehemaligen Stallkoben war ein ziemliches Durcheinander. Im Dämmerlicht die großen Bauernschränke – und «Biedermeier mit Übergang zum Barock». Die Behinderten-Rollstühle mit Pott drin gab es immer noch zu betrachten, Klistiere in weißen Emailleschüsseln, und die Massagebank. Hinterlassenschaft des Arztes, der seine Praxis aufgegeben hatte.

«Ich brauch' Geschirr», sagte Matthias, und der Mann führte ihn in ein Nebenzimmer, in das er sich an kalten Tagen verkroch, eine Kammer mit Ölofen, dort hatte er die besseren Sachen untergebracht, damit sie ihm nicht gestohlen werden, Taschenuhren hingen an einem Bord, eine neben der anderen, und große Schlüssel mit phantasievollem Bart. Dort lag auch die Handtasche aus Schlangenleder, für die Ellinor zwanzig Mark bekommen hatte. Jetzt sollte sie fünfzig kosten.
Handgewebtes Leinen in Ballen, Kupfergeschirr und eine Kaffeekanne mit roten Blumen drauf. Die Kanne kam Matthias bekannt vor, die Eltern hatten so was gehabt, das war «für besser» gewesen.
«Die Kanne möchte ich haben, aber ich brauche auch Tassen und Teller.»
«Moment, Moment.»
Der Trödler kramte herum und stellte nach und nach Teller und Tassen auf den Tisch, mit roten Blumen verziert, drei Tassen, eine davon ohne Untertasse, zwölf Teller, Milchkännchen. Alles zusammen für fünfzehn Mark.
In einer Schublade lagen dünne silberne Löffel, von denen suchte sich Matthias einen Satz aus, die kriegte er für zwei Mark das Stück.
«Wenn Sie mal was für mich haben», sagte der Mann, «ich zahl' Sie gute Preise.»

Alles sorgsam verstauen, damit es nicht noch auf den letzten Drücker kaputtgeht, und ein altertümliches Porträt kaufte er auch noch, mit einer Landschaft im Hintergrund und einer Stadt. Zu

Hause sah er dann, daß sich unter den Tassen und Tellern ein Porzellan-Markenzeichen befand. Gelegentlich würde da mal nachzuforschen sein ...

In den nächsten Tagen und Wochen wurden die Kinder in der Schule zu Klein-Wense mit Silhouettenschneiden beschäftigt: Tassen und Teller und eine Kaffeekanne aus schwarzem Fotokarton. Marianne schnitt Katzen aus, die Milch trinken aus einer Schüssel, den Schwanz um sich gelegt.
Am Sonntag drauf schickte Kollege Klein aus Sassenholz ein großes Stück Mohnkuchen vorbei, nach schlesischem Rezept gebacken, als Dank, und eine Packung ASA-Rattengift; der freute sich über das Getreidemaß, nicht satt sehen konnte er sich daran. Im Augenblick wußte er nicht so recht, wohin damit, aber eines Tages würde es das Zentrum seiner Sammlung sein, eines Tages, wenn einmal alles beisammen ist. – Und billig gekriegt!
An das Bett seiner kranken Frau trat er und erklärte es ihr, was er da für einen guten Fang gemacht hat.
«Meinst du, daß das richtig war?» sagte die Frau, «die schönen Scherenschnitte ...»
Da stieg dem Mann die kalte Wut in den Kopf, er lief in die Dunkelheit hinaus und verwünschte sein Schicksal, das ihn mit einer solchen Frau bedacht hatte. Es kam vor, daß sie verdammt recht hatte mit ihren Einwürfen, aus sonst vorherrschender Dumpfheit heraus.

37

Wann habe ich ihn zum letztenmal gesehen?, fragte sich Matthias bei der Beerdigung des Bauern Freede, diesem kleinen heiseren Kerl: Als er seine Tochter auskeifte im Gemüsegarten? Oder mit ledergeschützten Knien auf dem Hof knien und die Einfahrt pflastern? Oder als er mit dem Pferd schimpfte, die Zügel ordnete und schimpfte und doch mit der Hand zärtlich den Schweif hinabfuhr? Das letzte Mal hatte er ihn auf dem Weg nach Hamersiek gesehen, da hatte der Alte im Regen auf seinem Feld Steine gesammelt, der hatte ihn möglicherweise auch gesehen, hatte aber kaum genickt.

Der spöttische kleine Greis war gestorben. Vierzehn Tage auf den Tod gelegen in seiner Butze, auf Stroh, und dann gestorben. Zwanzig Jahre den Sohn überlebt, und seit fünfzehn Jahren Witwer. Die Tochter allein großgezogen, immer noch «leddig», wenn auch ein landwirtschaftlicher Eleve sich eingestellt hatte, ein großer starker Kerl, mit einer Nase im Gesicht, die nach links gebogen war.

Carla hatte es nüchtern vor sich hingesagt: He is dot!, und hatte die Pendeluhr angehalten, und am nächsten Morgen die Milchkannen gewaschen wie eh und je.

Nun stand der Sarg auf der Diele, auf Böcken, die der Malermeister geliehen hatte. Und in dem Sarg lag Freede, von Frau Claasen – watt mutt, mutt – sauber zurechtgemacht, in dem etwas zu großen Sonntagsanzug, den Kopf auf ein Sägespänekissen gebettet. Vor die Stallungen links und rechts waren Bettlaken gehängt, dahinter klirrten die Ketten der Kühe, die hier angebunden waren.
Die Männer und Frauen, alle Schwarz in Schwarz, saßen regungslos auf den zusammengesuchten Stühlen und Schemeln. Vorn die blasse Carla mit ihren Kusinen und Tanten und ihrem kräftigen Eleven. Wer gekommen war und wer nicht gekommen war, wurde registriert: Es waren alle gekommen, die wollten, daß auch zu ihrer Beerdigung alle kämen.
Die Klappe zum Heuboden war offen, ein Schwall Heu hing herunter, und Hühner gingen zwischen den Leuten umher, mit schiefgelegtem Kopf, hier ein Korn, da ein Korn, und der Sarg, vor dem Flett, von einer schwarzen, mit Silber bestickten Zierdecke bedeckt, die zur Beerdigungsausstattung des Dorfes gehörte.
Manchen, der in den vorderen Reihen saß, kannte man nicht, das waren entfernte Verwandte in städtischer Kleidung, und so mancher, der in den hinteren Reihen saß, wurde kaum erkannt: so lange nicht gesehen und nun auch schon älter geworden.
Nachbar Fitschen mit den Seinen hatte sich durch eine Seitentür hereingedrückt. Es mochte sein, wie's wolle, der saß nun auch mit

auf der Diele, und er sah bei der Gelegenheit, daß der alte Freede noch kurz vor seinem Tod eine neue Schweinefutterkochmaschine angeschafft hatte. Hätt' er gar nicht gedacht, daß der eine so moderne Schweinefutterkochmaschine besitzt ... Als die Engländer kamen, hatte Freede mit den Tommies gesprochen und zu seinem Hof hinübergezeigt, und dann war der Vater abgeholt worden und erst nach zwei Jahren angekrochen gekommen.

Unter den Trauergästen befand sich auch der ostpreußische Baron, der hatte damals, 1945, im Backhaus der Freedes Aufnahme gefunden, mit Papagei, ohne Heizung und ohne alles, aber immerhin ein Dach überm Kopf. Nun in tadellosem Anzug, die Adlernase in die Gegend gestreckt.

Auf dem Hof stand der sauber gewaschene Sargwagen, schwarz gestrichen, mit silbernen Palmzweigen links und rechts, und die Pferde mit einem Federkopfschmuck versehen, der bald würde erneuert werden müssen, und silberverbrämten schwarzen Decken über dem Rücken. Sie scharrten mit den Hufen und zogen sich mit dem Maul die Zügel bequem, ungewohnte Arbeit hatten sie heute zu verrichten: einen leichten Wagen zu ziehen.
Die gußeiserne Tafel neben der grünen Dielentür.

✠

ZUM GEDENKEN AN UNSERN SOHN
JOACHIM FREEDE
1923–1941

Diese Schrift wurde mit silberner Ofenbronze hervorgehoben.

Matthias saß mit seinen Großen an der Tür. Es war in der Börde Sitte, daß Kinder dem Sarg folgten und sangen. Bauer Freede war es gewesen, der ihnen gelegentlich den Fußball weggenommen hatte, daran erinnerten sie sich jetzt.

Der Posaunenchor blies einen Choral, und dann sprach Pastor Ortlepp, und zwischen die Worte des Pastors, auf einfache Herzen zugeschnitten und laut hervorgebracht, klirrten die Ketten der

Kühe, und ab und zu platschte es. Daß Bauer Freede im zweiundsiebzigsten Jahre seines Alters, sagte er – Müh und Arbeit und nichts weniger als köstlich – einen sanften Tod erlitten habe, Witwer seit fünfzehn Jahren, und der Hoferbe 1942 in Rußland geblieben ... Dann wurde gebetet, und dann blies der Posaunenchor das alte Lied, das bisher noch immer gesungen worden war, das aber nun ausgemerzt werden sollte aus dem Gesangbuch, was junge Theologen forderten, weil es zu süßlich sei:

> So nimm denn meine Hände und führe mich
> bis an mein selig Ende und ewiglich.
> Ich mag allein nicht gehen, nicht einen Schritt
> wo du willst gehn und stehen, da nimm mich mit ...

Es wurde lauter gesungen als die anderen Lieder: Wir lassen uns das nicht nehmen!, sollte das bedeuten, in Kreuzthal war diese Art Liedgut vom Superintendenten bereits ausgetrocknet worden.
Die Männer der Nachbarschaft hoben den Sarg an und trugen ihn im Gleichschritt hinaus, Carla und ihre Verwandtschaft folgten ihm dicht auf. Die Schützenbrüder mit ihrer Fahne.
Als die Träger mit dem Sarg die Dielentür passierten, hielten sie einen Augenblick inne. Fünfzig Jahre Herr über die Wirtschaft: aussäen und ernten, und der Hoferbe in Rußland geblieben.

Nun weiter im Text, den Toten in seinem Sarg, die Füße voraus, über den Hof tragen, anheben und auf den Wagen schieben. Bauer Knoop stieg auf den Bock und sagte Hü!, und der Wagen ruckte an. Matthias und seine Kinder folgten den Leidtragenden, und dann zog die Trauergemeinde aus dem Hause aus: Die Männer setzten den Zylinder auf, die Frauen hielten die Hände vorm Bauch gefaltet.

> Jesus, meine Zuversicht
> und mein Heiland ist im Leben –
> Dieses weiß ich; soll ich nicht
> darum mich zufriedengeben ...

sang Matthias mit den sieben Großen: Aufpassen, daß man sich nicht gegenseitig auf die Hacken tritt!
Es war eine leichte Sache für die Pferde, den Wagen zum Friedhof

zu ziehen, sie waren andere Last gewohnt. Die Zylinderhüte der Männer wackelten nach links und rechts, und am Kriegerdenkmal wurde haltgemacht. Aufhören mit Singen. Der Sarg wurde herausgezogen, die letzte Strecke mußte er getragen werden – das Tor zum Friedhof stand schon offen.

Der Bauer Up de Hœcht war auf den Dachboden gestiegen – immer diese Schmerzen! –, er sah aus dem runden Giebelfenster dem Zug nach. Er dachte an Rußland: die lange Reihe der Birkenkreuze. Anfangs hatte man noch Ehrensalut geschossen über die Gräber hinweg, später war das dann unterblieben.

Der Zug geriet etwas durcheinander, am Grab wurde aber die Ordnung wiederhergestellt. Carla mit ihren Kusinen und Tanten und mit ihrem Freund, Matthias mit den Kindern, und der Posaunenchor mit Schneidermeister Wustig, dem der kleine Finger der rechten Hand fehlte.
Man trat näher heran, ja drängte vor, denn nun mußte aufgepaßt werden, ob alles seine Richtigkeit hat. Totengräber Jakobs, ein Beibauer der Waldsiedlung, hatte alles vorbereitet: Die Kränze legte er auf den Aushub. Über der Grube lagen vier Bretter, darauf wurde der Sarg gestellt. Und alles Fleisch vergeht wie Gras. Matthias wunderte sich darüber, daß die Grube so sauber ausgehoben war, die gelben Seitenwände absolut glatt, das waren gewiß zwei Kubikmeter, wenn nicht mehr ... Irgendwie hatte Matthias sich eine Art Kuhle vorgestellt. Eine ziemliche Arbeit. Das mochte Jakobs einen vollen Tag gekostet haben.

Als sich endlich auch die Nachzügler eingefunden hatten – auch die alte Jule, die sich an zwei Stöcken am Schluß des Zuges dahinschleppte; von ihr wurde gesagt, sie würde wohl die nächste sein –, als jeder hübsch auf Lücke stand, damit ihm auch nichts entgeht, blies der Posaunenchor einen Choral, und der Schützenmajor trat vor und sprach ein paar Worte über die Große Armee, und er hoffe ... er hoffe ... ja, was hoffte er? Daß der alte Freede in den Himmel kommt? Das wohl nicht. Daß man sich wiedersähe, drüben? Das wohl auch nicht ... Es blieb unausgesprochen, was er hoffte, jeder dachte sich sein Teil.

Vielleicht war es ein Zufall, daß der Kiesbauer – von allen geächtet, Kameradendiebstahl ist schließlich kein Kavaliersdelikt – sich im hinteren Teil des Friedhofs zu schaffen machte, zu dieser Stunde. Der hatte dort seine Grabstelle mit einem übergroßen schwarzen Stein aus poliertem Granit. Teuer war der Stein gewesen, aber Geld hatte er ja, der Kiesbauer, Tag um Tag kamen Lastwagen und holten bei ihm Sand.

Dann segnete der Pastor die Leiche ein letztes Mal: Die Zylinderhüte wurden abgenommen und die Taschentücher hervorgeholt, denn nun galt es, das Lied aller Lieder zu singen, worauf man schon wartete:

> Wenn ich einmal soll scheiden,
> dann scheide nicht von mir ...

Und unter diesem Lied wurde der Sarg an den Stricken hinabgelassen in die Grube, und die Frauen schluchzten auf, so laut sie auch sangen, und die Männer zogen das Wasser hoch. Sie dachten wohl nicht so sehr an Bauer Freede, und nicht ans eigene Scheiden, das kam eher davon, daß sie dieses Lied schon so oft gesungen hatten, und immer war geweint worden, weil es schon so oft gesungen worden war.
So lag der alte Freede denn nun neben seiner Frau, die vor fünfzehn Jahren am Lungenbluten gestorben war. Eine lebenslustige Frau war sie gewesen, das wußten die Leute noch, eine Frau, die gern tanzte, und Freede hatte dann immer an der Theke gesessen und ihr zugesehen: aus einem Arm in den nächsten mit ihrem blonden Haar.

Im Trauerhaus war bereits ausgefegt worden, ein alter Brauch, mit dem Reisigbesen rückwärts schreitend, damit der Tote nicht zurückkehrt. Es wurden Tische gerückt, Streuselkuchen wurde aufgefahren und Kaffee in großen Kannen, und bald saß alles auf der Diele und redete laut und immer lauter durcheinander. Witze wurden gemacht, und das gegenseitige Frozzeln ging los. Das war der Leichenschmaus, ein alter Brauch, der den Übergang ermöglichte zur Diesseitigkeit. Hier wurde nun bekakelt, wer den Hof kriegt, und ob der junge Mann mit der schiefen Nase, der da vorn neben Carla sitzt, das hinkriegt, und was für neue Moden er einführt.

Der Eleve guckte forsch in die Gegend: Das deichseln wir schon. Eine gute Ausgangsposition hatte er, weil ja nun das Altenteil für Bauer Freede fortfiel. Dies und das würde anders gemacht werden müssen, auf der Landwirtschaftsschule hatte er schließlich nicht geschlafen. Und Carla wußte, daß sie nun endlich an ein richtiges Bett kommen würde. Sie hatte schon die Fotos abgenommen, die sie in die Butze geheftet hatte. Ihre Mutter mit blonden Locken, der Bruder als Zehnjähriger auf dem Ackergaul reitend und als Arbeitsdienstmann. Auch das Foto von Charles, dem Franzosen: Auf dessen Schoß hatte sie gesessen ...
Die Zöpfe würde sie nun wohl abschneiden müssen, das war jetzt der richtige Zeitpunkt.

Matthias kriegte fünf Mark in die Hand gedrückt als Entgelt für das Singen, das mußte auf die Kinder verteilt werden. Fünf Mark geteilt durch sieben. Vielleicht doch dem Posaunenchor beitreten? Aber lieber nicht, das war pro Woche ein Abend, der da flötenging.

38

Ja, wußten Sie das denn nicht, lieber Herr?» sagte der Pastor zu Matthias, als sie zusammen auf den Wald zugingen, an den Schrebergärten der kleinen Leute vorüber, Gurken und Tomaten und manch gelber Kürbis. «Haben Sie es denn nicht geahnt?»
Der schöne Sassenholzer Wald! In der Nachkriegszeit arg ausgeholzt, aber nun alles nachgewachsen längst. Pastor Ortlepp konnte ihn erreichen, ohne durchs Dorf gehen zu müssen, durch die Gartenpforte hinten hinaus. Eben mal schnell in den Wald gehen und Zwiesprache halten mit sich selbst, das tat er gern. Der würzige Duft, die Vögel und so weiter.
Manchmal ginge er auch ein Stück durchs Dorf, sagte er zu Matthias: sich hier und da an den Zaun stellen und ein paar Worte

wechseln! Die breiten Bauernhäuser und die freundlichen Bäuerinnen, immer einen Scherz auf den Lippen und kein Freund von Traurigkeit?

Das schöne Sassenholz – in Westereistedt war ja das halbe Dorf abgebrannt, da hatte sich SS zur Wehr gesetzt – Sassenholz dagegen unversehrt, wenn man mal absah vom Abreißen älterer Gebäude, was jetzt mehr und mehr um sich greife, oder – schlimmer noch – von selbstgetätigten Anbauten aus weißen Kalkziegeln, die eigentlich verputzt werden müßten, was natürlich nie geschieht – und dann graue Eternitplatten auf dem Dach, statt des in die Landschaft passenden Reetgrases? Häßlich wie sonst was?

«Ich dachte, Sie wüßten es längst ...», sagte er und nahm den Arm seines jungen Freundes, der heute mal wieder recht jungenhaft aussah, um ihn auf einen Gartenzwerg aufmerksam zu machen, im Garten einer Flüchtlingsfamilie, die am Waldrand sich eine Baracke aufgestellt hatte, einen Gartenzwerg mit Brille, der sich über ein Buch neigte.
«Die Leute lieben so was, warum auch nicht? Sollen sie doch, ich finde die Dinger ganz drollig.» Er frage sich, ob nicht so manche christliche Skulptur, in Kirchen oder Klöstern, eine ähnliche Funktion gehabt hätte – auf ihn wirkten sie jedenfalls gelegentlich so. In Frankreich oder Italien, die Gipsmadonnen?
Der Pastor ließ den Arm seines jungen Freundes fahren, und sie bogen in einen Waldweg ein, der ein wenig zu schmal war, um zu zweit nebeneinander herzugehen – Matthias mußte sich vor Zweigen, die über den Weg hingen, und vor Gebüsch, das nach ihm griff, zur Seite biegen, der Pastor hingegen schritt unangefochten fürbaß, die schwarze Sommerjacke weit offen.

Ortlepp kam auf den Tod des alten Freede zu sprechen, noch einer von der Weltkriegsgeneration, vom ersten bis zum letzten Tag im Feld.
«Der alte Freede war ein Filou, das stimmt, ein unangenehmer Patron, oder besser vielleicht: ein Mann mit Bauernschläue» , faustdick hinter den Ohren, aber, das könne man ohne weiteres sagen: «In einer rauhen Schale steckt oft ein weicher Kern ...»

Es sei die Frage, was diesem Mann denn anderes übriggeblieben wäre, als sich mit Rauheit zu wappnen. Viel älter als seine Frau, einem lebenslustigen Menschenkind, das über Stock und Stein ging, wenn ihm mal so danach war: zu Fuß nach Westereistedt zum Tanzen! Mitten im Winter!

Ortlepp wies auf die sanft abschwellende Flur hin, die sich jetzt zwischen zwei übergroßen Buchen zeigte, lieblich zu nennen. Hochspannungsmasten schwangen ihre schweren Drähte bis an den Horizont, obenauf mit kleinen rot-weißen Bällen versehen gegen Tiefflieger.
«Ist es nicht ein Gottesland?»

Nicht nur Sophie Freede sei über Stock und Stein gegangen, nein, das ganze Kirchspiel absolut lebenslustig. Zu Hochzeiten drei Morgen Land verkauft, um anständig feiern zu können ... Das Schützenfest, sonst ein Wochenende, nun auf drei Tage ausgedehnt, und seit neuestem zusätzlich mit der Schützenfestnachfeier versehen, ein Vierteljahr später. Er sei von einem zum anderen gelaufen und habe dagegen Front gemacht – alles vergebens.
Nein, das sei ganz anders, als man sich das als Außenstehender so vorstelle. Auf den großen Höfen, in Kriegs- und Nachkriegszeiten, die Kriegsgefangenen und die Flüchtlinge. Sexuelle Aushungerung ohne Beispiel! In der Kriegszeit und danach hätte sozusagen jeder mit jedem, er wolle das nicht weiter ausführen. Das Ende vom Lied: Flüchtling und Bauersfrau gemeinsam auf'm Motorrad zum Arzt gefahren, weil sie sich gegenseitig angesteckt hatten!
«Und die Bauersfrauen im Krieg? Wenn die feschen Franzosen auf dem Hof umherliefen, Jungs aus Paris oder sonstwoher, das Käppi schief auf dem Ohr? Mit Bommel vorne dran?» Da hätte so manche Frau ihre Butze aufgeschoben.
Während sich die Bauernsöhne und Väter in Budapest oder Warschau vergnügten, hätten die Frauen sich eben auf ihre Weise schadlos gehalten.
«Was meinen Sie denn!» Die Kirchenbücher gäben darüber beredt Auskunft, jeweils neun Monate später.

Ortlepp spielte ein wenig den Landpfarrer, der er ja war, und blieb stehen, um die köstliche Landluft einzuatmen. Dann ließ er sich nieder gleich neben einem zerbeulten, rostigen Emaileimer und lagerte sich und lud Matthias ein, es ihm gleichzutun; Adalbert Stifter gelesen und Wilhelm Raabe und sich immer ein Herz bewahrt für die Natur, allerdings durch Geist gefiltert, dafür war man ja ein denkender Mensch. Während seiner Studienzeit Wanderungen mit Klampfe. Bei so einer Gelegenheit habe er ja auch seine Frau kennengelernt, beim Abkochen auf der Wiese. «Wissen Sie das eigentlich? – Drum, drum, diri, hei! diri-diri drum ...»

Matthias ahnte, daß hier noch anderes zur Sprache kommen sollte, möglicherweise eine Art Beichte? Ortlepp würde gleich weit ausholen, von eigener Manneskraft sprechen, mit der man immer rechnen muß, auch wenn man gerade an nichts Böses denkt, täglich und stündlich, und meist zur Unzeit! Von unterirdischen Gelüsten, die ja auch oft vom anderen Geschlecht ausgingen, die Hitze des Blutes? Durch teuflische Gelegenheit begünstigt?

Matthias wollte diese Beichte nicht hören, er wußte ja längst, daß Ortlepp ein Schlitzohr war, diverse Nachkömmlinge, im Auto gezeugt. Oder wollte der Mann hier irgendwie auf den Busch klopfen? Wie er als junger Lehrer das anstelle, so ganz «ohne»?
Matthias wollte jetzt mehr von Bauer Freede hören, wollte wissen, um was es sich denn nun handle, das Geheimnis, von dessen Existenz er keine Ahnung gehabt hatte bisher, und er unterbrach den Pfarrer, der bereits von seiner Mutter zu schwärmen begann, im Winter auf deren warmem Schoß gesessen, von seiner glücklichen Kindheit überhaupt, seine beiden Schwestern: ihn durch den Garten gejagt und mit einer Gerte geschlagen, Huckepack getragen auch oder ein ums andere Mal durchgekitzelt? ...

Matthias unterbrach ihn also und wies auf das weite Land, die Mühle, links, mit dem abgebrochenen Flügel: Gehöre diese Ruine eigentlich auch zu seinem Kirchspiel? Oder gehöre sie nach Kreuzthal? Was das wohl für Leute seien, die dort wohnten?

Dort rechts, das war Klein-Wense, und wenn man genau hinsah, konnte man die nagelneuen Metallsilotürme des Landhandels ausmachen und gleich daneben das Gehöft von Bauer Fitschen, der übrigens auch kein Kind von Traurigkeit gewesen war, und der Vater ein schwerer Nazi.
«Was meinen Sie», sagte der Pastor, «wenn wir jetzt eine Zweikommazwei hätten, ob wir wohl das Silo treffen würden?»

Und nun Bauer Freede.
Ja, und dann rückte Ortlepp eben damit heraus, daß dessen Frau lebenslustig und leichtblütig sich mit Charles, einem Franzosen, «eingelassen» habe. Tuberkeln verursachten ja oftmals eine unmäßige Hitze des Blutes ..., und da habe sie eben in einer schwachen Stunde, 1943, ein Jahr nach dem Heldentod ihres Sohnes, nicht an sich halten können, wahrscheinlich vom Ehemann auch noch dazu ermuntert, und ihre Butze geöffnet.
«Ein Hoferbe mußte her, koste es, was es wolle ...»
Und weil Freede selbst wohl nicht «gekonnt» habe, wie man's landläufig ausdrücke, habe man den Dingen eben ihren Lauf gelassen und so weiter und so fort, und da sei dann jedoch statt eines soliden Hoferbens Carla zur Welt gekommen, ein Mädchen also, eine ziemliche Enttäuschung.
«Man kann ihr die gallische Abkunft ansehen, lieber Freund, finden Sie nicht auch? Das schwarze Haar? Und das feinere Profil?» So ein bißchen was von der Jeanne d'Arc habe sie an sich, meine er.
«Und alle haben das mitgekriegt. Das ganze Dorf. Aber als man dann behördlicherseits hellhörig wurde, war der Krieg zu Ende.»
Carla sei zu ihm in die Sprechstunde gekommen und habe ihm erzählt, was alle Welt wußte, daß nämlich Charles ihr Vater sei. Auf dem Totenbett habe der alte Freede ihr das erzählt ...

Im Grunde sei der Krieg trotz des gewaltigen Aderlasses – Ortlepp verwendete das Wort «Hekatomben» – ein Segen gewesen hinsichtlich des Blutvermischens auf dem Lande. Flüchtlinge, durch fortwährende Inzucht im fernen Ostpreußen oder in Schlesien vielleicht schon leicht idiotisch – Degeneration sei oftmals am chaotischen Zahnstand auszumachen –, in Schlesien wohl weniger als in Ostpreußen, dächte er ... Und dieses Volk dann gekreuzt

mit Einheimischen, an denen man Degenerationserscheinungen ja auch schon lange habe ausmachen können, diese Leutchen hätten dann kopuliert, durch die Natur aufs höchste angestachelt: Das hätte sich zu frischer Gesundheit aufgeschaukelt, man könne es direkt sehen! Hören! Riechen! Fühlen!
Wenn er zum Beispiel hier im schönen Sassenholz am Schulhof vorübergehe, zur Pausenzeit, was er gerne tue, weil er sich über Jugend stets freue: dies Gekribbel und Gekrabbel! Mit früheren Zeiten doch nicht zu vergleichen, wo ein jeder nur immer dumpf in seiner Ecke gesessen habe?
Der Krieg der Nazis habe also indirekt, recht verstanden, zur Gesundung des ganzen Volkes geführt. Eine ostpreußische Kriegerwitwe und ein Bombenflüchtling aus Essen? Wann hätten zwei so unterschiedliche Naturen je zueinander finden können ohne den von den Nazis angezettelten Krieg?
Oder, um konkret zu bleiben: ein Franzose aus Le Havre und eine Bauersfrau in Klein-Wense?
«Was meinen Sie? Das wird noch in hundert Jahren zu spüren sein.» Vielleicht steige Deutschland dank dieser Blutsvermischung doch noch auf zum führenden Volk Europas? Wo habe es je etwas Ähnliches gegeben? Wenn er nur an die Vogesen denke, 1940 auf dem Vormarsch, hier und da ein armseliger Weiher und dazwischen nichts: Am chaotischen Zahnstand könne man Degeneration am ehesten ausmachen, wenn alles wie Kraut und Rüben durcheinandersteht.

Sein Hund zum Beispiel, der gute Phylax, sei zwar von erstklassiger Rasse, aber absolut lahm und uninteressiert, für nichts zu begeistern, nur beim Fressen stelle er die Rute auf. Aber was ein richtiger Dorfköter sei, eine sogenannte Promenadenmischung, das sei doch ein ganz anderer Schnack: lebhaft, klug ... Er habe schon gesagt: Das nächstemal schaffen wir uns einen Dorfköter an. Zirkusmenschen befaßten sich nur mit mischrassigen Kötern, niemals mit verblödeten Schäferhunden, die einen Stammbaum bis ins vorige Jahrhundert vorweisen könnten.

Den Seitenaspekt der Blutsauffrischung, das Vergewaltigen im Osten, ließ er unerwähnt. Aber beide dachten an den jungen Po-

len, dem ein warmer Frühlingsabend zum Verhängnis geworden war, aufgehängt!
«Alle wußten es, aber keiner sprach davon», dachte Matthias, und er meinte damit die Sache mit Carla. Nun, da der alte Freede hinübergegangen war, sich im Jenseits ächzend in dem Kreis seiner Väter niedergelassen hatte, konnte man ein bißchen dreister wispern. Und der Pastor tat's, und er sprach von Carlas schlanker Figur, über deren Anblick er sich jedesmal freue, wenn er sie einmal zufällig zu Gesicht bekomme. Das Puerile! Vor einiger Zeit habe er sie auf einem Rübenfeld gesehen, bis an den Horizont eine Rübe hinter der anderen, und sie da so einsam mit einer Hacke, die Furchen entlanggegangen und das Unkraut weggehackt von einer Rübe zur anderen ...
Ihr französischer Vater dann, Sergeant Charles aus Le Havre, Ende des Krieges an einer Grippe gestorben.

Da sie nun so einträchtig nebeneinandersaßen, kam der Pfarrer aufs Handlesen zu sprechen. Er wisse zwar, daß das Unfug sei, aber aus Spaß – ob er ihm nicht mal verdeutlichen könne, was die Linien – rein theoretisch – bedeuteten? Und er hielt Matthias vertrauensvoll die weiche Hand entgegen. Daß Matthias auf die Linien des Daumenballens wies und mannigfaltige Leidenschaften daraus ablas, gefiel ihm, und auch der Venushügel am Mittelfinger, deutlich ausgeprägt!, versetzte ihn in gute Laune.

Die beiden setzten ihren Waldgang fort. Die Schneise, in der ein Bauer noch nach dem Krieg auf eine Mine gefahren war und mit seinem Gespann in Stücke gerissen. – Das kleine grüne Haus, in dem der Schriftsteller wohnte: heute viel Betrieb, Autos an- und abfahrend. Der hatte wohl einen dicken Fisch gelandet. Endlich ging es mit der deutschen Literatur wieder aufwärts!
Nun kam auch das englische Mädchen Denny zur Sprache, daß es zurückgegangen sei in ihr Heimatland. Es sei ein janusköpfiges Verhältnis gewesen mit diesem Mädchen, er hätte sich ihm zugewandt, vom ersten Tage an, in ehrlichem Bemühen um Völkerverständigung und Frieden, so manche Stunde geopfert, aber sie habe woanders ihr Glück gesucht.
Nun mußte der Spaziergang beendet werden: Die Abdeckerei in

Eistedt blies Abgaswolken aus: durchdringende Schwaden von gerösteten Brötchen legten sich über die Landschaft.

Matthias fuhr nach Hause. «Sieh an», dachte er, «Carla ...» Ganz in den Röstgeruch gehüllt, probierte er, wie lange er die Luft anhalten kann beim Strampeln. Er stellt sich große Pulverisierungstrommeln vor, in denen das verbrannte Fleisch zu Kompost verarbeitet wird.
Im Glumm kletterten die drei Kleinen vom ersten Schuljahr auf einem Baum herum. Es war die Poleneiche, die einen großen Ast weitab streckte. Hier war der blutschänderische Pole, vom Ortsbauernführer herbeigeschleppt, mit Trommelschlag durchs Dorf geführt, ein kleiner blonder Junge, vom Dorfpolizisten aufgeknüpft, und alle hatten zugucken müssen. Das Mädel – wie hieß es man noch? –, kahlgeschoren, hatte unter dem Galgen gestanden. Nie wieder was gehört von ihr. – Vielleicht waren hier ja auch im Mittelalter schon Bauern aufgehängt worden? Matthias hatte mal ein Bild gesehen von plündernden Landsknechten, und in der Eiche wie Fledermäuse die Gehenkten ...

Er hielt an und pflückte die Kinder einzeln vom Baum herunter, obwohl sie auch aus eigener Kraft hätten absteigen können. Der Junge sprang ihm entgegen, Ditte ließ sich auffangen, und Ursula, das dünne Mädchen, glitt mit deutlichen Verzögerungen an ihm herab. Er setzte sie allesamt in seinen Anhänger und holperte nach Haus.

39

Irgendwie war es herausgekommen, daß in der Moorsiedlung eine alte Frau lebte, die Bauernteller besaß. Frau Herzog hieß sie, Ilse Herzog. Pastor Ortlepp, Lehrer Klein und Matthias erfuhren gleichzeitig davon, und es war schon merkwürdig, daß sie am selben Tag zur selben Stunde aufbrachen, um das Nest auszunehmen.
Matthias kannte das Haus, die bucklige alte Frau hatte ihm da-

mals, an seinem ersten Tag, mit dem Krückstock den Weg nach Klein-Wense gezeigt, und er hatte nicht einmal guten Tag gesagt. Das würde sich jetzt nachteilig auswirken, damit war zu rechnen.

Die Frau hatte einen blinden Sohn, der in einem Verschlag lebte und dort Küchenstühle mit neuem Flechtwerk ausstattete, was er in der Blindenschule gelernt hatte. Er bekam kaum Aufträge, weil es Ewigkeiten dauerte, bis er die Stühle repariert hatte. Auf allen Schützenfesten der Umgebung sah man ihn sich durch die Menge schaufeln, an der Theke hockte er dann mit rollenden Augenbällen, und die jungen Leute machten sich einen Spaß daraus, ihn zu foppen.

Als Matthias eintraf mit seinem Hoppelanhänger, von dem heiseren Hofhund empfangen, saß die Frau bei ihrem Sohn und las ihm Bibelsprüche aus einem Tageskalender vor. Der Pastor, der hinzutrat, kannte diese Sprüche, er fingerte ungeduldig an den Brennholzscheiten herum, die neben der Lagerstatt des Blinden aufgestapelt lagen. Korinther 13: schon gut, schon gut. Er hatte schließlich seine Zeit nicht gestohlen.

Dann kam Lehrer Klein, der brachte Leben in die Bude. Der hatte Erfahrung mit extremen Schicksalen, täglich mußte er mit seinem kranken Sohn auskommen und mit seiner kränkelnden Frau, und das gab ihm eine gewisse Robustheit.
Krank waren die beiden Moorleute nun nicht, das konnte man nicht behaupten, alt und bucklig die Mutter und blind der Sohn, aber nicht krank. «Eigenbrötlerisch», so hätte man sie nennen können. Das hatte mit der Abgelegenheit des Hofes zu tun. Statt einer Kuh hatten diese Leute Ziegen. Vor dem Haus eine Pumpe und hinter dem Haus das Plumpsklo. Nach dem Krieg war der Hof eine Anlaufstelle für dunkle Elemente gewesen, hier hatten Zigaretten gegen Wurst eingetauscht werden können und umgekehrt, Städter kamen mit einer Rolle Dachpappe und gingen mit einem Eimer voll Schmalz wieder fort, und wer dringend Nägel brauchte, zum Wiederaufbau des abgebrannten Hauses, kriegte sie bei Frau Herzog, die damals noch äußerst resolut gewesen war. Polen und Russen hatten bei ihr Feste gefeiert, und bei besonde-

ren Bedürfnissen konnte ohne weiteres an ihre Fensterlade geklopft werden, zu welcher Stunde auch immer.

«Na, Ilse?» schrie Lehrer Klein, der annahm, die Alte sei taub, weil sie bucklicht war. «Wo hast du das Zeug?»
Er hatte keine Lust, mit orientalischer Höflichkeit vorzugehen, er mußte bäuerliches Kulturgut vor Vernichtung retten, er hatte also Verantwortung für die Dinge zu tragen und konnte hier nicht herumscharwenzeln.
Als auch der Pastor in sie drang, raffte sich die Alte auf, nahm den Schlüssel vom Haken und ging voran über den Hof und in die Küche ihres kleinen Hauses. Lehrer Klein ließ dem Pastor den Vortritt, und deshalb mußte Matthias seinerseits den Kollegen vorangehen lassen, und das war ungünstig, denn die beiden Herren deckten mit ihren breiten Rücken den Tisch ab, auf den die Alte ihre Teller gestapelt hatte. Das Geschepper des in Stroh gebetteten Geschirrs war deutlich zu hören, aber Matthias konnte nichts sehen! Der mußte sich mit dem blinden Sohn befassen, der schnaufend neben ihm stand und die Augenbälle verdrehte.
Ein Rätsel war es, wieso die Frau so viele Zierteller besaß und hortete, *woher* sie die hatte und wozu eigentlich? Diese Frage wurde nicht weiter angesprochen. Fest stand, daß hier altes Steinzeug auf dem Tisch stand, bunt bemalt, das vor der Vernichtung durch unsachgemäße Behandlung bewahrt werden mußte, in eine größere Sammlung integriert und der Öffentlichkeit in einer dann einzurichtenden Heimatstube zugänglich gemacht.

«Gute Frau», sagte der Pastor, «Sie wissen wohl, daß das alles nicht viel wert ist?»
Das nahm die Frau nun nicht gerade an. Sie mochte sich fragen, wieso sich denn die drei Herren hierherbemüht hatten, wenn das alles nicht viel wert sei? – Die Herren verstanden kaum ihre Gier zu zügeln, und das trieb den Preis in die Höhe. Enttäuschung machte sich breit, als sich herausstellte, daß die meisten Teller rätselhafterweise dänisch beschriftet waren! Dänisch!

Matthias sah sich ausgeschlossen von den Geschäften, aber er hatte Lust, sich an dem Geraffel zu beteiligen. Und so griff er denn einfach zwischen den beiden Herrn hindurch und zog aufs Geratewohl einen blauen Teller heraus, auf dem stand auf gut deutsch: «In alter Freundschaft». Und er sagte ohne weiteres: «Zwanzig Mark würde ich Ihnen dafür ‹schonn› geben.» Keine Ahnung, was die andern beiden sich gedacht hatten, unter zwanzig Mark hätte man kaum gehen können, aber das Zielsichere seines Vorgehens feuerte sie an. Nun griffen sie zu: «Diesen? Nein den, welchen nehmen Sie? Dänisch? Na, das macht doch nichts, das ist doch originell ... Ich will Ihnen mal was sagen ...» Die Preise gingen in die Höhe, aber trotzdem war im Handumdrehen der Tisch leer, und jeder hatte einen Stoß bei sich stehen, Brieftaschen wurden gezückt, und Frau Herzog guckte betrübt in die Gegend. Sie hatte zwar mehr bekommen, als sie erwartete, aber es hätte natürlich noch mehr sein können.

Nach getaner Arbeit zerstreute sich die Gesellschaft rasch, Pastor und Lehrer trugen die Tellerstapel hinaus, vom Gekrächz des Schäferhundes geleitet, etwas clownhaft und wie auf der Bühne – vorsichtig, vorsichtig, daß nicht auf den letzten Drücker noch was kaputtgeht –, und brausten ohne weiteres auf und davon.

Matthias blieb noch einen Augenblick sitzen. Er sah der Frau zu, wie sie das Stroh zusammennahm und in den Herd tat. Ihr Sohn brummte und nölte, der wollte wissen, was das alles zu bedeuten hat. Drängte sich gar an ihn, praktizierte Tuchfühlung, und deshalb machte sich Matthias denn auch bald davon, er schob sein Rad auf den Damm und sah über das Moor hinweg, jetzt, in der Dämmerung, noch unheimlicher als sonst.
Er setzte sich auf einen Torfhaufen und stierte hinüber. Und da war es ihm eben, daß er in der Ferne die Gespensterfrau mit dem langen blonden Haar zu sehen meinte, winkte sie ihm?

Matthias wußte, daß das ein Trugbild war, und er wollte sich auf so etwas nicht einlassen. Er nahm sein Rad auf und wickelte den Teller in eine Decke und legte ihn in den Anhänger. Drüben stand die Alte noch auf ihrem Hof, sie schien auf etwas zu warten, also ging Matthias noch einmal zu ihr hinüber.

Sie hätt' da noch etwas, sagte sie und lud Matthias ein, in die Stube zu treten, ärmlich niedrig, finster. Sie öffnete einen Schrank, erst rechts, dann links, und in dem Schrank, und das war überraschend, lagen Hunderte von Packungen Waschpulver! So wenig sie ihre Wäsche und die ihres Sohnes auch waschen mochte, sie besaß einen ungeheuren Vorrat an Waschpulver! In Kriegs- und Nachkriegszeiten war das Zeug knapp gewesen, und da hatte sie dann nach dem Krieg jeden Monat eine Packung gekauft, als Rücklage fürs Alter – wer konnte denn wissen, was noch alles kommt –, als Geldanlage, und da lag das Zeug nun, was war damit anzufangen? Seinen Wert würde es gewiß nicht verlieren?

Matthias wußte es auch nicht. Er lobte die Frau für ihre Vorsorge und meinte, darauf könne sie sich verlassen, Waschpulver würde immer gebraucht, und er bezeichnete sie als schlau und drohte ihr gar mit dem Finger.

Oben auf dem Schrank lag eine Haubenschachtel, sie war in naiver Manier mit Blumen jeder Art bemalt. Auf dem Deckel war ein Mädchen abgebildet, das Gänse mit einer Gerte hütet, und ihr gegenüber ein Junge, der den Hut gezogen hat und tanzt. Diese Schachtel wurde ihm auch noch verkauft, und eine kleine Zinnschüssel, hübsch verziert, die nahm Matthias ebenfalls mit, die kriegte er quasi «zu».

Als er dann auf dem Weg nach Hause war, kam ihm ein weißer DKW entgegen. Dr. Müllermann-Ohfe hatte von der Aktion Wind gekriegt, aber zu spät! Er hielt an und kurbelte das Fenster herunter, ganz außer sich: Teller? «Warum weiß ich nichts davon?» Als er den blauen Teller in dem Fahrradanhänger sah, zog er die Augenbrauen hoch, und über der Zinnschale sackte er direkt zusammen. Er nahm sie in die Hand und ließ sie wie das Steuerrad seines Autos durch die Finger gleiten. «Au wei!» sagte er. «Das ist aber was Schönes ... – Und was war sonst dabei? *Dänische* Teller? *Dänisch*!» rief er. «Ja, um Gottes willen, da wird es sich doch wahrscheinlich um Teller aus dem Fronhus handeln! Die hatten doch eine dänische Oberin, vor zweihundert Jahren!!» 1945 sei dort geplündert worden und alles kurz und klein geschlagen, aber

eben auch weggetragen manches. Er nahm zur Kenntnis, daß Klein und Ortlepp sich damit versorgt hatten.
«Na wartet!» schien er sagen zu wollen, und dann schoß er in die Dunkelheit davon.

Matthias machte am nächsten Tag bei Bauer Fitschen einen Besuch. Er hatte den Freundschaftsteller unter der Jacke, und Frau Fitschen war sehr erstaunt, daß er ihr den schenkte. Sie nahm ihn mit in die Küche und schrubbte ihn mit Kernseife ab, putzte ihn blank und trug ihn auf die Diele. Neben den eichenen Ahnengedenktafeln würde er sich gut machen, dort ein Bord anbringen. Das war ja richtiggehend Altertum!

Matthias sagte, er freue sich, daß Tochter Anita den Garten immer so schön besorgt, er hätte ja keine Ahnung von so was, und diesen Teller schenke er ihnen dafür, der wär' bei einem Bauern ja viel besser aufgehoben als bei ihm ....

Als Fitschen am Abend vom Feld kam und davon hörte, wie großzügig der Lehrer gewesen war, und überhaupt – Nachbarschaft, immer so solide, ganz anders wie Schmauch, der oftmals herumkrakeelt hatte ... Vielleicht würde Anita ja doch noch heiraten und Kinder kriegen, und da war es schon gut, daß man zum Lehrer ein gutes Verhältnis hätte. Also ging er hinauf ins Schlafzimmer und hängte ohne langes Überlegen das Bild von Kallroy ab, das er eigentlich noch nie gemocht hatte, und brachte es dem Schulmeister hinüber, seine Frau guckte aus dem Fenster, und Anita kam aus dem Stall gelaufen.

Der gute Mann brachte es also, das Bild von Kallroy, und es wurde mal an *die* Wand gehalten und mal an *jene*, und es zeigte sich, daß es am besten in der Veranda aufgehoben war, und zwar über der Truhe des Bürgermeisters: ein Reigen nackichter Dorfkinder, die einander Kränze übers Haupt halten.
Später begann ein gewaltiges Rumoren drüben bei den Fitschens, die Frau keifte und der Mann brummte, und dann lief der Mann in den Garten, von seiner Frau gefolgt, die die Fäuste hoch erhoben hatte, und die Anita hörte man kreischen: «Mami! Mami!

Mami!» und der Mann brummend, sie soll sich doch um Gottes willen nicht so aufregen, aber die Frau: «Nein!!»

Dr. Müllermann-Ohfe aber saß unterdessen am Schreibtisch seiner Amtsstube und telefonierte, was das Zeug hielt; dem Landesmuseumswart berichtete er vom sensationellen Auftauchen des Klostergeschirrs, keine Ahnung davon gehabt, daß so etwas überhaupt existierte ... Am nächsten Morgen gab er sich einen Ruck, zog die Krawatte fest und fuhr nach Sassenholz zum Pfarrer, dessen Frau zunächst einmal von nichts und gar nichts wußte – «Was für Teller?» –, dann aber doch, und das war ja eine ganz vertrackte Sache, Hehlerware im Pastorat? und Lehrer Klein wurde aus dem Klassenzimmer gerufen, Herrgott, immer diese Störungen ... Unrecht Gut, und «das ist eine ganz ernste Sache, Herr Klein ...», von einer Benachrichtigung des Schulrats wolle man mal absehen einstweilen. Der Justitiar würde freilich noch gehört werden müssen.
«Was haben Sie sich eigentlich dabei gedacht?»
Also: Alles wieder herausrücken, schweren Herzens hingeben, Stück für Stück ... Und Müllermann-Ohfe ließ sich Handtücher reichen und wickelte die Teller ein, und es war am hellen Licht des Tages zu sehen, daß es sich um prachtvolle Stücke handelte. Noch nie gesehen so was! Ob man eine Ausgleichszahlung würde erwirken können, das wäre noch sehr fraglich, hinsichtlich des Eigentums wäre die Sache doch wohl eindeutig, nicht wahr?
Grundsätzlich verfällt Hehlerware dem Staat – Hehler sind Stehler –, da kann man noch froh sein, daß keine Anzeige erstattet wird ... im Grunde sehr ernst die ganze Sache ... Und dann fuhr Müllermann-Ohfe nach Haus und sah sich die Stücke in Ruhe an, und bei vierunddreißig Tellern kommt's ja nicht so genau drauf an, ob es nicht vielleicht bloß dreiunddreißig sind? – Daß es *sechsunddreißig* gewesen waren und sie sich in der Nacht bei Pastor und Lehrer um je ein Exemplar vermindert hatten, war eine andere Sache, die ging niemanden was an.
«Weißt du, Annegret», sagte der Pastor zu seiner Frau, «am besten wird es sein, wir geben das Stück nach Pittsburgh zu Ingrid.»

Müllermann fuhr dann noch zu Frau Herzog, klopfte an die Fensterlade und heizte ihr tüchtig ein, aber diese Frau konnte man mit

«Polizei» nicht schrecken, die kannte das von früher, und: Wo nichts ist, da hat der Kaiser sein Recht verloren. Dänische Teller waren jedenfalls nicht mehr da.
Allenfalls Waschpulver wäre zu offerieren gewesen.

40

Matthias war gerade dabei, die Tafel zu wischen, erst trocken vor, dann zweimal naß, mit schiefgelegtem Kopf und Zunge zwischen den Lippen, da fuhr ein Volkswagen mit Schwung auf den Hof, und ihm entstieg der Schulrat zur längst fälligen unangemeldeten Visitation! Schon einmal vergeblich gekommen, und nun mal Tacheles reden, nun die Karten auf den Tisch! – Es war ein ganz gewöhnlicher Dienstag, zweite Stunde, und nichts Besonderes lag an. Matthias hatte eigentlich eine ruhige Kugel schieben wollen, nun blieb ihm erst einmal die Luft weg. Wie gut, daß er sich rasiert hatte und eine Krawatte trug!

Der Schulrat war gut gelaunt, herrlich, der Bausparvertrag würde in den nächsten Tagen zugeteilt werden, und die Tochter zum Jugendaustausch nach Bordeaux?
Herrlich auch, daß er in dieser Schule einen extra Garderobenhaken vorfand, wie er es immer und immer wieder angeregt hatte in jeder Kreislehrerversammlung landauf, landab: einen Extrahaken, etwas höher als die Kinderhaken, damit der Mantel nicht auf dem Boden schleift und sich vollsaugt mit Fußbodenöl.
Das war schon mal positiv. Das schlug schon mal zu Buche.
Er begrüßte Matthias nicht gerade mit beiden Händen, aber er lobte ihn für die saubere Arbeit, die er da gerade vollbrachte, das Tafelwischen, eine handwerklich saubere Arbeit, ein Schulmeister müsse auch ein guter Handwerker sein, o-a-nisatorisch und so weiter und so fort. Nichts abstoßender als die jungen Kolleginnen, die oft mit so einer verächtlichen Bewegung das abwischten, was sie gerade eben angeschrieben haben – achteten ihre eigene Arbeit nicht! Er habe schon Wandtafeln gesehen, auf denen das ganze

Menü einer Woche zurückzuverfolgen war, immer wieder kriege er das zu sehen. Schrecklich!
Von den neumodischen Wandtafeln aus Glas hielte er nichts, ihm waren die stinknormalen schwarzen, aus gutem deutschem Fichtenholz, mit roten Linien, am liebsten, natürlich ohne die eingravierten vermaledeiten Notenstriche.
Ja, das Tafelwischen. Zu neuen Ufern lockt ein neuer Tag!
In seiner Lehrerzeit habe er auch immer besonderen Wert auf eine saubere Tafel gelegt und auf gute Kreide. Eine neue Stunde – eine frische Tafel. Sei das denn nun so schwer zu begreifen? Mit diesen einfachen Dingen ginge es doch schon los …

Auch daß die Kinder sich bei seinem Eintreten donnernd erhoben – die Sitzflächen krachten zurück –, machte einen guten Eindruck, «Egon» wehrte allerdings ab, bleibt sitzen, bleibt sitzen! Ich bin ja auch nur ein Mensch … Aber gut auch, daß hier alte Sitten noch hochgehalten wurden. Er war nicht fürs Dämmeeinreißen. Die Spielregeln nicht ändern, unter denen die Gesellschaft angetreten ist, sonst kommen die Leute eines Tages auf die Idee, den ganzen Staat umzukrempeln.
«Auf die Façon kommt es an.»

Während er einzelne Mädchen unters Kinn faßte und nach ihrem Namen fragte und den Knaben begütigend die Hand auf die Schulter legte, griff Matthias unauffällig in die Schublade: Da lagen die drei fix und fertig ausgearbeiteten Visitationsstunden parat, für alle Fälle in wochenlanger Arbeit ausgefeilt und ausgefuchst und immer wieder ergänzt, gekürzt, vertieft. – Er war gerüstet, er wollte sich nicht überraschen lassen! Drei Vorführstunden, römisch I, II, III, hatte er ausgearbeitet, und er griff sich die Nummer römisch II und reichte sie dem Schulrat: eine Stunde, die wahrhaftig auf Hochglanz gewienert war, mit Zeitleiste versehen, wie viele Minuten für «Darbietung» zu verwenden seien, für «Gespräch» und «Stillarbeit» – wie viele Sekunden zwischendurch zum Innehalten dienten – methodische, didaktische und psychologische Vorüberlegungen. Stundenziel, Lernziel, Hausaufgaben usw. Und: «Standort des Lehrers» in Rot, ob leger am Fenster oder im Rücken der Kinder. An alles war gedacht.

«Das Auto», hieß die Stunde, ein Thema, bei dem ihm die Aufmerksamkeit aller Kinder sicher war.
Es konnte sofort losgehen.

Drei Zigeuner fand ich einmal
Liegen an einer Weide,
Als mein Fuhrwerk mit müder Qual
Schlich durch die sandige Heide ...

Passenderes Liedgut war nicht zu beschaffen gewesen: «Meine Oma fährt im Hühnerstall Motorrad»? Das doch wohl lieber nicht ...

Einen kleinen Aufschub erfuhr das Geschehen dadurch, daß der Schulrat auf der jetzt sehr reinlichen Tafel vorführte, wie schön er schreiben kann, die wundervollen Großbuchstaben, und – Sütterlin! Matthias hatte Hemmungen, das dann wegzuwischen: Aber es mußte sein, er brauchte doch die Tafel! Er tat es ein wenig zögernd, aber doch auch freundlich und sorgsam, er wollte jetzt seine Autostunde halten, und damit war unverzüglich zu beginnen.

Er zeichnete mit einem einzigen Schwung den Umriß eines Autos an die Tafel, x-mal geübt und zur Perfektion gebracht, sodann ernannte er die Kinder zu Autokonstrukteuren und ließ sie die Silhouette ausfüllen mit allem, was zu einem Auto gehört, Steuerrad, Scheinwerfern, Rädern, und er wählte aus dem stürmischen Fingerwald nach dem Muster der Würfel-Fünf Schüler aus, die nach und nach das Silhouettenauto vervollständigten. Ein Auto sollte es werden, ausgestattet mit allem, was nötig ist. Bei seinem Aufrufesystem wechselte er zwischen Würfel-Fünf und Würfel-Drei, hin und wieder praktizierte er auch den Rösselsprung. Niemand hätte ihm vorwerfen können, er nähme immerfort nur die Besten dran. Nicht nur die Spitzenkinder vorführen, sondern alle normal Sterblichen gleichmäßig zu Wort kommen lassen, das war in Klein-Wense die Devise.
Der Schulrat zog die Brauen hoch ... Das, was er hier zu sehen kriegte, war ja hochinteressant. Und eine so ausführliche schriftliche Vorbereitung?

Die Sache lief flott an, Handbremse, Rückspiegel, nichts wurde vergessen, und wenn das Geschäft stockte, machte Matthias eine Geste zur Tür: Bitte schön, nichts einfacher als das! Seht mal nach, was noch fehlt, draußen am Auto unseres lieben Herrn Schulrates könnt ihr nachgucken, und die Kinder rasten auf den Hof, die Hupe natürlich, die fehlte noch, und die Antenne!, wobei sie durch das Hin- und Herlaufen ganz nebenbei ihre Motorik abreagierten, wie das von Psychologen immer und immer wieder gefordert ward.

Bei der Gelegenheit huschte auch die Katze hinaus aus dem Klassenzimmer, die sich beim Anblick des Schulrats unter das Klavier verzogen hatte. Der Schulrat bemerkte das nicht, Gott sei Dank, wie er das Tier auch vorher nicht bemerkt hatte.

Sehr gelegen kam es, daß ein Lieferwagen vor der Schule hielt und daß der Fahrer sich zu dem geöffneten Klassenfenster hinüberbeugte und fragte: «Wo geht es denn hier nach Kreuzthal?»

Da war nicht sofort zu antworten: erst links, dann rechts ..., sondern Kinder durften ans Fenster treten und dem Mann freundlich Auskunft geben.

Das alles war höchst wunderbar, ja: mustergültig, ein blaues Wunder sozusagen. Der Schulrat traute Augen und Ohren nicht. Er fingerte an der Vorbereitung herum: Es schien etwas dran zu sein am freischaffenden Lernen in je eigener Behaustheit.

Auch daß einzelne Kinder den Klassenraum verließen und ohne zu fragen die Toilette aufsuchten und sich hinterher die Hände abspülten im Waschbecken, war positiv. Alles so schön natürlich und ganz ohne diesen Drill, der noch immer überlebte bei so manchem alten Kommißkopp.

Die Stunde lief ab wie ein gut geöltes Räderwerk. Als keine Autoeinzelheit mehr fehlte an der Tafel, sagte Matthias (und das war als Witz eingeplant): «Aber Kinder! Ihr habt ja noch den Blumenstrauß vergessen!» – «Welchen Blumenstrauß?» – «Na, den Strauß, den der Autofahrer seiner Frau mitbringt ...» Das trug der Schulrat in sein Notizbuch ein, und er machte drei Ausrufezeichen dahinter.

Dann durften die Kinder die Einzelheiten des Autopuzzles an der Tafel grün, rot und gelb ausmalen, und Matthias schrieb den jeweiligen Ausdruck, wie es in der Vorbereitung ganz richtig stand, an die linke Außentafel, zum späteren Ordnen nach dem Alphabet: zur Verwendung in Sprachlehre und Sprachkunde: Handbremse, Fußbremse, Außenspiegel, Innenspiegel. Geeignetes Rohmaterial für das Wochendiktat.
Wie ist das möglich, dachte der Schulrat, daß ich auf meine alten Tage noch so was Schönes zu sehen kriege? So einen perfekten Unterricht? Das schnurrte ja ab wie ein Uhrwerk! Er war verblüfft. An den Film «Die drei Codonas» mußte er denken, den er in Dijon bei der Truppenbetreuung gesehen hatte, an das elegante Trapezgefliege der Artisten unter dem lichterübersäten Zelthimmel. Dies hier war ein anderer Schnack wie in Oldeshausen, wo die junge Lehramtsanwärterin weinend zusammengebrochen war über den Trümmern ihrer Stunde und sich anschließend drei Wochen krankgemeldet ... Eine solche Unterrichtsprobe hatte er noch nie erlebt! Hatte dieser junge Mensch vielleicht von irgendwoher einen Tip bekommen? Am Dienstag, zweite Stunde, kommt der Schulrat?

Aber das war ganz unmöglich, denn er hatte heute früh ja selber noch nicht gewußt, wen er beglücken würde, erst beim Rasieren hatte er gedacht: Willst doch mal in Klein-Wense nach dem Rechten sehen ... – Niemand konnte davon gewußt haben. Keiner hätte es ausplaudern können.

Aber: Wie war es möglich, daß ein junger Lehrer eine so perfekte Stunde hinlegte? Diese Frage stand im Raum. In seiner ganzen Schulratszeit war ihm das noch nicht vorgekommen, und auch vorher nicht. Stottereien waren die Regel gewesen, Pfuschereien, Halbsachen ... Handelte es sich denn hier um Zauberei?
«Fabelhaft!» schrieb er in die Akte, während Matthias vorn mit ausgetüftelten Späßen und Volten glänzte und nebenbei fieberhaft überlegte, was er bloß tun sollte, wenn der Schulrat noch eine zweite Stunde würde sehen wollen ...

Zum Schluß eben noch ein Gedicht aufsagen. Der Herr von Ribbeck hatte zwar nichts mit Autos zu tun, aber es war irgendwie

herzig, wie diese Kinder, die ja plattdeutsch aufwuchsen, dieses: «Junge, wisste 'ne Beer?» aussprachen, und den Schulrat dabei anguckten! Auch das verfehlte seine Wirkung nicht.
«Diese Kinder sind ganz unbefangen, sie wachsen ohne Scheu auf, ohne frech und respektlos zu sein.»
«Hundertprozentig», schrieb der Schulrat. Nun würde noch nach etwas Negativem, Einschränkendem Ausschau zu halten sein, *so* konnte der Bericht nicht zu den Akten genommen werden.

Der Schulrat schnüffelte also noch ein bißchen herum, Hefte durchblättern, Versäumnisliste überfliegen, auf die kein Lehrer einen Eid ablegen würde, aber da war nichts Rechtes, das er hätte beanstanden können ... also überlegte er tatsächlich, ob er noch eine zweite Stunde dranhängen müßte, aber er war ungeduldig, hier hatte er nichts mehr verloren! Irgendwie hatte er vielleicht auch die Befürchtung, daß die Sache abfallen würde, daß der Bravour ein Eklat folgte ..., und das wollte er sich nicht antun. Er hatte sich entschlossen, heute einmal ganz befriedigt zu sein.
Er heftete die Stundenvorbereitung in die Personalakte. Daß auf ihr das Datum fehlte, bemerkte er nicht.
Eben noch mal auf die Schreibhaltung aufmerksam machen, den jungen Kollegen. Die Haltungsschäden nähmen immer mehr zu, sagte er zu Matthias. Ob er auch die Bankplätze jede Woche wechsle? Konsequent? Wer links außen sitzt, lehnt sich naturgemäß zur Seite? Da also ab und zu tauschen, die Linksleute mit den Rechtsleuten; an den i-Tagen oder an den o-Tagen? die Kinder machen das dann schon von selbst? Sonst wachsen die jungen Rückgrate alle nach einer Seite?
Das müsse doch o-a-nisatorisch in den Griff zu kriegen sein?

Das Augenmodell auf dem Klavier, ob ihn das nicht störe?, fragte er schließlich, er für seine Person würde das nicht aushalten, dauernd angeguckt zu werden.
«Na ja ...» Und dann kam's: «Chacun, wie ich immer sage, nach seinem Geschmack.»
Ach, nein, sagte Matthias, und klappte das Augenlid des Modells herunter, das erinnere ihn an die Darstellung der Dreieinigkeit auf gewissen Hochaltären. Es sei ganz gut, wenn man es täglich spürt,

daß Gottes Auge auf einem ruht. Daraus erwachse Segen für die Arbeit.
Bums!
Auch das notierte der Schulrat. Das war bemerkenswert! So stand der junge Kollege also fest auf dem Boden des Christentums?

Schlag neun Uhr fünfunddreißig war die Sache ausgestanden.
«Kinder, es ist Pause!»
Die Herren gingen zu Matthias in die Wohnung hinüber, durch die Küche hindurch, in der leider noch das Frühstücksgeschirr stand, in den blanken Salon. Auch dies war «Donnerwetter!», denn der Schulrat hatte Geschmack. Er für seine Person würde solche Möbel, wie er sie hier sähe, jedenfalls nicht auf den Sperrmüll geben. Wer tut denn so was. Und dann die Veranda!, mit Tellerbord und Truhe ... Daß der junge Kollege hier in Klein-Wense so etwas Schönes in sein Leben hineinnahm, sprach für ihn. – Die mit geschnitzten Herzen versehene Truhe, der Altländer Stuhl und – Brille abnehmen und wieder aufsetzen – das war ja wohl, war das nicht ...
«Aber, mein Bester, das ist ja ein Kallroy! – Ist der echt? C'est bon!», und, an Matthias warm herantretend, ob er nicht ein gutes Wort einlegen könnte bei der Künstlertochter, daß er ihr seine Aufwartung machen dürfe – und vielleicht irgendeine Skizze erwerben? Würde sich das nicht deichseln lassen?

Was die Bücher dort auf dem Fußboden sollten, was meinte er, ob sie zwei beiden die mal eben rasch aufheben und auf den Tisch legen wollten? Das stecke noch so in ihm drin, Bücher sorgfältig behandeln ...

Matthias setzte seinem Vorgesetzten eine Tasse Nescafé vor, und der hohe Herr sah, die Kaffeetasse in der Hand, in den Garten hinaus, wo Anitas enormes Hinterteil sich zwischen den Büschen hindurch ihnen entgegenstreckte. – Eine Bauerntochter zu ehelichen wär' das übelste nicht, meinte er, aber dann lieber eine aus dem Nachbardorf, sonst gibt es Geklüngel.
Die Tasse wurde zurückgestellt, das Kallroy-Bild erneut betrachtet und zum allerletzten Mal «C'est bon!» gesagt und mit der Zunge französisch geschnalzt.

Ruckartig innehalten: «Und Sie kennen die Kallroy-Tochter persönlich? Wie ist sie denn so? Gehen Sie dort aus und ein?»

Als es Zeit war, begleitete Matthias den Herrn nach draußen, der ihm wie nebenbei erzählte, daß seine Tochter augenblicklich in Bordeaux weile, das schöne, schöne Frankreich ... Er selbst anno 1942, noch bevor die Sache mit den Widerständlern sich auswirkte, dort gewesen, im Verwaltungsbereich tätig, später dann leider im Osten ...
Keines der unbeaufsichtigten Pausenkinder hatte sich inzwischen das Genick gebrochen.

«Fabelhaft!» sagte der Schulrat zu Matthias und drückte ihm warm die Hand, «die Stunde war ganz fabelhaft, so etwas kriegt man selten zu sehen ... Aber diese Zaunlatte hier, die hier so quer hängt», das müsse er eben noch kurz und trocken anmerken, «das geht nicht, daß die hier so quer herumhängt, da mal den Tischler kommen lassen, wie sieht denn das aus», das müsse er eben mal ganz kurz und trocken noch sagen dürfen, so was zu reparieren, das müsse sich doch o-a-nisieren lassen?
Und: Die Toilettentüren – das sei ihm aufgefallen, müssen die nun durchaus offenstehen? Kann man die nicht schließen? So ein alter Fuchs wie der Schulrat sieht eben alles!

Daß die Scheiben seines Wagens, obwohl erst am Morgen frisch geputzt, durch die Hände der wißbegierigen Kinder nun verschmiert waren, mußte hingenommen werden.
Hier zeigen, daß auch ein Schulrat Spaß versteht.
Im übrigen – Fenster herunterkurbeln –, was Matthias meinte, ob der Kollege Stichnoth so recht einschlage? Was meine er? Ob sich das anlasse dort?

In eleganter Kurve fuhr er vom Schulhof, die Kinder legten die Hand grüßend an die Stirn.
Was für ein wundervoller Blumenstrauß hatte auf der Fensterbank gestanden, das war ja ein Gedicht gewesen .... Kein Wunder, daß der Schulrat leise vor sich hin pfiff – er war Zeuge eines außerordentlichen Ereignisses geworden.
Blumen – ach ja –, der Frau einen Strauß mitbringen, das wäre

eine gute Idee. Aber das konnte man ja auch ein andermal tun, sonst denkt sie wer weiß was alles.

Uff! Als das Auto davonfuhr, hätte sich Matthias am liebsten platt auf den Boden geschmissen. Nun aber alle fünfe grade sein lassen. «Kinder, hier habt ihr'n Ball ...»
Zu Mittag, im Gasthaus, bestellte er sich zur Feier des Tages ein Bier und sogar einen Schnaps. Ein halbes Jahr Klein-Wense: Richtig fett war er geworden durch das regelmäßige kohlehydrathaltige Bauernessen, der Gürtel mußte ein Loch weiter gestellt werden. Am besten gleich noch einen Schnaps ...

In der Nacht fiel ihm ein, daß er ja die Hauptsache in seiner Autostunde völlig vergessen hatte: den Motor! Er hatte das Wesentlichste am Autohaften ja gar nicht hervorgehoben. Nicht einmal erwähnt!

Ungefähr zur gleichen Zeit kratzte sich der Schulrat am Kopf, dem fiel das auch grade ein.
«Vielleicht hätte ich mir die zweite Stunde doch noch ansehen sollen», dachte er und tastete nach der Hand seiner Frau.
«Ja», sagte sie, «du glaubst auch ümmer so viel in die schungen Leute rein.»
Gleich morgen die Notizen zur Visitation etwas ins Vage hinein verschieben, sonst fällt man womöglich bei der zweiten Prüfung aus allen Wolken! Und der Regierungsschulrat dann: «Aber Herr Kollege, das hätten Sie doch merken müssen ...»

41

Weil nun alles so gut gelaufen war mit der Visitation, das Verhältnis zur Schulbehörde also erst mal in bester Ordnung, belohnte sich Matthias mit einer kleinen Ausfahrt. Er fuhr nach Kreuzthal und setzte sich ins Freibadcafé, Mädchen angucken: wie sie ins Wasser hechten oder sich herausstemmen aus dem

Becken. Ein Fernglas hätte er brauchen können. In den hinteren Regionen spielte sich etwas ab, das nahm er wahr. – Um das zu untersuchen, zahlte Matthias seinen Kaffee und kaufte sich beim kleinen Weber eine Badehose. Verdammt teigig sah er aus, das konstatierte er in den Spiegel hinein, man würde den Körper öfter mal der Luft aussetzen müssen, sich braunbrennen lassen ... Vielleicht doch mal Heu staken in freischaffender Behaustheit.

Zwei Runden exakt Brustschwimmen, und dann auch schon wieder hinaussteigen aus der Flußwasserbrühe. Von Erfrischung konnte keine Rede sein. Als er sich eben gelagert hatte, den Kopf auf die Aktentasche gebettet, in der Nähe der hinteren Regionen, aus denen man ihn befremdet musterte, verzog sich die Sonne, und das Freibad leerte sich.

Auf der Rückfahrt besuchte er den Kollegen Stichnoth in Meckersen. An ein und demselben Tag den Beamteneid abgelegt, wenn auch ohne die Gottesformel, und am selben Tag den Lehrbetrieb aufgenommen: So etwas verbindet doch!

Meckersen war womöglich noch kleiner als Klein-Wense: Sechs reiche Bauernhöfe und eine Flüchtlingssiedlung aus Baracken und grün angestrichenen Hütten. Wer irgend konnte, war längst weggezogen, nach Hamburg oder Bremen. Geblieben war, wer Arbeit gefunden hatte in der nahe gelegenen Blechschneiderei Jakobsen.

Das Dorf wurde zerteilt von einer kurvenreichen Fernstraße, auf der schon so manches Kind zu Tode gekommen war. Das Donnern der Fernlaster machte das Dorf unwohnlich, oft standen die Frauen an der Straße, den Kopf in die Hand gestützt: Wer hätte es gedacht, daß es noch so weit kommt mit unserem Dorf.

Stichnoth war in seiner Klasse, er schrieb einen Text an die Tafel für sein erstes Schuljahr:

> Die Mutter ist lieb
> der Vater ist lieb
> alle sind lieb
> wo ist Willi?

Stichnoth wohnte in einem noch unverputzten, sparsamen Neubau neben der Schule. Das alte Schulmeisterhaus war abgerissen worden, es hatte einer Kurvenverbreiterung der Fernstraße weichen müssen.
Im Schulmeistergarten sah es aus wie auf einem Autofriedhof, denn Stichnoth beschäftigte sich mit der Instandsetzung alter Autos. Er lud Matthias ein, sich sein schönstes Stück anzusehen, ein großer alter BMW – von Brombeerranken überwuchert, Motor total im Eimer, aber er kriegt das schon hin. Den kleinen Vorkriegs-Renault, bei einem Bauern in Poggenreich entdeckt, hatte er ja auch wieder hingekriegt, bei dem waren die Probleme allerdings nicht so gravierend gewesen, kein Kolbenfraß, und die Nockenwelle noch absolut ausgewuchtet ...

Stichnoth wischte sich die Hand mit einem Lappen ab und holte zwei Flaschen Bier. Sie setzten sich hinter das Haus und begannen ein Autogespräch, das hin und wieder eine Unterbrechung erfuhr, wenn ein Fernlaster über die nahe Straße donnerte, vor der Kurve mußten sie alle aufbrüllend runterschalten, einer nach dem andern, vom Gezische der Knorr-Luftdruckbremsen mal ganz zu schweigen.

Es dauerte eine Weile, bis Matthias, dessen gute Laune sich allmählich verflüchtigte, von dem Schulratsbesuch berichten konnte. Er nahm eine pfiffige Miene an und schilderte seinem Kollegen, wie groß der Schreck ist, den man kriegt, wenn der Schulrat ohne jede Vorwarnung auf den Hof gerollt kommt, aber dann, Holzauge sei wachsam!, Schublade auf und Stunde römisch II herausholen und abrollen lassen die Sache.
«Der hat vielleicht Augen gemacht!»
Und weil die Sache gut funktionierte, habe er nun erst mal Ruhe hinsichtlich unangemeldeter Visitationen, obwohl, es könne ja sein, daß es dem Mann gefällt, eine Woche später noch einmal zu visitieren, weil der Kandidat sich in Sicherheit wiegt und die Zügel schleifen läßt. In solchem Fall: einfach die Stunde römisch I oder III herausholen ...
«Holzauge, sei wachsam!»

Stichnoth hörte aufmerksam zu, er mochte daran denken, wie es ihm gelingen könnte, vor einer solchen behördlichen Untersuchung zu bestehen. Der Schulrat war schon mal bei ihm gewesen, aber nicht zur Unterrichtszeit, sondern nachmittags, weil mit dem Vergaser seines Autos was nicht in Ordnung war, vielleicht galt das ja auch ein bißchen als Visitation, zumal der Schaden in wenigen Minuten hatte behoben werden können – der Filter war von Mücken, Fliegen und Staub verstopft gewesen und hatte nur gereinigt zu werden brauchen. – Vielleicht dachte der Schulrat ja: Ein Mensch, dem es gelingt, mein Auto innerhalb von fünf Minuten zu reparieren, bei dem muß auch der Klassenbetrieb in Ordnung sein, in jeder Hinsicht ausgewuchtet und gut geölt.

Aber immerhin. Es empfahl sich, diese Angelegenheit nicht auf die leichte Schulter zu nehmen. Er registrierte also die Informationen, die ihm geboten wurden. Er spitzte die Ohren und ließ sich von den Gewohnheiten und Vorlieben beziehungsweise Macken des Mannes erzählen, von dem so unendlich viel abhing. Er würde sich weiter umhören, das nahm er sich vor, in andern Dörfern, bei anderen Kollegen.

«Existiert das Prüfungsbuch eigentlich noch?»

Ob Matthias ihm nicht eine seiner vorbereiteten Vorbereitungen ausborgen könne?, fragte er, diese Musterstunden oder was auch immer, die würde er dann ein wenig abändern und ihm in der nächsten Woche zurückgeben? – Hierauf mochte Matthias nicht eingehen, das hätte gerade noch gefehlt. Statt dessen beschrieb er ihm die Stunde von Elfriede Wehrhahn in Hamersiek, die Sache mit den Händen. Die Hand als ein Bittendes oder Abwehrendes, ein Lockendes und Beschwichtigendes ... Stichnoth sah sich seine eigenen Hände an und machte ein nachdenkliches Gesicht. Nach solchen Spitzfindigkeiten stand ihm der Sinn nicht. Er für seine Person hoffte mit anderem zu bestehen, er würde auf dem Schulhof einen Verkehrsgarten einrichten, Hauptstraßen und Nebenstraßen und Kreisverkehr. Auf dem dann die Kinder einweisen, mit Rollern und Seifenkisten, daß sie stets rechts fahren müssen, und was ein Stoppschild ist. So etwas kann nicht früh genug eingeschliffen werden. Wenn er das dem Schulrat vorführe, dann würde der sicherlich beeindruckt sein. Er überlege, ob man nicht sogar Kontaktleisten einbauen könne, nach dem Prinzip elektrischer Weidezäune, womit die Kinder kleine elektrische Schläge kriegen, wenn sie sich nicht verkehrsgerecht verhalten. Bei Rot über die Kreuzung fahren: zack! ein elektrischer Schlag.

Insgeheim dachte er daran, den Posten eines Verkehrsunterrichtsberaters beim Schulrat zu besetzen, als ehemaliger Polizist? Das bot sich doch an! Mit dem Schulrat von Dorf zu Dorf fahren und den ganzen Schulaufsichtskreis mit Verkehrsgärten überziehen und dann regelmäßig inspizieren und Berichte schreiben. – Fahrradkontrollen durchführen, ob die auch alle verkehrstüchtig sind. Verkehrslotsen rekrutieren. Van Dechterong hatte bereits gesagt: Es ist fabelhaft, was Sie für Ideen haben!, der würde ihn vielleicht vorschlagen als Verkehrsberater; Schriftführer im Lehrerverein war er ja schon. Und wenn die alten Säcke das nicht vorschlagen, daß er Verkehrsberater beim Schulrat wird, alles hinschmeißen, dann kuschen die? – Vielleicht gab es für den Posten eines Verkehrsberaters beim Schulrat sogar Unterrichtsentlastung: zwei Stunden im Monat? Und Aufwandsentschädigung? Vielleicht auch mal einen Kursus in der Pfalz?

In Stichnoths Steingarten, den sein Vorgänger angelegt hatte, blühten durchaus noch einige Moose. Auf den Steinterrassen hatte Stichnoth jedoch rostige Autoteile abgelegt, denen er ein reinigendes Ölbad angedeihen lassen wollte. Vielleicht würde es ihm ja gelingen, den BMW wieder flottzukriegen, und dann bei der nächsten AG damit vorgefahren kommen, was die Leute dann wohl staunten? Und den dann verkaufen und andere Wagen kaufen und auch flottmachen und auch verkaufen und vielleicht so viel daran verdienen, daß man den Job hier aufgeben kann und eine Stange Geld verdienen?
Diese Überlegungen hinderten ihn nicht, Matthias zu lauschen, die Hände-Stunde war ja vielleicht doch realisierbar – «Wie ging das man noch gleich?» – und: sofort morgen in der Klasse einen Haken für den Mantel anbringen, damit der Schulratspaletot nicht auf dem geölten Fußboden schleift. Das war immerhin eine wertvolle Information, damit konnte man schon einiges abfedern.

Hinter der Garage standen Kaninchenställe mit weißen, schwarzen und gefleckten Insassen. Die Vorhängeschlösser waren mit kleinen Lederkappen vorm Verrosten geschützt. Zwölf Kaninchen besaß Kollege Stichnoth, das ergab jeden Monat einen Braten.

Während sie da so saßen und miteinander redeten, kamen zwei Schüler um die Ecke mit Schulheften in der Hand.
«Zeigt her!» sagte Stichnoth, und die Jungen reichten ihm die Hefte. Er nahm sie und schlug sie ihnen um die Ohren: «Was ist denn das für ein Schmierkram? Um sechs Uhr alles noch mal vorzeigen!» Und zu Matthias: «Was glaubst du, wie die spuren!»
Die beste Methode sei, wenn einer mal nicht spurt, ihn den ganzen Tag vor sich herlaufen zu lassen, immer in einem Meter Abstand, in den Pausen zum Beispiel, wie das die Leute ankotzt! Die Schadenfreude der andern käme ja noch hinzu. – Aber – eh' er's vergesse: niemals jemanden *hinter* sich herlaufen lassen, dann schnitten die nämlich Fratzen oder zeigten ihm den Vogel. Auch nicht seitlich, das wäre eine Aufforderung zum Anbiedern.
Auch gut wäre es, sie absolut zu übersehen, einen Monat lang nicht ansprechen und seitab auf eine leere Bank setzen. Oder eben, nachmittags die Hausaufgaben zeigen lassen – der ganze Tag wär' denen dann versaut, und von den Eltern kriegten sie noch ein nasses Jahr zusätzlich, weil sie beim Melken nicht helfen können.

Mit den Mädchen müsse man subtiler vorgehen, da hätte er auch so seine Methoden, da lieber mit Lob arbeiten: Für die Mädchen hatte er rote und blaue Schärpen. Die Schärpenmädchen mußten aufpassen, daß keiner spricht, oder wenn er mal rausgegangen ist, die Störenfriede an die Tafel schreiben.
In seiner Polizistenzeit hatte er auch gewisse Tricks praktiziert, um die Leute kirre zu kriegen, Handschellen eine Nummer zu eng stellen, zum Beispiel, oder in den Arsch treten, wenn grade mal keiner guckt. Aber das war auf Schulverhältnisse ja leider nicht zu übertragen.

Wie nebenbei führte Stichnoth ihn zu einer kleinen Bastelarbeit, auf die er stolz war: Aus Blechabfällen der Stanzerei Jakobsen hatte er eine Wasserbahn gebaut, die stand mitten im Garten. Er drehte einen Wasserhahn auf, und da sprang auch schon eine dünne Fontäne in die Rinnen, brachte Wasserräder zum Laufen und kleine Wippen klappernd zum Wippen. Ein bißchen verliebt guckte Stichnoth sich das Geplätscher an, und Matthias dachte an seine Kugelbahn.

Nun kam ein Bauer mit seinem Trecker gefahren, der winkte Stichnoth, er soll man eben rankommen, da funktioniert was nicht ... Und Stichnoth ging zu ihm, und dann wurde aufs Gas gedrückt, daß es hinten blaue Wolken auspuffte – eben mal abstellen den Motor, die Motorhaube aufklappen, wieder starten ... So ging das eine ganze Weile – das war nicht sehr unterhaltsam. Endlich fuhr der Bauer davon. Diesen Mann würde Stichnoth auf seiner Seite haben, wenn's mal Schwierigkeiten mit der Gemeinde gibt.

Dann kam seine Frau in den Garten geradelt. Was Matthias für einer ist?, fragte sie ihren Mann. Sie gingen ins Haus und nuschelten da was herum. Sie kann das ja nicht ahnen, daß er hier Besuch hat, und ob der nicht bald abhaut? Kam dann aber doch noch raus in den Garten, ob es sich bei ihm um jenen Menschen handelt, der aus den Händen lesen kann? – Ja, der ist es. Sie hielt ihm die Patschhand hin und machte ein gewinnendes Gesicht, damit es recht gut ausfällt, was in ihren Händen steht. Matthias beugte sich über sie und fuhr ihr mit bedenklicher Miene mit dem Finger in der Handfläche herum, daß es sie schauerte, und murmelte allerhand Alarmierendes vor sich hin, worauf die Frau ihm die Hand entzog und sagte, sie hat gleich gedacht, daß das Quatsch ist. – Bald waren Küchengeräusche zu hören, und der Geruch nach Steaks kräuselte sich in den Garten.
Daß er hier nicht zum Essen eingeladen werden würde, nach derlei finsteren Prognosen, war ihm klar. Also verabschiedete sich Matthias. Stichnoth nahm sein Fahrrad, stellte ihm den Lenker grade und schob ein Lederplättchen in die Halterung des Anhängers, damit es nicht so klappert. Dann holte er einen alten Lastwagenrückspiegel aus dem Schuppen und schraubte ihn an den Lenker. Mit einem solchen Spiegel sähe man nach hinten besser als nach vorn!
Dann erwog er, ob Matthias sich nicht einen Hilfsmotor auf den

Gepäckträger montieren lassen wollte, die Hinterradnabe motorisieren? Er könne ihm da was besorgen, anbringen und so weiter. Wozu die Strampelei?
Ein dolles Ding wär' es ja, wenn man den Motor in den Anhänger montiere und dann den Antrieb über ein Kardangetriebe auf das Hinterrad leiten?
Oder vorn, vor den Lenker einen zweiten Gepäckträger schrauben und den kleinen Motor darauf anbringen, aber dann gäb's vielleicht Schwierigkeiten beim Lenken?
Er habe auch schon mal mit dem Gedanken gespielt, ausrangierte Rollstühle mit Verdeck zu versehen, hinten einen Motor anzubringen und dann über die Landstraße zu schnurren. Mit so einem Vehikel könne man ja bis nach Italien fahren! Führerscheinfrei. Für so eine skurrile Type wie Matthias wär' das doch mal was Originelles?
Aber: Auto bleibe Auto. Ob er sich mal eben in den BMW hineinsetzen wolle? Was das für ein Gefühl sei?

Auf der Rückfahrt sah Matthias sich die Landschaft im Rückspiegel an, sie glitt hinter ihm weg. Auch die Eische sah er, als er über die Brücke fuhr, und im Vordergarten des Kallroy-Hauses sah er Anita Fitschen Stauden anbinden – die Tante stand daneben: So doch nicht!, sagte sie, so! – Daß Ellinor verweinte Augen hatte, konnte er im Lastwagenrückspiegel nicht feststellen, so groß auch immer der war.

42

Vor den Herbstferien mußten noch die Bundesjugendspiele «durchgeführt werden», wie es hieß. Sassenholz war dazu ausersehen. Poggenreich war letztes Mal dran gewesen, und nun erwischte es eben Sassenholz. Auf der vorbereitenden Sitzung im Klubzimmer der «Linde», eine Woche vorher, wurden Bälle auf einer Apothekerwaage gewogen, damit kein Schüler benachteiligt wird, Stoppuhren verglichen und das Beiprogramm besprochen:

Kaspertheater für die Kleinen, Volkstanz mit Schifferklavier für die Großen. Die Wettkampfkarten wurden sortiert, männliche Jugend A, Weibliche Jugend B, und es wurde den Kollegen gezeigt, wo was hinzuschreiben ist und: um Gottes willen nicht die Spalten verwechseln! Sonst müssen die ganzen Spiele wiederholt werden!
Sodann wurden die Regeln des Völkerballs diskutiert, der seit undenklichen Zeiten in jeder Schule gespielt wurde, in früheren Zeiten «Mordball» genannt.
Auf gemeinsame Turnübungen – «und beugt! und streckt!» – sollte diesmal verzichtet werden, Turnvater Jahn: Die stammten noch aus dem vorigen Jahrhundert, damit mußte endlich Schluß gemacht werden.
Der Schularzt Dr. Feist mußte informiert werden: «Wir gehen in den Wald und pflücken viele bunte Blumen ...» Und auch den Fotografen Wacker nicht vergessen, sonst sucht man in der Kreuzthaler Zeitung einen Bildbericht hernach vergebens.
«Fruch-saff» wurde bestellt und Milch.
«Ist das klar?»
«Jar.»
Kollege Klein, der ausrichtende Lehrer, war bereits im Trainingsanzug erschienen, die andern rauchten oder nahmen schon mal einen zur Brust. Tagegeld gab es für diese dienstliche Zusammenkunft nicht, obwohl ganztags veranstaltet, in dienstfreier Zeit, und auch keine Reisekostenentschädigung. Da mal nachfassen, fragen kost' ja nichts.

Matthias hatte in Sport immer eine Vier gehabt. «Kerze» war das äußerste, was er zuwege brachte, ansonsten Radfahren. Oder Rudern ... Nicht nur im Sport war er eine Niete, auch zeichnen konnte er nicht, nur ein bißchen Posaune blasen. Allerdings war er imstande, mit zwei Händen einen «ab-ben» Finger zu markieren, konnte mit den Ohren wackeln, und er beherrschte ein spezielles Schielen, wobei die Augen nach außen zeigten. Aber auch damit war nie ein Blumentopf zu gewinnen gewesen, schon gar nicht auf Sportfesten.
Die junge Wirtin in der «Linde», sonst immer so traurig, zwinkerte ihm lustig zu, als sie das Bier brachte. Das hatte mit dem Haar zu tun, das ihm vom Mittagsschlaf her noch in die Höhe stand.

Am Morgen des Wettkampftages sah es mit dem Wetter ungünstig aus. Zeitweilig regnete es ein wenig, dann wieder schien die Sonne – es war zum Haareausraufen. Hin und her telefonieren: sollen wir oder sollen wir nicht?
Man war fürs «Durchführen». Nächste Woche ist das Wetter womöglich noch schlechter. Man kann ja nie wissen. Also ran an den Speck, dann haben wir es hinter uns.

Um halb acht Uhr waren die Spiele angesetzt, es begann also um neun. Von nah und fern eilten die Schüler herbei, zu Fuß und per Rad. Als auch Matthias mit den Seinen überpünktlich eintraf – auf sauber geputzten Fahrrädern durch den kühlen Wald, die Schulfahnen vorneweg –, wurden sie mit Geschrei von den andern Schülern empfangen: «Da kommen die Idioten aus Klein-Wense», hieß es, und die Räder der Mädchen wurden festgehalten hinten am Gepäckträger, daß die vom gestoppten Rad abhampeln mußten mit gegrätschten Beinen. Kollege Klein sagte dazu: «Das geht aber nicht, Herr Kollege, daß Sie hier mit allemann über den Rasen kutschieren!»
In die Nähe der Schulklos zogen sie sich zurück, dort lagerten sie sich, dort fühlten sie sich sicher. Matthias ging in die Schule hinein, um sich irgendwie zur Stelle zu melden, nicht ohne seine Schüler eindringlich zu vermahnen, beisammen zu bleiben und sich nicht von der Stelle zu rühren. Einer paßt auf den anderen auf!
Die Lehrer klumpten auf dem Korridor zusammen, weil gerade eine Husche über das Dorf strich. Es dauerte eine Weile, bis man ihn wahrnahm, dann aber hieß es: «Ah! Klein-Wense. Auch schon da?» Und ein jeder schüttelte ihm die Hand, ein wenig spöttisch, weil er aus Klein-Wense kam. Seines Vorgängers wurde gedacht, an sich ein netter Mensch, ein tüchtiger Kopfrechner, der die Lehrer bei den letzten Bundesjugendspielen auf dem Sportfeld mit einer Schnapsbar empfangen hatte! Und Matthias wurde angeguckt, als ob er was damit zu tun hätte. Und weil er eine weiße Hose trug, wurde gesagt: «Na, heute ganz auf Afrika?»

«Also dann, liebe Kollegen …«
Uhrenvergleich und schweren Herzens ab nach draußen. Den im Korridor herumwühlenden Kindern wurde von den verschieden-

sten Lehrern schärfstens Bescheid gesagt, daß das nicht geht, auf keinen Fall, hier herumzudrängeln, wie leicht stößt man sich den Kopf am Wasserhahn! Exemplarische Backpfeifen wurden verteilt, was sie überhaupt zu suchen haben hier drinnen? Ob sie etwa gegen frische Luft sind?
«Du da, was hast du hier zu grinsen?»
Dann draußen für Ordnung sorgen, das Gegröle und Geprügle beschwichtigen, durch Befehlsschreie und exemplarisches Knuffen.
«Du meldest dich nachher bei mir ...» Abseitsleute, die auf Bänken saßen und sich freundlich unterhielten, wurden aufgescheucht durch ermunternde Zurufe.

Dann wurden die Wettkampfstätten unter der Führung des ausrichtenden Lehrers abgeschritten, in keilförmiger Formation: Kollege Klein vorneweg, die andern Lehrer hinterherbummelnd: Waren die Laufbahnen ordnungsgemäß mit Kreidestaub markiert? Standen denn die Fähnchen am Wurffeld richtig: zehn, zwanzig, dreißig, vierzig Meter ...? An der Sprunggrube war der doppelte Absprungbalken, ebenfalls mit Kreidestaub markiert, Harke und Schaufel lagen bereit. Ob er das nicht fabelhaft gemacht hat?, fragte der Kollege und: Ja, auf seine Kinder ist Verlaß.
Bei dieser Gelegenheit zeigte Klein den Kollegen, wie toll er den Schulhof ausgebaut hat, gegen alle möglichen Widerstände der Bauern. Die Spielecke für die Kleinen mit Klettergerät, bequeme Bänke für die Größeren, durch Buschwerk geschützt, damit sie sich zum Gespräch zuammenfänden oder zu gemeinsamem Gesang. – Sein Kummer war, daß die Gemeindeväter sich von Zeit zu Zeit in der Schule zu Sitzungen trafen, mit ihren Zigarren alles verräucherten und sogar Bier tränken und alles durcheinanderbrächten. Schulischen Dingen würde in dieser Gemeinde leider wenig Interesse entgegengebracht. Auf jedweden Antrag werde ihm die Antwort zuteil: «Köst' datt watt?»
Nein, das könnten sie nicht sagen, meinten die andern Lehrer, ihre Gemeindeväter wären äußerst aufgeschlossen, hätten für jeden Wunsch ein offenes Ohr. Vielleicht mache er da irgend etwas falsch? Ein bißchen diplomatisch müsse man schon vorgehen, mit dem Kopf durch die Wand, das habe noch nie Früchte getragen.

Stichnoth stapfte kopfschüttelnd über die Wiese: Auch hier war für Verkehrsunterricht nichts getan, eine einzige Tafel mit den gängigen Verkehrszeichen, im Korridor der Schule aufgehängt, bringe ja nicht das geringste. Er schritt mit Meterschritten ein Areal ab, das für den Verkehrsgarten abgetrennt werden könnte …

Auf dem Acker neben der Sportwiese waren Frauen dabei, Kartoffeln zu sammeln. Sie rutschten auf den Knien die Furchen entlang: kurz mal innehalten und gucken, was heute in der Schule los ist, aber schnell weitermachen, da kommt ja der Trecker schon wieder an.

Nun in die Hände klatschen: Alles aufstellen, jahrgangsweise und im Karree. Die vom Sport Befreiten rechts raus! Der arme kleine Jochen mit seinem verwachsenen Bein, desgleichen die größeren Mädchen, die einen Entschuldigungszettel vorweisen konnten.
Die Wettkämpfe wurden eingeleitet durch das Lied «Mich brennt's in meinen Reiseschuh'n», von einem auf der Gitarre trumpfenden Lehrer begleitet, und dann hielt Lehrer Klein eine Ansprache. Es möge fair gekämpft werden, damit der Geist, der im Schulaufsichtskreis Kreuzthal herrsche, aufs neue sichtbar werde, und er hoffe und wünsche … Während der Mann redete, unterhielten sich die Lehrerinnen an seiner Seite über Unterleibsprobleme, und die Segler-Kameradschaft sprach über Böen, die manchmal aus dem Nichts kommen und ein Boot in Sekundenschnelle kentern lassen.
Fotograf Wacker machte erste Aufnahmen.

Als die Rede beendet war, verzogen sich die älteren Kollegen in das Schulhaus, sie machten es sich dort zwischen Jackenhaufen bequem. Ihnen würden die Wettkampfkarten beizuliefern sein, nach Beendigung der Spiele, damit sie die Punkte ausrechnen könnten. Einstweilen holten sie schon mal die Thermoskannen heraus. Der weißhaarige van Dechterong blieb draußen, um die ausrichtenden Kollegen durch sein Danebenstehen zu unterstützen, schwirrte dann jedoch ab zur Weiblichen Jugend B und sah dort nach dem Rechten.

Die aufsichtsführenden Lehrer legten die Wettkampfkarten ordentlich aufeinander und klemmten Flatterndes mit Büroklammern fest.
«Ich gehe wie letztes Mal zum Laufen, Herr Kollege ...»
Matthias hatte das auch vorgehabt, zum Laufen zu gehen: mit der Startklappe knallen oder mit der Stoppuhr stoppen, das hätte ihm gefallen können, aber dort hatte die Seglerkameradschaft schon sämtliche Positionen besetzt, das ließen die sich nicht nehmen, mit der Startklappe zu knallen und mit der Stoppuhr zu stoppen und zwischendurch zu rufen: «Laufen sollst du – nicht kriechen!» und «Zieh! zieh! zieh!» und «Du schläfst ja! Du schnarchst ja richtig ...» Mancher von ihnen hielt gar *zwei* Stoppuhren in den Händen und eine Trillerpfeife zwischen den Zähnen, obwohl ein solches Gerät im Grunde abzulehnen war. Trillerpfeifen stammten noch aus der Nazizeit, beim Reichsarbeitsdienst war man damit getriezt worden, mit so was wollte man der Jugend nicht mehr kommen.

An den Schlagballwerfern drückte sich Matthias vorüber, obwohl man ihm schon zugewinkt hatte, hier könne man noch jemanden brauchen! Beim Schlagball mußten die Bälle zurückgeworfen und nach jedem Wurf zurückgeschrien werden, wieviel Meter: also, das nun nicht.
«Nimm das Handtuch aus der Backe!» wurde einem Helfer zugerufen, der es nicht laut genug vollbrachte.

Da war es beim Springen angenehmer. An der Sprunggrube war eine ruhige Kugel zu schieben. Matthias ließ sich einen Stuhl bringen und setzte sich neben den Absprungbalken und sorgte dafür – «Um Gottes willen die Harke weg!» –, daß der Sand immer schön glatt geharkt ist, damit man es messen kann, wo der Springer aufgekommen ist mit Fuß, Hand oder Podex. Wenn die Harke aus Versehen liegenbleibt, dann springen die nichtsahnenden Kinder da drauf und bringen sich grauenhafte Verletzungen bei! In Schnakendorf hatte sich mal ein Mädchen den Kiefer ausgerenkt bei so was, und sie war für immer entstellt!

Die Sonne schien, Matthias hätte seinen Strohhut gebrauchen können. Auf einen zweiten Stuhl zum Beinehochlegen verzichtete er.
Bis auf Fräulein Jungmichel, die noch immer schwanger war, hatten sich die andern Damen auch alle zur Sprunggrube begeben, sie standen fröstelnd um ihn herum, obwohl die Sonne schien. Elfriede Wehrschild aus Hamersiek hatte ihr germanisches Gesäß in eine Trainingshose gezwängt und lächelte Matthias freundlich zu: Wir beide kennen uns ja nun schon. Sie hatte ihr Strähnenhaar zum Pferdeschwanz gebunden und sah eigentlich ganz vernünftig aus. Wenn man sie allerdings, wie die Schüler, im Laufen, Werfen und Springen hätte prüfen wollen, wär das ein ziemliches Malheur geworden. Aber Matthias wäre der letzte gewesen, der ihr das vorgeworfen hätte, unvergessen waren die Niederlagen in seiner Jugendzeit. Reckturnen!, wenn er daran noch dachte.
Dr. Feist erschien, der gab die Anordnung, daß die Harke nach jedem Sprung sorgsam entfernt werden müsse. Dann schlenderte er zur Laufbahn und dann an sein Auto. Er kann sich hier schließlich nicht den ganzen Tag aufhalten.

Als Matthias da so schön gemütlich saß, gab es plötzlich ein Geschrei, es wurde nach ihm gerufen: «Herrgott noch mal, wo sind denn die Kinder aus Klein-Wense?» – Wo sollten sie schon sein, sie lagerten noch immer bei ihren Rädern am Klo, sie hatten gedacht, lieber nicht von der Stelle rühren, lieber das Maul halten. Hatte man es ihnen denn nicht anempfohlen?

Als auch das in Ordnung gebracht war, konnte Matthias sich wieder setzen – nicht ohne seine Kinder gefragt zu haben, ob sie noch ganz bei Groschen sind – und weiterhin das Harken und Messen beaufsichtigen, zwei liebedienerische Schüler halfen ihm dabei aus freien Stücken.
«Um Gottes willen, nehmt die Harke zur Seite!»
Zwischen «Ein Meter achtundsiebenzig!» und «Drei Meter und füneff!» wurde Matthias von seinen Kolleginnen gefragt, wie denn der Schulrat gewesen sei? Matthias geriet ins Schwärmen, wie gut er das hingekriegt hat, plauderte über die Sache mit seinen drei Mustervorbereitungen, und wie schlau er ist! Einfach aus

der Schublade ziehen eines von den Dingern, fertig ist die Laube! Das sei doch furchtbar einfach, und er empfahl es den Kolleginnen, das sollten sie man auch so machen.
Aber das, glaubten sie, trauten sie sich denn doch nicht.

Schon längst war der letzte Läufer «durch», und auch das Werfen war beendet – Springen dauerte seine Zeit, weil ja jeder drei Sprünge hatte, und dann immer das Harken zwischendurch.
Matthias saß noch immer an der Grube. – Als bereits Volkstänze zu Schifferklavier geboten, nach den neusten Regeln Völkerball gespielt wurde, Sassenholz gegen Poggendorf, und Kaspertheater geguckt, kam Lehrer Klein zu Matthias geschnauft und fragte ihn, wieso das denn hier so lange dauert, und dann schlug er sich mit der Hand vor den Kopf: «Um Gottes willen, was machen Sie denn, Herr Kollege! Sie halten das Bandmaß ja verkehrt rum! Die *Null* muß doch an den Absprungbalken gelegt werden, nicht andersrum! ... Nun müssen *alle* Sprünge wiederholt werden!»
Das wurden sie nun nicht, und als endlich alle durch waren, ließ Matthias das Bandmaß fallen und schlurfte, den Stuhl hinter sich herziehend, am Volkstanz vorüber und am Völkerball, hinein in die Schule, wo die Punkte ausgerechnet wurden. Und hier sah er dann, daß seine Kinder mit ihren Leistungen so ungefähr auf null Komma null standen, und korrigierte sie sacht ein wenig nach oben, ob nun 2.80 gesprungen oder 3.10, das war schließlich nicht so wichtig, und ob das Mädchen Anneliese 20 Meter oder 25 Meter weit geworfen hat – bei so was irrt der Mensch auch leicht einmal. Beim Laufen war nichts zu machen, da hatte die Seglerkameradschaft die Daten mit Kugelschreiber eingetragen. Guckten sie nicht gar durchs Fenster, ob alles seine Richtigkeit hat?
Zugute kam ihm bei dieser Manipulation, daß ein heftiger Streit ausbrach wegen der Getränke, dort fehlten fünfundzwanzig Mark in der Kasse! Hier hatte der Kollege Frohriep Aufsicht gehabt und wohl nicht richtig aufgepaßt, war fortgegangen ein ums andere Mal.

Nun traten die Lehrer an zum gemeinsamen Schnurball. So alt ist man noch nicht, daß man der Jugend kein Beispiel geben könnte ... Matthias drückte sich davor, der hatte kein Interesse, sich hier den Daumen zu verknacksen, außerdem mußte er auf seine weiße Hose Rücksicht nehmen. Einen Trainingsanzug besaß er nicht. Er bedauerte es ein wenig, daß er die Posaune nicht mitgebracht hatte und ein schönes Lied gespielt, aber das wär wohl nicht gegangen, plötzlich hier mit Blasen anzufangen? Außerdem konnte er ja nur Abendlieder spielen.

Die Schüler standen dichtgedrängt um das Spielfeld herum, die wollten mal sehen, wie ihre Lehrer sich schlagen, mit Bauch und ohne und mit nur einem Arm. Hämisches Gelächter wallte auf, als Stichnoth bei einer kraftvollen Volte ausrutschte! Das Lachen fiel aber rasch in sich zusammen, weil Stichnoth noch im Hinfallen die Leute musterte, die da lachten, und ob er jemand aus Meckersen dabei erwischen kann, daß der über seinen Lehrer lacht, der es doch immer so gut mit ihnen meint? Der hätte sich dann jeden Nachmittag um fünfzehn Uhr bei ihm melden können und jahrelang vor ihm hermarschieren, mit einem Meter Abstand, damit wäre zu rechnen gewesen.

Zum Schluß wurden alle Schüler zusammengeschrien, ordentlich aufstellen und: «Ruhe dahinten!» Ein Gong wurde geschlagen: Nun mal die Sieger verkünden. Alle herhören und mit Hochachtung behandeln die Schüler, die hier ihr Äußerstes gegeben haben …

Durch Feld und Buchenhallen,
bald singend, bald fröhlich still,
recht lustig sei vor allem,
wer's Reisen wählen will …

wurde gesungen, schrumm-schrumm machte die Gitarre, und der Fotograf kam gelaufen, Blende fünf Komma sechs.
Siegerehrung! Da richteten sich auch die Kartoffelsammlerinnen auf, und sogar der Bauer auf seinem Trecker hielt inne, das wollten sie mitkriegen, wer hier alles Erster geworden ist.

Die Verlesung der über hundert Sieger dauerte sehr lange, weil Klein die Namen auf den Karten nur mühsam entziffern konnte – «Ruhe dahinten!» –, manche Namen gar völlig falsch aussprach,

weswegen denn auch hin und wieder ein herzliches Gelächter aufwallte.
Absoluter Sieger war ein Mädchen von zwölf Jahren. Hinsichtlich ihres Wuchses und der für sie günstigen Punktestaffelung hatte sie alles weit hinter sich gelassen und sich den vom Landkreis ausgesetzten Buchpreis ehrlich verdient: «Kon Tiki» von Thor Heyerdal. Das Buch und die Urkunde sowie die Goldnadel aus Messing wurden ihr mit anerkennenden Worten überreicht. Vielleicht auch deshalb, weil sie wie Deutschlands Jugend aussah. Der Fotograf wurde gebeten, das Kind noch einmal zu fotografieren, vielleicht wird das erste Foto ja nichts ... und dann das Bild einrahmen und in das Lehrerzimmer hängen. Ob die ersten Sieger zum Ausscheidungs- und Vergleichskampf nach Hannover gerufen werden würden, stand noch nicht fest.

Die andern Besten bekamen ebenfalls Urkunden und Anstecknadeln, freilich minderer Sorte. Der Rest bekam gar nichts. Es solle ihn nicht wundern, sagte Lehrer Klein, wenn hier noch mal ein Olympiasieger draus emporwachse, aus diesen schulischen Bemühungen. Vielleicht in ein paar Jahren? Dächt' er? Da mal aufpassen! Der kommt dann in sein Heimatdorf und sieht sich seine alte Schule an und zeigt den Kindern all seine Medaillen ...

Trotz pädagogischer Korrekturen war Klein-Wense das absolute Schlußlicht bei diesem Wettkampf, das stellte sich heraus. Das hatte irgendwie noch mit Lehrer Schmauch zu tun, der seine Kollegen hinter einer Schnapsbar empfangen hatte, auf freiem Feld! Da muß man sich nicht wundern, daß die Kinder nicht laufen und nicht springen können. .. Mit Ach und Krach gab's noch zwei Urkunden, Gott sei Dank. Ja, wenn man Hinni erlaubt hätte, seine Sprungseilkünste vorzuführen, im Ausweis hatte er es stehen, daß er es eintausendmal vollbringen kann, dann hätte man vielleicht noch eine mehr eingeheimst. Aber wie soll einer denn mit Schnürstiefeln und in langer Hosenträgerhose um die Wette laufen? Und springen? Wer bringt's da zu was?

Nach der Siegerehrung – bei der Olympiade in Berlin hatten die Sieger einen Eichenkranz aufs Haupt gedrückt bekommen – zogen

sich die Lehrer zur Abschlußbesprechung in die «Linde» zurück, zu Bier und Schnaps. Das war auch schon deshalb geboten, weil es nun doch zu regnen anfing. Zwei Junglehrer ließ man zurück als Aufsicht über die sich chaotisch gebärdenden Schüler. Wahrscheinlich werde man den Frechsten die Urkunden wieder aberkennen, das wurde ein über das andere Mal verkündet. Das hätten sie sich dann selber zuzuschreiben. Hinni, der einen älteren Jungen mit einem einzigen Faustschlag zu Boden streckte, weil er ihn als Idioten aus Klein-Wense bezeichnet hatte, wurde hingegen irgendwie mit Hochachtung behandelt.
Daß diese Bundesjugendspiele die besten seit drei Jahren gewesen seien, sagten die Lehrer in der «Linde», und der Schulrat wird sich bestimmt freuen über die vielen Sieger. Schade eigentlich, daß er sich nicht hat sehen lassen. Alle waren freudig erregt, nur Lehrer Klein war untröstlich, er hatte die Fahne vergessen aufzuziehen! Extra vorher noch waschen und bügeln lassen ... Daß die Nationalhymne nicht gesungen worden war, fiel niemandem auf.
Was den Unglücksraben Frohriep mit seinen Getränkegeldern anging, da würde wohl die schwarze Kasse in Angriff genommen werden müssen. Schade.

Nachdem die Lehrer sich erfrischt hatten, zogen die einzelnen Schulen ab, Lehrer oder Lehrerin an der Spitze, ein Fahrrad hinter dem andern, die Lehrerinnen mit hocherhobenem Regenschirm. Matthias sammelte sein Häuflein, und ab ging's durch den vor Nässe triefenden Wald. Nach Haus! Endlich nach Haus! Drei kostbare Nachmittagsstunden verschwendet, dafür aber einen Unterrichtstag gespart.

Keine Ahnung hatte Matthias, wie er hätte bestehen sollen vor dem Dorf, wenn er beim Punkten nicht korrigierend eingegriffen hätte. Mehr als zwei Urkunden, gar sieben oder acht, das wäre auch nicht gut gewesen, dann hätte es im Dorf geheißen: «De måkt ja woll nur noch Sport, de soll bäter mihr räken!»*

* der soll lieber mehr rechnen lassen!

43

Die Nachmittage gehörten ihm ganz allein. Wenn der Regen aufs Dach trommelte oder der Wind an den Pfannen rüttelte, dann war es in der Dachkammer sehr gemütlich, das Bett an der Wand, «Armer Poet», das Tischchen vorm Fenster: Da konnte ihm niemand an den Wagen fahren.

Er schnüffelte seinen Koffer durch, was da alles drin ist, alles schon so lange her: das alte Foto von sich, mit Büttenrand, wo er auf dem Rasen sitzt im Park des Grafen Schönlohe, zwei Jahre alt, eine weiße Pudelmütze auf dem Kopf, das Dienstmädchen daneben, und der Graf war höchstpersönlich angestiefelt gekommen und hatte sie fortgejagt, so wurde erzählt: «Was haben Sie hier zu suchen?» – Alte Briefe, das Foto von Lilli, eigentlich doch schade, daß man so gar nichts mehr voneinander hörte, akademischer Hochmut stand dem entgegen: Jura und Pädagogik passen eben nicht zusammen, hatte sie gemeint, dazwischen lägen Welten …

Zwischendurch stand er auf und ging ans Fenster, warum Freedes Hund bellt, aha, da wird eine Sau zum Eber getrieben.

Gelegentlich zog es ihn fort, «Altertum» besorgen, von Dorf zu Dorf, oder mal mit jemandem reden.

Die langen Abende: Besonders abends war ihm nach Abwechslung zumute. Ins Gasthaus ging er nicht, wenn er da erschienen wäre, hätten sich die Leute sehr gewundert. «Ah! Hoher Besuch …» Mit Carla war vor zehn Uhr nicht zu rechnen, *wenn* sie denn kam. Vorher traute sie sich nicht, man hätte sie sehen können, und nach zehn schlief sie dann meist schon, von der Müdigkeit dahingerafft.

Nach dem Abendbrot mal für ein Stündchen zu Ellinor fahren? Das hätte man schon längst tun sollen, vielleicht war sie ja beleidigt? «Kommen Sie doch einfach mal wieder rum», hatte sie gesagt. Hatte man das für bare Münze nehmen dürfen? Warum nicht? – Weshalb nicht einfach mal hingehen?, fragte sich Matthias. Ganz zwanglos mal reingucken: zwei Menschen gleichen

Bildungsstandes inmitten schlichten Bauernvolks, im Grunde doch aufeinander angewiesen? Klein-Wense? Über Rilke klönen oder van Gogh und dazu «Clair de lune» hören von Debussy ... Daraus Kraft schöpfen zum Weitermachen, Matthias in der Schule beim freischaffenden Lernen, und Ellinor in anderen Bereichen, die sich ihr schon noch erschließen würden?

Morgens konnte er sie nicht besuchen, das schied aus wegen der Schule, nachmittags war auch schlecht, da «bereitete er sich vor», wie er das nannte, saß also in seiner Dachkammer und beschäftigte sich mit dem Sesam-open-you, mit Papieren und Karteien: wie oft er die einzelnen Kinder aufgerufen hat, wer zu fördern und wer zu dämpfen ist. Erziehen? «Am besten alle so lassen wie sie sind», dachte er «es sind doch alle schon fertige Persönchen ... Zukünftiger Bürgermeister, Wirtin und Gemeindeschwester.» Bei manchem war's nicht klar, wohin es ihn treiben würde. Seemann vielleicht? Wer konnte das wissen. Wer hatte es ahnen können, daß man selbst einmal in Klein-Wense landete?

Also abends.

«Ach, Sie sind's?» sagte Ellinor, als sie ihm die Tür öffnete. «Na, denn kommen Sie man rein ...»

Das war nicht besonders einladend, aber er war nun mal da, und die Tür stand offen, also vorwärts!, nur getrost.

Er habe gedacht: Warum eigentlich nicht, sagte er, die paar Schritte von ihm zu ihr? Eigentlich schade, daß man sich so selten sieht ...

Die Tante, oben auf der Treppe, kehrte um, als sie Matthias sah. Hinter ihr, im Dunkeln des Korridors, stand ein Herr mit angeklatschtem Haar und gepunkteter Fliege, das sah Matthias, als er sich die Fahrradklammern von der Hose nahm, das war vermutlich ein Rechtsanwalt, der im Begriff war, die Tante zu beraten, hinsichtlich der Bilder, für die er möglicherweise einen Schnitt vorschlug, zwischen der Nichte und ihr: drei zu zwei oder eins zu drei, sonst würde sie womöglich noch mit ihrem Pflichtteil operieren? Immerhin die leibliche Tochter? Oder alles an die große Glocke hängen? – Es war zu spüren, daß dort oben was im Gange war.

Ellinor hatte verweinte Augen. Der Abendbrottisch war noch nicht abgedeckt, oder war es gar die Mittagstafel? Mehrere Personen hatten hier gespeist, ein Schlachtfeld, an dem sie sich nochmals niedergelassen hatte, um traurig ihr Brot in einen Teller Suppe zu brocken. Weiß der Himmel, wer hier getafelt hatte. Die Bremer Dramaturgen? Oder Leute aus Bochum, wegen der Bilder, wo leider nichts zu machen war, weil die Tante neuerdings aggressiver wurde, aber das kriegen wir schon noch hin? Das wär' ja noch schöner?
Immerhin war von Kallroy doch in Bochum geboren und hatte in den Zwanzigern unterernährte Arbeiterkinder aufs Land geholt, zur Erholung, das war noch nicht in Vergessenheit geraten.

«Fassen Sie mal mit an!» sagte Ellinor zu Matthias und trug die Terrine in die Küche. Matthias folgte ihr mit den abgegessenen Tellern. Im Aschenbecher die Kippen, manche mit goldenem Mundstück, die meisten jedoch ohne.
Auch Wein war getrunken worden, die Gläser fettig und noch halb gefüllt. Wahrscheinlich Leute aus Bochum. Für die Bremer hätte Ellinor nicht solche Umstände gemacht. Waren sie wegen einer Ausstellung gekommen oder um ein repräsentatives Bild für den Sitzungssaal des Rathauses zu erwerben, oder weil in der Ostzone, in der Offizin Haag Drugulin zu Leipzig, eine Monographie über Ernst-Werner von Kallroy erschienen war, dem aufrechten Antifaschisten? – Das konnten westdeutsche Stellen nicht auf sich sitzen lassen, da mußte man gegenhalten. Also nun mal klären, nun mal feststellen, woran man eigentlich war? Kallroy: Immerhin in Bochum geboren, und dann die Sache mit den Arbeiterkindern.

In der Küche wurde Wasser heiß gemacht, und dann wusch Ellinor mit roten Fingern das Geschirr ab, und Matthias griff sich ein Handtuch und trocknete die Gabeln und Löffel, mit denen andere gegessen hatten. Kunstkenner mit geschmalzten Sprechorganen, der intellektuellsten Kapriolen fähig, wenn es galt, Künstler herabzusetzen oder Glückskinder der Muse aufzuheben in höchste Höhen. Ein Frühwerk des Künstlers hatte die Stadt besessen, «Herbstmorgen über Bochum», das hatte in der Rathaushalle gehangen, großflächig und bunt, es war von Nazis auf den Hof geworfen worden.

Die schwarz-weiß gekachelte Küche war geräumig, ein mächtiger Herd und ein großer Tisch: Hier hatte der Maler damals gesessen, als man ihn abholte, er hatte sich noch ein letztes Spiegelei braten dürfen, und dann hatte der Landpolizist gesagt: «Ziehen Sie sich was Warmes an, Herr Professor.» Und das war dann der Schluß gewesen.

In den zwanziger Jahren hatten in der Küche Arbeiterkinder ihren Brei gelöffelt, ein Tuch um den Hals geknüpft, Kinder von Kohlekumpels. Vor dem Essen oder hinterher hatten sie die «Internationale» gesungen. In der Eische gebadet, auf der Wiese getanzt. Von Kallroy war als ein großer Vater von einem zum andern gegangen und hatte ihnen übers Haar gestrichen. Neues Schuhzeug hatte er gestiftet und Hemden und Hosen, obwohl es bei ihm auch nicht gerade dicke zuging. Die Eltern hatten Dankbarkeitstränen in den Augen gehabt und ihm die Hand gedrückt, wenn sie ihre Kinder wieder abholten, ein ums andere Mal.

Ellinor war als kleines Mädchen zwischen den Kindern herumgelaufen, als Künstlertochter unter den Karl-Liebknecht-Kindern, die Jungen mit Taschenmesser in der Tasche. Mit einem schlaksigen Mädchen war sie gemeinsam aufs Klo gegangen, an deren pickligen Hintern erinnerte sie sich noch. Sie erzählte, wie freundlich sich ihr Vater unter dem jungen Volk bewegt hatte, in seiner einfachen Leinenhose, und das Hemd auf russische Art mit einem Band zugebunden, statt mit Knöpfen zugeknöpft. Sandalen. Er hatte die Kinder auf die Schulter genommen und ihnen Pflaster aufs Knie geklebt. Immer ein offenes Ohr für die armen Geschöpfe, und sie sah ihn noch, wie er die Klampfe vom Haken nahm, und sie hörte ihn mit seiner wunderbaren Stimme Lieder singen, abends am Lagerfeuer:

> Brüder in Zechen und Gruben,
> Männer, ihr hinter dem Pflug …
> In den Fabriken und Stuben …

Die Kinder, zum Teil mit kahlgeschorenem Kopf, hatten mitgesungen, hell und zukunftsfroh. Eine Schalmei hatte er sogar gekauft, so ein Streckenarbeiterdings, die war aber nicht benutzt worden wegen des durchdringenden Tones.
Oft sei das Geld knapp gewesen, erzählte sie, hinten und vorn nicht gereicht, wochenlang zehn, zwanzig Kinder durchfuttern? Die Mutter sei damals schon krank gewesen, und die Tante habe nicht wirtschaften können und sei auch oft nach Bad Schreiberhau gefahren, mitten im dicksten Trubel zur Kur, statt für Ordnung zu sorgen, wo doch Holland in Not war! Noch in den letzten Kriegsmonaten einfach alles stehen und liegen lassen und nach Karlsbad gefahren ..., und nach dem Krieg ausgeplündert und völlig erledigt wieder in Klein-Wense gelandet. Da war das verwahrloste Künstlerhaus auf einmal gut genug gewesen.
«Und nun will sie hier abräumen ...» Kriegte Besuch von einem Mann, mit gepunkteter Fliege und angeklatschtem Haar, der sein Auto an der Ecke stehenließ, damit es keiner merkt, daß er hier nach dem Rechten sieht, und tuschelt mit ihr auf der Treppe?

Matthias schichtete die Teller in den Schrank und polierte die von dem Künstler selbst entworfenen Bestecke. Der Aschenbecher war neueren Datums, der hatte eine wunderlich asymmetrische Form, ein Glasklumpen mit regelmäßigen Bläschen darin: wie das Bühnenbild zur Königin der Nacht, allerdings rot statt dunkelblau.
Nun wurden mit dem Wischlappen die Abwaschkummen und das Leckbrett trockengewischt und der Wachstuchüberzug des Tisches, die Stühle richtig hingestellt, noch mal überblicken das Ganze ..., so hatte man das beim Arbeitsdienst gelernt. Ja, und dann eben hineingehen in die Künstlerräume, in denen sich der kalte Zigarettenrauch rheinländischer Kulturbeamter durch die offenen Fenster verflüchtigt hatte.
Sie schlossen die Luftklappen mit einem Knall und setzten sich in den Erker, vor dessen Fenster die zusammengeklebten farbigen Glasscherben hingen, die eigentlich Matthias gehörten, wulstig, wie erstarrte Lava. Auf dem Tisch stand eine Schachtel mit Cremehütchen, ein Mitbringsel der Gäste, daraus durfte er sich bedienen, und Wein wurde ihm eingeschenkt, aus einer angebrochenen Flasche, die ebenfalls mitgebracht worden war.

Das ernste Bild des Vaters, das hier neben dem Lichtschalter gehangen hatte, war abgenommen worden, das stand, an die Wand gelehnt, mit anderen Bildern im Flur.

Die Tränenschwellung in Ellinors Gesicht ging zurück, man war den Anforderungen des Lebens ja gar nicht gewachsen, wer hätte denn damit rechnen können, daß einem womöglich der Stuhl vor die Tür gesetzt wird, nur weil der Vater in einem Augenblick der Panik irgend etwas unterschrieben hat?
Aber nun Schwamm drüber, nun Patiencen legen. Einen Augenblick noch warten, bis die flüchtigen Schatten sich verflüchtigt haben, und dann los. Die Karten wurden gemischt, abgehoben und verteilt, aber die Streitpatience kam nicht so recht in Gang. Ellinor verlor ein Spiel nach dem anderen, und da hatte sie dann bald keine Lust mehr.
Kerze anzünden, an herrliche Kriegszeiten denken, an den Vater, wie er im Herbst ums Kartoffelfeuer herumstolzierte, der teerige Geruch des Kartoffelkrauts und der in den Himmel spiralende Qualm. Die Franzosen hatten dabeigestanden, auf Rechen gestützt. So war es gewesen im Herbst 1944, als sie zum letztenmal auf Urlaub gekommen war aus dem Arbeitsdienst, dick wie eine Tonne vom vielen Suppefassen. Ins Feuer geguckt und in der Glut die düstere Zukunft gesehen, den Weltuntergang, der zwar eingetroffen war, nach dem dann aber alles weitergegangen war und sich bis heute hinschleppte mit Folgen, mit denen man nicht im entferntesten gerechnet hatte.

Ellinor dachte auch an die Vorkriegszeit, die nicht minder herrlich gewesen war:

> Ich tanze mit dir in den Himmel hinein
> in den Siebenten Himmel der Liebe …

In Scharbeutz immer so gern Florentiner gegessen, und auf der Promenade, der Stehgeiger … An der Hand ihres Vaters war sie auf der Promenadenmauer balanciert, das Meer und die verwehenden Rufe der Badenden.
Dann hatte er sie auf den Schoß genommen, hatte sie ernst angeguckt, anders als sonst, und heute sei ihr klar, daß in diesem Blick

schon das Wissen um das Ende gelegen habe, um die spezielle Form des Endes, genauer gesagt, mit der niemand habe rechnen können.
«Wenn man das alles vorher gewußt hätte ... Aber vielleicht ganz gut so.»

Ellinor zog ihr feuchtes Taschentuch aus dem Ärmel und schnaubte hinein. Sie nahm die Brille ab und trocknete die Wimpern. Und dann reinigte sie ihre Fingernägel mit den Fingernägeln. Sie erzählte sich selbst die alten Geschichten, tastete die abgetasteten Bilder ab, und Matthias zog die Katze neben sich und hörte zu. Die Nacht nach dem Tod ihrer Mutter, als der Vater auf dem Sofa lag und weinte, und sie – und nicht die Tante! – ihm Heißwecken mit Vanillesoße gemacht hatte, sein Leibgericht?
Matthias spürte, daß unter all diesen Geschichten ein massives Geheimnis lag, an das Ellinor nicht rührte. – Er selbst hätte auch so manches erzählen können und wollen, aber seine Geschichten waren hier nicht gefragt. Daß seine Mutter beim Friseur gesessen hatte, als der Vater für immer ging, das konnte er hier nicht loswerden. Die schlimme Zeit, die er hinter sich hatte, stand hier nicht zur Debatte.

Die Kerze wurde heller in dem Maß, wie es draußen dunkler wurde, und Ellinor zündete noch weitere Kerzen an, auf dem Sims des toten Kamins und unter dem Porträt einer jungen Frau, die ihre Mutter gewesen war. Einen Augenblick hatte Matthias Furcht, es käme zu einer bedenklichen Gefühlsäußerung, wollte sie vielleicht gar niederknien vor dem Bild?
Neben dem Kamin, das sah er jetzt, lagen Zeichnungen von Säckel, zerknüllt. Das war also auch anders gelaufen, als man es sich gedacht hatte. Vielleicht hatte er sie im falschen Moment an sich gerissen? Von ihm gepackt zu werden, mochte sie sich vielleicht gewünscht haben, aber so etwas mußte im richtigen Augenblick geschehen. Die Moleküle ihres Leibes hatten sich vielleicht noch nicht ausreichend erhitzt gehabt, sie waren vielleicht erst kurz davor gewesen, als es über ihn kam, und dann war sie blitzschnell erkaltet vor der Brunst des Mannes, den sie immer für einen großen Jungen gehalten hatte? – In seinen Bildern immer so

sensibel, Licht und Schatten gleichmäßig verteilt und alle Formen diagonal gewichtet? – Und dann zur Unzeit derartig grob?

Sie legte eine Schallplatte auf … Roter Mohn …, schleuderte die Schuhe von den Füßen und nahm ein indisches Seidentuch um die Schultern und fing an zu tanzen. Wie der Plattenteller sich drehte, so drehte auch sie sich, schüttelte alles ab und kreiselte auf dem Teppich der Halle einen Selbsttanz, wobei sie sich gedankenverloren gab, so als wollte sie etwas ausprobieren, fremdländische Schritte, Scharbeutz plus Kartoffelfeuer, und das indische Tuch nahm sie wie einen morgenländischen Schleier um den Kopf, drehte sich heraus und wieder hinein und schwenkte es durch die Luft, Abschied und Signal zugleich … – So bin ich nun mal, sollte das bedeuten, tanze einfach für mich allein, wenn es über mich kommt.

> Roter Mohn, warum welkst du denn schon?
> Wie mein Herz sollst du glüh'n und feurig loh'n!

Sie winkte in die Gegend, mal nach links und mal nach rechts und auch in seine Richtung, halb Fee, halb Hexe, halb Tausendundeine Nacht, und die Schatten an der Wand tanzten mit. Und er saß da mit seinen aufgerichteten Schnürsenkeln. Wer konnte es denn wissen? Möglich war es schon, daß sie auch ihm eines Tages Heißwecken mit Vanillesoße machen würde.

Matthias rührte sich nicht, in der Ecke drehte sich die Platte, und auf dem Teppich tanzte die Bajadere. Habe ich denn einen Turban auf dem Kopf?, fragte er sich. – Es war ihm nicht peinlich, aber er fragte sich doch: Wie lange mag es noch dauern? Um Himmels willen? Mußte er sich am Ende hier erheben und auch gestaltend in die Gegend greifen? Vielleicht stürzt sie sich am Ende auf mich?, das fragte er sich, und das wäre ihm nicht recht gewesen … Im Dämmer der Kerzenschatten sah er ihr zu, und dann sah er auch Carla tanzen, die jünglingsschlanke, an der Seite trug sie nach Pagenart einen Degen. Und wenn er selbst sich beteiligt hätte an dieser Vorstellung, dann hätte er sich zwischen ihnen befunden wie in einer Rathausspieluhr: drei sich drehende Figuren in je einer Nische, und dann wird das Uhrwerk abgeschaltet, und sie bleiben stehen: bums!

Matthias nahm die Beine in den Schneidersitz und wickelte sich einen Sahnebonbon in den Mund und lächelte, damit sie glaubte, es gefalle ihm, wie sie da für ihn sich dreht und wendet.

In diesem Augenblick mochte die Tante, im Zimmer über ihnen, ihren Rechtsanwalt an den Kamin ziehen: ... Roter Mohn ... Die Sache spitzte sich zu da unten, das war ganz offensichtlich. Eine Art Orgie spielte sich da ab, und das war zu Protokoll zu nehmen. Konnte man denn Kunstwerke allerersten Ranges bei einem Menschenkind belassen, das Besuche empfängt und tanzt? Also vielleicht doch besser auf eine Teilung von vier zu eins zusteuern?

Nun tanzte Ellinor in die Küche hinaus – drehte eine Pirouette in der Tür – und holte als eine Art Salome eine Schüssel mit den Resten eines gebratenen Schweinekopfes herein, eine Zitrone im Maul. Mit der Schüssel in der Hand beendete sie ihren Tanz und setzte sich ziemlich plumpshaft in ihren Sessel – es hat ja alles keinen Zweck. Sie säbelte mit dem Küchenmesser ein wenig an dem Schweinekopf herum und bot ihm auf der Messerspitze einen Fleischlappen an. Als er ihn mit den Fingern abgenommen hatte, richtete sie das Messer gegen seine Brust. Sie habe manchmal den Gedanken, daß sie einen Mann ermorden muß, sagte sie. Und da käme nur das Erdolchen in Frage, nicht etwa Gift oder solche Frauensachen.
Matthias war mehr fürs Erwürgen. Wenn's gegangen wäre, wenn sie ein wenig mehr Wein getrunken hätten, die Luft durch Räucherwerk geschwängert, hätten die beiden das jetzt vielleicht mal ausprobiert.

Sich hinsetzen, die Karten wieder hervorholen und mit Streitpatiencen gegen diese Stimmung angehen. Zwischendurch mal kurz an den Kamin treten und in den Rauchfang hineinlauschen, was da oben verhandelt wird, und dann das Kartenspiel erneut mischen und abheben.
«Sehen Sie?» sagte Ellinor, «da drüben steht er wieder und guckt.» – Am Waldrand, jenseits der Eische, war zwar nichts zu erkennen, aber es war schon möglich, daß da jemand stand und herüberluchste. Matthias hatte da ja auch schon gestanden.

Auf der Autobahn, die Herren aus Bochum, die sprachen jetzt darüber, wie man den KZ-Tod des Künstlers als Zugpferd dem Kulturdezernenten gegenüber einsetzen kann, damit er Geld für eine Ausstellung herausrückt. Leider stand die Karl-Liebknecht-Sache da ein bißchen quer im Weg. Die würde man besser nicht so sehr herauskehren, denn der Kulturdezernent war von der CDU und stammte überdies als gebranntes Kind aus dem Osten. Karl Liebknecht wär' nicht gegangen.
Auf der Autobahn brausten die Herrn in Schlips und Kragen dahin, und in Klein-Wense spielte die Künstlertochter mit dem Junglehrer Patiencen, das heißt: Sie gewann.
«Übrigens», sagte sie zum Schluß, «die Kegelkugel, die Sie mir geschenkt haben, als Sie zum erstenmal bei mir waren, hat den Leuten gefallen, Sie sollen anrufen in Bochum, wenn Sie noch mehr haben von den Dingern. Fünfzig Mark pro Stück wollen sie zahlen.»

Matthias erhielt eine Telefonnummer, und dann wurde er plötzlich verabschiedet. Der Besuch der Tante hatte schon vorher das Haus verlassen. Der Tag war lang gewesen, und Ellinor hatte getanzt, sie würde es so bald nicht wieder tun. Die Schachtel mit den Cremehütchen, die man ihr mitgebracht hatte, würde sie jetzt gleich an sich nehmen und damit ins Bett gehen.

Ellinor hielt einen Moment inne auf dem Flur und horchte, ob sich oben was rührt, so wie die Tante oben horchte, was da unten nun schon wieder los ist, und dann legte sie den Finger auf die Lippen: Er soll sich nicht mucksen, und griff die große rote, fest verschnürte Mappe mit Kallroy-Zeichnungen und klemmte sie ihm unter den Arm. Einen Augenblick hielt sie ihn noch an der Jacke zurück, dann entließ sie ihn in die Dunkelheit, legte noch einmal den Finger auf die Lippen, keinem was sagen!, hieß das, und dann klappte auch schon die Tür.

Matthias legte die Mappe in den Fahrradanhänger. Er sah die Tante am Fenster stehen. Oder war es eine Täuschung?
Zu Haus schob er das Rad mit Anhänger in den Stall. Er würde die Mappe später hinauftragen in seine Kammer, jetzt war das zu riskant, jetzt würde das vielleicht doch noch jemand beobachten?

Überall standen Leute in der Dunkelheit, und alle beobachteten alles.

Matthias legte sich schlafen. An Ellinor dachte er nicht. Und Ellinor mit ihren Cremehütchen dachte nicht an ihn. Sie hatte mehr mit sich selbst zu tun. Mitten in der Nacht war ihm so, als hätte einer gelacht auf der Straße, wie irre gelacht.

Am nächsten Morgen, beim Zähneputzen fuhr er zusammen: Um Gottes willen, die Bildermappe! Die lag ja noch im Stall!
Also hinunterspringen, zwei, drei Stufen, wie er es immer tat. Als er über den Hof ging, sah er es schon: Die Tür stand offen, hatte er denn den Stall nicht abgeschlossen? – Er griff in den Fahrradanhänger, und er griff ins Leere, die Mappe war fort! Er lief ins Haus und holte die Taschenlampe und leuchtete in dem finsteren Stall herum, aber nirgends lag die Mappe.

44

Anfang November ließ der Bürgermeister anfragen, ob die Kinder dieses Jahr denn gar nicht Laternegehen? Bei Frau Schmauch immer so schön und in den anderen Dörfern überall? – Kaufmann Klapproth war auch schon ganz ungeduldig, er hatte vom letzten Jahr noch Lampions liegen, sie lagerten neben den Zuckertüten, er wollte sie nun loswerden, endlich.

Also in Gottes Namen!, dachte Matthias, telefonierte mit Charly, dem Dorfpolizisten in Sassenholz, ob es geht, daß er die Kinder in der Dämmerung die Straßen entlangführt? – Ja, sagte der, aber vorsichtig sein!, und notierte es sich, daß der Lehrer ordnungsgemäß angefragt hat und daß er geantwortet hat: Ja, aber vorsichtig sein. Und an einem trüben Dienstag, gegen Abend, trafen sich alle Schüler mit ihren kleinen Geschwistern an der Schule, trudelten nach und nach ein, auch Muttis waren dabei und sogar die großen Jungen aus dem achten Schuljahr, die sich ein bißchen genierten, weil das doch Kinderkram ist, Laternegehen. Zur Konfirmation vielleicht ein Moped kriegen und hier nun Laternegehen?

Die Kinder wurden eindringlich ermahnt, nicht mit der Laterne zu schwenken, weil sie sich sonst entzündet, und dann steht das Haar des Vordermanns in Flammen, das Kleid gar und so weiter. Brandwunden im Gesicht und an den Händen? Die gehen doch nie wieder weg! Und außerdem tut das aasig weh. Auch den Fahrdamm nicht betreten, und überhaupt.
Die Kerzen wurden mit dem Feuerzeug angesteckt: Vollmonde, Halbmonde und verschiedenfarbige Zylinder, in Art von Handharmonikas geknifft. Hinni hatte eine Stallaterne mitgebracht, das war nicht so ganz das richtige.
Dann alle noch einmal schärfstens verwarnen, für die Ohren der Muttis, die es mitkriegen sollten, was für einen tüchtigen Lehrer ihre Kinder haben; daß er jedenfalls nicht einer von denen ist, die die Zügel schleifen lassen. Also immer schön auf dem Gehweg bleiben, nicht auf dem Fahrdamm herumhampeln, und wer es trotzdem tut, der kommt nächstes Jahr nicht wieder mit.
Im Schulrecht stand vom Laternegehen nichts drin, das war eine außerschulische Angelegenheit.

Bevor es losging, gesellte sich der Großknecht vom Witthof noch dazu, mit seiner «Treckfidel», das machte der jedes Jahr, der übernahm das Kommando, er zog den Balg mächtig aus und legte los, spielte also Schlager, die er auch auf dem Schützenfest darbot und bei Hochzeiten, die er also absolut beherrschte, und setzte sich an die Spitze des Zuges, von Carlas Hund wild umsprungen.

> Das kann doch einen Seemann nicht erschüttern,
> Keine Angst, keine Angst, Rosmarie!

Die Kleinen hielten ihre Laternen in die Höhe und drängten sich an den Lehrer, und obwohl doch die Mütter dabei waren, faßten sie ihn an der Hand, wobei die dünne Ursula leer ausging, die hakte sich ein und drängte sich um so dichter an ihn. Und dann wurden die alten Lieder angestimmt:

Laterne, Laterne,
Sonne, Mond und Sterne …
brenne auf mein Licht, brenne auf mein Licht,
nur meine liebe Laterne nicht …

Aber die Kinder kamen mit ihren dünnen Stimmen nicht an gegen das Schifferklavier. Matthias ging also nach vorn und sagte zu dem Großknecht, nein, das wollen wir hier nicht, Schlager …, aber da protestierten die Muttis, die fanden das flott, was der da spielt. Na, denn in Gottes Namen.
Neumodische Laternelieder, die in dem pädagogisch so wertvollen Buch: «Liedgut heute» angepriesen wurden, vom Licht, daß das im Dunkeln leuchtet, setzten sich in Klein-Wense nicht durch, an denen hatte sich schon mancher Lehrer die Zähne ausgebissen. Schlager hingegen wurden freudig angenommen, man muß schließlich mit der Zeit gehen.

Die Route ergab sich von allein. Die Platanenallee entlang und ins Dorf hinein. In der neuerbauten Landhandelsvilla brannte Licht, da war der Herr Cordes mit seiner um so vieles jüngeren Frau bereits eingezogen. Neben der nagelneuen Haustür hing eine Straßenlaterne im altschmiedeeisernen Stil, die wurde angeknipst, als die Kinder vorüberzogen, ein bißchen zu hell das Dings, dagegen kamen die Laternen ja gar nicht an.
Danach mußte sich das Auge erst wieder gewöhnen an die Dunkelheit.

Marieken sitt in'n Kellerlock
und all de Melk is öwerkokt …

Den Fußweg an der Eische ließ man lieber aus, sonst fällt womöglich einer ins Wasser, und die tuten dann in Hörner und suchen mit Stangen und Keschern die ganze Nacht nach der Leiche, und in Bremen wird sie ein halbes Jahr später angeschwemmt, und das ganze Dorf macht Front gegen den Lehrer, dies Herumlaufen mit Laternen, was das eigentlich soll, und die Kollegen: So ein Leichtsinn! Und der Schulrat: Was haben Sie sich eigentlich dabei gedacht? Und im «Pädagogik-Wegweiser» wird es diskutiert: Was für eine Unvernunft! An einem reißenden Fluß entlangzugehen, durch keinerlei Geländer geschützt, mit Kindern, noch dazu in tiefster Dunkelheit. Und bei der Beerdigung schütteln die Bauern dann die Fäuste in seine Richtung, und er muß sich dann versetzen lassen in ein Industriedorf, wo die Kinder nicht so sanftmütig sind wie in Klein-Wense ... – Vom Kallroy-Haus aus wäre das ein hübscher Anblick gewesen, die vorüberziehenden Kinder mit den mild leuchtenden Lampions, auf- und abwippend, im Wasser der Eische verdoppelt, vielleicht hätte sich Ellinor mit der Tante versöhnt bei dieser Gelegenheit, hätten am Fenster gestanden, sich an den Händen gefaßt und die Irrlichter verfolgt, die sich im Wasser widerspiegelten. An die eigene Kindheit zurückgedacht und dann versöhnt.

Matthias dachte nicht an seine Kindertage, der hatte zu tun damit, daß die Ordnung eingehalten wurde – «Die Taschenlampen ausmachen!» –, und darauf achtzugeben, daß ein wenig von der Dämmerungsromantik sich behauptet gegen den Großknecht da vorn, auch wenn gerade ein Trecker mit Kartoffeln vorüberknattert, damit also etwas zurückbleibt im Gedächtnis der Kinder, daß sie im Alter an die Kindheit denken und sagen: Das war eine schöne Zeit, und was hatten wir für einen netten Lehrer! Hilfreich war es, daß Marianne den Zug immer wieder mal ablief und ihm genauestens Mitteilung machte, was ganz vorn oder ganz hinten vor sich geht. Sie glaubt, daß die sich da schubsen ... – Es war zu hoffen, daß der Bürgermeister des Wegs käme und es miterlebte, was hier an Dorfgeist und Brauchtum lebendig erhalten wird, aber der war sicher gerade woanders. Na, irgend jemand würde es ihm schon mitteilen, damit war zu rechnen. Vielleicht hätte man ja auch zum Gemeindebüro wandeln können und dort ein Ständchen bringen:

> Ich geh' mit meiner Laterne
> und meine Laterne mit mir ...

Und der Bürgermeister hätte dann so am Fenster gestanden, seine Enkeltochter auf dem Arm, gedacht: Schau an, oder: kiek an, es hat alles seine Richtigkeit.

«Nicht so schnell!» wurde gerufen, weil sich die Kinder gegenseitig auf die Hacken traten, und «Nicht so langsam!», weil sie zurückblieben und irgendwelchen Jokus trieben, und Marianne kam wieder und wieder gelaufen: Ob sie die aufschreiben soll? Nun donnerten drei Lastwagen mit Kies vorüber, das war ja eine Angstpartie sondergleichen! – Matthias hielt die beiden Kleinen fest an der Hand, kleine feuchte Affenhände, und es huschte denn doch eine vage Erinnerung durch sein Gehirn, an die Mutter, die ihn mit dem Dienstmädchen hatte gehen lassen, mit einer viel zu großen Laterne, einmal um den Block, ein an sich ganz nettes Mädchen, das sich dann allerdings in der Ladentür des Bäckers mit ihrem Freund getroffen hatte, und er hatte ein paar Schritte weiter gehen müssen und stehenbleiben mit dem Dings, wie ein Nachtwächter, und warten, bis sie fertig sind.

Jetzt kam ihnen ein böser Mann entgegen, er hatte sich im Gasthaus erquickt, und nun stieß er die Kinder zur Seite, spuckte aus und packte Matthias bei der Jacke und schimpfte irgendwas von «keine Ahnung haben» und «erst mal grün hinter die Ohren werden ... » Das war der Kassenwart von der Partei der Heimatlosen und Entrechteten, Ortsgruppe Sassenholz, ein durch und durch jähzorniger Mensch, der konnte mit seinem Schicksal nicht zurechtkommen, an der Schlawe hatte sein Vater eine Wassermühle besessen, und nun war er gezwungen, seinen Lebensunterhalt als Stanzer in der Blechfabrik zu verdienen? – Weshalb ihm hier der Weg versperrt wird!, fragte er Matthias, ob das Anstand und Sitte ist?
Gott sei Dank fing in diesem Augenblick eine der Laternen Feuer, und so konnte der Mann drauf herumtrampeln und die Wut, die er im Bauch hatte, auf diese Weise abreagieren.

Die Muttis freuten sich, daß der junge Lehrer, der in anderer Hinsicht noch nicht soviel Erfahrung gesammelt haben mochten, die alte Tradition wiederaufnahm und mit ihnen den Laternengang durchs Dorf machte, obwohl er aus dem Osten kam, wo es wahrscheinlich ganz andere Gebräuche gab, Bänkelsängereien und Haselnußscherze irgendwie. Und bei dieser Gelegenheit steckten sie ihm, daß sie gar nicht gedacht hätten, daß die Kinners so schnell

Lesen bei ihm lernten, sie hätten zuerst gedacht, das wird nix mit diesem Mann, wie der schon aussieht, und nicht raucht und nicht trinkt? ... Warum er die Posaune nicht mitgebracht habe, fragte die Mutter von Ursula, das klänge immer so schön, die alten Lieder, abends, wenn das so über das Dorf schallt, sie sage immer zu ihrem Mann: Horch mal, der Lehrer spielt wieder auf der Posaune.
Frau Schmauch habe das auch immer ganz nett gemacht, mit dem Laternenumzug, aber sie sei in der Partei eine große Nummer gewesen, in der Frauenschaft ein As. Decken sticken lassen mit Hakenkreuzen drauf und so weiter.
Ob er sie nicht mal die Hand liest, fragte die Mutter von Ursula, und sie hielt ihm tatsächlich die Linke hin, und sie bestimmte ihre kleine Tochter, den Lampion höher zu halten, aber das sah sie dann selbst ein, daß das hier nicht ging.

Zum Schluß liefen sie am Friedhof vorüber, mit den gestutzten Linden. Ein feuchter Wind ließ die Laternen schaukeln, wie gut, daß man sich eine Regenjacke angezogen hatte. Die Grabstätte der kriegsgefangenen Franzosen war längst wieder eingeebnet, dort standen jetzt Ruhebänke, auf denen nie jemand saß.

Bei Kaufmann Claassen an der Ecke ließ ein Auto mit hellem Scheinwerfer den Laternenzug passieren: Der Pastor war es, der kurbelte die Scheibe herunter und fragte: «Na, mein Herr? Laterne gehen?» In Sassenholz habe Lehrer Klein die Laternen *selber* basteln lassen, aus Zeitungspapier, das wär' doch'n ganz anderer Schnack als diese gekauften Kitschdinger. Und: Schifferklavier? Ob das das richtige sei? Er meine, das passe doch überhaupt nicht! Er habe schon viele hundert Laternenumzüge gesehen, aber mit Schifferklavier? – Nein.

Die Laternen erloschen nach und nach, und die Kinder verschwanden eines nach dem anderen, sie blieben gleich zu Haus, sonst hätten sie ja den ganzen Weg noch einmal machen müssen. «War's schön?» würde gefragt werden, und vielleicht auch: «Warum hast du denn die Kaninchen noch nicht gefüttert?»

Als sich alles verlaufen hatte, machte Matthias noch eine einsame Runde durch das Dorf. Der Großknecht hatte wohl den gleichen Weg, der hatte sein Schifferklavier unter dem Arm, steuerte dann aber den Gasthof an und drängte Matthias in die gleiche Richtung, sprach von «einen ausgeben». Ob der noch irgendwie Dank ernten wollte? Matthias machte sich von ihm los. So ein Schifferklavier habe wohl ein ziemliches Gewicht, sagte er, und toll, wie gut er spielen kann ... Aber ihm fällt da noch grade was ein, was er jetzt unbedingt schnell noch erledigen muß ..., sagte er und machte, daß er wegkam.

Von dem Hof des Bauern Up de Hoecht kam Klavierspiel herübergeweht. Matthias hatte die Vorstellung, daß der Mann in einer schwarzen SS-Uniform am Klavier säße, mit silberner Fangschnur an der Schulter und Eisernem Kreuz auf der Brust. Vielleicht hatte er den Laternenzug beobachtet, und es war ihm weh ums Herz geworden?
«Vielleicht sind ihm ja auch Erinnerungen an Rußland gekommen?» dachte er, und ihn packte wieder die Angst, was ihm wohl aus der Sache mit der Zeichenmappe erwachsen werde. Was kam da auf ihn zu? Was oder wer hatte ihn geritten, in ein Dorf wie Klein-Wense zu gehen und sich auf solche Sachen einzulassen?
«Wenn's dem Esel zu wohl ist, geht er aufs Eis.»

Als er dann wieder zu Hause war, ging er erst noch einmal in den Schuppen, nachgucken, ob die Mappe nicht vielleicht doch noch da ist? Für Sekunden hatte er unselige Glücksgedanken, vielleicht lag sie ja jetzt da? Zurückgebracht von dem Dieb? Reumütig? Diesen Lehrer, der so freundlich zu den Kindern ist, so lieb mit ihnen Laterne geht, den dürfen wir nicht enttäuschen ... Oder er hatte nicht richtig hingeguckt, und sie lag groß und breit auf dem Fahrradanhänger? Dort also, wo er sie hingelegt hatte? – Nein, es war nichts zu machen, alles stand an seinem Platz, aber eine Mappe war nicht in Sicht.

Er stieg in sein Zimmer hinauf und stellte das Radio an, Nachrichten aus aller Welt, in denen Klein-Wense noch niemals erwähnt worden war, und er genehmigte sich eine Scheibe Brot mit

Griebenschmalz. Es hatte zu regnen begonnen, und die Tropfen rannen wackelig an der Scheibe herab.
Er hätte sich eigentlich vorbereiten müssen für den nächsten Tag, einen Erlebnisaufsatz schreiben lassen: «Als wir Laterne gingen ...», und in der Zeichenstunde: Laternen auf diesigem Grund? – Nein, er hatte keine Lust, alles war ihm zum Ekel. Er ging ein wenig auf und ab. Ihm fiel ein, daß er doch einmal mit seiner Mutter Laterne gegangen war, ein einziges Mal, ganz exklusiv, mit einem großen orangeroten Lampion, die erleuchteten Schaufenster entlang, und daß sie ihm die Nase geputzt hatte mit ihrem viel zu kleinen Damentaschentuch. Und dann war der Vater plötzlich um die Ecke gekommen und hatte gesagt: «Na, ihr zwei beiden?»
Ihm war auch so, als hätten die Eltern mal ein Lampionfest im Garten veranstaltet, mit Bowle und Zigarrenrauch, und daß er im Nachthemd hinuntergelaufen war und zwischen den Leuten gestanden ...
Seine Mutter hatte sich von einem fremden Mann im Arm halten lassen, das Glas in der Hand, und der Vater hatte grade Bowle ausgeschenkt. «Sag' zum Abschied leise ‹Servus› ...» Sie war unwillig gewesen und hatte ihn wieder ins Bett geschickt.

Matthias nahm seine Posaune und spielte, so schön er nur konnte: «Guten Abend, gute Nacht», damit die Leute im Dorf sagen würden: Seid doch mal still ..., horcht mal, der Lehrer spielt wieder auf seiner Posaune ...

Aber dann mußte er plötzlich wieder an die Zeichenmappe denken, o Gott! Wenn man ihm draufkam?
Er brach sein Gute-Nacht-Lied ab und stellte die Posaune in die Ecke und warf sich aufs Bett und schlug sich vor den Kopf. «Alles habe ich verspielt!» Warum, warum hatte er die Mappe nicht sofort mit nach oben genommen? Und dann führte er Selbstgespräche vor einem imaginären Untersuchungsausschuß, der ihn des Diebstahls bezichtigte, der Veruntreuung oder Unterschlagung, ja der Komplizenschaft. Am besten alles abstreiten, dachte Matthias, im Ernstfall den Leuten frech ins Gesicht lügen. Wer wollte es ihm denn beweisen, daß ihm Ellinor eine Mappe zugesteckt hatte? Sich dumm stellen: «Bilder? – Davon weiß ich nichts.»

Am Ende hatte er sich gar bei irgendwelchen Manipulationen mitschuldig gemacht? Das heimliche Beiseiteschaffen von Vermögenswerten zum Zwecke betrügerischer Aneignung? War das strafbar? Würde er Ellinor dann nicht irgendwie decken müssen?
Nicht einmal angesehen hatte er sich die Bilder!
«Das wird eine schöne Scheiße gewesen sein!» sagte er laut.

Als Carla dann kam, in Gummistiefeln und Trachtenjacke, saß er bewegungslos auf dem Bett. «Du bist ja heute so anders?» sagte sie und setzte sich neben ihn. «Hast du was?» – Er schwieg, und dann sagte er zu ihr: «Heute geht es nicht ...», und schickte sie weg. Es war noch nie passiert, daß er sie wegschickte, sie wußte gar nicht, wie sie das machen sollte: wieder weggehen, wo sie doch gerade eben erst gekommen war? Aber er sah wohl sehr düster aus, so daß sie sich nichts weiter getraute. Sie machte eine Bewegung, als ob sie ihm über die Wange streichen wollte, aber daraus wurde nur ein leichter Schulterschlag.
Sah die Welt denn morgen wieder anders aus?

> ... und wenn die ganze Erde bebt
> und die Welt sich aus den Angeln hebt:
> Wir fürchten uns nicht!

Als sie gegangen war, dachte er: schade. Zurückholen wär' nicht gegangen. Und dann saß er da mit seinem Talent.
«Vielleicht hätte ich ja doch an die Hermann-Sulzbach-Schule gehen sollen», dachte er.

45

Der Tag begann damit, daß die Kriegerwitwe in die Klasse gestürmt kam. Sie kann heute den Amerikaner und den Schmalzkringel nicht wie sonst jeden Tag rumbringen, weil die Bäckerei einen Stromschaden hat, rief sie.
Matthias hatte am Vortag mit den Kindern einen Gang über den Friedhof gemacht, und nun wollte er mit ihnen über den Tod spre-

chen – die Seele, wo die «abbleibt», das erörterten sie grade, als die Frau da was von Schmalzkringeln rief.
Luers meinte, der Sarg sei ja zugeschlossen, da könne die Seele ja gar nicht raus, das war ihm ein großes Rätsel, wogegen Gitte der Ansicht war, da kämen dann ja Menschen, die machten Löcher für Blumen, und aus den Löchern könne denn die Seele ja rauszischen. So standen die Dinge.
Matthias hatte den «Unsere Helden»-Rahmen an die Tafel gehängt, das war sein «Einstieg» in das Thema. Das kriegte die Kriegerwitwe sofort mit, und sie zeigte auf ihren Mann, dritte Reihe, zweiter von links, ein junges Kerlchen, zu dem man früher «Schnäpser» gesagt hätte, 1942 in Jugoslawien geblieben. Sie wunderte sich, daß hier über die toten Soldaten gesprochen wurde. Sie selbst mochte an ihren Mann nur noch selten denken. Nur anderthalb Jahre verheiratet und nun auch schon zwanzig Jahre her ... Das rechne sie dem jungen Lehrer hoch an, sagte sie zu den Kunden, denen sie hernach das Grob- und Feingemengte vorbeibrachte, daß hier in Klein-Wense das Andenken der Gefallenen hochgehalten wird. Auch auf dem geselligen Abend der Heimatvertriebenen und Entrechteten berichtete sie davon. Vielleicht kriegte man ihn ja doch noch rum, daß er eintritt in diese Partei. Als sie dann fort war, konnte weiter über die Seele gesprochen werden und wo sie «abbleibt».
Was die Schmalzkringel anging und die Amerikaner: Matthias bekam sie nun schon seit einem halben Jahr jeden Tag in die Küche gelegt. Ob er denn nie was braucht, hatte die Frau zu ihm gesagt, und da hatte er aus Mitleid den Kuchen geordert, jeden Tag in die Küche zu legen, damit er nachmittags was zum Kaffee hat. Jeden Tag, außer Sonntag natürlich. Er legte das Zeug zur Seite, und wenn ein Karton voll war, warf er das in die Eische.

In die Mittagsruhe hinein platzten die Leute aus Bochum. Sie wollten die Kugeln abholen. Hätten sich gern angemeldet, wie sie sagten, aber hier wär' ja telefonisch nichts zu machen. Klein-Wense stehe in keinem Telefonbuch, und der Lehrer schon gar nicht.
Sie bildeten eine Kette und warfen sich die Kegelkugeln zu, wie die Maurer ihre Steine. Machten dabei Witze. «Alle neune!» wenn eine hinfiel, und: Das geht ganz schön auf die Muskeln.

Matthias zählte mit, er war erstaunt, daß das so viele waren, zwanzig, dreißig Stück, und immer kamen noch welche zum Vorschein. Der Lieferwagen sackte hinten direkt weg von dem Gewicht.
Ob sie nicht noch auf einen Sprung reinkommen wollten, fragte er sie zum Schluß, Tasse Kaffee trinken, aber nein, das wollten die Leute nicht. Einer von ihnen stellte sich in den Flur, an die rostige Flurgarderobe, und zählte ihm das Geld hin. Ein ganz schöner Batzen, eigentlich viel zuviel ... Daß man die Kugeln mit Gewinn an einen Innenarchitekten verkaufen würde, sagte der Mann nicht.
«Was macht die schöne Ellinor?» fragte er im Hinausgehen.
Das mochte der liebe Himmel wissen.

Am Abend gab es dann ein Rufen um das Haus, die Seglerkameradschaft wollte mal nach dem Rechten sehen: Wo kam man denn in das Haus rein? Vorne zu und hinten zu? Keine Klingel? Was ist das denn für eine Wirtschaft?
Ihre Boote lagen längst wohlverpackt unter diversen Persennings auf gemieteten Winterplätzen. Zeit also, einen Besuch zu machen bei dem neuen Kollegen, der ja schon gar nicht mehr so neu ist, was das eigentlich für eine Type ist, fährt immer mit dem Fahrrad durch die Gegend, sammelt alten Kram?
Sie strömten in die Zimmer hinein und öffneten alle Schränke und Schubladen: Was iss denn diss? Was iss denn das? Nahmen Bücher aus dem Schrank, klappten die kostbaren Karten aus den Reisewerken aus, daß sie einrissen – oh! Schnell wieder wegstellen ... Aber, so rüde sie sich auch gaben, im Prinzip gingen sie behutsam vor. Die blauen Teller im Tellerbord, zum Beispiel, zogen sie zwar der Reihe nach heraus, aber eben sehr vorsichtig. Über das Kallroy-Bild, das neben dem Tellerbord in der Veranda hing, lachten sie sehr. Aber daß so was wertvoll ist, war ihnen ohne weiteres klar.

Er hätte noch ein altes Gesangbuch bei sich rumliegen, das könne Matthias haben, sagte einer. Solle er es ihm rumbringen?

Die Männer setzten sich in die Veranda, die soliden Eichenmöbel und die Truhe von Jungfer Lucie. Der blanke Salon war nicht ihr Fall, den nahmen sie nur einmal kurz in Augenschein.

Matthias mußte Bier holen, und auch Schnaps wurde nicht verschmäht.
Die drei hatten gedacht: Dieser Kerl da in Klein-Wense, immer so still und freundlich, was macht der bloß, was macht der bloß? Und da wären sie eben in ihr Auto gestiegen und wären hergefahren. Wie Matthias das findet, fragten sie ihn, daß sie ihn hier einfach mal besuchen?
Prost, wurde gesagt, die Seemannspfeifen wurden mit Krüllschnitt gestopft, und dann präsentierten sie ihm den herrlichsten Klatsch der ganzen Börde. Der Kollege Frohriep mit seinem «Frühling, ja, du bist's» wurde nachgemacht, und Rennenfranz mit seinen Bildern, daß er tatsächlich welche loswird, ab und zu, zum Tag des Baumes zum Beispiel, oder wenn im Kreis einer pensioniert wird. Vor einigen Jahren hatte man ihn sogar mal in einer Ausstellung in der Kreuzthaler Heimatstube gewürdigt, bei der Eröffnung war er dann mit Baskenmütze hin und her gelaufen. Der Gauguin des Landkreises.

Der älteste in der Kameradschaft der drei Segler, ein großer Mann mit festem Gesicht, der das Sagen hatte, ließ keinen Zweifel daran, daß man Matthias hier in Klein-Wense als irgendwie zugehörig ansah, zu der Kameradschaft, obwohl kein Segler und wohl auch nie dafür zu gewinnen. Der hatte es entschieden: Dieser Typ ist zu akzeptieren. Andere wurden auch akzeptiert, aber nicht so voll und ganz wie Matthias. Die andern beiden Segler schlossen sich der Meinung ihres Bosses an, die waren ganz zufrieden, daß sie sich seiner Meinung anschließen konnten, damit waren sie immer gut gefahren, auch beim Segeln.
Der herrlichste Klatsch kam zur Sprache, alle Lehrer der Börde wurden der Reihe nach durch den Kakao gezogen, daß Stichnoth ein Idiot und der Kommiskopp in Westereistedt eigentlich ganz in Ordnung. Und dann kam «Egon» an die Reihe, was der für verschiedene Vögel hätte. «Chacun, wie ich immer sage, nach seinem Geschmack.» Daß sie dem mal in Travemünde begegnet seien, in einer Seglerkneipe, in Jeans! Und der dann so getan, als ob er sie nicht kennt, wollte seine Ruhe haben oder was? Immer so küß die Hand zu den Lehrerinnen, und als die eine sich mal hinlegen mußte, wie das so ist mit Frauen, Wärmflasche auf den Leib, sich ne-

ben sie gestellt und gefragt: «Um Gottes willen, was ist denn?» Und: «Geht es Ihnen nun schon besser?» obwohl man ihm bedeutet hatte, daß solche Sachen irgendwie ganz normal sind.
Auch der Pastor wurde durch den Kakao gezogen, eigentlich ja 'n ganz vernünftiger Mann. Seine Frau wohl 'n bißchen überkandidelt. Bürstet ihm immer die Anzüge aus und so in diesem Stil.
«Und er bürstet dann woanders ...»
Was er aufbaut, reißt sie nieder, so werde gesagt.
Ob Matthias sich nicht mal beweiben will?, wurde er gefragt, sollten sie mal 'n bißchen nachhelfen?

Eben doch noch mal in die «gute Stube» rübergehen, der Boß war es, der plötzlich diesen Antrieb hatte, der Instinkt hatte ihn dazu getrieben, denn hier lagen die Instrumente, diese schönen Messingsachen zum Durchgucken und dran Schrauben. Sie wurden herausgeholt aus den Edelholzkästen und sorgfältig beäugt. Kompasse jeder Art, eine Taschensonnenuhr und ein Mikroskop, und zwar keine Schülersache vom Kosmos-Verlag, sondern ganz regulär.
Unter diesen blanken Apparaten fand sich wahrhaftig auch ein Sextant! Du lieber Himmel. Schade, daß jetzt Abend war, sonst hätte man mal die Länge und Breite von Klein-Wense bestimmen können, wieviel Sekunden und Minuten, und das dann auf ein Schild schreiben und hier aufhängen irgendwo. Damit man weiß, wo man sich überhaupt befindet!
Der Besitz dieser schönen Sachen ließ Matthias hoch steigen in der Achtung der Kerle, das hätten sie nicht gedacht, daß er so schöne alte Instrumente hat. Sie hätten gemeint, er befasse sich mit Spinnrädern oder so'n Zeugs, wie Kollege Klein in Sassenholz, der ja wohl völlig verrückt geworden sei.

So plötzlich, wie sie gekommen waren, verschwanden sie auch wieder, und ebenfalls mit großem Getöse.
Unangenehm war, daß sie, wie schnell sie auch wieder gingen, an der Tür stehenblieben und noch endlos weiterredeten. Dann hätten sie ja auch noch etwas dableiben können. Durch ein entschiedenes «Na, denn ...» konnte Matthias die Sache zu Ende bringen.

Er ließ sich ins Sofa fallen: Noch eine ganze Weile war es so, als brausten Wind und Regen durch das Haus, und in den Ohren rauschte es.
Dann glätteten sich die Wogen. Matthias kam sein Haus auf einmal sehr still vor. So als sei Flaute eingetreten. Nichts rührte sich mehr, und auch Matthias saß und bewegte sich nicht.
Irgendwann einen Gegenbesuch machen? Nicht zu lange warten damit, sonst wäre diese – ja, konnte man «zarte» sagen? – aufkommende – ja, konnte man «Freundschaft» sagen? – im Keime erstickt. Ein angenehmer Gedanke, daß man nun jemanden hatte, den man aufsuchen konnte in trüben Stunden. Aber auch bedrängend. Wenn man's nun nicht tut? Immer wieder hinausschieben, und dann ist es irgendwann zu spät? «Dieser Mensch scheint ein Eigenbrötler zu sein», sagen sie und lassen sich nie wieder sehen. Wie leicht kann sich Zuneigung in Feindschaft wandeln, das hatte Matthias schon erlebt.

Wenn er den Besuch nicht rechtzeitig erwiderte, würde es die Runde machen: daß Jänicke in Klein-Wense, ohne *h* aber mit *ck* eine ausgesprochene Flasche ist. Daß sie ihn bereits einen «Traumtänzer» nannten, konnte er ja nicht wissen. Das war ja auch nicht unbedingt negativ gemeint.
Matthias hätte ihnen gern von seinem Bildermappenmalheur erzählt, er hatte es schon auf der Zunge. «Aber gut, daß ich's nicht getan habe», dachte er. Daß in seiner blanken Stube mitten auf dem Teppich ein Dreckplacken lag, hatte wohl mit den Profilsohlen der Leute zu tun, die für Landverhältnisse ja auch denkbar ungeeignet waren.

Matthias stellte alles wieder richtig hin und nahm seine Messinggeräte in die Hand und tat sie wieder in die Kästen. Die genauesten Präzisionsinstrumente waren das, für alle möglichen Zwecke, aber Matthias hatte keine Ahnung, was er damit messen sollte.
Er lüftete und warf den Dreckplacken mit dem Kehrblech in den Garten.
Es war nicht von der Hand zu weisen, daß sich seine Situation geändert hatte.

In dieser Nacht kam Carla schon etwas zeitiger die Treppe herauf. Sie wollte wohl wissen, was das für ein Aufstand gewesen war. Matthias hatte also jemanden, dem er von den verschiedenen Besuchen dieses Tages erzählen konnte. Vielleicht war es schlimm, daß die Kugelgeschichte nun die Runde machen würde. Vielleicht fühlten sich die Bauern jetzt vor den Kopf gestoßen?
«Der Kerl hat uns beschissen!» So in diesem Stil?
Fünf Kugeln hatte Matthias zurückbehalten, für alle Fälle. Dann konnte er sagen: Aber wieso denn: Ihre Kugeln habe ich doch für die Schule erworben?

Eigentlich hatte Matthias heute schon ein bißchen viel Menschen gesehen, er hätte gern seine Ruhe gehabt. Er ließ Carla irgendwie ein bißchen stehen. Aber nun, wo sie einmal da war, konnte man denn ja auch gleich zur Sache kommen.
Matthias war's recht.
Und es zeigte sich, daß Carla in dieser Nacht besonders gut gestimmt war.

46

Am Tag der Toten wachte Matthias von einem Traum auf. Er sah seine Mutter, wie auf einem alten Gemälde, nackt, unter dem Bauchnabel hing der Halbbogen ihres Unterleibs herab, gelb-verschrumpelt war sie, und sie sah ihn ernst an. Und dann schien es so, als wolle sie auf ihn zukommen. Und da «schnitt er sie von der Erde ab», wie mit einer Schere, wie ein dürres Gras.
Noch lebt sie, dachte er. Eigentlich sollte ich sie besuchen.

Er blieb noch eine Zeit im Bett, ohne sich groß zu rühren, nahm dann ein Buch zur Hand. Aber über dem Lesen kam ein Bild auf, das ihn beschäftigte: Das Foto von Gisela, im Paddelboot, das Turnhemd mit der BDM-Raute vorne, Gisela, mit der er Brause hatte trinken dürfen aus *einer* Flasche. Dann umgekommen durch Bomben. «Und ich lebe noch immer», dachte er.

Er frühstückte mit der kleinen Marianne, die die Füße in ihren Pompon-Pantoffeln unter sich auf die Streben des Stuhls gestellt hatte, in den Strümpfen große Löcher. Dünne Zöpfe, von Blechhaarspangen gehalten, und einen Hahnenkamm auf dem Kopf. Wie immer unterhielt sie ihn in ihrer monotonen Art, ohne die Stimme zu heben oder zu senken. Der Vater habe sich ein Motorrad gekauft, erfuhr er, obwohl die Mama geschimpft habe, wegen dem Geld, und er bricht sich bestimmt noch mal den Hals. Sie stand auf und schenkte Matthias Kaffee nach und guckte aus dem Fenster, ob Carla von gegenüber zur Kirche geht.

Auch Matthias sprach monoton vor sich hin, er stand noch unter dem Eindruck des Traums. Ob sie meint, daß er seine Mutter besuchen soll?, fragte er das Kind. Marianne wunderte sich, daß er überhaupt eine Mutter hat. Matthias holte die Fotos aus dem Koffer, die versehentlich gemachten Abzüge, und blätterte sie auf den Tisch. Daß er auch einen Vater gehabt hatte, darüber wunderte sie sich nicht.
Von der dunklen Jahreszeit redete er, daß er sich besonders wohl fühlt, wenn es regnet, obwohl die Finsternis ja eigentlich unheimlich ist, eine Zeit der Toten und Gespenster? Und daß seine Mutter eine böse Frau gewesen sei.

Ein Motorrad käme für ihn nicht in Frage, sagte er, aber warum sollte er sich nicht einen Hilfsmotor kaufen für das Fahrrad, wie Stichnoth vorgeschlagen? Und dann damit auch Gegenden nach Kegelkugeln abgrasen, die mit dem Fahrrad nicht so bequem zu erreichen sind. An ein Motorrad könne man ja keinen Anhänger anhängen, wie sollte er denn die Kugeln transportieren und die geschnitzten Stühle? Und sein Fahrrad wär' ja noch nagelneu?

Als Marianne gegangen war, vermißte er das Kleingeld, das er am Abend zuvor aus der Jackentasche genommen und auf den Tisch gelegt hatte.
«Das kleine Luder ...», dachte er.
Und sie hatte vielleicht gedacht: Sie nimmt das Geld wegen des teuren Motorrades?

Zu Mittag stand Kamerad Bentwitsch vor der Tür, ein Besuch also, der die Finsternis in einen sonnigen Novembertag verwandeln würde. Diesmal begrüßten sie sich nicht auf russische Art, sondern drückten sich schlicht die Hand. Der Kamerad, der seine Familie diesmal zu Hause gelassen hatte, fand den Salon auf einmal gar nicht mehr so ungemütlich, sondern ganz im Gegenteil. Auch freute er sich darüber, daß er Matthias angetroffen hatte, obwohl es doch Totensonntag war, da besuchen normale Menschen doch den Friedhof? Er hatte sich in Wuppertal kurz entschlossen auf den Weg gemacht, ohne vorher noch groß einen Brief zu schicken. Das war ein Risiko gewesen, das hätte auch schiefgehen können.

In der Kaffeekanne fand sich noch eine Neige, und ziemlich sofort zopften sie sich in die Vergangenheiten hinein, und sie taten das an einem Tag und in einer Umgebung, die dem nachdenklichen Versenken in alte Zeiten günstig war.

Das bunte Licht, das in die Kirche fällt ...

fing der Gast an zu deklamieren, das sollte die Formel sein, mit der er sich und seinen Freund einstimmen wollte, auf Erinnerungsfischzüge in schwere Zeiten, die ja an sich ganz lustig gewesen waren.

... ist bunt für den nur, der's für Buntes hält ...

sprach er weiter, aber Matthias reagierte nicht darauf. Das war nun doch schon etwas abgestanden.
«Die vielen Toten ...», sagten sie und erinnerten einander an Kameraden, denen die Freiheit nicht bekommen war. Von den anderen, die die Freiheit gar nicht wieder zu sehen bekommen hatten, sprachen sie nicht, die existierten nur als Zahl. In die Grube geworfen, Kalk drüber und zugeschaufelt.

Er habe soeben leider etwas erlebt, was ihm nicht gefalle, sagte Matthias auf- und abgehend. Das kleine Mädchen, das er gewiß beim letztenmal gesehen habe, Marianne, dünne Zöpfe und mit Schürze um, habe ihn beklaut, nicht viel weggenommen, aber doch wohl so drei, vier Mark?

Da erinnerte der Kamerad sich an seinen Vater, der ihn mal schwer verprügelt hatte wegen eines ähnlichen Delikts, aus dem Haushaltsportemonnaie seiner Mutter was genommen und Lakritze davon gekauft, das wär' ihm eine Lehre gewesen für immer und ewig, er empfehle Matthias dringend, so etwas nicht auf die leichte Schulter zu nehmen. Als Pädagoge könne er sich das nicht leisten! «Wenn man da lockerläßt, geht die ganze Gesellschaft hops!»
Seine Mutter übrigens, eine herzensgute Frau, sei dann am Abend an sein Bett gekommen und habe ihn getröstet, immer so gut gewesen, so gut!
«Erst bestrafen und dann trösten.»

Der Kamerad aus alten Tagen war diesmal in konkreter Absicht nach Klein-Wense gekommen, das wurde rasch deutlich. Eben war er bereits bei Carla gewesen, gegenüber, er hatte sie abgepaßt, als sie aus der Kirche kam, und hatte in der guten Stube bei ihr gesessen. Auch der irgendwie grinsende Eleve war dagewesen und hatte an dem Gespräch teilgenommen: Um was es hier geht, und was das soll. Um das Grundstück an der Eische ging es, darauf hatte es Bentwitsch abgesehen, und er war ziemlich geradewegs darauf zugesteuert, ohne Umstände. Da Carla seit dem Sommer ohnehin ans Landverkaufen gedacht hatte, die Kammer und den Schweinestall umbauen, und die Butze muß endlich weg, brauchten keine großen Umwege gemacht zu werden: Das Ziel wurde direkt angesteuert, und nach kurzem Hin und Her war man handelseinig geworden: Acht Morgen, zur Hälfte Wald, direkt an der Eische gelegen, so sah das Ergebnis aus, und sie hatten einen Schnaps darauf getrunken, und der Eleve hatte versprochen, den Acker vor der Übereignung noch einmal umzupflügen und zu düngen und dann Gras anzusäen.

«Und da wird dann 'ne Hütte draufgestellt, eine Baracke, und dann haben wir unser Sommerhaus», sagte Bentwitsch zu Matthias, und er sah den schwarzen Eischefluß vor sich, wie er sich aus dem Wald hervorschlängelt, an seinem eigenen Grundstück vorüber, und sich selbst sah er auf dem eigenen Bootssteg sitzen, den er dann ins Wasser hineintreiben würde, und angeln. Und im

Hintergrund sah er seine Frau Wäsche aufhängen und die Kinder in der Sandkiste spielen. Die Hütte natürlich selbst ausbauen, so was macht ja Spaß, Fenster mit Aussicht auf Flüßchen und Wald, morgens hinausgucken, die frische Luft, und vom Dorf her bimmelt das Glöckchen?
«Ich habe ein Haus in Norddeutschland», würde er zu seinen Kollegen sagen, und die würden sich dann wundern und ihn beneiden und sich vielleicht einmieten für ein geringes Salär, zuzüglich Wasser, Gas und Elektrisch, wenn er grade mal nicht da ist. – Auch für seine Mutter so schön, die alte Frau, nie richtig Urlaub gemacht, immer nur gearbeitet.

Das klang ja alles wunderbar. Aber Matthias spürte es dem Kameraden an, daß dessen konkrete Visionen umterm Honigtopf noch einen Haken hatten.
Drei Stück Zucker, «mir bitte keinen».
Woher das Geld nehmen, das war die Frage, die den Sparkassenbeamten Bentwitsch bewegte, er könnte ja einen Kredit aufnehmen, aber in der eigenen Bank war das doch nicht so angenehm, und zur Konkurrenz gehen, das mochte er auch nicht tun. Und da wollte er nun mal bei Matthias anfragen, ob der nicht ... Er meine, das wär' doch wunderbar, wenn sie beide hier in Klein-Wense sich abends immer schön treffen könnten und beim Bier von *damals* sprechen, von den schweren Zeiten, die manchmal auch ganz lustig gewesen waren. Zusammen dann auch mal was unternehmen, ganz klar, Hamburg und Bremen waren ja einen Katzensprung entfernt. Fußball zum Beispiel, Werder Bremen oder HSV? – Waltraud sei auch kein Kind von Traurigkeit, die haue auch gern mal über den Zappen.

Er meine – und hier zeigte es sich, daß der Kamerad bereits über alles nachgedacht hatte –, ob Matthias ihm nicht seinen quasi nagelneuen Caravan abkaufen wollte, mit dem er sogar schon in Griechenland gewesen war, durch dick und dünn? Wenn er in Klein-Wense ein Sommerhaus sein eigen nenne, dann brauche er den ja nicht mehr. Lange genug in der Welt herumgejuckelt ... Es habe noch etwas Zeit, erst im Frühjahr solle die Sache über die Bühne gehen, und danach brauche er den Caravan ja nicht mehr. Das

Durch-die-Gegend-Juckeln sei dann eine Angelegenheit der Vergangenheit. Für die Kinder sei das Herumgereise im übrigen gar nicht gut, das habe er leider erst zu spät gemerkt! Die müßten wissen, wo sie hingehören. Aber für Matthias als Junggesellen wär' das doch herrlich, ganz Deutschland kennenzulernen, und dann bei Freiburg nach Frankreich rüber und durch Spanien hindurch bis nach Gibraltar, wo's Affen gibt in freier Wildbahn? Mal raus hier aus dem Nest, er versauert hier ja?
«Warst du schon mal in Italien?»
Er holte die Europakarte aus dem Wagen und breitete sie auf dem Tisch aus: Und dann fuhr er mit dem Zeigefinger die Autobahnen entlang und zeigte es Matthias, wohin man überall fahren kann, wenn man im Besitz eines Caravan ist.

Sie gingen den Wagen ansehen, innen und außen frisch gewaschen, aber Matthias schaute nur kurz hinein, er wußte schon, daß er ihm gefallen würde. Dem kam die Sache plausibel vor.

Als sie dann an der Eische standen, zeigte Bentwitsch mit großen Gesten: von hier bis hier die Baracke, dort die Sandkiste. Und dort den Steg, und dann ein Boot anschaffen und mit dem Ding gemütlich an die Nordsee schippern oder flußaufwärts bis Hannoversch Münden, wenn's einem mal zuviel wird mit der ländlichen Natur. Also *er* dann mit einem Motorboot übers Wassernetz tuckern und *Matthias* mit dem Caravan nach Spanien oder sonstwohin, und von Zeit zu Zeit nach Klein-Wense zurückkehren und sich austauschen?

Matthias kratzte sich nicht am Kopf. Er dachte: Warum eigentlich nicht?
Aber woher das Geld nehmen, das war die Frage.
Aber das brauchte ja nicht sofort entschieden zu werden, das hatte ja Zeit.

Bentwitsch lud seinen Kameraden, der hier ja offensichtlich versauerte und endlich, jedenfalls zeitweilig, mal raus mußte, zum Essen in sein Auto ein, auf dem Propangaskocher briet er Koteletts, und sie tranken ein Bier nach dem anderen, obwohl Matthias das

Bier gar nicht mochte und Bentwitsch es eigentlich nicht trinken sollte, weil er ja noch nach Wuppertal zurückkehren mußte, eine ziemliche Strecke, aber fast nur Autobahn.
Als er dann alle Schubladen herauszog und demonstrierte, wie man das Geschirr am besten festzurrt, damit es nicht klirrt beim Fahren, und die Bank zum Bett umfunktioniert, die Kissen aufschüttelt und so weiter, stellte sich Carla mit ihrem grinsenden Eleven ein, und die tranken auch Bier, und dann überlegten sie, ob sie sich nicht auch so ein Dings kaufen sollen, eines Tages, aber natürlich 'n bißchen größer.
«Wie so'ne Schneck!» sagte der Eleve.

Am Nachmittag zählte Matthias sein Kugelgeld, und er fand, daß es eigentlich dicke reichen müßte, irgendwie. Notfalls könnte man ja auch die Sparverträge beleihen, bei denen der Staat die Hälfte zuzahlt.
Kaufen das Dings und durch die Gegend juckeln, und eines Tages, wenn es seine Schuldigkeit getan hat, an Carla Freede weiterverscheuern.
Er guckte noch einmal in den Stall, ob sich die Mappe nicht doch noch irgendwo findet, aber das war nicht der Fall, sie war so absolut weg. Es kam Matthias so vor, als habe sie nie existiert.

Zur Abendandacht fuhr Matthias nach Sassenholz. Für diesen Tag hatte sich Pastor Ortlepp etwas ganz Besonderes ausgedacht: eine geistliche Abendmusik. Davon wußte Matthias nichts, als er in der kalten Kirche saß und in die Hände hauchte. Ein paar windschiefe Grabsteine auf dem Kirchhof, aus Pietät stehengelassen und wegen der Schönheit. Und auf der Empore fällt einer Bauersfrau der Regenschirm hin.

Kultur aufs Dorf tragen, hatte der Pastor gedacht, und er hatte zu seiner Frau gesagt: «Anneliese: wir müssen Kultur aufs Dorf tragen.»

> Seid stille in dem Herrn,
> denn des Herrn großer Tag ist nahe!
> Er ist nahe und eilet sehr!

schrie er zunächst einmal auf die grauen, gegerbten Köpfe der Bauerngemeinde herunter. Es hallte zu ihm zurück, und alle horchten, wie's nun wohl weitergeht.
Matthias betrachtete die Kallroysche Vision des himmlischen Jerusalems und dachte an Ellinors Mappe: Hätt' ich doch ..., wär' ich doch ..., dachte er und verkrampfte die Hände ineinander und seufzte laut, so daß die Leute zur Rechten und Linken schon dachten, er bete.

Und dann eben ereignete es sich. Von der Orgel herab sang eine junge Frau mit klarer, feiner Stimme Lieder von der Art, wie sie hier wohl noch niemals gesungen worden waren. Jedenfalls nicht so:

Komm, Jesu, komm, mein Leib ist müde ...

Und Lehrer Klein begleitete sie zart, ganz ohne Pedalgepolter, und er hatte dazu jenen Choralsatz bearbeitet, den Bach sich vor langer Zeit ausgedacht hatte, fein im Gedackt spielte er das, und die junge Frau sang klar darüber hin.

... die Kraft verschwindet je mehr und mehr ...

Wer weiß, wer kann es sagen, woran die Leute dachten bei dieser wunderbaren Musik. Vielleicht an die Gefallenen, ihre Söhne, die Männer? Oder an die Großväter, die in der Butze verröchelt waren. Oma, wie sie letzt noch in der Küche saß und Kartoffeln schälte ... Jedenfalls hörten sie alle zu, denn keiner putzte sich die Nase.

Es war die Lehrerin aus Hamersiek, Elfriede Wehrschild, die da oben sang, als Bauerntrudje verschrien, mit strähnigem Haar, die er mal besucht hatte und nichts angeboten gekriegt außer Keksen mit eingetrocknetem Marmeladenfleck oben drauf: bittende und abwehrende Hände, und in der Handfläche die Lebenslinie, arg zerfurcht.

«Sieht so meine Seele aus? So wie die?» dachte Matthias. «Anima mea?» Der rechte Weg, die Wahrheit und das Leben? Wem konnte das gefallen, so eine Seele zu haben, aber ein Bettlakengespenst konnte er auch nicht akzeptieren als Seele, oder ein Ding wie der Zahnnerv, den ihm der Arzt gezogen hatte, hingehalten, ein blutiger weißer Faden, und weggeworfen?

Es preßte Matthias zusammen, und ohne daß er es steuern konnte, empörte sich sein Inneres, und es zuckte in ihm, und Tränen schossen ihm in die Augen; wie konnte er es um Gottes willen anstellen, daß das hier niemand bemerkte? Und es sang immer noch da oben, und Matthias wäre am liebsten hinausgelaufen.
Alles habe ich verspielt, dachte er, und: Es ist alles aus.
«Sind Sie krank?» fragte ihn eine Frau beim Hinausgehen.
Ja, wahrscheinlich, dachte Matthias, wahrscheinlich ist das eine Art Krankheit.
Und als er zurückfuhr nach Klein-Wense, weinte es leise aus ihm heraus, und er genoß es fast, daß sich das löste, und er unterdrückte nichts.

Der Himmel hatte sich tief herabgesenkt, er lagerte sich auf die abgeernteten Felder und auf die großen Dächer der Bauernhäuser. An der Hexenbrücke machte Matthias halt, hier setzte er sich auf die Bank und beruhigte sich erst mal. Die blattlosen Bäume standen im Nebel wie ausgeschnitten aus schwarzem Papier. Und in den Sträuchern hingen einzelne Nebeltropfen. Matthias schüttelte sie ab und fuhr nach Hause.

47

Es kam der finstere Dezember, und es regnete den ganzen Tag. Morgens traf sich Matthias mit den Kindern am Ofen: Was gibt es Neues? Und dann wurden Adventskerzen angezündet, auf den Tischen, und dann setzte sich Matthias zwischen die Kinder und las Märchen vor.
Weihnachtslieder wurden gesungen: «Es kommt ein Schiff geladen ...» und «Tochter Zion, freue dich!» Und dann las Matthias

die Märchen vor, von den Kindern umdrängt, und wenn er das Buch zuklappte, war die schwarze Morgenstunde schon ein bißchen weniger schwarz.
«Wir alle drei! – Ums Geld! – Und das war recht ...»
Als die drei Gesellen unter dem Galgen stehen, kommt eine Kutsche gefahren, mit acht schwarzen Pferden bespannt, ein weißes Tuch wird geschwungen: Gnade! Gnade! – Trifft die Kutsche nur eine Minute zu spät ein, dann ist alles vorbei.

Die Tage gingen mit Basteln und Singen hin, ab und zu wandte man sich dem leider Nötigen zu, auf daß der Plan erfüllet werde. Schreiben, Lesen, Rechnen, watt mutt, mutt. «Wenn an einem Weihnachtsbaum vierundzwanzig Lichter brennen, wie viele brennen dann an fünf? Wieviel an sieben? Wieviel, wenn an jedem Baum drei Lichter fehlen?» – Es wurden auch «zusammengesetzte Hauptwörter» geübt, also «Schweinebraten», «Gänsebraten, «Schokoladenpudding» und anderes Nahrhafte auf sprachliche Bestandteile hin untersucht. Aber Basteln und Singen herrschte vor.

> Advent, Advent,
> ein Lichtlein brennt,
> erst eins, dann zwei, dann drei, dann vier,
> dann steht das Christkind vor der Tür.

Die Erntekrone unter der Decke wurde gegen einen Adventskranz ausgetauscht.

Die Großen bastelten eine Krippe, und die Kleinen fertigten Transparente an, aus schwarzem Karton, die mit rotem Seidenpapier hinterlegt wurden. Matthias setzte sich mal hierhin und mal dorthin, neben den nun schon zum zweitenmal «backen»gebliebenen Willem, der die Bastelpappe mit Uhu einstrich, als müsse er mit dem Klebstoff malen, oder neben die dünne Ursula, und dann dämmerte er vor sich hin. Bloß nicht aufregen, bloß den Geist der Stunde nicht aufrühren!

Manchmal verschwand Matthias in die Küche, setzte sich an den Tisch, die Beine hochgelegt, und drehte die Daumen. Wenn der Lärm drüben anschwoll, nahm er ein Holzscheit und warf es gegen die Tür. Das war es nun wohl, was unter «freischaffendem Lernen» zu verstehen war, in «je offener Behaustheit». – Von Marianne, dem Katzenkind, hielt er sich fern, sie hatte sein Vertrauen mißbraucht. Geld vom Küchentisch zu nehmen? «Schließlich wäre ich doch der letzte gewesen, der ihr nicht freiwillig was gegeben hätte ...» Ein solcher Vertrauensbruch konnte nicht ungeschehen gemacht werden. Oder doch? Sollte man nicht beide Augen zudrücken? Erst mal noch nicht, später vielleicht. Als Lehrer hatte man ja auch moralische Maßstäbe zu setzen.

Anfang Dezember erhielt er aus Bremen einen amtlichen Brief, es täte ihm leid, schrieb ein unbekannter Kollege, der auch seine Last hatte mit dem pädagogischen Geschäft, Matthias bekäme in den nächsten Tagen Zuwachs, drei Jungen müsse er ihm überweisen, drei schwierige Fälle, *schwierigste* Fälle, durch Laubeneinbrüche bereits aufgefallen und so weiter, unverbesserliche Gesellen, die ihm seine Tage gehörig vergällt hätten ...
Und tatsächlich, eines Morgens traten die drei an, keine Tornister trugen sie, wie sonst jeder normale Mensch, sondern exotische Büchermappen aus Segeltuch, was amtlich gar nicht statthaft war ... – schwarzhaarige Gesellen mit blauen Augen. Ein eigenartiges Deutsch sprachen sie, aber Englisch konnten sie fließend, denn sie kamen aus dem fernen Australien!

Die ersten Tage gingen so hin, da waren die drei noch eine Sensation, denn sie erzählten von der langen Überfahrt, von einem Walfisch, der sich in der Schiffsschraube verheddert hatte und seine Blutspur im Heckwasser hinterließ ... Australien wurde auf dem Globus gezeigt, und es wurde erwähnt, daß es dort Känguruhs gibt.
Von Bremen erzählten sie nichts, und Matthias verhielt sich still in Erwartung unangenehmer Ereignisse. Aber es geschah weiter nichts, die Jungen waren zwar Linkshänder, katholisch und hatten zusammengewachsene Augenbrauen, aber sie waren einigermaßen freundlich. Der Kleinste verstand es, auf Händen zu gehen, und der Große konnte Kartenkunststücke. Das Messer, das er bei sich trug, empfahl man ihm besser zu Hause zu lassen.
Katholiken hatte es seit Flüchtlingszeiten an dieser Schule nicht

mehr gegeben. Ein Element der Unruhe oder der Extrawurst, wie man es besser bezeichnen konnte. Zur Unzeit packten sie plötzlich ihre Sachen und gingen zur Christenlehre. Wenn man eben dachte: Jetzt hast du sie alle beisammen, schoben sie ab.
So was war ungewohnt.

Die Dorfjugend wehrte sich gegen die Neulinge, linkshändig und außerdem katholisch? Es kam zu Prügeleien, wobei die Australier zusammenhielten und außerdem nach der Devise vorgingen: Wir hauen immer so kräftig zu, wie wir nur irgend können. Aber dann wurde ihnen aufgelauert, größere Dorfjungen verstärkten die Schülerrotte mit Knüppeln, und das war auch für Matthias unangenehm, weil der australische Vater im Lehrerhaus erschien, ein großer starker Mann, und sich dicht vor Matthias aufbaute und ihn anbrüllte irgendwie, er werde ihm die Knochen im Leib zerbrechen, wenn das nicht unterbleibt, und so weiter.
Das Friedensschiff der Schule in Klein-Wense geriet ins Schaukeln, keine Stunde, in der Matthias nicht sein pädagogisches Besteck herausholen mußte und handeln und «behandeln», gut zureden also und trennen. Einerseits Zwillen abnehmen und andererseits fremdländische Bleistifte bestaunen, gemeinsame Händewaschungen veranstalten, und dann eben auch die Hand auf den Kopf legen, was Matthias eines Tages tat, ganz instinktiv, und das löste bei dem Ältesten der drei Australier unerwartet einen Tränenstrom aus. Die Leidenszeit in Bremen war somit vergessen. Hand auf den Kopf legen, so etwas hatte Matthias beim alten Petersen nicht gelernt. So etwas muß man selbst herausfinden.

Dann drohte die Weihnachtsfeier! Sie kam unerbittlich näher und näher. Ein Krippenspiel war Matthias vom Bürgermeister ans Herz gelegt worden, Frau Schmauch habe das immer so gut hingekriegt, Jahr um Jahr, die Gemeinde habe ihm doch extra die ganze Wohnung renoviert und nun womöglich nicht einmal ein Weihnachts-Bunter-Abend?

Also studierte Matthias ein Krippenspiel ein, das er sich von der Seglerkameradschaft lieh, die das ihrerseits von ihrem Vorgänger

geerbt hatte, Copyright 1926, mit Regieanweisungen und Streichungen der verschiedensten Lehrer versehen, wovon Matthias einiges billigte, anderes durchaus nicht. In dem Stück wurde im übrigen viel gesungen und getanzt, wodurch man bequem auf die nötige Länge kam.
In einer plötzlichen Anwandlung setzte Matthias es durch, daß Marianne als Maria im Stroh sitzen durfte, eine Puppe auf dem Schoß, zuerst nicht, aus Strafe, weil sie den Lehrer bestohlen hatte, wo der doch immer so nett war, aber dann doch, ganz ohne Hand auflegen: Zeichen setzen, man muß auch vergessen können, und das löste keine Tränen aus, das norddeutsche Kind ließ sich nichts anmerken. Im übrigen machte sie ihre Sache schon bei den Proben so gut, daß Matthias ein wenig dahinschmolz, nicht gänzlich dahinschmolz, weil er sich über sich selbst ärgerte, die Freundschaft zu einem Schulmädchen so ernst zu nehmen, anstatt zu handeln und zu «behandeln», wie es nun einmal Schulmeisters Sache war. Dann nickte er ihr aber doch zu, in einem Augenblick allerdings, in dem sie gerade woanders hinguckte.

Der Saal des Gasthofes war festlich geschmückt, noch vom Schützenfest her, mit durchhängenden roten, grünen und silbernen Stanniolgirlanden. Eltern und Großeltern saßen an langen gedeckten Tischen, es wurde Kaffee ausgeschenkt und Bier, und kleinere Kinder stellten mitten in die eintretende Stille hinein laute Fragen. Es war der Landhandelsdirektor auszumachen mit seiner jungen Gattin, städtisch aufgezäumt. Carla mit ihrem Eleven, und sogar ein Mann aus Amerika, 1936 nach drüben gegangen und nun die alte Heimat mal wieder sehen ... Damals war ein ganz ähnliches Krippenspiel aufgeführt worden, und er hatte den Negerkönig machen dürfen. – Am Tresen, ganz hinten am Ende des Saals, saßen ein paar Betrunkene, die sahen mit glasigen Augen zur Bühne hin, die waren auch mal jung gewesen. Sie dolmetschten dem Blinden mit lauter Stimme das Geschehen.

Der Posaunenchor hatte sich eingestellt, und Matthias reihte sich ein mit seiner blankgeputzten Zugposaune, und in den Männerchor stellte er sich auch, als der an der Reihe war, in den zweiten Tenor. Das wurde ihm hoch angerechnet, obwohl man es nicht begreifen konnte, daß er kein Mitglied dieser Vereine werden wollte. Immer waren alle Lehrer Mitglied sämtlicher Vereine gewesen, seit alters her, und nun sollte das auf einmal nicht mehr gelten? Wo doch jeder Mann gebraucht wurde? Fremd war das und störend. Hier stellte sich jemand außerhalb der Gemeinschaft, der doch eigentlich dazugehörte?

Der Schifferklavierspieler hatte hinzugezogen werden können in letzter Minute, «Tanzende Finger», auf so etwas konnte nicht verzichtet werden. Heini war doch sonst immer dabeigewesen? Was sprach dagegen?
So drückte es denn auch der Bürgermeister aus in seiner Rede, neue Lehrer brächten natürlich auch zum Teil Fremdes mit, an das man sich erst gewöhnen müsse, aber heute, an diesem Abend, merkten es wohl alle, daß der neue Lehrer gar nicht so verkehrt sei. Im übrigen freue er sich, diesen weihnachtlichen Abend mit fünfzig Mark bezuschussen zu können, der Gemeinderat habe das einstimmig beschlossen.

Es wurde viel gesungen, und es wurden Gedichte aufgesagt. Vom Himmel hoch, da komm' ich her ... Ein Knabe trat vor und sang sämtliche Strophen dieses Liedes mit hoher, heller Stimme, ohne jegliche Begleitung. Dann trat der Weihnachtsmann auf, mit Sack und Rute, von Gitte und Luers als männliche und weibliche Knecht Ruprechte begleitet, und schenkte dem Lehrer einen bunt eingewickelten Schuhkarton voll Äpfel! Dafür gab es einen Sonderapplaus. Ein Schuhkarton voll Äpfel, das war dem Mann zu gönnen, der uns hier ein so schönes Weihnachtsfest bereitet hat.
Luers hatte sich zunächst geweigert, auf die Bühne zu gehen, doch Gitte hielt ihn am Ärmel und zog ihn in das Rampenlicht.

Herzstück der Darbietungen war ein Schneeflockentanz der Mädchen, sie wirbelten in weißen Gewändern mehr oder minder graziös umeinander. Ihr Reigen wurde von einem Hirten gestoppt, mit Laterne, Stock und Vaters Sonntagshut: « ... Man möchte ma-inen, es würd' ein Himmelslicht erscha-inen ...», hatte er zu sagen, und die Schneeflocken hatten baß erstaunt zu sein und unter seiner Führung zum Krippengeschehen hin zu wirbeln, das in

einer Ecke der Bühne aufgebaut war mit Marianne als Hauptperson, auf einer Strohschütte sitzend, und Hinni als Joseph mit dem Hut seines Vaters und einer Stallaterne.
Marianne waren die Zöpfe aufgelöst worden, und auf dem freifallenden Haar trug sie einen goldenen Kranz. Neben ihr stand als Sonderengel die dünne Ursula und rührte sich nicht. Ihre Mutter im Publikum winkte mit dem Taschentuch: Ob sie sie auch sieht?

Als Bindeglied zwischen den einzelnen Szenen mußte das Märchen vom dicken fetten Pfannkuchen herhalten, das hatte Matthias sich ausgedacht, das war seine ureigenste Idee. Ein Junge, der einen Papp-Pfannkuchen wie ein Nummerngirl vor sich hertrug und dabei «kantapper, kantapper, kantapper!» sagen mußte, womit er einen Spitznamen für den Rest seines Lebens weghatte.

Alle Kinder, die nicht hatten beschäftigt werden können, traten am Schluß als eine Art Völkerschau an die Krippe: Ritter, Matrosen, Eskimos, sogenannte Neger und sogar drei waschechte Australier mit Schild und Speer, die radschlagen konnten und auf Händen gehen. Der dicke fette Pfannkuchen in ihrer Mitte, «kantapper, kantapper, kantapper ...», ging durch sie hin. «Klickklack!» machte das Blitzlicht des Fotografen.
Und als dann am Schluß ein als Spätheimkehrer verkleideter Schüler sein Knie an der Krippe beugte, war kein Halten mehr, da brachen Eltern, Großeltern und Tanten in Tränen aus – also war die Aufführung erfolgreich. Der Lehrer hatte den Erwartungen der Gemeinde entsprochen, und alles war in Butter.
Das hätte auch Frau Schmauch nicht besser hingekriegt!, wurde gesagt, und der Bürgermeister schickte ein gebratenes Kaninchen ins Lehrerhaus, das Matthias dann allerdings im Garten vergrub. Kaninchenbraten – das kannte er nicht, Kaninchen hatte es zu Hause nicht gegeben.

48

Es wurde sehr einsam am Heiligen Abend. Zur Christvesper nach Sassenholz mochte Matthias nicht fahren, weil dort Kollege Klein am Altar ein Krippenspiel aufführte, ebenfalls mit Spätheimkehrer, aber ohne Pfannkuchen. Und außerdem hatte er ein bißchen viel «Stille Nacht» gesungen die letzte Zeit.
In Klein-Wense war es dunkel, in den Fenstern schimmerten die Weihnachtsbäume. Matthias setzte sich auf sein Fahrrad und fuhr durchs Dorf und die Eische entlang. Er starrte hinüber zum Kallroy-Haus. Vielleicht hatte Ellinor ihre Gedankenkraft zusammengenommen und gezielt darauf angesetzt, ihn herzuzwingen an diesem Abend? Möglicherweise war diese Fahrt jetzt darauf zurückzuführen, daß sie an ihn dachte. Sie öffnet die Tür und sagt: Wie schön, daß Sie kommen ...
Zu den Seglerkameraden fahren? Dort eintreten und schlicht sagen: Kinder, ich bin so allein, kann ich nicht 'n Augenblick hier bei euch sitzen?
Oder zu Sowtschick, dem Schriftsteller, und ihm alles erzählen? Die drei Lebensstarts, und der macht dann ein Buch daraus? – Vielleicht wartete der auf so was?
Er dachte auch daran, Elfriede Wehrschild in Hamersiek zu besuchen. In der Not frißt der Teufel Fliegen. Ihr sagen, wie wundervoll ihre Stimme sei ... Aber die fuhr über Weihnachten gewiß nach Norderdeich zu ihren Eltern und Geschwistern. Auch gut, sonst hätte die gewiß wunders was gedacht.

Im Häuschen des Barons wäre er freundlich aufgenommen worden. Der alte Herr saß über den Büchern des Landhändlers, sorgenvoll: Wie er es hinkriegt, daß der Landhändler möglichst wenig Steuern zu zahlen hat, damit er seine junge Frau bei Laune hält, das war sein Problem. Der schwarze Papagei auf der Stange und ein Glas Bärenfang: Von Ostpreußen hätte der Baron erzählt, von seiner Heimat, und wie schön es dort gewesen war. Mit Schnee und Eis! Ganz anders wie hier in diesem düsteren Regenland.

Als er nach Hause kam, fand Matthias auf dem Küchentisch einen größeren Briefumschlag vor, ohne Absender und ohne Adresse. Jemand hatte ihm eine Kallroy-Zeichnung geschickt: eine frühe Bleistiftzeichnung, die Eische mit badenden Kindern in jeder Position, ein größeres Mädchen darunter, in dem man unschwer Ellinor erkennen konnte. Im Hintergrund, deutlich sichtbar, marschierten SA-Männer, die Hand am Koppelschloß.
War das ein Weihnachtsgeschenk von Ellinor? Oder hatte ihm der Mappendieb ein Trostpflaster zukommen lassen?
Es war zu sehen, daß dieses Blatt tatsächlich aus der Mappe stammte, und daß man es ihm hier hinlegte, hatte was zu bedeuten.

Matthias erschrak: Vielleicht sollte er erpreßt werden? Wie der Schnapslehrer in Ossendorf, der sich mit kleinen Mädchen eingelassen hatte?
Sollte sein letzter Lebensstart so schmählich enden?

Er war drauf und dran, das Blatt zu nehmen und zu Ellinor zu fahren und ihr alles zu beichten: Friede auf Erden und den Menschen ein Wohlgefallen. Es auf den Tisch legen und sagen: Tut mir leid, aber ich kann es auch nicht ändern. Aber er tat das nicht, er dachte: Vielleicht klärt sich der Sachverhalt ja doch noch irgendwie auf. Und schließlich: Sie hatte ja was beiseite schaffen wollen, gegen Recht und Gesetz, und da wird sie sich hüten, etwas zu sagen. Da verrät sie sich ja selbst.
Das Recht, so schien es, war auf seiner Seite.

Dann schon lieber zur Tante gehen und sagen: Hören Sie mal, wissen Sie eigentlich, daß Ihre Nichte dauernd was beiseite schafft? Ahnen Sie das überhaupt? Und die Tante erweist sich dann als ganz umgänglich und lädt ihn zum Kaffee ein und zeigt ihm die privatesten Hinterlassenschaften ihres Bruders, dessen Pfeife, eine Brille und womöglich Briefe aus dem KZ, mit allerlei dunklen Andeutungen versehen?
Und Ellinor, die nicht dazu gebeten wird, lauscht unten am Kamin, was es da oben zu besprechen gibt?

Matthias stand in seiner Bodenkammer am Fenster und sah in den dunklen Himmel hinein. In dem Wald da drüben, in dem er mit den Kindern hatte Hütten bauen wollen, war er noch nie gewesen, und er hatte auch noch keinerlei Heu gestakt. Und die Tür der Schultoilette stand immer noch offen.
Er kramte ein wenig in seinem Andenkenkoffer. Dabei stieß er auf das Notizbuch, das er sich in Kreuzthal gekauft hatte, im April, als er seine Stelle antreten wollte und noch alles vor sich hatte. Es waren nur die ersten Seiten beschrieben, alle anderen Blätter waren leer.
Schade, dachte er, es ist doch so viel geschehen in diesem Jahr. Das werde ich nun alles vergessen. Es kam ihm so vor, als säße er schon zehn Jahre in Klein-Wense. «In Amt und Würden.» Der dritte Start, so schien es, war gelungen? Oder?
Im Koffer fand sich das Portemonnaie des Vaters, sogar noch mit ein paar Groschen drin. Da lag auch der letzte Brief seiner Mutter – «Junge, warum schreibst du nie?» –, nun schon drei Monate alt. Aber sie wußte es doch, weshalb er nicht schrieb ... – Im Garten hatte sie gestanden mit dem Nachbarn zusammen, er hatte es gesehen, und das konnte er nicht vergessen.
Und als der Vater für immer fortging, durch den Garten, war sie gerade beim Friseur gewesen.
Die zwölf Fotos der Mutter ... Er nahm eins und riß es in Fetzen, und die Fetzen zerriß er noch einmal, bis nur noch ein Stückchen vom Büttenrand erkennbar war.
Und dann schaltete er den Plattenspieler ein, den er sich selbst zu Weihnachten geschenkt hatte, aber er besaß noch keine Platte, das Ding lief leer.

Am Nachmittag kam Marianne, ohne Katze, aber einen kleinen Bruder an der Hand, das gab ihr mehr Sicherheit, und sie saß eine Weile bei ihm und erzählte, wie gut sie das hingekriegt hat, als Maria im Stroh zu sitzen ... Sie saß bei ihm in der Küche. Aber es war nicht so ganz das richtige, früher war es vertrauter gewesen, früher hatte er immer gedacht: hoffentlich bleibt sie noch ein bißchen, jetzt wäre er lieber allein geblieben.
Immerhin, sie redeten wieder miteinander. Man kann nicht immer

zur Seite gucken, wenn man den ganzen Tag miteinander zu tun hat.
«Ist sie denn gewachsen?» dachte er.

An «Heilig Abend» dachte er nicht. Daß alle Welt sich schätzen ließe ... Von Weihnachten waren die letzten Wochen voll gewesen. All das Transparente-Bauen, jeden Tag immer wieder die alten Lieder, «Süßer die Glocken nie klingen ...». Er wäre gern zu Ellinor gegangen, aber das ging ja nun nicht mehr, und Carla ließ sich nicht sehen, weil der Eleve zu Besuch gekommen war.
Matthias heizte im Salon den prachtvollen, mythologisch verzierten Ofen an und im Anbau den kleinen braunen, setzte sich in den Altländer Stuhl und betrachtete seine Schätze: die blauen Teller, das Zinnschälchen ... Er nahm das Foto von Lilli zur Hand. Es war erst ein Jahr her, daß er mit ihr zusammen im Weihnachtsoratorium gewesen war, keinen Platz gekriegt und die ganze Zeit gestanden, und hinterher dann auf der Straße, die große Heulszene. Alles war falsch gewesen. – Wenn es an dem Tag geschneit hätte auf dem Nachhauseweg, große Flocken, wie das so ist in der Weihnachtszeit, wenn sich die Flocken dann noch auf ihr krauses Haar gesetzt hätten, ja, vielleicht hätte er sie dann in den Arm genommen, dann hätte die Sache noch gerettet werden können. Dann brauchte er jetzt nicht allein auf einem Dorf zu sitzen? – Nein: Jura und Pädagogik, das ging nicht zusammen.

Anita Fitschen, die jetzt bei Fräulein von Kallroy arbeitete, hatte ihm einen Kuchenteller hingestellt, und der Bauer hatte eine Flasche Korn spendiert. An diese Flasche hielt er sich, nahm einen Schluck nach dem anderen. Und dann klopfte der australische Vater an die Tür und sprach ganz milde, das wär' hier ja ganz anders als in Bremen, daß seine drei Buben auch hatten mitmachen dürfen bei der Weihnachtsfeier, das hätte er nicht gedacht, in Bremen immer nur die Jacke vollgekriegt und sogar die Polizei geholt!
Er saß im Salon auf dem Umbausofa, seine Profilsohlenstiefel hatten deutliche Spuren auf dem Teppich hinterlassen. Der Mann war gleich nach dem Krieg nach drüben gegangen, bloß weg von Europa, hatte er gedacht, dort aber dann Pech gehabt, also wieder zurück nach Deutschland, und ausgerechnet nach Bremen! Und

nun Klein-Wense, und er erzählte die Geschichte von dem Walfisch, der ihnen auf der Überfahrt in die Quere gekommen und dessen blutiges Gedärm im Heckwasser aufgeschäumt war. Und dabei nahm er einen Schluck nach dem anderen, und immer: Prost! Und Matthias nahm auch einen Schluck nach dem anderen. Er ging auf und ab in seiner Wohnung, die Hände auf dem Rücken. Um auch mal zu Wort zu kommen, erklärte er dem Mann seine Wohnungseinrichtung, die Schattenrisse zum Beispiel, da drüben an der Wand, daß die enorm wertvoll sind, was er glaubt, was die kosten? Und die Porzellansammlung im Glasschrank, der Knabe mit der übergroßen Weintraube, die Tasse mit dem Bild des Herkules in Kassel-Wilhelmshöhe, und eine Libelle, auf der ein nackter Knabe reitet, und er nannte die sagenhaft billigen Preise, zu denen er diese Sachen erstanden hatte, und schätzte den Wert, den sie jetzt hätten, wenn er sie verkaufen würde, was er natürlich nicht tut, weil die Sachen in ein paar Jahren unbezahlbar sind.

Er dächte, daß sich mit der Zeit noch mehr anfindet an solchen Petit riens; wenn man immer wach ist und aufpaßt, stößt man auf solche Stücke, eh' man sich's versieht.

Eine richtige Lampe fehlte noch in seinem Salon, es hing immer noch die Glühbirne von der Decke. Der Australier sagte Prost!, und er hätte eine ausgemusterte Ankerlampe zu Hause stehen, aus Bremen mitgebracht vom Hafen dort, die wollte er ihm gern schenken, mal sehen, wo er die hat.

Es wurde fröhlich und immer fröhlicher, und schließlich kamen die beiden ins Singen, Weihnachtslieder sangen sie nicht, sondern Lieder aus ihrer Jugend: «Die blauen Dragoner, sie reiten ...», ob Matthias das Lied kennt, fragte der Mann, und dann, als sie sentimentaler wurden, sangen sie: «Die Schwalbe fliegt daher, sie fliegt wohl übers Meer, der Mensch lebt nur einmal und dann nicht mehr!» Zu diesem Lied wußte der Australier sogar eine Oberstimme.
Schließlich kamen seine Söhne und holten ihn ab. Sie nannten ihn «Papa» und faßten ihn unter. Ob sie etwa glaubten, er könne nicht alleine gehen?, fragte der Mann seine Söhne. Doch, doch, das

glaubten sie, aber zu Hause wartete die Mutter mit der Wurstsuppe. Trinken konnte er ja auch zu Hause.

Als Matthias zu Bett gehen wollte, die Außentreppe hinaufstieg, Stufe für Stufe, die Flasche mit dem Rest Schnaps in der Linken und die Kallroy-Zeichnung in der Rechten, passierte es ihm, daß er ausrutschte und auf der regennassen Treppe liegenblieb, und da lag er dann die halbe Nacht.

Am nächsten Morgen wachte er in seinem Bett auf, es hatte ihn jemand hinaufgeschleppt. Es war ihm so, als hätte er nicht allein gelegen in der Nacht. Die Zeichnung lag glattgestrichen auf dem Tisch, sie war vom Regen ziemlich mitgenommen.

49

Im Januar fuhr Matthias zu einem Fortbildungskursus nach Lesseps im Weserbergland, die Posaune unter dem Arm. Er mußte sich sofort auf den Weg machen, der Schulrat rief an, und er solle nur ruhig fahren, Lernen habe noch niemandem geschadet, sich pädagogisch mal wieder auftanken, eine Art Generalüberholung, den eigenen Standort ausloten, vielleicht bewegt man sich ja bereits auf ausgefahrenen Gleisen? Zuviel zu tun sei schädlich – zu wenig: tödlich! Nie darf man auf seinen Lorbeeren ausruhen! Kollege Stichnoth würde ihn in Klein-Wense vertreten, im übrigen sei Lesseps ein altes Renaissanceschloß an der Weser, es zähle mit zu den angenehmsten Tagungsstätten im Lande.
Matthias wurde als Glückspilz bezeichnet, und: «Weserrenaissance!» wurde gerufen, «... wenn Sie wissen, was ich damit meine!»

Matthias fuhr also, und er hatte Glück, die Sache stellte sich als angenehm heraus. Ein- und auszugehen in dem altertümlichen Schloß, im verschneiten Park herumzuspazieren unter knarrenden Bäumen, in denen Krähen horsten, immer den Blick auf original

Weserrenaissance mit welschen Giebeln und reich verzierten Ausluchten und einem in die Ecke des Hofes gedrückten Treppenturm, in dem man, wenn man Glück hatte, sogar eine echte Gräfin hinauf- oder hinuntersteigen sah.

Allerdings hatten Tommies das Schloß nach dem Krieg leergeplündert, kein Bild, kein Gobelin, nichts war übriggeblieben von alter Herrlichkeit. Die antiken Fayenceteller als Geschirr benutzt und aus dem Fenster geschmissen ... Den Dreißigjährigen Krieg überstanden und die Revolution 1918, in der anderwärts rote Bürgervertreter vergoldete Stühle aus dem Fenster geworfen hatten, kein Bombentreffer, keine zerstörungswütigen Soldaten, die hier in den letzten Kriegstagen noch das Vaterland hatte retten wollen – aber dann, nachdem schon alles überstanden zu sein schien, Totalschaden! Auf chinesische Vasen hatten die Boys Scheibegeschossen und mit der Barockbibliothek gar den Kamin geheizt. Im zerbrechlichen Rokokopavillon waren ihre Motorräder repariert worden. Die Gräfin hatte monatelang im Kavaliershaus kampieren müssen, und wenn ihr nicht ein Gentleman hin und wieder Corned beef hätte herüberbringen lassen durch seine Ordonnanz, dann hätte es schlimm ausgesehen.

So war es zwar äußerst sauber in den leeren Räumen – prachtvoll breite Dielen auf den Fluren und kurios verlegtes Stabparkett, blank gebohnert –, aber sonst ziemlich dürftig alles: Zu Mittag saßen die Pädagogen auf angerosteten Stahlrohrsesseln, die mit Plastikbändern bespannt waren – Eintopf herrschte vor, weil die amtlichen Verpflegungssätze karg bemessen waren – und man schlief in alten Wehrmachtsbetten, zweistöckig, auf blaukariert bezogenen Matratzen, die Frauen im Ost-, die Männer im zugigen Westflügel.
Zu den Lehrveranstaltungen und vor allem abends traf man sich im Kaminsaal, in dem ein alter, nicht mehr stimmbarer Steinway stand, auf dessen Tasten in der Stunde Null DPs herumgesprungen waren. Der Kamin funktionierte seit dreihundert Jahren, der tat noch immer seinen Dienst, und es war sogar Scheitholz vorhanden, dafür sorgte der Hausmeister.

Unter dem Dach eines Seitenflügels wohnte tatsächlich eine Gräfin, Nachfahre des Schloßbesitzers. Mit ein paar alten Sachen hatte sie sich hierher zurückgezogen, nur selten sah man sie über den Hof schlurfen. Es war eine gute Idee gewesen, das Schloß mit allem Drum und Dran den Pädagogen zu vermieten, so war immer Leben im Gemäuer, und außerdem kam Geld herein, das man zur Reparatur des Westflügels dringend benötigte. Die Heizungsanlage pfiff aus dem letzten Loch.
Manchmal verirrten sich Touristen in die Gegend, die rüttelten am Tor, sie wollten schließlich besichtigen das Dings, wenn's schon im Baedeker steht? Was heißt hier «privat»? Wenn sie dann den Hausmeister sahen, sagten sie: «*Das* ist der Graf?»

Etwa zwanzig Lehrer und Lehrerinnen waren zusammengekommen, einzelne ältere Herrschaften, noch aus der Vorkriegszeit herüberragend, Flamme empor!, und Frontgeneration, einarmig und mit Narben auf dem Rücken, sowie ein paar Studentinnen und Studenten von der Hochschule in Einbeck, die von nichts eine Ahnung hatten. (In den Nachtstunden gab es Gerenne auf den Fluren zwischen dem West- und dem Ostflügel hin und her und unterdrücktes Gejuchze, und gewisse Plätze an der Mittagstafel, nebeneinander, waren immer besetzt.)
Eine Lehrerin aus dem Land Hadeln wurde rasch zum Star, weil sie so zauberhaft Blockflöte spielte, wozu sie morgens und abends animiert wurde. Was ist denn das für eine Krücke?, hatte manch einer gedacht, bevor sie noch ihre Flöte aus der Tasche gezogen hatte, und dann dieses zauberhafte, meisterliche Spiel? Ihren ganzen Lebenskummer legte sie in die Flötentriller, die sie einen aus dem anderen entwickelnd in höchste Höhen aus ihrem Löcherknüppel hervortrieb. So verliebt gewesen einmal, und nur unsagbarer Schnödigkeit teilhaftig geworden …

Ein begeisterter Kasperspieler aus dem Harz, der selbst wie ein Kasper aussah, vier Jahre im Felde gestanden und keinen einzigen Schuß abgegeben, hatte seine Hohensteiner Puppen mitgebracht und eine zusammensteckbare Bühne; der sorgte für Stimmung, morgens und abends, auch wenn man ihn nicht dazu animierte, der nahm die Leute aufs Korn, die sich doppelte Portionen Frikadellen holten oder dauernd nicht da waren, weil sie dauernd telefonierten. – Seinen Kasper hatte er immer bei sich, und wenn ihm so war, unterhielt er sich mit ihm nach Art eines Bauchredners. Als weniger schön wurde es empfunden, daß er Damen von hinten mit seiner Handpuppe an den Hals puschelte. Es kam zu abrupten Reaktionen, wobei Stühle umkippten. «Nun lassen Sie das!« wurde gesagt.

Abgesehen von den Studenten, die hier absolut kuschen mußten, weil sie eben wirklich keine Ahnung hatten vom wirklichen Leben, war auch anderes jüngeres Lehrervolk zugegen, Nachkriegsware, das sich gern auf Staatskosten amüsierte und sich aus diesem Grund zu jeder Fortbildungsveranstaltung meldete. Vierzehn Tage schulfrei, das war immerhin mitzunehmen, wenn man auch hinterher vor den Trümmern seines Lehrplans stand. Im Sommer war ein Grundkurs für Rettungsschwimmen auf Baltrum angesagt, da würde man natürlich auch hinfahren; wenn mal ein Kind ins Wasser fällt, und man steht dann hilflos daneben? Das kann doch niemand verantworten ... Also Wiederbelebungsversuche machen, so etwas kann ja auch ganz reizvoll sein.
Und im Herbst endlich mal eine Kur, obwohl noch kerngesund, alle drei Jahre würde man doch wohl eine Kur machen dürfen, Herrgott noch mal? Man opfert sich auf und wird von allen Seiten angemeiert? In der linken Schulter kündigte sich, wenn einen nicht alles täuschte, bereits Rheuma an? Da also mal thermalbaden, und dazu mußte man nun einmal in ein Bad fahren, Gott sei's geklagt.

Mit einer der jüngeren Lehrerinnen kam Matthias ins Gespräch, sie war aus Hahnewische angereist und trug im Schloß umgekrempelte Wollsocken und Klapperlatschen. «Wie beim BDM», dachte Matthias, und er richtete es so ein, daß er sie immer im Blick hatte. Ihr Mann – Konrektor einer Mittelpunktschule – sei so wahnsinnig eifersüchtig, sagte sie, und der käme sicher bald hier angerauscht, bei dem traue sie sich nicht zu piepsen.
Matthias ließ von ihr die Finger, aber angucken und der Phantasie ihren Lauf lassen, das konnte man riskieren, das war schließlich nicht verboten.
Hahnewische – diesen Ortsnamen kannte Matthias gut, die Welt ist ein Dorf. In Hahnewische saß seine Mutter und zählte ihre Ta-

ge. Irgendwann würde er sie besuchen müssen, das war nicht zu vermeiden.

Der Kursleiter war oberschenkelamputiert, der ging die blank gebohnerten Treppen rasselnd und knarrend äußerst vorsichtig hinauf und hinunter, von den Studentinnen in Sprüngen überholt, ein lieber Mensch, der für alles Verständnis hatte. Seine immerfort ausgestoßene Klage, seine Generation wär' feig gewesen in der Nazizeit, ging den Leuten etwas auf den Nerv – feig! feig! feig! –, aber wenn er so um die Ecke gekracht kam – woran auch das Parkett seinen Anteil hatte –, mit schwermütigem Blick aus den dunkelblauen Augen, die Brauen aufgezwirbelt, dann fühlte es wohl ein jeder: Dies ist kein gewöhnlicher «Steißtrommler», der gibt nicht den Sitzenbleibern vier Schläge im Quadrat, das ist ein Mensch, der sich aus schrecklichem Erleben heraus ein Gewissen um die Jugend macht.
Abends sah man ihn Skat spielen, mit einem blonden Ostfriesen und dem Kasperspieler, und da konnte von «lieb» dann allerdings keine Rede mehr sein, da machte sich dann Fanatismus breit. «Vorne lang – hinten blank!» Einen richtigen Skatspielerhintern hatte er.

Der Versuch des Kursleiters, den Tag mit Frühsport beginnen zu lassen, wurde mit dem Ruf: «Frisch, Fromms, fröhlich, frei!» erledigt. Gegen solche Ruppigkeiten kam der Mann nicht an, also unterblieb das, obwohl es ihm die Älteren im Vertrauen steckten, an sich möchten sie das ganz gern, Frühsport ... (Man konnte ja nie wissen, ob der Mann nicht ein Gutachten abgeben würde an die Regierung, und da stände dann drin: Hat Einsatz gezeigt ...)

> Kein schöner Land in dieser Zeit
> als hier das unsre weit und breit ...

Frühsport wurde also abgesagt, statt dessen wurde ein Morgensingen anberaumt. Es war einer Art Morgenandacht nachempfunden, mit Tagesspruch und Lied sowie aktuellen Tages-Gedenk-Mitteilungen, die der Kursleiter von einem Kalenderblatt ablas: daß Annette von Droste-«Hülsdorf» an diesem Tag geboren sei und Benz den Vorderachsenantrieb seines Autos erfunden. «Zerknalltreibling», so hatte man den «Motor» im Dritten Reich nennen wollen.

Einmal wurde ein Lied angestimmt, das Kontroversen auslöste:

Gute Nacht, Kameraden,
bewahrt euch diesen Tag.
Die Sterne rücken aus den Tannen,
empor ins blaue Zelt
und funkeln auf die Welt,
die Finsternis zu bannen ...

«Nein!» rief ein älterer Herr, von dem gesagt wurde, er sei anthroposophisch angehaucht, «*da*s nicht! Nicht *das*!» – Man dachte schon, er sei aufs tiefste getroffen durch schlimme Erinnerungen an die Nazizeit, aber nein, nein! Bei diesem Lied hatte er Jugenderinnerungen angenehmerer Art. – Am Abend sah man ihn dann im Erker sitzen, die feinnervigen Hände ins schüttere Haar vergraben, da mochte er an ein zartes Mädchen denken, mit Schnekkenflechten über den Ohren. Da war es dann der Kursleiter, der den Fächer seines Skatblattes niederlegte, zu ihm hinüberkrachte und ihn tröstete.

Jeden Tag kreuzten Spezialisten in Lesseps auf, die irgend etwas Wissenswertes aus ihrem Fachgebiet von sich geben sollten. Ein Pädagoge kam per Motorrad – mit umgeschnallter Aktentasche –, der sprach tatsächlich von freischaffendem Lernen in je offener Behaustheit.

Stimmbildung wurde betrieben, hierfür war ein stellungsloser Schauspieler engagiert. Wer Probleme gekriegt hatte durch das ständige Anschreien von Schülern, Knötchen also an den Stimmbändern, konnte sich nachmittags von vier bis fünf Uhr bei ihm melden.

Ein Erdkundemensch kam in Bergstiefeln einhergeschritten. Zum Frühstück hatte er sich eine Zervelatwurst mitgebracht von zu Hause. Damit besserte er die amtliche Ration auf.

Erdkunde sei keine Vermutungskunde, sagte er, eine Landkarte angucken und Vermutungen anstellen, wie's wohl in Tasmanien aussieht, das wär' abzulehnen.

Besonders hatten es ihm Wetterkarten angetan, über deren Isothermen und Isobaren er in Verzückung geriet; die kleinen Fähnchen, die neben den Zahlen standen mit Plus- und Minuszeichen, wundervoll! Briefumschläge teilte er aus, die waren mit ausgeschnittenen Wetterkarten gefüllt. Um was für einen Monat es sich bei diesen Wetterkarten wohl handle, diese Vermutungen sollten die Lehrer anstellen, und ob sie angesichts der ausgeteilten Wetterkarten wohl einen Urlaub riskierten?

Einer der jungen Spunte kam aus Einbeck, der hatte sich «im Leben noch nicht versucht», wie gesagt wurde. Nachkriegsmensch und weißer Jahrgang und überhaupt ganz indiskutabel, der stellte die Frage, wie das denn zu verstehen sei, am Tag zuvor habe er doch gesagt, Erdkunde sei keine Vermutungskunde? Wettervorhersagen stimmten doch sowieso nie ...

Der wurde dann ziemlich kurz abgefertigt, «nie??» wurde er gefragt. Der half dann aber anschließend dem Dozenten die Wandkarten aufhängen, und damit war alles wieder gut. Ob sich der Kursleiter einen Vermerk gemacht hatte für den wahrscheinlich doch wohl vorgesehenen Bericht an die Schulbehörde, das war die Frage.

Auch von Himmelskunde hatte der Mann Ahnung, mitten in der Nacht trafen sich Auserwählte mit ihm auf dem Hof, und dann zeigte er in die Höhe auf so manchen Stern. Der Hausmeister kam und sagte, das geht aber nicht, daß sie hier mitten in der Nacht solchen Lärm veranstalten!

«Wir sind gleich fertig, einen Augenblick noch ...» Er schließt gleich ab, sagte der Hausmeister, dann muß hier Ruhe herrschen, den Schlüssel gibt er nicht aus der Hand. – Einer mußte die Tür wegen des Schnappschlosses offenhalten, der durfte sich keinen Zentimeter vom Fleck rühren, sonst wäre sie ins Schloß gefallen, und die ganze Gesellschaft hätte sich durchs Toilettenfenster quälen müssen.

Zur musikalischen Schulung kam eine Art Künstler, der hatte Hugo Distler noch persönlich gekannt. Er wurde von dem schweratmenden Kursusleiter zu jedem Kursus eingeladen, und der mein-

te ebenfalls, daß er feig gewesen sei in der Nazizeit, beim Abendessen verkündete er das, und er neigte sich dem neben ihm sitzenden Kursleiter zu, jaja, feig, feig, feig! «O Gott, waren wir feig!» Abends sah man ihn bei den Skatspielern, aber da kriegte er dauernd was auf den Deckel, obwohl er Distler noch persönlich gekannt hatte, weil er den anderen nämlich das Spiel versaute: Sich die Trümpfe merken und was alles schon raus ist und wieviel man gedrückt hat, das ist auch nicht jedermanns Sache.
«Feig! feig! feig! feig!»
Er hatte Orff-Instrumente mitgebracht, darauf wurde «der alte Kastalter» eingeübt,

> Ein alter Kastalter von siebenzig Joahr
> tiiidedelidüh, tiiidedelidüh ...

Matthias durfte die Triangel schlagen.
Er hatte so was noch nie gehört, das Orffsche Xylophongeglocke, afrikanische Trommeln, dazu Zimbeln, Päukchen und Schlagstäbe aus geöltem Teakholz ... Das war ein Klang, den man nie vergessen würde, angenehm und neuartig. Und als dann noch die Flötenspielerin ihre Triller aus dem Metallophongeglocke heraus aufsteigen ließ, da fragte keiner, ob man nicht mal wieder eine Pause machen könne? Matthias wurde sehr gelobt, daß er die Triangel immer zur rechten Zeit schlägt, und er vollbrachte es mit abgespreiztem kleinen Finger.

Füllgräber, der Deutschdozent, war ein richtiger Germanist, sogar irgendwie Professor, wenn auch PH, also irgendwie nur zum Professor ernannt, und sich nicht durch diverse Schikanen gequält. Er befaßte sich seit Jahren mit einer Chronopse der frühen Schiller-Werke, er wollte wissen, was Goethe, Wieland und Herder an ein und demselben Tag gemacht haben wie Schiller, zur selben *Stunde* möglichst sogar? Ihn interessierte die skandalöse Gleichzeitigkeit von Ereignissen, die zwar überhaupt nichts miteinander zu tun haben, aber doch aufschlußreich sind, wenn man sie im Zusammenhang betrachtet. Schaden konnte das jedenfalls nicht.

Füllgräber, der sich den «Professor» verbat, aber doch einschnappte, wenn man ihn beim nackten Namen nannte, neigte

dem Unterrichtsalltag zu, dem täglich Brot, dem also, was die Lehrer auch wirklich würden gebrauchen können.
Er sagte bei jeder Gelegenheit zunächst einmal «Ja!» und stimmte dauernd zu. Alles, was man sagte, war absolut in Ordnung, auch wenn man es noch gar nicht ausgesprochen hatte. Als er es vielleicht schon etwas zu oft in die Gegend gerufen hatte, dieses zustimmende «Ja!», verstärkte er es durch: «Mit Sicherheit! – Mit Sicherheit, ja!» Und der Assistent, den er mitgebracht hatte, der sagte auch: «Mit Sicherheit, ja! – Absolut in Ordnung, unbedingt», was auch immer gerade geäußert worden war.

Während des Abendessens lehnte er sich beim Pfefferminzteeschlürfen zwar auch dem schwer atmenden Kursleiter entgegen, aber das «feig! feig! feig!» relativierte er durch verstärkte Zustimmung. «Mit Sicherheit, ja!» sagte er, als er gefragt wurde, ob die Kriegsgeneration nicht feig gewesen sei? Feig? Feig? Feig? – Er nahm sich mit der Gabel eine Scheibe Preßkopf und sagte kurz und knapp: «Mit Sicherheit, ja!» und das klang so, als ob ihm alles schnurz und piepegal sei. «Gute Nacht, Kameraden ...» Stammführer bei der Hitlerjugend war er gewesen, das sickerte durch.
Er redete stark mit den Händen, und mit der Andacht war's vorbei, als der Puppenspieler in der zweiten Reihe auf die Idee kam, mit seinem Kasperle kaum merklich die Gesten des Vortragenden nachzuahmen.

Matthias fühlte sich in Lesseps ausgesprochen wohl. Er kannte niemanden, und niemand kannte ihn, hier war man mal ganz ungestört und konnte sich auslüften in jeder Hinsicht. Am zweiten Tag stieß noch ein Kollege aus dem Schulaufsichtskreis Kreuzthal hinzu, das war nicht weiter unangenehm, das war einer aus der Seglerkameradschaft, der auch seine Ruhe haben wollte.

Leider hängte sich schon am ersten Tag ein weicher Mensch an ihn, ein blaßlippiger, äußerst dünner und dabei großer Mensch, ein Flüchtling aus Bernburg, der sich zu ihm hinunterbeugte und ihm all das Unglück berichtete, das ihm bisher widerfahren war und ihn weiterhin verfolgte. Einen handgestrickten Pullover trug

er, dessen Perlmuttknöpfe auf der Schulter nicht stramm saßen, sie baumelten herunter, und eine der Ösen war ausgerissen, die Ärmel auch irgendwie zu kurz. Durch den hohen Rittersaal ging er nur gebückt: Er war schon zu oft mit dem Kopf angestoßen.
«Wo gehen Sie jetzt hin?» fragte er Matthias, wenn der sich auf das Klo begeben wollte.
Und: «Ich habe Ihnen einen Platz freigehalten», mittags bei Tisch, wenn Matthias dem besonderen Stuhl zusteuerte, von dem aus er das BDM-Fräulein mit den Socken beobachten konnte, ob die sich mit'm Schwung hinsetzt oder ganz behutsam.

Aus einsamen Parkspaziergängen im Schnee, bei geöffnetem Mantel, und der Wind weht dann das Haar so auseinander, bei denen man ein wenig Graf spielen kann, wurde nichts, da drängte der Mensch hinter ihm her oder kam ihm entgegen: «Ah! Hier sind Sie, ich suche Sie schon überall!» Und dann drängte er neben ihm her, stieß gegen Unterholz und rutschte aus auf dem nicht geräumten Wegrand und servierte Matthias eine Pechsträhne nach der anderen.
Familiär hatte der Mann einiges hinter sich, im Waisenhaus groß geworden, weil Vater und Mutter sowie seine kleine Schwester bei einem Bombenangriff ums Leben gekommen waren. Nach dem Krieg dann in den Westen geflüchtet mutterseelenallein – hatte also alles im Stich gelassen, was lieb und teuer war, die kümmerlichen Reste des Hausrates, nur die Mundharmonika der kleinen Schwester mitgenommen. Später war ihm die Ehefrau, die er hier im Westen nach langem eindringlichen Werben hatte gewinnen können, weggelaufen, mit Zettel auf dem Küchentisch, so in diesem Stil, äußerst brutal und mit schlimmen Ausdrücken, die er hier nicht wiederholen will. Und die gemeinsame Tochter am Arm mit sich gerissen ... Schon Wochen vorher Geschirr und Wäsche heimlich beiseite geschafft, als er noch an nichts Böses dachte.
Dann ihr hinterhergefahren, ob nicht doch noch was zu machen ist, und da hatte die kleine Tochter ihm die Zunge rausgestreckt! Natürlich negativ beeinflußt von der Mutter bis dorthinaus. Mit der Mundharmonika hatte sie Nägel in die Wand geschlagen, das falle ihm eben noch ein ...

Ob Matthias meinte, daß der Lehrerverein da was machen könnte? Er sei der Ansicht, wenn sich ein älterer Kollege mal auf den Weg machte und ihr ins Gewissen redete, dann könne vieles wieder geradegerückt werden.
Auch mit der Schule kam er nicht zurecht: Ein unangenehmer Kollege stand ihm als Hauptlehrer vor der Nase, der den Mädchen beim Geräteturnen sehr sonderbare Hilfestellungen zuteil werden lasse, obwohl man doch gehalten sei, jeglichen Berührungskontakt zu vermeiden? Er selbst sei Ganzheitler, sein Hauptlehrer hingegen trockener Synthetiker, im Sommer draußen am offenen Fenster seiner Klasse gestanden, sich von außen hineingereckt in die Klasse und sich in seinen Unterricht gemischt: Aber so doch nicht, Herr Kollege ..., und das vor allen Kindern!

«Der Garten zum Beispiel ... obwohl wir von vornherein abgemacht hatten, daß die Grenze am Rhabarberbeet vorbei bis hinüber zu den Stachelbeeren verläuft ...», immer wieder zwacke er ihm was ab oder sage: «Sie haben wieder das Unkraut nicht entfernt ...», obwohl er selbst die Pusteblumen im letzten Jahr nicht ausgerodet habe. So was müsse man sich mal vorstellen!
Wenn Matthias mal was einzuwenden hatte, so schlimm werde es schon nicht sein, der Faktor Zeit sei nicht zu unterschätzen, der bringe vieles wieder in Ordnung, er selbst habe diverse Lebensstarts gebraucht ..., lief der andere erst recht auf, vielleicht könne man sich heute abend während der Kaminstunde ja mal auf dem Gang treffen, und dann werde er ihm Sachen erzählen, also Sachen ...

Schließlich wurde Matthias von dem Seglerkameraden gerettet, der schleppte ihn ab, und obwohl der Bernburger in seiner Anhänglichkeit Zeichen um Zeichen machte, er hätte Matthias ja noch gar nicht erzählt, daß er Asthmatiker sei ..., erreichten sie ungehindert das Dorfgasthaus, wo sie sich ein Jägerschnitzel genehmigten und Bier und Nordhäuser Korn dazu und dann alles mal so richtig erfrischend durchhechelten, die Leute hier im Kursus, einen nach dem andern, die von «Brechmittel» bis «anständiger Kerl» reichten, und natürlich auch die Kollegen im Schulaufsichtskreis Kreuzthal: So manches Tränentier war zu bezeichnen.

Ob er sich nicht bald mal beweiben will?, fragte ihn der Seglerkamerad.
Beweiben? – Kaum zu glauben, daran hatte Matthias auch schon gedacht. Aber im Baltikum, so wußte er, heirateten die Männer auch erst mit fünfunddreißig.
«Und dann 'ne ganz Junge, was?» rief der Kollege.
In einer unerklärlichen Sympathieaufwallung schenkte ihm der Seglerkamerad eine von Nordseewellen rundgeschliffene Tassenscherbe, die er immer bei sich trug, als Talisman. Sofort kriegte Matthias Schiß: daß er das Dings verliert. Sicherlich würde er es doch vorzeigen müssen, jedesmal, wenn man sich wiedersieht?

Das Kartensystem, seine Sesam-open-you-Sammlung, die er auf diesem Kursus vervollständigte, gefiel dem Bernburger: Was er da schreibt?, wollte er von Matthias wissen, so verschiedene Karten? Gelbe, grüne, rote? Das war ja sehr zu bewundern! Das wolle er auch übernehmen, dieses System, sobald er wieder zu Hause ist, und er bat Matthias um nähere Anweisungen, und den Ausdruck «Sesam-open-you» fand er fabelhaft. Die Hälfte seiner Schüler sei nämlich asozial – «Was haben Sie für schlechtes Material!» habe selbst der Schulrat ausgerufen. Kinder also, die einfach rauslaufen aus der Klasse oder gar nicht erst kommen. Neulich zum Beispiel – er habe immer ein Glas Wasser auf seinem Pult stehen – habe ihm einer, als er mal eben vor die Tür gegangen, ins Wasser gespuckt!
Dies nur mal zur Illustration, mit was für Menschen er es zu tun hat!

Das Sesam-open-you-Kartensystem war auch anderen aufgefallen, sie sahen ihm gern über die Schulter, wenn er die Karten mit seiner klaren, regelmäßigen Schrift füllte, auch allerhand unterstrich, mal blau, mal rot, und in groß A, B, C ordnete und mit speziellen Markierungen versah, für aufmunternde Gestik des Lehrers zum Beispiel oder fragendes Kopfschütteln. Matthias gab jedermann bereitwillig Auskunft über sein System und über die Notfallvorbereitungen römisch I, II, III, die er immer in der Schublade liegen hat, falls der Schulrat mal unvorbereitet kommt. Da

greift er sich dann so ein Dings und läßt die Stunde abschnurren, und der staunt dann Bauklötze, weil der das nicht durchschaut. «Unglaublich!» wurde gerufen. «Und das funktioniert?» Und Matthias versprach in jede Richtung, Abschriften von seinen Vorführstunden zu machen, was dann allerdings in Vergessenheit geriet, denn was ein richtiger Lehrer ist, der macht lieber alles selbst. Nur die Studenten blieben an ihm dran, sie standen kurz vor der ersten Prüfung, die hatten schon jetzt Angst vor der zweiten. Daß der Schulrat unangemeldet kommt, das schockierte sie, das hatte man ihnen nicht gesagt. Vielleicht doch noch was anderes machen? Fahrlehrer werden oder zu Schwererziehbaren in eine Anstalt gehen? Wo man dann gleich eine Wohnung hat und in der Kantine mitessen kann? – Blindenlehrer? Kriegen die eigentlich mehr Geld? – Bei dem Anthroposophen erkundigten sie sich, ob man in den Rudolf-Steiner-Schulen auch eine zweite Prüfung machen muß?
Täuschte Matthias sich?, oder machte der Kursleiter, der doch bestimmt jeden Abend an seinem Bericht feilte, ein paar zustimmende Zeichen in seine Beurteilungsliste, die als Pluszeichen zu deuten waren? – Oder das Gegenteil?

Auch einen Kunsttag gab es, Stanislaus Fiesel hieß der Spezialist, und er hatte ständig eine Fahne. Prüfend sog er die Luft ein, ob sich Frischfleisch im Kurs befände, aber da war nichts für seinen Geschmack dabei. Den Silberschmuck einer der Studentinnen bewunderte er sehr: Was, selbst gemacht? Aus Silberdraht mit einer kleinen Rundzange? Aber als er grade das Geschmeide am Busen der Dame durch seine Finger gleiten ließ, drängte ihn ein Student ab, ob sie mitkommt, nach Holzminden ins Café.

Da war nichts zu machen ... Die da?, überlegte er, an der Nase zupfend, nein. Oder die? – Letztesmal in Braunlage, das war ein ganz anderer Schnack gewesen. Da waren Frauen in der Überzahl gewesen, das war dann eine ganz andere Ausgangsposition. Da hatte man frei schalten und walten können. Auch räumlich die besseren Voraussetzungen ...
Eine spezielle Knetmasse führte er vor, die man in einem Backofen härten konnte, es wurden hübsche Figuren daraus geknetet, aber

man ließ sie zu lange im Backofen, den Rest der Tagung stank es im ganzen Schloß danach, die Gräfin öffnete ihr Fenster, und der Hausmeister sagte: So eine Schweinerei ist ihm noch nicht vorgekommen, seine Frau könne jetzt monatelang keinen Rollbraten mehr machen.

An einem Nachmittag wurde auf Anregung von Stanislaus Fiesel eine Töpferei besucht, wie wunderbar das ist, so ein Gefäß unter den Händen aufzudrehen zur Urform, und bei dieser Gelegenheit konnte Matthias sich mit der Wollsockendame gemeinsam über einen Topf neigen, was ihm unbeschreiblich angenehm war. Über die Eifersucht ihres Mannes sprach sie ziemlich sofort. *So* klein mit Hut sei sie, wenn wieder was vorgefallen sei zwischen ihr und ihm, natürlich völlig aus der Luft gegriffen, ihr Mann lasse sie dann ankriechen und zappeln, schrecklich, was soll sie bloß machen? Matthias berührte ihren Ellbogen, um ihr zu zeigen, daß kein Mensch allein ist auf der Welt, und da erzitterte sie jäh.

In der Töpferei kriegte jeder Teilnehmer ein Salzfäßchen geschenkt, und der Bernburger drängte sich an Matthias heran und sagte, ob er ihm sein Salzfäßchen schenken darf, dann hat er zwei? Er trug die ekelhaftesten Schuhe, die man sich vorstellen kann, die Schleifen der Schnürsenkel doppelt gebunden, damit sie nicht aufgehen. Irgendwie eingetreten war der Mann zuvor. Kein Zweifel, diesen charakteristischen Geruch von Hundedreck kennt doch ein jeder. Eingetreten war er! Und nun dachte das junge Frauchen am Ende, er, Matthias, sei eingetreten? Und selbst wenn sie es nicht dachte, dann würde sich zwischen sie zu anderer Stunde, an der man sich vielleicht mal wieder über irgend etwas beugte, dieser abstoßende Geruch drängen, und sie würde denken: Bin *ich* es am Ende? Oder ist *er* es?

Verwirrung ohne Ende.

Am letzten Abend wurde ein «Ringelpiez mit Anfassen» anberaumt. Im Kamin entfachte jemand ein Feuer, an dem man einen Ochsen hätte braten können, und jeder mußte etwas bieten. Zunächst aber dem Hausmeister danken, ja danken. «Oh, Dank, Dank!» dafür, daß er immer die Hoftür verrammelte, so daß man nach Zapfenstreich weder raus noch rein konnte und am Ende sich durchs Toilettenfenster quetschen mußte. Wie beim Barras? – Sodann seiner Frau danken für die Petersilienröschen, die sie auf den Aufschnittplatten zwischen Preßkopf und Jagdwurst immer so vorteilhaft arrangierte. Und daß man manchmal auch was nachfassen konnte, von der Linsensuppe zum Beispiel, mit dem reichlichen, aber leider nach Leiche schmeckenden Rauchfleisch darin. «Dank! Dank! Dank!» Und morgens immer so schön aufgewischt mit Elfriede, dem tuberkulösen Mädchen, genau zur festgesetzten Zeit, wo dann keiner mehr über die Gänge laufen durfte, es sei denn auf Hacken und Zehenspitzen? Dank! Dank! Dank! Und einen extra Kanon «Hoch soll sie leben!» und eine Flasche Nordhäuser für ihn und eine Flasche Wermut für sie, alle zusammengelegt und in der Gastwirtschaft gekauft. (Stundenlang weggeblieben bei der Gelegenheit.)

Sollte man denn nicht auch die Gräfin einladen, die sich in ihrer Mansarde gewiß nach Gesellschaft sehnte? Die war doch auch mal jung gewesen? Fragen kost' ja nichts? – Ach, die Gräfin! Das war inzwischen durchgesickert, daß sie einen Fernsehapparat besaß und «Es darf gelacht werden» sah, jeden Mittwoch, Dick und Doof also, und entsprechende Sendungen an andern Tagen.

Der Puppenspieler hatte an diesem Abend seinen großen Auftritt, und einer sang nach der Melodie «Oh, wie so trügerisch, sind Weiberherzen …»:

> «Ein Auto – mobile, zwei Auto – mobile,
> drei Auto – mobile, vier Auto – mobile …»

in italienischer Manier und gar nicht so schlecht, und Matthias spielte auf seiner Posaune, von Schifferklavier und Gitarre begleitet, den schönen Schlager «Dreams». Bei dem Dings aus dem Takt zu kommen wäre eine große Kunst gewesen.

Dann wurde ein Grammophon in Gang gesetzt, getanzt und ziemlich viel getrunken. Matthias hätte sich gern beteiligt am Tanz, die BDM-Dame guckte schon immer herüber, auf die hatte «Dreams» unglaublichen Eindruck gemacht, wie er das da so sieghaft schräg gegen die Decke blies. Aber er wurde von dem Bernburger mit Beschlag belegt: Auf der Posaune Schlager blasen? Gehe das? Das sei doch ein Instrument des evangelischen Posaunenchors, wenn er nicht irre? «Das hätte ich nicht von Ihnen gedacht. ..» Nie, nie, nie würde Matthias sich von dieser Blasphemie reinigen können.

Leider wurde mittendrin im schönsten Schwof die Tür aufgerissen, und ein geröteter Mann mit aufstehenden Haaren kam hereingeplatzt. Wo seine Frau ist, wollte er unverzüglich wissen, und die Dame mit den Socken eilte auf ihn zu und rief: «Jürgen! Wie schön, daß du schon da bist!» Sie hatte sich schon seit einer Stunde aus Sicherheitsgründen bei den Skatspielern aufgehalten, war nicht loszueisen gewesen dort, darüber hatte man sich schon gewundert.

«Ach!! Was!!» schrie der Mann. Stundenlang im Auto gesessen, bei unmenschlichen Straßenverhältnissen, und diese Bude hier nicht gefunden in der Dunkelheit, und sie, sie schnackelt sich hier einen an?

Die drei alten Herren versicherten dem wild um sich Guckenden, daß seine Frau einen guten Kiebitz abgibt, also immer bei ihnen gestanden habe, soweit man sich erinnere. Und nicht ein einziges Mal getanzt. Aber irgendwie hatte der Mann genug von dem «Affentheater» hier, er sah Matthias, von dem Instinkt des Eifersüchtigen getrieben, einmal kurz und scharf an, der froh war, von dem Bernburger gerade mal wieder beim Jackenknopf genommen worden zu sein, wie er das wieder gutmachen will, Schlagerkram auf dem heiligen Instrument gespielt zu haben ..., und dann klimperte er auch schon mit den Autoschlüsseln und riß seine Frau mit hinaus, und durch die Wendeltreppe hörte man ihn laut schimpfen, das schallte bis in den Kaminsaal, obwohl dort bereits wieder die Blockflötenspielerin über den allgemeinen Schwof hinweg Triller in höchste Höhen steigen ließ.

Stanislaus Fiesel war dageblieben, obwohl seine Mission bereits erfüllt war. Hätte er nach Hause fahren sollen und dort allein in der Stube sitzen? Vielleicht ergebe sich hier ja doch noch eine unvorhergesehene Gelegenheit, wer konnte denn wissen? In Rinteln

hatte sich auch erst ganz am Schluß was ergeben, eine absolut leidenschaftliche Knuddelei, anschließend gar nicht wieder losgeworden das heiße Mädchen ... – Die Dame mit der Blockflöte hatte ihm Kinderzeichnungen vorgelegt, die irgendwie einzigartig waren. Aber einen Slowfox mit ihr tanzen wollte er denn nun doch nicht. Nur zu gut erinnerte er sich an eine Dame gleicher Statur, die aus ihrem Dutt, als es dann ernst wurde, ein altes Brötchen herausgeholt hatte.
Er blieb also länger als vorgesehen. Unerträglich war ihm der Gedanke: Man reist ab und erfährt es dann viele Jahre später: Ja, wissen Sie denn nicht, daß es nach Ihrer Abreise erst richtig losging, die kleine Dingsda, die wachte da erst richtig auf!

Als es dann spät wurde und immer später, kriegte Stanislaus Fiesel einen sogenannten Moralischen. Nicht daß ihm das Feig! Feig! Feig! zu schaffen machte, das immer wieder aus der angeheiterten Skatrunde über die Tanzfläche drang, nein, das ganze Leben irgendwie verfahren. Soll er nun nach Braunschweig gehen, zu seiner ehemaligen Frau zurück, oder lieber in den Westerwald ausweichen und dort nur noch Bilder malen? Alle Welt kann ihn am Arsch lecken? Malschülerinnen aus den umliegenden Kleinstädten um sich scharen und denen dann anschließend Privatstunden geben etcetera pp?

Matthias, von Weinbrand und Bier beschwert, saß neben ihm am Kamin, dessen Feuer immer noch angefacht wurde, obwohl bereits alles die Jacken abgelegt hatte und die Kragen gelöst.
Fiesel war mit seinen Gedanken woanders, aber als er hörte, daß Matthias Lehrer in Klein-Wense sei, riß er die Augenbrauen hoch. Klein-Wense? Dort lebte doch sein Lehrer, Kallroy, diese tragische Sache ..., durch die eigene Tochter ins Unglück zu geraten? Ein einziges Wort entschlüpft, und schon war's passiert? Rot vom Scheitel bis zur Sohle, mit Arbeiterkindern auf der Wiese getanzt und im Krieg irgendwelche Illegalen beherbergt, und dann von der eigenen Tochter reingerissen!
«Hieß sie nicht Ellinor? – Hat sie nicht Selbstmord gemacht nach dem Krieg?»

Am nächsten Morgen trat alles auf den Hof, es hatte frisch geschneit, und der Hausmeister fegte mit einem Reisigbesen den Weg frei, links-rechts, links-rechts ... Abschied! Schön war es gewesen, nun aber schnell wieder nach Hause, irgendwie sehnte man sich nach der Schule, nicht wahr? Kaum zu glauben, aber es war so. Der Kasperlspieler hatte seine Puppe über die Hand gestreift und gab jedem seine Kasperhand – der Daumen war deutlich zu fühlen. Und auch die anderen gaben einander die Hand. Vielleicht würde man sich ja mal wiedersehen?

50

Als Matthias nach Hause kam, sah er gerade eben noch den Kollegen Stichnoth wegbrausen in seinem kleinen Borgward, da war kein Handschlag vorgesehen, von Kollege zu Kollege, so sehr Matthias auch in die Pedale trat und rief und winkte, dem Manne danken für seine Arbeit.

Am nächsten Morgen mußte er mit ansehen, wie sämtliche Platanen gefällt wurden. Erst die größeren Äste ab, dann die Bäume selbst. Er wachte davon auf, daß die Motorsägen sich in das Holz fraßen, er dachte anfangs, es handle sich um Nachbar Fitschen, daß der seine Eichen von überflüssigem Geäst befreien wollte, aber dann sah er das Malheur, und er stellte sich mit den Kindern an die Straße, und ein Baum nach dem anderen kippte. Warum nicht auf einer Seite stehenlassen, fragte er die Leute über den Lärm der Motorsägen hinweg, das ginge doch ohne weiteres? Es wäre Luft geschaffen, und das Gesicht des Dorfes bleibe erhalten? Da war keine Antwort zu erwarten, und der Bürgermeister war grade woanders.
«Kinder, wir gehen rein!» sagte Matthias.
«Wird ja auch allmählich Zeit!» sagten die Arbeiter.

In der Schule hatte sich manches verändert. Nur vierzehn Tage hatte Kollege Stichnoth hier residiert, aber das hatte Spuren hin-

terlassen, die nicht so ohne weiteres zu tilgen waren. Die Bänke waren umgestellt, die Pflanzen auf den Fensterbrettern verschwunden, ja, die Adventskrone hatte man von der Decke gerissen.
«Raus mit dem ganzen Muff!»
Die freudige Erleichterung, mit der Matthias von den Kindern begrüßt wurde, und die Angst in den Gesichtern: Hier hatte es Maulschellen gegeben, auf Vordermann hatte Stichnoth die Kinder gebracht.
«Wer mich stört, den stör' ich!» Das war eines der Rezepte, mit denen Stichnoth sich durchsetzte.
Die drei Australier hatten die ganze Zeit vor ihm hermarschieren müssen: So weit kommt das noch, daß die hier rumbolzen oder wie oder was. Das konnten die vielleicht im australischen Busch machen, bei den Kanaken oder Hottentotten oder wie oder was, aber doch nicht hier in Mitteleuropa!

Der Schrank war leergeräumt worden, liebenswerter Schurrmurr entfernt. Die Ziegelsteinsammlung und die Kartoffelausstellung, die Kastanienmännlein vom letzten Herbst und das gebrauchte Knetgummi, alles war auf den Abfallhaufen geworfen worden, und auf dem Staub des Klavierdeckels stand deutlich lesbar SAU, mit dem Finger geschrieben.
Im Wochenbericht war vermerkt: «Da kein vernünftiger Plan vorhanden war, mußte hinsichtlich des Stoffes improvisiert werden.» Und in der Schulchronik würde man es noch in fünfzig Jahren lesen können, daß Stichnoth hier in Klein-Wense katastrophale Verhältnisse angetroffen habe, unter aller Kritik! Und daß er, Stichnoth, vergeblich versucht habe herauszubekommen, wie es zu solchen Mißständen habe kommen können.

Freischaffendes Lernen in je offener Behaustheit. – Die drei Kleinen hielten sich dicht an Matthias: «Kommt Herr Stichnoth wieder?» fragten sie ihn mit angstflackernden Augen.
Im übrigen hatte der älteste der drei Australier ein blaues Auge, hier hatte sich also das freie Spiel der Kräfte entfalten können, hier war Druck nach unten weitergegeben worden.
«Schämt ihr euch nicht?» fragte Matthias die Klasse. Nein, sie schämten sich nicht.

Es war auch zu erkennen, daß Stichnoth den Stall inspiziert hatte, und die Kinder bestätigten das, nicht guten Tag gesagt habe der Mann, und im Stall habe er herumgemurkst.
Offenbar war Stichnoth sogar die Treppe zum Dachboden hinaufgestiegen, war dann aber doch zurückgezuckt.
Sehr regte Matthias sich auf, als er durch die Küchentür in die Klasse hinübergehen wollte. So gewaltig er auch rüttelte: Die Verbindungstür war versperrt! Und zwar durch einen neu angebrachten eisernen Riegel mit Vorhängeschloß, dessen Schlüssel sich nicht finden ließ. So weit kommt das noch – sollte das bedeuten, daß hier während des Unterrichts zu Spiegelei und Schnaps in die Küche gegangen wird …
Aus war es damit, morgens durch die Küche trockenen Fußes in den Klassenraum überzuwechseln, erst mal noch in Pantoffeln, die Schuhe kann man sich ja nachher noch anziehen … Aus und vorbei. Und für so was war er schließlich Dorfschulmeister geworden! – Matthias holte Hammer und Meißel und knallte den Riegel ab, haute sich dabei noch in die Hand, und das erregte seine Wut auf das äußerste.

Es ärgerte ihn auch, daß die Tür des Schulklos jetzt geschlossen war, sonst immer so hübsch im Wind gewedelt und immer frische Luft, jetzt sorgte ein Bleibeutel an einer Zugschnur dafür, daß die Tür zufällt, wenn einer das Klo verläßt. Es hätte nicht viel gefehlt, und er hätte die Schnur zerschnitten.
Die rote Papphand, mit der nun angezeigt werden konnte, ob besetzt oder nicht, auch so eine Neuerung, schmiß er jedenfalls in die Müllkuhle.

Am nächsten Tag kam der Bürgermeister, gerade als Matthias ein paar alte silberne Löffel mit Schnaps abrieb, daß die mal ordentlich sauber werden, bevor er sie in die Vitrine legt.
Ob er mal eben stören darf, fragt der Bürgermeister. Setzte sich nicht, sondern blieb stehen in der blanken Stube. Es sei hier ja so ein Gestank in der Wohnung? Matthias müsse mal ordentlich lüften und klar Schiff machen! – (Ob er sich jetzt dem Schnaps zugewandt habe, das fragte er nicht, aber das dachte er, als er die Flasche auf dem Tisch stehen sah.) Er habe gehört, daß Matthias

den nagelneuen Riegel abgeschlagen hat mit brutaler Gewalt? Ein riesengroßes Loch in der Wand … Was das bedeuten soll? Mit viel Mühe angebracht und nun einfach rausgerissen, und jetzt dies Loch da? – Und da wär' noch was, bei der Gelegenheit: Die Posaune gehöre dem Posaunenchor, sie sei inventarlich ausgewiesen, die könnte er doch nicht so einfach mitnehmen, in den Urlaub oder wer weiß wohin? Er hätte doch zumindest um Erlaubnis nachsuchen können, also *fragen*, da hätt' ihm gewiß niemand den Kopf dafür abgerissen. Ob das nicht Anstand wär'?
Und, als er den Stirb-und-werde-Stuhl am Fenster entdeckte, den Matthias im letzten Moment vom Holzplatz gerettet hatte, mit den rotleuchtenden Lebensfrüchten auf der Rückenlehne: «Ist das nicht der Stuhl aus der Klasse? Wollen Sie den hier bei sich stehenlassen?»
Und, da er gerade bei diesem Themata wär' – das Scheffelmaß im Stall, ob es der Wahrheit entspreche, daß er das weggegeben hat, bei Nacht und Nebel? Fitschen von nebenan habe ihm das berichtet, das wär' doch das alte Gemeindemaß … Nicht, daß das noch gebraucht werde, aber einfach wegzugeben das Dings?
Als Matthias ihn fragte, ob das denn nun unbedingt nötig gewesen wär', die Platanen einfach alle abzuhauen, beide Reihen, fragte der Bürgermeister, ob Matthias eigentlich wüßte, wieviel Dreck solche Bäume machten?, jeden Herbst das ganze Laub? Der Museumsleiter habe gesagt: Platanen – die passen doch gar nicht in unsere Gegend …
Irgendwie beleidigt ging der Bürgermeister davon.
Lernet die Weisheit!
Und Matthias schmiß sich aufs Bett, mit klopfenden Schläfenadern.

Die Folge dieses Besuchs war, daß Matthias die Unterrichtsarbeit erst mal so gut wie völlig ruhen ließ. Er fuhr mit dem Molly nach Hamburg und nach Bremen, richtige Tagesunternehmungen waren das, und er wußte gar nicht, was er da sollte. Nichts hören und sehen: Das war die Devise.
In Hamburg ging er die Mönckebergstraße einmal hinauf und hinunter, Schulkinderkolonnen mit vorn und hinten Lehrern zur Be-

deckung, die anscheinend nicht auf die Idee kamen, den Paternoster im Chilehaus auszuprobieren. Da mal hingehen und denen das sagen: Die Rolltreppen bei Karstadt, das wäre doch was für die Kinder ...

In Bremen kaufte er sich ein neues Freizeithemd und setzte sich zu einem Antiquitätenhändler in den Laden. Der stammte aus Chemnitz und war in einer Hermann-Lietz-Schule groß geworden. Daß sie da Heu aufgestakt hätten und mit dem Lehrer im Fluß gebadet, erzählte der Mann in seinem entzückenden Sächsisch. Und daß Matthias die Faxen dicke habe vom Landlehrerdasein unter solchen Umständen, verstand er. Jedes Jahr von vorn anfangen, schreiben, rechnen, lesen, das wär' ja ein Faß ohne Boden, und natürlich keinerlei Dank dafür ernten. Wenn er noch daran denke, wie sie ihrem Lehrer nach der Schulentlassung eine Bäbe geschickt hätten, mit Mostrich drin ... – Matthias saß gern bei ihm im Laden: Wiener Bronzen, winzig klein und aasig teuer, und er ließ die Taschenuhren, die der da feilbot, wie übergroße Münzen rund und schwer von einer Hand in die andere gleiten, und wenn ein Kunde kam und nach einem «Ascher» fragte oder wieviel der Bilderrahmen kostet, der im Schaufenster steht, dann verständigten sich die beiden hinterher, ob der blöd gewesen sei oder nicht. Ein Dämel durch und durch?

Im Bahnhof setzte sich Matthias ins Fotomaton und ließ sich knipsen, von vorn, von links und von rechts, mit Grimasse und ohne, aber er hatte niemanden, dem er ein Bild hätte schenken können.

Carla kriegte er jetzt wegen des Eleven nur noch selten zu sehen. Sie sah sehr verändert aus: Matthias erschrak, als er sie wiedersah. Die schönen Zöpfe abgeschnitten – schnipp-schnapp ... Der Hals sonderbar lang und dünn, und das Haar im ausrasierten Nacken bereits nachgewachsen. Der Kopf sah aus wie ein Periskop, nach links und rechts in die Gegend zu drehen.

Auch hatte sich Hausfrauliches eingeschlichen in ihre Züge. Früher öfter mal Quatsch gemacht, sich seinen Strohhut geschnappt und aufgesetzt, und jetzt war sie der Meinung, daß der Bürgermeister zwar ein schlimmer Kerl sei, aber Matthias brauche ja auch nicht gleich alles so furchtbar verlottern zu lassen. Der

Garten zum Beispiel, es werde Zeit, daß er ihn schwarz macht, der Frühling kommt eher, als man sich's verdenkt. Warum Anita denn nicht mehr komme? Habe er die vergrault?

Hinni war es, der ihn wieder zur Vernunft brachte, der redete beruhigend auf ihn ein und stellte die Bänke wieder so hin, wie sie seit hundert Jahren gestanden hatten. Die Mädchen brachten neue Pflanzen mit für die Fensterbänke, und ein Wagenrad wurde unter die Decke gehängt, das mochte als Schmuck hingehen, bis man daran gehen konnte, eine Frühlingskrone zusammenzustecken. Nach einer Woche stellte sich auch Mariannes Katze wieder ein, die mit dem Rohrstock hinausgejagt worden war, sie strich um seine Beine herum und sprang aufs Klavier und blieb dort sitzen. Steine waren hinter ihr hergeworfen worden.
Das hölzerne Lehrmittelauge kassierte Matthias bei der Gelegenheit, das nahm er mit hinauf in seine Dachkammer, das würde ihm den Wecker ersetzen, abends das Lid hochklappen, dann wacht man morgens früher auf.

Matthias saß nun häufiger hinter dem Lehrerschreibtisch und zog die Finger durch den Schlüsselring. Das dauernde Durch-die-Klasse-Laufen brachte ja auch nichts ein. Und am Fenster stehen und die trostlose Laube ansehen? Vielleicht sollte man sie streichen lassen im Frühjahr, und dann Büsche drum herum pflanzen gegen den kalten Wind?
Die drei Kleinen hatten inzwischen Lesen und Schreiben gelernt, was die Mütter sehr wunderte, denn die waren der Meinung, daß die Kinder in der Schule ja überhaupt nur spielten und gar nicht vorankämen.

O Mama o!
O der Ofen!
Oma, Oma!

Tatsächlich, sie konnten lesen, und das hatte er ihnen beigebracht. Und das kam Matthias wie ein Wunder vor: Der Eintritt in die abendländische Kultur: Bald würden sie Bücher lesen können, von vorn bis hinten, zu einem Goethe-Gedicht würde es wohl nicht kommen, aber die Zeitung.

Eines Tages fand er auf seinem Tisch einen Zettel:

Du bis leip!

stand darauf, die dünne Ursula hatte ihn geschrieben. Sie hatte etwas Schwärmerisches in ihrem Blick, wenn Matthias ihr die Haarschleife zurechtzog, und beim Vorzeigen der Rechenaufgaben drängte sie sich sacht an ihn.

Die Schönschreibstunden waren am angenehmsten, eine Zierleiste oben und unten und dann Gedichte abschreiben, jedes Wort mit Ober- und Unterlängen Buchstaben für Buchstaben sauber nebeneinandersetzen. Während die Kinder schrieben, guckte Matthias aus dem Fenster, dessen Farbanstrich entfernt worden war, und wartete auf den Briefträger. Irgendwann würde vielleicht mal ein Brief aus Kanada kommen? Oder sonstwoher?
Aus Kanada kam nichts, aber aus Hahnewiesche kam von seiner Mutter ein größerer Briefumschlag mit Bildern, ausgeschnitten aus der «Hörzu», ob er die gebrauchen kann? Talsperren, Brücken und der Petersdom im Abendsonnenschein. Ob er damit seinen Kindern nicht was beibringen kann, fragte sie, und warum er denn nie schreibt?
Auf einen Brief von Lilli wartete er nicht, aber daß sie nie geschrieben hatte, wurmte ihn.

Abwechslung brachte wie eh und je der Vertreter, der wieder einmal auf den Hof gefahren kam. Den begrüßte er wie einen alten Freund. Einen neuen Glasfiber-Zeigestock orderte Matthias, den alten hatte er in einer Zornesaufwallung auf dem Tisch zertrümmert. Als Neuigkeit offerierte ihm der Mann schwarze Kreide, dazu müßte jedoch die Tafel weiß gestrichen werden.

Gelegentlich fitzelte Matthias noch an den Stundenvorbereitungen «für den Notfall» herum, römisch I, II, III. Die hatte Stichnoth wohl auch zur Hand genommen. Betriebsspionage, jedenfalls lagen sie in seiner Schreibtischschublade auch nicht mehr so da, wie er sie hingelegt hatte. – Vergeblich überlegte Matthias, wie er dem bösen Kollegen eins auswischen könnte. Anschwärzen irgendwie? Zu ihm hinfahren nachts und unter seinem Fenster gellend lachen?

Aber besser nicht tun so was, der hatte womöglich Fuchseisen ausgelegt. Matthias fuhr sogar zu der Seglerkameradschaft, die ihn mit hallo begrüßte – er hatte gar nicht geahnt, daß er bei denen so beliebt war. Sie schliffen gerade den Leib ihres Kahns, um ihn hernach neu anzustreichen. Bierflaschen standen herum. Stichnoth konnten sie auch nicht leiden. Sie waren alle auf seiner Seite, und sie meinten, daß es gar nicht nötig ist, dem die Fensterscheiben einzuwerfen, der Stichnoth falle irgendwann einmal von selbst auf die Schnauze, das sei klar. So was läuft sich tot.
Einer von ihnen kritisierte den schrägen Blick dieses Kollegen, aber zu irgendwelchen Taten konnten sie sich nicht aufraffen, denn Stichnoth reparierte ihre Autos, wenn mal Not am Mann war.
Ob er den Sextanten eigentlich noch braucht, wurde er gefragt, das wär' eigentlich das richtige Geburtstagsgeschenk für den Seglerboß.
Aber wieso denn?, dachte Matthias; schenkt mir denn jemand was?

Wenn Matthias die Schule abschloß nach den täglichen fünf Schulstunden, Kräfte und Nerven abgenutzt, aß er bei Frau Schulz doppelte Portionen. Fette Hochzeitssuppe auf Huhn und Reis, mit Spargeleinlage und Eierstich, dann Schweinebraten mit knackiger Kruste, dazu Rotkohl und viel Soße, danach Pudding und so weiter.
Frau Schulz redete ja nie viel, immer in Schwarz und immer schweigsam, aber über das Absägen der Platanen hatte sie sich auch geärgert, und sie sagte «schor», was soviel wie «schade» heißt. Und das Allerschönste: Die Sägerei habe das Holz nicht verarbeiten wollen, weil das Holz dieser Bäume zwar hart, aber «von geringer Dauer» sei, für «Pöhl» also nicht geeignet. Das flüsterte sie so vor sich hin, denn da saßen auch Männer am Tisch, die ganz anders darüber dachten, Männer, deren Fahrräder abends am Zaun des Bürgermeisterhauses lehnten.
Sie war anders zu Matthias, jetzt, sah ihn anders an, freundlicher? So schien es jedenfalls.

Freundlich war auch Dr. Feist zu ihm, der Schularzt, mit seinem dem Lichte zugewandten Gesicht, der die Schulneulinge untersuchen kam, freundlich, weil er im vorigen Jahr zu spät gekommen war aus Schusseligkeit, was beinahe ins Auge gegangen wär'. Matthias hatte diese Vergeßlichkeit nicht an die große Glocke gehängt, nicht einmal rumerzählt irgendwo, und so was zahlt sich aus.
Ob er nicht mal eine Kur brauchte, fragte ihn der Mann, er sähe so blaß aus? Fehle ihm was? Er brauche nur mal in seine Sprechstunde zu kommen, mittwochs von elf bis zwölf, dann werde man das schon hinkriegen.
Er nahm die Kinder zwischen die Beine, diesmal waren es fünf Schulanfänger – «Tendenz steigend» –, und er fühlte ihnen die Oberarme ab und drückte ihnen die Schulterblätter rein.
«Ich gehe in den Wald und pflücke viele bunte Blumen ...»
Diesen Satz konnten alle Kinder nachsprechen, sie vollbrachten es, ohne zu stocken, und in der Diktion ganz ähnlich wie der Arzt, goethisch durch und durch. Und ja!, sie konnten bis vier zählen.
Nachdem sie es getan hatten, entnahm der Arzt nach alter Sitte Pfefferminzpastillen einer kleinen Blechdose, schluckte selber eine, und dann durften die Kinder zulangen. Darauf warteten die schon, das war so Usus in der Börde.
Wieviel Jahre mochte der Mann wohl schon im Dienst sein? Und jeden Frühling dasselbe, in fünfzig Schulen.
Ich gehe in den Wald und pflücke viele bunte Blumen?

Unter den Neulingen befand sich auch die Enkeltochter des Bürgermeisters. Die tanzte gleich aus der Reihe, daß sie sich dies und das erlauben darf, weil sie die Enkeltochter des Bürgermeisters ist, so in diesem Stil, hämmerte auf dem Klavier herum, was sich noch kein Schüler getraut hatte, seit dreißig Jahren nicht. Und ihre Mutter guckte in der Klasse herum, ob auch alles am rechten Platz steht? Die Jacken und Mützen der Kinder ja alle so unordentlich auf den Haken. Ob das Anstand und Sitte ist, mochte sie denken. Da will sie doch gleich mal ihren Schwiegervater fragen, ob das geht, so eine Unordnung, ob da die Jugend nicht verwildert?
Da sie jedoch auf bedeutsame Weise sonderbar aussah, machte Matthias ihr schöne Augen, und das verfing irgendwie.

Mittags versank Matthias in Pädagogenschlaf, fest und süß, schloß Fenster und Türen und fiel in einen Freiheitsschlaf, der die Seelenstriemen glättete und die Krausheit im Gehirn. Je mehr er aß, desto fester und süßer war der Schlaf. Manchmal träumte er sogar, und manchmal konnte er nur schwer wieder wach werden.
Nach dem Schlafen bescherte er sich eine freischaffende Kaffeestunde, in je eigener Behaustheit, im Salon also, schlürfte zwei Tassen Kaffee aus Geschirr, das auf der Rückseite eine besondere Signatur sehen ließ – allerdings erst dann, wenn der Kaffee ausgetrunken war –, dazu ein Tütchen Florentiner, die Zeitung in aller Ruhe lesen, Beine hoch, und die Sonne scheint ins Zimmer.

Gelegentlich passierte es, daß sein kostbarer Schlaf unterbrochen wurde von Bauersfrauen, die wissen wollten, ob ihr Kind gut ist in der Schule, sie schlugen mit aller Kraft an die Tür, so als ob sie von der Polizei wären. Ach, wie waren die Bauersfrauen froh, daß Matthias wieder da war! Das sagten sie jedenfalls, vielleicht im Hinblick auf die Zensuren, die zu Ostern fällig sein würden. Eine von ihnen, eine hagere Flüchtlingsfrau aus dem Osten, brachte gar ein Stück Schinken mit, den solle er sich man gut munden lassen, und einen Laib Bauernbrot. Das Brot behielt er, aber den Schinken gab er ihr wieder mit, obwohl der Handel unter vier Augen vor sich gegangen war.
Weshalb er denn gar nicht mehr Posaune bläst?, wollte sie wissen.

51

Eines Tages kam jemand die schmale Treppe heraufgestiegen, als Matthias noch im Mittagsschlaf lag und von berittenen Soldaten träumte, Kürassieren mit Adler auf dem Helm. Er hatte das fremde Auto gehört und das Türenschlagen. Stufe für Stufe kam es die Außentreppe heraufgestiegen, und es war Dr. Müllermann-Ohfe, der schließlich in der Mansarde stand, in seinem kognakfarbenen Jackett, das Detlef-Täschchen am Daumen, mit gepunkteter Fliege statt Krawatte, und Matthias mußte sich notgedrungen aus seinen Decken schälen.

«So gut möchte ich's auch mal haben», sagte der Museumspfleger und sah zu, wie Matthias in seine Hosen stieg. Mittagsschlaf halten, das könne er sich gar nicht leisten bei der vielen Arbeit. Er sei nur eben mal auf einen Sprung gekommen, weil er wissen wollte, wie die «Deichsel» hier in Klein-Wense auf plattdeutsch genannt wird, bezeichnet wird oder einfach heißt. Deissel, Dissel oder Deuxel? Und der Splint, mit dem die Deichsel an der Vorderachse des Ackerwagens festgemacht wird? «Disselplinter» vielleicht oder gar «Schneusel»? Er habe hier eine Liste von Geräten des täglichen Gebrauchs, deren plattdeutsche Bezeichnung es in moderne Zeiten hinüberzuretten gelte. Kaum zu glauben, daß sie von Dorf zu Dorf wechselten! Jedes Dorf habe seine eigne Sprache, wie die Bantus in Afrika, von denen es 360 verschiedene Dialekte gäbe, die könnten sich untereinander gar nicht verstehen!

Nun, das war eine längere Sache, nicht abzumachen hier oben in der je eigenen Behaustheit seiner Dachkammer, die zwar sauber war, aber eben doch sehr einfach.
Es war Matthias unbekannt, daß die Bantus in Afrika sich untereinander nicht verständigen können, das stand in seinen Reisebüchern nicht drin, aber er hatte auch keine Ahnung von Plattdeutsch, er wußte nur, daß «Kuchen» in Klein-Wense «Kauken» hieß, in Sassenholz hingegen «Koken», aber das half dem Museumsmann ja auch nicht weiter. Während er sich noch das Hemd zuknöpfte und die Decke glattstrich, inspizierte der Akademiker das Stübchen, hob auch wohl ein Buch auf, das Matthias auf den Boden gelegt hatte – «Ah! ‹Die Fahrt der Tegetthoff durch das Nördliche Eismeer›? – So etwas lesen Sie?» Ein Dorfschulmeister, der Bücher liest – so was war ihm noch nicht vorgekommen. – Matthias war befremdet. Ja, was dachte der Mann denn eigentlich von ihm? Hielt er ihn für einen Hinterwäldler?
Müllermann sah sich um: Die Kartons mit Auswandererkorrespondenzen in der Ecke, von einer Schülerin beim Lehrer abgeliefert – so etwas hier oben auf dem Dachboden abgestellt? War das nicht ein Risiko? Aber was hatte sich nicht schon alles auf Dach-

böden angefunden. Wahrscheinlich hatten diese Briefe bereits hundert Jahre auf einem Dachboden gelegen. Eigentlich gehörten sie ja in ein Archiv. Wäre das nicht was für die Vierteljahresschrift «De Sood», die der Lehrer Straatmann in Eistedt herausgibt?
Die hier aufgestapelten altertümlichen Lehrmittelkästen fand er kurios. Mit so was ein Schulmuseum ausstatten, das wäre doch eine feine Sache.

Dr. Müllermann-Ohfe öffnete die angelehnte Tür zum Wolkenzimmer: «Ach! Hier haben Sie ja noch ein Stübchen – aber leer?» – Ob ihn das nicht beunruhige? Greife nicht der Horror vacui nach ihm? Nein?
Matthias sagte, das sei sein Wolkenzimmer, von dort aus beobachte er die Wolken , die gäb's gratis, und dann zeichne er die Wolken mit den Händen nach, das sei seine Gymnastik.
«Ein rechtes Wolkenkuckucksheim!» sagte Müllermann und fummelte an dem Uhrwerk der Schuluhr herum: «Warum lassen Sie das Ding nicht mal wieder in Gang bringen?» Ob ihn muselmanische Lethargie ergriffen habe?

Matthias führte seinen Gast hinunter in die Veranda. An das Tellerbord stellte sich der Herr, die Hände auf dem Rücken, alles ganz hübsch ... Dänisches war, wie er sah, nicht darunter.
Die Truhe der Jungfer Lucie interessierte ihn nicht weiter, von so was hatte er in Kreuzthal einen ganzen Speicher voll, mit dem Stirb-und-werde-Stuhl war das schon was anderes, an dessen Schnitzwerk fuhr er mit dem Zeigefinger mehrmals entlang. Und der Kallroy – wacker, wacker! – Aber dann ging er in den Salon hinüber, und dort kriegte er doch große Augen. «Oh, was für schöne Möbel? Sind die noch von drüben?»
«Wo haben Sie denn *die* her?» sagte er und deutete auf die Scherenschnitte an der Wand. «Das ist doch der Baron? Duzfreund des Grafen Stolberg und Pate des ersten Sohnes von, Sie wissen schon, Voß, diesem unleidigen Übersetzer der Odyssee? Ein Vetter des Grafen Rantzau? Nun? Wie? Was?»
Trat näher, schnupperte daran: «Echt! Sogar die Rahmung, alles echt?!»
Als er dann aber freimütig sagte, daß er ohne weiteres pro Stück

hundert Mark hergeben würde, mußte Matthias denn doch herzlich lachen ...
«Hundert Mark?» Das sei ja sehr verwegen, ob er sich da nicht übernähme?
Schließlich stimmte der Museumsmann in das freundliche Gelächter ein: Gott, was hatte man alles erlebt! Die Bauern! Für 'ne alte Klopapierrolle wollten sie tausend Mark haben, und Zinngeschirr geben sie für 'n paar Groschen her! – Um auf andere Gedanken zu kommen, öffnete er die Vitrine und hob die Tassen ins Licht: »Na, nun *sagen* Sie mal ... Das sind ja ... Sind das nicht ...?»
Die Herren setzten sich und sahen einander an.

Nein, nicht hundert Mark, das war ja fast eine Beleidigung. Matthias wagte es und warf in eine Heiterkeitspause hinein die Forderung nach einer zusätzlichen Null, pro Stück natürlich, immerhin Goethe, Odyssee und so weiter? Eine Null mehr, dann würde sich vielleicht über die Sache reden lassen.
Das nahm der Kreismuseumspfleger absolut übel auf, er machte ein ernstes Gesicht, ja, seine sanguinische Stimmung kippte ins Traurige um, hatte er doch gedacht, bei Matthias auf eine gleichgestimmte Seele zu stoßen, auf einen Intellektuellen, wenn auch Volksschullehrer, inmitten ländlichen Unverstands? Der seine persönlichen Vorlieben einem größeren, höheren, amtlichen Interesse unterordnete? Und nun dies? Eiskalte Berechnung? Er meine, der Erwerb dieser Silhouetten sei doch wohl nicht ganz mit rechten Dingen zugegangen? Quasi illegal gewesen? Einfach eingesackt? Wenn er das nun aktenkundig macht. Oder dem Landesmuseumspfleger erzählt, dann könne es durchaus zu Weiterungen kommen ...
Von Kollege Schmauch wisse er, daß der eine Feuersteinsammlung angelegt habe, auch illegal ... «Die hat er wohl mitgenommen?»
Von dem Zeugs habe er ganze Kisten voll ... Er sei immer wieder erstaunt, was sich so alles in den Häusern anfinde; bei seinen Rundgängen erlebe er immer wieder die größten Überraschungen. Beim Bauern Up de Hœcht zum Beispiel, da sei es nun zutage getreten, daß es sich bei dem Keller, aus Findlingen gemauert, wahrscheinlich um ein altes heidnisches Heiligtum handle.

Neulich habe er in Schleisse ein silberbeschlagenes Kummet gefunden, welfischen Ursprungs, an sich unüblich für diese Gegend, hier herrsche ja Brustgeschirr vor – welches der betreffende Bauer beim Zusammenbruche an sich gebracht ...
«Ich kann Ihnen Geschichten erzählen ...!»
Von der Sache mit den dänischen Tellern habe er wohl gehört? Auch Plündergut, auf wundersame Weise wieder ans Licht gekommen. Sei er nicht ebenfalls dabeigewesen, bei dieser Aktion, bei der Witwe Herzog?
Aber diese Scherenschnitte? Eins, zwei, drei ... – acht Stück! Die Konversation der beiden Herren, die nun bereits die Beine übereinandergeschlagen hatten und Kaffee tranken aus den besonderen Tassen, umgerührt mit den feinsten Biedermeierlöffelchen aus hauchdünnem Silber, mit gepunzten Monogrammen drauf, schlug weite Bogen. Auch Müllermann-Ohfe hatte diverse Lebensstarts hinter sich, bei der Flak im Krieg hörgeschädigt ... Nein. Er stand auf und hängte die Silhouette des Barons ab, machte Matthias aufmerksam auf die feinen Bläschen im Glas.
Nun mal vernünftig miteinander reden ...
Ob er sie nicht wenigstens leihweise mal mitnehmen könne? Zur näheren Untersuchung? Vielleicht eines?
Daß Matthias mit seiner 1000marksforderung gar nicht so verkehrt lag, war klar. Eines Tages würde Dr. Müllermann-Ohfe erneut vorfahren, und dann würde es zu einem freundlichen Abschlußgespräch kommen. Erst mal wachsen lassen die Sache.

«Wir müssen gelegentlich mal ein Bier miteinander trinken ...», sagte der Museumsmann im Hinausgehen. Von seiner Frau jetzt geschieden, Gott sei Dank, endlich! Ehegeschädigt also. – «Besitzen Sie eigentlich noch irgend etwas von Kallroy? Außer dem sonderbaren Bild in der Veranda? Vielleicht irgendwelche Skizzen? Das würde mich noch interessieren.»
An die alte Dame komme man ja nicht ran, und die Tochter habe wohl nicht viel zu melden? Müllermann ging noch einmal durch die Zimmer und in den Anbau hinüber und schaute hinter die Truhe und auf den Korridor, ob sich dort vielleicht noch weitere Silhouetten befänden.
«Nein? Nichts von Kallroy? Keine Skizzen? Nicht eine einzige?»

Er könne es ihm ruhig sagen, er wolle sie ja auch nur mal ansehen ... Bei jedem Bauern hänge ja ein Kallroy in der guten Stube, der Alte habe seine Winterkartoffeln mit Bildern bezahlt. In letzter Zeit würden ihm anonymerweise häufiger Kallroys angeboten, allerdings meist Skizzen oder kleinere Sachen spektakulären Inhalts, Nazisachen sonderbarerweise ...
Vor den physikalischen Geräten blieb er zähneziepschend stehen und verstummte. So etwas war ihm in seiner Laufbahn noch nicht untergekommen.
«Dänische Teller haben Sie doch nicht?» Mit so was könne man sich schwer in die Nesseln setzen.

Am Auto stehend, waren dann noch andere Neuigkeiten zu erfahren: daß die Dorfstraße zur Chaussee ausgebaut werden soll für den Fernverkehr, ein Autobahnzubringer nach Bremen, deshalb hätten die Platanen weichen müssen, wohl auch schon krank, wie sich allerdings erst nach der Beseitigungsaktion herausgestellt habe.

Der Bankrott des Landhändlers war noch zu erörtern, aus dessen Haus man dreiundsiebzig Sessel herausgetragen habe, in Worten drei-und-sie-ben-zig! Jetzt Pächter einer Tankstelle im Harz, eigentlich tragisch die ganze Sache. Er habe die Versteigerung aus der Ferne verfolgt. Die Frau habe ja noch hundertzwanzig Morgen Land besessen, die seien nun auch futsch.
Am schlimmsten vielleicht das Schicksal des alten ostpreußischen Barons, der die Buchführung des Landhändlers gemacht habe, der säße nun unter Betrugsverdacht im Gefängnis. Nach seiner Verhaftung habe dessen schwarzer Papagei nicht mehr fressen wollen und sei verhungert. Aus Ostpreußen mit hierhergebracht, durch Kälte, Schnee und Eis, und hier dann elend eingegangen.

Als Matthias dann wieder allein war, stieg er in seine Fluchtburg hinauf und holte die Bleistiftskizze von Kallroy aus dem Koffer, durch den Regen arg gelitten. Die konnte er ja nun leider nicht aufhängen unten, das wäre aufgefallen. Nicht auszudenken, wenn Ellinor hier erschiene und nach ihrer Mappe fragte und die Skizze bei ihm sähe!

«Ich hatte Ihnen doch vertraut ...»
Aber mit deren Besuch war wohl nicht mehr zu rechnen, ging sie denn überhaupt noch irgendwohin?

Am Abend kam Carla nach langer Pause mal wieder, verunstaltet, wie sie war. Sie brachte einen Topf Kohl und Pinkel mit, dieses Grützwurstgericht, über das alle Süddeutschen lachen, wenn sie davon hören, «Pinkel», weil sie nicht wissen, was das bedeuten soll. Den Ausdruck «Nonnenfötzchen» halten sie für ganz normal. Matthias füllte sich den Teller und aß alles auf. Ein Schnaps hinterher, nach alter Sitte, und das wär's eigentlich gewesen, nun hätte Carla eigentlich wieder gehen können. Aber sie wollte doch noch was loswerden. Es machte sich gut, daß es zu regnen anfing, es trommelte aufs Dach, auch Wind kam auf, und der trieb die beiden wieder zueinander, zuerst ans Fenster und dann aufs Bett, die Stühle waren denn doch zu unbequem.
Kalte Finger hatte sie.
Es sei nämlich dies, sagte sie, im Bett aufgestützt, daß sie nun doch bald heiraten wollten, Ostern. Halbes Jahr tot der Vater, konnte man da schon heiraten? Würde das gehen? «Hammut» – so nannte sie ihren Verlobten – habe die Schule fertig, und nun ging's bloß noch um die Flurbereinigung, wegen der Wiesen an der Eische, die sollten eventuell mit dem großen Kartoffelacker nach Sassenholz hin getauscht werden, aber das brauche eben seine Zeit, weil die Bodengüteklassen zu weit auseinander lägen. Sie überlege, ob sie den Namen ihres richtigen Vaters annehmen soll, also Düpong, oder weiterhin bei «Freede» bleiben? – Wenn sie heirate, gehe der Name ja sowieso flöten.

In Matthias war das Feuer erloschen, er lag neben ihr und atmete tief durch. Die schönen «Flechten» futsch, wenn sie sie öffnete und löste, den Kopf so schüttelte – das war nun vorbei, jetzt waren sie kurzgeschnitten und struppig. Die langen knochigen Glieder ...

In Matthias begann sich trotz allem grade erneut Lebenssaft anzustauen, wie er sich früher auch immer gestaut hatte, wenn er neben ihr lag, ganz automatisch, aber da fing Carla von den Platanen zu reden an, daß sie froh ist darüber, daß man die weggemacht

hat, nun hat sie nicht mehr das ganze Laub im Garten! – Und dann wollte sie dies und das noch wissen, und auch auf Müllermann-Ohfe steuerte sie zu, was der denn gewollt habe?
Das sei ein «gelackten Minschen», immer so scheißfreundlich ...
Da stand Matthias auf und redete von den «Altertümern» im Stall, daß Müllermann sich lediglich für diese Sachen interessiere, sonst nichts, er habe sie sich nur mal ansehen wollen. – Die Sache mit den Schattenrissen ging niemanden etwas an.
Aber Carla hatte aufgepaßt, sie hatte gesehen, daß Müllermann zwar durch die ganze Wohnung gegangen aber nicht im Stall gewesen war.

Ob sie wisse, wie die «Deichsel» auf plattdeutsch heiße, fragte er sie. Nein, das wußte sie nicht. Dössel? Könne das sein? – Es wär' drüben sehr einsam jetzt, sagte sie, seit ihr Vater tot wär'. Er könne ruhig mal wieder kommen, in der Küche klönen, das wär' doch immer so schön gewesen?
«Lieber nicht», sagte Matthias, und das war's dann. Der Eleve würde ihr schon zeigen, wo's langgeht.

52

Auf seinen Fischzügen nach «Altertum», die er immer noch fortsetzte, obwohl er es eigentlich satt hatte – der Stall war übervoll, und sogar in der Dachkammer hatte einiges untergebracht werden müssen: Tonkrüge jeder Größe –, kam er auch zu der Windmühle. Die Frau fütterte gerade die Hühner, und der Hund wedelte freundlich mit dem Schwanz, als Matthias da angeradelt kam, mit seinem Lastwagenrückspiegel am Lenker und dem rumpelnden Fahrradanhänger, öfter mal nach hinten gucken, ob da einer mit der Faust droht, was dieser verfluchte Lehrer hier zu suchen hat?
Er wolle sich die Mühle mal angucken, fragte er die Frau, ob er das wohl darf, ja? Mal auf die Schnelle? – Die Frau griff sich eines der Hühner und nahm es auf den Arm und drückte und streichelte es, gab ihm sogar einen Kuß. «Das haben die gerne», sagte

sie, «wenn man sie liebhat.» Und in der Tat, das Huhn, braun mit weißen Flecken, «rothaarig» sozusagen, ließ es sich geschehen, wenn auch mit abgestreckten Beinen, die Zehen gespreizt. Der Hund hingegen nahm das übel, der sprang an der Frau hoch und bellte.
Die Frau warf das Huhn in die Gegend und sagte: Ja, das dürfe er, aber da gäb's nicht viel zu sehen. «Alle paar Wochen kommen Menschen, die die Mühle sehen wollen. Neulich sogar ein Professor aus Cuxhaven.»

Es sei ja eigentlich ein starkes Stück, sagte Matthias: schon fast ein Jahr in dieser Gegend ansässig und noch nie die Mühle angesehen? Mühlen gäb's ja schließlich nicht wie Sand am Meer?

Matthias wurde eingelassen in das klapprige Ungetüm, und da stand er wie in einer Kirche, so etwas hatte er noch nie gesehen. Durch eine Luke fiel ein Sonnenstrahl schräg ein. Das war ja richtig romantisch! Die schweren Balken, die oben zusammenliefen, wie in einem Gewölbe ... ein *großes* Mahlrad und ein *kleineres*, und oben noch im Gebälk weitere Räder. Aber die Zapfen waren alle herausgenommen und verfeuert. Auch der eine der vier Flügel war wohl verfeuert worden.
In Kirchen müßten auch solche Räder aufgestellt werden, dachte Matthias, und die drehen sich dann, wenn die Leute singen oder beten, und die bewirken es, daß draußen am Portal eine Zahl aufleuchtet, wie auf einem Tachometer, und die zeigt an, ob die Leute an Gott denken oder nicht, leidenschaftlich oder eher lau.

Die Frau stand neben ihm und ließ die Arme hängen. Sie wußte nicht, wie eine Mühle funktioniert, daß Wind dazu nötig war, das schon, aber im einzelnen? «Das drehte sich dann», sagte sie, und «hier in dies Loch kam das Korn rein.» Sie stammte aus dem Osten, da hatten sie ein Wirtshaus mit Ausspann gehabt.
Ob überhaupt noch ein Mensch in der Welt wußte, wie eine Windmühle funktioniert, das war die Frage.

Ein hinkender Mann kam herbei. Was ist hier los? Was geht hier vor? Und er sah mit ihnen hinauf ins Gebälk, und er wußte es ja

auch nicht. Hatten sie denn im Osten das Korn noch im Göpel gemahlen?
Er öffnete eine Falltür und lud Matthias ein hinunterzuklettern in den Lagerraum, in dem es noch immer nach Korn roch. Hier also war abgefüllt worden, hier hatte der Müller schnell mal was vertauschen können und beiseite schaffen.
Nachdem Matthias sich das lange genug angesehen hatte und auch noch einmal hinaufgeschaut in die Haube, wurde eine Außentür aufgeschlossen, sie führte auf den Umlauf, und beim Aufstoßen der Tür fiel eine Fensterscheibe heraus.

Matthias trat hinaus auf die Galerie, die rund um die Mühle herumlief, hielt sich am Geländer fest. Wie auf einer Kanzel stand er da: Und er sah nach alter Weise ins Land, und er tat das so, als hätte er so eine schöne Aussicht noch nie gesehen. Von hier war das brennende Bremen zu beobachten gewesen, von hier aus hatte man die Jeeps der Engländer sich die Straße hinaufwinden sehen. Überm Horizont Brandröte und ein weißer Glutstrich darunter.
Von hier aus hatte man wohl auch auf den Todeszug hinuntergeblickt, die blau-weiß gestreiften Häftlinge, wie sie von einem KZ ins nächste schlurften.
Es war dieselbe Aussicht, die er damals in sich aufgenommen hatte, vor einem Jahr, als er die Abkürzung durchs Moor nahm: die sanften Matten und die Sonne, die durch die Wolken brach.
Und doch kam's ihm anders vor. Das lag wohl an der Sonne, die diesmal im Süden stand. Damals war es später Nachmittag gewesen. Die Beleuchtung war eine andere. Die beiden metallenen Futtersilos in Klein-Wense, die sonst signalartig herüberblinkten, waren jetzt nur zwei dunkle Striche. Sie würden wohl bald abgerissen werden.

Als er wieder hineinging in den Mühlenraum – die Abdeckerei in Eistedt blies wieder mal eine Wolke gerösteter Brötchen über das Land – stand da das Phantom: die junge Meerfrau mit dem blonden Haar. Das Gesicht war von einer Narbe entstellt, die Augen hin und her hetzend. Es war die Tochter der Flüchtlingsleute. Die Mutter zeigte auf sie und flüsterte: «… tagelang vergewaltigt, immer einer nach dem andern …», und sie sagte das so leise, damit

es die Tochter nicht hören sollte. Auf dem Hof hatte sie gestanden, als die Russen einrückten, mit ihren blonden Haaren, hatte grad die Hühner einfangen wollen und wegsperren ... – Das war nun schon fünfzehn Jahre her, aber noch immer war sie nicht zu sich gekommen, saß stumm in ihrer Kammer oder irrte im Moor umher.
Manchmal setze sie sich zu dem blinden Stuhlflechter in den Verschlag, sonst war nichts mit ihr anzufangen, nicht einmal Kartoffeln schälen konnte sie. » ... tagelang vergewaltigt, und dann nach Osten verschleppt, Kühe treiben, und nach zwei Monaten zurückgekehrt, und seither ist nichts mehr mit ihr anzufangen ...» Dies alles wurde Matthias mitgeteilt, und die junge Frau stand daneben, als ob sie taub sei.

Dann wurde von den Beamten in Kreuzthal geredet, daß die das nicht anerkannt hätten: der seelische Defekt sei wohl eher schicksalsbedingt, hätten die gesagt, läge wohl irgendwie in der Familie, es handle sich also um höhere Gewalt, und eine extra Rente gäb's dafür nicht, nach Paragraph sowieso. «Wenn jeder Mensch, der durchdreht, gleich eine Rente kriegt, wo kommen wir denn da hin?» hatte der Beamte gesagt. – Ob er mal die Akten holen soll?, fragte der Mann, der schon von Pontius zu Pilatus gelaufen war, zur Partei der Heimatvertriebenen und Entrechteten, sogar an den Bundespräsidenten geschrieben und vor Gericht laut geworden – ein Randalieren hatte gerade noch verhindert werden können.
Das sieht er ein, sagte der Mann, daß man vor Gericht nicht laut werden darf, aber was soll man machen?
Die junge, verwirrte Frau hieß Mathilde, und Matthias kam das merkwürdig vor, Matthias-Mathilde? Ist sie denn ein Teil von mir?, dachte er.
Es wäre ihm ganz natürlich vorgekommen, wenn er sie mitgenommen hätte nach Klein-Wense in das Schulhaus. Aber was dann? Hätte er sie wie im Märchen in einen Stall sperren und den Finger vorzeigen lassen sollen?
Herumgeistern. Sie würde herumgeistern, dachte er.

Ihre Augen hetzten hin und her; und als Matthias daran dachte, daß jemand ihr die Kehle zudrücken müßte, damit das Gehetze auf-

hört, blieb ihr Blick einen Augenblick auf ihn gerichtet, nicht ruhend, eher prüfend, und dieser Blick ging ihm durch und durch. «Aber ich habe dir doch gar nichts getan?» dachte er. «Und ich will doch überhaupt nichts von dir?»
Konnte sie denn Gedanken lesen?

Er unterließ es, den Leutchen auszumalen, wie schön es wär' wenn sie hier ein Café aufmachten oder eine Schenke, unten, der Keller, der biete sich doch direkt an, die Wände weißen und Max-und-Moritz-Bilder von Wilhelm Busch an die Wand hängen? Kaum einer würde doch vorüberfahren, ohne einzukehren. Und dann die Ausflügler alle! Die kämen dann mit Bussen ...

Matthias beendete die Besichtigung und fuhr mit seinem Fahrzeug davon (außer einem alten Zinkeimer war hier kein Altertum vorhanden, und er konnte ja nicht gut die ausgedienten Mahlsteine wegschleppen, die an der Mauer lehnten). Beim Wegfahren blickte er kurz in den Rückspiegel, ob die Leutchen vielleicht auf die Galerie treten und ihm nachsehen. Aber Türen und Fenster blieben geschlossen: ein paar Schieferplatten klapperten im Wind.
Im letzten Augenblick sah er die junge Frau neben dem Stall stehen. Winkte sie ihm?

«Niemand kennt sich aus», sagte Matthias, und er mußte an den Kollegen Rennenfranz denken, mit seinen methodischen Unterrichtsstrukturen: Einstieg, Verknüpfung, Anwendung, und wie das alles hieß. Ob der auch in Rußland Blumenstücke gemalt hatte? Und er sah ihn in einem russischen Dorf als Landser ein kleines Mädchen auf den Schoß nehmen.
«Jeder wurschtelt vor sich hin. Man muß sehen, wie man durchkommt.»

53

Im März kam Kamerad Bentwitsch und lieferte den Caravan ab. Der Frühling kündigte sich an:

Im Märzen der Bauer sein Rößlein anspannt ...

Zeit, mit der Sache hier weiterzukommen. Der Kaufvertrag für das Wiesengrundstück an der Eische war endlich unterzeichnet worden. Alles wäre einfacher gewesen, wenn der Eleve nicht dauernd dazwischengeredet hätte. Von Wegerecht hatte er etwas in den Vertrag schreiben wollen, obwohl ihn das doch gar nichts anging, daß er jederzeit über die Wiese fahren darf mit seinem Trecker, wenn er mal irgendwohin will, als Gegenleistung wolle er dann, wenn's grade mal so kommt, das Gras abmähen für die Schweine, das wächst dem Herrn aus Wuppertal ja sonst in das Fenster hinein und so weiter.

Nun die Finanzen klären.
Matthias ging mehrmals um den Wagen herum und trat mit dem Fuß gegen die Reifen. Der Kamerad klappte mittlerweile die Motorhaube auf, drückte auf ein Ventil, zog den Ölmeßstab heraus, klappte die Haube wieder zu und zeigte auf eine Halterung hinten, über dem Reservereifen, in die man ein Fahrrad würde einklinken können. Den Dachgepäckträger, an sich noch ganz neu, der eigentlich gar nicht zu dem Wagen gehörte, den gab es dazu. Tadellose Scheibenwischer, und die Stoßstange vor kurzem erst ausgetauscht, nach einer kleinen Karambolage, die natürlich immer mal vorkommen kann.

Die Australier hatten sich eingefunden zu dieser Zeremonie, die hörten sich alles an.
Die Männer setzten sich in das frisch gewaschene und geputzte Gefährt, erst hinter das Steuer – eben noch mal mit einem Staubtuch das Armaturenbrett überpolieren –, Kilometerstand 30 000? War der denn erst so wenig gefahren? – Nein, natürlich nicht, einmal war er schon «rum». Also sozusagen dreimal die Erde umrundet?

«Ja, was denkst du denn, was so ein Auto aushält?»
Dann quetschten sie sich hintenrein, der Stauraum wurde begutachtet, der hatte sich seit letztem Mal nicht vergrößert, aber für eine Person ja übergenug, wenn man bedenkt, daß der Wagen jahrelang von einer ganzen Famlie benutzt worden war? Das hatte ja auch gehen müssen ... Bis nach Berchtesgaden gefahren, wo es Postkarten zu kaufen gab vom Berghof, und sogar in die Ostzone, was ziemlich heikel gewesen war. Während sie die Lichthupe drückten und feststellten, daß die Rücklichter einwandfrei funktionieren, schoben sich die Australier unter das Auto. Die wollten mal sehen, ob die Bodenwanne vielleicht schon durchgerostet ist. Und tatsächlich, sie meldeten positiven Befund: allerhand Eingebeultes und Gerissenes.
Er überlegt, ob er ihnen nicht links und rechts welche reinhaut, sagte Kamerad Bentwitsch. Was sie unter dem Auto zu suchen haben, und wenn er nun losgefahren wär': platt wie 'ne Briefmarke! So ein Leichtsinn!

Die beiden Kameraden, die im Knast jede Kippe geteilt hatten, setzten sich, um zu einem Abschluß zu kommen, an den Tisch: Matthias schob seinem Kumpel das Geld, das er für die Kegelkugeln bekommen hatte, über den Resopaltisch, und der Kamerad zählte das Geld nach. Aber als sie nun erfuhren, wie die Sache mit der Bodenwanne stand, war guter Rat teuer. Da war Kamerad Bentwitsch aus Wuppertal gezwungen, einige der Geldscheine wieder rauszurücken: Sauer kam ihn das an! Schließlich reichten sie sich aber doch die Hand, wie sich das gehört unter Handelsleuten, und die Sache war perfekt.

Bentwitsch stand auf und ging zu Carla hinüber, die sich jetzt Freede-Düpong nannte – in einem halben Jahr würde sie «Schmidt» heißen –, sie stand bereits in der Tür. Er gab ihr das Geld für das Stück Land, und sie zählte es nach.
Matthias blieb inzwischen sitzen und sah, daß die Tischplatte, auf der er dann später, in Neapel oder in Lappland, seine Spiegeleier essen würde, eingerissen war, man würde mit dem Ärmel immerfort dran hängenbleiben. Und die Bestecke in der Schublade alle etwas rostig! Waren das nicht überhaupt ganz andere Messer ge-

wesen, damals, als er hier ein Kotelett gegessen hatte, von seinem Kameraden gebraten, mit einengendem Schlips?

Nachdem Bentwitsch auch den Bauersleuten die Hand geschüttelt hatte, weil man das so macht nach einem abgeschlossenen Handel, das sind uralte Gesetze, die man respektieren muß, nahm er das Püppchen vom Rückspiegel des Autos, eine Art Maskottchen, das schon auf so mancher Fahrt dabeigewesen war, und überreichte Matthias den Autoschlüssel. Dann stellte er Überlegungen an, ob er das auch richtig gemacht hat, hier in dieser gottverlassenen Gegend ein Grundstück zu kaufen? Was soll er eigentlich mit der Wiese? Aber wenn mal wieder Krieg kommt? Ist das denn nicht eine gute Grundlage? Hühnerhaltung und ein Schwein mästen? Und die Leute in Wuppertal, die sich dann bereits wieder Luftschutzkeller herrichten, hört er schon sagen: «Mensch, du hast es richtig gemacht, wieso haben wir uns nicht auch ein Grundstück in Klein-Wense gekauft ...»

Was er nicht ahnen konnte: Er würde nie eine Genehmigung erhalten, auf der Wiese, nahe der romantisch dahingurgelnden Eische, eine Baracke aufzustellen, das aber wußte das ganze Dorf. Das war schon ganz anderen Leuten so gegangen. Am Ende würde er sich dann doch wieder einen Caravan kaufen müssen oder einen Wohnwagen und den da hinstellen.

Matthias, der das auch nicht wußte, empfing also die Autoschlüssel ein für allemal, und dann fuhr er seinen Kameraden zum Bahnhof. Ob er ihn nicht gleich, zur Übung, nach Wuppertal bringen kann, über die Autobahn ist das gar nicht so weit?, wurde er gefragt, Waltraud würde sich freuen! Oder zumindest nach Bremen? – Das konnte abgebogen werden.
Auf dem Rückweg nahm er die Abkürzung durch das Moor. Am Weg lagen Tonröhren, die nahen Wiesen sollten drainiert werden. Matthias hielt an und nahm eine solche Röhre in die Hand, ganz hübsch. Vielleicht war das was für die Kinder? Tunnel bauen in der Sprunggrube, wie durch den St. Gotthard, und kleine Autos durchfahren lassen: Die Alpen als Verkehrshindernis ... «So ist das ja nun nicht, daß wir die nicht alle brauchen!» sagte

ein Bauer, der im Gebüsch stand. Eine Röhre koste dreißig Pfennig.
Da legte Matthias die Röhre wieder hin.

Eben noch mal eine kleine Probetour machen? – Er fuhr mit dem klappernden Wagen durch das Dorf. Die Stümpfe der abgesägten Platanen würden auch irgendwann einmal entfernt werden müssen.
Ob sie mitfahren will?, fragte er Marianne, die in ihrer Kittelschürze am Weg stand, und als sie dann neben ihm saß, streichelte er ihre Wange mal eben mit zwei Fingern, das passiert schließlich jedem mal, daß er was klaut oder mitgehen läßt, das ist ihm auch schon passiert.
Und dann sah er die Australier auf der Dorfstraße, und die lud er auch ein, ob sie mitkommen wollen. Und sie erzählten ihm ausführlich, wie das unter dem Auto aussieht, also, das glaubt ja kein Mensch!
Im Handschuhfach lagen Bonbons, die hatte der Kamerad wohl übersehen. Die bekamen die Kinder, und die aßen sie auch alle auf. Marianne war noch nie aus Klein-Wense herausgekommen, daß eine Katze den Weg kreuzte, fand sie bemerkenswert.

Matthias fuhr zur Seglerkameradschaft. Die Leute standen gerade vorm Haus, sie probierten einen neuen Kreiselkompaß aus. Wo man sich hier eigentlich genau befindet, wollten sie wissen, lebt man hier schon jahrelang und weiß noch nicht einmal genau, wo!
Die Ehefrauen machten sich im Garten zu schaffen, die bereiteten die Beete für die Aussaat vor, und die Kinder jagten mit einer Handkarre um das Haus herum. Marianne wär' wohl auch gern mit den Kindern zusammen ums Haus gejagt, aber aus dem Alter war sie schon ein bißchen raus. Außerdem hatten sie «Pampuschen» an.

Was das denn für eine Klapperkiste ist, wurde Matthias von den Kollegen gefragt, und die Australier bestätigten es, daß das ein Vehikel ist, und gaben einen ausführlichen Bericht über die Bodenwanne. Das ist ja eine dolle Klamotte, sagten die Segler, aber dann packten sie an und brachten das Dings «auf Vordermann», wie sie

es ausdrückten. Sie zogen solide Reifen auf, die sie von der Tankstelle holten, und brachten Lederriemen an, mit denen die Innereien besser festgezurrt werden konnten. Der Motor war noch ganz in Ordnung, obwohl er schon 130 000 Kilometer hinter sich hatte. «So ziemlich dreimal um den Erdball rum!» Oder waren es am Ende gar 230 000?
Ob er nicht noch mal eben zu Stichnoth fahren will? Der hätte mehr Ahnung von so was? Nein? – Nein. Zu Stichnoth wollte Matthias nicht fahren.

Matthias juckelte noch ein bißchen durch die Gegend, die Baracken des DP-Lagers in Westereistedt, jetzt von Flüchtlingen bewohnt, die da ihre Wäsche aufhängten. Poggenreich, Sassenholz ... Nach Kreuzthal fuhr er nicht, der Verkehr in einer kleinen Stadt war nicht zu unterschätzen, und um den Wagen zum Stehen zu bringen, mußte man ziemlich gewaltig auf die Bremse treten.

Dann wieder Klein-Wense: diesmal von der «anderen» Seite, ungewohnt. – Vor der Kallroy-Villa stand ein Möbelwagen. Matthias sah Ellinor, wie sie Blattpflanzen aus dem Haus trug, ihr FIAT war schon aufgetankt, mit dem würde sie vor dem Möbelwagen herfahren. Er sah sie, aber sie sah ihn nicht, sie war ganz in Gedanken.
Oben am Fenster stand die Tante in schwarzem Kleid, das Haar streng gescheitelt. Die Anwaltskosten hatten mit dem Triptychon «Jugend» beglichen werden können. Anita Fitschen stand neben ihr, alles saubermachen, wenn die da unten endlich verschwunden ist. Das war ja ein richtiger Saustall.

«Sie zieht nach Bremen», sagte Marianne, die über alles genau informiert war. Die beiden Frauen hätten sich ziemlich in die Kladden gekriegt. – Marianne würde im nächsten Jahr konfirmiert werden und dann in die Stadt gehen, «in Stellung».

54

Im März gab es noch einmal einen Nachtfrost. Die große Pfütze auf dem Schulhof fror zu. Matthias hielt sich an dem alten Birnbaum fest und schleuderte die Kinder mit einem Seil auf der Pfütze herum.

> Der Winter ist ein harter Mann,
> kernfest und auf die Dauer,

bald würde er sich «ohnmächtig in die Berge zurück...»ziehen. Erste Schneeglöckchen wurden Matthias schon auf den Tisch gestellt, es war alles in Butter.

Im Frühjahr werde ich den Schulhof mit einer Fliederlaube versehen, dachte er, für die großen Mädchen, damit sie den Kleinen das Lesen beibringen können. Und zur Straße hin eine Hecke, und die Klos weißen. Und vielleicht ein Turngerüst tischlern lassen, aber das vielleicht lieber nicht, sonst fallen sie runter und brechen sich den Hals ... Einen «Trünnelhügel» ließ er sich einfallen, eine Erdaufschüttung, von der sich die Kinder hinunterrollen lassen könnten. Und im Winter mit Schlitten fahren.

Für Ende April sagte sich dann der Schulrat an, zu einer Tagung mit sämtlichen Junglehrern des Schulaufsichtskreises Kreuzthal-Süd, sechzehn an der Zahl. Er wollte ihnen mal was Feines zeigen, etwas, was sie sonst nicht zu sehen kriegten, an dem sie sich ein Beispiel nehmen könnten. Die tolle Stunde von damals ging ihm nicht aus dem Kopf, und außerdem war Klein-Wense nun ja wohl auch mal an der Reihe.

Das kam aus heiterem Himmel, Matthias rutschte das Herz in die Hose. «Jetzt rutscht mir das Herz in die Hose», dachte er, und sofort fuhr er zur Seglerkameradschaft, um zu diskutieren, ob es schlimm ist, wenn man da versagt. Er lieh sich das Rundbuch, das die Junglehrer von Hand zu Hand gaben, mit schlimmen Einzelerfahrungen darin, die allerdings schon längst überholt waren, denn

die betreffenden Schulräte, deren unangenehme Eigenarten darin zu lesen standen, waren alle schon pensioniert.
Die Segler lachten dröhnend, als er ihnen seine Sorgen mitteilte, und sie sagten, es wär' ja absolut egal, ob er die Stunde nun verhaut oder nicht, bis zur zweiten Prüfung ist es noch lange hin, und da kommen dann ja noch weitere Visitationen hinzu und die schriftliche Arbeit und so weiter und so fort. Und außerdem *brauchten* sie ja Lehrer, und da nähmen sie jeden Schrott, der ihnen angeboten wird.

Seine fabelhaften Vorbereitungen römisch I, II, III würde er nicht verwenden, da hatte er auch seinen Stolz. Einstieg, Verknüpfung, Anwendung – er hatte zunächst die Idee, eine Stunde «im alten Stil» zu halten, ohne das ausdrücklich anzukündigen, einfach mal zu zeigen, daß das auch geht, im alten Stil eine Stunde zu halten, nach Strukturen, die sich fleißige Schulmänner ausgedacht haben, im vorigen Jahrhundert. – Er fuhr zum Kollegen Rennenfranz, und der hatte es noch parat, was ihm im Lehrerseminar eingebleut worden war, vor über vierzig Jahren. Bei Kaffee und Kuchen teilte er es dem jungen Freund mit, und er packte ihm auch Bücher ein, in denen alles ganz genau erläutert war. Er brauche sie nicht unbedingt zurück, sagte Rennenfranz im Hinblick auf seine Pensionierung, und wandte sich wieder dem Bildchen zu, das er grade in Arbeit hatte: ein Strauß Märzenbecher mit einem Brummer drauf.

Matthias studierte also die alten Methodiken und die von Rennenfranz ein Leben lang vertretenen Herbarthschen Formalstufen, wenn auch in modifizierter Form:

April, April, der weiß nicht, was er will ...

Mit diesem Thema liebäugelte er, obwohl er nicht so recht wußte, wie er es eigentlich anpacken sollte: Einstieg? Nicht so schwer, wenn es an dem Tag hagelt, danach die Sonne scheint und schließlich regnet? Aber wenn nicht? Das war der Haken. Von der Anschauung «aus der Natur» würde man bei diesem Thema nicht ausgehen können. Aber vielleicht von der Rosegger-Geschichte mit dem Regenschirm? Ob er den Schirm mitnehmen soll oder nicht, fragt der Bauer seine Frau ... Aber auch sehr papieren, wo draußen die Natur ins Fenster lacht? Und Rosegger – war der noch zeitgemäß? Hatten die Nazis den nicht favorisiert?

Nein, ein solches Risiko konnte man nicht eingehen. Erst mal die Formalstufen streichen. Kein Theater veranstalten, sonst dächten sie vielleicht: Was macht er da, was macht er da? Einstieg, Verknüpfung und so weiter, ist das nicht ein Korsett aus dem vorigen Jahrhundert, das man sich ohne Not anlegt? Eine mechanische Sache ohne Saft und Kraft?

Vielleicht war es besser, über den Maikäfer zu handeln, mit Lehrfilm etcetera, da geht schon mal ein Drittel der Stunde flöten? – Aber Ende *April* schon über den *Mai*käfer sprechen?
«Ich bitte Sie, Herr Kollege ...»
Für alle Fälle arbeitete er auch diese Stunde aus, ganz nach frischfreiem Gustus, wer konnte es denn wissen? Vielleicht würde ja tatsächlich ein solches «Krabbeltier» auftauchen, von Kindern mitgebracht? Oder es stieße von draußen gegen die Fensterscheibe, und man ließe es dann herein? Vielleicht könnte man es sich ja auch ein paar Tage vorher ausborgen, aus Bremen vielleicht oder sonstwoher? Einen Tag vorher herumtelefonieren: «Herr Kollege, gibt es bei Ihnen Maikäfer?» Mit Eilpost schicken lassen und dann Schokoladenmaikäfer dagegenhalten, als Kontrastvergleich, was das für ein Unterschied ist? – Jedes Kind kriegt einen und darf ihn hernach aufessen?

Nein, kein Risiko eingehen, am besten ganz etwas anderes machen, vielleicht Religion? Das Ostergeschehen? In Religion war mit strammer Haltung viel zu machen, Bilder austeilen, «das Grab ist leer», diese Geschichte, die «Meisterbilder zur Bibel» aus dem Verlag Junge Gemeinde Stuttgart, ein vollständiger Satz von Reproduktionen war vom alten Schmauch her noch vorhanden, und hintendrauf stand genau, woran man sich in methodischer und didaktischer Hinsicht zu halten hat, damit es keine Schwierigkeiten gibt ... Seufzend machte sich Matthias daran, auch das Ostergeschehen «zu verknüpfen». April, Maikäfer, Ostergeschehen – schließlich hatte er in seiner Mappe drei tadellose Stundenvorbereitungen beisammen, arabisch durchnumeriert. Er würde im letzten Augenblick die richtige auswählen. In einer solchen Situation durfte man nichts dem Zufall überlassen. Notfalls auf römisch III des eisernen Bestandes zurückgreifen.

Am Abend vorher wurde er ans Telefon gerufen. Carla kam gelaufen, van Dechterong sei am Apparat. Matthias ließ alles stehen und liegen und stellte sich zu Carla auf die Diele und hörte sich an, was van Dechterong ihm zu berichten hatte.
Es täte ihm leid, daß er ihn stören muß, sagte der väterliche Freund, der seine jungen Spritzer immer so gern an die Brust drückte, weil er auch mal jung gewesen war und die Katastrophen des Lebens kannte, er platze jetzt gewiß mitten in die Vorbereitungen hinein, es wär' an sich kein besonderer Anlaß: «Aber, mal eine Frage: Hat der Schulrat vielleicht irgend etwas gegen Sie?» Der habe so merkwürdige Andeutungen gemacht, habe von «Enttäuschung» geredet und von «Betrug» ...

Carla blieb in der Nähe stehen, wenn Not am Mann ist, und nun kam auch noch der Eleve mit dem Hund, den Hosenschlitz knöpfte er sich gerade zu, der wollte auch gern wissen, worum es sich hier handelte.

Die Vorführstunde über das Auto, im Herbst, die wär' damals doch so brillant gelaufen, sagte van Dechterong, der Schulrat habe ihn abends extra noch angerufen, hatte sich fast überschlagen, und nun habe der Wind anscheinend gedreht, er habe von «Täuschung» geredet, sei an der Nase herumgeführt worden und so weiter ... «Na warte!» So in dem Sinne habe er sich geäußert, und: «Der kann was erleben!» – Der Schulrat habe nichts Geringeres vor, als ihn morgen kurz und trocken auseinanderzunehmen.
Ob er sich erklären könne, wie die Sache zusammenhängt? fragte van Dechterong, und Matthias sagte ja, er könne sich das erklären, um auf Nummer Sicher zu gehen, habe er stets ein paar exquisite Stundenvorbereitungen in der Schublade, auf Vorrat, um es eben nicht darauf ankommen zu lassen, mit einer Stegreifdarbietung bei dem unangemeldeten Schulrat womöglich durchzurasseln, und dann ist alles aus. Und da habe er also eine von die-

sen Sondernummern hervorgeholt und dem Schulrat vorgeführt. Der Erfolg sei verblüffend gewesen.

Nun kapierte van Dechterong, und Carla entnahm es dem akustischen Nebel, daß Matthias in ernsten Schwierigkeiten war. «Aber wie konnten Sie denn so was tun! Liebster, bester Herr Jänicke!» sagte van Dechterong. Es würde schwer halten, das wieder auszubügeln. Schlimm sei es auch, daß der Schulrat als alter Herr sich habe hereinlegen lassen. Da seien die Großkopfeten komisch, verletzte Eitelkeit und so weiter und so fort.

Es war also die Vorführstunde römisch II gewesen, die Anstoß erregt hatte, irgend jemand hatte dem Schulrat ins Ohr geblasen, daß die Stunde, die ihm bei seiner unangekündigten Visite in Klein-Wense geboten worden war, eben nicht Abbild der täglichen Arbeit gewesen sei, daß Matthias nicht «täglich Brot» geliefert hatte, wie angenommen, sondern aus der Schublade gezogen, eine gezinkte Sache ...
Eine Täuschung, arglistig, und der Schulrat war zu allem Übel noch darauf hereingefallen! Hatte es überall herausposaunt ... Es war ihm trotz jahrelanger Erfahrung nicht aufgegangen, daß er einer Theatervorstellung beiwohnte, er war nicht auf die Idee gekommen, ans Pult zu stürzen und zu sagen: «Zeigen Sie mal her, was Sie da noch so alles haben!» und dann entlarvt die Sache als abgekartetes Spiel?

«Und nun wird er sich vermutlich rächen morgen», sagte van Dechterong, «er kann Ihnen ja eigentlich nichts anhaben, aber gemütlich wird's nicht ...», soviel könne er prophezeien, und er mochte an seine Seminarzeit denken, vor vierzig Jahren, als er bei Nacht mal über die Mauer geklettert war, um seine Freundin zu treffen und mit der zum Tanzen zu gehen, auch eine riskante Sache, die leicht zur Relegation hätte führen können. Später die dann geheiratet, drei Kinder, aber vor zehn Jahren schon an Krebs gestorben.

Carla, von der an diesem Tag ein herber Geruch ausging, sperrte die Ohren auf, sie kriegte natürlich nicht so genau mit, um was es ging, aber ihr klopfte das Herz! Und sie legte ihre Hand auf seinen Unterarm, als er den Hörer auflegte! Er aber riß sich los, als müsse er ins Feld zu den Soldaten. Und er stellte sich drastisch vor, wie das morgen ablaufen würde, eine Art Tribunal stellte er sich vor, wie er schon eines erlebt hatte, mit schlimmen Folgen. Er sah es vor sich, daß ihm der Mann den Händedruck verweigert, und das ganze Dorf erfährt's, der Bürgermeister: das ganze Schulhaus renoviert, und nun so ein zwielichtiges Wesen an den Tag gelegt? So was will Beamter werden? Beamter auf *Lebenszeit*?

Und dann die höhnischen Gesichter der Kollegen: Da wollte einer ganz schlau sein, oberschlau, und nun kann er sehen, was er davon hat. Stichnoth! war es gewesen, der hatte jetzt seine große Stunde. Der würde dem Schulrat zur Belohnung die Tasche tragen dürfen, daran war nicht zu zweifeln.
Nein, das wollte Matthias nicht erleben. Er wollte nicht nackt und bloß vor der Welt stehen und sich irgendwelchem Gegeifer aussetzen. Diese Sache hier mußte beendet werden: Ein kurzer, scharfer Schnitt: reinab, reinab bis auf den Grund.
Am besten alles abbrechen hier, und zwar sofort.

Es kam zu dem, was später eine «Kurzschlußhandlung» genannt wurde. «Schnell schnell», dachte Matthias, «zu Gericht wird man nicht sitzen über dich, dazu wird es nicht kommen.»
Er fuhr den Wagen auf den Hof, und dann ging er hinauf in seine Fluchtburg und packte ganz automatisch seinen Koffer. Das Sesam-open-you ließ er da, das brauchte er ja nun nicht mehr.
Das hölzerne Auge sah ihn an, als er da so zittrig seine Hemden zusammenlegte, er schloß das Lid, und dann stieg er mit Koffer und Tasche hinunter.

Ein letztes Mal ging er durch die Wohnung, der Salon mit den polierten Möbeln, und im Anbau das Tellerbord und die große Truhe mit dem Kallroy darüber. Ganz schön, was da alles zusammengekommen war.
Auf dem Fußboden der Bücherschatz des Lehrers.
«Alles dalassen», sagte er zu sich, « ... nichts mehr hören und sehen.»
Den Stirb-und-werde-Stuhl stellte er auf den Holzplatz, dorthin

also wo er ihn hergeholt hatte, kurz bevor er zerhackt werden sollte, neben den Hauklotz stellte er ihn. Sollten sie damit machen, was sie wollten. Vielleicht würde Stichnoth es sich ja darin bequem machen, als kommissarischer Lehrer eingesetzt für den fahnenflüchtigen Kollegen.

Und dann ging er in die Klasse hinüber. Und das tat ihm weh.
Ich war kein guter Lehrer, dachte er, aber ich habe euch einen Schlimmeren erspart.
Vielleicht wäre er wankend geworden in seinem wütenden Entschluß, wenn Marianne in diesem Augenblick gekommen wäre, mit der Schürze voll Eier oder mit der Katze auf dem Arm. Alles noch mal überschlafen, und dann irgendwie durch? Nein, am Ohr würde man ihn nicht ziehen, wie einer, der den Siruptopf hingeschmissen hat. Er würde sich nicht auslümmeln lassen. Nie wieder in seinem Leben auslümmeln lassen.
Er ging hinaus, er wandte sich nicht einmal mehr um.

Matthias Jänicke setzte den Strohhut auf – ohne h aber mit ck – und stieg ins Auto, drehte eine Runde auf dem Schulhof, an den offenstehenden Klotüren vorüber, und fuhr davon. Im Rückspiegel sah Matthias, daß Carla aus dem Haus gelaufen kam, ein Tuch um die Schultern.

Er fuhr durchs Dorf, die rasierte Platanenallee entlang, an der geräumten Villa des Landhändlers vorüber – die Gardinen wehten aus den offenstehenden Fenstern. Vor dem Kallroy-Haus stand ein BMW. War es der Museumsdirektor aus Dortmund, der der Tante seine Aufwartung machte? Hier begann bereits ein neues Kapitel.

Bei Frau Schulz bezahlte er seine Rechnung. Er gab ihr zum erstenmal die Hand und bedankte sich für das gute Essen immer, das er hier bekommen hatte, und er deutete auf seinen Bauch, daß er richtig fett geworden wär'.
Die stille Frau, wie immer in Schwarz, stellte das Glas Bier, das sie grade in der Hand hielt, auf den Tresen und kam mit hinaus.
«Auf Wiedersehen», sagte sie, die hatte alles verstanden.

«Seine Rechnung hat er noch bezahlt», erzählten sich die Leute am andern Tag, «und dann hat er beim Schmied vollgetankt, und dann ist er abgehauen.» Dergleichen hatte man noch nie erlebt, im ganzen Landkreis nicht. «Eigentlich schade um ihn.»

Er fuhr nach Sassenholz, fuhr an der Kirche vorüber – ... Der Herr lasse sein Angesicht leuchten über dir ... Den Pastor sah er in seiner Studierstube sitzen, unter der Lampe, die Frau trug ihm gerade ein Tablett mit Tee herein. So oft gefehlt und doch immer wieder Gnade gefunden vor dem Herrn ...
Am Kriegerdenkmal saßen zwei junge Leute, Fremde, von sonstwoher, mit zotteligem Haar, die hatten es sich auf den Bänken bequem gemacht. Der eine trug eine Halskette mit Zahnbürste daran, und der andere hielt ein Glöckchen in der Hand und klingelte Matthias damit zu, so etwas hatte Matthias noch nicht gesehen. Diese beiden Typen hätten ihn vielleicht verstanden, denen wäre seine Flucht nicht spanisch vorgekommen.

Auf der Autobahn stellte Matthias das Radio laut und rief: «Weg! weg! weg!» Er fuhr weiter und weiter. Und während er fuhr, überlegte er immer noch, welche der drei Stunden er hätte vorführen sollen, «April, April, der weiß nicht, was er will?» Oder die Maikäfersache? Oder das Ostergeschehen?
Er fuhr neben einem Zug dahin, dessen Fenster erleuchtet waren, und tauchte in einen Wald ein, und als er wieder auftauchte, war der Zug abgebogen, er konnte ihn nicht mehr sehen. Er ließ die Stadt links liegen, in der Lilli jetzt dem Rollen der Autobahn lauschte, und fuhr an Hahnewischen vorüber, wo seine Mutter im Altersheim der Inneren Mission am Radio saß und sich klingende Weisen anhörte. Schließlich parkte er sein Auto und legte sich schlafen. Das Wolkengehetze in seinem Gehirn kam zur Ruhe. Seinen Vater sah er durch die Gartenpforte davongehen und nicken. Er schüttelte nicht den Kopf, sondern er nickte.

Am nächsten Morgen sah er, daß der Parkplatz direkt an der Weser lag: Auch so eine Lebensstation, mit Lilli hatte er hier gesessen, zu Pfingsten, auf einer Decke, die beiden Fahrräder aneinandergelehnt, und sie hatten beobachtet, wie eine Rinderherde durch

den Fluß schwamm, wild, das Weiße in den Augen sehen lassend, die Hörner überm Wasser.
Jetzt in diesem Augenblick würden die Junglehrer in Klein-Wense eintrudeln, die Kinder vor der verschlossenen Schule vorfinden, ratlos, auch der Schulrat in seinem VW, rudert durch die Kinder dahin und verschafft sich Gehör: Was ist denn hier los? Van Dechterong, Carla in Gummistiefeln und Schlosserjacke ... Sie pochen an seine Tür, sehen ins Fenster hinein: Ja, schläft denn der Kerl noch?

Matthias mußte lachen, als er sich das so vorstellte.
Vielleicht würde «Egon» seinen Kollegen van Dechterong beiseite nehmen ... «Aber das ist doch kein Grund, hier alles stehen und liegen zu lassen, ich hatte ihn extra noch nach Lesseps fahren lassen ... » Nun doch gut, daß er ihn damals nicht an die Hermann-Sulzbachschule vermittelt hatte ... Und doch: ein Schlitzohr zwar, aber ein tüchtiger Lehrer ... Im Grunde ja ganz schlau und durchaus leistungsorientiert, sich derart intensiv auf eine Visitation vorzubereiten. – Da hatte er schon ganz andere Sachen erlebt, Sittlichkeitsangelegenheiten, Erpressungen und Griff in die Kasse ... «Haut einfach ab?»
Er selbst war doch auch schon einmal ausgerissen, als er keine Lösung mehr sah, lange her, Schwester Gertrud hatte er im Stich gelassen, die seine Blutwerte gefälscht hatte, damit er nicht mehr an die Front mußte, unter Lebensgefahr – und er hatte sie sitzenlassen!

«Das ist ja ein fait accompli, das sich gewaschen hat ...», würde «Egon» vermutlich sagen, «unverständlich ...» – Was den herumstehenden Junglehrern ihrerseits unverständlich sein würde. «... Chacun, wie ich immer sage, nach seinem Geschmack», und er würde den Schulvormittag selbst in die Hand nehmen, so war das ja nun nicht, Herr von Ribbeck auf Ribbeck im Havelland, Gedichte aufsagen und Lieder singen lassen und dann den jungen Lehrern zeigen, was eine Harke ist: Kopfrechnen mit der Klasse, das hatte er doch in seiner Lehrerzeit bis ins letzte hinein systematisiert, das würde auch hier seinen Eindruck nicht verfehlen ... Aber als Pädagoge hatte er versagt, das würde ihm klar sein in diesem Augenblick, und er wurde traurig. «Weißt du, Annegret», würde er zu seiner Frau sagen, «ich habe da einen Fehler gemacht.» Einen Fehler, der sich nicht mehr würde ausbalancieren lassen.

Matthias machte sich einen Kaffee. Er setzte sich in die Tür des Autos, sah die Weser langsam strudelnd an sich vorüberfließen. Er hätte eine Flaschenpost hineinwerfen können, aber sie wäre nie angekommen.

Das Wolkenbild über dem anderen Ufer war nicht danach, eine Spezialgymnastik einzulegen. Es hätte allenfalls zu segnenden Bewegungen herausgefordert.

Er sah sich die Lebenslinien in seinen Händen an, ziemlich wirr?, dachte er. «Aber interessant.» Das «M» war tief eingeschnitten und mit allerhand Parallelen versehen. «Was da wohl noch alles kommt.»

Als er da so saß, kam ein sogenannter «Anhalter», ein jüngerer Mann ohne Gepäck, und der fragte, ob er mitfahren darf?

Matthias schenkte ihm eine Tasse Kaffee ein und machte ihm ein Brot. Noch ehe er davon berichten konnte, daß bei ihm jetzt der vierte Lebensstart fällig sei, begann der Mann, ihm seine eigene Geschichte zu erzählen. Allerhand Malheur war ihm widerfahren. Durch die Werra geschwommen, die Vopos noch hinter ihm hergeschossen – und nun wolle er nach Osnabrück, wo ein Cousin eine Malerwerkstatt aufgemacht hat. Aber er weiß die Adresse nicht.

Matthias wollte ja eigentlich in die entgegengesetzte Richtung fahren, nach Süden, nach Süden!, wo Schmauch seine Pension verzehrte und das Fräulein Härtel in ihrem rostroten Rock Folianten abstaubte. Aber als er dem Mann da zuhörte, entschloß er sich, ihn auf den rechten Weg zu bringen. «Ich hab' Zeit», dachte er, «was soll's?» und er drehte um und fuhr zurück in Richtung Norden. Und während er fuhr, wurde ihm ein Malheur nach dem anderen aufgetischt, diverse Lebensstarts, eine Art Pechvogel hatte er aufgelesen, daran war kein Zweifel.

In Bremen gab er dem Mann dann zehn Mark und ließ ihn aussteigen. «Nur Mut!» sagte er zu ihm, «Sie kriegen bestimmt bald Grund unter die Füße.» Die Adresse des Cousins stehe sicher im Telefonbuch.

Und da er nun schon mal in Bremen war, sagte er noch einmal laut: «Was soll's?» und fuhr gleich weiter in Richtung Sassenholz, bänglich zunächst, doch zunehmend Mut schöpfend und schließlich sogar lachend: Nach Haus! An die Kinder dachte er, die nun nicht dem Kollegen Stichnoth ausgeliefert werden würden, an die drei Australier, an die dünne Ursula und an Marianne, das liebe Kind. Oder war sie eine Kameradin geworden?
Den Kopf würden sie ihm schon nicht abreißen, schließlich herrschte über einen Sünder, der Buße tut, mehr Freude im Himmelreich als über neunundneunzig Gerechte – so hieß es doch?